Amor o venganza

SHERRYL WOODS

Una razón para amar

Editado por Harlequin Ibérica.
Una división de HarperCollins Ibérica, S.A.
Núñez de Balboa, 56
28001 Madrid

© 2016 Harlequin Ibérica, una división de HarperCollins Ibérica, S.A.
Nº. 9 - 6.12.16

© 2009 Sherryl Woods
Amor o venganza
Título original: The Inn at Eagle Point

© 2009 Sherryl Woods
Una razón para amar
Título original: Flowers on Main
Publicadas originalmente por Mira Books, Ontario, Canadá
Estos títulos fueron publicados originalmente en español en 2010

Todos los derechos están reservados incluidos los de reproducción, total o parcial. Esta edición ha sido publicada con autorización de Harlequin Books S.A.
Esta es una obra de ficción. Nombres, caracteres, lugares, y situaciones son producto de la imaginación del autor o son utilizados ficticiamente, y cualquier parecido con personas, vivas o muertas, establecimientos de negocios (comerciales), hechos o situaciones son pura coincidencia.
® Harlequin, HQN y logotipo Harlequin son marcas registradas por Harlequin Enterprises Limited.
® y ™ son marcas registradas por Harlequin Enterprises Limited y sus filiales, utilizadas con licencia. Las marcas que lleven ® están registradas en la Oficina Española de Patentes y Marcas y en otros países.
Imagen de cubierta utilizada con permiso de Dreamstime.com.

I.S.B.N.: 978-84-687-9077-0
Depósito legal: M-33898-2016

ÍNDICE

Amor o venganza 7

Una razón para amar 387

AMOR O VENGANZA

SHERRYL WOODS

Prólogo

La discusión había durado casi toda la noche. Desde su dormitorio, a solo tres puertas de la habitación de sus padres, Abby había oído sus voces, aunque no había sido capaz de distinguir sus palabras. No era la primera vez que discutían con tanta vehemencia, pero en aquella ocasión había percibido algo diferente. Aquella fuerte discusión y su preocupación por lo que pudiera significar la habían mantenido despierta durante la mayor parte de la noche.

Justo después del amanecer, bajó al vestíbulo y vio allí unas maletas, Abby deseó haber imaginado aquella discusión, y que el nudo de miedo que tenía en el estómago fuera en realidad producto de su activa imaginación. Pero sabía que no era así. Alguien se marchaba, y quizá para siempre, a juzgar por el volumen del equipaje.

Intentó sofocar el pánico recordándose que su padre, Mick O'Brien, viajaba continuamente. Al ser un arquitecto de fama internacional, viajaba continuamente de país en país para realizar nuevos proyectos. Aun así, Abby percibía algo distinto en aquella ocasión. Su padre solo había estado en casa un par de días desde su último viaje y rara vez emprendía otro tan pronto.

–¡Abby! –su madre parecía sobresaltada y nerviosa–. ¿Qué haces levantada a estas horas?

A Abby no le sorprendió la extrañeza de su madre. La mayoría de los adolescentes, y entre ellos Abby y sus hermanos, odiaban madrugar los fines de semana. Rara vez se levantaba de la cama antes de las doce los fines de semana.

Abby miró a su madre, reconoció el desconsuelo en sus ojos y supo instintivamente que Megan esperaba estar fuera de casa antes de que nadie se levantara, antes de que nadie pudiera abordarla con preguntas incómodas.

—Te vas, ¿verdad? —dijo Abby con rotundidad, haciendo un esfuerzo para no llorar.

Tenía diecisiete años y si no se equivocaba al interpretar lo que le estaba pasando, iba a tener que ser fuerte para ayudar a sus hermanos.

A Megan se le llenaron los ojos de lágrimas. Abrió la boca para decir algo, pero no fue capaz de emitir sonido alguno. Al final, asintió.

—¿Por qué, mamá? —comenzó a decir Abby, y continuó con un torrente de preguntas—. ¿Adónde vas? ¿Y qué va a pasar con nosotros, conmigo, con Bree, con Jess, con Connor y Kevin? ¿También vas a dejarnos a nosotros?

—Oh, cariño, jamás podría haceros una cosa así —dijo Megan, alargando los brazos hacia ella—. Sois mis hijos. En cuanto esté instalada, vendré a buscaros, te lo prometo.

Aunque lo dijo con fuerza, Abby distinguió el miedo que subyacía en sus palabras. Megan emprendía su marcha asustada y llena de inseguridades. ¿Y cómo iba a ser de otra manera? Megan y Mick O'Brien llevaban casi veinte años casados, tenían cinco hijos y una vida establecida en Chesapeake Shores, un pueblo que el propio Mick había diseñado y construido con sus hermanos. Y de pronto, Megan iba a marcharse sola, a empezar de cero. ¿Cómo no iba a estar aterrorizada?

—Mamá, ¿de verdad es eso lo que quieres? —preguntó Abby.

Intentaba encontrar sentido a una decisión tan drástica. Sabía que había muchos niños con padres divorciados, pero sus madres no hacían las maletas de un día para otro y se marchaban de casa. Si alguien tenía que irse, solía ser el padre. Que se fuera su madre le parecía mil veces peor.

—Por supuesto que no es eso lo que quiero —respondió Megan con fiereza–. Pero las cosas no pueden continuar como hasta ahora –parecía decidida a decir algo más, pero lo descartó en el último momento–. Esto es algo entre tu padre y yo. Sencillamente, sé que la situación debe cambiar. Y yo necesito empezar de nuevo.

En cierto modo, a Abby le tranquilizó que Megan no dijera nada más. No quería llevar sobre sus hombros la carga de saber lo que había impulsado a su madre a marcharse. Ella quería y respetaba a sus padres y no estaba segura de cómo habría podido asimilar unas palabras nacidas del odio y capaces de destrozar el amor que sentía por cada uno de ellos.

–¿Pero adónde irás? –volvió a preguntarle.

Seguramente, no sería muy lejos. Su madre no podía dejar que se enfrentaran solos a la debacle que se avecinaba. Mick no era capaz de arreglárselas con los sentimientos. Podía manejar todo lo demás: proporcionarles comida, quererlos, e incluso llevarlos a algún partido o a visitar un museo. Pero en lo que se refería a sentimientos heridos y a emociones, era Megan la que cargaba con todos ellos.

Pero probablemente, Megan pensaba que Abby podría ocuparse de todo. Al fin y al cabo, todo el mundo sabía que Abby se tomaba muy en serio sus responsabilidades como hermana mayor. Siempre había sabido que sus padres encontraban un gran apoyo en ella. Bree, que estaba a punto de cumplir trece años, y sus hermanos saldrían adelante. Posiblemente, Bree se encerraría en sí misma al principio, pero siendo como era una adolescente madura e independiente, encontraría la manera de enfrentarse a lo ocurrido. Kevin y Connor solo pensaban en los deportes y en las chicas y a veces incluso parecían avergonzarse de su cariñosa y exuberante madre.

Estaba también Jess, apenas un bebé. Bueno, en realidad había cumplido siete años la semana anterior, se recordó Abby, pero todavía era suficientemente pequeña como para necesitar a una madre cerca. Abby no tenía la menor idea de cómo iba a suplir ese papel, aunque fuera temporalmente.

–No estaré muy lejos –le aseguró Megan–. En cuanto encuentre un trabajo y una casa en la que quepamos todos, vendré a buscaros. Seguro que no tardaré –y después, añadió, casi para sí–: Haré todo lo que pueda para que sea cuanto antes.

Abby habría querido decir que hasta un minuto sería demasiado tiempo, que toda distancia sería excesiva. ¿Cómo era posible que su madre no lo comprendiera? Pero parecía tan triste, tan perdida y sola, que no fue capaz de reprocharle nada. Tenía las mejillas empapadas de lágrimas. Abby no podía gritarle y aumentar su dolor. No, sabía que tendría que encontrar la manera de enfrentarse a lo ocurrido y de ayudar a sus hermanos a entenderlo.

Le asaltó de pronto otro pensamiento aterrador.

–¿Y qué pasará cuando papá tenga que marcharse por culpa del trabajo? ¿Qué pasará con nosotros entonces?

Megan cambió por un instante de expresión, seguramente sobrecogida por el miedo que reflejaba la voz de Abby.

–Vendrá vuestra abuela a vivir con vosotros. Tu padre ya ha hablado con ella. Hoy mismo vendrá a veros.

El hecho de que hubieran invitado a su abuela a mudarse a aquella casa solo podía significar que aquella separación era permanente, no se trataba de una separación que duraría únicamente hasta que sus padres entraran en razón. Abby comenzó entonces a temblar.

–No –susurró–. No puede ser, mamá.

Megan pareció conmovida por su vehemencia.

–¡Pero todos vosotros adoráis a la abuela! Será maravilloso poder tenerla cerca.

–¡Esa no es la cuestión! –replicó Abby–. La abuela no eres tú. ¡No puedes hacernos esto!

Megan estrechó a Abby entre sus brazos, pero Abby se apartó. Se negaba a dejarse consolar por una madre que estaba a punto de destrozar sus vidas.

–¡Yo no os estoy haciendo nada! –respondió Megan, suplicándole comprensión con la mirada–. Estoy haciendo esto por mí, intenta comprenderme. A larga plazo será lo mejor para todos.

Acarició la mejilla de Abby, a esas alturas cubierta de lágrimas.

—Te encantará Nueva York, Abby, sobre todo a ti. Iremos al teatro, al ballet. Visitaremos galerías de arte.

Abby la miró con renovada estupefacción.

—¿Te vas a ir a Nueva York?

Abby se olvidó completamente de su propio sueño de trabajar algún día en Nueva York, de labrarse un nombre en el mundo de las finanzas. En lo único en lo que podía pensar era en las horas de distancia entre Nueva York y su casa de Chesapeake Shores, en Maryland. Al parecer, una pequeña parte de ella esperaba que su madre se fuera a menos de una manzana de distancia, o quizá a Baltimore o a Annapolis. ¿No le parecía suficiente distancia como para alejarse de Mick sin tener que abandonar a sus hijos?

—¿Y qué se supone que tenemos que hacer cuando te necesitemos? —exigió saber.

—Llamarme, por supuesto.

—¿Y esperarte después durante horas? Mamá, esto es una locura.

—Cariño, solo serán unas cuantas semanas. Después, volveremos a estar todos juntos. Encontraré una casa maravillosa para todos nosotros. Buscaré los mejores colegios para todos. Tu padre y yo hemos llegado a un acuerdo sobre eso.

Abby quería creer que todo saldría bien, quería conservar el derecho a seguir preguntando hasta que su madre se olvidara de aquel absurdo plan. Pero justo en aquel momento, llegó un taxi a la entrada de la casa. Abby miró a su madre horrorizada.

—¿Vas a irte ya, sin ni siquiera despedirte? —había imaginado que sería así, pero en aquel momento le parecía mucho más cruel.

Las lágrimas rodaban por las mejillas de Megan.

—Créeme, es mejor así. Será más fácil para todos. He dejado una nota para cada uno en las puertas de los dormitorios y os llamaré esta noche. Antes de que os deis cuenta, estaremos juntos otra vez.

Mientras Abby permanecía en silencio, paralizada por el dolor, Megan levantó las dos primeras bolsas, cruzó con ellas el porche y bajó los escalones para acercarse al taxi. El taxista la acompañó a buscar el resto del equipaje.

Megan, de nuevo en el vestíbulo, tomó a su hija por la barbilla.

—Te quiero, cariño. Sé lo fuerte que eres, y también sé que tus hermanos podrán contar contigo. Eso es lo único que facilita esta separación.

—¡Eso no facilita nada! —replicó Abby con vehemencia, empezando a elevar la voz.

Hasta ese momento, había conseguido contenerse, pero al ser consciente de que su madre no iba a estar cerca para manejar la locura que estaba a punto de desatarse, le entraron ganas de empezar a gritar. Ella no era ninguna adulta. Ella no tenía por qué solucionar aquel desastre.

—¡Te odio! —gritó mientras su madre bajaba los escalones del porche con la espalda erguida.

Lo gritó otra vez, solo para asegurarse de que su madre lo oyera, pero Megan no giró en ningún momento la cabeza.

Abby podría haber seguido gritando hasta perder al taxi de vista, pero justo en ese momento, detectó un movimiento por el rabillo del ojo. Se volvió y descubrió a Jess con los ojos abiertos como platos, reflejando en ellos su desconcierto y su tristeza.

—Mamá —susurró Jess con labios temblorosos y la mirada fija en el taxi que se alejaba.

Tenía el pelo revuelto, los pies descalzos y la marca de las sábanas en la mejilla.

—¿Adónde va mamá?

Sacando fuerzas de donde ya no quedaban, Abby puso freno a su propio miedo, dominó su enfado y se obligó a sonreír a su hermana pequeña.

—Mamá se va de viaje.

A Jess se le llenaron los ojos de lágrimas.

—¿Cuándo volverá?

Abby levantó a su hermana en brazos.

–No estoy segura –y añadió, con una confianza que estaba muy lejos de sentir–, pero ha prometido que pronto volveremos a estar juntos.

Por supuesto, resultó ser mentira.

Capítulo 1

15 años después

Ser una persona capaz de enfrentarse a cualquier reto era agotador, concluyó Abby O'Brien Winters mientras se metía en la cama después de las doce y media de la noche. Estaba mental y físicamente agotada tras una jornada de locura en Wall Street. Solo había podido pasar veinte minutos tranquilos con sus gemelas antes de que las niñas se quedaran dormidas en el primer párrafo de *El conejo de felpa*. Por tercera noche consecutiva había cenado comida china; después había sacado media docena de informes de mercado que necesitaba estudiar antes de que se abriera la bolsa al día siguiente por la mañana.

Sabía que era buena en su trabajo como directora de una importante agencia de bolsa, pero de momento, su profesión le había costado un matrimonio con un tipo magnífico que se había cansado de jugar un papel secundario en su vida y más horas de sueño de las que podría nunca calcular. Aunque compartía la custodia de las gemelas con Wes, a menudo tenía la sensación de que apenas conocía a sus hijas. En realidad, estas pasaban más tiempo con la niñera, e incluso con su exmarido, que con ella. Y hacía tiempo que Abby había perdido de vista exactamente qué estaba intentando demostrar y a quién.

Cuando sonó el teléfono, miró el reloj de la mesilla y gimió asustada. A esa hora de la noche, solo podía tratarse de una emergencia. Con el corazón latiéndole violentamente, alargó la mano hacia el teléfono.

–Abby, soy yo –anunció su hermana Jessica.

Jess era la más pequeña de los cinco hermanos O'Brien y era una auténtica ave nocturna. Abby se acostaba tarde porque era la única manera de cumplir con todas las obligaciones de sus atareados días. Jess lo hacía porque comenzaba a animarse en el momento en el que salía la luna.

–Te he llamado antes, pero la niñera me ha dicho que todavía no habías vuelto a casa. Después me he distraído con un proyecto en el que estoy trabajando. Espero que no sea demasiado tarde. Sé que normalmente estás despierta hasta tarde.

–No pasa nada –le aseguró Abby–. ¿Va todo bien? Pareces nerviosa. ¿Le ha pasado algo a la abuela? ¿O a papá?

–No, la abuela está increíblemente bien. Nos sobrevivirá a todos. Y papá está no sé dónde, trabajando en alguna parte. Soy incapaz de seguirle la pista.

–La semana pasada estaba en California –recordó Abby.

–Entonces, supongo que seguirá allí. Ya sabes que le gusta supervisar hasta el último detalle de sus proyectos. Por supuesto, en cuanto el proyecto ha terminado, pierde todo el interés en él, como le pasó en Chesapeake Shores.

Había una nota de amargura en la voz de Jess. Al ser la más pequeña de los hermanos, era también la que más había echado de menos a su padre. Mick O'Brien ya se había labrado un nombre como arquitecto cuando le habían encargado el diseño de Chesapeake Shores, una comunidad situada al lado de la bahía Chesapeake que había llegado a hacerse famosa. Había emprendido aquel proyecto junto a sus dos hermanos: uno de ellos constructor y el otro experto en medio ambiente. Habían construido aquella nueva localidad alrededor de las tierras que en otro tiempo habían albergado la granja de Colin O'Brien, un hermano de su bisabuelo perteneciente a la primera generación de los O'Brien que había llegado de Irlanda a finales del siglo XIX. Supuestamente, Chesapeake Shores iba a ser la joya de la corona en lo que se refería al trabajo de Mick y el lugar idílico para formar el hogar de la familia. Pero las cosas habían terminado saliendo de otro modo.

Mick y sus hermanos se habían peleado durante el proceso de construcción; habían discutido por cuestiones medioambientales y por la divergencia de opiniones en torno a la conservación de los edificios de la propiedad. A la larga, habían terminado disolviendo la sociedad y aunque todos habían continuado viviendo cerca, solo se reunían en algunas fiestas, y eso porque la abuela insistía en preservar cierta armonía familiar.

Megan, la madre de Abby, vivía en Nueva York desde que se había divorciado de su esposo quince años atrás. Aunque el plan inicial era que todos los hijos se fueran a vivir con ella a Nueva York, por razones que Abby nunca había llegado a comprender, no había sido así. Los cinco hermanos habían continuado en Chesapeake Shores, con un padre casi siempre ausente y su abuela. Durante los últimos años, habían ido abandonando poco a poco el hogar, todos, excepto Jess, que parecía tener una relación de amor-odio tanto con el pueblo como con Mick.

Al haberse ido a vivir a Nueva York tras terminar los estudios universitarios, Abby había recuperado la relación con su madre, pero ninguno de sus hermanos había hecho lo mismo. Y no solo Jess, sino todos ellos tenían una relación extraña con su padre. Había sido la abuela, que era solo una niña pelirroja de pronta sonrisa y chispeantes ojos azules cuando su familia había seguido al primero de los O'Brien a Maryland, la que les había mantenido unidos y había hecho de ellos una verdadera familia.

—¿Llamas para quejarte de papá o querías decirme algo más? —le preguntó Abby a su hermana.

—En realidad, siempre puedo encontrar alguna queja sobre papá —admitió Jess—, pero la verdad es que te llamo porque necesito ayuda.

—Dime qué necesitas —le pidió Abby inmediatamente.

Estaba muy unida a todos sus hermanos, pero Jess ocupaba un lugar muy especial en su corazón, por su diferencia de edad y porque era consciente de lo mucho que le había afectado la marcha de su madre y las frecuentes ausencias de su padre. Desde el día que Megan se había marchado, Abby había intentado llenar el vacío que había dejado en la vida de su hermana.

—¿Puedes venir a casa? —le suplicó Jess—. Esto es demasiado complicado para hablarlo por teléfono.

—Cariño, no sé —comenzó a decir Abby vacilante—. Tengo mucho trabajo.

—Siempre tienes mucho trabajo, y esa es exactamente la razón por la que tienes que venir. Hace siglos que no vienes. Antes de que nacieran las niñas, utilizabas el trabajo como excusa. Después fueron las gemelas, y ahora, el trabajo y las gemelas.

Abby esbozó una mueca. Tenía razón, había estado poniendo excusas desde hacía años. Intentaba engañarse diciendo que a todos los miembros de su familia les encantaba visitar Nueva York y, siempre y cuando se vieran a menudo, lo de menos era que lo hicieran en su casa o en Chesapeake Shores. Nunca se había detenido a analizar por qué le había resultado tan fácil permanecer lejos de su casa. A lo mejor era porque, después de la marcha de su madre, para ella nunca había sido un verdadero hogar.

Antes de que pudiera contestar, Jess insistió:

—Vamos, Abby, ¿cuándo fue la última vez que estuviste de vacaciones? Seguro que durante la luna de miel. Sabes que te vendría bien un descanso y que a las niñas les encantará estar aquí. Podrán disfrutar del pueblo que construyó su abuelo y en el que tú creciste y la abuela podrá mimarlas durante un par de semanas. No te lo pediría si no fuera importante.

—¿Es un asunto de vida o muerte? —preguntó Abby.

Era una pregunta habitual en ellas que servía para decidir si una crisis era monumental o un problema pasajero en sus vidas.

—Podría serlo —contestó Jess muy seria—, por lo menos en el sentido de que podría estar en juego todo mi futuro. Eres la única persona que puede ayudarme a solucionar esto. O, por lo menos, la única a la que estoy dispuesta a pedirle ayuda.

—Será mejor que me digas inmediatamente lo que te pasa —pidió Abby, preocupada por el tono de su hermana.

—Tienes que estar aquí para entenderlo. Si no puedes quedarte dos semanas, quédate por lo menos unos días, por favor.

Había algo en la voz de Jess que Abby no había percibido jamás, una urgencia que sugería que no exageraba al decir que estaba en juego su futuro. Como Jess era la única de los cinco hermanos que había tenido que luchar para mantenerse a flote durante toda su vida de adulta, Abby sabía que no podía darle la espalda. Y tenía que admitir que un descanso le sentaría bien. ¿No había estado lamentándose de lo mucho que trabajaba esa misma noche?

Sonrió al pensar en lo maravilloso que sería volver a respirar el aire salado de la bahía. Y, mejor aún, poder disfrutar con las niñas en un lugar en el que podrían columpiarse en un parque diseñado por su propio abuelo, hacer castillos de arena y correr con los pies descalzos en las frías aguas del mar.

—Solucionaré mañana un asunto pendiente y estaremos allí este fin de semana —le prometió, cediendo a la petición de su hermana. Miró su agenda e hizo una mueca—. Pero solo podrán ser un par de días.

—Una semana —suplicó Jess—. No creo que pueda arreglar esto en solo dos días.

Abby suspiró.

—Veremos lo que puedo hacer.

—Haz lo que sea para poder estar aquí —dijo Jess inmediatamente—. En cuanto sepas cuándo llega tu vuelo, dímelo para que vaya a buscaros.

—Alquilaré un coche.

—Después de haber pasado tantos años en Nueva York, ¿todavía sabes conducir? —bromeó Jess—. ¿Y sabes cómo llegar a casa?

—No tengo tan mala memoria —contestó Abby—. Nos veremos pronto, cariño.

—Llamaré a la abuela para decirle que vienes.

—Pero dile que no prepare nada, ¿de acuerdo? —le advirtió Abby, aunque sabía que sería inútil—. Saldremos a comer fuera. Me muero por volver a comer cangrejos de Maryland.

—Todavía no es la temporada —le advirtió su hermana—, pero si quieres comer cangrejos, los encontraré donde sea y los comeremos el viernes por la noche. Podemos cenar en el porche, pero no pienso evitar que la abuela cocine todo lo que quiera. De hecho, pienso animarla a encender el horno.

Abby se rio ante su entusiasmo. Las tartas, las galletas, los bizcochos y los pasteles de su abuela eran deliciosos. En algún otro momento de su vida, Abby había querido aprender todas aquellas recetas familiares y abrir una panadería, pero eso había sido antes de descubrir su interés por las finanzas. Precisamente, había sido ese interés el que le había permitido salir de Chesapeake Shores.

En ese momento, después de más de diez años frenéticos que había dedicado a ascender en la agencia para la que trabajaba, casarse, tener hijos y divorciarse, iba a volver a su verdadero hogar para pasar más que un precipitado fin de semana en el que apenas tenía tiempo de relajarse. Teniendo en cuenta el tono tan serio de su hermana, no sabía si eso era algo bueno o no.

—¿No puedes ponerte por lo menos una corbata? —gruñó Lawrence Riley mirando a su hijo—. Si vas a hacerte cargo de este banco, tienes que ser un ejemplo para los empleados. No puedes llegar aquí con aspecto de acabar de bajarte de una Harley.

Trace miró a su padre con expresión divertida.

—Que es, exactamente, lo que acabo de hacer. He dejado la moto en el aparcamiento.

Su padre profundizó su ceño.

—Creo que te dije que vinieras en el coche de tu madre. Tienes que dar buena imagen.

—¿Y qué se suponía que iba a hacer mamá? —preguntó Trace—. No me la imagino llegando en la Harley a la reunión sobre jardinería.

—Tu madre tiene docenas de amigas que podrían haber ido a buscarla —le contradijo su padre.

—Y, al parecer, ninguna de ellas tenía ganas de acompañarla a todos los recados que tenía que hacer después de la reunión —respondió Trace.

—Tienes respuesta para todo, ¿verdad? —farfulló Lawrence—. Pues quiero que sepas que si no me tomas ni a mí ni tu trabajo en serio, esto no va a funcionar.

—Siempre te tomo en serio —repuso Trace—. En cuanto al trabajo, no lo quiero. Tengo una carrera profesional en Nueva York. El hecho de que no tenga que llevar traje o utilizar una calculadora no quiere decir que no sea un trabajo respetable.

De hecho, su trabajo de diseñador no solo estaba bien pagado, sino que le permitía vivir y trabajar en un enorme loft en el Soho y no tener que responder ante su padre. De hecho, esa era la mayor de las ventajas.

Su padre le miró con el ceño fruncido.

—¿Y qué? ¿Eso significa que voy a tener que dejar que este banco sea absorbido por un conglomerado financiero?

—A lo mejor sí —respondió Trace, aun siendo consciente de que de esa manera estaba poniendo el dedo en la llaga—. Así es como funciona actualmente el mundo de las finanzas.

—Este banco no será absorbido por nadie, por lo menos si de mí depende —respondió Lawrence tozudo—. Chesapeake Shores Bank les proporciona un servicio a las personas de esta comunidad que uno de esos gigantes bancarios nunca podría ofrecer.

Trace no iba a discutirlo. Pero tampoco tenía ganas de dirigir aquel banco, fuera o no una herencia familiar.

—¿Por qué no pones a Laila a cargo de todo? —preguntó.

Se refería a su hermana pequeña. Si podía convencer a su padre de que le ofreciera a Laila un trabajo que ella siempre había querido, podría regresar a Nueva York al día siguiente por la mañana. Lo único que tenía que hacer era intentar venderle a su padre la idea.

—Piensa en ello, papá. Laila tiene una gran cabeza para los números. Sacó las mejores notas en la universidad y tiene un máster en Economía de la Wharton School. Lo más normal es que se encargue ella del banco.

–Sí, ya había pensado en ello –admitió su padre–. Incluso hablé con tu hermana, pero me dijo que me fuera a paseo.

Aquello sí que no se lo esperaba.

–¿Por qué?

Su padre se encogió de hombros.

–Dijo que no quería ser la segunda opción para nadie, ni siquiera para mí.

Trace le miró con expresión de incredulidad.

–Pero si se lo pediste antes a ella...

–¿Y desde cuándo ha prestado tu hermana alguna atención a la lógica? Está convencida de que se lo pedí porque sabía que tú no ibas a querer ese trabajo.

–Y supongo que no intentaste convencerla de que estaba equivocada.

–¿Cómo iba a convencerla de que estaba equivocada si tenía razón?

–¿Crees que seréis capaces de llegar a comunicaros alguna vez en vuestra vida? –gruñó Trace.

Su padre y él podían discutir el noventa y nueve por ciento de las veces, pero Lawrence Riley y Laila no estaban nunca de acuerdo en nada; eran capaces de discutir desde por algo tan estúpido como los cereales del desayuno hasta por una decisión tan crítica como la dirección del banco, y había sido así desde el momento en el que Laila había aprendido a hablar.

–¿Te refieres a comunicarnos como lo hacemos tú y yo? –respondió su padre con ironía.

–Sí, por lo menos ya sería algo –respondió Trace–. Mira, hablaré con ella e intentaré suavizar las cosas. Supongo que le has herido el orgullo porque hace ya años que dejaste claro que me querías a mí para ese puesto, pero seguro que terminará ocupándolo ella.

Su padre dio un puñetazo en el escritorio.

–Maldita sea, eres tú el que tiene que ocupar ese puesto, Trace. ¿Qué ha pasado con la lealtad familiar? Un hombre se pasa toda la vida trabajando para construir algo nuevo para su hijo y ahora él lo tira por la borda sin pensárselo dos veces.

—He tenido toda la vida para pensarlo, siempre has dejado muy claro lo que esperabas de mí. Y he vuelto a pensar repetidamente en ello desde que me llamaste. Papá, sabes perfectamente que ese trabajo no está hecho para mí. Yo necesito la creatividad en el trabajo, algo que pone nervioso a cualquier banquero.

A los labios de su padre asomó una sonrisa.

—Supongo que tienes razón —admitió—. ¿Qué te parece esta propuesta? Acepta el puesto durante seis meses y si cuando termines lo sigues odiando, podrás dejarlo contando con mi bendición. Es justo, ¿no te parece?

Al ser un diseñador que trabajaba por libre para diferentes agencias de Nueva York, Trace tenía la posibilidad de hacer lo que su padre le pedía. Si de esa manera podía comprar para siempre su libertad, seguramente podría sobrevivir durante esos seis meses en Chesapeake Shores. Se lo debía a su padre. Y a la larga, sería más beneficiosa aquella demostración de lealtad que causar una pelea familiar.

Además, de esa manera podría dedicar más tiempo a tratar de convencer a su hermana de que olvidara su estúpido orgullo y aceptara el puesto. Ella deseaba ese trabajo desde que había aprendido a contar. Debería aceptarlo y dejar de desperdiciar su talento llevando la contabilidad de algunos negocios locales. Desgraciadamente, había heredado la cabezonería de su padre. Probablemente, Trace iba a necesitar todos y cada uno de los días de aquellos seis meses para que su padre y Laila se reconciliaran.

—De acuerdo, seis meses —aceptó—. Pero ni un día más.

Lawrence sonrió de oreja a oreja.

—Ya veremos. Es posible que descubras que te apasiona trabajar en un banco.

—O que tú te des cuenta de que soy completamente inútil con las matemáticas.

—Los resultados de los exámenes y los tests que te hicieron en la universidad no decían lo mismo —se levantó y le tendió la mano—. Bienvenido a bordo, hijo.

Trace le estrechó la mano y estudió atentamente su rostro.

Había un brillo en los ojos de su padre que sugería que le estaba ocultando algo.

—¿Qué te propones? —preguntó con recelo.

—¿Que qué me propongo?

Lawrence Riley intentó, sin éxito, poner cara de póquer. La mitad de sus amigos del club de campo podían dar fe de lo pésima que era su cara de póquer. Durante los últimos treinta años, se habían llenado los bolsillos a su costa.

—No te hagas el inocente, papá. Te propones algo que no tiene nada que ver con el hecho de que sea tu protegido en el banco.

—Hemos hecho un trato, eso es todo —insistió su padre—. Ahora, déjame enseñarte tu despacho. De momento es bastante espartano, pero puedes decorarlo como quieras. Ahora le pediré a Raymond que te lleve algunos informes. El martes por la mañana tenemos una reunión con el comité de prestamos. Para entonces tendrás que tener preparadas tus recomendaciones.

Trace alzó la mano.

—Espera un momento. No sé nada sobre recomendaciones, ni sobre si un prestamo debería o no ser aprobado.

—Raymond te enseñará todo lo que tienes que saber. Ah, y no todo serán prestamos. También se hablará de si hay que ejecutar una hipoteca.

A Trace se le hizo un nudo en el estómago.

—¿Quieres que decida si hay que echar a alguien de su casa y poner su casa a subasta?

—Es un negocio, no una casa. Y, por supuesto, no tomarás tú solo la decisión. La junta directiva tomará la decisión final, pero tendremos que tener en cuenta tus recomendaciones.

—De ningún modo —se negó Trace.

¿Quién era él para destrozar los sueños de nadie? En Chesapeake Shores, los negocios eran pequeños, familiares. Sería como quitarle a alguien la comida de la mesa, y, probablemente, a alguien que conocía. No estaba seguro de que tuviera estómago para hacer una cosa así.

—No puedes ser tan blando. Este es un negocio en el que lo

único que importan son los dólares y los peniques. En cuanto revises todos esos documentos, lo comprenderás —su padre le palmeó la espalda—. Empieza revisando esos informes y después te enviaré a Raymond.

Trace observó a su padre marcharse y después fijó la mirada en la pila de portafolios que le había dejado en medio de aquel enorme escritorio de caoba que ocupaba la mayor parte del despacho. El primero de ellos tenía una siniestra pegatina roja.

Se sentó tras el escritorio y lo miró con recelo. Al final, la curiosidad le venció, lo abrió y clavó la mirada en la primera página.

—Oh, diablos.

Posible ejecución de hipoteca, leyó. *La Posada del Nido del Águila. Propietaria: Jessica O'Brien.*

Conocía a Jess O'Brien, pero no fue su imagen la primera que acudió a su mente. Fue la de su hermana mayor, Abigail, que le había robado el corazón años atrás y había desaparecido para siempre de su vida sin despedirse siquiera.

Durante años, había estado diciéndose a sí mismo que era ridículo aferrarse a un recuerdo tan escurridizo. Había intentado olvidarla con otras relaciones, la mayor parte de ellas sin importancia, pero también con un par de relaciones que prometían ser más profundas. Pero al final, no había sido capaz de olvidar su deseo por una mujer de pelo castaño, ojos risueños y un espíritu temerario que igualaba al suyo.

¿Y se suponía que después de tantos años tenía que decidir el futuro de su hermana? Si algo sabía de los O'Brien era que estaban muy unidos. Si le quitaba a Jess su negocio, se pondría en contra a todos ellos, y, por supuesto, también a Abby. ¿Sería esa la razón por la que le brillaban los ojos a su padre?

Descartó inmediatamente aquella posibilidad. Su padre no podía saber que había estado acordándose de ella durante todos aquellos años. Nadie lo sabía.

Excepto Laila, comprendió. Su hermana había sido la mejor amiga de Abby. Incluso les había ofrecido una coartada aquella maravillosa noche que habían compartido en una de las cuevas de la playa. ¿Sería posible que su padre y ella estuvieran conspirando contra él?

Sí, seguramente acababa de dar en el clavo, pensó estremecido. A lo mejor por fin iba a ver cumplido su deseo de volver a ver a Abby. O quizá estuviera a punto de meterse en un serio problema. Se preguntó si, andando Abby de por medio, realmente podría haber alguna diferencia.

Una hora después, con las cifras sobre el desastre financiero de la posada bailándole en la cabeza, Trace montó en la moto y se fue a verla. Esperaba poder encontrar algo, cualquier cosa, que le convenciera de que no debía ejecutar la hipoteca. Necesitaba llevar argumentos a la junta directiva y a su padre con plena confianza.

Se permitió relajarse mientras conducía por la carretera de la costa saboreando el aire salado del Atlántico y sintiendo el sol sobre los hombros. Estaban al final de la primavera, pero todavía se podía apreciar el olor de las lilas en la brisa al pasar por la propiedad de los Finch. La viuda Marjorie Finch, que ya era una anciana arrugada cuando él era un niño, adoraba las lilas y las había dejado crecer de tal manera que se extendían por toda la cerca de su propiedad a lo largo de la carretera. Cuando había comenzado a crecer la madreselva, la había atacado como si fuera un invasor de otro planeta. Ya no podía dedicarles su cariñoso cuidado a las lilas, pero los arbustos continuaban rebosantes de flores fragantes y delicadas.

A su derecha, por el estrecho camino que recorría la costa, las águilas pescadoras construían sus nidos en las mismas ramas desnudas en las que llevaban haciéndolo durante años. Para su diversión, una de aquellas intrépidas aves estaba levantando una complicada construcción de ramas, pedazos de cuerda e incluso tiras de cinta amarilla de las que utilizaba la policía sobre uno de los postes del muelle. A su propietario no le iba a hacer mucha gracia descubrir que iba a pasarse en zona prohibida todo el verano, hasta que las águilas decidieran cambiar de residencia.

Llegó por fin a la posada, que ocupaba la que en otro tiempo había sido una modesta casa victoriana construida sobre una pequeña elevación de tierra con vistas a la bahía. La última vez que había estado allí, la casa estaba necesitada de pintura, las tablas de madera que cubrían sus paredes estaban erosionadas por la acción del viento y el aire del mar. Las sillas y las mecedoras del porche estaban entonces en el mismo estado de abandono y el que en otro tiempo había sido un cuidado jardín, cubierto de maleza. Los Patterson no habían invertido un solo penique en aquella casa durante años.

En aquel momento, sin embargo, era más que evidente que Jess había hecho un duro trabajo para remodelar la casa. El exterior, de color blanco, parecía reflejar el color azul del agua. Las contraventanas estaban pintadas de rojo y la hierba perfectamente cortada. Las azaleas acababan de florecer y un enorme rododendro derramaba sus enormes flores sobre la barandilla del porche de la parte de atrás de la casa. El letrero de la posada, colgado de unos ganchos de cobre en la entrada, estaba recién pintado. La posada parecía preparada para volver a la vida.

El problema era que los pagos de Jess decían todo lo contrario. Desde que el año anterior le habían concedido el prestamo, tenía todo un historial de retrasos en el pago e incluso había dejado de pagar algunas letras. Había gastado hasta el último penique en aquella posada y todavía no había una fecha de apertura. Y no tenía un solo penique en efectivo. Ya había recibido dos advertencias formales del banco. Y desde el fiasco producido en el negocio de las hipotecas, los bancos se ponían muy nerviosos en cuanto percibían problemas con algún prestamo. Teniendo en cuenta los informes, parecía que el banco no tendría más remedio que ejecutar la hipoteca. Trace no pudo evitar una mueca ante aquella perspectiva.

Estaba con la moto en el camino de la entrada cuando se abrió la puerta y salió Jess al porche. Al verle, frunció el ceño.

Sin dejar de mirarle con el ceño fruncido, cruzó el jardín con los brazos en jarras y los pies enfundados en unos zuecos de goma. Tenía los vaqueros y la camiseta salpicados de pintura blanca, con algunos toques de azul Williamsburg, si Trace no recordaba mal los tonos de la paleta.

Cuando estuvieron cara a cara, la mirada desafiante de Jess le recordó inmediatamente a Trace a otra irlandesa de fuerte carácter.

—¿Y bien? —le espetó Jess.

—Solo estaba mirando cómo va todo.

—Supongo que eso es cosa de tu padre.

—En realidad, del banco —la corrigió Trace.

—Creía que te habías ido de aquí porque no querías saber nada del banco.

—Y así es. Solo voy a trabajar en él durante unos meses.

—¿Los suficientes como para convertir mi vida en un infierno?

Trace sonrió al oírla.

—Quizá un poco más —señaló con la mano la casa y el jardín—. Se ve que has estado muy ocupada.

—Todo esto me ha llevado un trabajo enorme. Casi todo lo he hecho sola para ahorrar dinero —respondió, alzando la barbilla con un gesto beligerante y orgulloso.

—Quizá hubiera sido más lógico que contrataras a alguien para poder abrir antes el negocio.

—Yo no lo veo así.

—Evidentemente.

—¿Quieres verla por dentro? —preguntó Jess, con expresión esperanzada y repentino entusiasmo—. A lo mejor al verla te das cuenta de que tienes que pedirle a tu padre que tenga paciencia.

—No es tan sencillo, Jess. Sé que ya te ha advertido un par de veces de que vas retrasada en los pagos. Lo que le importa al banco es el dinero, no que estés haciendo un buen trabajo con la pintura.

—¿Desde cuándo te has convertido en un hombre tan rígido con los números como tu padre? No eras así cuando salías con mi hermana –le miró pensativa–. ¿O sí? ¿Fue esa la razón por la que rompisteis?

Trace se tensó.

–Te aconsejo que no sigas por ahí –le advirtió–. Abby no tiene nada que ver con esto.

–¿De verdad? Pues a mí me parece que estás emocionado ante la perspectiva de poder vengarte de lo que te hizo. Fue ella la que te dejó, ¿verdad?

Aquel comentario no solo era indiscreto, sino también ofensivo.

–Maldita sea, Jess, no tienes la menor idea de lo que pasó entonces y te aseguro que no me conoces en absoluto si crees que sería capaz de utilizarte para vengarme de tu hermana.

–¿De verdad? –replicó Jess, con expresión de absoluta inocencia–. No sé si sabes que va a estar por aquí. Llega mañana.

Trace intentó disimular los nervios que le produjo aquella noticia.

–Salúdala de mi parte –puso la moto en marcha–. Hasta pronto, Jess.

Jess pareció perder su anterior seguridad.

–¿Qué vas a decirle a tu padre, Trace?

–No tengo ni idea –respondió él, todo candor. La miró a los ojos–. Pero te prometo que lo que le diga no tendrá nada que ver con Abby.

Jess asintió lentamente.

–Te tomo la palabra.

Pero mientras se alejaba de allí, Trace se preguntó si debería hacerlo. En lo que se refería a sus sentimientos hacia Abby O'Brien, quizá su palabra no fuera del todo digna de confianza.

Capítulo 2

—¿Adónde vamos, mamá? Dínoslo otra vez —preguntó Caitlyn.

—¿Cuándo llegamos? —se lamentó Carrie—. Llevamos un montón de tiempo en el coche. Quiero ir a casa.

—Solo hace media hora que salimos del aeropuerto —le advirtió Abby a Carrie.

La niña tenía la paciencia al límite después de la larga espera en los controles de seguridad del aeropuerto de Nueva York y la todavía más aburrida espera para alquilar un coche en el de Baltimore. El vuelo, que había tardado menos de una hora, había ido bastante bien. Las niñas estaban encantadas de volar en avión, pero a esas alturas, estaban ya cansadas e irritables y no tenían el menor interés por el paisaje que rodeaba la carretera por la que se dirigían hacia Chesapeake Shores. Seguramente, podría haberlas tranquilizado parando a comprar un helado o alguna otra chuchería, pero Abby no estaba dispuesta a recompensar una mala conducta a cambio de unos minutos de tranquilidad.

—¿Por qué no intentáis dormir un poco? —les pidió, mirándolas por el espejo retrovisor—. Cuando os despertéis, estaremos ya en casa de la abuela y estoy segura de que os habrá preparado unas galletas de azúcar. ¿Os acordáis de cuánto os gustaron las galletas que os hizo la última vez que vino a vernos a Nueva York?

—A mí me gustan más las galletas de chocolate —gruñó Carrie, decidida a no dejar que nada mejorara su humor.

—A mí me gustan las de azúcar, así que me comeré todas —replicó Caitlyn.

—¡No, no te vas a comer todas! —gritó Carrie—. ¡Mamá, dile que no puede comerse todas, que algunas son mías!

Abby ahogó un gemido.

—Estoy segura de que habrá galletas para las dos. Ahora, cerrad los ojos. Y si continuáis así cuando lleguemos, ya podéis olvidaros de comer nada. Iréis directamente a la cama.

Las niñas se callaron, pero una mirada al espejo retrovisor le indicó que se estaban haciendo muecas. Abby lo ignoró. Tenía que concentrarse en el tráfico, que se había multiplicado desde la última vez que había estado por allí. Estaba deseando girar hacia una de aquellas carreteras desiertas de Maryland.

Desgraciadamente, en ningún momento dejó de haber tráfico. Al parecer, todo el mundo había decidido acercarse a alguna de las poblaciones marítimas de Maryland el viernes por la noche. Años atrás, solo había problemas para llegar a Ocean City o algunas de las playas del Atlántico, pero al parecer, la gente había descubierto el encanto de los pueblos de la bahía oeste.

Sacó el teléfono móvil y marcó el número de Jess.

—Hay un tráfico horrible —dijo cuando contestó su hermana—. A este paso, tardaremos otra hora en llegar.

—Se lo diré a la abuela. Yo ahora mismo voy para allí. No te pongas nerviosa. En cuanto llegues, tendrás esperándote los cangrejos y el vino.

—Gracias, gracias. Hasta ahora.

Tardó una hora y diez minutos más en llegar al desvío. Por fin, pensó cuando vio que se reducía el tráfico y una vez allí, en vez de dirigirse directamente a la casa, aprovechó que las niñas se habían dormido para cruzar el pueblo por la calle principal, que iba desde el muelle hasta la plaza.

Solo había un escaparate vacío; el resto de los escaparates de las tiendas era un auténtico despliegue de colorido. La Barb's Baby Boutique estaba al lado del Ethel's Emporium, donde podía comprarse cualquier cosa, desde recuerdos para turistas hasta las mermeladas y jaleas artesanales producidas en el pueblo. La Kitchen Store, donde vendían todo tipo de utesinlios para cocina, estaba al lado de una tienda de regalos en la que todos los objetos tenían alguna relación con el mar. Había también una tienda de ropa para mujeres y todos y cada uno de los establecimientos tenían en la entrada macetas con pensamientos y toldos de rayas blancas y azules para protegerse del sol. En cuanto la primavera diera paso al verano, los pensamientos serían cambiados por geranios rojos.

Con la ventanilla del coche abierta, respiró, disfrutando al sentir el olor de la sal en el aire. Justo en ese momento, oyó las notas de un concierto al aire libre. Había olvidado ya los conciertos que se ofrecían durante las noches de los viernes de primavera, verano y el principio del otoño, cuando el buen tiempo llenaba de visitantes la ciudad. Aquella noche era un concierto de jazz y, por lo que podía oír desde allí, centrado en el saxo.

Sonrió al recordar las discusiones que tenía en otro tiempo con su padre sobre el tipo de música adecuado para aquellos conciertos. Si por su abuela y por él hubiera sido, todas las semanas habrían sido cantantes y músicos irlandeses.

–Mamá, oigo música –musitó Carrie somnolienta–, ¿vamos a ir a una fiesta?

–No, pero ya casi estamos en casa –respondió Abby–. Cinco minutos más y llegamos.

Se alejó del centro del pueblo y tomó la carretera de la bahía hasta el final y desde allí comenzó a subir una colina. Al llegar a la cumbre, giró a la izquierda, tomando el largo camino que terminaba justo en una casa situada en la primera línea de playa. Era una casa rodeada por un porche y con montones de ventanales para disfrutar de la espectacular vista de la bahía. Había luces en todas las ventanas. Dos siluetas, una de ellas muy dinámica y la otra ligeramente cargada de espaldas, salieron de las sombras del porche en el momento en el que detuvo el coche.

–¡Abuela! –gritó Caitlyn, retorciéndose para quitarse el cinturón.

—¡Y tía Jessie! —exclamó Carrie, intentando salir.

Abby liberó los cierres de seguridad y Carrie salió corriendo para arrojarse a los brazos de su tía favorita.

Jess envolvió a su sobrina en un abrazo mientras Caitlyn abrazaba a su bisabuela con más recato, como si supiera instintivamente que tenía que tener más cuidado con aquella anciana.

Abby contempló la escena con una sonrisa. ¿Por qué no habría vuelto más a menudo? ¿De verdad estaba tan ocupada? ¿O era solo una excusa para no enfrentarse a los sentimientos que le provocaba estar de nuevo allí? Hasta ese momento no se había dado cuenta de lo mucho que echaba de menos estar en su casa, sintiendo la brisa del mar susurrando entre los árboles, oyendo las olas lamiendo la orilla y deleitándose en la promesa de los cangrejos y el vino esperándola en el porche, acompañados por lo que quiera que la abuela hubiera horneado aquel día.

Su abuela la miró a los ojos con una sonrisa de complicidad.

—Es bueno estar en casa, ¿verdad?

—Mejor incluso de lo que esperaba —admitió Abby—. ¿Cómo estás, abuela? Tienes buen aspecto.

Desde luego, no aparentaba los casi ochenta años que Abby calculaba que tenía, porque su abuela no quería admitirlos. Cuando cualquiera de ellos había intentado averiguarlo, aunque fuera para la reconstrucción del árbol genealógico, su abuela siempre evitaba dar la fecha de su nacimiento.

—Ahora que vais a pasar aquí unos días, estoy incluso mejor —contestó su abuela—. Primero daremos de cenar a las niñas, y después cuando esté todo más tranquilo, cenaremos nosotras, ¿te parece bien?

—Me parece perfecto.

—¿Por qué no me las llevo a ver su dormitorio? Las he instalado en el de Connor, que tiene dos camas. Pero no puedo retirar ni uno solo de los trofeos de tu hermano. El dormitorio está igual que cuando tu hermano dormía allí.

Abby sonrió.

—Así que abarrotado y desordenado. Les encantará.

Cuando la abuela y las niñas entraron en la casa, Abby se volvió hacia su hermana y la abrazó.

—¿Ya estás preparada para decirme por qué querías que viniera?

Jess la miró con recelo.

—Siempre directa al grano. ¿No puedes relajarte ni siquiera durante cinco minutos?

—No, si esperas que te ayude a resolver tu problema, cualquiera que sea, en solo unos días.

—Me temo que tendrás que esperar un poco. No quiero hablar de ello hasta que la abuela no esté en la cama. No quiero preocuparla.

Abby frunció el ceño.

—¿Tan serio es?

—Ya te dije que era un asunto de vida o muerte —respondió Jess con impaciencia—. Vamos, necesito una copa de vino. O quizá dos, para poder contarte todo esto.

A juzgar por el humor de su hermana, Abby tenía el presentimiento de que también ella iba a necesitarlas.

Jess no estaba del todo segura de cómo manejar aquel asunto. Lo único que sabía era que tenía un miedo atroz a confiarle nada a su hermana. Aun así, cuando sus planes se habían ido a pique y se había dado cuenta del problema en el que ella misma se había metido, llamar a Abby, el genio para las finanzas de la familia, le había parecido la única opción sensata.

No quería perder la posada. Desde que era niña, había imaginado que aquella casa sería suya algún día. Y justo un año y medio atrás, poco antes de Navidad, había visto el letrero que anunciaba su venta. Aburrida como estaba de su trabajo en el Ethel's Emporium, había tomado una decisión. Por primera vez desde que había vuelto a casa tras terminar los estudios universitarios, había sentido la anticipación y la emoción vibrando dentro de ella. Aquella era la oportunidad de dar sentido a su vida, de construir la clase de futuro que aprobaría su familia.

Al principio, no le había contado a nadie sus planes. No estaba del todo segura de por qué. Probablemente, porque tenía miedo de que la ridiculizaran, o de que le negaran cualquier posibilidad de éxito. Al fin y al cabo, continuaba siendo la pequeña de la familia, y la más inconstante. Nunca había durado en nada mucho tiempo. A diferencia de sus hermanos, nunca había tenido una auténtica pasión por el trabajo, todavía no había encontrado su lugar en el mundo. Había pasado los años dejándose llevar por lo que la vida le ofrecía y toda su familia lo sabía. Y lo peor de todo era que no esperaban otra cosa de ella.

—Oh, ya conoces a Jess. Nunca dura mucho tiempo en nada.

¿Cuántas veces había tenido que oír aquellas palabras en labios de algún miembro de su familia? Sobre todo en los de su padre. Cuando se lo decían Abby o alguno de sus hermanos, sabía tomarse las cosas con calma. Pero cuando era Mick el que se lo reprochaba, Jess reaccionaba inmediatamente. Había crecido pensando que jamás estaría a la altura de sus expectativas. La posada era la oportunidad de demostrar a su padre, de demostrarles a todos ellos, que estaban equivocados.

Afortunadamente, Jess, al igual que el resto de sus hermanos, tenía un modesto fondo de inversiones que había podido hacer efectivo al cumplir veintiún años. Había sido un fondo sabiamente invertido y la cantidad había crecido, especialmente desde que Abby se había hecho cargo de las cuentas. Y por los cálculos que se había hecho, sería suficiente para el primer pago.

En un impulso, había quedado con el agente inmobiliario a la mañana siguiente. Por ingenuidad, y porque estaba haciendo realidad su sueño, no había solicitado ningún documento que garantizara que la propiedad estaba libre de cargas. Había ido a inspeccionar la casa y había visto que estaba en buen estado. Había hecho una oferta prudente que le habían aceptado inmediatamente. Los Patterson estaban deseando marcharse de allí, de modo que lo único que quedaba era conseguir un prestamo para pagar la casa.

En ese momento debería haber llamado a Abby, comprendió. O a su padre. Incluso sus hermanos podrían haberle aconsejado. Pero resuelta a arreglárselas sola, había decidido hacer las cosas hasta el final. Para mantener los pagos dentro de lo razonable, había solicitado un prestamo que a corto plazo solo le exigía pagar intereses y pensaba refinanciar el prestamo en cuanto abriera la posada y pudiera empezar a obtener beneficios.

Pero sus planes habían sido un fracaso, se dijo saboreando el vino mientras esperaba a que Abby regresara de acostar a las niñas. Nada había salido como esperaba. Los Patterson no tenían ningún sistema de reservas actualizado. La calefacción y el aire acondicionado apenas funcionaban y había tenido que reemplazarlos por equipos con mejor rendimiento energético. Aunque el edificio estaba en buen estado, las habitaciones estaban destrozadas, las cortinas descoloridas y las sábanas para tirar a la basura. El exterior solo había que pintarlo, pero hasta eso costaba dinero.

El primer pago había terminado con sus fondos, de modo que había pedido un nuevo prestamo utilizando la posada como aval y se lo habían aprobado casi inmediatamente.

Emocionada, Jess había dado la noticia a la familia. Tal y como era predecible, su abuela y sus hermanos se habían alegrado mucho por ella. Mick le había hecho mil y una preguntas perfectamente razonables para las que ella no tenía respuesta. Había sido entonces cuando había comenzado a pensar que aquel proyecto podía llegar a superarla.

Después, unos meses atrás, cuando todavía estaba intentando completar la decoración de la posada, había recibido una carta del banco indicándole que llevaba retraso en el pago de la hipoteca y el prestamo. Había empezado entonces a reunir el dinero, avergonzada al darse cuenta de que en su celo por arreglar la pensión, se le habían pasado por alto las fechas de los pagos. Y había vuelto a suceder un par de meses más tarde. Después de aquello, una vez agotados sus fondos, había dejado de pagar dos meses. Y había sido entonces cuando había recibido una notificación de incumplimiento de los términos de la hipoteca y del prestamo.

—¿Eso qué significa? —le había preguntado a Lawrence Riley cuando había llamado al banco aterrada.

—Significa que con tu historial podríamos empezar los procedimientos de ejecución de la hipoteca. He estado echando un vistazo a la posada y no parece que esté abierta.

—Todavía estoy arreglándola. La inauguración está programada para el uno de julio. Me habría gustado que fuera para el Día de los Caídos, pero no fue posible.

—¿Cómo esperas hacer frente a estos pagos, o a los del mes que viene?

—Encontraré el dinero —le aseguró, aunque todavía no sabía dónde.

—A lo mejor deberías hablar con tu padre. Seguro que estaría dispuesto a...

Jess le interrumpió inmediatamente.

—Este proyecto es mío. Mi padre no tiene nada que ver.

Con aquel comentario consiguió acallarle, algo que consideró positivo hasta que su interlocutor dijo:

—Si supiera que tu padre te respalda, podríamos resolver de otra forma el prestamo que...

—Pues no —repitió Jess—. Pagaré lo que debo, señor Riley. Sabe perfectamente que la posada tiene un gran potencial. Que será un éxito.

—En las manos adecuadas, sí, pero ya no estoy tan convencido de que tú seas la persona capaz de convertirla en un negocio rentable.

Su condescendencia y su falta de fe la habían enfurecido. Le habría gustado replicar, pero incluso ella era suficientemente sensata como para ser consciente de que su relación con el banquero ya era suficientemente precaria.

—Por favor, tenga paciencia. No se ha equivocado al concederme esos créditos, señor Riley. Me conoce, y conoce también a mi familia.

—Como te he dicho, si quieres que tu padre participe en esto, podríamos hablar...

—No —volvió a interrumpirle.

—Eres tú la que tiene que decidirlo, por supuesto, pero espero recibir los pagos cuando me corresponde. Buenos días, Jessica.

Aquella conversación había tenido lugar el martes. Jess había llamado a Abby el miércoles, en cuanto se había dado cuenta de que no tendría el dinero a tiempo. Sabía que Abby iba a enfadarse cuando se enterara de la clase de tratos que había hecho Jess sin consultar con ella, pero al final lo arreglaría todo, porque así era Abby. No había un problema para el que no tuviera solución. Incluso cuando se había divorciado, había encontrado la forma de mantener el equilibrio, de continuar trabajando y de dar a las gemelas la atención que necesitaban en medio de aquel torbellino emocional. Si había conseguido manejar una situación tan compleja, sus problemas serían pan comido para ella, había pensado Jess confiada.

Por supuesto, todo eso había sido antes de darse cuenta de que Trace formaba parte de la ecuación. No tenía la menor idea de lo que había pasado entre Abby y Trace durante todos aquellos años, pero sabía que no había sido nada bueno. Allí había toda una historia, y a pesar de que Trace le hubiera asegurado que no dejaría que eso interfiriera en la decisión del banco, no estaba segura de que pudiera creerle. Y tampoco tenía muy claro lo que haría Abby cuando supiera que tendría que enfrentarse a un viejo amor. Quizá fuera preferible no mencionarlo de momento.

Cuando Abby se reunió por fin con ella en el porche, Jess le preguntó por el trabajo, por cómo les iba a las niñas en la escuela infantil y por la existencia de algún hombre en su vida. Al final, Abby la miró con impaciencia.

—Estás evitando hablar del tema —la acusó.

Jess se sonrojó.

—Sí, es verdad, pero también es cierto que quiero ponerme al tanto sobre tu vida. Hace mucho que no tenemos una conversación de corazón a corazón, y lo echo de menos.

Abby suavizó su expresión.

—Sí, yo también, pero lo primero que tienes que hacer es contarme tu problema de vida o muerte.

Una hora después, Jess se había desahogado y veía el desconsuelo que reflejaba la mirada de su hermana pensando que quizá aquello no fuera tan fácil de arreglar como imaginaba.

—Podremos solucionarlo, ¿verdad? —preguntó vacilante—. Sé que hasta ahora todo lo que he hecho ha sido un desastre, pero en cuanto veas la posada, comprenderás por qué he actuado así. Todo va a salir estupendamente.

—Solo saldrá estupendamente si puedes evitar que el banco ejecute la hipoteca —le dijo Abby con franqueza—. ¿Por qué no me has llamado antes? Podría haberte dejado dinero.

—No necesito tu dinero —insistió Jess—. Sé que puedo hacerlo sola. Lo único que necesito es tiempo. Un par de meses como mucho.

—¿Ya tienes alguna reserva?

—Tengo el verano completo y estoy empezando a reservar habitaciones para el invierno —anunció con orgullo—. Además, en cuanto empiece a correr la voz de lo acogedora que es la posada y lo fabulosa que es la comida, tendré reservas durante el resto del año, por lo menos los fines de semana. Y prepararé también algunos paquetes especiales para garantizar que haya huéspedes en noviembre y diciembre, e incluso en enero y febrero. Tengo un plan de mercado genial, Abby.

—¿Lo tienes por escrito?

—No, pero si eso puede servir de ayuda, lo pondré por escrito.

Abby asintió con expresión pensativa.

—Hazlo. A lo mejor es eso lo que necesitas. Mañana a primera hora me pasaré por allí y les echaremos un vistazo a tus cuentas. Intentaré elaborar un presupuesto realista y el lunes iremos al banco.

Lo que significaba que tendría que verse las caras con Trace. Quizá no fuera tan buena idea.

—Sé que estás muy ocupada, Abby. Si tienes que irte a Nueva York, bastará con que me dejes todo por escrito. Ya llevaré yo la documentación al banco.

–No, es mejor que vaya yo. Asúmelo, el banco y yo hablamos el mismo lenguaje, y tú no. Este es tu sueño y tú tiendes a dejarte llevar por los impulsos. Yo puedo hablar de números y hechos objetivos.

Jess cedió porque sabía que Abby tenía razón. Ella se dejaría llevar por la emoción y Abby siempre había sabido mantener el control.

–Si estás segura de que no te causa muchos problemas, entonces, gracias. No sé cómo voy a pagarte nunca que estés haciendo esto por mí, Abby. No puedo perder la posada. Es el primero de mis proyectos que realmente me importa. Y la primera oportunidad que tengo de demostrar que soy tan buena como el resto de los O'Brien.

Abby la miró estupefacta.

–¿A qué te refieres? Claro que eres tan buena como cualquiera de nosotros.

–Vamos, Abby. Yo siempre he sido el desastre de la familia, la hiperactiva incapaz de centrarse en nada. Seguramente, desde el primer momento pensabais que esto iba a ser un fracaso.

El tardío diagnóstico de déficit de atención había llegado cuando Jess tenía diez años y problemas de conducta en el colegio. Desde entonces, aquella había sido su maldición y con mucha frecuencia, también una excusa para sus fracasos.

–Eso no es cierto –dijo Abby, aunque su expresión decía otra cosa–. Cariño, tienes un Trastorno de Hiperactividad y Déficit de Atención, todos lo comprendemos. Y a pesar de todo, mira lo que has conseguido. En el instituto te graduaste siendo casi la primera de tu clase y has sacado un título universitario. Para una persona con TDAH, eso es un gran triunfo. Y estoy segura de que también encontraremos la manera de solucionar lo de la posada.

–Conseguí un título universitario porque cambié de carrera, y desde entonces, he tenido media docena de trabajos –le recordó Jess, decidida a ser realista–. Además, tengo veintidós años y nunca he tenido una relación que haya durado más de unos meses.

—Porque todavía no has encontrado una persona a la que amar apasionadamente —replicó Abby—. Ahora tienes la posada. Recuerdo cómo hablabas de ella cuando eras niña. Te encantaba pasear por allí. Cuando me dijiste que por fin podías comprarla, me emocioné, Jess —la miró con determinación—. Así que ahora deja de preocuparte. Pienso hacer todo lo que esté en mi mano para que conserves esa posada.

—Salvo prestarme dinero —le advirtió Jess—. Eso no lo permitiré.

—Ya veremos cómo van las cosas, ¿de acuerdo? Tengo dinero para invertir en proyectos seguros y tengo fe en ti.

A Jess se le llenaron los ojos de lágrimas.

—Te quiero, Abby.

—Y yo a ti más. Ahora, será mejor que nos acostemos para que podamos levantarnos pronto. ¿A qué hora quedamos en la posada?

—¿A las nueve? —sugirió Jess.

No quería hacer madrugar demasiado a su hermana.

—Mejor a las ocho.

A pesar de que las emociones la desbordaban, Jess consiguió sonreír.

—No está mal. Supongo que estás relajada. Imaginaba que dirías a las siete.

—Cuidado, pequeña, podría cambiar de opinión.

Jess se levantó corriendo.

—Hasta mañana a las ocho —dijo precipitadamente, y bajó corriendo los escalones del porche. Al llegar al final, se volvió hacia su hermana—. Me alegro de que estés en casa, Abby, pero siento haberte metido en todo este lío.

—Para eso está la familia. No lo olvides.

A pesar de las palabras de su hermana, Jess se preguntó si alguna vez sería capaz de creérselo, por lo menos en lo que a su padre se refería. Estaba convencida de que en cuanto Mick se enterara de lo ocurrido, iba a tener que escuchar cientos de veces el consabido «ya te lo dije».

Y cuando Abby se enterara de que iba a tener que negociar

con Trace Riley y de que su hermana se lo había ocultado, era probable que se marchara y dejara que se defendiera sola.

Abby entró en la cocina poco después del amanecer. La había despertado el canto de los petirrojos, los mirlos y los reyezuelos a través de la ventana abierta del dormitorio. Había olvidado lo escandalosos que podían llegar a ser, sobre todo en primavera. A pesar de lo temprano que era, no le sorprendió descubrir que su abuela se había levantado antes que ella.

—Te has levantado pronto —dijo la abuela, regañándola—. Pensaba que dormirías algo más.

—Tengo muchas cosas que hacer —contestó Abby, sirviéndose una taza del fuerte té que la abuela había preparado. Añadió un poco de leche y tras beber el primer sorbo, suspiró complacida—. Nunca me sale igual.

—Eso es porque utilizas té en bolsitas y calientas el agua en el microondas.

Abby sonrió.

—Podría ser.

—Para hacer una buena taza de té se necesita tiempo. En cuanto uno pone un poco de tiempo y amor, todo sale bien.

—Ya tengo bastantes problemas para encontrar tiempo para mis hijas como para preocuparme de cómo me sale el té —replicó Abby.

—Eso significa que trabajas demasiado. Nunca has sabido relajarte. ¿Por qué no eliges un libro y te pasas la mañana leyendo en la hamaca? Yo me ocuparé de las niñas. Me las llevaré al centro.

—Si no te importa quedarte con las niñas, la verdad es que me vendría bien —contestó Abby—, pero me temo que la hamaca tendrá que esperar. He quedado con Jess en la posada dentro de una hora.

Su abuela se puso inmediatamente seria. Se sentó enfrente de Abby, removió su té con la cucharilla y alzó de nuevo la mirada hacia su nieta.

—Tiene problemas, ¿verdad?

Abby no quería traicionar la confianza de su hermana, pero nunca había sabido mentir. Optó por devolver la pregunta.

—¿Qué te hace pensarlo?

—Para empezar, estamos en Chesapeake Shores y aquí los chismes son el pasatiempo favorito. Y por otra parte, la hermana de Violet Harding trabaja en el banco y me dijo que había visto un informe de ejecución de una hipoteca con el nombre de Jess. Por supuesto, esa cotilla estaba deseando contarlo. Los Harding todavía están enfadados porque Mick compró todas las tierras de su familia para crear esta comunidad. No les importa que el inútil de su padre lo vendiera todo porque necesitara el dinero. ¡Como si Mick fuera el culpable de que ya no tuvieran tierra! —descartó el tema con un gesto de desdén—. Pero ahora nada de eso importa. ¿Es verdad que Jess va a perder la posada, como dijo Violet?

—No, si tengo algo que decir al respecto —replicó Abby con dureza—. Y, por favor, no le digas que lo sabes. Tiene mucho miedo de decepcionarnos.

La abuela sacudió la cabeza.

—¿De verdad cree que nos importa más esa posada y si fracasa o triunfa con ella que lo que la queremos?

Abby asintió.

—Creo que sí. Está desesperada por demostrarnos lo que vale. Sobre todo a papá.

—Ahora lo comprendo —dijo su abuela, cerrando la boca en una dura línea—. No entiendo por qué no son capaces de comunicarse sin discutir.

—Porque son iguales —respondió Abby—. Los dos tienen más orgullo que cabeza, son igual de cabezotas e incapaces de admitir que se equivocan. Aunque yo no estaba aquí cuando Jess compró la posada, estoy segura de que lo primero que le dijo papá fue que estaba cometiendo un error, y también será el primero en recordárselo si fracasa.

—Sí, supongo que, aunque resumido, ese es el problema. Pero no recuerdo que tu padre haya sido terco con vosotros.

–Confía en mí, lo fue –dijo Abby–. Pero los demás podíamos ignorarle. Sabíamos que pasara lo que pasara, contábamos contigo y con mamá. Pero desde que mamá se fue, Jess siempre se ha tomado muy a pecho todo lo que decía papá, incluso comentarios de los que él se olvida nada más hacerlos.

–Sí, tienes razón. Yo he hablado de eso con él, pero no parece ver el problema. Tu padre siempre ha pensado que la sinceridad es una virtud, incluso cuando duele. Cree que es una pérdida de tiempo andarse con paños calientes. Y que vosotros, por duras que sean sus críticas, tenéis que saber que os quiere.

–Y con todos los demás le ha funcionado, pero no con Jess. Ella ha tenido que superar demasiados obstáculos.

Su abuela la miró preocupada.

–¿Crees que podrás ayudarla?

–Por lo menos voy a intentarlo. No te preocupes, abuela, sé lo importante que es todo esto para ella. El banco no va a poder quitarle esa posada sin enfrentarse a mí.

Su abuela la miró pensativa.

–Quizá fuera mejor que saliera de esto por sus propios medios, sin tener que recurrir a ti.

–Probablemente, pero teniendo en cuenta lo que me contó anoche, no creo que haya otra opción. Ha esperado demasiado tiempo y ahora ya no es fácil arreglar las cosas.

–¿Quiere que le prestes dinero?

Abby negó con la cabeza.

–Se opone completamente a que le deje dinero. Lo único que quiere es mi consejo.

–¿Y con eso será suficiente?

–No lo sabré hasta que no vea los informes –contestó Abby con sinceridad.

–Bueno, por lo menos ha hecho bien en llamarte –dijo su abuela–. Desde que era una niña se ha apoyado en ti y no la has decepcionado nunca.

–Sí, y eso supone mucha presión para mí –contestó Abby mientras se levantaba. Se inclinó y le dio un beso en la mejilla–. Gracias, abuela. Te quiero.

—Yo también te quiero. Y estoy segura de que todo saldrá bien. Cuando los O'Brien se unen, nada puede detenerlos.
—Eso es lo que nos has dicho siempre.
Desgraciadamente, iba a hacer falta mucho más que el espíritu y la lealtad de la familia para salvar a Jess.

Capítulo 3

Mick no había regresado a casa desde hacía un mes, aunque la verdad era que tampoco sentía Chesapeake Shores como su hogar. Había invertido la mayor parte de aquellos treinta días en frustrantes discusiones con funcionarios para tramitar los permisos para la urbanización que estaba proyectando en el norte de San Francisco. Teniendo en cuenta todos los obstáculos que se estaba encontrando, estaba empezando a considerar la posibilidad de renunciar a ese proyecto. Pero, una vez más, estaba en juego su reputación, ¿y qué dirían de él si renunciaba al proyecto sin luchar?

Acababa de salir de una reunión de O'Brien & Company con contratistas y subcontratistas cuando sonó el teléfono móvil. Miró el identificador de llamadas y vio que era su madre, que últimamente rara vez le llamaba. En el pasado, lo hacía únicamente cuando surgía una emergencia, algo bastante habitual en una casa con cinco hijos.

—Hola, mamá, ¿cómo estás? —le dijo, alejándose de los hombres con los que había estado reunido para poder hablar en privado.

—Perfectamente, pero me gustaría poder decir lo mismo de tu hija.

A Mick se le aceleró el pulso.

—¿Le ha pasado algo a Abby? ¿A Bree? —preguntó. Y añadió casi de inmediato—. ¿O ha sido Jess?

—Es curioso que la última de tus preocupaciones sea Jess

—respondió su madre en tono acusador—. Ese ha sido siempre vuestro problema. Creo que a veces te olvidas de que tienes tres hijas. No me extraña que la pobre se esfuerce tanto por llamar tu atención.

—Espero que no me hayas llamado para regañarme otra vez por discutir tanto con Jessica. Creo que ya hemos tenido demasiadas veces esta conversación.

—En ese caso, me sorprende que todavía no te haya entrado en la cabeza. Pues precisamente te llamo por eso. ¿Cuándo hablaste con ella por última vez?

—Hace unos días, supongo —respondió, intentando recordar, pero no fue capaz de precisarlo.

Eso concedía cierta veracidad a las acusaciones de su madre, pero todavía no estaba dispuesto a admitirlo. Además, tampoco había hablado con Abby o con Bree.

—Más de un mes, supongo —le dijo su madre—. Si pienso en ello, yo diría que fue la última vez que te llevó al aeropuerto. No creo que hayas vuelto a pensar en Jessica desde entonces.

Mick esbozó una mueca al comprender que había dado en el blanco.

—Muy bien, probablemente tengas razón. ¿Pero adónde quieres ir a parar? Mi hija es una mujer adulta. No necesita que la controle.

—No, no necesita que las controles —replicó su madre con impaciencia—, pero a lo mejor sí que la llames para ver cómo está, para ver cómo anda la posada o para interesarte por si le vendría bien alguna ayuda para poder abrirla cuanto antes. ¿Crees que eso es mucho esperar de un padre, sobre todo de un padre que tiene toda una empresa constructora a su disposición?

Mick se enfureció ante la insinuación de que no estaba dispuesto a ayudar a su propia hija.

—Jess dejó muy claro que no quería que me entrometiera en sus planes. Estabas tú delante cuando le ofrecí enviar a mis hombres a echar un vistazo a la posada y ella lo rechazó.

—Mick, para ser un hombre tan inteligente, a veces eres increíblemente duro de entendederas —le regañó—. A lo mejor no quería que enviaras a tus hombres. A lo mejor necesitaba que fueras tú.

Mick podía tener más de cincuenta años, pero odiaba que su madre le regañara. Prefería enfrentarse a una docena de burócratas que sentir que había decepcionado a su familia. Por supuesto, era consciente de que les había decepcionado al hacer la vida de Megan tan insoportable que había tenido que abandonarlos. Eso no lo había sabido arreglar, y probablemente tampoco podría solucionar los problemas de Jess en aquel momento. ¿Qué clase de hombre era? Era un arquitecto de fama internacional, pero había sido incapaz de mantener a su familia unida.

–Mamá, ¿por qué no dices lo que estás pensando? ¿Jess ha tenido algún problema? ¿Necesita dinero? ¿Quieres que le envíe a una de mis cuadrillas? ¿Qué ha pasado? Sabes que estoy dispuesto a hacer cualquier cosa para ayudarla, lo único que tiene que hacer es pedírmelo.

Su madre suspiró pesadamente.

–Mick, sabes que jamás te pedirá ayuda.

–Por el amor de Dios, ¿por qué? –preguntó frustrado–. ¿A quién va a pedir ayuda si no? Soy su padre.

–Exactamente. Y ha estado intentando demostrarte que te quiere desde que su madre se fue. Siempre ha pensado que la culpa la tuvo ella porque causaba demasiados problemas y no era suficientemente lista.

–Jess es muy inteligente –protestó Mick.

–Sí, claro que sí, pero le ha costado estudiar. Cree que ella es la culpable de que su madre se marchara. Los niños que sufren un divorcio a edades tan tempranas, suelen pensar que la culpa es suya.

–Has estado viendo al doctor. Phil otra vez –la acusó–. No intentes psicoanalizar mi relación con Jess.

–Bueno, pues alguien tendrá que arreglarla. Ya va siendo hora. ¿Cuándo podrás estar de vuelta en casa?

–Dentro de unas semanas, quizá. O más tarde, a no ser que me cuentes qué demonios está pasando en un idioma que mi pobre cerebro de hombre sea capaz de comprender.

—No te hagas el sabihondo conmigo, que todavía soy tu madre.

Mick estuvo a punto de gemir.

—Mamá, por favor.

—Creo que es posible que pierda la posada antes de haberla abierto siquiera. Si eso llega a suceder, no solo le romperá el corazón, sino que se quedará sin fuerzas para nada.

Aquella noticia le pilló completamente desprevenido. Aun así, era consciente de lo mucho que le afectaría a su hija, en el caso, por supuesto, de que fuera verdad, y no solo un producto de la rumorología local.

—¿Qué te hace pensar que va a perder la posada?

—He oído rumores de que el banco está a punto de ejecutar la hipoteca. Y antes de que me digas que eso no son más que especulaciones, te advierto que mi fuente es bastante fiable.

La frustración de Mick creció.

—Maldita sea, sabía que no estaba en condiciones de enfrentarse a algo tan complicado, pero firmó todo el papeleo sin consultarme.

—Porque necesitaba demostrarte que podía hacer las cosas sola.

—¿Y se puede saber qué ha demostrado exactamente, si ahora resulta que el banco va a quedarse con la posada?

—Michael Devlin O'Brien, no te atrevas a volver por aquí si lo único que piensas hacer es echarle sus errores en cara. Ella necesita un padre, no un hombre de negocios que la juzgue.

Entonces fue Mick el que suspiró. Si lo que su madre estaba diciendo era verdad, se encontraba en una situación muy difícil.

—Mamá, tanto tú como yo sabemos que bastaría una llamada a Lawrence Riley para solucionar este asunto, pero también que si hago eso, a Jess no le hará ninguna gracia.

—Es cierto —admitió—. Pero algo habrá que hacer. Jess necesita tener éxito en este proyecto.

—¿De verdad crees que puede perder la posada? A lo mejor la situación no es tan terrible.

—Jess ha llamado a su hermana, así de terrible es la cosa. Abby ha venido a intentar ayudarla, pero por su expresión, tengo la sensación de que va a hacer falta algo más que su magia con las finanzas para arreglar esto. Vuelve a casa, Mick. Lo admita o no, Jess necesita tu apoyo. Y, por supuesto, si vuelves esta noche, podrás ver a Abby y a tus nietas.

—¿Esta noche? —preguntó Mick—. No creo que pueda conseguir un avión en tan poco tiempo.

—Gasta parte de la fortuna que has ganado en algo importante. Alquila un avión privado si hace falta.

Mick pensó en la posibilidad de ver a sus únicas nietas en su casa, en estar allí cuando otra de sus hijas posiblemente le necesitaba y tomó una decisión. Su madre tenía razón: en aquel momento, tenía que estar con su familia.

—Veré lo que puedo hacer —dijo por fin.

—Estupendo. Y será mejor que tú y yo finjamos que no hemos mantenido nunca esta conversación.

Mick se rio por primera vez desde que había empezado aquella incómoda conversación.

—Sigues siendo única, mamá.

—De hecho, estoy muy orgullosa de mí misma.

Abby se pasó todo el sábado concentrada en los documentos de la posada. Tal y como su hermana le había asegurado, las perspectivas eran buenas, pero era evidente que Jess no sabía manejar el dinero. Si quería unas cortinas de diseño para las duchas y unas toallas de lujo, las compraba aunque se salieran del presupuesto.

Tampoco había dejado el presupuesto por escrito, ni había elaborado la clase de planificación que Abby encontraba imprescindible. Evidentemente, de esa forma, había fallado en los pagos. Si el banco había soportado hasta entonces la situación, era porque era una O'Brien en una población en la que eso significaba algo. Cualquier otro banco habría sido mucho más estricto con ella.

El sábado por la noche, se sentó con su hermana a la mesa de la cocina y le expuso su situación mientras su abuela les contaba un cuento a las niñas en el dormitorio.

—No tienes apenas capital operativo, ¿cómo piensas comprar la comida para el restaurante? ¿O los jabones para los dormitorios?

—¿Con la tarjeta de crédito? —preguntó Jess con un hilo de voz. Parecía a punto de llorar—. Todavía no he agotado el crédito de la tarjeta.

Abby ahogó un gemido.

—Si haces eso, te meterás en un agujero tan profundo que no podrás salir jamás en tu vida. Te guste o no, voy a prestarte dinero y a organizarte un presupuesto. Asumiendo, por supuesto, que podamos convencer al banco de que podemos sacar adelante el proyecto. Ahora mismo estoy rezando para que no hayan comenzado oficialmente el proceso de ejecución de la hipoteca. El lunes a las nueve en punto me presentaré en el banco y veremos cómo van las cosas.

—Iré contigo —dijo Jess—. Este proyecto es mío.

—De acuerdo —respondió Abby con reluctancia—, pero a menos que pidan información de la que yo no disponga, déjame hablar a mí.

—Estupendo —contestó Jess, sin mirarla a los ojos.

Abby estudió atentamente a su hermana. Estaba ligeramente sonrojada. A lo mejor era porque le avergonzaba haber dejado sus finanzas en aquel estado, pero Abby sospechaba que se trataba de algo más. Parecía sentirse culpable.

—¿Qué es lo que no me estás contando? —le preguntó—. ¿El proceso de ejecución de la hipoteca está más avanzado de lo que me dijiste? ¿Tienes más cuentas de las que me has dejado ver?

Jess vaciló un instante, y después contestó.

—No, has visto hasta la última factura que debo.

—¿Entonces por qué pareces culpable?

—¿Culpable?

Jessica abrió los ojos como platos, intentando parecer inocente, pero Abby no se lo tragó.

—No intentes fingir, Jess, te conozco demasiado bien. Esa es la mirada que utilizabas cuando te escapabas por las noches para encontrarte con Matt Richardson y la abuela te pillaba.

Jess se sonrojó todavía más.

—De acuerdo, a lo mejor hay algo que deberías saber antes de que llegue el lunes.

—Dímelo —le ordenó Abby con un nudo de miedo en el estómago—. No te atrevas a dejar que vaya a una reunión sin conocer todos los datos.

Antes de que Jess pudiera contestar, la puerta se abrió de pronto y su padre entró a grandes zancadas en la cocina. Jess miró a su padre, desvió la mirada hacia Abby y volvió a mirar de nuevo a su padre.

—Creo que ha llegado la caballería —dijo con amargura. Se volvió hacia Abby con el ceño fruncido—. ¿Le has llamado tú?

—Claro que no —respondió Abby, intentando suavizar la reacción de Jess levantándose para darle a su padre un abrazo. Le sonrió radiante—. ¿Por qué no nos has dicho que venías?

—Lo he decidido de pronto —miró con recelo hacia Jess—. ¿Ocurre algo que no quieres que sepa?

—No, nada —respondió con firmeza, y le dirigió a Abby una mirada de advertencia. Se levantó sin ganas y le dio a su padre un beso en la mejilla—. Hola, papá, bienvenido a casa. Me encantaría quedarme, pero tengo que volver a mi casa.

—La última vez que estuve aquí, esta era todavía tu casa.

—Ahora vivo en la posada —respondió.

Reunió todos los documentos que habían extendido en la mesa de la cocina y los guardó en un maletín. Evidentemente, no quería que Mick tuviera oportunidad de ver ninguno de aquellos papeles. Ya se dirigía hacia la puerta cuando dijo:

—Hablaremos mañana, Abby.

Abby quería haber replicado que todavía tenían cosas que hablar, pero era evidente que su hermana no quería hacerlo delante de su padre. De modo que tendría que esperar al domingo para enterarse de lo que Jess le había estado ocultando.

En cuanto su hermana salió, Abby se volvió hacia su padre. Parecía cansado, pero continuaba siendo un hombre fuerte. Habían aparecido algunas canas en su pelo rubio rojizo, pero la anchura de sus hombros y la estrechez de su cintura indicaban que continuaba manteniéndose en forma a pesar de los viajes. Era un hombre de rostro rubicundo por el mucho tiempo que pasaba trabajando al aire libre y había algunas arrugas alrededor de sus ojos azules, unos ojos que siguieron a Jess con expresión preocupada.

—Te ha llamado la abuela, ¿verdad? —dijo Abby.

Su padre vaciló un instante antes de contestar.

—Me ha llamado para decirme que habías venido con las niñas. He venido en el primer avión que he encontrado para poder pasar algún tiempo con vosotras. Hacía mucho tiempo que no veníais por aquí.

—Sí, demasiado —admitió—. ¿Eso ha sido lo único que te ha dicho?

Mick se acercó a la encimera de la cocina, se sirvió una taza de té y se sentó sin contestar. Añadió azúcar al té, bebió un sorbo y miró a su hija a los ojos.

—Claro. ¿Tenía que decirme algo más?

—No juegues conmigo, papá. Has vuelto porque la abuela te ha dicho que Jess tiene problemas.

Mick tensó los labios al oírla.

—¿De verdad? ¿Ahora lees la mente? ¿O acaso has oído a escondidas una conversación privada?

—Claro que no.

—Entonces, acepta lo que te digo —le ordenó—. Es mejor así. Ahora dime dónde están mis nietas.

—En el dormitorio, y espero que durmiendo. Por supuesto, no vas a despertarlas a esta hora porque sería imposible obligarlas a dormir después. Mañana podrás pasar todo el día con ellas —le miró con firmeza—. Y no se te ocurra mimarlas en exceso. La última vez que estuviste en Nueva York les compraste una juguetería entera.

—Los abuelos tienen derecho a mimar a los nietos —replicó—, y pienso hacerlo.

Abby elevó los ojos al cielo. Después de aquellos días convertidas en el centro de atención de su bisabuela y su abuelo, las niñas iban a ser insoportables cuando volvieran a Nueva York.

Advirtió que su padre la estaba estudiando por encima del borde de la taza.

—Pareces cansada, Abby. Trabajas demasiado.

—Supongo que en mi trabajo, es inevitable.

—¿Y tienes tiempo para las niñas?

—La verdad es que no mucho —admitió, y añadió—: pero tú deberías saber mejor que nadie lo que es tener que tomar decisiones difíciles por el bien de tu familia.

De alguna manera, en eso eran los dos iguales, de modo que su crítica resultaba bastante hipócrita.

—Sí, sé lo que es tomar una decisión difícil —dijo sin ofenderse—. Y tú también deberías saber el precio. Perdí a la mujer a la que amaba y todos vosotros os marchasteis de aquí en cuanto pudisteis. De modo que al final, ni el dinero ni el éxito me han servido de nada.

—Jess sigue todavía aquí.

—Y no hay un solo día en el que no me pregunte por qué.

—Creo que tengo la respuesta. Le gusta estar aquí más que a ninguno de nosotros. Todavía está intentando demostrarte algo y quiere hacerlo aquí, en un lugar que sabe que significa mucho para ti. Tengo la sensación de que cree que de esa forma, a la larga, seréis capaces de tener una buena relación.

—No tiene que demostrarme nada. Yo os quiero a todos de forma incondicional.

Abby comprendió que lo decía con total sinceridad y, por una vez, decidió que ganara su parte más cándida y evitó remover los problemas reales de la familia.

—Papá, cuando mamá se fue, fue como si tú también nos abandonaras. Desde ese momento, solo formabas parte de nuestras vidas cuando tenías unos días libres, pero en realidad no sabías nada de nosotros. Para Connor, para Kevin, para Bree y para mí fue duro, pero para entonces ya habíamos crecido. Jess todavía era una niña pequeña.

Mick frunció el ceño al oírla.

—¿Qué quieres decir? Yo sabía todo lo que tenía que saber sobre vosotros. Estaba al corriente de todas vuestras notas, no me perdí una sola ceremonia de graduación, pagué las matrículas de la universidad y vi todos los informes de notas.

Abby comenzó a enfurecerse.

—¿Y creías que eso era lo único que importaba? Un detective privado podría haberte informado de todas esas cosas, aunque, por supuesto, a ti te bastaba con la abuela. Lo que nosotros necesitábamos era tener aquí a nuestro padre, mimándonos, secándonos las lágrimas o regañándonos cuando cometíamos errores.

Mick se sonrojó y se puso inmediatamente a la defensiva.

—Para eso siempre habéis tenido a la abuela.

—Y ha sido maravillosa con nosotros. Ha hecho todas esas cosas, pero ella no era ni tú ni mamá —Abby sacudió la cabeza, resignada a que no la comprendiera—. No tiene sentido seguir discutiendo sobre esto. Ya ha llovido mucho desde entonces y hemos sobrevivido. Ningún niño tiene una familia ideal y nuestras vidas han sido mejores que las de muchos otros.

—Lo he hecho lo mejor que he podido —protestó Mick.

Abby le miró compasiva.

—A lo mejor sí, ¿pero sabes? A lo mejor es porque soy la mayor, pero yo recuerdo una época en la que lo hacías mejor todavía.

Se levantó, enjuagó su taza de té y la metió en el lavavajillas.

—Buenas noches, papá. A las niñas les va a hacer mucha ilusión verte mañana por la mañana.

Le habría gustado poder decir lo mismo. Aunque estaba convencida de que su padre había vuelto a casa para ayudar a Jess, tenía la sensación de que su presencia solo iba a servir para empeorar las cosas.

***

El domingo por la mañana, Trace estaba sentado en el muelle de la familia con los pies en el agua cuando apareció Laila. Con los pantalones cortos, la camiseta y el pelo recogido en una cola de caballo aparentaba dieciséis años en vez de los veintinueve que tenía.

Le tendió a su hermano una lata de refresco.

—¿Cómo está el hijo pródigo? —preguntó.

Se quitó las chancletas y se sentó a su lado, con los pies en el agua. Por encima de sus cabezas, un águila surcó el cielo y se posó sobre un viejo roble, para observar desde allí cuanto acontecía.

—Desesperado por volver a Nueva York —respondió—. Y podría hacerlo si no fueras tan cabezota.

Laila le dio un codazo.

—Vamos, admítelo, te gusta estar aquí.

—De visita —insistió—. Nunca he querido trabajar en el banco. Ese ha sido tu sueño, no el mío.

—Desgraciadamente, nuestro padre no lo ve de ese modo. En su mundo dominado por hombres, el heredero de la propiedad de la familia es el hijo mayor. Las hijas solo se quedan con las sobras.

Trace la miró con el ceño fruncido.

—No es eso lo que papá me ha dicho. Según él, te ofreció trabajar en el banco.

—¿Y por casualidad te ha dicho qué puesto me ofreció?

—Supongo que el mismo que a mí.

—Pues te equivocas. Quería que fuera la secretaria de Raymond, lo que, por si no lo has averiguado todavía, implica un montón de trabajo de oficina que podría hacer hasta un niño.

Trace esbozó una mueca.

—No es esa la impresión que me ha dado.

—Si no me crees, pregúntaselo a él.

Desgraciadamente, Trace la creía. Seguramente le había ofrecido a su hermana un trabajo que estaba por debajo de sus posibilidades sabiendo que lo rechazaría. De esa forma podía decirle a él que ya le había dado una oportunidad a su hermana.

—Lo siento –dijo.

Laila se encogió de hombros, fingiendo que no le importaba, pero Trace conocía bien a su hermana.

—No te preocupes –respondió–, papá es un machista, ya estoy acostumbrada.

—No sé si te servirá de algo, pero le he dicho que eres tú la que debería ocupar el puesto que me ha ofrecido.

—Por extraño que pueda parecerte, me ayuda.

Permanecieron en silencio durante algunos minutos antes de que Laila dijera:

—Abby está aquí, ¿lo sabías?

—Había oído decir que a lo mejor venía de visita –respondió Trace sin comprometerse.

—¿La has visto?

Trace negó con la cabeza.

—No, pero supongo que nos veremos antes de que se vaya.

—¿Y qué sientes?

—Somos adultos –respondió Trace con un toque de impaciencia–, hace mucho tiempo que pasó todo, estoy seguro de que podremos tratarnos como personas civilizadas, Laila.

—No te he preguntado que cómo esperas comportarte, te he preguntado que cómo te sientes. Los dos sabemos que Abby fue el amor de tu vida y que nunca lo has superado.

—¿Ah, sí? De modo que los dos lo sabemos...

—Bueno, por lo menos yo lo sé –sonrió de soslayo–. Por supuesto, tú eres demasiado cabezota y estúpido como para admitirlo. Al fin y al cabo, eres un hombre.

—No pienso hablar de Abby contigo.

Pero no era fácil detener a Laila cuando quería hablar de algo.

—Vamos, Trace, admítelo. Cuando se marchó, te quedaste destrozado. Yo estaba ahí, vi lo mucho que sufriste.

—¿Entonces por qué me lo recuerdas?

—Porque a lo mejor esta es tu oportunidad de averiguar lo que pasó.

—Sé lo que pasó. Abby decidió sacarme de su vida y fin de la historia.

—Ese no fue el fin de la historia –le contradijo su hermana–. Solo es parte de la historia que tú conoces. Tienes que averiguar todo lo demás. A lo mejor de esa manera consigues romper de verdad con esa etapa de tu vida y seguir adelante.

—Hace años que lo superé.

—¡Tonterías!

Trace la miró fijamente y apretó los labios.

—¿Todavía tenemos cinco años? No sé por qué estamos discutiendo así.

—Claro que no, pero parece que tu nivel de madurez no ha superado esa edad. Los adultos se enfrentan a sus problemas.

—No fui yo el que se marchó. ¿Has tenido esta misma conversación con Abby?

—La tuve hace diez años –admitió Laila.

Trace la miró fijamente.

—¿De verdad? ¿Y qué te contó a ti que no se molestó en decirme a mí?

—Me dijo que no me metiera en lo que no me importaba.

Trace se rio, pero en su risa no había rastro alguno de humor.

—Me parece un buen consejo.

Le asaltó entonces el mismo pensamiento inquietante que cuando había hablado con su padre.

—A papá no le has contado nada de esto, ¿verdad?

—¿De lo tuyo con Abby? No, ¿por qué?

Trace estudió el rostro de su hermana, intentando averiguar si podía confiar en lo que le estaba diciendo.

—No sé, sencillamente me ha resultado curioso que papá haya decidido presionarme para que trabaje en el banco justo en el momento en el que va a haber un conflicto con los O'Brien que podría hacer volver a Abby.

—¿Te refieres a la ejecución de la hipoteca? –preguntó Laila, toda inocencia–. ¿Crees que esa es la razón por la que Abby está aquí?

—¿Tú no?

—Supongo que tiene sentido –admitió–. Abby siempre ha sido muy inteligente para los negocios y ha apoyado a Jess.

–¿Y no se te ocurrió pensar en nada de eso cuando te enteraste de que estaban a punto de ejecutar la hipoteca? ¿O cuando te enteraste de que papá quería obligarme a venir?

–Lo creas o no, no dedico mi tiempo libre a conspirar con papá. Y si por mí hubiera sido, ahora mismo tú seguirías en Nueva York y yo estaría sentada en ese despacho discutiendo con Jess.

–De acuerdo –contestó Trace, decidiendo confiar en su hermana.

Probablemente, había imaginado una conspiración donde no la había. Al fin y al cabo, Abby estaba allí y eran muchas las probabilidades que tenía de verla. Lo de menos era cómo se había puesto aquel encuentro en marcha. Lo que tenía que hacer era prepararse para lo que pudiera pasar, para no quedar como un auténtico estúpido cuando coincidieran. Empujarla sobre el escritorio y besarla probablemente no fuera una buena idea. Pero, sobre todo, esperaba que no le entraran ganas de hacerlo.

El domingo por la noche, Nell, la abuela de Abby, preparó una cena con la que podría haber alimentado a un ejército e insistió en que todos se sentaran a la mesa, Caitlyn y Carrie incluidas, cuyos modales en la mesa dejaban bastante que desear. Aun así, Abby pensó que serían un excelente amortiguador entre su padre y su hermana. Jess miraba a Mick con desconfianza, y este parecía completamente ajeno a sus miradas. No dejaba de hacer preguntas sobre la posada aparentemente inocentes. Pero en aquellas circunstancias, parecían cargadas con una tonelada de explosivos.

–En la mesa no se habla de negocios –dijo la abuela por fin. Jess parecía a punto de tirar la servilleta sobre la mesa y marcharse–. Estoy segura de que podéis hablar de otra cosa. Al fin y al cabo, ¿cuándo estuvimos juntos por última vez en esta casa? Quiero que esta cena sea tan especial como la ocasión lo requiere.

—¿Cómo están tío Jeff y tío Tom? —preguntó Abby, diciendo lo primero que le vino a la cabeza.

—¿Y cómo quieres que lo sepa? —respondió Mick con amargura.

Su tono indicaba que tampoco le importaba demasiado. Evidentemente, ni el tiempo ni la abuela habían conseguido arreglar su conflicto.

La separación en los negocios había tenido un coste personal y había dejado al descubierto los diferentes planteamientos de los hermanos. Como todos eran O'Brien, ninguno de ellos estaba dispuesto a ceder por principio. Al final, trabajar juntos había resultado ser una mala idea. De hecho, podía considerarse un milagro que hubieran conseguido terminar Chesapeake Shores.

La abuela miró a Mick con el ceño fruncido y se volvió hacia Abby.

—Están bien. Tom está trabajando en un proyecto legislativo para proteger la bahía e intentando conseguir fondos para limpiar las aguas. Y Jeff dirige una empresa que gestiona los alquileres de los negocios del centro del pueblo. Su hija Susie está trabajando con él.

—Dios mío, hace años que no veo a Susie. Cuando me fui a Nueva York, todavía era una niña.

—El año pasado se graduó en la universidad —dijo Jess—. Consiguió un magna cum laude, ¿verdad, abuela?

La abuela ignoró el sarcasmo de la voz de su nieta y se limitó a decir:

—Creo que sí. Jeff está muy orgulloso de ella.

—¿Y cómo está tu madre, Abby? —preguntó Mick de pronto—. La ves, ¿verdad?

Abby reconoció un profundo dolor en la mirada de su padre y sintió la misma compasión que sentía cuando su madre le hacía preguntas sobre el resto de la familia.

—Cada dos semanas comemos juntas y procura venir a ver a las niñas los sábados. Está muy bien. Le encanta vivir en Nueva York.

—Estoy seguro —respondió Mick con una amargura inconfundible.

Abby señaló con la cabeza hacia las niñas, queriendo indicarle con aquel gesto que no tenían por qué oír nada en contra de su abuela, y Mick apretó los labios.

—La abuela Megan es muy guapa —dijo Caitlyn y miró a Mick confundida—. ¿La conoces?

Abby comprendió entonces que sus hijas no habían visto nunca juntos a sus abuelos y, obviamente, no eran capaces de comprender la complejidad de su relación.

La sombra que oscurecía la mirada de Mick se hizo más profunda mientras contestaba:

—Sí, la conozco.

—La abuela Megan estaba casada con el abuelo Mick —les explicó Abby a las niñas.

Aquella información despertó el interés de Carrie.

—¿Os divorciasteis como papá y mamá?

Mick asintió.

—Sí, nos divorciamos.

—¿Y todavía quieres a tus hijos? —preguntó Caitlyn preocupada—. Mamá y papá dicen que nos querrán siempre aunque ellos ya no se quieran.

—Los padres nunca dejan de querer a sus hijos —le aseguró Mick.

Miró a Jess de reojo mientras lo decía, como si pretendiera comunicarle algún mensaje. Ella desvió la mirada inmediatamente y se concentró en cortar la carne que tenía en el plato en trozos diminutos que apartó después, como si no pensara seguir comiendo.

Consciente de que aquel tema no era más seguro que el de los negocios, Abby se levantó.

—Niñas, ¿por qué no vais a buscar un helado y salís un rato al jardín? Nos perdonáis, ¿verdad? —y se dirigió a la cocina sin esperar respuesta.

Carrie y Caitlyn abandonaron sus sillas con un grito de alegría y la siguieron. Abby no volvió a respirar con tranquilidad hasta que se alejó de la tensión que había en el comedor. Muy bien, acababa de arrojar a Jess a los lobos, pero en aquel momento, tenía la sensación de que cada una de ellas debía intentar defenderse como pudiera.

—¿Qué helado vamos a comer, mamá? —preguntó Carrie, tirándole de los pantalones.

—Veamos qué tiene la abuela en la nevera —contestó, aunque ya sabía la respuesta.

En el congelador siempre había helado de fresa, que era el favorito de su abuela, y helado de chocolate, que había sido siempre el favorito de Mick, de sus hermanos y de Abby. A Jess siempre le había gustado el de vainilla con dulce de leche, así que también había de aquel.

Les planteó a sus hijas las diferentes opciones y las dos optaron por la fresa. Les sirvió un cucharón a cada una.

—Ahora, afuera —les dijo mientras les tendía los cuencos de plástico y las cucharillas—. Yo iré ahora mismo.

Se sirvió una buena ración de helado de chocolate y lo cubrió con caramelo caliente. Tal como iba la velada, iba a necesitar todo el dulce que pudiera conseguir para superarla.

Capítulo 4

Abby se alegró de haberse llevado el traje negro con el que había ido a trabajar el viernes por la mañana. El lunes lo planchó, se lo puso y fue a buscar a Jess. Cuando llegó, encontró a su hermana con los vaqueros manchados de pintura y una camiseta vieja. Apenas fue capaz de contener un suspiro. Al parecer, Jess estaba completamente concentrada en uno de sus proyectos de decoración.

–Lo siento –dijo Jess azorada–. No sabía qué hora era. No podía dormir, así que he empezado a pintar al amanecer. Después, ha llamado alguien para hacer una reserva y...

Abby la interrumpió.

–Jess, no podemos perder ni un minuto más. Y no puedes ir así al banco –dijo, intentando no perder la paciencia. Sabía que su hermana estaba suficientemente nerviosa sin necesidad de que le gritara–. Ya sabes lo importante que es esta reunión. Tenemos que parecer profesionales. Cámbiate rápido, por favor.

–En cinco minutos estaré arreglada, te lo prometo. Puedes ir yendo ya si quieres, nos veremos allí.

Abby asintió y condujo hacia el banco. En cierto modo, prefería ir sola. De esa forma podría decir cosas que no podría decir delante de su hermana. Podría admitir los fallos de su hermana e insistir en que después de lo ocurrido contaba con el apoyo de la familia y podría hacer frente a los pagos.

En cuanto abrieron el banco, entró como si fuera la propietaria y se dirigió directamente al despacho de Lawrence Riley.

Saludó a Mariah Walsh con una enorme sonrisa. Aquella mujer trabajaba en el banco desde que podía recordar.

—Abby, ¿qué estás haciendo aquí?

—He venido a ver a la familia, ¿cómo estás?

—Como siempre, aunque con algunos años más.

Abby señaló hacia el despacho del señor Riley.

—¿Está dentro? —preguntó—. Tengo que hablar con él.

—¿Sobre qué? —preguntó Mariah mientras descolgaba el teléfono.

—Sobre los prestamos de Jess.

Mariah la miró con el ceño fruncido y colgó el auricular.

—En ese caso, tendrás que hablar con Trace.

A Abby le dio un vuelco el corazón al oír mencionar a Trace Riley. Habían pasado años desde la última vez que se habían visto; era ridículo que le bastara con oír su nombre para que sintiera que le flaqueaban las piernas. En ese instante, comprendió lo que Jess había estado ocultándole. Jess sabía que Trace estaba en el banco y que Abby tendría que tratar con él en vez de con su padre.

Intentó recuperar el equilibrio antes de que Mariah se diera cuenta de lo afectada que estaba y dijo:

—¿Trace trabaja en el banco? Me sorprende —siempre había jurado que el infierno se helaría antes de que él entrara a trabajar en el banco de su padre.

Mariah sonrió de oreja a oreja.

—A estas alturas el infierno ya debe de estar helado, ¿verdad? Comenzó la semana pasada y dice que es algo temporal. Su padre espera hacerle cambiar de opinión. Mientras tanto, está a cargo del departamento de prestamos.

Maldita fuera, pensó Abby. A lo mejor eso podía jugar a su favor, pero la verdad era que lo dudaba. La última vez que se habían visto, se había acostado con él, le había dicho que estaba enamorada de él y al día siguiente se había ido a Nueva York sin decir palabra.

Durante los meses y años que habían seguido a su marcha, se había convencido a sí misma de que no le había quedado otro remedio, de que Trace era una distracción que no podía permitirse. De hecho, tenía toda una letanía de razones para justificar su conducta. Incluso se había dicho a sí misma que era lo mejor para los dos.

Por supuesto, debería haber tenido agallas para decírselo personalmente, pero había optado por huir como una cobarde porque Trace era una tentación irresistible. Si le hubiera visto una vez más, no sabía qué podría haber pasado con su decisión de ir a Nueva York y hacer carrera en Wall Street. Era posible que Trace la hubiera convencido de que se quedara con él allí. Obviamente, al final Trace había cedido a las presiones de su padre, tal y como Abby siempre había temido que terminara haciendo. Aquel miedo le había impedido confiar en lo que Trace le decía, en todas las promesas que le había hecho para el futuro.

Mariah la miró como si supiera lo que estaba pensando.

—Su despacho está al final del pasillo a la izquierda. ¿Quieres que le llame para decirle que vas para allí?

—Creo que prefiero darle una sorpresa —contestó Abby.

Irguió la espalda y avanzó hacia el despacho. Había tenido suficientes reuniones incómodas como para ser capaz de resolver aquella. Llamó a la puerta y entró sin esperar respuesta.

Trace estaba hablando por teléfono, con la mirada fija en la ventana. Sin mirarla siquiera, le hizo un gesto con la mano para que se sentara. Abby suspiró aliviada por aquel respiro. Así tendría tiempo de estudiarle con calma.

Tenía buen aspecto; un aspecto excelente, de hecho. Llevaba la camisa remangada, mostrando sus bronceados antebrazos. Las arrugas provocadas por la risa que ya en el pasado rodeaban sus ojos parecían un poco más profundas. El pelo, tupido y castaño y con algunos reflejos dorados por efecto del sol, lo llevaba ligeramente largo y despeinado. Abby sonrió. Apostaría cualquier cosa a que había ido a trabajar en su Harley. Aquella moto había sido su primer acto de rebeldía cuando estaba en el instituto y la posibilidad de que no hubiera renunciado a ella le hacía concebir alguna esperanza. Aquel era el Trace que ella recordaba; no se había convertido en un banquero como su padre. Seguramente, sería capaz de tratar con él y de desafiarle a ignorar las reglas.

Cuando terminó la llamada, Trace se volvió y la vio por primera vez. Algo sombrío y peligroso iluminó su mirada, pero mantuvo una expresión neutral.

—Vaya, vaya. Mira quién ha venido.

—Hola, Trace.

—Apuesto a que no esperabas encontrarme aquí.

—No. Ha sido una agradable sorpresa.

—¿Agradable?

—Para mí, sí. Éramos amigos, Trace. ¿Por qué no iba a alegrarme de volver a verte? —preguntó.

Pero ya conocía la respuesta, aunque esperaba poder dejar de lado lo que había ocurrido en el pasado, el enfado de la mirada de Trace sugería que no iba a ser así.

—¿Amigos? —repitió arqueando una ceja—. Eso no es exactamente lo que recuerdo. A lo mejor me falla la memoria, pero creía que éramos algo más.

Abby se sonrojó violentamente.

—Eso fue hace mucho tiempo, Trace. Hace toda una vida, de hecho.

Trace permaneció en silencio durante lo que a Abby le pareció una eternidad. Al final, desvió la mirada y alargó la mano hacia un portafolios que tenía encima de la mesa.

—Supongo que has venido por esto —dijo en un tono repentinamente brusco y muy profesional—. Jess se ha metido en un buen lío.

Abby abrió entonces su maletín.

—Somos conscientes de ello y estamos preparados para ofrecerle al banco todas las garantías de que eso va a cambiar a partir de ahora.

—No va a ser fácil salir de esta —le dijo—. Tu hermana no tiene ninguna capacidad para dirigir un negocio, creo que es evidente. De hecho, no entiendo por qué aprobó el banco el prestamo. Supongo que fue una deferencia hacia vuestro padre.

Justo en ese momento, se abrió de nuevo la puerta del despacho y entró Jess. Al oír las palabras de Trace, frunció el ceño.

–No podrías estar más equivocado, Trace. Me dieron el prestamo porque parecía una buena inversión. Por lo menos eso es exactamente lo que dijo tu padre cuando me llamó para decirme que lo habían aprobado –miró a Trace sin parpadear–. Y todavía lo sigue siendo.

–No según los documentos que tengo ahora mismo delante –la contradijo Trace–. En este momento, es necesario reducir pérdidas y eso es exactamente lo que pienso decir mañana en la junta directiva.

–¡No! –respondió Abby con fiereza–. ¡Por lo menos hasta que nos hayas oído!

Intentó no advertir la alarma que mostró el rostro de Jess, o el color rojo de las mejillas de Trace, y continuó, decidida a arrojar la diplomacia al viento.

–Si tienes un mínimo de sentido de los negocios en esa cabeza dura, te darás cuenta de que la posada es un buen negocio.

–¿Por qué voy a tener que creer nada de lo que tú me digas? –preguntó.

Abby tragó saliva. Al parecer, aquello iba a terminar mal por culpa del pasado. ¿Por qué no le habría advertido Jess? Si lo hubiera hecho, Abby habría evitado pasar por el banco. Pero una vez allí, se negaba a dar marcha atrás.

–No dejes que lo que pasó entre nosotros influya en tu decisión, Trace –le advirtió con voz queda–. Creo que eso no refleja el talante de tu banco.

Trace la miró con el ceño fruncido.

–Confía en mí, Abby, tú no tienes nada que ver en mi decisión. Las cifras hablan con suficiente claridad. La gente puede mentir, pero los números no.

Abby sabía que tenía razón, pero no estaba dispuesta a renunciar sin luchar. Había visto una sombra de culpabilidad en la mirada de Trace cuando le había acusado de dejar que sus sentimientos hacia ella influyeran en su decisión y pretendía utilizarla para hacer que reconsiderara su decisión.

Suavizó su tono.

−¿Por lo menos estás dispuesto a escucharme? Creo que me lo debes.

−¿De verdad? ¿Y se puede saber por qué?

−Supongo que quieres demostrar que vas a tomar una decisión sin dejarte llevar por los prejuicios, ¿no? En ese caso, tendrás que considerar todos los factores. Si no, insistiré en ir yo misma a la junta directiva y te habrá estallado un caso en pleno rostro después de solo una semana de trabajo.

−Creo que aquí tenemos todos los datos que necesitamos −respondió Trace, señalando de nuevo el informe.

−No todos −insistió.

Le tendió los documentos que había estado preparando el domingo, en parte porque los necesitaba para defender el prestamo y en parte porque era una forma de evitar hablar con Mick.

−Échale un vistazo a esto. Como puedes ver, a partir de ahora habrá un nuevo inversor. Jess tiene suficiente dinero en efectivo como para hacer frente a los pagos del prestamo y para capitalizar la dirección de la posada durante los primeros seis meses, y más incluso si tiene cuidado. En las páginas dos y tres está el proyecto del negocio. En la página cuatro, los planes de refinanciación de los intereses de la hipoteca, un prestamo que, por cierto, el banco no debería haber ofrecido en ningún momento. Creo que incluso podríamos denunciar al banco por haber ofrecido un prestamo esperando que su cliente tuviera problemas financieros para poder ejecutar la hipoteca y reclamar la posada después de todo el dinero que se ha invertido en renovarla.

Trace la miró con incredulidad.

−No puedes estar hablando en serio. ¿De verdad crees que todo esto es culpa del banco?

Abby sonrió.

−Sí.

−¡Estás completamente loca!

−¿Quieres que pongamos a prueba mi teoría en un juzgado? Porque me parece que últimamente la gente está enfadada por la política de crédito de los bancos, que ha llevado a un auténtico desastre financiero. Estoy segura de que no me costaría mucho convertir a Jess en una víctima digna de compasión.

Trace la miró casi con admiración.

—No está mal. Por un momento, has estado a punto de convencerme.

—No estoy de broma —le aseguró Abby—. Si no entras en razón, al salir de aquí me iré a ver a un abogado.

Trace pareció entonces sorprendido.

—Tendré que llevar tu propuesta a la junta directiva —dijo por fin.

—Por supuesto. Se reúne mañana, ¿verdad?

—Sí, a las diez en punto —respondió Trace.

—En ese caso, ¿podemos esperar una respuesta para las doce?

Trace asintió.

—Nos veremos en el club náutico a las doce y cuarto y te informaré de todo mientras comemos.

Abby vaciló. Podía quedarse un día más; de hecho, pensaba hacerlo, pero estando Trace de por medio, le parecía demasiado complicado.

—Tendrás que hablar con Jess. Yo tengo que volver esta noche a Nueva York.

Trace la miró fijamente a los ojos.

—Si de verdad quieres que se apruebe este proyecto, tendrás que estar allí.

—¿Por qué? El negocio es de Jess, no mío.

—Estarás allí porque pretendo recomendar a la junta que apruebe vuestro proyecto con una condición.

Jess se irguió en su silla y preguntó con recelo:

—¿Con qué condición?

Trace la miró como si, por un momento, se hubiera olvidado de su presencia.

—Que sea tu hermana la que lo dirija.

—¡No! —exclamaron Abby y Jess al mismo tiempo.

—La posada es mía —protestó Jess—. No tienes derecho a decir quién tiene que dirigirla.

—Tengo derecho porque está comprometido el dinero del banco y tú tienes todo un historial de impagos. O Abby se queda o rompemos el acuerdo.

—Pero el plan... —comenzó a decir Abby.

—No valdrá ni el papel en el que está escrito a no ser que tú participes en el proyecto.

—Vamos, Trace, sé razonable —le suplicó Abby—. Tengo que volver a Nueva York. Tengo un trabajo. Jess sabe lo que tiene que hacer. Yo confío en ella.

—Es tu hermana, y yo soy su banquero. De modo que, a no ser que aceptes mis condiciones, procederemos a ejecutar la hipoteca.

Desvió la mirada de las dos hermanas y las miró casi inmediatamente.

—¿Y bien? ¿Nos veremos mañana?

Abby reprimió la respuesta que tenía en la punta de la lengua y asintió en silencio, temiendo lo que podía llegar a decir en el caso de que hablara. Contuvo la respiración y rezó para que Jess fuera capaz de guardar las formas. Miró a su hermana y vio que estaba furiosa, pero por lo menos, permaneció en silencio.

Por un momento, creía tener a las dos hermanas a su merced y todos lo sabían. Pero Abby esperaba que, en cuanto la junta directiva aprobara aquel absurdo plan, Trace quedara satisfecho con la victoria. Después podría hacerle entrar en razón, estaba segura.

Sin embargo, había aprendido mucho tiempo atrás que un hombre con el orgullo herido podía llegar a convertirse en un fiero adversario. De momento, Trace tenía todos los ases en la manga, de modo que a Jess y a ella no les quedaba más remedio que seguirle el juego... hasta que pudieran cambiar las reglas.

Una vez fuera del banco, Jess permaneció temblando en la acera y se volvió furiosa hacia su hermana.

—¿Qué demonios ha pasado ahí? Yo pensaba que estabas de mi lado.

—Por supuesto que estoy de tu lado —dijo Abby mirando a su hermana con incredulidad—. Todo esto ha sido para que no pierdas la posada.

—Para el caso, es como si la hubiera perdido —le espetó Jess—. Trace te ha puesto a cargo de todo. ¡Por mí puedes marcharte, hermanita!

Abby frunció el ceño.

—Jess, tranquilízate. Vamos a la cafetería de Sally y hablaremos de lo que ha pasado. Tenemos que planificar nuestra estrategia.

—¿Y para qué queremos una estrategia? ¿Para poner tu nombre en las escrituras?

—¡Jess!

Los ojos de Abby relampaguearon de furia, pero Jess no cedió. Estaba furiosa, necesitaba desahogarse y como no podía volver al interior del banco y emprenderla con Trace, le iba a tocar a su hermana.

—Debería haber dejado que lo solucionara todo papá. Él lo habría resuelto con un par de llamadas. Me habría tocado oír sus «ya te lo dije» durante una eternidad, pero eso habría sido mejor que dejar que me dieran una puñalada por la espalda.

La rabia brillaba en los ojos de Abby y Jess comprendió que había ido demasiado lejos.

—¡Ya basta! —le ordenó Abby con voz glacial—. He venido aquí porque me lo has pedido. No he sido yo la que ha creado todo este desastre, pero he encontrado una forma de salir de él. He convencido a Trace de que te permita conservar la posada —profundizó su ceño—, ¿y ahora me echas a mí la culpa de que Trace haya puesto una condición para no ejecutar la hipoteca? ¿Acaso me has oído a mí pedirle que lo hiciera? ¿No me has oído decirle que no? ¿De verdad crees que quiero continuar atada a Chesapeake Shores durante quién sabe cuánto tiempo cuando tengo una vida en Nueva York?

Sacudió la cabeza y se alejó de su hermana. Jess se sintió inmensamente culpable. Abby tenía razón. No había sido ella la que había puesto esa condición. Y quizá, solo quizá, si le hubiera advertido que tendría que enfrentarse a Trace, Abby habría imaginado que podía suceder algo así y habría diseñado una estrategia diferente. Además, había sido Trace el que había incumplido la promesa de no permitir que sus relaciones personales interfirieran en la decisión del banco. Y, sin embargo, lo único que había hecho había sido vengarse obligando a Abby a permanecer en contacto con él solo para... ¿para qué? ¿para humillarla? ¿Para intentar salir con ella otra vez? Jess todavía no había averiguado aquella parte.

Tomó aire y salió corriendo detrás de su hermana.

–¡Abby, espera!

Pero Abby ni siquiera aminoró el paso. De hecho, estaba tan enfadada que acababa de pasar sin darse cuenta delante de su coche alquilado. Jess la alcanzó en la siguiente manzana.

–Lo siento –le dijo–, ya sé que tú no tienes la culpa de nada. Pero es que Trace me ha sacado de mis casillas.

–Únete al club –contestó Abby secamente–. ¿Por qué no me dijiste que Trace estaba trabajando en el banco y que estaba metido en todo esto? Lo sabías, ¿verdad?

–Cuando te llamé, no –le prometió Jess–. Hacía años que no volvía por aquí. Pero justo antes de que tú vinieras, se presentó un día en la posada. Fue la primera noticia que tuve de que había vuelto y, desde luego, tampoco sabía que estaba trabajando en el banco. Después, tuve miedo de decírtelo por si decidías no ayudarme.

Abby arqueó una ceja.

–¿No me conoces suficientemente bien?

–No sabía cuál era tu relación con Trace. Nunca me has contado por qué rompiste con él. Todo el mundo sabe que le rompiste el corazón, pero nadie sabe por qué, ni si también él te rompió el tuyo. Nunca has querido hablar de lo que pasó. Yo te pregunté miles de veces por lo que había ocurrido, hasta que me dijiste que si te lo preguntaba una sola vez más, dejarías de llamar a casa.

–Sí, te pusiste muy pesada –dijo Abby y apretó los labios al recordarlo–. Muy bien, supongo que entiendo por qué no querías decirme que iba a tener que reunirme con un hombre al que había abandonado.

—Pero no olvides que intenté decírtelo —le recordó Jess—. Papá llegó en ese momento, ¿te acuerdas?

Abby asintió.

—Sí, me acuerdo.

Jess intentó hacer las paces.

—¿Vamos a tomar un café? Invito yo.

—¿Con qué dinero? Hasta tu último penique tienes que invertirlo en la posada. Yo invito.

Jess sonrió de oreja a oreja.

—Por mí, estupendo, pero te advierto que voy a pedir dos huevos con beicon y un gofre. Antes de la reunión estaba demasiado nerviosa como para poder meterme algo en el estómago. Pero esta discusión me ha abierto el apetito. ¿Tú tienes hambre?

—Si Sally sirviera alcohol, me pediría una copa doble de lo que fuera, pero como no tiene, lo del gofre me parece una buena idea —contestó Abby.

Continuaron en silencio hasta el café, situado en la siguiente manzana. Cuando Abby comenzó a abrir la puerta, Jess posó la mano en la de su hermana y esperó a que esta la mirara a los ojos.

—Siento mucho todo lo que te he dicho.

Abby suspiró.

—Lo sé.

Jess miró a su hermana en silencio y sonrió de oreja a oreja.

—Pero apuesto a que hay algo que no sabes.

—¿Y es?

—Que Trace Riley todavía está loco por ti.

—Estás completamente loca.

Jess sacudió la cabeza.

—¿Y sabes otra cosa? Estoy casi segura de que puede decirse lo mismo de ti.

Abby se enderezó y miró a su hermana con expresión de regio desdén.

—No podrías estar más equivocada.

Pero Jess no se dejó impresionar por la actuación de su hermana.

—Ya veremos.

De hecho, observar a los dos intentando negar lo que era obvio para cualquier otro observador, podía ser lo más divertido de todo aquello.

Abby no estaba de humor para el interrogatorio que le esperaba cuando llegó a casa. Su padre y su abuela habían insistido en que querían oír hasta el último detalle de la reunión, pero ella no estaba segura de tener estómago para contar lo sucedido. Por supuesto, en más de una ocasión se le había ocurrido que la mejor manera de salir de aquella complicada situación era dejar que su padre interviniera. Incluso Jess había mencionado aquella posibilidad, pero parecía tan derrotada al decirlo, que Abby había comprendido que esa no podía ser la solución.

Al llegar a casa, encontró a Mick en el porche, más cansado de lo que recordaba haberle visto nunca. Había unas manchas inidentificables en su camisa de satén, estaba pálido y se inclinaba sobre la barandilla intentando tomar aire.

—¿Papá? —le preguntó asustada—. ¿Estás bien?

El color volvió entonces a sus mejillas.

—Papá, di algo, ¿qué te pasa?

—A mí, nada. Son las niñas. Las dos han empezado a quejarse de dolor de cabeza en cuanto te has ido esta mañana y tienen los ojos vidriosos. Yo he pensado que era porque no habían dormido mucho, pero tu abuela parece pensar que tienen sarampión. Dice que no están vacunadas.

—Y es cierto. Cuando deberían haberse vacunado se planteó que la triple vírica podría sobresaturar un sistema inmunológico inmaduro y había incluso quienes decían que la vacuna podía provocar autismo, de modo que decidí no arriesgarme. ¿Cómo están?

—Ahora mismo durmiendo, así que he salido un momento.

—Deberías ducharte y cambiarte de ropa. Yo iré a sustituir a la abuela. Seguro que también ella necesita descansar. Deberías haberme llamado.

—Hemos pensado que la reunión era demasiado importante como para interrumpirte. Además, los dos tenemos mucha experiencia con enfermedades infantiles. Las niñas no corrían ningún peligro —dijo a la defensiva.

—Ya lo sé. Y te agradezco que las hayas cuidado.

—Forma parte del trabajo de abuelo —se encogió de hombros—. ¿Vas a contarme cómo ha ido la reunión?

—Me gustaría ver antes a las niñas.

—Por supuesto. Si necesitas cualquier cosa, avisa.

Abby comenzó a subir las escaleras cuando bajaba su abuela.

—Siento que hayáis tenido que enfrentaros a esto. Si hubiera tenido la menor idea de que las niñas habían tenido contacto con algún caso de sarampión, no las habría traído.

—Es difícil evitar los contagios a estas edades cuando están en contacto con otros niños. Sobre todo siendo dos. Ha sido una suerte que tu padre estuviera en casa. ¿Le has visto?

—Está en el porche. Y creo que ver a sus nietas enfermas le ha afectado más de lo que quiere reconocer.

—A nadie le gusta ver sufrir a las personas a las que quiere —dijo la abuela—. Y en ese aspecto, tu padre no es más duro que el resto de nosotros.

—Bueno, en cuanto les eche un vistazo a las niñas, bajaré a prepararos un almuerzo o cualquier cosa que os apetezca.

Una vez en su dormitorio, se puso los pantalones cortos y una blusa y corrió después al dormitorio de Connor. Vio un montón de sábanas al lado de la puerta. En cuanto saliera, las bajaría y las metería en la lavadora. Se arrodilló entre las dos camas y posó sendas manos en las frentes de las niñas. Tenían fiebre, pero no muy alta, y de momento parecían estar durmiendo plácidamente, ajenas por completo al sarpullido que pronto cubriría su piel.

—Os quiero —susurró.

Se levantó, recogió las sábanas y las bajó a la lavadora. La abuela estaba sentada a la mesa de la cocina con una taza de té. Mick, sentado enfrente de ella, tomaba una cerveza.

–¿Están bien? –preguntó Mick preocupado.

–Profundamente dormidas –contestó–. ¿Qué me decís del almuerzo? ¿Habéis comido algo?

–A mí no me vendría mal un sándwich –contestó Mick–. ¿Tú qué dices, mamá?

–A lo mejor tomo un poco de la sopa de patatas que hice ayer –contestó, y comenzó a levantarse.

–Siéntate –le ordenó Abby–. Soy perfectamente capaz de preparar un sándwich y calentar un poco de sopa. Papá, ¿tú también quieres sopa?

–Sí, me parece bien, ¿y tú?

–Jess y yo hemos ido a desayunar después de la reunión en el banco –contestó.

Mientras preparaba el almuerzo, se mantenía de espaldas a ellos deliberadamente, con la esperanza de que aquello les desanimara a la hora de hacer más preguntas. Pero, por supuesto, su estrategia no funcionó.

Después de servirles el sándwich y la sopa, se sentó con ellos a la mesa para tomar una taza de té.

–Bueno, así están las cosas –dijo, e hizo un resumen de lo que había pasado en la reunión.

Mick parecía cada vez más nervioso. Cuando su hija terminó, se levantó y alargó la mano hacia el teléfono.

–Voy a acabar ahora mismo con todo esto.

Abby le quitó el teléfono.

–No, papá, déjalo. Al final Trace no va a ejecutar la hipoteca.

–¿Y tú estás dispuesta a quedarte aquí como él pretende?

–Llamaré a mi jefe e inventaré algo. Puedo hacer parte de mi trabajo por Internet, con el teléfono y por fax. Y en cuanto Trace tenga tiempo de pensar en lo que ha hecho, se dará cuenta de lo absurdo que es todo.

–No si de esa forma consigue tenerte a su merced –repuso su abuela.

—¿Qué quieres decir? —preguntó Mick.

—Oh, por el amor de Dios, Mick, Trace siempre ha estado loco por Abby. Supongo que te acordarás de que siempre andaba rondando por casa. Y no era solo para jugar con Kevin y con Connor, de eso puedes estar seguro —miró a Abby a los ojos—. A lo mejor lo que siente por ti es más profundo de lo que pensabas, ¿no crees? Yo siempre he tenido la sensación de que antes de que te fueras a Nueva York, había pasado algo entre vosotros.

Mick parecía confundido.

—¿Y qué? ¿Eso le da derecho a chantajearla para que se quede aquí?

—No lo digas de ese modo, Mick —le regañó Gram—. Cuando se enamoran, los hombres son capaces de hacer locuras.

—Trace no está enamorado de mí —protestó Nell—. Vamos, abuela, creo que estás enfocando las cosas de una forma errónea. En este momento, lo único que importa es ayudar a Jess.

Entonces fue Mick el que miró a su hija pensativo.

—Si eso es lo único que importa, ¿por qué no me dejas llamar a su padre? ¿Será quizá porque estás satisfecha con la situación?

Abby frunció el ceño.

—Claro que no estoy satisfecha, pero creo que puedo manejarla. Creo que seré capaz de manejar a Trace.

—Pues a mí no me lo parece —dijo la abuela, aunque parecía sorprendentemente complacida—. Si de verdad pudieras manejar a ese hombre, no seguiría sufriendo por ti diez años después.

—¿Quieres dejarlo ya? —le suplicó Abby—. Voy a ver cómo están las niñas. Después llamaré a la oficina para decir que tendré que trabajar desde aquí hasta que pueda solucionar todo esto.

No había ido muy lejos cuando oyó decir a su padre:

—¿Abby y Trace Riley? ¿Y por qué yo no sabía nada?

—Porque no estabas aquí —respondió la abuela—. Y porque nunca hacías caso de la mitad de lo que te contaba, sobre todo en lo relativo a tus hijas. Si hubiera sido por ti, ninguna de ellas habría podido salir con nadie hasta los treinta años.

—Lo dices como si eso hubiera sido malo —gruñó Mick.

Abby suspiró. Por lo menos su padre no estaba intentando entrometerse en los negocios de Jess. Al parecer, acababa de descubrir que la vida de su hija mayor era mucho más fascinante. Desgraciadamente, nadie sabía adónde podría conducirle todo aquello. De lo que estaba segura era de que a nada bueno. Lo único peor que tener un padre desapegado era tener un padre entrometido.

Capítulo 5

Mick se levantó de la mesa de la cocina tras haber tomado una decisión. No podía continuar sentado dejando que Trace Riley manipulara la situación a su antojo, causándoles problemas a sus hijas. Y no le importaba lo que Abby pudiera decir al respecto.

–¿Adónde vas? –le preguntó su madre con recelo.
–A dar una vuelta.
–¿Por el pueblo?
–Posiblemente. ¿Acaso está prohibido?
–Sí, si estás pensando en pasarte por el banco. Ya has oído a Abby, ella se ocupará de todo.

Mick miró a su madre frustrado.

–Mamá, ¿cómo voy a dejar que Trace Riley se salga de rositas de esto? Ya sabes cómo va a terminar todo: Jess se enfadará con Abby como se enfada conmigo cuando me meto en sus cosas. Yo estoy acostumbrado y soy capaz de sobrevivir sabiendo que mis hijas están enfadadas conmigo, pero no quiero que surjan problemas entre ellas. Abby siempre ha cuidado de Jess y Jess siempre se ha apoyado en su hermana mayor. Es absurdo arriesgar la relación entre dos hermanas por culpa de dos créditos que yo puedo avalar con solo una firma.

–No te metas en esto, Mick. Estoy segura de que serán capaces de encontrar una solución –insistió Nell–. Tú mismo acabas de decir que siempre han estado muy unidas. No tiene sentido empeorar las cosas entre tú y Jess, que es exactamente lo que pasaría si se te ocurriera ir al banco. Y probablemente, a Abby tampoco le haría ninguna gracia.

—Me estás pidiendo que me quede sentado sin hacer nada —gruñó—, y yo soy incapaz.

La abuela le miró muy seria.

—¿Acaso te he dicho que no hagas nada? A mí me parece que a un hombre que está tan nervioso como tú, no le vendría mal salir a dar un paseo —respondió con expresión traviesa—. La posada está a poco más de medio kilómetro de aquí. Creo que no te haría ningún daño pedirle a tu hija que te la enseñe, que te enseñe las mejoras que ha hecho.

Mick consideró la idea. Tenía que admitir que sentía curiosidad por el trabajo que Jess estaba llevando a cabo. Pero al final, sacudió la cabeza.

—Pensará que la espío.

—O a lo mejor piensa que por fin estás demostrando tener interés en algo que de verdad le importa. Lo único que tienes que hacer es reservarte tus opiniones, a no ser que ella te pregunte —alzó la mano al ver que su hijo estaba a punto de replicar—. Sí, ya sé que también eso va en contra de tu naturaleza, pero por una vez en tu vida, hazme caso y sigue mi consejo. Después de haber pasado veinticinco años de mi vida casada con el hombre más cabezota del mundo y de haber criado a tres hijos imposibles, he aprendido algo sobre lo que es tener paciencia.

—Salir a dar un paseo, ir a la posada y mantener la boca cerrada —se burló—. ¿Lo he dicho bien?

Su madre sonrió satisfecha.

—Sí, lo has resumido perfectamente. Yo voy a subir a echarme un rato. Odio admitirlo, pero pasar la mañana cuidando a esas niñas me ha dejado agotada.

Mick la miró preocupado.

—¿Estás bien? ¿Crees que debo llamar al médico?

—Dios mío, no. Solo estoy un poco cansada. Pasa la tarde con Jess, aquí no haces ninguna falta.

—De acuerdo, entonces —le dio un beso en la frente—. Si tú o las niñas necesitáis algo, podéis localizarme con el móvil.

—Nosotras estaremos perfectamente. Tú concéntrate en arreglar tus diferencias con Jess.

Una brisa fresca se levantaba desde la bahía mientras Mick caminaba. Como era un día de entresemana, solo había un puñado de embarcaciones en el agua. Vio a una pareja de barqueros revisando los reteles para pescar cangrejos, pero a esa hora del día, la mayor parte de los pescadores habían vuelto ya al muelle, sobre todo en esa estación. En unas cuantas semanas, saldrían de casa antes del amanecer, intentando ganarse la vida con los cangrejos y las corvinas de aquellas aguas cada vez más contaminadas.

Le enfermaba que la gente no se preocupara por la bahía. Agradecía al cielo que hubiera personas como su hermano Thomas. Podían llevarse como el perro y el gato cuando intentaban trabajar juntos, pero Mick admiraba la lucha de su hermano Tom para proteger la bahía. Mick había intentado construir Chesapeake Shores con criterios responsables, pero a pesar de todos sus esfuerzos, no había estado a la altura de las exigencias de su hermano.

Había dejado más zonas verdes de las que en principio había planeado, había protegido los humedales y había intentado no cortar ningún árbol si no era estrictamente necesario. Los jardines solo tenían plantas de una lista que le había dado su hermano. Pero si por Thomas hubiera sido, no habría caído un solo árbol y el destartalado almacén que otrora había pertenecido a alguno de sus ancestros se habría convertido en el eje del proyecto. Mick había estado de acuerdo en renovar la granja original de la familia y en conservar aquella antigua estructura que había hecho las veces de iglesia y escuela, pero se había plantado allí.

Todavía estaba pensando en las discusiones que había tenido con su hermano cuando dobló una curva del camino y vio por primera vez la posada que Jess había comprado. Le sorprendió su aspecto. Su hija había vuelto a pintar la fachada casi como si recordara el aspecto que tenía cuando Jeff y él la habían construido. Pero Jess apenas era un bebé entonces, ¿cómo era posible que lo recordara tan claramente? Los Patterson no habían tenido la casa tan cuidada jamás en su vida. Unos viejos robles regalaban su sombra al jardín y había incluso unos cuantos sauces, suficientemente lejos de la casa para no causar problemas con las tuberías. La posada había tomado su nombre de un águila solitaria que su hermano había visto durante el proceso de construcción. Desde entonces, había algunas más en la zona, incluyendo un par de ellas que anidaban en las ramas más altas de uno de los robles, desde donde podían contemplar la bahía y la posada.

–¡Papá!

Oyó la sorprendida voz de su hija y después la vio sentada en el porche con un vaso de té con hielo y los pies descalzos apoyados en la barandilla.

–Hola, Jess –la saludó, intentando parecer natural–. He salido a dar un paseo después del almuerzo y me he encontrado viniendo en esta dirección.

–¿Por qué? –preguntó recelosa.

–Quería ver lo que has hecho con este lugar –admitió, y se sentó a su lado. Miró a su hija, advirtió la tensión de sus hombros y preguntó–: ¿Tienes más té?

Jess vaciló un instante, como si no le hiciera mucha gracia la perspectiva de pasar unas horas con su padre. Después se levantó, el sentido de la hospitalidad que le había inculcado su abuela superó sus recelos.

–Claro, ahora mismo te traigo un vaso.

Mick suspiró después de que su hija se fuera. Jess no iba a ponerle las cosas fáciles, concluyó. ¿Pero por qué iba a hacerlo? Su madre tenía razón en una cosa: siempre había sido muy crítico con ella.

Al principio, se excusaba diciendo que lo había sido con todos sus hijos. Pero después, cuando habían descubierto que Jess tenía un TDAH, no había sido capaz de cambiar de actitud; era como si creyera que su hija podía cambiar si se esforzaba e incluso sin aquella medicación de la que los médicos pensaban que podía prescindir. Mick suspiró, preguntándose si los médicos no deberían haber revisado aquel criterio. A lo mejor Jess sí necesitaba esa medicación.

Como al final había reconocido que su actitud no era lo que más le convenía a su hija, había llegado a la conclusión de que a lo mejor esta era más feliz cuando no estaba con él, pero quizá no fuera cierto. A lo mejor Jess se había sentido abandonada, como su madre había sugerido. De modo que se prometió abordar su relación de forma diferente.

Cuando Jess regresó con el té, Mick alzó su vaso a modo de brindis.

–Felicidades, Jess. Has hecho un trabajo estupendo. Esta casa no había vuelto a tener tan buen aspecto desde el día que Jeff y yo se la vendimos a los Patterson.

–La verdad es que estaba completamente abandonada. Afortunadamente, o gracias a ti, tenía una estructura muy sólida. La mayor parte de los arreglos que he tenido que hacer han sido solo cosméticos.

–Si tienes tiempo para enseñármela, me gustaría verla por dentro.

–¿De verdad? –preguntó Jess sorprendida.

–Claro, ya que estoy aquí... A no ser que no tengas tiempo.

–No, vamos –contestó, aunque parecía estar debatiéndose entre las ganas de demostrar lo que había conseguido y el miedo a su reacción.

Mick la siguió al interior, recordándose a sí mismo que solo debía hacer comentarios positivos y superficiales, por muchas ganas que le entraran de darle consejos. Sin embargo, para cuando llegaron al tercer piso, se dio cuenta de que aquella advertencia era completamente innecesaria. Su hija estaba haciendo un gran trabajo. Tenía la intuición de su tío Jeff para la decoración. Mick era capaz de diseñar estructuras sólidas y perdurables, pero era Jeff el que aportaba estilo y carácter.

–Estoy impresionado –dijo cuando terminaron de recorrer todas las habitaciones, incluyendo la cocina, en la que brillaban las superficies de acero inoxidable–. Realmente, tienes mano para esto, Jess.

Advirtió sorprendido que Jess parpadeaba para contener las lágrimas.

—Gracias —dijo, y se volvió para concentrarse en servir más té.

Mick apoyó la mano en su hombro.

—Estoy muy orgulloso de ti.

Jess se volvió lentamente, con los ojos llenos de lágrimas.

—Nunca me lo habías dicho.

—Claro que...

—No, papá, no me lo habías dicho.

—En ese caso, lo siento. Porque te aseguro que no es la primera vez que lo pienso.

La sonrisa que iluminó el rostro de su hija le desgarró el corazón. ¿Cómo era posible que hasta entonces no se hubiera dado cuenta de lo mucho que necesitaba Jess algo tan sencillo como que su padre expresara su aprobación? Se prometió ser más generoso en sus alabanzas. Pero en aquel momento tenía otro asunto del que ocuparse y era suficientemente sensato como para saber que debía andarse con cuidado, aunque aquel no fuera su estilo habitual. Pese a todo, por un momento estuvo a punto de sacar a relucir la reunión en el banco y acabar con aquel momento de paz con la más pequeña de sus hijas.

Al final, incapaz de contenerse, terminó diciendo:

—Jess, ¿cómo te sientes después de lo que ha pasado en el banco?

Jess frunció el ceño y retrocedió, terminando con la comunicación que parecía fluir entre ellos.

—No estoy contenta, pero supongo que entiendo a Trace. Abby es mucho mejor que yo con las finanzas y, al fin y al cabo, ella no me va a quitar la posada. Se involucrará en el proyecto hasta que esté consolidado económicamente —le miró a los ojos—. ¿Por qué lo preguntas? ¿Abby te ha dicho algo? ¿No está contenta con lo que ha pasado?

—No, está decidida a seguir adelante. Solo quería asegurarme de que Trace no había causado problemas entre vosotras, porque si es necesario, puedo llamar a Lawrence Riley y poner punto final al plan de Trace.

—¿Cómo?

—Asumiendo yo los prestamos.

—Absolutamente no —respondió inmediatamente—. No quiero que te hagas cargo de este proyecto.

—Y no lo haría. Lo único que haría sería darte mi apoyo para que tu hermana pueda continuar con su vida. Lo único que haría sería firmar unos cuantos documentos, eso es todo.

Jess le miró con recelo.

—No sería así y lo sabes, papá. Pensarías que tu firma te da derecho a hacer toda clase de sugerencias y lo siguiente sería que terminarías intentando dirigir tú el negocio.

—Pero si ni siquiera voy a estar aquí. Dentro de unos días tengo que volver a California. Vamos, Jess, déjame hacer esto por ti.

—¿Por qué tienes tanto interés?

—Porque eres mi hija. Quiero ayudarte en algo que realmente te importa. Por fin has descubierto algo que de verdad te gusta. No quiero que te lo quiten.

—Abby me ayudará, papá, siempre lo ha hecho. Y tenerla con nosotros será maravilloso para las dos. A lo mejor de esa forma aprende a relajarse. Y creo que también será una gran experiencia para Caitlyn y para Carrie. Estoy segura de que con esto ganaremos todos, papá.

Mick suspiró.

—Eso espero.

—Mira, te agradezco mucho el ofrecimiento, de verdad, pero es mejor así. Abby no es tan mandona como tú.

Mick la miró con incredulidad.

—¿Pero tú sabes lo que estás diciendo? Tu hermana creció dándole órdenes a todo el mundo.

Jess se echó a reír.

—Es verdad, pero no me molesta.

—¿Y que yo te dé órdenes sí?

—Más de lo que te imaginas —admitió.

Esa era otra de las cosas con las que Mick tendría que vivir hasta que encontrara la manera de hacerlas cambiar.

—De acuerdo, en ese caso, me quitaré de en medio —dijo, mientras le apartaba un mechón de pelo de la cara–. Pero si se ponen tensas las cosas entre vosotras, acuérdate de que he puesto la oferta sobre la mesa. No quiero que Abby y tú os enfadéis, ¿de acuerdo? Así que, si crees que eso podría llegar a pasar, prométeme que me llamarás.

–Te lo prometo. Papá, me alegro de que hayas venido.

–Yo también. ¿Puedo hacer algo más por ti? Todavía soy capaz de pintar decentemente. Si quieres, te puedo ayudar con los dormitorios de arriba.

Vio que su hija se debatía consigo misma. Era demasiado orgullosa como para admitir que podía necesitar ayuda. Sobre todo de él. Mick se inclinó y le dio un beso en la mejilla.

–No importa, ya sé que quieres hacer las cosas tú sola. Pero si cambias de opinión, la oferta está hecha.

–Gracias por comprenderme, papá –para sorpresa de Mick, Jess le dio un beso en la mejilla–. Te quiero.

–Y yo a ti también. ¿Vendrás a cenar esta noche?

–Es posible.

–En ese caso, tengo que advertirte que Caitlyn y Carrie están con sarampión.

–Dios mío, Abby debe de estar agobiadísima.

–La abuela y yo la estamos apoyando.

–En ese caso, ya estáis suficientemente ocupados. No iré a cenar, pero llamadme si necesitáis cualquier cosa.

–De acuerdo –se dirigía ya hacia la puerta cuando retrocedió–. Por cierto, creo que al rododendro del porche no le vendría mal una poda.

Para su sorpresa, Jess se echó a reír a carcajadas.

–Lo sabía. Sabía que serías incapaz de irte sin hacer por lo menos un comentario crítico.

Mick se maldijo en silencio por haber abierto la boca. Intentó quitarle importancia al comentario.

–Eh, es solo un arbusto. No es para tanto.

Jess sacudió la cabeza y le miró divertida.

–Si quieres, tráete mañana las tijeras y hazlo tú mismo.

Era una invitación, pero, en parte, también un desafío; en cualquier caso, Mick tuvo la sensación de que su hija acababa de abrir la puerta a la posibilidad de iniciar una verdadera relación.

Trace estaba muy satisfecho con su estrategia de mantener a Abby cerca. No tenía la menor idea de cómo era la vida de Abby, pero se había fijado en que no llevaba alianza en la mano izquierda a los dos segundos de que se hubiera dado cuenta de que era ella la mujer que estaba en su despacho. Años atrás la había visto en compañía de otro hombre y con un anillo de compromiso que, por cierto, tampoco había visto el día anterior. No tenía la menor idea de por qué le importaba tanto, pero el caso era que le importaba. A lo mejor solo quería una oportunidad de vengarse, de reanudar su relación con ella para después abandonarla como le había abandonado ella a él. Sí, tenía que reconocer que la perspectiva de devolverle la jugada le causaba cierto placer.

Pero, pensándolo bien, si algo había aprendido de aquella reunión era que Abby era una mujer capaz de defenderse. Se había presentado en su despacho preparada para la batalla y con una propuesta financiera para respaldar su posición. Trace se preguntaba si Jess sería consciente de la suerte que tenía de contar con la ayuda de una persona con tanta visión para los negocios.

Convencer a la junta directiva de que no ejecutaran la hipoteca y le dieran otra oportunidad a la posada había sido relativamente fácil. Por supuesto, evitaría que Abby lo supiera. Quería que le estuviera agradecida por haber intervenido a favor de su hermana.

A las doce y cuarto, se dirigió al club náutico de Chesapeake Shores, esperando encontrar allí a Abby. Había elegido deliberadamente el club náutico, un lugar en el que les verían todas las personas influyentes de la localidad. Abby siempre se había sentido incómoda en aquel ambiente tan pretencioso, lo que significaba que sería él quien dominaría la situación.

Recorrió el restaurante con la mirada y vio que no andaba

por allí. ¿Habría decidido dejarle plantado? Aquella posibilidad le dolió.

—Hola, Liz —saludó a la encargada, que había sido compañera suya en el instituto—. ¿Has visto por aquí a Abby O'Brien?

—Ahora se llama Abby Winters —le corrigió—. Ha llamado para decir que llegaría tarde. Ha comentado algo sobre que las gemelas estaban enfermas. Llegará en cuanto pueda. Ha dicho que la llames si no quieres esperar.

Trace hizo una mueca al oír mencionar su apellido de casada y estuvo a punto de gemir ante la mención de las gemelas. A lo mejor se había equivocado en su estrategia. A lo mejor Abby no estaba disponible. Quizá fuera esa la razón por la que parecía tan ansiosa por regresar a Nueva York. Si así fuera, se había arriesgado por nada. Bueno, por nada no. Aquella posada se merecía una oportunidad, pero no podía negar que él tenía su propia agenda.

Tomó el papel que Liz le tendió con el número de teléfono de Abby. Después de marcar, le pidió a Liz comida para llevar mientras esperaba a que Abby contestara.

—Di en la cocina que se den prisa —le pidió, justo en el momento en el que Abby contestaba por fin.

Parecía completamente agotada.

—Vaya, todavía estás ahí —le dijo, y anunció—: He comprado comida para llevar. Voy hacia tu casa.

—No creo que sea una buena idea, Trace —protestó—. Puedo estar ahí dentro de veinte minutos.

—Lo que significa que yo también puedo estar en tu casa dentro de veinte minutos —le recordó.

—Pero esto es un caos.

—En ese caso, tendrás que quedarte. Ya he encargado la comida. En cuanto me la traigan iré hacia allí. Dile a tu abuela que no haga nada. Hay comida suficiente para todos.

—¿A qué viene tanta amabilidad?

—Soy un tipo amable.

—Un tipo amable que me ha chantajeado para obligarme a quedarme en Chesapeake Shores.

—Lo que estoy haciendo es proteger las inversiones de mi banco —la contradijo—. Hasta pronto, Abby.

En realidad, estaba encantado con el vuelco que habían dado los acontecimientos. Además de volver a ver a Abby, pretendía inspeccionar el terreno, por así decirlo. ¿Y qué mejor manera que hacerlo en directo?

Pero la última persona a la que esperaba encontrarse era al padre de Abby. Sin embargo, Mick le estaba esperando en el porche con expresión amenazadora. El hecho de que estuviera sentado en uno de los escalones, bloqueándole el paso, no parecía en absoluto casual.

—He oído que venías —dijo Mick en un tono poco hospitalario.

Trace le enseñó las bolsas.

—Había quedado con Abby. Traigo el almuerzo.

Mick palmeó el escalón para que se sentara a su lado.

—Creo que deberías sentarte para que tengamos una conversación antes de que vayas a reunirte con Abby.

Acababa de pronunciar esas palabras, cuando la puerta se abrió.

—¡Trace, ya estás aquí! —exclamó Abby con una alegría evidentemente forzada—. Pasa.

Mick frunció el ceño.

—Trace y yo estábamos a punto de tener una conversación.

Abby miró a su padre con el ceño fruncido.

—Eso puede esperar —dijo con firmeza.

Trace observó aquel intercambio con interés, preguntándose cómo terminaría aquel duelo de voluntades. Para su diversión, fue Mick el que cedió al final. Se levantó y se apartó de su camino.

—Supongo que iré a la posada para podar el rododendro —musitó mientras agarraba las tijeras de podar.

Abby titubeó.

—¿Ya sabe Jess que vas?

—Ha sido idea suya —le aseguró Mick.

—En ese caso, me parece una gran idea —le animó Abby.

Después de observar a Mick marcharse, Trace se volvió hacia Abby.

−¿Por qué tengo la sensación de que acabas de salvarme?

−Porque es lo que acabo de hacer. A mi padre no le ha hecho ninguna gracia tu estratagema.

−No es ninguna estratagema. Financieramente tiene sentido.

−Eso es palabrería. Los dos sabemos que no es así.

Trace la miró fijamente a los ojos.

−¿De verdad crees que sería capaz de utilizar a Jess para vengarme de ti? Creo que eso ya había quedado claro el otro día.

−A mí no me quedó tan claro. Por lo que he oído, vas a estar atrapado en ese puesto durante seis meses, de modo que supongo que has decidido fastidiarme a mí dejándome atrapada aquí también.

−No estoy atrapado. He hecho un pacto con mi padre. Es una prueba de seis meses. Por supuesto, sé perfectamente cómo va a acabar: me marcharé y Laila podrá disfrutar de ese puesto de trabajo que debería haber sido suyo hace mucho tiempo, pero mi padre, siempre tan optimista, cree que las cosas saldrán de forma diferente.

−¿Estarías trabajando en el banco si tu padre no te hubiera obligado?

−No me obligó. Yo estuve de acuerdo en ocupar este puesto durante seis meses porque quería demostrarle algo.

−¿Y qué es lo que quieres demostrarle?

−Que es mi hermana la que debería estar trabajando allí.

Abby sonrió.

−¿Y cómo piensas demostrárselo? ¿Fracasando estrepitosamente?

−No, estrepitosamente no. Mira el trato que he hecho contigo. Yo diría que eso dice mucho a mi favor.

−Supongo que en eso no vamos a ponernos de acuerdo.

−No, probablemente no.

−En ese caso, será mejor que comencemos el almuerzo. La abuela ha puesto la mesa del comedor. Parece pensar que esta reunión requiere más formalidad al ser de negocios.

Trace se echó a reír.

—¿Está tan enfadada como tu padre conmigo?

—Mucho más.

—En ese caso, esto va a ser divertido —dijo Trace mientras la seguía al interior de la casa.

Para desagradable sorpresa de Abby, su abuela no estaba por ninguna parte cuando llegaron al comedor. Y había puesto mesa para dos. Trace sonrió al verla.

—Esto sí que es un giro inesperado de los acontecimientos —musitó—. ¿Podría significar que tu abuela está haciendo de casamentera?

—¡Absolutamente, no! —respondió Abby con fiereza.

—¿Porque estás casada? Habiendo niños, supongo que debe de haber un marido en alguna parte.

—Había —admitió.

Por un momento, se arrepintió de haberse divorciado. Estaba segura de que la existencia de un marido habría borrado el brillo malicioso de los ojos de Trace.

—¿Estás separada? ¿Divorciada? —preguntó mientras sacaba la ensalada.

Sin preguntar, sirvió dos platos.

—Divorciada —respondió Abby, apretando los dientes ante el rumbo que estaba tomando la conversación—. Mira, estamos aquí para hablar de la posada, no de mi vida.

—Solo quería que me pusieras al día —sacó un segundo recipiente que contenía lo que parecía ser una mousse de chocolate, el postre favorito de Abby.

Abby frunció el ceño mientras Trace dejaba el postre frente a ella. ¿Cómo era posible que se acordara? ¿Y por qué se había tomado tantas molestias? ¿Sería otra manera de acercarse a ella y darle un nuevo golpe cuando menos se lo esperaba?

Esperó con recelo a que Trace se sentara y entonces le preguntó:

—¿Qué está pasando aquí, Trace?

Trace la miró con fingida inocencia.

–Se suponía que teníamos que comer juntos. He traído el almuerzo, no creo que eso tenga nada de malo. De hecho, he pensado que era mejor venir teniendo en cuenta que tus hijas estaban enfermas. Son gemelas, ¿verdad? Sí, creo que eso es lo que ha dicho Liz.

–Carrie y Caitlyn –dijo muy tensa, sin confiar del todo en sus buenas intenciones–. Cayeron enfermas ayer, con sarampión. De hecho, no creo que tarden en despertarse, así que será mejor que hablemos de negocios. ¿Se ha reunido la junta?

–Sí, claro.

–No me obligues a arrancarte cada palabra. Dime lo que han decidido.

–Todo seguirá como hasta ahora, siempre y cuando participes en el proyecto.

Abby no estaba segura de por qué había esperado algún cambio. Quizá pensaba que la junta condenaría la estrategia de Trace y le obligaría a rectificar. Evidentemente, no había tenido en cuenta la determinación y la capacidad de persuasión de Trace.

Dominando las ganas de empezar una discusión que sería imposible ganar, le miró a los ojos.

–¿Y de verdad crees que esto va a funcionar? Tengo trabajo, Trace, y está en Nueva York. Podría llevar perfectamente la contabilidad desde allí, estar pendiente de los pagos y todo lo demás.

Trace negó con la cabeza.

–No, con eso no me basta. Vamos, Abby, conoces perfectamente a Jess. En cuanto vuelvas la cabeza, cederá al impulso de gastar y tú tendrás que intentar poner orden en sus gastos.

Abby le miró con firmeza.

–Me aseguraré de que eso no suceda. Tienes mi palabra.

–Con eso no me basta.

–¿Perdón? –preguntó Abby, furiosa.

–Me temo que sé por experiencia lo poco fiable que es tu palabra, ¿recuerdas?

—No seas ridículo. Esta es una situación completamente diferente. Además, hace años no te prometí nada.

—Me dijiste que me querías, y yo me lo tomé en serio.

—Y te quería —replicó, frustrada por su determinación de utilizar el pasado para manipular el presente.

—Y aun así, te fuiste sin decir adiós, sin dar ninguna clase de explicación. No pienso dejar que eso vuelva a ocurrir, por lo menos hasta que el banco esté seguro y esté garantizada la devolución de los prestamos.

—Querrás decir hasta que tú te des por satisfecho —replicó—. Eso no tiene nada que ver con los intereses del banco. Hay suficiente dinero en efectivo en esa cuenta para cubrir los gastos y lo sabes. Esto es una venganza, simple y llanamente, Trace, y no sabes cuánto me molesta. Estás intentando vengarte de lo que nos pasó en mi hermana. Sabes perfectamente que Jess devolverá hasta el último penique de ese prestamo. Y también lo sabe el banco. Todo lo demás solo tiene que ver con lo que nos pasó.

—¿De verdad?

—No sabía que podías llegar a ser tan vengativo y tan odioso.

—Lo que demuestra que en realidad nunca llegamos a conocernos, porque yo tampoco sabía que podías llegar a ser tan cruel y tan cobarde.

Aquellas palabras le dolieron. Sabía que se las merecía, porque eso era lo que había sido exactamente: cruel y cobarde. Pero eso no hacía que le resultara más fácil oírlas. Le miró con expresión de incredulidad.

—Si tienes tan mala opinión sobre mí, ¿por qué demonios quieres que me quede?

—Porque siempre has sido la persona más exasperante y, al mismo tiempo, más interesante de Chesapeake Shores. Estoy seguro de que tu presencia hará que estos meses sean menos aburridos.

—Así que yo seré el ratón y tú el gato que ha decidido utilizarme para entretenerse.

–Algo así.

Abby se levantó temblando de indignación.

–Eres despreciable –dijo, y agarró la jarra llena de agua con hielo.

Trace la miró con los ojos entrecerrados.

–No te atrevas a hacer eso –le advirtió.

–Claro que voy a atreverme –respondió.

Vació la jarra en su cabeza y le estudió con atención mientras él la miraba empapado y con expresión de absoluta estupefacción. Después, sonrió satisfecha.

–Sí, eso es exactamente lo que me apetecía.

Giró después sobre sus talones y subió al dormitorio a ver a sus hijas. Estaba encantada con aquella demostración de carácter, pero se detuvo sorprendida al oír las risas de Trace en el comedor.

Se encontró con su abuela en el pasillo.

–¿Qué ha pasado? –le preguntó Nell.

–Acabo de tirarle a Trace una jarra de agua en la cabeza.

Su abuela parpadeó, pero Abby advirtió que intentaba reprimir una sonrisa.

–¿Y crees que es sensato?

Abby suspiró.

–Probablemente no, pero hacía tiempo que no me sentía tan bien.

Sin embargo, al pensar en el precio que tendría que pagar por ello, y probablemente también Jess, no pudo evitar el ponerse nerviosa.

Capítulo 6

Trace, dispuesto a marcharse a su casa, se dirigió antes a la cocina para buscar un trapo con el que se secó la cara y parte de la humedad de la camisa. Llevó después una toalla al comedor con intención de arreglar aquel desastre. Observó la mousse de chocolate con arrepentimiento. Al final, no había sido precisamente la ofrenda de paz que él pretendía.

–¿Mousse de chocolate? Es el postre favorito de Abby –observó Nell O'Brien cuando entró en el comedor y vio a Trace con el dulce en la mano–. Un bonito detalle, aunque supongo que lo de sugerir el club náutico para la comida ha sido para jugar con ventaja. Sabes perfectamente que mi nieta no soporta ese lugar.

Trace esbozó una mueca ante lo acertado de aquel comentario.

–Al final, nada ha salido como había planeado –respondió secamente.

–Supongo que no te ha tirado la jarra de agua a la cabeza porque le has traído su postre favorito.

–No, creo que eso ha tenido que ver con las cosas tan poco halagadoras que le he dicho.

Nell sacudió la cabeza.

–Os comportáis como si tuvierais seis años y estuvierais jugando en el parque. Ve a la cocina a quitarte la camisa. La meteré en la secadora y a lo mejor incluso te doy algunos consejos para manejar a mi nieta.

Trace la miró con el ceño fruncido, sin confiar del todo en aquella oferta aparentemente magnánima. Diez años atrás, Nell no era precisamente su gran admiradora.

–¿Y por qué iba a querer darme consejos sobre su nieta?

–Porque creo que es evidente que si os dejo solos, vais a volver a tirarlo todo por la borda –respondió Nell con impaciencia–. Y me gustaría ver a mi nieta feliz.

–¿Qué es lo que cree que vamos a tirar por la borda? –preguntó Trace, aunque sabía que no estaba hablando de su relación financiera.

Nell se limitó a elevar los ojos al cielo, como si aquella pregunta le pareciera ridícula.

–Vete –le ordenó.

Trace salió y comenzó a quitarse la camisa. Nell llevó a la cocina los restos de aquel frustrado almuerzo en una bandeja, tomó la camisa de Trace y la metió en la secadora.

–¿Te apetece una taza de té mientras esperamos? –preguntó.

Sin esperar respuesta, llevó dos tazas a la mesa y empezó a servir.

Trace fue suficientemente inteligente como para no protestar ante aquel ritual. Años atrás, había aprendido que la abuela de Abby hacía las cosas a su manera y que lo mejor era no llevarle la contraria. Y los que no estaban dispuestos a ello, lo mejor que podían hacer era mantenerse fuera de su camino.

–Esto te ayudará a entrar en calor –dijo Nell, como si no estuvieran a más de veinticinco grados en la calle e hiciera incluso más calor en la cocina, a pesar del ventilador del techo.

Después de añadir una cucharada de azúcar al té, Nell le miró a los ojos.

–¿Qué quieres de Abby?

–Quiero que supervise la renovación de la posada y ayude a su hermana a no salirse del presupuesto –contestó sin vacilar.

–Tonterías. Eso solo es una excusa. Lo que quieres es otra oportunidad para estar con ella. Por lo menos sé sincero contigo mismo.

Trace frunció el ceño al oírla. Él no quería volver con Abby. Quería vengarse por la forma en la que le había tratado; quería hacerla sufrir como había sufrido él; quería destrozarle la vida, como se la había destrozado ella a él cuando se había marchado sin darle ninguna explicación.

—Se equivoca —respondió con rotundidad.

Sí, tenía que estar equivocada. Porque lo contrario significaría que era masoquista.

—¿Estás seguro? En ese caso, ¿esto es una especie de venganza por lo que pasó hace diez años? Desde luego, hay que reconocer que eres rencoroso, ¿verdad?

A Trace no le hizo mucha gracia oír la verdad, y menos de una mujer que siempre había sido amable con él, aunque no hubiera aprobado nunca su relación con Abby.

—Yo no lo diría así.

—Entonces, ¿cómo lo dirías? Dices que no quieres estar con ella y que esto no es ninguna venganza. Y yo digo que nada de esto tiene que ver con los intereses del banco, ¿qué nos queda entonces?

Trace quería escapar de allí con la misma fuerza con la que años atrás había deseado que se le tragara la tierra cuando la abuela de Abby le había preguntado qué intenciones tenía hacia su nieta. Entonces había sido sincero, había admitido que quería casarse con Abby, pero que todavía no era capaz de imaginar cuándo. Había visto la desilusión en los ojos de Nell, pero no estaba dispuesto a comprometerse a algo que podía transformar radicalmente su vida cuando estaba teniendo que enfrentarse a los deseos de su padre para poder seguir su propia carrera profesional.

Había que concederle a Nell el mérito de no haberle obligado a desaparecer de la vida de su nieta. Había dejado que hicieran las cosas a su manera, pero desde entonces, cada vez que se cruzaban sus caminos, había hecho patente su disgusto. Trace siempre se había preguntado si aquella silenciosa desaprobación de una de las mujeres a las que más respetaba, tendría algo que ver con la repentina marcha de Abby.

—Antes siempre tenías respuesta para todo —le dijo Nell al ver que permanecía en silencio.

—Con el tiempo, he aprendido que la primera respuesta que le viene a uno a la cabeza no es siempre la mejor —respondió.

—Esto no es una prueba. No se trata de contestar correcta o incorrectamente. Lo único que quiero saber es la verdad.

Trace la miró con recelo.

—A lo mejor por eso estoy teniendo tantos problemas para contestar. Ni siquiera yo estoy seguro de cuál es la verdad.

Nell asintió, parecía de pronto sorprendentemente satisfecha.

—Por fin estamos llegando a alguna parte. Hace falta cierta madurez para darse cuenta de que las cosas no siempre son blancas o negras. ¿Quieres saber lo que pienso?

Trace se reclinó en la silla y sonrió, contento al menos de que hubiera terminado el interrogatorio.

—Por supuesto.

—Lo que creo es que estás locamente enamorado de Abby, de la misma forma que lo estuviste durante todos los años de instituto y cuando estudiabas en la universidad. Y también creo que sigues enfadado y dolido por la forma en la que se fue. Lo que no entiendo, lo que no he comprendido nunca, es por qué no luchaste para que volviera a tu lado.

Trace recordó los días y las semanas de humillación que habían seguido a su marcha. Acababa de cumplir veintidós años y eran las hormonas más que la razón las que dictaban sus acciones. Todavía estaba peleando con su padre para poder decidir su futuro y trabajar como diseñador. El abandono de Abby en el momento en el que más la necesitaba había sido un duro golpe para él. De alguna manera, había sumado su abandono a la actitud de su padre y había llegado a la conclusión de que Abby no tenía más fe en su talento artístico que Lawrence Riley.

Con el tiempo, al ver que el dolor continuaba devorándolo, había descubierto que el que realmente había salido dañado había sido su corazón y no su ego. Había sido entonces cuando se había dado cuenta de que al final, lo de menos era el orgullo. De que lo único que realmente importaba era encontrarla y hacerla volver.

—Fui a buscarla —dijo por fin.

Solo su hermana Laila lo sabía. Imaginaba que cuanta menos gente lo supiera, menor sería la humillación en el caso de que Abby le rechazara por segunda vez. Por lo tanto, le pareció lógica la sorpresa de Nell.

—No lo sabía, Abby nunca lo comentó.

—Tampoco ella lo sabe —admitió—. Elegí el momento peor. Esperé demasiado. Fue Laila la que me dijo dónde estaba. Para ella, Abby era como una hermana mayor y seguían en contacto. Yo seguí a Abby a Nueva York, pero en vez de ir a buscarla directamente, pasé meses intentando encontrar un trabajo que me permitiera mantenerla. Después, me presenté un buen día en Wall Street, decidido a arreglar las cosas o, por lo menos, a intentar retomarlas donde las habíamos dejado.

—¿Y qué ocurrió?

—Vi salir a Abby de ese rascacielos del brazo de un tipo vestido de Armani, con una sortija de compromiso con un diamante del tamaño de una piedra en la mano. Yo había conseguido rehacer mi vida y estaba iniciando mi carrera profesional, pero no podía competir con eso.

—¿Así que te fuiste asustado por culpa de un traje de marca y una joya? —preguntó Nell decepcionada.

Trace sacudió la cabeza.

—No, lo que me hizo marcharme fue la expresión de felicidad de Abby, el amor que brillaba en sus ojos cuando le miraba. Yo conocía esa mirada, sabía lo que significaba. No podía seguir engañándome diciéndome que podría arreglar las cosas. Abby tenía derecho a continuar con su vida.

Nell le miró con compasión.

—Lo siento.

—La culpa fue mía, porque hay algo en lo que tiene toda la razón: debería haber luchado por ella y debería haber empezado a hacerlo mucho antes.

—Si lo sabes, ¿por qué estás intentando vengarte de Abby?

–No me estoy vengando de ella –le prometió–. Es posible que por culpa de mi estupidez lo haya hecho todo mal, pero lo que estoy buscando es una segunda oportunidad.

–¿Diciéndole que fue cruel y cobarde? –preguntó Nell con incredulidad–. Estaba en el piso de abajo y he oído lo que le has dicho.

Trace la miró desolado.

–Sí, es posible que eso haya sido un error.

–¿De verdad? ¿Tú crees?

Trace esbozó una mueca ante su sarcasmo.

–Tiene que admitir que por lo menos he conseguido hacerle reaccionar–respondió a la defensiva.

–Sí, desde luego. Dirás que estoy loca, ¿pero no habrías preferido que te diera un beso a que te tirara una jarra de agua fría en la cabeza?

Antes de que Trace pudiera contestar, entró Abby en la cocina y miró a su abuela absolutamente indignada.

–¿Estás dándole consejos sobre mí?

–Alguien tiene que hacerlo –respondió su abuela sin pestañear–. Ahora, si me perdonáis, tengo que salir a trabajar un poco en el huerto. Las tomateras necesitan un poco de mi atención.

–Abuela –dijo Abby en un tono que obligó a Nell a detenerse en medio de una zancada–. A partir de ahora, déjame a mí tratar con Trace, ¿de acuerdo?

–Por mí, encantada –respondió su abuela sin rastro alguno de arrepentimiento en la mirada–. Pero a partir de ahora, intentad hacer las cosas de manera que ninguno de los dos tenga que terminar desnudándose. A lo mejor así evitamos que acabéis con una neumonía.

Si Abby no adorara a su abuela, le habría resultado irresistiblemente tentador tirarle algo a la cabeza antes de que se marchara dejándola sola con Trace, enfrentándose a la dureza de sus abdominales y a la anchura de sus hombros. En cambio, se metió en el cuarto de la lavadora, sacó la camisa todavía húmeda de la secadora y se la devolvió de malas maneras.

—Ponte esto y márchate —le ordenó.

—No, todavía no —replicó Trace.

Continuó sentado donde estaba mientras se ponía la camisa.

Agotada después de haber estado intentando resolver los desastres financieros de su hermana y de atender a las gemelas, que estaban comenzando a encontrarse suficientemente bien como para mostrarse imposibles, a Abby no le quedaban fuerzas para pelear también con Trace.

—Vete —repitió—, no tengo tiempo para tonterías.

Justo en ese momento, entraron Carrie y Caitlyn en la cocina, descalzas, despeinadas y con suficientes manchas en la cara como para ser merecedoras de todo tipo de compasión.

—Mamá, ¿podemos comer helado? —suplicó Caitlyn, antes de ver a Trace—. ¿Tú quién eres?

—Este es el señor Riley —contestó Abby muy tensa—. Estas son mis hijas, Caitlyn y Carrie.

Señaló a cada una de ellas, pero sabía que era inútil. Cuando estaban separadas, nadie podía decir quién era quién.

Si esperaba que Trace saliera huyendo al verlas, no podía estar más equivocada, porque lo que hizo Trace fue agarrar a Caitlyn de la barbilla y hacerle volver la cabeza, como si lo que estuviera viendo fuera algo admirable.

—Menuda exhibición —dijo, y se volvió hacia Carrie—. Y la tuya también. ¿Habéis contado ya cuántas manchas tenéis?

Carrie se mostró ligeramente intrigada ante la idea.

—¿Para qué? ¿La que gane tendrá un premio?

—Desde luego. Podrá comer todo el helado que quiera en la cafetería de Sally en cuanto se ponga bien.

Las dos niñas le miraron con los ojos abiertos como platos.

—¿De verdad?

Trace asintió.

—Ese fue el premio que gané yo por tener más granos que mi hermana cuando tenía vuestra edad y los dos tuvimos la varicela al mismo tiempo.

Caitlyn se puso seria.

—No creo que mamá nos deje comer todo el helado que queramos.

Trace alzó la mirada hacia Abby con una sonrisa.

—Vamos, mamá. Tendrán que tener una recompensa después de haber estado enfermas.

—¿Quieres decir que curarse no es suficiente recompensa? —preguntó Abby, fingiendo dureza.

Trace miró a las gemelas.

—Yo creo que no. ¿Qué os parece, chicas? ¿Pensáis que deberíais tener un premio?

—¡Sí! —contestaron al unísono.

Abby no pudo evitar echarse a reír ante su entusiasmo.

—Muy bien, la ganadora tendrá todo el helado que quiera cuando os pongáis bien. Pero de momento, a beber un zumo. Y cuando lo terminéis, quiero que subáis al dormitorio, contéis las manchas y durmáis un rato.

—Pero no hacemos nada más que dormir —protestó Carrie—. Ya no estamos cansadas. Y nos pica mucho.

Abby ya había anticipado ese problema.

—De acuerdo. Entonces subiré con vosotras para que os deis un baño. Tengo algo que solucionará los picores.

Caitlyn se volvió hacia Trace.

—¿Tú también vienes?

Abby contestó antes de que Trace tuviera tiempo de hacerlo.

—El señor Riley no tiene tiempo para ayudaros en el baño. Además, eso es algo que no se puede pedir a un desconocido.

—Pero él no es un desconocido —replicó Caitlyn—. Es tu amigo.

—Exactamente —respondió Trace—. Tu madre y yo somos viejos amigos. Pero ella tiene razón en algo: tengo que volver al trabajo.

—Pero cuando nos curemos, nos llevará a comer helado, ¿verdad? —preguntó Caitlyn.

Trace asintió.

—Y podremos comer todo el que queramos.

–Eso está hecho –contestó, mirando a Abby de una forma que le hizo estremecerse–. Ha sido un placer conocerte, Caitlyn –miró a una de las niñas y se volvió después hacia su hermana–. Y a ti también, Carrie. Espero que nos veamos pronto.

¿Cómo habría sido capaz de distinguirlas tan deprisa?, se preguntó Abby sorprendida. Lo había conseguido a pesar de que llevaban un camisón idéntico, el pelo igual de revuelto y la cara cubierta de manchas. ¿Cómo habría advertido tan rápidamente que tenían personalidades tan distintas, Caitlyn reflexiva y seria y Carrie abierta y decidida, que no era posible confundirlas?

–Hasta pronto, chicas –dijo, mientras se dirigía hacia la puerta.

Abby estaba a punto de soltar un suspiro de alivio cuando Trace se detuvo en la puerta y le dio un beso en la frente.

–Adiós, mamá.

Las gemelas se echaron a reír, pero Abby se quedó sin habla. Trace era perfectamente consciente de lo que había hecho, como demostraba su expresión satisfecha. Antes de comenzar a bajar los escalones de la entrada, se volvió para despedirse de nuevo con un gesto.

–¿Podremos ir mañana a comer helado? –suplicó Caitlyn–. Seguro que ya nos habremos curado.

–Sí –repitió Carrie–. Y queremos ver otra vez al señor Riley. Es muy bueno.

Abby quería decirles que no confiaran en su falsa amabilidad, ¿pero cómo iba a hacer una cosa así? Había sido encantador con las gemelas. Y aunque no confiara en él, estaba completamente segura de que jamás les haría ningún daño a sus hijas.

Cuando Trace regresó al banco, Mariah le llamó antes de que hubiera podido entrar en su despacho.

–Tu padre quiere verte.

Trace se volvió con desgana en su dirección, se detuvo ante el escritorio de Mariah y se inclinó hacia ella.

—¿De qué humor está? —preguntó con un suspiro—. ¿En pie de guerra o en son de paz?

Mariah se echó a reír.

—Creo que estás completamente a salvo. Pasa.

Cuando entró en el despacho, su padre alzó la mirada del documento que estaba leyendo y sonrió de oreja a oreja.

—Ah, estás aquí. ¿Dónde te habías metido?

—Estaba en una reunión de negocios.

—¿Con Abby O'Brien?

—Con Abby Winters —le corrigió Trace—. Pero sí, estaba con ella.

Su padre le miró con atención.

—¿Estás seguro de lo que estás haciendo? Eh, ¿y por qué tienes la camisa mojada? No te habrá tirado al mar, ¿verdad?

Trace no tenía ganas de contarle a su padre lo que había pasado con la jarra.

—¿De qué querías hablarme?

—Quería asegurarme de que Abby está de acuerdo en ocuparse de las finanzas de su hermana. Estos créditos podrían acabar muy mal si no estamos encima.

—Te aseguro que pretendo seguir de cerca esta situación.

Su padre asintió satisfecho.

—Me lo imaginaba —le despidió con un gesto—. Eso es todo. Creo que Raymond quiere que eches un vistazo a algunos documentos.

—Ahora mismo iré a verle —le prometió Trace—. Y después tengo una cita.

—¿Tiene que ver con el banco?

—No, quiero ver un par de casas para alquilar.

Al ver la reacción de su padre, estuvo a punto de echarse a reír. Parecía que no podía decidirse entre la irritación por el hecho de que Trace se marchara de casa y la alegría de saber que pensaba quedarse una temporada en Chesapeake Shores.

—¿Y por qué alquilar? —preguntó por fin—. Tiene más sentido comprar.

—Para seis meses, no —respondió Trace con firmeza.

—No creo que nadie te alquile una casa durante tan poco tiempo —protestó su padre—. Podrías quedarte con tu madre y conmigo.

—Pues la verdad es que ya tengo varias opciones. Y estaré mejor solo. A veces me quedo diseñando hasta tarde...

—¿Y por qué tienes que diseñar nada? —replicó su padre—. Ahora estás trabajando para el banco y es al banco al que tienes que dedicarle toda tu atención.

—No tengo que trabajar en el banco las veinticuatro horas del día —respondió Trace decidido a no discutir con su padre sobre su trabajo—. Y cuando trabajo, tengo las cosas desparramadas por toda la casa. Mamá se volvería loca, por no hablar de cómo me pondría yo si la asistenta intenta ordenarme mis cosas.

—Sí, supongo que tienes razón. Muy bien, haz lo que te parezca mejor.

Eso era exactamente lo que pretendía hacer Trace. Con un poco de suerte, ese fin de semana tendría ya su propia casa. Instalaría el estudio rápidamente y volvería a trabajar en los dos proyectos que acababa de aceptar. Entre esos trabajos y los planes para frecuentar a Abby, aquellos seis meses pasarían volando.

Abby había conseguido dormir de nuevo a las gemelas, revisar los correos electrónicos y responderlos y estaba en el porche, disfrutando de un vaso de té frío cuando apareció de pronto Jess a toda velocidad en el coche y se detuvo con un chirrido de frenos y levantando una nube de polvo. En cuanto abandonó el vehículo, se hizo evidente que estaba de pésimo humor.

—¿Estás tú detrás de todo esto? —preguntó, mientras le lanzaba a Abby una tarjeta de crédito hecha pedazos.

Abby la miró sin comprender mientras recogía los pedazos de plástico. Quienquiera que la hubiera cortado lo había hecho a conciencia.

—¿Qué ha pasado? —preguntó manteniendo la voz serena, aunque solo fuera para contrarrestar la histeria de su hermana.

—¿A ti qué te parece? —respondió Jess, caminando nerviosa delante de ella. Prácticamente, echaba humo por las orejas.

—Cuando he ido a comprar más pintura, me han rechazado la tarjeta de crédito. Y no solo es que me la hayan rechazado, sino que me la han cortado en pedazos delante de un montón de gente. No me he sentido tan humillada en toda mi vida. Te juro que si tienes algo que ver con esto, no volveré a hablarte en mi vida.

—A mí no me mires. Yo no sé nada de tus tarjetas.

—¿Me lo juras?

—Claro que te lo juro —respondió Abby furiosa—. ¿Cuándo te he mentido?

Jess la miró con expresión de disculpa.

—Lo siento. Estaba tan mal que no podía imaginarme lo que había pasado. Y, por supuesto, en la tienda no me han sabido decir nada.

—¿Has llamado a la agencia que emitió la tarjeta?

—No, todavía no.

—Así que, en vez de hablar con la gente que verdaderamente puede ayudarte, has venido aquí a gritarme, ¿no? —preguntó Abby exasperada.

Jess pareció encogerse.

—Algo así. Les llamaré en cuanto vuelva a la posada.

—¿Has conseguido la pintura?

—No, he tenido que dejarla allí. Estaba demasiado avergonzada como para probar con otra tarjeta. Tenía miedo de que ninguna me sirviera.

—El otro día me dijiste que no habías agotado el crédito de ninguna de ellas —le recordó Abby.

—Y es cierto.

—¿Y has pagado todas las cuentas cuando te tocaba?

—Claro que sí —dijo Jess, entonces frunció el ceño—. Por lo menos eso creo. Ya sabes lo ocupada que he estado.

Abby gimió. También sabía lo distraída que podía ser Jess cuando algo no le interesaba. Ese era un efecto de su TDAH. Aunque Jess había mejorado considerablemente con la edad, su capacidad para concentrarse era, como poco, impredecible. Pero en general, era capaz de concentrarse a un nivel aceptable, los médicos nunca le habían recomendado que se medicara, al menos por lo que Abby sabía. Pero a lo mejor era Jess la que se había negado a tomar cualquier tipo de medicación.

—Iré después a la posada y revisaré todas las facturas, para ver si queda alguna por pagar —le prometió—. Estoy segura de que podremos arreglarlo.

Jess suspiró y se sentó a su lado.

—Sigo haciéndolo todo mal. ¿Cómo es posible que sigas estando dispuesta a ayudarme?

La verdad era que ni la propia Abby sabía si podría continuar haciéndolo durante mucho tiempo sin perder completamente la paciencia. Pero sabía que lo que tenía que hacer era concentrarse en las capacidades de su hermana, no en sus defectos, y después, encontrar la manera de compensar sus olvidos. La solución más fácil sería contratar un contable, pero el presupuesto todavía no daba para tanto, de modo que ese trabajo le correspondía a ella.

—¿Qué has hecho hoy? —le preguntó Jess.

Le quitó el vaso de té y se lo terminó.

—Intentar evitar que las gemelas terminaran histéricas después de estar tanto tiempo en la cama, y que acabaran con mi paciencia y con la de la abuela, almorzar y discutir con Trace.

—Menudo día —dijo Jess, mirándola preocupada—. ¿Estás bien?

—Digamos que preferiría enfrentarme a los peores tiburones de Wall Street. Es menos estresante.

—Pero al final lo del prestamo está todo arreglado, ¿verdad? —preguntó Jess. Olvidó rápidamente su preocupación por Abby para preocuparse de sus propios problemas—. ¿El banco está de acuerdo con tu plan?

Abby asintió.

—Siempre y cuando yo me haga responsable de todo.

—Siento mucho haberte arrastrado a esta situación —se disculpó Jess—. Por si te sirve de algo, cuentas con mi eterno agradecimiento.

–No necesito tu eterno agradecimiento. Lo que necesito es que te esfuerces de verdad en ayudarme a solucionar tu situación.

–Te prometo que lo haré –dijo Jess–. Dime lo que tengo que hacer y te obedeceré sin pensar.

Aunque la respuesta de Jess era sincera y convincente, Abby no pudo evitar preguntarse cuánto duraría su compromiso cuando chocara contra su dura realidad económica. Su reacción con la tarjeta de crédito no presagiaba nada bueno.

Capítulo 7

Eran poco más de las cuatro cuando Trace dejó el banco para quedar con Susie O'Brien, una de las primas de Abby. Tenía un año menos que Jess y trabajaba para O'Brien Management, una agencia que alquilaba algunos de los apartamentos que habían construido sobre las tiendas de la calle principal.

Cuando Mick y sus hermanos habían diseñado Chesapeake Shores, habían pensado que aquellas residencias añadirían encanto y vida al centro de la localidad. Algunos propietarios de esos negocios los habían comprado como viviendas y el resto se alquilaba, la mayor parte a solteros y parejas jóvenes que querían tener una vivienda en la playa, pero no podían permitirse el lujo de comprar propiedades más grandes como las que había en las afueras, o que preferían un estilo de vida más urbano, aunque fuera en un lugar tan pequeño, que les permitiera ir andando a restaurantes, tiendas e incluso a la playa.

Era evidente que Susie llevaba los genes de la familia, aunque no era tan guapa como Abby y sus hermanas. Tenía el pelo rojo y brillante, algunas pecas en las mejillas, aquellos ojos azules que parecían la marca de la casa, piernas largas y una sonrisa encantadora.

–Trace Riley, dichosos los ojos –le saludó con entusiasmo, y le dio un beso en la mejilla–. Cuando la recepcionista me ha dicho que habías llamado, casi no me lo podía creer. Ya iba siendo hora de que te decidieras a volver a casa.

—No he venido para quedarme –respondió–. Quiero alquilar un apartamento para solo unos meses.

—Sí, eso es lo que ha dicho Pat, pero he pensado que querías algo temporal hasta que pudieras construirte una casa o encontraras algo mejor.

—No, solo pienso quedarme seis meses aquí. Después, volveré a Nueva York.

—Pues es una auténtica pena –replicó Susie–. De todas formas, tengo algunas cosas que enseñarte. ¿Quieres que empecemos por aquí? Se alquila un apartamento encima de la tienda de Ethel. Probablemente sea el más grande y al estar al final de la calle, tiene vistas al mar, si es que eso te importa.

—Sí, vamos a echarle un vistazo –dijo Trace, caminando ya a grandes zancadas en aquella dirección.

Le importaban menos el tamaño y el lugar en el que se encontrara que el hecho de que tuviera luz. Necesitaba mucha luz para su trabajo.

Susie no tuvo ninguna dificultad para seguirle el paso. Una manzana antes de que terminara la calle, giró hacia la derecha, hacia el callejón que había detrás del edificio.

—Sabes que las entradas están detrás, ¿verdad? Y hay espacio para aparcar un coche. Me temo que las visitas tendrán que hacerlo en la calle principal o en el muelle, y los fines de semana es bastante difícil aparcar en esta zona.

—No te preocupes, no espero tener mucha compañía.

—Bueno, subamos a echar un vistazo –subió la escalera del edificio, abrió la puerta y se apartó para dejarle pasar–. Tómate todo el tiempo que quieras. Te espero en el muelle, si te parece bien. Llevo todo el día trabajando y no me vendría mal un descanso. Además, la mayoría de la gente prefiere ver los pisos sola, sin tenerme a mí diciendo obviedades.

—Por mí, estupendo –contestó, concentrado ya en el apartamento.

Las habitaciones no eran grandes, los muebles parecían cómodos, pero no tenían el menor interés; aquella mezcla de estilos, de hecho, ofendía su sentido artístico, pero podría soportarla durante el tiempo que pensaba quedarse. El dormitorio principal estaba en la parte de atrás y tenía muy poca luz, pero tampoco eso le importaba. Era el otro dormitorio, el que utilizaría como estudio, el que realmente le preocupaba.

Cuando entró en aquella espaciosa habitación, una sonrisa iluminó su rostro. Por supuesto, aquellos enormes ventanales dejarían pasar todo el ruido de la calle y, probablemente, aquella era la razón por la que no lo habían elegido como dormitorio principal, pero la luz entraba a raudales por los ventanales que ocupaban dos de las paredes. Había una vista espectacular de la bahía hacia el este. Sería un lugar ideal para realizar su trabajo. De hecho, el apartamento se ajustaba perfectamente a sus necesidades y era fácil ir caminando hasta allí desde el banco.

Completamente convencido de que era lo que buscaba, lo cerró y fue a buscar a Susie.

—Redacta el contrato —le dijo cuando la encontró echándoles pan a las gaviotas.

—Te gusta —contestó Susie. Parecía sorprendida—. Pensaba que la decoración te echaría para atrás. Está a solo un paso de una tienda de segunda mano, pero la señora Finch se niega a comprar nada. Dice que con lo que tiene es más que suficiente.

Trace sonrió, podía imaginarse perfectamente a la anciana comentándolo.

—Me sorprende que no tenga macetas con lilas por toda la casa, teniendo en cuenta lo mucho que le gustan. Supongo que al menos por eso debería estarle agradecido.

—¿No te has fijado en que la casa huele a lilas? —preguntó Susie—. Cuando está vacía, viene a limpiarla una vez a la semana, y nunca se va sin echar ambientador con olor a lila en cada habitación.

—Siempre que no vuelva a hacerlo hasta que me vaya, por mí no habrá ningún problema —contestó Trace, estremeciéndose al pensar en aquella viuda ambientando su apartamento con su fragancia favorita.

—Oh, no, jamás lo haría teniendo en su apartamento a un inquilino —le aseguró Susie—. Entonces, ¿ya está? ¿Estás seguro? ¿No quieres ver ningún apartamento más?

—No, con este me vale —respondió.

—De acuerdo entonces. Mañana por la mañana tendrás redactado el contrato, pásate por mi oficina. A lo mejor te encuentras a mi padre, estoy segura de que le encantaría verte.

Trace sabía que Jeff y Mick no se llevaban muy bien, pero al menos en lo que a él concernía, siempre había encontrado a Jeff más accesible que su hermano. Y después del último encuentro que había tenido con Mick, no estaría mal contar con un aliado entre los O'Brien.

—A mí también me gustaría.

Ya solo le quedaba ir a casa y decirle a su madre que se mudaba. Aunque tenía la sensación de que iba a ser mucho menos comprensiva que su padre.

Mick entró en su estudio y encontró a Abby sentada detrás de su mesa, con el portátil encendido, el móvil en la oreja y la pantalla de televisión emitiendo los resultados de la bolsa. Era una faceta de su hija que nunca había visto en directo. Para él, continuaba siendo su primera hija, aquella niña que corría a darle la bienvenida cuando llegaba a casa, arrastrando una muñeca de trapo que le había hecho su abuela.

—Sí, sí. Compra —musitó mientras tecleaba en el ordenador—. No, ningún problema, Jack. Yo me encargaré de todo. Estoy de acuerdo en que nos hemos sobrecargado de financieras. Déjame echar un vistazo a los paquetes de los que deberíamos deshacernos y pensar algunas posibles compras en el sector tecnológico. Te llamaré dentro de una hora.

Cuando colgó el teléfono, Mick le sonrió.

—Cuando tenías ocho años e insistías en abrir una cuenta eje en vez de una cartilla de ahorros, debería haberme imaginado que te convertirías en una magnate de las finanzas.

—No soy una magnate de las finanzas —protestó, pero sonreía mientras lo decía, claramente complacida con el comentario de su padre.

—¿Cuánto dinero has podido mover hoy? —insistió Mick.

—Como medio millón de dólares si terminamos esta operación, pero el dinero no es mío. Si hablamos de mi cuenta bancaria, te aseguro que no se me puede considerar una magnate.

—En cualquier caso, es evidente que haces las cosas bien.

—Supongo que sí. Lo que de verdad me importa es que me gusta mi trabajo. Es una presión enorme saber que estás invirtiendo el dinero de otras personas, los ahorros de toda una vida, sus pensiones, pero cuando tienes un buen día, te sientes genial al saber que has podido ayudar a alguien a amasar una pequeña fortuna —se encogió de hombros—. Por supuesto, cuando tienes un mal día... digamos que siempre debo tener en casa una buena provisión de antiácidos.

—Llevas mucho tiempo en este trabajo, así que es evidente que eres buena.

—Sí, eso parecen pensar mis jefes.

Mick la miró con atención.

—Tengo algunas inversiones que no van demasiado bien, ¿quieres echarles un vistazo?

—Me temo que no —respondió rápidamente.

Mick frunció el ceño ante la rapidez de su respuesta.

—¿Por qué no?

—Porque en cuanto hubiera una bajada, me echarías la culpa, así que creo que es preferible que mantengas tu dinero fuera de nuestra relación.

—¿Y de qué nos sirve tener a una gurú de la bolsa en la familia si no puedo confiarle mi dinero?

Abby le miró sobresaltada, pero nuevamente, el comentario de Mick pareció gustarle.

—¿De verdad me confiarías tu dinero?

A Mick le sorprendió el deje de vulnerabilidad que reflejaba su voz. ¿Tan mal se había comunicado con sus hijas que ni siquiera la confiada Abby se había dado cuenta de lo orgulloso que estaba de ella?

—Claro que confío en ti —respondió con énfasis.

Aun así, Abby vacilaba, parecía sentirse insegura.

—¿Qué te parece esto? ¿Por qué no me pasas tus cuentas? Les echaré un vistazo y te propondré algunas ideas, pero serás tú el que tome la decisión final.

—Si voy a pagar por tu consejo, creo que debería seguirlo. No tengo por qué ser yo el que firme cada transacción.

—Preferiría que lo hicieras, por lo menos al principio. Después, ya veremos cómo va todo.

—De acuerdo, me parece bien. Te daré mi estado de cuentas esta misma tarde y las revisaremos antes de que me vaya.

—¿Te vas? —preguntó Abby desconcertada.

—Ya llevo aquí más tiempo del que había planeado —respondió, incapaz de evitar cierto tono defensivo—. Mañana por la tarde tengo una reunión en San Francisco.

—¿Lo sabe Jess?

Así que era eso; estaba preocupada por la reacción de su hermana. ¿Siempre había antepuesto las necesidades de los demás a las suyas? ¿O eso era algo que había comenzado a hacer después de la marcha de Megan? Cuando Megan se había marchado, Abby tenía diecisiete años, era casi una adulta, pero no debería haberse responsabilizado de todos sus hermanos. De pronto, Mick se sintió culpable, porque su actitud le había impedido disfrutar a su hija libre y despreocupadamente de sus últimos días en el instituto. Sin embargo, en vez de abordar aquel tema, se limitó a responder a su pregunta.

—Todavía no se lo he comentado a Jess. ¿Por qué lo preguntas? Seguramente, se alegrará de perderme de vista.

Abby sacudió la cabeza.

—No la conoces en absoluto, papá. ¿No te has dado cuenta de lo contenta que estaba porque habías estado en la posada?

—Lo único que he visto es que me ha dejado podar el rododendro.

—En realidad, lo único que quería era poder pasar algún tiempo contigo. Jess no necesita que hagas nada, ni que le digas lo que tiene que hacer. ¿Cuándo habéis salido juntos por última vez?

Mick pensó en ello.

—Nunca lo hemos hecho —contestó, vagamente avergonzado por aquella admisión.

—Lo que quiere decir que tengo razón. Con Connor y Kevin solías salir a pescar. A Bree siempre le gustó acompañarte cuando estabas diseñando casas nuevas y cuando yo era pequeña, me llevabas a supervisar obras. Hasta tenía un casco de mi tamaño. Lo encontró mamá, ¿te acuerdas? Era de color rosa, así que quedaba fatal con mi pelo, pero a mí me encantaba.

Mick sonrió al recordarlo.

—Lo había olvidado. Te trataban como a una princesita. Media cuadrilla te llevaba golosinas.

—¿Por qué crees que te suplicaba que me llevaras?

—De modo que, de forma diplomática, me estás diciendo que Jess y yo no tenemos una buena relación porque yo pasaba demasiado tiempo fuera.

—Eso es exactamente lo que te estoy diciendo, y sé que la abuela también te lo ha dicho, así que no te hagas el sorprendido. El que hayas pasado aquí estos dos días ha significado mucho para Jess. Solo el hecho de que hayas venido desde California porque tenía un problema, ya le ha demostrado muchas cosas a ella. Sobre todo, le ha demostrado que la quieres.

—Claro que la quiero. Haría lo mismo por cualquiera de vosotros —dijo Mick.

—La diferencia es que todos los demás ya lo sabemos, pero Jess, no.

Mick reprimió un suspiro mientras pensaba en lo difícil que era averiguar qué hacer con los hijos cuando estos crecían, y sobre todo con las hijas, que parecían sensibles a cualquier matiz. Desde luego, su relación con Kevin y Connor no era tan complicada.

—No pensará que la estoy abandonando otra vez porque tenga que volver a mi trabajo, ¿verdad? —preguntó preocupado.

—¿Por qué no se lo preguntas abiertamente? —sugirió Abby—. Habla con ella, ¿de acuerdo?

Mick se levantó.

—Sí, hablaré con ella antes de irme —contestó, y la miró de nuevo—. Pero tú y yo estamos bien, ¿verdad?

—Claro que sí.

A Mick le pareció un poco forzada la sonrisa de su hija, pero decidió creerla. Tratar con Jess ya era suficientemente difícil. Tendría que hacer un esfuerzo para averiguar cómo iban las cosas con Abby la próxima vez que la viera. Había llegado a pensar que todo aquel asunto de la inversión que había sugerido anteriormente les ayudaría a crear un vínculo entre ellos, pero la verdad era que hasta que no se sentaran a hablar de cómo había influido la marcha de su madre en sus vidas, su relación nunca sería fácil.

Después de la conversación con su padre y de terminar los reajustes que había acordado con su jefe, Abby necesitaba salir un rato. Necesitaba aire fresco y un cambio de escenario.

—Abuela, ¿te importa que me vaya un rato? Las niñas están durmiendo.

—No creo que duren mucho tiempo dormidas, pero no te preocupes. Les estoy enseñando a jugar a las damas. Y ya me han ganado unas cuantas veces.

—Recuerda que no tienen que comer nada entre horas, lo único que pueden tomar es algún zumo. Nada de galletas.

Nell la miró con fingida inocencia.

—¿Pretendes decirme cómo tengo que alimentar a un niño enfermo? ¿Acaso no lo hice bien contigo y con tus hermanos? Creo que todos os habéis convertido en unos adultos saludables.

Abby se echó a reír.

—De acuerdo, puedes darles galletas, pero fingiré que no me he enterado —agarró el bolso y las llaves—. Volveré dentro de una hora.

—Tómate todo el tiempo que quieras. Sal de compras. Y tráeles a las niñas alguna sorpresa. Se la merecen. Se han portado muy bien a pesar de estar enfermas.

—Lo haré —contestó Abby.

Se fue en el coche hasta el centro del pueblo. Una vez allí, aparcó en la calle principal y se dirigió hacia la tienda de Ethel. En el escaparate exhibían una surtida y colorida muestra de toallas de playa, palas, sandalias, pelotas, camisetas y bañadores, estos últimos expuestos en maniquíes particularmente bien dotados.

Aunque pretendía pasarse por la cafetería para tomar algo, quizá incluso una porción de tarta de manzana, decidió seguir el consejo de su abuela e ir a buscar un regalo para las niñas. Seguramente les encantaría cualquier juguete para la playa, o incluso una camiseta de recuerdo de Chesapeake Shores.

Acababa de salir del coche cuando vio a Trace doblando la esquina del edificio. Vestido con traje y corbata, podría haberse confundido perfectamente con los hombres con los que trabajaba a diario en Wall Street. No quedaba en él ni un ápice del joven rebelde que había sido. De alguna manera, aquello le entristecía, aunque no tenía la menor idea de por qué. Las decisiones que tomara Trace sobre su vida no tenían nada que ver con ella.

Le saludó con un gesto distante, esperando que aquello le quitara las ganas de acercarse a hablar, pero, por supuesto, Trace se acercó inmediatamente a ella.

—Me sorprende verte por aquí a esta hora del día —le dijo, caminando a su lado mientras Abby se dirigía directamente hacia la tienda.

—¿Por qué?

—Imaginaba que estarías en la posada.

—¿Haciendo qué?

—Controlando la reforma.

Abby se volvió hacia él. Necesitaba dejar algunas cosas claras y aquel momento era tan bueno como cualquier otro para hacerlo.

—Mira, es posible que hayas podido manipular la situación para obligarme a quedarme aquí una temporada, pero no vas a controlar cómo paso el tiempo. Hasta el último obrero tiene derecho a descansar. Y, por cierto, también tú estás en la calle, en vez de detrás de tu escritorio. ¿Debería avisar a tu padre?

Trace apretó los labios.

—De acuerdo, tienes razón. ¿Cómo están las niñas?

—Ya se encuentran mejor. Ahora iba a la tienda de Ethel a comprarles un regalo.

—Te acompañaré. Y a lo mejor puedo convencerte de que después almuerces conmigo.

Abby le miró con el ceño fruncido.

—¿Por qué?

—¿«Por qué» qué? Te acompaño a la tienda porque me parece divertido. Y me gustaría comer contigo por la misma razón.

Abby no confiaba del todo en sus motivos, pero le parecía demasiado grosero pedirle que se largara. Y, por supuesto, no podía confesar que le ponía nerviosa estar con él. Diablos, si eso era algo que ni siquiera quería admitir ante sí misma. Había pasado muchos años asegurándose de no volver a sentirse nunca vulnerable. Había tenido que enterrar muy profundamente sus inseguridades, en primer lugar, para poder atender a sus hermanos cuando su madre se había marchado, y más tarde, para ser capaz de conciliar su vida profesional con las gemelas tras el fracaso de su matrimonio.

—Como tú quieras —contestó por fin.

Entró en la tienda de Ethel e inmediatamente regresó a aquellos años en los que la visión de todas aquellas baratijas destinadas a los turistas la fascinaba. Continuaban vendiendo los mismos dulces que las cuadrillas que trabajaban para su padre le compraban. Por supuesto, había subido el precio, pero el surtido era tentador, aunque solo fuera por la nostalgia.

Trace le sonrió y se dirigió hacia la zona de los dulces.

—¿Bolas de chicle o caramelos de fresa?

—Regaliz rojo —contestó sin vacilar.

—Eh, Ethel —llamó Trace—. Ponnos un surtido de golosinas.

Ethel se acercó en ese momento con una sonrisa radiante.

—Trace Riley. Ya empezaba a preguntarme cuánto tiempo tardarías en aparecer por aquí —dijo, sin mirar apenas a Abby—. Me han dicho que has alquilado el apartamento de encima de la tienda.

Ignorando la fría, aunque no inesperada, reacción de Ethel, Abby se volvió sorprendida hacia Trace.

–¿De verdad? ¿Has alquilado un apartamento? Pensaba que te quedabas en casa de tus padres.

No sabía por qué la desconcertaba aquella noticia, pero así era. ¿Habría cambiado algo? ¿Estaría Trace más decidido a quedarse en Chesapeake Shores de lo que le había hecho creer?

Trace la miró a los ojos.

–Pensé que me vendría bien por si en algún momento necesitaba algo más de intimidad –dijo con toda intención.

A Abby se le aceleró el pulso, de modo que se volvió, pero no antes de poder ver la sonrisa de satisfacción de Trace.

–Cerdo –musitó.

–Te he oído –respondió Trace con una carcajada.

–Yo también –dijo Ethel riendo–. Vosotros dos os habéis pasado la vida discutiendo –y añadió, cambiando ligeramente su actitud hacia Abby–. Supongo que si Trace anda por aquí, también te veré mucho más a ti, Abby.

Abby comprendió entonces que había cometido un error al presentarse en la tienda con Trace, y que sería un segundo error que la vieran con él en la cafetería. Había pocas cosas que a los residentes de Chesapeake Shores les gustara más que chismorrear. Y el reencuentro de dos personas que en otro tiempo habían salido juntas podía dar mucho que hablar.

–No creo que me veas mucho por aquí –replicó–. Estoy ayudando a Jess. En cuanto inaugure la posada, regresaré a Nueva York –añadió, dirigiéndole a Trace una mirada con la que le desafiaba a contradecirla.

Ethel parecía tener ganas de seguir la conversación, pero Trace señaló las chucherías con un gesto.

–Nos llevaremos tres bolsas.

–¿Tres bolsas? –preguntó Abby.

–Tendrás que llevarles también a las niñas. Seguro que no comen muchas golosinas como estas en Nueva York.

–No, claro que no, y probablemente esa sea la razón por la que todavía no tienen caries –dijo Abby.

Trace le quitó importancia a aquel comentario.

—Se pueden lavar los dientes después de comerlas. Y si no quieres ser tú la que se las lleve a casa, puedo llevárselas yo más tarde.

Abby comprendió que iba a ser imposible ganar aquella batalla.

—Como tú quieras —farfulló, y se dirigió a la sección de camisetas.

Encontró dos que le encantaron, una de color turquesa para Caitlyn y otra verde limón para Carrie, y las llevó al mostrador.

—Seguro que les gustan más las golosinas —le susurró Trace al oído en el momento en el que Ethel le estaba tendiendo la bolsa con las camisetas.

Abby se sobresaltó de tal manera ante aquella inesperada cercanía y aquel provocativo susurro que estuvo a punto de dejar caer la bolsa. Para su enfado, Trace sonrió, consciente del efecto que había tenido, y le quitó la bolsa de la mano.

—Para ti todo es un juego, ¿verdad? —gruñó malhumorada mientras se dirigían hacia la puerta.

—Últimamente no. Creo que despiertas mi espíritu competitivo.

—Pues intenta superarlo. Y no pienso ir a comer contigo

—¿Por qué no? ¿Tanto te asusta la perspectiva de compartir uno de los reservados de Sally's conmigo?

—Claro que no me asusta —respondió con indignación mientras dejaba las bolsas y los dulces en el coche.

—Entonces ven conmigo. Todavía no hemos tenido oportunidad de hablar, Abby. Nos comeremos un par de hamburguesas. Tú me robarás mis patatas fritas y después tomaremos una porción de la tarta de manzana que tanto te gustaba.

Abby pensó inmediatamente que no sería una buena idea intentar revivir el pasado. Eso solo podría causarle dolor. Aun así, no se sentía capaz de rechazar una invitación que Trace había convertido deliberadamente en desafío.

—De acuerdo, muy bien —dijo por fin, cerró el coche de un portazo y le siguió.

Cuando llegaron a la entrada de la cafetería, se detuvo y le miró directamente a los ojos.

—Cuando entremos, no se te ocurra siquiera insinuar a nadie que estamos juntos. Si Sally pregunta, le dirás que estamos hablando de negocios, nada más. Esto no tiene nada personal. No es una cita.

—En ese caso, no vamos a poder ponernos al día sobre nuestras vidas.

—Esas son mis condiciones.

Trace la miró con una expresión seria que desmentía la diversión que reflejaban sus ojos.

—Sí, señora. Como usted diga.

—No estoy de broma —le advirtió Abby.

—Sí, ya me he dado cuenta.

—No tengo ganas de que todo el mundo empiece a hablar de nosotros.

—En ese caso, deberíamos sentarnos en mesas separadas —replicó él—. Aunque, bien pensado, eso también despertaría toda clase de rumores, ¿no te parece? La verdad es que resulta difícil decidir qué hacer en una situación como esta.

El deje burlón de su voz resultaba exasperante, pero lo dejó pasar.

—Créeme, me encantaría que nos sentáramos en mesas separadas para averiguarlo —le dijo.

—Bueno, pues a mí no. Además, no querrás que piense que eres una cobarde, ¿verdad? —fingió un repentino desconcierto—. Bueno, en realidad eso ya lo sé, ¿no?

Jamás en su vida había tenido Abby tantas ganas de darle una patada a alguien en la espinilla como en aquel segundo.

—¿Ya te has olvidado de la jarra de agua?

—Afortunadamente para mi traje, Sally solo sirve el agua de copa en copa —comentó Trace mientras abría la puerta y se quedaba a un lado para dejarle pasar—. Hagamos una tregua, ¿de acuerdo? Aunque solo sea durante una hora.

Abby miró aquellos ojos que en otro tiempo habían sido tan familiares para ella y sintió que se hundía dentro de ellos. De pronto, comenzaron a emerger cientos de recuerdos en su cabeza, y todos ellos muy tentadores. Tragó saliva y desvió la mirada. Aquello no estaba bien. No estaba bien en absoluto. Debería salir huyendo inmediatamente.

Pero, en cambio, volvió a mirar a Trace a los ojos y consiguió mantener la voz firme mientras contestaba:

—De acuerdo, hagamos una tregua.

Al fin y al cabo, solo sería una hora. ¿Qué daño podía hacerle? Curiosamente, en aquel momento tenía la sensación de estar comprometiéndose para toda una vida.

Capítulo 8

Trace fue consciente de las miradas especulativas que les dirigían en cuanto entraron y se sentaron a una mesa situada al lado de la ventana. Se preguntó si Abby recordaría que ese era el mismo reservado que elegían cuando lo encontraban disponible. Podía recordar cientos de conversaciones diferentes mantenidas en aquel lugar, docenas de miradas e incluso algunos besos robados cuando se sentaba a su lado. Y aunque era eso lo que le habría apetecido hacer en aquel momento, optó por no irritarla y se sentó enfrente de ella.

Abby escondió la cara en la carta; evidentemente, era un ardid para no tener que mirarle, pues todas las especialidades de la cafetería estaban anunciadas en una pizarra y el menú del día impreso en una hoja de papel. La gente que normalmente desayunaba o almorzaba allí sabía lo que podía elegir sin necesidad de consultar ni la pizarra ni la carta. El desayuno especial de los días de diario, por ejemplo, consistía en dos huevos revueltos, salchichas, tostadas y beicon. El sábado había tortitas y los domingos tostadas y huevos. Los almuerzos especiales solían ser hamburguesas, empanadas de atún, sándwiches de cangrejo con queso derretido o de carne con queso, todo ello acompañado siempre por patatas frita o ensalada.

Sin embargo, los postres y las tartas estaban sujetos a los caprichos de Sally. Trace había reparado nada más entrar en que aquel día había tarta de manzana, el postre preferido de

Abby, después de la mousse de chocolate del club náutico, claro.

—¿Ya sabes lo que quieres? —le preguntó, después de observarla en silencio durante varios minutos.

—Tomaré la ensalada de la casa —contestó con un suspiro.

—Vamos —la animó—. ¿Cuándo fue la última vez que te comiste una hamburguesa bien jugosa? En cuanto las gemelas empiecen a encontrarse mejor, quemarás todo lo que has comido en menos de un día —y rápidamente, se corrigió—. Por supuesto, ya sabes que no tienes nada de lo que preocuparte. Tienes tan buen aspecto como hace diez años. Estás mejor, incluso. Aunque entonces ya eras guapísima.

—¿Estás intentando salir del jardín en el que acabas de meterte? —le preguntó Abby divertida.

Trace esbozó una mueca.

—Sí, eso parece.

—Gracias. Tomaré una hamburguesa con queso.

—¿Con patatas fritas?

Abby consideró la sugerencia y negó con la cabeza.

—Eso significa que me quitarás las mías —se lamentó Trace—. Tendré que pedir ración doble.

—No pienso tocar tus patatas —le aseguró, y sonrió de oreja a oreja—. Prefiero reservarme para la tarta.

Justo en ese momento, se acercó Sally. A diferencia de Ethel, no mostró el menor signo de sorpresa al verlos juntos.

—Dos hamburguesas, patatas fritas y tarta de manzana —dijo antes de que ninguno de ellos hubiera dicho nada.

—Yo no quiero patatas —protestó Abby con firmeza.

—En ese caso, le pondré unas cuantas más a Trace —dijo Sally.

Trace se echó a reír al ver la expresión de Abby.

—Te labraste toda una reputación —le dijo cuando Sally se fue a la cocina—. Ese es uno de los encantos, y de los males, de vivir en un lugar tan pequeño. Todo el mundo se cree con derecho a predecir lo que vas a hacer, lo que vas a pedir o con quién vas a estar.

—Y esa es una de las razones por las que agradezco vivir en Nueva York. Me gusta el anonimato.

—¿De verdad? A lo largo de estos años, he descubierto que echaba esto de menos.

—¿Dónde vives? Creo que no me lo has dicho. ¿O debería preguntar dónde vivías antes de venir aquí?

—En el SoHo —respondió, observando atentamente su reacción—. Todavía tengo un loft allí.

Abby parpadeó, claramente sorprendida.

—¿En el SoHo? ¿En Nueva York?

—Sí, pareces sorprendida.

—Y lo estoy. Pensaba que estarías viviendo... —se interrumpió y se encogió de hombros—. No sé, supongo que imaginaba que vivías más cerca de aquí. En Baltimore o en Washington quizá.

—No, ya llevo casi diez años viviendo en Nueva York. Prácticamente desde que tú te fuiste. Imaginé que lo sabrías.

—No mantengo ningún contacto con la gente de aquí. Excepto con mi familia, claro.

—¿Ni siquiera con Laila? Antes tenías mucha relación con mi hermana.

—Hablamos de vez en cuando, pero, lo creas o no, no solemos hablar de ti. Si eso ofende tu ego, lo siento.

—Mi ego puede soportar unos cuantos golpes —aunque no estaba seguro de cuántos, sobre todo por parte de ella.

—¿Y a qué te dedicas en Nueva York? ¿Tendrás que buscar de nuevo trabajo cuando vuelvas?

—No, me llevo mi trabajo a donde quiera que voy. Trabajo como autónomo para diferentes agencias de publicidad, y tengo además mis propios clientes.

Por primera vez desde que se habían encontrado en el banco, Abby pareció sinceramente intrigada, quizá incluso un poco impresionada. La barrera que sin duda había erigido a su alrededor comenzaba a derrumbarse. Se inclinó ligeramente, con innegable curiosidad.

—¿Es posible que haya podido ver alguno de tus trabajos?

–Eso depende de la atención que le prestes a la publicidad de las revistas –contestó–. Tengo clientes muy importantes.

Nombró a algunos y le gustó verle abrir los ojos como platos.

–Vaya, no tenía ni idea. Supongo que nunca creí que pensaras dedicarte a ello.

Trace la miró divertido.

–¿Ni siquiera cuando estudié Diseño Gráfico y Artístico en la universidad?

–Pensaba que lo hacías sobre todo para disgustar a tu padre. Al fin y al cabo, también te matriculaste en Empresariales, como él esperaba.

–Porque pensé que nunca estaba de más aprender a llevar un negocio y además era más fácil que discutir con él –dijo. Frunció el ceño–. Pero creo que todo esto ya te lo expliqué entonces.

–Supongo que no terminaste de convencerme.

A Trace le dolió aquella falta de confianza en él. ¿Acaso Abby no le conocía mejor que nadie? ¿Cuántas veces le habría confiado sus esperanzas y sus sueños?

–¿Por qué no? –preguntó, repentinamente tenso.

Abby vaciló.

–¿Quieres saber la verdad?

–Por supuesto.

–Aunque tú lo hacías parecer como si fuera una cuestión de simple pragmatismo, yo lo consideraba una señal de que nunca ibas a ser capaz de enfrentarte a tu padre. Aunque sabía lo que realmente querías, no podía imaginarte siquiera marchándote de Chesapeake Shores, o alejándote del banco.

Trace se quedó estupefacto al saber lo poco que se fiaba entonces de la determinación de sus decisiones.

–Cariño, puedo parecer un tipo fácil, pero también sé imponerme cuando tengo que hacerlo. ¿Cómo es posible que tú me conocieras tan poco? Yo pensaba que eras la única persona que realmente me entendía.

Abby desvió la mirada.

—Por lo visto no era así.

—¿Por eso te resultó tan fácil dejarme? ¿Porque no te habías creído nada de lo que te había dicho sobre la posibilidad de construir un futuro en común?

Abby negó con la cabeza.

—Pensaba que lo decías en serio —admitió—, pero no podía arriesgarme a que cambiaras de opinión. Yo sabía lo que quería y cómo podía conseguirlo. Si... —se le quebró la voz.

—Si hubieras confiado en mí y yo hubiera terminado cediendo a los deseos de mi padre, no habrías podido cumplir tu sueño, ¿es eso?

Abby asintió.

—Se acerca bastante.

Sally volvió en aquel momento con las hamburguesas, pero Abby apartó la suya.

—Ya no tengo hambre.

—Come —le ordenó Trace bruscamente—. No quiero que me acuses de haberte hecho perder el apetito también.

A Abby le sorprendió su tono.

—¿Por qué estás enfadado?

—Porque si hubiéramos tenido esta conversación hace diez años, ahora las cosas serían muy diferentes. Pero no, saliste huyendo. Y mira cuánto tiempo hemos perdido.

—Te equivocas —le corrigió con voz queda—. ¿No te das cuenta, Trace? Eso no habría cambiado nada. Estaba demasiado asustada como para que lo que pudieras decirme influyera en mi decisión. Creo que necesitaba sentirme libre para vivir mi sueño. Es cierto que no confiaba del todo en lo que me decías, pero tampoco confiaba en mí. Tenía miedo de lo que sentía por ti y de lo que podría llegar a hacer si me dejaba llevar por mis sentimientos. Si me hubieras pedido que me quedara y esperara a que arreglaras las cosas con tu padre, lo habría hecho. Nos habríamos adaptado a un ritmo de vida más tranquilo y no nos habríamos ido nunca de aquí.

Trace no lo creía así. Los dos eran personas fuertes y decididas entonces, aunque Abby no quisiera reconocerlo.

—Oh, por favor —se burló—, admítelo, Abby, en realidad nunca estuviste enamorada de mí —replicó con rotundidad, y apartó su plato.

—Claro que sí —insistió—. Estaba enamorada de ti, pero eso no era suficiente.

Trace sintió el peso de aquellas palabras en el estómago, como si estuvieran forjadas en plomo.

—Tengo que volver al trabajo —dijo mientras dejaba unos billetes en la mesa—. Creo que esto bastará para pagar el almuerzo.

Iba a levantarse cuando Abby dijo suavemente:

—Lo siento, de verdad.

—Sí, yo también.

Abby no tenía la menor idea de cuánto. Porque, por primera vez se daba cuenta de que en realidad él tampoco la había comprendido en absoluto. Durante todos aquellos años, había vivido aferrado a una ilusión.

Cuando Mick llegó a la posada para decirle a Jess que se iba, la encontró en el desván, concentrada en vaciar un viejo baúl que, al menos por lo que él podía ver, no contenía nada interesante. Teniendo en cuenta la presión que tenía para abrir la posada, no le pareció la mejor forma de emplear el tiempo.

—Hola, hija, ¿qué haces? —preguntó.

Se esforzó en mantener un tono de voz que no reflejara la menor crítica. No quería echar a perder lo que habían ganado aquellos días con un comentario mordaz.

—He subido para ver si habría alguna manera de montar aquí un par de habitaciones más y me he encontrado con esto —le mostró un polvoriento volumen de lo que parecía ser un libro de poesía—. Mira. Creo que podría ser una primera edición de los poemas de Emily Dickinson. Y está firmado.

—Es magnífico —respondió Mick, intentando fingir entusiasmo.

Jess le miró con curiosidad.

—¿A qué viene esa tensión en tu voz?

—¿Qué tensión?

—Esa que me dice que te importa un comino un libro de poemas y que a mí tampoco debería importarme.

Mick la miró estupefacto.

—¿Y eso lo has deducido con solo una pregunta?

—He tenido toda una vida para aprender a interpretar lo que realmente quieres decir. Si estás enfadado conmigo por algún motivo, suéltalo.

Mick vaciló un instante. Lo último que quería era terminar aquella visita a Chesapeake Shores con una discusión con Jess. Y sabía que, dijera lo que dijera, terminarían discutiendo. Aun así, ¿cómo podía permitir que su hija perdiera el tiempo y el dinero que su hermana le había prestado entreteniéndose con un libro polvoriento, por raro que este fuera?

—Supongo que me ha sorprendido encontrarte aquí cuando todavía tienes que terminar un par de habitaciones para poder empezar a alojar clientes —dijo, intentando elegir las palabras con cuidado, algo que rara vez se molestaba en hacer.

—Por el amor de Dios, solo me he tomado un descanso, ¿acaso es un crimen?

—No, por supuesto que no. Pero al verte tan emocionada he pensado...

Jess le interrumpió bruscamente.

—Soy perfectamente consciente del trabajo que queda por hacer. No hace falta que vengas aquí para ver si estoy cumpliendo con mi deber. Supongo que te ha enviado Abby. ¿Hacéis turnos para ver a quién le toca venir a vigilarme?

—Nadie te está vigilando —respondió Mick, a punto de perder la paciencia—. Lo que está haciendo todo el mundo es ayudarte a conseguir tu sueño. El tuyo, Jess, no el de Abby, ni el mío. Y creo que deberías estar un poco más agradecida, e incluso quizá trabajar un poco más para asegurarte de que lo que está haciendo Abby no es una pérdida de tiempo.

Para consternación de Mick, su hija le miró con los ojos llenos de lágrimas.

—Pensaba que estabas empezando a creer en mí —susurró con labios temblorosos—. Pero en realidad, continúas esperando que fracase. Pues bien, papá, eso es precisamente lo que voy a hacer, fastidiarlo todo para que puedas volver a California sabiendo que sigo siendo una fracasada.

El enfado de Mick desapareció inmediatamente.

—Vamos, Jess, jamás he dicho que fueras una fracasada. ¿Acaso no te he dicho lo orgulloso que estoy de todo lo que has conseguido hasta ahora?

Jess se sorbió la nariz.

—Sí, pero eso no significa que creas que de verdad puedo sacar esto adelante.

—Claro que sí. Pero tendrás que concentrarte en tu trabajo.

—¿No moviéndome nunca de aquí? ¿No pudiendo tomarme siquiera cinco minutos para hacer alguna otra cosa?

Mick se agachó enfrente de ella y le tomó las manos; descubrió entonces que las manos de su hija estaban heladas, y ásperas también por todo el trabajo que había llevado a cabo.

—Dime una cosa, ¿cuánto tiempo llevabas en el desván?

—No lo sé. Unos minutos.

—¿A qué hora has subido? —insistió.

—No lo sé. A las nueve y media o las diez. No hace mucho tiempo.

—Ya son más de las doce.

Jess le miró desconcertada.

—No tenía ni idea.

—A eso es exactamente a lo que me refiero. En cuanto abras la posada, tendrás todo el tiempo del mundo para subir al desván o hacer lo que te apetezca, pero perder ahora un par de horas, cuando todavía tienes que terminar de pintar... —sacudió la cabeza—. No puedes permitirte ese lujo, Jess. Eso es lo único que estoy intentando decirte.

Jess suspiró con expresión contrita.

—Siento haber reaccionado como lo he hecho. Tienes razón —se levantó y se sacudió el polvo de las manos—. Ahora mismo me pondré a trabajar.

—Si quieres, puedo ayudarte durante un par de horas. Después tendré que irme si no quiero perder el avión.

Jess se paró en seco.

—¿Vuelves a California?

Mick asintió.

—Yo creía que te quedarías aquí hasta que abriera.

—Volveré para entonces —le prometió—. No pienso perderme la apertura por nada del mundo. Y si necesitas algo... —al ver la expresión resignada de su hija reprimió un suspiro—, llámame, ¿de acuerdo? Puedo enviarte a una cuadrilla si necesitas ayuda para terminar de arreglarlo todo. Lo único que tienes que hacer es decírmelo.

—No —contestó muy tensa—. Puedo hacerlo yo.

Mick la miró arrepentido. Al parecer, estaban destinados a terminar discutiendo. Todos los progresos realizados durante los días anteriores parecían haber acabado en nada. Había puesto fin a sus progresos con unos cuantos comentarios con los que solo pretendía ayudar, pero que su hija solo era capaz de ver bajo el prisma de su pasada relación. Y no sabía qué podía hacer para arreglarlo.

Una vez más, se había ofrecido a ayudarla con la pintura y una vez más, ella le había rechazado.

—Te veré dentro de unas semanas entonces —le dijo. Cuando intentó abrazarla, la notó muy rígida—. Te quiero, Jess —la agarró por la barbilla para obligarla a mirarle a los ojos—. Te quiero —repitió.

—Lo sé —susurró ella.

Pero la tristeza que reflejaba su mirada le dijo a Mick que no le creía. Por lo menos, no del todo. Y, al parecer, no podía hacer nada para convencerla.

Jess estaba tan enfadada consigo misma por haber dejado que su padre la hubiera descubierto holgazaneando, que redobló sus esfuerzos en cuanto este se fue.

Trabajó sin parar en la que llamaba la habitación amarilla,

con unas paredes del color del sol, el zócalo blanco y una alfombra azul. Los muebles eran blancos, una cama de hierro, una cómoda con un espejo y un aguamanil, también pintado de blanco. Había encontrado unas cortinas perfectas, de rayitas azules y amarillas. El edredón y los cojines de las sillas tenían unas rayas similares, pero había también ramitos amarillos y flores azules salpicando la tela. El conjunto era maravilloso.

Y acababa de terminar el marco de la puerta cuando Abby llegó.

–Me gusta –dijo entusiasmada–. Es una habitación muy alegre.

–Y espera a que veas el edredón y las cortinas –dijo Jess, encantada con la admiración de su hermana–. Si quieres echar un vistazo, los tengo en la habitación de al lado hasta que acabe con la pintura. Espero que se seque esta noche y mañana por la mañana estará terminada.

–Enséñamelos –le pidió Abby.

Jess la condujo a la habitación y señaló los paquetes que se apilaban al lado de la cama.

–Están ahí los edredones, las cortinas y los cojines de las tres últimas habitaciones. Los amarillos y azules van en la que estaba pintando ahora. Los de color turquesa son para la habitación del final del pasillo y los de color verde oscuro para la última de este piso.

Abby admiró todos aquellos complementos que Jess había tardado tanto tiempo en elegir.

–Tienes muy buen gusto. Cada habitación tendrá su propia personalidad.

–Sí, eso era lo que quería –dijo Jess. Vaciló un instante y comentó–: Papá ha pasado antes por aquí. Vuelve a California.

Abby asintió.

–Sí, lo sé. Me lo ha dicho antes de que me acercara al pueblo.

–Sí, se va ahora que quedan un millón de cosas por hacer.

Abby frunció el ceño al advertir un deje acusatorio en su voz.

—Un momento, Jess. ¿Cuántas veces te ha ofrecido ayuda y cuántas veces se la has rechazado?

Jess suspiró.

—Sí, ya sé que tienes razón, pero es que siempre es igual. No acaba de llegar cuando ya tiene que marcharse.

—Es por culpa de su trabajo —señaló Abby con impaciencia—. ¿Por qué has vuelto a enfadarte con él? ¿Ha pasado algo cuando ha venido?

Jess lamentó entonces haber sacado el tema, pero admitió:

—Me ha acusado de estar perdiendo tiempo y dinero.

—¿Pero por qué iba a decirte una cosa así? —preguntó Abby, mirándola con incredulidad—. Sabe perfectamente lo mucho que has estado trabajando.

—Me ha pillado rebuscando en un baúl del desván en vez de trabajando. Yo solo había subido para ver si podría añadir un par de habitaciones con baño, he visto el baúl y me he puesto a sacar lo que había dentro. Y sí, es cierto que le he dedicado más tiempo del que debería, ¿pero y qué?

—Supongo que eres consciente de que estás en una situación peligrosa, ¿no?

—Maldita sea, ¿vas a empezar tú también? —replicó Jess furiosa—. Estoy harta de que todo el mundo crea que necesito que me recuerden todo lo que me estoy jugando. ¿No crees que ya lo sé?

—Es solo que a veces tú...

—¿Yo qué? ¿Me tomo diez minutos de descanso? ¿Me siento a tomar un té o a buscar en un baúl? No tengo que defenderme ni delante de papá ni de nadie —gritó—. Es posible que creas que eres tú la responsable de la posada, porque eso es lo que te dijo Trace, pero soy yo la que se encarga de todo esto.

Giró sobre sus talones, abandonó la habitación, bajó las escaleras a toda velocidad y agarró las llaves y el bolso del vestíbulo. No tenía la menor idea de adónde iba, pero tenía que alejarse de allí, tenía que alejarse de todos aquellos que la juzgaban.

Normalmente, cuando estaba nerviosa, iba a ver a su abuela en busca de compasión y consejos, pero sabía que no podía hacerlo en aquella ocasión porque probablemente Abby saldría corriendo tras ella. Y cuando se trataba de peleas entre hermanos, la abuela no tomaba partido por nadie aunque pensara que alguno de ellos tenía razón. De hecho, seguramente se mostraría tan condenadamente imparcial y razonable que Jess tendría que hacer un esfuerzo para no gritarle también a ella.

Mientras conducía a lo largo de la carretera de la playa, su genio comenzó a apaciguarse y empezó a pensar en Trace Riley y en el papel que estaba jugando en todo aquello. Él era el culpable de que Abby estuviera al frente de todo, de que su padre la acusara de estar tirando el dinero de su hermana.

Lo siguiente que supo fue que estaba aparcando delante del banco. Sin darse tiempo para pensar lo que hacía, entró furiosa en el interior, pasó por delante de una sorprendida Mariah Walsh y abrió la puerta del despacho de Trace.

—Esto tiene que acabar —le dijo en cuanto Trace alzó la mirada.

—¿Por qué no te sientas un momento y respiras? —sugirió Trace.

Su tono calmado solo consiguió irritarla todavía más.

—No te atrevas a mostrarte condescendiente conmigo. Ya he tenido bastante por hoy.

Trace asintió.

—De acuerdo. Dime entonces lo que te pasa.

—Quiero que Abby desaparezca.

Trace reaccionó con obvia estupefacción.

—¿Perdón?

—No para siempre, por el amor de Dios. Solo quiero que vuelva a Nueva York. Si fracaso con la posada, la culpa será solo mía. No quiero que mi hermana siga relacionada con esto.

Pero Trace la miró con firme determinación.

—Ya es demasiado tarde para eso, Jess. Sabes que llegamos a un acuerdo para que el banco no ejecutara inmediatamente la hipoteca.

—Yo no he llegado a ningún acuerdo con nadie. La junta directiva y tú decidisteis lo que queríais, arrastraste a Abby a participar en ello y yo me vi obligada a aceptarlo.

—Sí, es un buen resumen. Pero por lo que al banco respecta, nada ha cambiado.

Jess clavó los ojos en su mirada impasible y suspiró. Se sentó frente a él sintiéndose más derrotada de lo que se había sentido jamás en su vida.

—¿Y no estás dispuesto a considerar la posibilidad de que sea otra persona la que supervise la contabilidad de la posada? —de pronto, se le ocurrió una idea y exclamó con entusiasmo—. ¡Laila! Puedes poner a tu hermana a cargo de todo. Confías en ella, ¿verdad? Y, desde luego, el banco no tendrá ningún inconveniente —le encantó la idea—. Vamos, Trace, sería la solución perfecta.

—No —contestó rotundo.

—¿Por qué no?

—Abby se queda.

—Eres un cabezota —le acusó. Pero de pronto, comprendió lo que estaba pasando allí—. Es porque quieres tenerla cerca, ¿verdad? Quieres tener otra oportunidad.

—Este es un asunto estrictamente de negocios.

Pero el hecho de que no fuera capaz de mirarla a los ojos mientras lo decía era suficientemente elocuente.

—Tonterías —replicó Jess—. Lo que estás haciendo es ganar tiempo para poder atraparla otra vez. Me pregunto qué diría tu padre si lo supiera.

Trace la miró con pesar.

—Probablemente estaría encantado. Estoy casi del todo seguro de que mi hermana y él conspiraron para mantenerme aquí en este momento y obligarme a ocuparme de este asunto. Sabían que me obligaría a volver a ver a Abby.

Jess le miró con incredulidad.

—Estás de broma. ¿Crees que serían capaces de hacer algo así?

—Claro que sí. Mi padre quiere que siente la cabeza, que me case y tenga hijos, y mi hermana sabe que siempre he estado enamorado de Abby, de modo que se les ha presentado una oportunidad y aquí estamos.

–Vaya, tu familia es más metomentodo y manipuladora que la mía. ¿Abby lo sabe?

–Creo que, afortunadamente, Abby no sabe nada de las maquinaciones de mi familia. También creo que sospecha sobre mis motivos, pero no tiene ninguna prueba concluyente sobre nada.

Jess se inclinó hacia delante, olvidándose por un momento de sus propios problemas.

–¿Entonces tienes un plan?

–Desde que he dejado a tu hermana plantada en una mesa del Sally's, mi único plan es esperar a que estemos más tranquilos.

–¿Por qué os habéis peleado?

–Porque hemos estado hablando de los malentendidos, de la falta de confianza, la imposibilidad del amor... ese tipo de cosas –contestó.

–Menuda conversación –dijo Jess, intentando imaginárselo–. ¿Y has dicho que estabais en la cafetería de Sally?

Trace asintió.

–O sea, que a estas alturas ya lo sabe todo el pueblo –concluyó–. No creo que eso ayude a calmar las cosas entre vosotros.

–Soy consciente de ello, créeme.

–En ese caso, necesitas un plan.

–Pero no tuyo –respondió inmediatamente–. Creo que Abby y tú ya tenéis suficientes problemas que resolver sin que intentes ayudarme. No creo que a tu hermana le gustara enterarse de que te has convertido en mi aliada.

–No estoy tomando partido por nadie, lo único que quiero es ayudar a arreglar las cosas entre los dos. Si todo sale bien, tú serás feliz y ella será feliz. De hecho, es posible que sea tan feliz que hasta me deje en paz en la posada –le dirigió una sonrisa radiante–. Si hacemos esto bien, podemos ganar todos.

Se volvió y se dirigió hacia la puerta.

–En cuanto tenga un plan, me pondré en contacto contigo.
Trace gimió.
–Que Dios me ayude.
–No creo que Dios tenga el menor interés en tu vida amorosa –respondió Jess con una sonrisa–. Pero por suerte para ti, yo sí.

Capítulo 9

Cuando Abby llegó a casa después de haber discutido con Trace y con Jess, encontró a Carrie, la más intrépida de las gemelas, haciendo equilibrios sobre la barandilla del porche. Ni la abuela ni Caitlyn estaban a la vista.

Al ver a Carrie tambalearse, a Abby se le heló la sangre en las venas. Pisó el freno, apagó el motor y llegó al jardín justo en el momento en el que Carrie se soltaba del poste para mantenerse erguida sobre la barandilla.

–¿Qué crees que estás haciendo? –preguntó Abby, bajando a Carrie al suelo. Se agachó después para ponerse a su nivel–. Sabes que no tienes que subirte a sitios altos, sobre todo cuando no hay nadie vigilándote. ¿Dónde está la abuela?

–Dentro. Caitlyn está enferma otra vez, pero yo estoy bien –dijo con orgullo.

–Es posible que te encuentres mejor, pero todavía no estás curada del todo –Abby la miró con firmeza–. Si vuelvo a encontrarte intentando hacer equilibrios sobre esa barandilla, te pasarás todo un día encerrada en tu habitación.

Carrie la miró alarmada.

–Pero si en esa habitación no hay nada. Todo son juguetes para niños. Y ni siquiera hay televisión.

Abby no estaba dispuesta a ceder. Carrie y Caitlyn eran muy conscientes de los peligros de la ciudad: el tráfico, los desconocidos, la posibilidad de pillarse los dedos en el ascensor... Pero los peligros en Chesapeake Shores eran nuevos y obviamente, más tentadores. Agarró a Carrie de la barbilla y la miró a los ojos.

–Precisamente por eso, es la habitación perfecta para una niña que está castigada, ¿entendido?

Los ojos de Carrie se ensombrecieron.

–¡Quiero ir a casa! ¡Quiero ir a mi habitación! ¡No quiero seguir aquí!

Abby la comprendía. Tampoco a ella le importaría volver a su habitación, a su apartamento, a su propia vida, pero de momento, parecía imposible. Y el hecho de que Jess ni siquiera fuera capaz de apreciar el sacrificio que estaba haciendo por ella, le exasperaba.

Sabía, sin embargo, que la explosión de Jess no tenía mucho que ver con ella. Era su forma de reaccionar a la discusión que había mantenido con Mick. Las críticas de su hermana sumadas a las de su padre le habían hecho estallar.

Sintió de pronto unas manitas acariciándole la mejilla.

–Mamá, ¿estás triste? –le preguntó Carrie–. Yo no quiero que te pongas triste.

–No es por tu culpa, cariño. Es que mamá ha tenido un día muy largo.

Carrie la miró sin comprender.

–¿Más largo que el mío?

Abby se echó a reír.

–Ha sido tan largo como el tuyo, pero he tenido que hacer muchas cosas.

–¿Crees que Caitlyn y yo podremos ir a comer helado mañana? –preguntó esperanzada.

–Seguramente pasado mañana.

–Pero yo ya estoy bien. Puedes quedarte con ella y yo puedo ir con el señor Riley. Además, he ganado yo. Soy la que tengo más manchas.

–Cuando vayamos, iremos todos juntos. Tendrás que tener paciencia.

En cuanto a ella, tendría que tener unos nervios de acero, porque cuanto más tiempo pasaba con Trace, más consciente era de los errores que habían cometido los dos en el pasado y más tentada estaba de dejar el pasado atrás para comenzar a pensar en lo que podría depararles el futuro. Y aquel, lo sabía con una certeza absoluta, era un pensamiento peligroso.

Trace se había pasado despierto toda la noche. La tarde del día anterior había recibido una llamada de uno de sus clientes habituales. Les había surgido la posibilidad de publicar un anuncio en una revista comercial y necesitaban que diseñara algo en veinticuatro horas para poder aprovecharla. Y Trace había aceptado el encargo.

Había trabajado sin parar durante toda la noche, utilizando parte de sus creaciones en campañas anteriores, después, había añadido un eslogan y unas imágenes creadas especialmente para un público profesional.

Pero por alguna razón, no estaba del todo satisfecho con su trabajo. Quizá tuviera que ver con el cansancio. O con el hecho de que la discusión con Abby se le repitiera una y otra vez. O quizá fuera que llevaba un par de meses sin diseñar. A veces, un descanso tan largo bastaba para echar a perder el ritmo y la concentración.

Se detuvo para intentar solucionar el problema cerca de las nueve de la mañana y se preparó otra cafetera. Era posible que su cerebro no funcionara a pleno rendimiento, pero por lo menos estaba despierto. La única comida que había en la nevera eran unos huevos, un paquete de queso y margarina. Se preparó unos huevos revueltos, añadió unas lonchas de queso y desayunó en el mostrador de la cocina, con la mirada fija en las ilustraciones que había dejado sobre el sofá del salón. Había algo que no terminaba de convencerle, pero no sabía exactamente lo que era y le estaba volviendo loco.

A lo mejor era la combinación de colores, concluyó mientras lavaba los platos del desayuno y se sentaba de nuevo tras el ordenador. Hizo algunos ajustes y analizó los resultados. Le gustaba más, pero todavía no llamaba la atención tanto como le habría gustado. Podía enviarle un correo a su cliente pidiendo una segunda opinión, pero no le gustaba demostrar que no estaba contento con su trabajo.

Decidió darse una ducha. A lo mejor el agua terminaba el trabajo que había comenzado la cafeína y le ofrecía una perspectiva más fresca.

Al cabo de un rato, el agua caliente relajó la tensión de sus músculos y el chorro helado con el que acabó la ducha, le hizo revivir. Estaba regresando al estudio con unos vaqueros y una camisa limpia, cuando alguien llamó a la puerta.

—Trace, ¿estás ahí? —preguntó su padre con impaciencia—. Abre o llamaré para que vengan a tirar la puerta.

Asustado, Trace abrió la puerta y miró a su padre estupefacto.

—¿Por qué demonios estás tan alterado?

—Es media mañana y no has ido a trabajar. Ni siquiera has llamado. Por lo que sabía, podían haberte matado.

—¿Es que ha habido muchos asesinatos últimamente en Chesapeake Shores?

Su padre frunció el ceño ante aquel intento de humor.

—Hay un momento para cada cosa. Tu madre se ha llevado un susto de muerte.

—¿Pero por qué? No creo que ella me estuviera esperando en el trabajo, ¿no?

—No, pero al ver que no aparecías, la he llamado. He pensado que a lo mejor habías pasado por casa.

—Así que ahora también está ella histérica —concluyó Trace, comprendiendo que iba a tener que acostumbrarse a pensar en horarios por primera vez desde hacía años—. Lo siento, papá, no se me ha ocurrido llamar. Ayer me salió un trabajo que tengo que entregar dentro de un par de horas y me he pasado la noche trabajando en ello —antes de que su padre pudiera decir nada, alzó la mano—. No tengo ninguna excusa. Debería haber llamado a Mariah.

—Sí, deberías haber llamado —gruñó su padre, ya más tranquilo—. Será mejor que avise a tu madre —abrió el móvil, marcó el número y le tendió el teléfono a su hijo–. Supongo que querrá oír tu voz.

–Hola, mamá.

–Trace, tienes que ser más considerado –le regañó–. Tu padre estaba histérico.

–Sí, lo sé. No volverá a pasar.

–¿De verdad estás bien? ¿No me lo estás diciendo para tranquilizarme?

–Estoy perfectamente.

–En ese caso, espero que vengas a cenar este fin de semana para que pueda verlo con mis propios ojos.

–Claro. Te llamaré más tarde para quedar. Adiós, mamá –colgó y se volvió para tenderle el teléfono a su padre, pero no le vio.

Le encontró un minuto después en el estudio, con la mirada fija en la pantalla del ordenador.

–¿Tú has hecho esto? –preguntó.

–Sí –contestó Trace, esperando la inevitable crítica.

–Es un buen anuncio –admitió su padre.

–Gracias.

Su padre lo estudió entonces con más atención y dijo:

–Aunque no le vendría mal algo más de contraste.

A Trace le sorprendió aquella observación. Se inclinó por encima del hombro de su padre.

–¿A qué te refieres?

–¿Ves esto? El gris se funde con el fondo, no resalta demasiado. Por lo menos eso es lo que me parece a mí. Pero tú eres el experto.

Trace estudió aquella parte del diseño que su padre acababa de señalar y comprendió que tenía razón. Las palabras, de color gris, no resaltaban lo suficiente contra el fondo azul oscuro del anuncio. El rojo las haría más llamativas.

–Tienes muy buen ojo, papá. Llevaba dos horas mirando esto y no era capaz de averiguar por qué no terminaba de funcionar.

–Probablemente, porque lo estabas analizando demasiado –sugirió su padre–. Bueno, ahora que sé que estás bien, volveré al banco. Alguno de los dos tendrá que trabajar hoy.

—Iré más tarde —le prometió Trace—, en cuanto mi cliente dé su conformidad.

—Tómate el resto del día libre. Y si te apetece trabajar algo, acércate a la posada para ver si Abby tiene las cuentas en orden.

—Eres transparente como el cristal —le acusó Trace.

Su padre intentó adoptar una expresión de inocencia, pero Trace no le creyó.

—No sé a qué te refieres —replicó Lawrence—. Seguir a Abby es parte de tu trabajo. Si lo que buscas es otra cosa, eso es asunto tuyo.

Trace sonrió de oreja a oreja.

—Te lo recordaré la próxima vez que intentes obligarnos a estar juntos —acompañó a su padre a la puerta—. Gracias por venir, papá, y no lo digo solo porque hayas venido a comprobar si estoy bien. Me has sido de gran ayuda.

Mientras lo decía, vio la chispa de alegría que iluminó la mirada de su padre y comprendió que Lawrence Riley, a pesar de sus éxitos, necesitaba, como cualquier otro, alguna palmadita en la espalda de vez en cuando.

Abby se acercó con aprensión a la posada. No sabía de qué humor iba a encontrar a su hermana y no tenía fuerzas para enfrentarse a otra pelea. Afortunadamente, no vio a Jess por ninguna parte. Y aunque en realidad fue un alivio, no pudo dejar de preguntarse por qué no estaría su hermana trabajando.

Entró con su propia llave, se sirvió un café del que Jess había dejado preparado en la cocina y se dirigió al estudio. Había un montón de sobres sobre la mesa, todos sin abrir. Suspirando, se sentó y comenzó a revisar las facturas que habían llegado. Al ver lo que habían costado la ropa de cama y las cortinas esbozó una mueca. Evidentemente, el buen gusto tenía un alto precio y al parecer, Jess no había llegado a asimilar nada de lo que le había dicho hasta entonces. Iba a tener que volver a hablar con ella para que intentara recortar los gastos.

Todavía estaba revisando facturas cuando sonó su móvil. Miró el identificador de llamadas y al ver que era su exmarido apretó los labios. Esperaba aquella llamada. Wes no estaba en Nueva York cuando se habían ido a Chesapeake Shores. Le había dejado varios mensajes, así que sabía dónde estaban sus hijas, pero no le iba a hacer ninguna gracia enterarse de que todavía no habían vuelto a Nueva York.

–¡Hola, Wes! ¿Cómo estás? –le saludó, intentando mostrar entusiasmo–. ¿Qué tal ha ido el viaje?

–Ha sido muy largo. Me alegro de que estés en casa.

–¿Recibiste mi mensaje?

–Sí, pero no le encontré mucho sentido. Entendí lo que decías de que ibas de visita a Chesapeake Shores, ¿pero qué estás haciendo todavía allí?

–Es una larga historia. Hay un asunto familiar del que tengo que ocuparme.

No tenía muchas ganas de contarle lo que le había ocurrido a su ex. Wes nunca había tenido mucha paciencia con Jess. Pensaba que Abby era demasiado comprensiva con sus errores. Al igual que Mick, consideraba que la dureza era la respuesta para algo que Abby sabía que en realidad debía ser motivo de comprensión.

–Pero para el viernes estaréis aquí, ¿no? Echo mucho de menos a las niñas. Tengo muchas ganas de estar con ellas.

–Me temo que no. Todavía no puedo marcharme –tomó aire antes de ofrecerle una alternativa–. Pero puedes venir tú aquí si lo prefieres. Hay sitio de sobra en la casa.

–Vamos, Abby. Sabes que no es una buena idea. Toda tu familia me culpa a mí de nuestro divorcio.

–Eso no es verdad –protestó–. Yo siempre he dicho que fue culpa mía, que fui yo la que no dedicó suficiente tiempo y atención a nuestro matrimonio.

–Pero ninguno de ellos lo creyó –replicó Wes–. Desde luego, tu padre no. Me echó una buena bronca cuando me encontré con él, y preferiría no tener que soportar otra de sus reprimendas.

–Mi padre está en California y sabes que mi abuela jamás diría nada malo sobre ti. Te adora. Y a las niñas les encantaría que vinieras a verlas. Yo me quitaré de en medio para que no te sientas incómodo. Así podrás tener a las niñas para ti. Será como estar de vacaciones. De hecho, si quisieras, podríais pasar el día en Ocean City.

Esperó a que Wes sopesara la decisión, pero sabía que diría que sí. Al fin y al cabo, Wes era un padre magnífico y adoraba a sus hijas. No iba a dejar que ni su enfado con ella ni la situación le impidiera verlas.

–Llegaré allí el sábado a primera hora –dijo por fin–. Pero preferiría no quedarme en tu casa. ¿Qué tal está la posada? Podría alojarme allí.

–Todavía no está abierta, están renovándola, así que si no quieres quedarte en casa, tendrás que buscar un hotel por los alrededores. Si quieres, puedo intentar reservarte habitación.

Wes suspiró con fuerza.

–No, no tiene sentido. Me quedaré contigo y con las niñas. Pero supongo que estarás de nuevo en Nueva York antes de que me toque la próxima visita.

Abby esbozó una mueca.

–Creo que no. Me temo que tengo que quedarme aquí unas cuantas semanas más.

Al otro lado de la línea se hizo un silencio que a Abby, que esperaba la reacción de su ex, se le hizo eterno.

–En ese caso, las niñas vendrán conmigo a Nueva York –dijo por fin–. Le diré a la niñera que venga a mi casa durante la semana y los fines de semana me encargaré yo de ellas hasta que vuelvas.

–Absolutamente no –replicó Abby inmediatamente.

No iba a permitir que nadie le impidiera estar con sus hijas. Además, las niñas estaban disfrutando mucho allí.

–Bueno, pues no pienso ir a Maryland otro fin de semana –respondió con impaciencia–. Y tú no puedes enviarlas aquí solas en avión.

–Por supuesto que no.

—Entonces dime cómo vamos a solucionar esto —replicó—. Hasta ahora, hemos podido llevar todo el asunto de la custodia de las niñas de forma civilizada, pero no pienso renunciar al tiempo que tengo derecho a pasar con mis hijas.

—Wes, yo tampoco quiero que renuncies. Estoy intentando resolver un asunto aquí. Solo voy a necesitar tu colaboración durante unas semanas, no será una eternidad. ¿Ni siquiera estás dispuesto a eso?

Wes permaneció durante tanto tiempo en silencio que Abby pensó que no le iba a contestar, pero al final dijo:

—Ya hablaremos de esto cuando nos veamos. Pretendo ser razonable.

Abby suspiró aliviada. Eso había que reconocérselo a Wes, siempre había intentado ser razonable. Y esa era la razón por la que se habían divorciado. Ella sabía lo mucho que sufría Wes por sus largas jornadas de trabajo, pero este nunca le había pedido que cambiara. Sencillamente, un buen día, había dado un golpe en la pared y le había pedido el divorcio. Y lo único que le había sorprendido a Abby había sido que tardase tanto tiempo en hacerlo.

—Gracias, Wes.

—Intentaré llegar a primera hora, pero si no consigo plaza en el avión, espérame alrededor de las diez.

—De acuerdo, nos veremos. Que tengas un buen viaje.

Apenas acababa de colgar el teléfono cuando descubrió que no estaba sola. Alzó la mirada y vio a Trace de pie en el marco de la puerta. En vez de con el traje y la corbata que llevaba en el banco, iba vestido con unos vaqueros desgastados y una camiseta azul marino que realzaba la anchura de su pecho y sus musculosos brazos. El pelo revuelto indicaba que había llegado en la Harley. Aquel era el hombre sensual y rebelde del que se había enamorado años atrás, aquel que en otro tiempo la había invitado a tirar la prudencia por la ventana.

—¿Cuánto tiempo llevas ahí?

—El suficiente como para enterarme de que a tu exmarido no le hace mucha gracia que las niñas se queden aquí.

—Seguro que llegamos a un acuerdo.

Trace pareció sentirse vagamente culpable.

—Lo siento, Abby. En ningún momento me he parado a pensar que esto podría significar tener a las niñas separadas de su padre durante algún tiempo.

—Hay muchas cosas que no te has parado a pensar —le respondió—. Mira, no estoy de buen humor para mantener otra conversación seria contigo. ¿Has venido por algún motivo en particular?

—Solo es una cuestión de rutina. Venía a asegurarme de que todos vuestros acreedores están satisfechos.

—Eso tendrás que preguntárselo a ellos. Pero si lo que quieres saber es si les estamos pagando, la respuesta es sí —sacó los recibos de pago del crédito y de la hipoteca y se los tendió—. Toma, así podré ahorrarme los sellos.

—Cuánta austeridad.

—Lo único que estoy haciendo es seguir tus instrucciones y controlar los gastos.

—¿Dónde está Jess?

Era una pregunta completamente razonable, pero a Abby no le hizo ninguna gracia tener que contestar:

—No tengo la menor idea, ¿por qué? ¿Necesitas hablar con ella sobre algo?

—Imaginé que estaría trabajando duramente —contestó, y se encogió de hombros.

En aquella ocasión, Abby curvó los labios en una sonrisa.

—Te sugiero que no se lo comentes. La última vez que se lo dije me echó una bronca Por lo visto, tiene su propia manera de bandear con sus responsabilidades y no le hace mucha gracia que me entrometa.

Trace giró la silla que había al lado del escritorio y se sentó a horcajadas sobre ella.

—Esa discusión no tendría lugar ayer alrededor de esta hora, ¿verdad?

—Pues la verdad es que sí, ¿por qué lo preguntas?

—Porque unos quince minutos después, se presentó en mi

despacho y me echó a mí una bronca. También me dijo que quería que te marcharas.

Abby sabía que Jess estaba enfadada, pero no imaginaba que fuera capaz de llegar tan lejos. Y tenía curiosidad por saber cómo había respondido Trace.

–Supongo que te negaste.

–Por supuesto.

Abby negó con la cabeza.

–Así que entre los dos hemos conseguido que mi hermana esté hecha una fiera y mi exmarido nervioso. ¿Estás satisfecho?

–La verdad es que no –sonrió–. Pero lo estaría si vinieras a dar un paseo por la playa conmigo.

–¿Y apartarme de mi escritorio en medio de la jornada de trabajo? –le miró fingiendo sorpresa–. ¿Y qué pasará si me pilla el jefe?

–Ha sido idea suya. De hecho, creo que te ganarías muchos puntos con tu jefe.

Abby se reclinó en la silla y le miró con atención.

–Te veo de muy buen humor. ¿Qué te pasa?

–Mi jefe me ha dado el día libre. De hecho, me ha animado a hacerlo. Y por si te lo estás preguntando, ha elegido personalmente a mi compañera de aventuras.

Abby reprimió una carcajada.

–¿Tu padre te ha enviado aquí para que vayas a dar un paseo por la playa conmigo?

–No lo ha dicho así exactamente. Lo del paseo por la playa ha sido idea mía.

La miró a los ojos y le sostuvo la mirada hasta que la habitación pareció comenzar a cargarse de electricidad.

–¿Te apetece?

Dios santo, claro que sí, musitó una vocecita en su interior. Afortunadamente, la única palabra que salió de su boca, y sin mucho entusiasmo, fue:

–Vale.

Trace se echó a reír.

—Tu entusiasmo es sobrecogedor.

Abby se encogió de hombros, decidida a no permitir que viera cómo le estaba afectando aquel descarado flirteo.

—Me estás pidiendo que te acompañe a dar un paseo, no que me case contigo.

La mirada de Trace se iluminó:

—¿Preferirías que te pidiera que te casaras conmigo?

Abby le miró con el ceño fruncido.

—No, claro que no —dijo con énfasis, enorgulleciéndose de que su voz no la traicionara.

—Tu negativa es un poco forzada. Con un simple «no» habría bastado.

—¿Tienes idea de lo exasperante que eres? —preguntó Abby mientras alargaba la mano para agarrar la chaqueta.

—No, pero estoy seguro de que estarás encantada de informarme —le dijo mientras le ponía la chaqueta por los hombros.

Aquel ligero roce bastó para que se estremeciera. Pensó entonces que quizá lo del paseo no fuera tan buena idea. Probablemente, el mero hecho de estar con Trace era una mala idea.

Aun así, reflexionó mientras caminaban hacia el mar, no era en absoluto la peor idea que había tenido en su vida. De hecho, en el momento en el que Trace le dio la mano para ayudarla a cruzar las rocas para llegar a la arena, algo se removió en su interior y, de pronto, no pudo evitar pensar que quizá, pasear por la playa de la mano de aquel hombre, podía ser la mejor idea que había tenido desde hacía años.

Capítulo 10

Una de las cosas que a Trace siempre le había encantado de Abby era que no necesitaba llenar cada segundo de silencio con palabras inútiles. Mientras caminaban de la mano por aquella franja de tierra estrechada por la erosión, inclinó la cabeza hacia el sol y respiró el aire salado del mar. Tierra adentro, en las colinas y montañas de Virginia, Virginia Oeste, Maryland y Pennsylvania, los afluentes que desembocaban en la bahía nacían como arroyos y ríos de agua dulce, pero lo que allí dominaban eran las aguas salobres del Atlántico. A Trace siempre le había encantado aquel olor tan característico, el sabor que dejaba en su lengua o en la piel de Abby después del baño.

Por primera vez desde que había vuelto a Chesapeake Shores se sintió completamente relajado y feliz. Allí, al borde del agua, no sentía la presión de trabajar para su padre, y tampoco el estrés de tener que presentar sus diseños. Había desaparecido también aquella sensación de vaga incomodidad que a veces le asaltaba en Nueva York, como si estuviera forzándose para adaptarse a un estilo de vida y a un ritmo en los que no terminaba de encajar.

—¿Por qué estás frunciendo el ceño?

—¿Estoy frunciendo el ceño? Es curioso, porque, precisamente, estaba pensando en lo tranquilo y lo bien que estoy aquí.

Era ella la que fruncía el ceño en aquel momento.

—¿No te sientes así en Nueva York? —lo decía en un tono que parecía una acusación.

Trace adivinó inmediatamente la trampa.

—En general, me encanta estar en Nueva York. Me gusta el trabajo que hago allí, no quiero cambiarlo, y menos aún para trabajar en un banco. Pero esto... —señaló aquel entorno maravilloso con la mano libre—. Aquí me siento en mi casa. Seguramente tú también lo sientes. ¿No te acuerdas de la cantidad de tiempo que pasábamos en el mar? —la miró a los ojos—. ¿De aquellos días larguísimos y de aquellas calurosas noches?

Para su alivio, Abby se tomó en serio la pregunta y no le saltó a la yugular por preguntárselo. Tampoco pareció ponerle nerviosa su innegable tono seductor. Se limitó a mirarle con expresión pensativa.

—Creo que sé lo que quieres decir —admitió al final—. Yo lo sentí la noche que llegué aquí con las niñas al salir del coche. Al ver a mi abuela, al oír el sonido de las olas y respirar el aire del mar, pensé que había llegado a casa. Y me di cuenta de lo mucho que lo había echado de menos —le dirigió una mirada desafiante—. Por supuesto, eso no significa que quiera vivir aquí otra vez.

—Ídem de ídem —respondió él, sin molestarse en desafiarla.

De todas formas, se preguntaba si vivir allí a su manera no sería lo que les convendría a los dos. Seguramente, Abby ya había alcanzado todas las metas que se había propuesto en el mundo de las finanzas. Por lo que él había oído, era una agente de bolsa muy respetable que trabajaba para una de las firmas más importantes del país. De vez en cuando aparecía su nombre en las páginas del *New York Times* y en el *Wall Street Journal*. Ver aquellos artículos le había llenado de orgullo por sus éxitos. Seguramente, con aquellas credenciales podría trabajar en cualquier banco. Él, por su parte, también había hecho muchos contactos. ¿Por qué no cambiar entonces de forma de vida? Desde su punto de vista, merecía la pena intentarlo, pero no creía que Abby estuviera de acuerdo. Por lo menos, todavía.

—¿Cuándo crees que podrás volver a Nueva York? —preguntó Abby, como si le hubiera leído el pensamiento.

Evidentemente, veía su estancia allí como algo intemporal, por no decir no deseado, no como un destino.

—Por el acuerdo al que he llegado con mi padre, tengo que quedarme aquí seis meses.

—¿Y has conseguido convencerle de que es Laila la que debería hacer ese trabajo?

—Primero tengo que convencerle de que no lo tengo que hacer yo —replicó—. Y creo que hoy he tenido algún éxito en ese sentido.

—¿De verdad? ¿Y cómo lo has conseguido? ¿Te has mostrado excesivamente entusiasmado cuando te ha propuesto que te tomaras el día libre?

Trace se echó a reír.

—No, mi padre ya contaba con ello. Creo que ahora mismo, las ganas que tiene de que siente la cabeza y forme una familia sobrepasan a las que tiene de que trabaje en el banco.

Abby le miró perpleja.

—¿Qué quieres decir?

—Estoy hablando de ti —respondió Trace, disfrutando al ver que se ruborizaba—. Hace cien años, le habría hecho una oferta a Mick, habría cerrado el trato y nosotros no habríamos tenido nada que decir. Así que ya puedes dar las gracias por estar viviendo en el siglo XXI.

—¿Por qué piensa tu padre que tenemos futuro como pareja?

—Tenemos un pasado, estás soltera, tienes dos gemelas a las que no vendría mal tener un padre.

—Ya tienen un padre —le recordó Abby.

—Sí, claro que lo tienen. Solo estoy intentando explicar las cosas tal como las ve Lawrence Riley.

Abby le miró de reojo.

—Bueno, pues por si acaso empieza a meterte esas ideas en la cabeza, te recuerdo que no estoy buscando marido. La última vez no me fue demasiado bien. Soy una adicta al trabajo. No estoy hecha para el matrimonio. De hecho, fracasé miserablemente en ese papel.

Trace la miró divertido.

—Me aseguraré de decírselo a mi padre, aunque algo me dice que eso no va a disuadirle.

—Me basta con que te disuada a ti.

Parecía tan seria, tan decidida a dejarlo claro, que Trace no pudo evitarlo. Se inclinó hacia delante y la besó. Pretendía que fuera un beso rápido, rozarle apenas los labios, pero le gustó tanto su boca, la sintió tan familiar bajo la suya, que no pudo apartarse.

Para cuando se separó, los dos respiraban agitadamente y Abby le miraba desconcertada.

—¿Por qué has hecho eso? —le preguntó, frotándose los labios como si quisiera borrar la huella de su beso—. Sobre todo cuando acabo de decirte que no soy una buena apuesta.

Trace hundió las manos en los bolsillos para evitar tocarla otra vez.

—Me ha parecido una buena idea.

—Pues no lo era —respondió Abby con expresión fiera, pero con una inflexión extraña en la voz.

Trace se conformó con aquel cambio de tono. Por primera vez, Abby acababa de mostrar sus inseguridades de una forma sutil que hizo que Trace deseara protegerla. Y aquel deseo batallaba con sus ganas de volver a besarla. Curvó los labios en una sonrisa.

—Supongo que tendremos que esperar para ver quién de los dos tiene razón.

Estaba convencido de que la espera implicaría mucho más que un tentativo beso.

Abby todavía estaba alterada por el beso de Trace cuando se despidió de él y regresó a la posada. Hasta le temblaban las rodillas, lo cual era, absolutamente, ridículo.

—Interesante —comentó Jess mientras la saludaba con un gesto de la mano—. Vuelvo a casa y descubro que estos dos supuestos amantes del trabajo han desaparecido. Y no solo eso, sino que descubro que están retozando por la playa.

—No estábamos retozando por ninguna parte —replicó Abby con dureza.

Pretendía pasar por delante de su hermana para evitar más observaciones, pero Jess se levantó y la siguió al interior de la casa.

—¿Qué está pasando entre tú y Trace? —preguntó, reclinándose contra la encimera de la cocina mientras Abby intentaba servirse un vaso de té helado con las manos todavía temblorosas.

—Nada —respondió.

Bebió un largo sorbo de té, esperando que la ayudara a enfriar la libido, pero no sirvió de nada.

—Pues a mí me parece que está pasando algo. Os estabais besando y, al menos desde donde yo estaba, parecía estar saliendo vapor.

—¿Nos has estado espiando? —preguntó Abby estupefacta.

—Claro que no. Solo te estaba buscando. Cuando he ido a la playa y os he visto, he vuelto directamente al porche —sonrió—. He pensado que sería divertido ver cómo intentabas explicar lo que había pasado.

—Me encanta que me encuentres divertida.

—No te encuentro divertida a ti, sino la situación. Se parece mucho a lo que pasaba hace diez años, cuando te escapabas con él. También entonces intentabas negarlo, pero todo el mundo sabía lo que estaba pasando. Vaya, si lo sabía hasta yo que solo tenía doce años. Estabais locos el uno por el otro. Y por lo que he visto hoy, continuáis estándolo —le dio a su hermana un codazo en las costillas—. Me parece encantador.

—No tiene nada de encantador. Es tan terrible ahora como lo era entonces.

—¿Por qué? Que te fueras entonces lo entiendo. Querías seguir tu sueño, aunque no sé si acabo de comprender que trabajar a destajo fuera para ti más importante que un hombre como Trace, pero eso era entonces. Ahora eres una mujer de éxito. Si quieres que Trace forme parte de tu vida, ya no hay nada que te detenga.

Abby suspiró y se sentó a la mesa. Jess hacía parecer su futuro con Trace como algo razonable, posible, pero ella sabía que no era así.

—Vamos, Jess, sabes que no es tan fácil. Mira cómo acabó mi matrimonio con Wes, y probablemente él sea mucho más comprensivo y menos exigente que cualquier otro hombre del mundo. Ningún hombre va a soportar mi horario de trabajo ni el estrés que llevo a casa cada día

—Entonces, intenta hacer algunos cambios en tu vida.

—Con mi trabajo es imposible. El mercado se mueve muy rápido. Si me equivoco, puedo poner en peligro los ahorros de mucha gente.

—¿Y de verdad disfrutas trabajando con tanta presión?

Abby asintió.

—La mayor parte de las veces, me encanta.

—Has dicho «la mayor parte de las veces». ¿Y qué pasa las demás?

—Entonces quiero lo que quiere la mayor parte de la gente: una casa, una familia y un hombre con el que compartir mi vida —añadió—. Pero no sé cómo podría llegar a tener nada de eso.

—Eres una O'Brien. Puedes tener todo lo que te propongas —le recordó Jess—. ¿No es eso lo que nos ha enseñado la abuela?

—Sí, pero papá también nos demostró que eso tenía un precio. El éxito en su trabajo le costó la relación con mamá. Quizá algunos O'Brien no estemos capacitados para tenerlo todo.

Jess la miró con el ceño fruncido.

—¿Y qué dice mamá de esa actitud tan fatalista? ¿O acaso ella es la culpable de que la tengas?

Abby la miró sorprendida.

—¿Por qué iba a influir mamá en mis relaciones?

—¿Podrías decirme sinceramente que no tiene nada que ver? Tú eres la única de nosotros que habla con ella, así que probablemente te haya llenado la cabeza de amargas recriminaciones hacia papá.

—No más que tú —respondió Abby.

Jess se encogió al comprender la verdad de sus palabras.

—Probablemente tengas razón. Yo también tengo mis problemas con papá –vaciló un instante y añadió–: En serio, ¿te ha contado mamá alguna vez lo que pasó?

–¿No crees que es evidente? Papá se pasaba la vida fuera. Supongo que al final se hartó.

–Pero no solo le dejó a él. Nos abandonó a todos nosotros también –protestó Jess–. Solo éramos unos niños. No habíamos hecho nada para merecérnoslo.

Abby frunció el ceño, recordando la conversación que había tenido con su madre el día que esta se había marchado y la promesa que le había hecho.

–No, y ella pretendía llevarnos a Nueva York a vivir con ella.

–¿Qué pasó entonces? ¿Por qué solo venía a visitarnos muy de cuando en cuando?

–No lo sé –admitió Abby.

El tema era tan delicado que nunca había querido profundizar en ello. Para ella bastaba con que Megan hubiera vuelto a su vida, pero comprendía que a Jess le consumiera el hecho de no tener una respuesta.

–Bueno, al fin y al cabo, hemos sobrevivido. Supongo que al final eso es lo que cuenta, ¿no?

Pero su intento de negar su dolor no funcionó. A Abby le habría gustado poder seguir hablando de ello, pero Jess lo descartó.

–Olvídalo. Nos estamos alejando de lo que quería decirte. Creo que estás intentando evitar una relación con Trace que sería buena para ti. Ni siquiera estás dispuesta a intentarlo. Y creo que te equivocas.

Abby no podía negar que Jess tenía razón. Estaba siendo muy fatalista. La experiencia le había enseñado que no estaba hecha para el matrimonio. Y como no soportaba el fracaso, no quería volver a exponerse, ni siquiera con Trace revolucionando sus hormonas y recordándole lo bien que habían llegado a estar juntos.

Dejó su vaso vacío sobre la mesa y se levantó.

–Creo que ya va siendo hora de que acabe esta conversación. Tengo muchas cosas que hacer, y tú también.

Jess la miró con evidente desilusión y se encogió de hombros.
–Como quieras. Tu vida es tuya.
–Exactamente.

Pero cuando regresó al estudio e intentó concentrarse en el papeleo que tenía pendiente, no pudo evitar preguntarse si las decisiones que había tomado durante aquellos años, las prioridades que se había marcado, eran todo lo buenas que siempre había creído. A lo mejor, al igual que su padre, estaba perdiendo más de lo que había ganado. Y se preguntó también si Megan habría pensado alguna vez algo parecido sobre su decisión de separarse de su marido y sus hijos.

Carrie y Caitlyn prácticamente saltaban de emoción el sábado por la mañana, mientras esperaban a su padre.
–¿Cuánto falta, mamá? –preguntó Carrie–. Yo pensaba que a esta ahora ya estaría en casa.
Abby suspiró.
–Ya no tardará mucho. Ha llamado hace un momento y ha dicho que ya casi estaba en Chesapeake Shores.
–¡Le estoy viendo, le estoy viendo! –exclamó Caitlyn, señalando hacia una nube de polvo en la distancia.
–¡Yo también le veo! –gritó Carrie, bajando a toda velocidad las escaleras del porche.
–¡Esperad un momento! –ordenó Abby–. No vais a bajar al camino hasta que aparque el coche, ¿entendido?
–Sí, mamá –dijo Caitlyn, pero permaneció justo al borde de la hierba, mientras Carrie saltaba impaciente a su lado.
En cuando Wes paró el coche, corrieron las dos hacia la puerta del conductor y la abrieron. Wes apenas tuvo tiempo de quitarse el cinturón antes de que intentaran saltar a su regazo.
A pesar del vuelo y del posterior viaje en coche, Wes parecía salido de un anuncio de *Forbes*, era la viva imagen de un rico hombre de negocios en su tiempo libre. Incluso en fin de semana, Wesley Walker Winters parecía un ejecutivo con su corte de pelo, su atuendo informal y los mocasines italianos.

A diferencia de Abby, había heredado su espacio en el mundo de los negocios. Dirigía un conglomerado empresarial fundado por su abuelo. Aquello le permitía marcar su propio horario y, aunque trabajaba mucho, nunca había sido tan ambicioso como Abby ni compartía con ella su adicción al trabajo. Tenía sus prioridades, como Megan había señalado, en perfecto orden. Era casi una rareza, un hombre que ponía a su esposa y a sus hijas por encima de todo lo demás. En muchas ocasiones había repetido que comprendía la vida de Abby y la respetaba por ello. Sin embargo, no había sido capaz de compartirla.

—¡Papá, papá, Carrie y yo hemos tenido sarampión! —anunció Caitlyn entusiasmada.

—¡Y yo tenía más manchas! —le informó Carrie.

Wes miró a Abby, sugiriéndole con su expresión que deberían hablar sobre los motivos por los que no le había informado de ello. Pero de momento, se puso en cuclillas en el césped y miró alternativamente a sus hijas.

—Ahora no veo ninguna mancha. Supongo que ya estáis bien.

—Yo me curé primero —presumió Carrie.

Wes se echó a reír.

—Me alegro de que ahora estéis bien. Así podremos hacer un montón de cosas divertidas este fin de semana.

—¿Como qué? —preguntó Caitlyn.

—Yo quiero ir a comer helado —dijo Carrie rápidamente.

Caitlyn la miró inmediatamente con el ceño fruncido.

—No, eso vamos a hacerlo con el señor Riley, ¿no te acuerdas?

—Pero si papá nos compra un helado, comeremos dos veces.

—¡No! —repitió Caitlyn con énfasis—. El señor Riley dijo que nos llevaría y yo voy a ir con él.

Wes parecía desconcertado por aquella discusión. Volvió a mirar a Abby en busca de una explicación.

—Trace Riley es un amigo de la familia que pasó casualmente por casa cuando las niñas se pusieron enfermas —le aclaró—. Hizo un trato con ellas y les dijo que las llevaría a tomar helado cuando superaran el sarampión.

—Nos comprará todo el que podamos comer —dijo Carrie emocionada.

—Bueno, de eso no estoy tan seguro.

Por primera vez desde que había empezado la discusión, Carrie retrocedió, sintiendo claramente que quizá su padre podía estropearles la fiesta.

—Tú puedes llevarnos a comer pizza —dijo rápidamente—. No hemos comido pizza desde que estamos aquí.

—¡Sí! —se sumó Caitlyn con entusiasmo—. Por favor, papá...

—De acuerdo, iremos a comer una pizza. Dejadme guardar el equipaje y hablar un momento con vuestra madre y después iremos al pueblo.

Abby le siguió al interior de la casa y le enseñó su habitación, que estaba justo al lado de la de las niñas. Cuando se disponía a salir, Wes la detuvo.

—¿Por qué permites que un hombre soborne a las niñas prometiéndoles que podrán comer todo el helado que quieran?

Abby frunció el ceño ante aquella crítica.

—No va a dejarles comer tanto como para que enfermen. Es la idea de que no habrá límite lo que les hace ilusión. Vamos, Wes, ya las conoces. Comen por los ojos. Pedirán tres bolas y se comerán una, como hacen siempre.

Wes no parecía muy convencido, pero al final, asintió.

—De acuerdo, supongo que tienes razón. Pero conoces a ese hombre, ¿verdad? Si no fuera así, no dejarías que salieran con él.

—Claro que no permitiría que salieran con un desconocido. Además, pienso ir con ellas. Te estás preocupando por nada.

—Probablemente. Supongo que es porque hace tres semanas que no las veo. A estos años cambian muy rápido y no me gusta perdérmelo. Y de pronto, las oigo hablar de un hombre al que no conozco... Supongo que me ha desconcertado. Lo siento, ya sabes que confío en ti.

Parecía tan afectado que, en un impulso, Abby le dio un abrazo.

—Bueno, ahora son tuyas. Sal y disfruta de tus hijas. La abuela ha ido a la iglesia, quería llevar flores para mañana, pero no tardará y estará por aquí si quieres descansar un poco.

—¿Tú dónde estarás?

—Estoy ayudando a Jess.

Wes la miró entonces con recelo.

—¿En qué se ha metido ahora tu hermana? Es ella la razón por la que estás aquí, ¿verdad? Debería habérmelo imaginado.

—No hablemos de eso ahora. Si de verdad estás interesado en saberlo, te lo contaré cuando hayamos acostado esta noche a las niñas.

Por un momento, Wes pareció a punto de presionar, pero al final cedió.

—De acuerdo, lo dejaremos para más tarde. Hasta luego.

Consciente de la discusión que probablemente tendría lugar en cuanto le explicara lo que había pasado con Jess en la posada, Abby no podía decir que tuviera ganas de aquel encuentro.

Trace había estado trabajando en un diseño toda la mañana y, para cuando llegó la hora del almuerzo, necesitaba descansar y comer algo, de modo que se puso unos vaqueros, una camiseta que había conocido mejores días y decidió acercarse a la pizzería que había enfrente de la playa a comprar algo. Durante el verano en el que había trabajado de socorrista comía allí casi cada día. A veces era él el que se acercaba a por unas porciones de pizza, otras, era Abby la que compraba un par de bocadillos en el mismo lugar y se los llevaba a la playa, donde almorzaban juntos.

Acababa de doblar la esquina de aquella calle cuando vio a Carrie y a Caitlyn caminando en su dirección. Ellas le vieron a la vez y se liberaron de las manos del hombre con el que estaban, un hombre al que Trace reconoció como el mismo al que había visto en Nueva York años atrás. Jamás había olvidado el rostro cincelado de aquel tipo y su traje de diseño. Aquel día podía ir vestido de manera más informal, pero seguía pareciendo un hombre de dinero y buena familia.

—Señor Riley —gritó Carrie corriendo hacia él—. Vamos a la pizzería, ¿adónde va usted?

—Pues la verdad es que también voy a la pizzería —contestó.

Alzó la mirada hacia los ojos grises y cargados de recelo de aquel hombre que, indudablemente, era el padre de las niñas y el exmarido de Abby.

—Me llamo Trace Riley, soy amigo de Abby —dijo, tendiéndole la mano.

—Wes Winters —respondió secamente, y le estrechó la mano—. Las niñas han comentado antes algo sobre que les había prometido un helado.

Trace asintió.

—Hicimos un trato cuando estaban enfermas.

—Y ya estamos bien —le dijo Carrie.

—Entonces tendré que invitaros la semana que viene.

—Puede venir a comer pizza con nosotros —le ofreció Caitlyn con timidez.

—Hoy no, cariño. No quiero entrometerme en el tiempo que paséis con vuestro padre. Además, tengo que volver a trabajar.

Caitlyn lo miró con curiosidad.

—Pero no va vestido como cuando va a trabajar.

Trace soltó una carcajada.

—Muy observadora. No, hoy no voy a trabajar en el banco. Voy a mi otro trabajo.

—¿Y en qué consiste? —preguntó Wes, mirándole con cierto desdén.

—Soy diseñador gráfico —contestó Trace, lo cual, aparentemente, no cambió en absoluto la pobre opinión que Wes tenía sobre él. Por eso no pudo resistirse a añadir—: Ahora estoy diseñando algo para Astor Pharmaceuticals.

Por primera vez, Wes cambió ligeramente de expresión.

—Una buena compañía —dijo a regañadientes—. Conozco a Steve Astor. Crecimos juntos, de hecho.

—¿De verdad? Estudié con él en Harvard.

Todo el desdén de Wes pareció disolverse.

—Buena universidad. Yo estudié en Yale.

–Una universidad muy buena también –dijo Trace. Apenas podía contener una sonrisa.

–¿Cómo conoció a Abby? –preguntó Wes.

Había un deje de celos en su voz, algo extraño en un hombre que la había dejado escapar.

–Nos criamos los dos aquí –contestó Trace, y no pudo resistirse a añadir–: Salíamos juntos.

Wes pareció quedarse helado.

–Ya entiendo.

–Bueno, será mejor que lleve a las niñas a almorzar. Yo compraré algo para llevarme a casa.

Estaba a punto de marcharse cuando Caitlyn le tiró de la mano. Trace bajó la mirada hacia ella.

–No se olvide de la semana que viene –susurró.

–Claro que no –le prometió–. Ya quedaremos tu madre y yo.

–Vamos, niñas. Allí hay una mesa vacía –dijo Wes con firmeza.

Trace observó al padre y a las niñas mientras se sentaban a la mesa, y pudo oírlos hablar sobre helados mientras él pedía su comida. Tuvo que admitir entonces que, a pesar de su inicial desagrado por el hombre con el que Abby se había casado, Wes parecía un buen padre. Tenía una paciencia infinita con las gemelas. En ese sentido, no podía sacarle ningún defecto.

Aun así, cualquier hombre que se hubiera separado voluntariamente de Abby no tenía mucho cerebro. Él mismo podía aplicárselo. Quizá no hubiera sido él el que se había ido, pero tampoco había hecho nada para impedir que se fuera. Y, cuando miraba hacia el pasado, podía decir con toda sinceridad que había sido un estúpido.

Capítulo 11

Jess entró en el estudio de la posada y encontró a Abby con la mirada fija en la ventana. No estaba segura de qué le sorprendió más, si el hecho de que su hermana estuviera allí un sábado o el que estuviera soñando despierta.

–Pensaba que pretendías pasar el sábado poniendo al día tu trabajo. ¿Qué estás haciendo aquí?

–Esconderme –admitió Abby con expresión de disgusto–. Está aquí Wes.

Jess fingió estremecerse.

–No digas más. Preferiría no volver a ver nunca a ese hombre.

Abby frunció el ceño al oír aquel comentario.

–Nunca te ha gustado, ¿verdad?

Jess se encogió de hombros. Le parecía que no tenía sentido negarlo después de que su hermana se hubiera divorciado. Según ella, nunca deberían haberse casado, para empezar. El corazón de Abby, quisiera admitirlo o no, siempre le había pertenecido a Trace.

–Lo siento, pero no –le dijo Jess–. Lo intenté, pero siempre pensé que era un tipo estirado y pretencioso –sonrió–. Muy atractivo, por supuesto, pero eso no compensa la falta de sentido del humor y de personalidad.

Abby se echó a reír.

–Vamos, Jess, no es para tanto.

–Es insoportable. Y hacía todo lo posible para asegurarse

de que supiera que pensaba que yo era un fastidio. Le molestaba que me escucharas o que intentaras sacarme de mis líos. Supongo que ahora estará histérico con todo lo que ha pasado.

—Todavía no le he contado nada —reconoció Abby—. Pero creo que exageras. No tenía tan mala opinión sobre ti.

Jess la miró con escepticismo.

—Por favor, no pretendas no herir mis sentimientos. Vamos, Abby, seguro que sabes lo que pensaba de mí. Siempre me dirigía esas miradas glaciales con las que parecía querer decirme que os estaba haciendo perder el tiempo. Quería que me sintiera como la escoria de la familia.

La expresión de culpabilidad de Abby demostró que Jess tenía razón, pero aun así, dijo:

—No sabía que te hacía sentirte tan mal, y lo siento.

—Tranquila, estoy acostumbrada a esa reacción. Todo el mundo cree que soy un desastre. Lo que me molesta es que te hiciera sentirte también a ti como si lo fueras.

Abby pareció sorprendida por aquel comentario.

—Pero eso no es cierto.

—Claro que sí. Estoy segura de que te decía lo orgulloso que estaba de tus éxitos, pero que, inmediatamente, añadía una lista de cosas que no estabas haciendo en casa o con las niñas. Intentaba que te sintieras como una inepta y me atrevo a decir que tuvo éxito.

—Yo nunca me sentí una inepta.

—¿Ni siquiera como esposa y madre? —se inclinó hacia ella—. No intentes negarlo, Abby. Sabes tan bien como yo que esa es la razón por la que no quieres saber nada de Trace. Dices que eres una adicta al trabajo y no estás hecha para el matrimonio. ¿Y quién te ha hecho ver las cosas de ese modo? Yo te lo voy a decir: Wes Winters. Y yo le odio por haberte hecho una cosa así. Debería haber estado presumiendo de tus éxitos, pero lo que hizo fue minarte con sus comentarios. Eso te hizo dudar de ti misma y cuestionar tus prioridades.

Abby pareció sorprendida por la fiera defensa de su hermana.

—Tú no estabas allí, Jess.

—No, claro que no, pero iba a Nueva York suficientemente a menudo como para ver cómo te trataba Wes. Lo que de verdad me sorprendía era que tú le aguantaras.

—Hacen falta dos para que un matrimonio funcione, y también dos para hacerlo fracasar.

—¡Exactamente! ¡Hacen falta dos! ¿Te has preguntado alguna vez qué culpa pudo tener Wes en cómo salieron las cosas? Tienes que dejar de castigarte por no haber respondido a sus expectativas y buscar a un hombre que te aprecie y esté interesado en ser tu compañero de verdad, y eso significa que también él tiene que asumir sus responsabilidades —miró atentamente a su hermana—. ¿Wes ponía alguna vez el lavavajillas después de una comida? ¿Alguna vez puso una lavadora?

—No —admitió Abby.

—Sin embargo, esperaba que lo hicieras tú y que al mismo tiempo te ocuparas de tu trabajo y de las niñas, ¿no es cierto?

—Sí, de acuerdo, entiendo lo que quieres decir —admitió Abby a regañadientes. Miró después a su hermana con recelo—. ¿Sabes? Todo lo que estás diciendo de Wes se le podría haber aplicado a papá en su momento. Me sorprende que no seas más compasiva con mamá.

—La situación era completamente diferente. Papá nunca menospreció a mamá. Y nada de lo que él hizo puede justificar lo que nos hizo ella —hizo un gesto para cambiar de tema—. Pero no sigamos por ahí. Nunca vamos a ponernos de acuerdo sobre lo que pensamos sobre la decisión de mamá. Tú la has perdonado y yo no, fin de la historia.

Abby comenzó a responder, pero al final, sacudió la cabeza.

—Tienes razón. Es mejor que no sigamos por ahí —cambió hábilmente de tema—. Asumo entonces que ya has elegido al hombre perfecto para mí, un hombre que me tratará como me merezco.

—Por supuesto. Tienes que admitir que Trace es altamente recomendable —bromeó Jess—. Si no estuviera tan loco por ti, yo misma intentaría tener algo con él.

—¿Y por qué no lo intentas? —preguntó Abby, intentando mantener un tono completamente despreocupado.

—¿Lo dices en serio? ¿No te importaría? —la probó Jess, solo para ver si su hermana era capaz de reconocer su atracción.

—Trace es un hombre libre. No tengo ningún derecho sobre él, así que adelante.

Jess no pudo evitarlo, soltó una carcajada.

—Y me clavarías un puñal en el corazón en cuanto me vieras besarle. No, creo que paso.

Abby la miró con el ceño fruncido.

—Pero si acabo de decirte que adelante, que vayas a por él.

—Sí, lo has dicho, pero tus ojos dicen algo completamente diferente. Así que creo que aceptaré lo que dicen tus ojos y me mantendré alejada de Trace. Además, ahora mismo no tengo tiempo para un hombre en mi vida, a no ser que este sepa cómo dirigir una posada o levantar una moqueta.

Abby miró alarmada a su hermana.

—¿Qué moqueta? Jess, no hemos hablado de cambiar la moqueta. No tenemos presupuesto para esa clase de gastos.

Jess suspiró.

—Sí, lo sé, pero sería genial. El toque final que necesita este lugar para ser perfecto.

—Muy bien. Apúntalo en la lista de deseos para cuando la posada comience a dar beneficios —le aconsejó Abby—. La moqueta que tenemos ahora quedará magnífica en cuanto vengan a limpiarla.

—Ahora mismo lo pondré en el primer lugar de la lista —se levantó—. Y ahora, puedes seguir el resto de la tarde sentada y rumiando tus penas o ayudarme a pintar la última habitación.

Abby la miró sorprendida.

—¿Me estás invitando a ayudarte?

—Solo por una vez. Creo que necesitas un poco de distracción y yo estaré delante para supervisar tu trabajo. Pero procura no gotear el suelo como la vez que me ayudaste a pintar mi dormitorio cuando tenía diez años.

—Eso no lo hice yo —protestó Abby indignada mientras seguía a su hermana por las escaleras–. Fue Kevin, o Connor. Ninguno de los dos tuvo nunca paciencia para pintar o hacer ningún trabajo relacionado con la casa. Papá solía decir que era una suerte que no quisieran seguir sus pasos, porque estaba seguro de que todo lo que construyeran terminaría derrumbándose sobre sus cabezas.

Jess sonrió de oreja a oreja.

–¿Sabes? Creo que tienes razón. Fue Kevin.

Abby se detuvo en las escaleras y miró a su hermana, que se había puesto repentinamente seria.

–Le echo de menos –dijo con voz queda–. Y me da mucho miedo saber que está en Irak.

El buen humor de Jess se evaporó inmediatamente.

–Lo sé, a mí también. Pero nuestro hermano cree en lo que está haciendo. Y en el último correo electrónico que me envió, decía que había conocido a una mujer, médica como él. Y creo que esta vez va en serio.

–Espero que no –dijo Abby–. No estoy segura de que uno pueda confiar en sus sentimientos cuando se encuentra en una situación de estrés como la de ellos. Espero que esperen a estar aquí para comprometerse.

–Probablemente tengas razón –admitió Jess–, pero me alegro de que tenga a alguien en quien apoyarse. Me gusta saber que hay alguien que le cuide.

La conversación sobre Kevin las dejó sombrías, pero Jess se obligó a sacudirse la tristeza. Rezaba cada noche para que su hermano regresara a casa sano y salvo y eso era lo único que podía hacer, además de enviarle cajas y cajas de galletas de la abuela todos los meses. Por lo que Kevin decía, su unidad esperaba la llegada de aquellos paquetes con tantas ganas como él.

–Vamos a pintar –dijo, emprendiendo de nuevo la marcha–. No quiero pensar en los peligros que corre Kevin, ni si se está tomando demasiado en serio o no su relación con una mujer a la que apenas conoce –volvió a sonreír–. Prefiero hablar de tu vida amorosa.

—Esa va a ser una conversación muy aburrida —replicó Abby.
—¿Has mirado bien a Trace? Una conversación sobre un hombre como él nunca puede ser aburrida.

A juzgar por el rubor que apareció en sus mejillas, Abby estaba de acuerdo con ella. Jess tuvo entonces la sensación de que con un buen empujoncito, aquellos dos terminarían el uno en brazos del otro, justo donde estaban años atrás. Quizá entonces ella solo tuviera doce años, pero había visto algo que probablemente no había sido capaz de ver nadie más: que aquella separación había sido tan dura para Abby como para Trace.

Abby pasó una tarde sorprendentemente agradable con su hermana. Por primera vez, Jess no había estado en ningún momento a la defensiva. Al contrario, se había comportado como en los viejos tiempos, bromeando y provocando la risa. Abby se alegraba mucho de ello. Lo último que quería era que terminaran peleándose por culpa del banco. Y si eran capaces de reír juntas, quizá pudieran pasar por aquella difícil situación sin que quedara minada su relación.

Con idea de evitar un incómodo encuentro con Wes, sobre todo a la luz de lo que Jess había planteado sobre su matrimonio, se quedó hasta tarde en la posada. Cenó con Jess y estuvieron hablando de la gran inauguración, que calculaban para cerca del Cuatro de Julio, lo que quería decir que solo les quedaban unas seis semanas. Abby mencionó incluso la posibilidad de contratar a Trace para que diseñara una campaña de publicidad. Naturalmente, Jess la acusó de estar buscando excusas para pasar más tiempo con él. Aunque Abby lo había negado, no podía jurar sinceramente que no hubiera algo de verdad en el análisis que hacía Jess de su motivación.

Todavía estaba sonriendo pensando en aquella discusión cuando al llegar al porche, oyó que Wes la llamaba. Todo su buen humor se esfumó.

—Estaba esperándote. ¿Dónde estabas? Es tarde.

Abby frunció el ceño al oír aquel tono. No solo era posesivo, sino que encerraba una crítica que no solo era extraña en él, sino que estaba completamente fuera de lugar. Aun así, intentó mantener la calma. A lo mejor estaba demasiado suspicaz después de haber oído la opinión que tenía su hermana sobre la forma de tratarla de Wes.

—Te he prometido que me mantendría al margen para que pudieras estar más tiempo con las niñas —le recordó.

—¿De verdad estabas siendo considerada conmigo o estabas intentando evitar hablarme de tu novio?

Abby estaba entonces a punto de sentarse, pero aquella pregunta la hizo quedarse de pie y con las espadas en alto.

—En primer lugar, no tengo ningún novio. En segundo, en el caso de que lo tuviera, no sería asunto tuyo. Y para terminar, no me gusta nada ese tono de voz, así que me voy a la cama.

Estaba a punto de llegar a la puerta cuando Wes volvió a llamarla.

—Espera, Abby.

Abby se detuvo, pero no se volvió.

—Creo que me he pasado de la raya —se disculpó Wes.

—Sí, te has pasado de la raya —contestó sin moverse de donde estaba.

—¿Podemos hablar, por favor?

—¿Sobre?

—No te enfades, pero quiero saber qué hay entre tú y ese tipo que pasa tiempo con mis hijas.

—Nuestras hijas —le recordó—. Y te repito que no hay nada entre Trace y yo. Solo somos viejos amigos.

—Salíais juntos —añadió él.

Abby le miró con el ceño fruncido.

—¿Cómo lo sabes?

—Me he encontrado con él en el pueblo. Al parecer, estaba deseando contarme que habíais tenido una relación. Y por su forma de decirlo, a mí me da la sensación de que pretende continuarla.

—Y, por supuesto yo, tonta de mí, haré lo que los demás quieran. ¿Es eso lo que estás sugiriendo?

Estaba empezando a pensar que Jess tenía razón. Wes podía ser un auténtico canalla. ¿Cómo no se habría dado cuenta antes? ¿Estaría demasiado ocupada pensando en las críticas de Wes sobre sus defectos?

–Por supuesto que no eres ninguna estúpida –replicó, mirándola con lo que parecía sincera consternación–. Solo estaba diciendo lo que ha dicho él.

–O lo que tú has interpretado a partir de lo que él ha dicho –le acusó–. No estoy de humor para esto, Wes. Hablaremos mañana por la mañana, porque si continuamos así, vamos a terminar discutiendo.

A pesar de la penumbra del porche, pudo distinguir su expresión de incredulidad.

–¿Qué te ha pasado? Antes no te ofendías tan fácilmente.

–Digamos que hoy he tenido una conversación que me ha ayudado a quitarme la venda de los ojos en lo que a ti concierne.

–¿Con Trace Riley? ¿Qué te ha dicho de mí?

Abby suspiró con cansancio.

–Trace no me ha dicho absolutamente nada. Hoy ni le he visto ni he hablado con él.

–Entonces ha sido Jess –respondió resignado–. Sabe que nunca me ha gustado que te utilizara. Estoy convencido de que estaba ansiosa por vengarse diciendo todo tipo de barbaridades sobre mí.

Abby podría haberse quedado allí intentando rebatir su argumento. O podía haberse limitado a regañarle. Pero al final, se limitó a darle las buenas noches y se marchó.

Trace no había podido quitarse a Abby de la cabeza en todo el día. Había intentado llamarla al móvil un par de veces, pero, o bien no lo llevaba encima, o no lo había encendido o había decidido ignorar sus llamadas porque no quería hablar con él.

Con el teléfono en el bolsillo, se dirigió al final de la calle y se sentó en un banco, de cara al mar. La luz de la luna menguante iluminaba las olas y el cielo estaba cubierto de estrellas. Había bastante gente paseando: parejas, grupos de adolescentes, familias... Y más gente incluso sentada en las terrazas de los cafés. Vio a algunos conocidos, pero casi todos los demás eran turistas que se habían acercado a disfrutar de los restaurantes y las tiendas del lugar, que los fines de semana abrían hasta tarde.

Trace había pensado que se relajaría al salir, pero solo le sirvió para echar de menos a Abby. Abrió el móvil y volvió a llamar.

—¿Diga? —contestó Abby malhumorada.
—¿Te pillo en medio de algo?
—Sí, en medio de un enfado.
—¿Provocado por qué?
—Por mi exmarido. Me ha tendido una emboscada cuando he llegado hace un rato a casa. Me ha acribillado a preguntas sobre mi novio. Que, por cierto, eres tú.

No parecía muy contenta, no, aunque Trace no sabía si era por sus preguntas o por el hecho de que su ex le hubiera creído su novio.

—¿Y se supone que tengo que decir que lo siento?
—¿Por qué? Tú no eres el responsable de que haya llegado a esa conclusión. Mira, la verdad es que no tengo ganas de hablar sobre esto. ¿Llamas por algún motivo en particular?
—Probablemente no sea el mejor momento para admitir que solo quería oír tu voz, ¿verdad?

Abby permaneció en silencio, aunque Trace tuvo la sensación de que estaba disimulando una sonrisa. Siempre había sido fácil enfadarla, pero los enfados se le pasaban tan rápido como llegaban.

—Abby, ¿por qué no salimos a tomar una copa? Creo que no te vendría nada mal.
—Y esa es precisamente la razón por la que creo que no es una buena idea.
—¿Qué tiene de malo? Todavía es pronto. Estoy aquí, enfrente de la playa, al final de la calle principal. Hay un montón de gente en la calle. Es imposible que sucumbamos a la tentación

en medio de esta multitud –bromeó, aunque en realidad, pensaba que aquella era una noche especialmente romántica.

–¿Quién dice que tenga la tentación de sucumbir a tus encantos?

–A lo mejor soy yo el que tiene miedo de que me seduzcas.

–No parece que tengas mucho miedo. De hecho, yo diría que estás deseándolo.

Trace se echó a reír.

–De acuerdo, me has pillado. Vamos, solo será una copa. Ni siquiera es una auténtica cita.

Tuvo la sensación de que Abby estaba sopesando la propuesta. Cuando por fin dijo que sí, no estaba seguro de si había sido su capacidad de persuasión, el desafío que representaba o su enfado con su exmarido lo que le había hecho decidirse. Fuera lo que fuera, respiró aliviado. Y entusiasmado ante la posibilidad de verla.

–Te esperaré aquí.

–¿Estás justo al final de la calle?

–Sí, en un banco, mirando a la bahía. El banco en el que solíamos quedar.

–No tardaré.

Encantado consigo mismo, Trace guardó el móvil en el bolsillo y se reclinó en el banco a esperar.

Quince minutos después, sintió unos golpecitos en el hombro. Se volvió y descubrió a Abby tras él. Tenía el pelo revuelto y las mejillas sonrosadas.

–Has venido en el descapotable de Mick, ¿verdad?

–Sí –contestó con una sonrisa traviesa.

–¿Y qué dirá cuando se entere? –sabía que su padre adoraba aquel coche que no dejaba utilizar a ningún miembro de la familia–. Creo recordar que Connor estuvo un mes castigado por llevarse el Mustang una noche.

–A mi edad ya no va a castigarme –respondió Abby, y le dirigió una mirada desafiante–. Además, Mick está en San Francisco. ¿Quién va a atreverse a decirle que he montado en su coche? ¿Tú?

—Claro que no, cariño. En ese caso, tendría que admitir que lo he averiguado porque te has escapado de casa para salir conmigo. Y, por independiente y adulta que seas, no estoy seguro de que a Mick le hiciera mucha gracia.

Abby rodeó el banco y se sentó a su lado.

—Tengo que admitir que lo de meterme a escondidas en el garaje y sacar el coche añadía un elemento de emoción a la noche. Me ha hecho remontarme a la época en la que me escapaba por la ventana del dormitorio para encontrarme contigo.

Trace soltó una carcajada. Siempre le había gustado el carácter temerario de Abby. De hecho, lo había alentado.

—Al parecer, siempre he sido una mala influencia para ti —la miró atentamente y advirtió que, a pesar de la ligereza de su tono de voz, no parecía contenta—. ¿Has venido en el coche de Mick por la emoción de escaparte en un coche prohibido o por alguna otra razón?

Abby vaciló un instante, pero al final contestó:

—Tenía miedo de que Wes me viera irme en el mío y quisiera saber adónde iba.

—¿Y a él qué le importa? —preguntó Trace enfadado.

—No tengo ni idea, pero tengo la sensación de que el encuentro que ha tenido esta tarde contigo tiene algo que ver con eso.

A Trace le había preocupado que el hecho de haber mencionado que había tenido una relación con Abby pudiera causarle a ella problemas, pero no entendía por qué. Su relación con Abby había terminado antes de que esta conociera a Wes.

—¿Puedo hacerte una pregunta?

—Solo si me invitas a esa copa que me has prometido.

Trace se levantó y le tendió la mano.

—De acuerdo. Iremos paseando hasta encontrar un lugar que nos guste. Habiendo tantos cafés por aquí, seguro que encontramos algo.

Abby le tomó la mano y comenzó a caminar a su lado.

—Es increíble, ¿verdad? —comentó mientras contemplaban aquel despliegue de restaurantes.

Cuando eran niños, solo estaban la pizzería, la cafetería de Sally, una heladería que abría solamente en verano y una cafetería en la que también vendían periódicos y revistas.

—Qué cantidad de locales han abierto desde que vinimos a vivir aquí. Me pregunto si mi padre se había imaginado que llegaría a ocurrir esto.

—Supongo que sí. Al fin y al cabo, diseñó toda esta zona para que fuera ocupada por comercios.

—Al principio solo era una manzana. Ahora son dos o tres —le recordó Abby.

—¿Has visto algún sitio que te apetezca? —preguntó Trace.

Estaba ansioso por volver a hablar de su exmarido. O quizá, admitió para sí, por estar a solas con ella en la penumbra para intentar robarle otro beso.

—Elige tú. A mí cualquiera me parece bien.

—¿Qué tal ese? —preguntó, señalando hacia una terraza en la que la mayor parte de las mesas estaban vacías—. ¿Crees que pasarás frío si nos quedamos fuera?

—No, comparado con el frío que hacía cuando salí de Nueva York, aquí casi hace calor.

Trace asintió.

—Sí, también cuando me fui yo. Salí justo antes de una tormenta de nieve. Aunque no creo que fuera muy fuerte.

—Si fue la que cayó la noche antes de que llegara, apenas nevó. Las carreteras y el aeropuerto estaban completamente despejados cuando las niñas y yo fuimos al aeropuerto.

Se sentaron en una de las mesas, Abby le dijo lo que quería y Trace pidió al camarero una copa de vino y una cerveza.

—¿Tienes hambre? —le preguntó Trace cuando el camarero les llevó las bebidas.

—No, he cenado una pizza con Jess, pero pide tú algo si quieres cenar.

—A lo mejor más tarde —le dijo al camarero, y se volvió hacia ella—. Muy bien, ahora que ya tienes tu copa, puedes contestar a mi pregunta. ¿Quién de los dos puso fin a vuestro matrimonio, Wes o tú?

–Wes.

–Eso confirma lo que pensaba –dijo Trace–. Ese tipo es un idiota.

Abby sonrió.

–Gracias por el voto de confianza.

–¿Estaba teniendo una aventura?

–Dios mío, no –respondió Abby, sorprendida por aquella posibilidad–. Wes creía firmemente en los valores de la familia.

–Pero eso no le impidió divorciarse de ti.

–Después de que le demostrara que no estaba a la altura de lo que él esperaba de una esposa. Trabajaba demasiado y no podía cumplir con todos los compromisos sociales de su círculo.

–¿No sabía de tu pasión por el trabajo cuando empezasteis a salir?

Abby asintió.

–Sí, eso es lo que nunca he terminado de comprender. Yo no cambié. Supongo que asumió que cuando nos casáramos y tuviéramos hijos, me olvidaría de mi trabajo y me quedaría en casa, que era donde él pensaba que debía estar. En realidad no necesitábamos mis ingresos, pero él no comprendía que yo no trabajaba solo por dinero.

–¿Hablasteis sobre ello? ¿Tuvisteis alguna discusión?

–Jamás. Un buen día, anunció que mis prioridades no eran las suyas y que ya no podíamos seguir juntos.

Trace frunció el ceño.

–¿Sin darte siquiera la oportunidad de cambiar? No me parece justo.

–Deberías oír lo que dice Jess al respecto. Según ella, Wes siempre me menospreció; me decía que estaba orgulloso de mí, pero casi inmediatamente comenzaba a sacarme defectos como esposa y madre. Sinceramente, nunca le di mucha importancia porque pensaba que tenía razón –alzó la mano–. Mira, todo esto es agua pasada. Ahora estamos divorciados. Wes es un buen tipo y un gran padre y tengo que llevarme bien con él por el bien de las niñas.

–Pero Abby, no tiene ningún derecho a venir aquí y a cuestionar el hecho de que pases tiempo conmigo. ¿Estás segura de que no busca algo?

–¿Como qué? –preguntó Abby.

–Yo veo dos posibilidades –sugirió Trace con cierta prudencia.

Había advertido algo en Wes que no le había gustado. No quería asustar a Abby ni enfadarla, pero tenía la sensación de que iba a hacer las dos cosas. Debería mantenerse al margen de todo aquello, pero había sido él el que había sacado el tema y Abby no le iba a permitir poner fin a la conversación.

–¿Qué posibilidades?

–O bien quiere que vuelvas con él, o está celoso de lo que piense que está pasando entre nosotros –comenzó a decir.

Abby sacudió inmediatamente la cabeza.

–Créeme, no quiere volver conmigo.

Trace permaneció en silencio.

–Vamos –le pidió Abby–, no te calles ahora. Me fascina lo mucho que por lo visto has pensado en mí y en mi exmarido, un hombre con el que has pasado, ¿cuánto? ¿Cinco minutos?

–Tienes razón, no le conozco, pero he conocido a muchos hombres como él. Y en esos cinco minutos que hemos pasado juntos, he visto algo.

–¿Qué?

–No puedo estar seguro, por supuesto, pero creo que está buscando munición para empezar una batalla por la custodia de las niñas.

Tal como temía, Abby le miró alarmada.

–¡No se atrevería a hacer algo así!

Trace le tomó la mano.

–Tranquilízate. Solo estoy diciendo que es una posibilidad para la que deberías estar preparada. No bajes la guardia ni un segundo. Como te acabo de decir, conozco a los hombres como Wes. Actúan casi siempre con una agenda oculta para defender sus propios intereses. Y siempre ganan porque dan el golpe cuando la gente menos se lo espera.

La indignación de Abby dio paso a una expresión pensativa.

—Por mucho que me duela decirlo, creo que tiene sentido. Antes de venir, me amenazó con llevarse a las niñas con él a Nueva York, puesto que yo pensaba quedarme aquí una temporada. Le dije que se olvidara, pero es posible que se le haya metido en la cabeza la idea de quitármelas —miró a Trace con determinación—. Pero te juro por Dios que si intenta hacer algo así, me gastaré hasta el último penique que tenga en ir a por él.

—Ahora mismo tenéis la custodia compartida, ¿verdad?

—Sí. Las niñas pasan prácticamente el mismo tiempo con los dos. Durante la mayor parte del año, las tengo yo durante la semana porque vivo a seis manzanas de su colegio. La niñera las lleva andando hasta allí. Un fin de semana lo pasan con Wes y el otro conmigo. A veces, sobre todo durante las vacaciones, se quedan con él toda la semana y la niñera las acompaña a las dos casas. Ninguno de nosotros tenía intención de iniciar ninguna clase de batalla legal. El divorcio fue de lo más civilizado. Él paga para apoyar la crianza de las niñas, pero a mí no me pasa ninguna pensión. Ni quiero ni necesito su dinero.

Trace se preguntó qué podría ganar Wes Winters arrebatándole a Abby la custodia. A lo mejor solo era un padre que quería pasar más tiempo con sus hijas, sobre todo si temía que estas fueran a vivir a kilómetros de donde él vivía, pero Trace pensaba que no era eso lo que se proponía. Quizá sus sospechas tuvieran que ver con el hecho de que aquel hombre no le hubiera gustado nada más verlo, pero tampoco lo creía. No se le daba mal juzgar a las personas. Era una cualidad que había heredado de su padre, que siempre decía que un buen banquero tenía que saber juzgar y tratar con la gente.

Pero como lo único que tenía hasta el momento eran sospechas, decidió comprobar el lunes unas cuantas cosas. Hasta entonces, no quería añadir más preocupaciones a las que Abby ya tenía, sobre todo porque de momento lo único que estaba haciendo era especular basándose en muy poca información.

—Mira, la verdad es que lamento haber sacado el tema —confesó—. Wes no ha dicho nada sobre la custodia, de modo que seguramente todo sean imaginaciones mías.

Abby podía haber aceptado aquella explicación, pero negó con la cabeza, lo que le indicó a Trace que también ella albergaba sospechas similares.

—Si no fuera porque Wes comentó algo parecido antes de venir, te diría que estás loco —se levantó—. Necesito volver a casa para hablar con él.

—¿Ahora? Probablemente se habrá acostado.

Abby miró el reloj y se sentó, pero todavía estaba nerviosa. Una vez más, Trace se arrepintió de haberle preocupado seguramente sin motivo. Decidió entonces que debía distraerla.

—Mírame —le ordenó.

Abby se volvió hacia él.

—Nadie te va a quitar a las niñas —le prometió Trace con vehemencia.

—Tú no sabes lo poderosa que es la familia de Wes.

—Sí, lo sé. Tenemos algunos amigos comunes, así que conozco el círculo en el que se mueve. Pero también la gente poderosa tiene sus puntos débiles. Si inicia una batalla, buscaremos los suyos —posó un dedo en sus labios—. Y ahora, ya basta de especulaciones. Olvidémonos de todo esto.

—¿Qué haremos entonces? —preguntó Abby con un nuevo brillo en la mirada.

—Tengo una idea, si estás interesada —dijo Trace, manteniendo un tono de voz despreocupado.

—Dímela —susurró Abby.

Trace sabía lo que estaba anticipando, lo que quizá estuviera deseando incluso, y el cielo sabía que estaba loco por llevarla a su casa, a su cama, pero estaba convencido de que al día siguiente Abby se arrepentiría. Además, le divertía saber que podía sorprenderla.

—Vamos a la posada, a bañarnos en la piscina —sugirió.

Abby le miró con obvia desilusión.

—¿Quieres ir a bañarte?

—Sí.

—Pero no tenemos bañador.

Trace le guiñó el ojo.

—Lo sé.

Abby se echó a reír a carcajadas.

—Disfrutas llevándome por mal camino, ¿verdad?

—Es mi pasatiempo favorito —admitió sonriendo—. El siguiente es bañarme desnudo.

—Si Jess nos descubre, no nos dejará en paz en toda su vida.

Trace selló sus labios con un beso.

—En ese caso, tendremos que estar muy, muy callados, ¿verdad? —la miró largamente a los ojos—. ¿Qué te parece? ¿Estás dispuesta a participar? ¿Sabes? Hace años no tenía que preguntártelo dos veces.

Abby vaciló durante media fracción de segundo y al final asintió.

—Sí, vamos.

—¿Sabes una cosa, señorita Abigail?

—¿Qué?

—Que me alegro de que el casarte con ese idiota estirado no te haya robado tu espíritu temerario. ¿Él sabía que eras así?

Una sombra de tristeza cubrió los ojos de Abby.

—No, tú eres el único que conoce esa faceta —las lágrimas brillaban en sus ojos—. Tú eres el único hombre en el que he confiado hasta ese punto.

Conmovido por aquella admisión, Trace le secó una lágrima.

—En ese caso, haré todo lo que esté en mi mano para no decepcionarte. Te lo prometo.

De hecho, vendería su propia alma antes de hacerle daño o de permitir que nadie le rompiera el corazón.

Capítulo 12

Abby solo se había bañado desnuda una vez en su vida, y había sido Trace, por supuesto, el que entonces la había convencido de que lo hiciera. Ya había dicho esa misma noche que había sido una mala influencia para ella, pero no era así como Abby lo veía. En lo más profundo de ella, cuando era sincera consigo misma, reconocía que la única época de su vida en la que se había sentido completamente viva había sido estando a su lado. Por mucho que lo hubiera intentado, por grandes que hubieran sido los éxitos que había tenido, no había nada comparable a la emoción de estar con un hombre como Trace. Y últimamente estaba empezando a recordar también el consuelo de estar junto a alguien que la comprendía, creía en ella y la valoraba.

Sin embargo, también encerraba peligros la clase de vida que Trace llevaba. No solo por los riesgos que entrañaba vivir al límite, sino porque le hacía sentirse vulnerable. A veces era más fácil vivir a resguardo que exponer el corazón a la posibilidad de que se lo rompieran. Sobre todo siendo madre de dos niñas que dependían de ella. Si ya su trabajo la alejaba demasiado de sus hijas, ¿qué pasaría si iniciaba una relación?

Sin embargo, aquella noche de cielo claro y tachonado de estrellas, estaba dispuesta a correr riesgos. El hecho de que hubiera sacado el coche de Mick demostraba que estaba dispuesta a sacar su faceta más temeraria. Trace tenía razón en eso. Si su padre descubría que su preciado Mustang había salido del garaje, se pondría furioso.

En cuanto llegaron al camino de la posada, apagó los faros del coche. Tras ella, Trace la imitó. Aparcaron detrás de una arboleda. Después, riendo como adolescentes, se dirigieron hacia las aguas turquesa de la piscina, que acababan de llenar la semana anterior. Las luces de la piscina estaban encendidas, pero todo a su alrededor estaba a oscuras, lo que les daba la ilusión de estar aislados del mundo.

Abby miró a Trace y vio un brillo travieso en su mirada.

—Tú primero —le dijo.

—No te irás a acobardar ahora, ¿verdad? —preguntó él receloso.

—¿Yo? En absoluto. Pero prefiero que estés en el agua cuando me desnude.

—Ya te he visto desnuda otras veces —le recordó Trace.

—No desde que tuve a las gemelas.

Trace la miró a los ojos.

—Seguro que estás mucho más guapa todavía —y añadió con una tristeza inconfundible—: Me gustaría haber estado allí.

Al ver el brillo de admiración de sus ojos, también Abby deseó que hubiera estado a su lado. A pesar de lo mucho que le gustaba presumir a Wes ante sus amigos del hecho de que hubiera tenido gemelas, a ella le había hecho sentirse mucho menos deseable. De hecho, en aquel momento fue consciente de cómo durante el embarazo sus comentarios habían comenzado a ser más dañinos. A pesar de su entusiasmo por las gemelas, siempre tenía algo que decir sobre su talla; eran casi siempre comentarios graciosos, bromas. Pero Abby se preguntó si realmente habría sido así.

—Ya basta —musitó para sí.

Había convivido durante siete años con Wes sin albergar la mitad de las dudas que Trace y Jess le habían metido en la cabeza en un solo día.

Trace frunció el ceño.

—¿Ya basta de qué?

—No te lo decía a ti. Me lo decía a mí. Estaba pensando en algunas cosas del pasado.

–¿Quieres hablar de ello?

Abby sacudió la cabeza y señaló la piscina.

–Vamos, si te atreves.

Trace se quitó los zapatos, los vaqueros y la camiseta. Los calzoncillos podrían haberle servido de bañador, pero en cuanto estuvo al borde del agua, también se los quitó, ofreciéndole a Abby una provocativa vista de sus hombros anchos, sus caderas estrechas y su excelente trasero. Si por ella hubiera sido, habría estado admirando aquella vista durante toda la noche, pero Trace se metió en el agua y cruzó la piscina con movimientos fuertes y seguros que le permitieron apreciar también la musculatura de su espalda.

Mientras Trace nadaba, Abby se quitó los pantalones y la blusa, pero no se desprendió de la ropa interior. Corrió hasta la piscina y se tiró al agua. Cuando emergió, descubrió a Trace a su lado, mirándola divertido. Metió un dedo bajo el tirante del sujetador y lo deslizó sobre su piel desnuda.

–Me has engañado.

–He estado de acuerdo en lo de bañarme en la piscina, no en lo de desnudarme.

Trace le dirigió una mirada tan ardiente que podría haber evaporado con ella toda el agua de la piscina.

–Quizá esto sea mejor –dijo, posando la mirada en sus senos–. Deja poco a la imaginación y, créeme, la mía es bastante activa.

A Abby le entraron ganas de quedarse donde estaba, disfrutando de sus miradas de admiración y del deseo que flotaba en el aire, pero no era lo suficiente atrevida como para arriesgarse a dejarse arrastrar a donde la llevara el destino. Por lo menos todavía. Sin embargo, cuanto más tiempo pasaba en Chesapeake Shores, cuanto más tiempo pasaba con Trace, más fuerte era la atracción que había entre ellos.

–Te echo una carrera. Ida y vuelta hasta el final de la piscina –le desafió.

–¿Y qué conseguiré si gano?

–Satisfacción –respondió, pero hizo una mueca al ver el brillo que iluminó sus ojos–. ¡No esa clase de satisfacción, Trace Riley! Me refiero al orgullo. Te sentirás orgulloso de ti mismo.

–Habría preferido otro premio, pero de acuerdo. ¿Y tú qué quieres si ganas?

Abby pensó cuidadosamente la pregunta. ¿Qué quería realmente de aquel hombre, además de aquellos besos que hacían que le temblaran las rodillas? De pronto, se le ocurrió una idea.

–¡Entrarás en la posada a por un par de toallas para que no tengamos que volver a casa empapados!

–¿Quieres que entre en la posada, estando tu hermana dormida, y robe un par de toallas? –preguntó Trace, mirándola con incredulidad–. ¿Pero no crees que eso es estar pidiendo a gritos que te pillen?

–Probablemente, y por eso quiero que entres tú.

–Sí, claro, pero a ti Jess no te dispararía. Sin embargo, no estoy seguro de que vaya a tener tanto cuidado si me confunde con un intruso con malas intenciones.

–Jess no tiene armas. No te pasará nada –inclinó la cabeza–. Por supuesto, tu preocupación me lleva a pensar que crees que voy a ganar.

–Solo estoy intentando ser razonable –la contradijo.

Abby sonrió.

–Algo absolutamente impropio de ti. Pero ese es el trato: lo tomas o lo dejas.

Trace la miró a los ojos.

–Lo tomaré. Cuento hasta tres: una, dos...

Pero no había llegado a decir «tres» cuando ya había desaparecido.

–¡Tramposo! –gritó Abby, y salió tras él.

Abby también era una gran nadadora, pero Trace tenía la ventaja de la fuerza. Aun así, y a pesar de que había salido antes que ella, para cuando llegó al final de la piscina, Abby estaba a punto de alcanzarle. De hecho, se acercó lo suficiente como para poder agarrarle el tobillo. Tiró con fuerza de él y aquello le permitió adelantarle: rozó con los dedos el final de la piscina una fracción de segundo antes que él.

–¡Has hecho trampa! –le acusó Trace, aunque brillaba la risa en su mirada.

–Y tú antes –le reprochó.

Una tos sutil les hizo callarse. Abby alzó la mirada hacia la mirada de diversión de su hermana y quiso morirse de vergüenza.

–Hola, hermanita. Me alegro de verte, Trace, de verte enterito, por cierto.

Abby estuvo a punto de atragantarse, pero Trace no mostró el menor signo de pudor.

–Supongo que hemos hecho mucho ruido.

–Supones bien –se mostró de acuerdo Jess.

–Una buena hermana habría vuelto a la casa y no habría mencionado jamás que nos había visto aquí. Sin embargo, tú pareces estar disfrutando mucho con esto.

–Y es cierto –admitió Jess–. Pero supongo que los dos estaréis dispuestos a hacer algo por mí si prometo que no le contaré a nadie del pueblo lo que he visto esta noche.

–¿Serías capaz de contárselo a alguien? –preguntó Abby, horrorizada por aquella posibilidad, sobre todo, estando Wes allí.

–Por supuesto que sí –respondió Jess sonriendo–. Es lo más divertido que he visto desde hace años. En general, la vida en este pueblo es bastante aburrida.

–Soy tu hermana –le recordó Abby, y decidió utilizar la carta de la culpabilidad–. Y he venido aquí para salvar tu posada.

Jess asintió lentamente.

–Eso es algo que tendré en cuenta, por supuesto.

–¿Qué quieres a cambio de guardar silencio? –preguntó Trace, aunque su mirada de diversión sugería que no le importaba mucho que Jess hiciera correr la noticia.

Jess le miró pensativa.

–Todavía no estoy del todo segura. De momento, me conformo con la satisfacción de tener algo con lo que chantajearos. Algo me dice que a la larga no me vendrá nada mal.

Abby la miró con el ceño fruncido.

–Ya hablaremos de esto.

Salió de la piscina y fue a por su ropa.

–Os he traído un par de toallas –dijo Jess y miró después a Trace sonriente–. Creo que deberías pedirle a Abby que te trajera una antes de salir del agua.

Naturalmente, Trace se lo tomó como un desafío. Pero estaba a punto de salir de la piscina cuando Abby corrió a tenderle una de aquellas toallas esponjosas y enormes que Jess había insistido en que eran esenciales para su posada. En ese momento, se alegró de que lo hubiera hecho: por lo menos era suficientemente larga como para mantenerse atada a su cintura.

Se volvió hacia su hermana.

–Entra –le ordenó, como si Jess fuera una niña desobediente–. Creo que ya te has divertido bastante a mi costa por esta noche.

Jess la miró impertérrita.

–Me voy, pero si tuvieras un mínimo de sentido común, hermanita, te darías cuenta de que la noche acaba de empezar.

Después de que Jess se fuera, Abby se atrevió a mirar a Trace. Este no parecía en absoluto avergonzado por lo que había pasado.

–Tiene razón –dijo en cambio.

–¿Estás loco? Nos acaban de descubrir bañándonos en una piscina en la que no tenemos derecho a estar. Tú estabas completamente desnudo, y yo casi. ¿Ahora qué quieres hacer? ¿Robar un banco?

Trace se echó a reír.

–No creo que fuera eso lo que Jess tenía en mente.

Abby también lo sabía, pero no quería mencionar lo que su hermana tenía en mente. Si decía una sola palabra sobre sexo, estaría abriendo una caja que era preferible mantener cerrada.

De modo que permaneció en silencio. Se vistió, poniéndose la ropa encima de las bragas y el sujetador mojados y se calzó las sandalias.

–Me voy a casa.

–Ya me lo imaginaba –dijo Trace con aire de resignación–. Supongo que no...

—No, no vas a venir conmigo. Y no te vas a colar en mi habitación. Ya lo intentaste una vez y nos pilló mi abuela. Sería demasiado humillante que volviera a pasarme a mi edad.

—Por supuesto, a tu edad, deberíamos poder subir abiertamente a tu habitación —sugirió.

Abby se negaba a admitir, incluso ante sí misma, lo tentadora que le parecía la propuesta. Así que, decidida a cortar cuanto antes la conversación, pronunció una sola palabra:

—Wes.

Trace suspiró.

—Sí, su presencia nos agua la fiesta, ¿verdad? Muy bien, en ese caso, tú irás sola a tu casa y yo volveré solo a la mía. Y ninguno de los dos dormirá en toda la noche.

—Habla por ti. Yo pretendo dormir como un bebé.

Trace se acercó a ella, posó el dedo bajo su barbilla y la besó. Fue un beso espléndido. Cuando terminó, sonrió de oreja a oreja.

—Apuesto a que no.

Abby pestañeó, intentando averiguar de qué estaba hablando. Era difícil, porque apenas se acordaba de su nombre.

—¿No qué?

—Que no dormirás como un bebé.

Sí, también ella estaba empezando a tener sus dudas.

Abby estaba sentada en la cocina el domingo por la mañana, esperando que una segunda taza de café ayudara a poner en funcionamiento a su agotado cerebro, cuando entró Jess con un aspecto tan luminoso como si hubiera disfrutado de ocho horas de sueño.

—Caramba, hermanita, no tienes muy buen aspecto —dijo con los ojos chispeantes de diversión—. ¿Te acostaste tarde anoche?

—Vete al infierno —musitó Abby—. Y no te atrevas a decir una sola palabra sobre nada de lo que ocurrió anoche. Wes puede aparecer en cualquier momento.

Jess frunció inmediatamente el ceño.

–Lo siento. Me había olvidado de Wes –se sirvió una taza de café y se sentó a la mesa–. ¿Dónde está la abuela? Normalmente, los domingos a esta hora está haciendo tortitas.

–¿Entonces has venido aquí para comer tortitas, no para atormentarme?

Jess respondió con una sonrisa traviesa.

–En realidad, he venido por las dos cosas, pero me ahorraré los comentarios que tengo en la punta de la lengua para protegerte de mi ex cuñado. ¿Estás segura de que está aquí? No he visto el coche fuera. A lo mejor ha salido a desayunar.

Abby alzó la cabeza al instante.

–¿No está su coche?

–Yo no lo he visto –contestó Jess, mirándola preocupada–. ¿Qué ha pasado? ¿Por qué pareces a punto de desmayarte? Estás muy pálida...

Abby no perdió el tiempo en contestar. Subió escaleras arriba y abrió la puerta del dormitorio. No estaban allí. ¡Sus hijas habían desaparecido!

–Dios mío, ¡se ha llevado a las gemelas! –le gritó a Jess, que había subido tras ella–. Tengo que llamar a la policía.

Jess la agarró para contenerla.

–Tranquilízate. ¿Qué crees que ha podido hacer Wes con ellas?

–Creo que se las ha llevado a Nueva York.

–No sería capaz de hacer una cosa así, ¿verdad? –dijo Jess con expresión incrédula. Después sacudió la cabeza–. Sí, claro que sería capaz... el muy cerdo –pasó por delante de Abby, supervisó el interior de la habitación y frunció el ceño–. Pero sus cosas están aquí, ¿estás segura de que se las ha llevado?

Abby no sabía qué pensar.

–Bueno, no estoy del todo segura, pero el hecho de que esté aquí la ropa de las niñas no significa nada. Tienen suficiente ropa en su casa.

En ese momento, llegó su abuela a la habitación.

–¿Qué os pasa? ¿Por qué estáis tan alteradas?

Fue Jess la que contestó.

–Abby cree que Wes puede haberse llevado a las niñas.

Nell las miró consternada.

—¿Pero cómo se te ha ocurrido pensar una cosa así? Las ha llevado a desayunar a Sally's. Anoche les prometió que lo haría.

Abby estuvo a punto de desmayarse de alivio.

—¿Estás segura?

—Estaba aquí cuando hablaron de ello. Por eso me he levantado más tarde esta mañana. He pensado que nadie desayunaría antes de que regresara de la iglesia.

Abby necesitaba creer que su abuela tenía razón, pero hasta que no viera a las niñas por sí misma, no podía creerlo.

—Te llevo al pueblo —se ofreció Jess—. No puedes conducir en ese estado.

—Como tú quieras.

Abby corrió escaleras abajo, agarró el bolso y salió. Jess iba pisándole los talones.

—Llamadme para decirme lo que haya pasado —les gritó su abuela.

—Sí, lo haremos —le prometió Abby. Con el bolso en el regazo, agarrándolo con tanta fuerza que tenía los nudillos blancos, se volvió hacia Jess—. Seguro que la abuela tiene razón.

—Claro que sí —la tranquilizó su hermana—. ¿Alguna vez se ha equivocado?

—Estoy deseando llegar para asegurarme —dijo Abby, alargando la mano hacia el móvil. Marcó el número de Trace. Este contestó somnoliento—. Trace, tengo miedo de que Wes se haya ido con las niñas. Mi abuela dice que iban a desayunar a la cafetería de Sally, pero quiero asegurarme de que están allí. ¿Puedes ir a comprobarlo?

—Te llamaré dentro de un par de minutos —le prometió—. No te muevas de ahí.

—En realidad, ya estoy yendo hacia el pueblo.

—¿Y qué demonios haces conduciendo un coche estando tan nerviosa?

—Es Jess la que conduce.

—De acuerdo entonces. Voy hacia allí. En menos de un minuto volveré a llamarte.

Abby colgó el teléfono, pero continuó sosteniéndolo con mano temblorosa.

—Ya sabes que estaremos allí en menos de cinco minutos —la tranquilizó Jess.

—Sí, claro que lo sé, pero ahora mismo, cada segundo me parece una eternidad —le dijo Abby a su hermana.

Las lágrimas desbordaron sus ojos y comenzaron a rodar por sus mejillas. Si no estuvieran allí, si, por alguna razón, su exmarido se hubiera llevado a las gemelas, sabía que iba a necesitar tener a Trace a su lado. Estaría también Jess, por supuesto, y su abuela, pero tenía plena confianza en que Trace las encontraría y las llevaría de nuevo junto a ella. Y quizá incluso fuera capaz de hacer entrar en razón a Wes.

Sonó el teléfono. Se equivocó la primera vez al descolgarlo, pero inmediatamente presionó el botón correcto.

—¿Sí?

—Están ahí, sanas y salvas. Yo estoy en la puerta de la cafetería. Tienen pinta de haberse vestido solas esta mañana. Estoy seguro de que Carrie se ha peinado sola y Caitlyn lleva un zapato rosa y otro rojo.

Aquella descripción tenía como objetivo hacerle sonreír, pero Abby lloró con más pasión todavía. Y continuaba sollozando y temblando como una hoja cuando Jess aparcó en la acera, justo enfrente de la cafetería. Trace le abrió inmediatamente la puerta y la estrechó en sus brazos. En cuanto Abby estuvo más calmada, se apartó de él y le dio un puñetazo en el pecho.

Trace parpadeó perplejo y le agarró el puño en el momento en el que Abby intentó pegarle por segunda vez.

—Eh, ¿a qué viene eso?

—Has sido tú el que me ha metido en la cabeza la idea de que se quiere llevar a las niñas. Si no, jamás se me habría ocurrido pensar una cosa así.

Trace la miró sin alterarse.

—No, fue él el que te metió esa idea en la cabeza. Tú misma me dijiste que había mencionado la posibilidad de llevárselas hoy a Nueva York.

–Pero tú pensaste que era cierto. Me dijiste que tuviera cuidado.

–¿Y qué? ¿Ahora piensas matar al mensajero? Lo único que dije fue que tuvieras cuidado.

–Y lo único que has conseguido es que me sienta como una idiota. He preocupado a la abuela y a Jess por nada.

Jess se sumó a la conversación.

–No creo que sea por nada. Y no te preocupes por la abuela. La he llamado para decirle que no ha pasado nada.

Abby la miró con el ceño fruncido.

–¿Por qué dices que no crees que sea por nada?

–Creo que Wes ha traído al pueblo a las niñas sin avisarte para que te llevaras un susto de muerte.

Abby no quería creerla.

–Probablemente ha pensado que la abuela me diría dónde estaban, y eso es exactamente lo que ha pasado.

–Pues yo no lo creo. Y me parece que tú tampoco.

–Estoy con Jess –dijo Trace con expresión sombría–. Si no fuera porque se asustarían las niñas, iría ahora mismo allí a decirle lo que pienso de él y de sus estúpidos juegos.

Abby le tiró de la mano.

–Déjalo estar. Carrie y Caitlyn están bien y pronto volverán a casa.

–Yo voto por que nos quedemos aquí. Ahora no hay nada que pueda impedirle a Wes llevarse a las niñas al aeropuerto. Además, nos ha visto. Le parecería extraño que no entráramos.

Trace asintió.

–Estoy de acuerdo. Vamos a desayunar. Tengo hambre.

–Yo también –dijo Jess, desafiando a Abby con la mirada–. Y sabes perfectamente que te sentirás mejor si no pierdes de vista a las niñas.

Jess tenía razón, pensó Abby. De hecho, Abby se prometió no volver a perderlas de vista nunca más.

***

Trace siguió a Jess y a Abby al interior de la cafetería, manteniendo la mano en el hombro de Abby deliberadamente mientras se acercaban a una mesa. Quería que esa comadreja de su exmarido supiera que Abby contaba con su apoyo, por si acaso estaba pensando en hacer una estupidez.

Por supuesto, tampoco le importaba que Wes creyera que había algo entre Abby y él. Trace no tenía ningún problema en que la relacionaran con él. Si las cosas hubieran salido tal y como él quería, hacía años que estaría con Abby.

—¡Mamá! —gritó Carrie, levantándose de su asiento y llamando al mismo tiempo la atención de Wes sobre su llegada.

Wes frunció el ceño en cuanto sus hijas le abandonaron.

Abby se arrodilló para abrazar a Carrie y después a Caitlyn, que llegaba tras ella.

—Buenos días. ¿Os lo estáis pasando bien con papá? —preguntó, dirigiéndole a Wes una significativa mirada.

—Sí —contestó Caitlyn—. Papá ha dicho que no querías desayunar, ¿por qué has venido?

—Al final me ha entrado hambre —contestó Abby.

Trace fue testigo del esfuerzo que estaba haciendo para no decir nada más. Justo en ese momento, sintió que alguien le tiraba de la mano. Bajó la mirada y descubrió a Carrie mirándole con atención.

—¿Podemos pedir helado? —le suplicó la niña.

Trace miró hacia los platos de tortitas a medio comer que tenían encima de la mesa.

—A mí me parece que ni siquiera has terminado el desayuno. Me temo que el helado tendrá que esperar.

—¿Y mañana? —insistió Carrie.

Trace miró a Abby y esta asintió en silencio.

—Sí, mañana vendremos.

Wes se levantó entonces sin poder disimular apenas su enfado.

—Un momento. Abby, tenemos que hablar sobre esto. Creo que lo mejor sería...

—Ahora no voy a hablar de esto contigo —respondió Abby

muy tensa–. Hay cosas más importantes que necesitamos solucionar. Y hablaremos de ellas cuando volvamos a casa.

Caitlyn y Carrie miraban a sus padres alternativamente, sintiendo la tensión que había entre ellos. Afortunadamente, Jess dio un paso adelante y se sumó al grupo.

–Eh, chicas, ¿habéis visto los libros para colorear que venden en la tienda de Ethel? Salen cangrejos, caballitos de mar y todos los pájaros que podéis encontrar en la bahía. A lo mejor encontramos alguno que os guste.

A Caitlyn se le iluminó la mirada.

–Sí, por favor. ¿Podemos ir con tía Jess, mamá?

–Claro que sí –respondió Abby, claramente aliviada.

–Te las devolveré en cuestión de minutos, Wes. O si no quieres esperar, podemos llevarlas nosotras a casa.

–Esperaré –respondió Wes malhumorado.

Tomó una silla de una mesa cercana y se sentó a la mesa de Abby. Ignorando completamente a Trace, le preguntó:

–¿Qué estás haciendo aquí? ¿Me has seguido para estropearme el desayuno con las niñas?

–No seas ridículo –le espetó Abby–. ¿Cuándo he intentado estropearte el tiempo que pasas con las niñas?

Wes pareció desconcertado por su acalorada respuesta. Era evidente que no sabía cómo tratar a Abby en ese estado.

–De acuerdo, no importa, pero tenemos que hablar de si van a volver hoy conmigo a Nueva York.

–No, no van a volver contigo –respondió con firmeza–. Van a quedarse aquí conmigo. Es la primera vez que vienen a Chesapeake Shores durante más tiempo que un fin de semana y quiero aprovechar para que puedan disfrutar de su bisabuela, de Jess y de Mick, que no tardará en volver de California.

–¿Y cuánto crees que durará esta reunión familiar?

–Todo lo que haga falta –respondió, sosteniéndole la mirada.

Trace no pudo por menos que admirar su coraje. No estaba permitiendo que Wes la apabullara. Pero, al mismo tiempo, se sentía culpable al saber que había sido él el que la había puesto en aquella difícil situación. Si no hubiera insistido en que se quedara a ayudar a Jess, Wes no estaría enfrentándose a ella por sus hijas.

—Abby, a lo mejor podemos encontrar una solución —dijo con calma, mirándola a los ojos.

Wes frunció el ceño.

—Tú no tienes nada que decir en esto.

—Pues la verdad es que sí —repuso Abby—. Tranquilo, Trace. Adquirí un compromiso contigo y pienso mantenerlo.

—¿Qué compromiso? —exigió saber Wes.

—Eso no es asunto tuyo —replicó Trace. Se volvió después hacia Abby—: ¿Estás segura?

Abby asintió.

—Completamente.

Trace se reclinó entonces en su asiento, sintiéndose más optimista de lo que se había sentido en mucho tiempo. A lo mejor Abby solo se estaba rebelando contra su exmarido, pero también era posible que, a su manera, estuviera eligiéndole a él y las posibilidades que habían quedado flotando en el aire la noche anterior. Tendría que esperar para averiguar qué era realmente.

Mientras tanto, tenía que admitir que estaba disfrutando viendo a Abby enfrentándose a Wes. Aquella mujer no era una florecilla delicada, desde luego. Si no la hubiera visto minutos antes a punto de desmayarse de alivio en sus brazos, habría pensado que estaba tranquila y perfectamente controlada. La fuerza con la que se enfrentaba a sus miedos era otra de las cosas que debería añadir a la larga lista de razones por las que estaba enamorándose de nuevo de ella con todo su ser.

Capítulo 13

Para sorpresa y alivio de Abby, Jess insistió en regresar a casa con Wes y con las niñas. Volvió la mirada hacia Trace, que observaba la expresión malhumorada de Wes con inconfundible diversión. Cuando Jess, Wes y las niñas salieron de la cafetería, Trace se volvió hacia Abby.

–Supongo que eso te hace sentirte mejor.

Abby no fingió no saber de qué le estaba hablando.

–Sí. Con Jess vigilando cada uno de sus movimientos, no se le ocurrirá llevarse a las niñas.

–¿Preferirías haber ido tú?

Abby negó con la cabeza.

–No, todavía estoy demasiado enfadada con él. Es mejor que me tranquilice antes de volver a hablar con él. Con un poco de suerte, para cuando llegue yo a casa, ya habrá salido para Nueva York.

–No cuentes con ello.

Abby suspiró.

–No, supongo que no. Quiere hablar conmigo y no se irá hasta que lo consiga –removió los huevos revueltos que tenía delante, los miró con repugnancia y apartó el plato–. No tengo hambre.

–¿Y qué tal un gofre en cambio? ¿Un gofre con fresas? –la tentó Trace–. Estamos en la temporada y es la especialidad de esta mañana.

–No, creo que no me apetece.

—¿Tortitas con mantequilla?

Abby sonrió ante su insistencia.

—¿Estás intentando engordarme?

—No, solo estoy intentando asegurarme de que tienes suficiente energía para la pelea que te espera cuando llegues a casa.

—Te aseguro que puedo hacer un gran despliegue de energía sin necesidad de tortitas ni gofres —respondió. Clavó el tenedor en los huevos como si estuviera imaginándose que era a Wes al que agredía y miró a Trace a los ojos—. Esta mañana, cuando creía que se había llevado a las niñas, habría sido capaz de estrangularle con mis propias manos.

—Bueno, afortunadamente, no ha hecho falta —dijo Trace, aunque parecía disfrutar de aquel despliegue de furia—. Abby, siento que mis advertencias de ayer te hayan hecho preocuparte.

Abby rechazó con un gesto su disculpa.

—No, tenías razón, necesitaba estar alerta. Durante estos dos días, he empezado a ver a Wes bajo una nueva luz. No es que no sea el mismo hombre con el que me casé, o que haya cambiado de manera drástica. Lo que creo es que tenía idealizados los años que pasamos juntos y ahora por fin se me ha caído la venda de los ojos. En realidad, no creo que sea un hombre malo. Y sé que es un buen padre, pero... —se le quebró la voz.

—¿Pero qué? —la urgió.

Abby intentó pensar por qué de pronto desconfiaba de un hombre al que en otro tiempo había amado y respetado. Tenía mucho que ver con las cosas que había dicho Jess sobre él. Esta le había hecho ser consciente de la agresividad que se ocultaba tras su aparente pasividad. Y también tenía mucho que ver con la conducta que su ex había mantenido desde que ella estaba en Chesapeake Shores. Su actitud podría haber estado justificada si hubiera sacado a las niñas del estado o hubiera puesto alguna limitación a sus visitas, pero no había sido así. A Abby le recordaba a un niño mimado que no estaba conforme si no se salía siempre con la suya. No era un rasgo agradable. ¿Pero habría sido siempre tan inflexible e incapaz de ceder? ¿O, tal y como Trace sospechaba, tenía algún plan en lo que a las niñas concernía? ¿Estaría buscando quizá que ella le diera la excusa perfecta para implementarlo?

—Me asusta un poco —admitió por fin, y sacudió la cabeza ante lo absurdo de aquella actitud—. Cuando lo digo en voz alta, me parece ridículo.

Pero Trace no parecía pensar que fuera ridículo y eso la asustaba todavía más.

—No me estás diciendo que no tenga motivos para ello.

—Porque no puedo. Mira, ni siquiera conozco a ese tipo, así que probablemente no esté siendo del todo justo. Y, desde luego, yo también tengo mi propia agenda en lo que a él concierne.

—¿Tu propia agenda?

—En mi retorcida lógica, él fue el que te alejó de mí —alzó la mano antes de que Abby pudiera decir nada—. Sí, ya sé que no fue eso exactamente lo que ocurrió, pero así es como lo siento. En resumen, no me gusta. Aun así, creo que no se me da mal juzgar a la gente y que, incluso en estas circunstancias, soy capaz de juzgarle de manera objetiva.

—¿Y?

—Hay algo que no me gusta. Todavía no consigo adivinar lo que es, pero lo primero que pienso hacer mañana es empezar a investigarlo. Te sorprendería la cantidad de cosas que se pueden descubrir a través de la cuenta bancaria de un hombre.

—¿Vas a investigarle? —preguntó Abby con incredulidad. Se sentía incómoda al pensar en ello—. No sé, Trace, me parece muy exagerado —y Wes se indignaría en el caso de que llegara a enterarse.

—No voy a contratar un detective privado. Solo miraré unos cuantos movimientos. Probablemente no encontraré nada y después podremos descansar tranquilos.

—Supongo que tiene sentido —dijo sin mucho convencimiento.

Le parecía algo sórdido y taimado. Aun así, continuaba siendo el padre de sus hijas, un hombre que quería alejarla de ellas, si no para siempre, sí al menos durante unas cuantas semanas. Y necesitaba asegurarse, aunque solo fuera por ellas, de que no había nada en la vida de Wes que pudiera ponerlas en peligro. Por supuesto, ni siquiera imaginaba que sus hijas pudieran correr alguna suerte de peligro físico, ¿pero qué ocurriría en el caso de que estuviera dispuesto a iniciar los trámites legales para quedarse con su custodia? La batalla judicial podía ser un trauma para ellas. Se levantó bruscamente.

—Necesito volver a casa.

Para su inmenso alivio, Trace no se opuso. Se levantó inmediatamente, dejó un billete sobre la mesa y la siguió al exterior.

—¿Crees que podrás conducir? Puedo llevarte y pedirle a Jess que me acerque después al pueblo.

—Estaré bien. Y conducir me ayudará a tranquilizarme —le aseguró—. Gracias por no haber pensado que estaba loca cuando esta mañana he perdido la cabeza.

—Jamás pensaría eso de ti —respondió, apartándole un mechón de pelo de la mejilla y colocándoselo detrás de la oreja. Sonrió—. Por supuesto, incluso en el caso de que lo estuvieras, seguiría loco por ti —le dio un beso en los labios y añadió—: Llámame si necesitas algo, ¿de acuerdo?

Abby no pudo resistirse a bromear.

—¿Puedes ir a comprar una botella de leche y me la llevas a casa? —preguntó, sintiéndose más animada.

Trace la miró divertido.

—Por supuesto.

—¿Y productos para la higiene femenina?

Una sonrisa iluminó el rostro de Trace.

—Sería un auténtico placer.

Abby alargó la mano hacia su mejilla sin afeitar, deleitándose en el tacto de aquella textura áspera contra sus dedos. Era una prueba de que había salido de casa en cuanto le había pedido ayuda aquella mañana. Y tenía la certeza de que siempre podría contar con él.

—Gracias —dijo suavemente.

—¿Por qué?

–Por estar a mi lado cuando te he necesitado.
–En realidad, no me necesitabas. Lo tenías todo bajo control. Yo solo he sido un punto de apoyo.
Abby se puso de puntillas y le besó.
–Hace mucho tiempo que no tengo a nadie en quien apoyarme, Trace –y también había pasado mucho tiempo desde que había sentido que lo necesitaba–. Y me gusta.
–Estoy a tu entera disposición.
Pronunció divertido aquellas palabras, pero Abby tenía la certeza de que podía confiar plenamente en él. Y eso hacía que volver a casa a enfrentarse a Wes le resultara mil veces más fácil.

Cuando llegó a la casa, encontró a Wes sentado en el porche. No se veía a las niñas, ni a la abuela ni a Jess por ninguna parte. Abby le miró con recelo.
–¿Dónde está todo el mundo? –preguntó.
–Han ido a dar un paseo a la playa.
–¿A ti no te apetecía ir?
Wes negó con la cabeza.
–No, estaba esperándote.
Abby, preparada para lo peor, se sentó en una de las mecedoras del porche.
–¿Qué querías decirme?
–Quiero que las niñas vuelvan conmigo a Nueva York –dijo rotundo.
Abby le miró con incredulidad.
–¿Hay alguna razón por la que crees que podría haber cambiado de opinión durante esta última hora? La respuesta sigue siendo no. Esta oportunidad de pasar algún tiempo aquí ha sido completamente inesperada, pero es buena para ellas. No voy a permitir que les niegues la oportunidad de conocer y disfrutar de su familia. Cuando regresemos a Nueva York, podrán quedarse contigo durante todo el tiempo que quieras.
–¿Y cómo se supone que voy a verlas mientras tanto, Abby?

—preguntó, intentando minarla con la mirada—. No sabes cuánto tiempo vas a estar aquí. ¿Significa eso que voy a tener que renunciar a visitar a mis hijas? ¿O se supone que tengo que poner mi vida del revés y volar a Maryland cada dos semanas? Sabes que no es razonable.

—Para ti no, pero no te preocupes, yo puedo ser más flexible —y tomó una decisión en un impulso—. Por eso estoy dispuesta a llevártelas a Nueva York dentro de dos semanas. Pueden quedarse contigo durante cuatro días mientras yo me ocupo de los asuntos que tengo pendientes en la oficina.

—¿Y después, qué?

—Con un poco de suerte, no tardaré mucho en regresar a Nueva York, todo este asunto no durará mucho más, pero la respuesta a tu pregunta, es que me las traerá otra vez. Podrás pasar tiempo con ellas, Wes, jamás voy a intentar alejarte de las niñas.

Pero Wes no parecía satisfecho.

—¿Y qué me dices del colegio? Ahora mismo están perdiendo clases. Si se quedan conmigo, podrán terminar el año escolar.

—Están en una escuela infantil, no en la universidad —respondió con impaciencia—. Perderse un par de semanas de colegio no les afectará en absoluto. Llamé a la escuela antes de venir para decir que estarían fuera un par de días y volví a hablar con su profesora en cuanto supe que la visita se iba a prolongar durante varios días más. Mi abuela y yo leemos con ellas todos los días y en matemáticas ya van por encima de la media de su clase. ¿Hay algo más que te preocupe?

Wes continuaba contrito.

—Esto no me gusta, Abby, no me gusta nada.

—Sí, de eso ya me he dado cuenta. Lo que no comprendo es por qué. A veces estás dos semanas, e incluso más tiempo, sin ver a las niñas porque estás de vacaciones o en un viaje de negocios. ¿Por qué te parece tan mal que estén aquí conmigo?

—Por lo menos yo no alardeo de mis relaciones delante de ellas —dijo con amargura.

Abby estuvo a punto de soltar una carcajada.

—No tengo una relación con Trace. No sé cómo quieres que te lo diga.

—No te molestes en decírmelo de ninguna manera, porque de todas formas no te creo. Sé que hay algo entre vosotros —la miró con los ojos entrecerrados—. Supongo que siempre lo ha habido, ¿no es cierto, Abby? Siempre supe que había alguien a quien no habías conseguido olvidar.

—Estás siendo ridículo.

Wes la miró fijamente a los ojos.

—¿Tú crees?

Abby titubeó entonces, preguntándose de pronto si sería posible que, de alguna manera, no se hubiera entregado del todo a Wes. ¿Sería posible que no hubiera superado lo de Trace? ¿O sería aquel otro de los intentos de Wes por hacerle sentir que le había fallado como esposa?

—Mira, Trace y yo éramos muy jóvenes cuando estuvimos juntos —le explicó con sinceridad—. Para cuando tú y yo nos conocimos, ya había superado esa relación. Hacía años que no le veía y ahora hemos vuelto a coincidir los dos aquí.

—¿De verdad esperas que te crea? Trace vive en Nueva York, Abby. ¿Pretendes decir que no le has visto ni una sola vez desde que estás allí?

—Eso es exactamente lo que te estoy diciendo, y te lo digo porque es cierto. Ni siquiera sabía que vivía en Nueva York hasta que coincidí con él el otro día. Así que imagínate qué contacto hemos tenido —sacudió la cabeza—. ¿Pero por qué estamos hablando de esto? Con quién salga o deje de salir no es asunto tuyo. Estamos divorciados. Y hasta ahora, creo que lo hemos llevado todo realmente bien para proteger a las niñas.

Le miró a los ojos.

—No empieces a estropearlo todo ahora, Wes. Yo jamás he hablado de las mujeres que ha habido en tu vida desde que nos divorciamos, pero sé que no has estado solo porque las gemelas han mencionado una larga lista de «amigas de papá». No intentes decirme que no has exhibido tus relaciones delante de ellas, porque soy perfectamente consciente de que lo has hecho.

Wes palideció al oírla.

—Lo dices como si hubieran pasado decenas de mujeres por mi vida. Y no es así, Abby, sobre todo desde hace unos meses. En realidad, solo hay una mujer.

—¿De verdad? ¿Y es una relación seria? —esperaba sentir aunque solo fuera un indicio de celos, pero no sintió absolutamente nada.

Wes asintió y dijo:

—Probablemente la conozcas. Es Gabrielle.

Abby sabía exactamente a quién se refería.

—¿Te refieres a Gabrielle Mitchell? ¿La que trabaja en mi compañía?

Si Wes protestaba por la cantidad de horas que Abby dedicaba a su trabajo, con Gabrielle iba a encontrarse con el mismo problema.

Wes asintió de nuevo y se sonrojó con aspecto repentinamente culpable.

—Le he pedido que se case conmigo.

Abby podría haber presionado, podía haber preguntado cuánto tiempo había durado exactamente esa relación que, estaba segura, había nacido delante de sus propios ojos, pero estaba decidida a mantener una conversación cordial.

—¡Enhorabuena! ¿Y se lleva bien con Carrie y con Caitlyn?

—Las adora —una sonrisa iluminó su rostro—. Deberías verlas juntas. Es como si fueran sus propias hijas.

Abby frunció el ceño al oírle.

—Espero que no olvide que yo soy su madre.

—Claro que no. Gabrielle jamás haría una cosa así. Solo te lo digo para que sepas que con ella no tienes nada de lo que preocuparte. No voy a llevar a una madrastra malvada a sus vidas.

—Me alegro de saberlo —contestó secamente—. Y, solo para que lo sepas, Trace tampoco sería un padrastro malvado. Aunque, por supuesto, él no va a formar parte permanente de sus vidas.

—De acuerdo entonces. Supongo que podremos entendernos.

—Eso espero.

—¿Y llevarás a las niñas dentro de dos semanas?
—Sí, ya te lo he dicho.
Wes pareció darse por satisfecho.
—Entonces, ya está todo arreglado. Voy a hacer las maletas. En cuanto vuelvan, me despediré de las gemelas y me iré al aeropuerto.

Estaba ya en la puerta cuando se volvió.
—Y un último consejo, Abby. No te dejes arrastrar por los dramas de Jess, sean los que sean. Ya sabes que al final siempre sales tú perjudicada.
—No tienes ni idea de lo que estás diciendo —replicó fríamente.
—Claro que sí. He visto que tu hermana vuelve a estar haciéndote perder el tiempo. En algún momento tendrás que dejar de intentar reparar el vacío que dejó tu madre al marcharse. Es tu madre la que tiene que solucionar eso, no tú.

Abby era consciente de la verdad que encerraban sus palabras, pero le dolía oírselo decir a Wes. Cuidar a Jess era una obligación que ella misma se había impuesto desde el momento en el que su madre se había marchado. Bree era demasiado joven para cuidar de una hermana más pequeña y Connor y Kevin estaban en plena adolescencia. Ninguno de ellos era consciente de lo mucho que estaba sufriendo Jess para mantenerse a flote. Mick no estaba en casa, de modo que Nell y Abby eran las únicas que podían ayudar a Jess a superar los problemas que tenía en el colegio y el dolor causado por el abandono de su madre.

—No es la primera vez que das tu opinión —le dijo a Wes—. Tu falta de comprensión y compasión no dicen mucho a tu favor, así que, a lo mejor, a partir de ahora será mejor que te la reserves. Por lo menos cuando pretendas opinar sobre mí o sobre mi familia.

Wes pareció a punto de decir algo más, pero al final, sacudió la cabeza y entró en la casa. Abby no fue consciente de que había estado conteniendo la respiración hasta que lo perdió de vista. Entonces, la soltó lentamente.

Wes tenía razón en una cosa, ya había llegado la hora de que Jess y su madre hicieran las paces. Quizá nunca llegaran a estar muy unidas, pero por lo menos, si Jess era capaz de comprender los motivos por los que Megan les había dejado, quizá pudiera perdonarla y seguir adelante.

La inauguración de la posada sería la ocasión ideal, concluyó Abby. Una muestra de apoyo por parte de Megan podría ayudar a iniciar un proceso de acercamiento entre ellas. Abby se prometió llamar a Nueva York esa misma tarde.

Por supuesto, había muchas posibilidades de que Mick se enfadara con ella por haber invitado a Megan a una reunión familiar, pero tendría que superarlo. De hecho, también iba siendo hora de que ellos dos comenzaran a comunicarse. Y, si le echaba un poco de imaginación, incluso podía ver a sus padres intentando reconciliarse.

Abby sabía que, en el fondo, ninguno de ellos quería divorciarse. A los diecisiete años, tenía edad suficiente como para comprender lo que había pasado. Su madre había expresado su disgusto por la cantidad de tiempo que Mick pasaba fuera de casa. Su padre había reaccionado enfadándose, acusándola de no apreciar la importancia de su trabajo. Megan había llamado a un abogado y en cuanto había comenzado a mover los papeles del divorcio, ninguno de los dos había sido capaz de detener el proceso. Una prueba más de que el orgullo de los O'Brien era lo peor.

Y ella iba a meterse en medio de aquellas aguas revueltas, pensó Abby. Quizá, en el fondo, fuera masoquista, como había insinuado Wes.

Cuando Trace llegó el domingo a comer a casa de sus padres, encontró allí a su hermana, aunque no parecía particularmente contenta. Le dirigió una mirada interrogante mientras se servía una cerveza.

–Vengo casi obligada –musitó–. A mamá se le ha metido en la cabeza que estamos descuidando la familia desde que has vuelto. Cree que si te sientes querido y te das cuenta de lo mucho que te hemos echado de menos, te quedarás.

–Qué locura. ¿Cómo vamos a convencer a papá de que mi puesto de trabajo es ideal para ti?

–No tenemos por qué convencerle de nada. Yo tengo mi propia empresa de contabilidad. Gano lo suficiente como para vivir con holgura, no necesito trabajar en el banco y, mucho menos, trabajar para alguien que no me considera cualificada para realizar ese trabajo.

Trace la miró con el ceño fruncido.

–Nadie ha puesto nunca en duda tu capacidad para realizar ese trabajo.

Laila le sonrió.

–Sí, tienes razón. Lo único que se ha cuestionado ha sido mi sexo.

Su madre entró en aquel momento en el salón, justo a tiempo de oír el comentario de Laila, pero completamente fuera de contexto.

–Jovencita, ese no es un tema de conversación para una comida familiar.

Trace sonrió.

–Laila se refería a su género, mamá.

Beatrice Riley pareció un poco azorada por aquel error.

–Oh, lo siento. ¿Pero qué tiene que ver tu género con nada?

–Pregúntale a papá.

–No, otra vez no –respondió Beatrice con impaciencia–. Tu padre te ha ofrecido un trabajo en el banco.

–Unos cinco peldaños por debajo del puesto que le ha dado a Trace –le recordó Laila–. Pero no importa. Todo eso ya está más que hablado. Estamos aquí para celebrar la vuelta del hijo pródigo y eso es lo que tenemos que hacer –alzó su copa de vino con gesto burlón.

–Laila, ya está bien –Beatrice la miró con firmeza–. Voy a ver cómo está la comida. Espero que, para cuando vuelva, hayas sido capaz de comportarte.

Trace se sentó al lado de su hermana y le susurró al oído:

–Me estás poniendo muy difícil hacer que las cosas salgan tal como quieres.

Laila forzó una sonrisa.

—¿Es que no me has oído antes? Ya tengo todo lo que quiero.

—Entonces, ¿por qué actúas como si estuvieras a punto de explotar?

—He tenido una mala noche.

Trace la miró con atención y vio la tristeza que encerraban sus ojos.

—¿Qué ha pasado?¿Has discutido con Dave?

Laila había empezado a salir con Dave cuando estaban en la universidad. Dave Fisher era un buen hombre, pero a Trace nunca le había parecido un hombre de grandes pasiones. Era consciente de que era extraño preocuparse por algo así, teniendo en cuenta que Dave estaba con su hermana, pero pensaba que Laila se merecía un hombre capaz de entusiasmarse con algo. Pero Dave era un hombre bueno y casi tan blando como las gachas de avena. La única vez que Trace le había visto alterarse había sido por culpa de un error en su cuenta corriente.

¡Aleluya!, pensó Trace.

—Entonces, acaba con esa relación. Busca otro hombre.

—¿En Chesapeake Shores? Conozco a todos los hombres de este pueblo desde que era un bebé. No creo que me vaya a levantar un día para mirar de nuevo a uno de ellos y gritar «es él».

—Eso no lo sabrás hasta que no rompas con Dave. No tienes ni idea de lo que puede estar esperándote. Sabes perfectamente que este pueblo se llena los fines de semana, viene todo tipo de gente, entre ella, muchos profesionales de Washington y Baltimore. Pero si te quedas en casa, sentada en el sofá con Dave viendo documentales en la televisión, no creo que tengas muchas posibilidades de conocer a nadie.

Laila suspiró.

—Supongo que tienes razón, pero es difícil separarse de una persona con la que has pasado tantos años. Me ha dado mucha seguridad durante todo este tiempo. Es un buen hombre, de verdad.

Era la segunda vez que Trace oía decir lo mismo de alguien en muy poco tiempo. Y ninguna de ellas le había gustado.

—Acaba con esa relación, Laila. Necesitas empezar de nuevo. Jamás serás feliz si continúas arrastrando una relación sin porvenir.

—No es una relación sin porvenir —replicó.

Trace parpadeó sorprendido.

—¿Ah, no?

—No, me ha pedido que me case con él. De hecho, me lo pidió anoche. Escribió una lista bastante larga sobre todas las ventajas que tendría que nos casáramos.

Trace gimió.

—La proposición de matrimonio con la que sueña toda mujer. Estoy seguro de que te emocionaste.

Laila sonrió.

—La verdad es que fue bastante divertido. O lo habría sido si no me hubiera parecido terrorífico. Estaba allí sentada, escuchándole, y en lo único que podía pensar era en que mi vida sería así hasta el día de mi muerte: me pasaría el resto de mis días leyendo listas sobre ventajas e inconvenientes.

Trace la miró alarmado.

—No estás pensando en casarte con él, ¿verdad? Porque te juro que si te casas con él, ya puedes ir olvidándote de trabajar en el banco.

—No, claro que no lo estoy considerando —contestó—. Le he dicho que no a Dave. De hecho, he roto con él —se le llenaron los ojos de lágrimas que se secó con impaciencia—. Le dolió mucho, Trace. Estaba desconcertado. Me sentí como si le hubiera dado una patada a un cachorro que confiaba en mí.

—Es mejor sentirse fatal durante unas horas, o incluso durante semanas, a estar triste durante el resto de tu vida —le dijo—. Dave lo superará. Estoy seguro de que encontrará pronto otra mujer, y seguramente alguien que será mucho mejor para él.

—A lo mejor podemos buscarle una pareja —dijo Laila con expresión pensativa.

Trace la miró con incredulidad.

—¿Estás loca? ¿Tan mal quieres a tus amigas?

—¡Ya basta, Trace! Es un hombre encantador. El problema es que no es el más adecuado para mí.

—De acuerdo, dejémoslo así, pero confía en mí, no creo que le haga mucha gracia que intentes buscarle una sustituta.

—¿Por qué no?

—Porque es un hombre. Y los hombres, no solo no nos tomamos bien un rechazo, sino que no nos gusta que una mujer con la que acabamos de romper aparezca a los pocos días ofreciéndonos una alternativa, como si se tratara de una especie de sacrificio humano. Si Abby me hubiera enviado a alguna de sus amigas a consolarme después de marcharse, me habría sentido ofendido.

Laila le miró pensativa.

—A lo mejor no te habría venido mal que lo hiciera.

—¿Por qué dices eso?

—Porque así podría haberte demostrado que había superado definitivamente lo vuestro y tú habrías seguido adelante con tu vida, en vez de haber malgastado todos estos años suspirando por ella.

A Trace no le hizo ninguna gracia el resumen que había hecho de sus últimos diez años de vida.

—No he malgastado todos estos años. Tengo una carrera de éxito.

Laila giró un dedo en el aire.

—¡Yupiii! —se burló.

Trace frunció el ceño ante su reacción.

—Y he salido con muchas mujeres.

—Nombra dos con las que hayas salido más de dos veces —le desafió—. Ah, sí, espera, estaba Rene. Estuviste unos cuantos meses con ella, te duró hasta que averiguaste que el hecho de ser la viva imagen de Abby no significaba que se pareciera a ella en ningún otro aspecto. ¿Alguien más?

Trace se quedó completamente bloqueado.

—De acuerdo, no he tenido ninguna relación que me haya durado, pero no ha sido porque no lo haya intentado. Y Rene no se parecía a Abby.

—Pelo castaño rojizo, ojos azules, delgada... —recitó su hermana—. ¿Te suena?

—Lo que tú digas —respondió él, dispuesto a cambiar cuanto antes de tema.

Sin embargo, Laila quería dejar claras algunas cosas.

—Además, querido hermano, tener relaciones sexuales de vez en cuando no es lo mismo que estar buscando una relación definitiva —dijo, justo en el momento en el que regresaba su madre.

—Ahora no intentes decirme que esta conversación era de género —le advirtió Beatrice, mirándolos a los dos con un gesto de desaprobación—. La comida ya está lista y no quiero oír una sola palabra sobre sexo en la mesa.

—Sí, mamá —contestó Trace, conteniendo apenas una sonrisa—. Te prometo que no oirás esa palabra saliendo de mi boca. Por supuesto, no puedo hablar en nombre de Laila. No sé por qué, pero hoy parece un poco obsesionada con el sexo.

—Te vas a enterar —musitó su hermana, mientras los adelantaba para dirigirse al comedor.

Su madre se detuvo y miró a Trace con el ceño fruncido.

—No sé qué os pasa a vosotros dos. ¿No sois ya demasiado mayores para discutir de esa manera?

Trace le pasó el brazo por los hombros a su madre.

—¿Y qué otra cosa podemos hacer? Nos has prohibido hablar del único tema que los dos encontramos interesante.

Su madre elevó los ojos al cielo y le miró muy seria.

—¿Qué le pasa a Laila? Sé que está triste por algo. Ha estado de muy mal humor desde que ha llegado a la casa.

—Pregúntaselo a ella. Creo que no soy yo el que tiene que contártelo.

El rostro de su madre reflejó inmediatamente su preocupación.

—No se irá a casar con Dave, ¿verdad?

Para Trace fue un inmenso alivio saber que él no era el único al que no le gustaba esa relación. Decidió que podía tranquilizar a su madre diciéndole que no tenía por qué preocuparse por aquella posibilidad.

—No.

—¡Gracias a Dios!

—Pero quizá no debas mostrarte tan complacida cuando Laila te lo diga —le aconsejó con ironía.

Su madre frunció el ceño.

—Ya sabes lo diplomática que puedo ser cuando es necesario.

—Hablando de diplomacia, mamá, ¿cómo podemos conseguir que Laila consiga el puesto que quiere en el banco? Sabes que es ella la que debería estar allí, y no yo, pero es tan cabezota como papá.

—Sí, lo sé. Llevo cuarenta años viviendo con tu padre, y hace mucho que decidí no meterme en nada relacionado con el banco.

Estaba a punto de entrar en el comedor, pero Trace la retuvo.

—¿Ni siquiera cuando está en juego la felicidad de tu hija?

Su madre alzó la mirada hacia él.

—Yo creía que su empresa estaba funcionando bien.

—Y así es. El problema no es ese.

—¿De verdad crees que trabajar en el banco es tan importante para ella?

—No lo creo, lo sé. Necesita saber que papá confía en ella, que cree en ella.

Su madre asintió con gesto decidido.

—En ese caso, estoy segura de que si nos ponemos a pensar, podremos encontrar una solución. Pensaré en ello.

—Gracias.

—Pero prométeme que cuando vuelvas a Nueva York, no tardarás tanto tiempo en volver.

—No, te lo prometo. Además, regresar aquí en este momento me ha hecho ver Chesapeake Shores de otra manera.

—Estoy segura de que eso tiene que ver con la presencia de Abby —le dijo su madre, mirándole con atención mientras esperaba su respuesta.

—Sí, tienes razón.

—¿Y crees que ella siente lo mismo que tú? Por el pueblo, quiero decir.

—Si lo que estás preguntándome es si en algún momento podríamos instalarnos definitivamente aquí, no tengo ni idea. En primer lugar, tengo que saber si estaría dispuesta a iniciar una relación conmigo. Y después, ya hablaríamos de cuestiones de logística.

Su madre sonrió.

–Así que todavía queda lugar para la esperanza. No sabes cuánto me gustaría veros juntos otra vez y viviendo cerca –le miró emocionada–. Oh, Trace, he visto la casa perfecta para vosotros.

Trace puso freno inmediatamente a su entusiasmo.

–Cada cosa a su tiempo, mamá.

Desgraciadamente, su madre ya estaba embalada.

–A lo mejor debería ir mañana por la posada para invitarla a comer –sugirió, y parecía muy complacida consigo misma–. Sí, eso es exactamente lo que pienso hacer.

–No necesito que cortejes a Abby por mí –protestó.

Su madre le miró con escepticismo.

–Ya la perdiste en una ocasión, así que, aparentemente, vas a necesitar toda la ayuda que puedas conseguir.

Trace se echó a reír a carcajadas.

–Tienes razón. A lo mejor no me viene mal.

Su madre era famosa en el pueblo por su capacidad de persuasión. Si era capaz de hacer donar dinero a cualquiera para una buena causa, seguramente también sería capaz de convencer a Abby de que tuviera la mente abierta en lo que a él concernía. Y una mente abierta era lo único que necesitaba. Trace estaba razonablemente convencido de que podría ganársela a partir de ahí.

Capítulo 14

Abby decidió utilizar toda la artillería pesada para convencer a su madre de que asistiera a la inauguración de la posada de Jess.

–Carrie, Caitlyn, venid aquí. Vamos a llamar a la abuela Megan.

Las gemelas llegaron corriendo. Las dos adoraban a su abuela, que las mimaba llevándolas a galerías de arte, a obras de teatro y al zoo del Bronx. Abby dudaba de que fueran capaces de apreciar el valor de las obras que veían, pero le gustaba que estuvieran expuestas a aquella clase de estímulos. Y parecían disfrutar especialmente del té que tomaban después. Les encantaban aquellos sándwiches y pasteles diminutos. Cuando volvían a casa, continuaban jugando a tomar el té con sus muñecas favoritas. Abby no podía evitar desear que Jess hubiera tenido esa misma clase de recuerdos de su madre.

Miró muy seria a las gemelas y les dijo:

–Ahora, antes de llamar, quiero explicaros que voy a intentar convencer a la abuela de que venga a la inauguración de la posada de la tía Jess. Tenéis que ayudarme a convencerla. Decidle que la echáis de menos, ¿de acuerdo? –les pidió, en absoluto avergonzada por aquel intento de manipulación. Al fin y al cabo, era por una buena causa.

–La echamos de menos –dijo Caitlyn.

Carrie asintió y añadió:

–La echamos mucho de menos.

Satisfecha, Abby marcó el número de Megan. Cuando su madre contestó, le tendió el teléfono a Carrie.

–Hola, abuela Megan. Soy yo, Carrie. Caitlyn también está aquí.

Abby presionó el botón del altavoz.

–Yo también estoy aquí, mamá.

–Vaya, menos mal. Estaba empezando a preguntarme qué les había pasado a mis niñas favoritas –dijo Megan con calor–. Hace siglos que no sé nada de vosotras.

–Estamos en la playa –le explicó Carrie con entusiasmo–. Con la bisabuela y con tía Jess. Y el abuelo Mick también estaba aquí.

–Ya entiendo –dijo Megan, y su voz perdió parte de su entusiasmo.

Abby decidió intervenir entonces.

–En realidad, te llamamos por eso, mamá. Queremos que vengas con nosotras.

–No, absolutamente no –respondió Megan con énfasis, no dejando lugar a ninguna discusión.

Afortunadamente, las niñas no eran conscientes de lo definitivo de su respuesta.

–Pero, abuela, te echamos de menos, de verdad. Además, va a ser una fiesta muy importante y tienes que venir –dijo Carrie.

–Por favor, abuela Megan –suplicó Caitlyn–. Va a ser muy divertido. Vamos a estrenar zapatos y vestidos. Mamá dice que podremos elegirlos nosotras mismas cuando vayamos a ver a papá a Nueva York. A lo mejor puedes ayudarnos.

Al ver que su madre vacilaba, Abby comprendió que la estrategia estaba funcionando. Megan jamás había sido capaz de negarles nada a las niñas, y menos si se trataba de salir de compras. Las niñas tenían los armarios rebosantes de vestidos y conjuntos de los mejores diseñadores de ropa para niños del país. Tenían más zapatos que la propia Abby, la mayoría por cortesía de su consentidora abuela.

–Muy bien, decidme, ¿y por qué es esa fiesta? –preguntó Megan con recelo.

Abby contestó entonces:

—Jess ha comprado la antigua posada de la carretera. Por eso estoy yo aquí, para intentar ayudarla en el proceso de remodelación —no veía ningún sentido en mencionar las dificultades financieras o el papel que estas habían jugado en su presencia en el pueblo—. La fiesta es el trece de julio, antes de la apertura oficial de la posada. Será algo muy familiar. Por favor, mamá, quiero que hagas esto por Jess.

—¿Estará allí tu padre?

—Ha prometido volver de California para no perdérselo.

—Entonces supongo que eres consciente de que no es una buena idea, Abby. No podemos estar juntos sin terminar discutiendo. Así ha sido desde que nos divorciamos. Cada vez que iba a visitaros cuando todavía erais niños, había una tensión insoportable entre nosotros y no creo que tu padre se haya suavizado. Me temo que terminaríamos estropeándole la fiesta a Jess y a todo el mundo. Además, estaríais pendientes de nosotros, cuando la protagonista tiene que ser tu hermana.

—¿Y qué te hace pensar que terminaríais discutiendo? La última vez que os visteis fue en mi boda.

Esbozó inmediatamente una mueca al recordar la tensión de aquel encuentro. Durante la mayor parte del día, habían hecho todo lo humanamente posible para evitarse. Pero probablemente, el tiempo había aliviado aquella tensión.

—¿No crees que seríais capaces de comportaros de forma civilizada por el bien de Jess? Se lo debes, mamá, y lo sabes. Piensa en todos los acontecimientos importantes de su vida que te has perdido.

—Entre otras cosas, porque tu hermana dejó muy claro que no quería que estuviera allí —dijo Megan con cansancio.

Abby no podía negarlo. Jess había hecho muy difícil a su madre el formar parte de su vida. Se había negado abiertamente a ir a verla a Nueva York y Mick nunca la había obligado a ello. Cuando Megan iba a verla a Chesapeake Shores, formaba auténticos berrinches y, con el tiempo, se limitaba a no hacer acto de presencia. Abby sabía que era porque estaba dolida, y también que Megan debería haber luchado para cerrar la brecha que su ausencia había abierto en su relación, pero quizá no fuera demasiado tarde para ello.

—Bueno, pues a mí me gustaría que vinieras —dijo con firmeza—. Y lo admita o no, Jess también necesita tu presencia.

—Por favor, abuela —insistió Caitlyn.

—Pensaré en ello —cedió Megan por fin.

—¿De verdad pensarás en ello? —la pinchó Abby—. ¿O te olvidarás en cuanto cuelgue?

—Pensaré en ello de verdad —le aseguró Megan—. ¿Irán Bree y tus hermanos? —preguntó con un deje de nostalgia.

—Todavía no he hablado con ellos. No creo que Kevin pueda venir desde Irak. Su misión durará unos meses. Pero supongo que Bree y Connor intentarán venir. Será toda una reunión familiar, mamá, y no sería lo mismo si tú no estuvieras aquí.

—Me lo pensaré y te llamaré dentro de un día o dos —le prometió Megan.

—Si al final decides no venir, las niñas y yo seguiremos intentando convencerte cuando vayamos a Nueva York. Así que, a lo mejor, es preferible que cedas ahora.

—Ya te he dicho que me lo pensaré. Es lo único que puedo prometerte.

—De acuerdo entonces —dijo Abby.

—Os quiero, niñas.

—Nosotras también, abuela —gritaron al unísono, y salieron corriendo a la calle.

—Yo también te quiero, mamá —dijo Abby—. Te llamaré para salir de compras con las niñas. Adiós, mamá.

Colgó el teléfono y se volvió hacia Nell, que la miraba con absoluto desconcierto.

—¿Qué has hecho? —preguntó.

—He invitado a mamá a la fiesta de inauguración —contestó en tono de desafío.

Su abuela la miró desolada.

—Pero, Abby, ¿por qué has hecho una cosa así? Sabes que será terrible.

—No, no lo sé.

—Es la fiesta de Jess, ¿acaso le has preguntado lo que quería?

—No, porque me habría dicho que no, aunque sé que tener aquí a mamá significa mucho para ella. Está demasiado asustada y enfadada para reconocerlo, así que he decidido hacer esto por ella.

—¿Y tu padre? ¿Cómo se sentirá tu padre? Si se entera de esto, preferirá quedarse donde está a cruzar todo el país para ver a Megan de nuevo en su casa. Ya era bastante duro para él verla aquí cuando venía a veros.

—Creo que te equivocas —respondió Abby, aunque no estaba tan confiada como minutos antes. Su abuela conocía a Mick mucho mejor que ninguno de ellos—. A lo mejor por fin pueden salvar sus diferencias, o, por lo menos, ser lo suficientemente civilizados como para que podamos celebrar juntos todas las ocasiones importantes.

Nell negó con la cabeza.

—Siempre has sido muy optimista. Bueno, no has querido contar con mi opinión, así que todo esto es cosa tuya. Espero que no tengas que arrepentirte de lo que has hecho.

Abby suspiró ante su pesimismo. Estaba rezando ya para que su abuela no tuviera razón y aquello no terminara estallándole en pleno rostro. Intentando prepararse por si necesitaba aliados, llamó inmediatamente a Bree. Su hermana, que había ganado una beca para escribir guiones para un teatro regional de Chicago, no estaba en casa, así que le dejó un mensaje. Intentó localizar a Connor, que vivía en Baltimore, y también terminó dejándole un mensaje. Aunque durante su último año en la universidad estaba particularmente ocupado, estaba segura de que tendría tiempo de acercarse.

De modo que ya solo quedaba decirle a Jess lo que había hecho. Pero estaba convencida de que era preferible no hacerlo hasta que su madre hubiera confirmado su asistencia. Por lo menos de esa forma contaba con unos cuantos días para preparar una estrategia que no terminara con Jess acusándola de estar intentando dirigirle, o arruinarle, la vida.

***

En abril, Jess había pasado varios días entrevistando a posibles cocineras para la posada y al final había encontrado a la candidata perfecta: Gail Chambres. A pesar de no haber cumplido todavía los treinta años, tenía unas referencias inmejorables. Había sido segunda chef en algunos de los mejores restaurantes de Maryland, pero tenía ganas de dirigir su propia cocina. Estaba casada, tenía dos hijos pequeños y le apetecía vivir en un pueblo donde los niños pudieran recibir una buena educación y a una distancia prudencial del trabajo de su marido en Annapolis. Chesapeake Shores y la posada se ajustaban perfectamente a sus necesidades.

El único problema era que la cocina de la posada no contaba precisamente con una tecnología punta. Jess había prometido ir comprando todo lo necesario, siguiendo el criterio dado por la propia Gail. Después de la inyección de dinero que Abby había aportado al proyecto, Jess decidió que aquel era el momento de cumplir esa promesa.

–Hoy he quedado con mi nueva chef –anunció Jess mientras salía de la posada a media mañana del lunes.

Abby apenas levantó la mirada de los documentos con los que siempre parecía estar obsesionada.

–Que te diviertas –musitó.

Por una vez, para Jess fue un alivio que Abby no le prestara demasiada atención. Había imaginado que terminarían discutiendo sobre el presupuesto. Ella pensaba que eran muchas las razones por las que aquel era un buen momento para comprar el equipo, pero tenía la corazonada de que Abby no estaría conforme con ella.

Una hora después, Gail y ella estaban absortas en unos electrodomésticos de acero inoxidable que habrían hecho llorar de emoción a cualquier cocinera. Pero bastó una mirada a los precios para que también a Jess le entraran ganas de llorar. Jamás hubiera imaginado que un equipo de cocina pudiera ser tan caro.

Pero había mirado su cuenta bancaria y sabía que tenía el suficiente dinero para invertir aquella cantidad en el futuro de la posada.

Intentando vencer la ansiedad y el miedo ante la reacción de Abby, se volvió hacia Gail.

–De acuerdo, tenemos que intentar ser prudentes. Si solo pudieras elegir una cosa, ¿con qué te quedarías? ¿Con la cocina o con la nevera?

Gail se decidió por una enorme cocina con horno convencional, múltiples quemadores y una plancha especial. Jess hizo una mueca al ver el precio.

–Dura toda la vida –dijo Gail al verla reticente–. Es una inversión de la que no te arrepentirás. Si compras algo más barato, con las reparaciones te gastarás lo que has ahorrado en menos de un año.

–Supongo que tienes razón –dijo Jess, comprendiendo inmediatamente la lógica.

Seguramente, siendo Abby tan pragmática como era, lo comprendería. Aun así, Jess podía imaginar la reacción de su hermana.

–¿Y no hay otro modelo más pequeño que también funcione bien? No creo que atendamos a muchos clientes al mismo tiempo.

–Pero cuando los tengamos, querrás tener una cocina como esta. En caso contrario, no podrás ofrecer todo lo que quieres. Me comentaste que querías celebrar bodas en la posada. Para una celebración con unos cincuenta invitados, ya necesitarías una cocina de este tamaño.

Gail no podía haber empleado un argumento mejor. Jess tenía grandes planes para su posada. Obviamente, no podrían celebrar convenciones multitudinarias, pero sí pequeñas bodas y celebraciones familiares.

–Muy bien, nos la quedamos –dijo entonces–. Vamos a buscar al vendedor.

Esperaba estar sola en la posada para cuando llegara aquel envío. Una vez instalada la cocina, a Abby le resultaría mucho más difícil insistir en que la devolviera. De hecho, como su hermana rara vez entraba en la cocina, como no fuera para ir a buscar un refresco o té frío de la nevera, quizá ni siquiera se enterara de que había hecho aquella compra. Jess miró aquella cocina enorme y suspiró. Era poco probable que su hermana no reparara en ella, pensó. Y seguramente terminarían teniendo la pelea de su vida en cuanto Abby la viera.

Jess intentó prepararse para aquella discusión.

Tendría que dejar las cosas claras de una vez por todas. Era su posada, de modo que era a ella a quien le correspondía decidir lo que se compraba o no.

Pero también era el dinero de Abby, le aguijoneó una vocecita interior.

No, pensó desafiante. Era el dinero de la posada. Abby había hecho una inversión. Por culpa de Trace, la propia Jess no tenía ningún control sobre las cuentas, pero sobre el papel, la posada continuaba perteneciéndole a Jess y solamente a Jess. Y ella todavía conservaba el poder de firmar los cheques.

¿Pero a quién pretendía engañar? Había estado buscando pelea con su hermana desde que Trace la había puesto a cargo de sus finanzas.

—Estás un poco pálida —observó Gail—. ¿Estás segura de que quieres hacer esta compra? Es la cocina de mis sueños, pero no quiero acabar con tu presupuesto para conseguirla. Me gustaría poder comprar productos de calidad dentro de unas semanas y no tener que escatimar en los ingredientes.

—No te preocupes —dijo Jess con firmeza.

Tomó el recibo que acababan de darle junto a la tarjeta de crédito y lo firmó. Tomó nota de la hora y la fecha de entrega después de haberse asegurado de reducir las posibilidades para evitar que su hermana estuviera presente. Abby había comentado algo sobre irse a Nueva York un par de días, así que el momento sería ideal. Todo saldría bien, se aseguró.

Pero, si tan segura estaba de ello, ¿por qué tenía tanto interés en que hicieran el envío cuando Abby no estuviera? En vez de detenerse a pensar en ello, se volvió hacia Gail.

–¿Tienes tiempo para comer? Podríamos empezar a hablar de los menús.

A la chef se le iluminó la mirada.

–Me parece perfecto. Tengo montones de ideas.

Durante las dos horas siguientes, estuvieron sentadas en un restaurante de comida rápida, tomando nota sobre posibles platos, aperitivos, desayunos y, por supuesto, los suculentos postres que ambas pensaban no podían faltar. Jess utilizó hasta el último trozo de papel que tenía en la cartera, entre ellos, aquel en el que había apuntado los datos sobre la entrega de la cocina. Gail también iba llenando página tras página de su libreta. Cuando salieron del restaurante, Jess le entregó todas sus notas a Gail.

–Me pondré en contacto contigo dentro de un día o dos para concretar los menús diarios y hablar de lo que podemos servir el día de la inauguración –le prometió Gail antes de despedirse.

Jess la abrazó, agradecida por su entusiasmo y su obvia capacidad para dirigir una cocina.

–Creo que vamos a trabajar muy bien juntas, de verdad.

–Yo también.

Mientras Jess conducía hacia su casa, las ideas se arremolinaban en su cabeza. Estaba casi tan emocionada como el día que había firmado los documentos para comprar la posada. Todo estaba saliendo tal como lo había imaginado. Faltaban solo unos días para la apertura y después, las cosas comenzarían a rodar.

Pensó en la posibilidad de ir directamente a la posada para compartir su alegría con Abby, pero al final, decidió contárselo antes a su abuela. En algún lugar, muy dentro de ella, reconoció que tenía miedo de que Abby encontrara alguna manera de poner freno a su desbordante entusiasmo y, aunque solo fuera por un día, le apetecía disfrutar de lo que había conseguido en vez de aguantar una reprimenda por los errores cometidos. Ya habría tiempo suficiente para ello cuando Abby descubriera su última factura.

***

Para la hora de comer, Abby había terminado con todas las facturas de la posada. Había decidido concentrarse en el trabajo que le servía para pagar las suyas cuando, al levantar la cabeza, descubrió a Trace observándola.

—Estás muy guapa cuando frunces el ceño de esa manera –le comentó con una sonrisa.

Abby se reclinó en la silla.

—Tienes una idea muy extraña sobre la belleza.

—No, el problema eres tú. Siempre me parece que estás guapísima.

Abby acentuó su ceño.

—Justo lo que toda mujer espera oír.

Trace se echó a reír ante su indignación.

—¿Cuántas veces tengo que decirte que eres preciosa? ¿Todavía no te has dado cuenta? Y sexy. ¿Alguna vez he mencionado lo sexy que eres?

Abby tuvo que reprimir una sonrisa.

—No, creo que no.

—Supongo que pensaba que no había necesidad de decirlo, puesto que te beso cada vez que tengo oportunidad.

No había habido muchas oportunidades, pensó Abby para sí, pero, definitivamente, las pocas que había tenido habían sido memorables. Obviamente, no era eso lo que a Trace le convenía oír. Ya tenía un ego suficientemente grande.

—Por cierto, ¿qué estás haciendo aquí?

—Tenemos una cita, ¿no te acuerdas?

—¿Una cita? –repitió sin entender.

—Helado con las gemelas. Y he pensado que también podríamos almorzar.

—¿De verdad te apetece pasar tanto tiempo con mis hijas?

Trace frunció el ceño ante aquella pregunta.

—¿Por qué no iba a apetecerme? Son encantadoras.

—Podría hacerte cambiar de opinión dejándote solo con ellas.

Trace arrastró una silla y se sentó a su lado.

—Abby Winters, ¿estás faltando al respeto a tus adorables hijas? Estoy estupefacto.

—Solo estoy siendo realista —observó su traje de diseño, la camisa de un blanco inmaculado y la corbata de seda. Un atuendo perfecto para el banco, pero no para comer con sus hijas—. ¿Y qué clase de comida tenías en mente? Porque vas vestido como para ir al club náutico.

—Estaba pensando en unos perritos calientes del puesto que hay al final de la calle principal —contestó inmediatamente—. Las niñas podrán correr y gastar energías mientras tú y yo disfrutamos de una conversación de adultos.

Abby sacudió la cabeza.

—Realmente, eres un soñador. Y si ese es tu plan, sugiero que pases por tu apartamento a cambiarte de ropa, a no ser que te apetezca terminar cubierto de mostaza, ketchup y helado.

—Soy muy limpio comiendo.

—Pero Carrie y Caitlyn, no.

—Ya entiendo lo que quieres decir. De acuerdo, dejaré la chaqueta y la corbata en el coche —la miró con expresión pícara—. ¿O querías subir a mi apartamento y verme en ropa interior?

—¿Con dos niñas de cinco años presentes? Creo que no.

—De acuerdo, entonces, vamos a buscarlas.

Abby se levantó, pero antes de que hubiera podido agarrar el bolso y el jersey, Trace la sujetó por la muñeca.

—Creo que antes tomaré el postre —dijo, inclinándose lentamente hacia ella y besándola de tal manera que estuvo a punto de arder la habitación—. Sí, muy sexy. Es absolutamente innegable.

Abby le miró estremecida.

—Se suponía que eso no formaba parte del menú.

—¿De verdad? —preguntó Trace, todo inocencia—. Yo habría jurado que hoy era el postre especial de la casa.

Abby le miró divertida.

—En ese caso, si con un beso te das por satisfecho, no podrás comer helado. Y tampoco habrá más besos robados.

Entre otras cosas, porque no creía que sus nervios pudieran soportarlo. Cada vez le resultaba más difícil decirse que Trace y ella no eran más que amigos, porque estaba comenzando a recordar con una total y sofocante claridad todo lo que en el pasado habían llegado a ser.

—Señor Riley, ¿puedo comer otro helado? —pidió Carrie, aunque ya estaba cubierta de chocolate de la cabeza a los pies.

Por supuesto, parte del helado había terminado en el suelo cuando había salido corriendo detrás de su hermana.

Caitlyn también estaba cubierta de helado, el suyo de fresa, y aunque no se había terminado el barquillo, se unió a las súplicas de su hermana.

—Sí, por favor —dijo, agarrándose a su pantalón, y dejando de paso una huella pringosa en la tela.

Trace se volvió hacia Abby, que, obviamente, había vuelto la cabeza para no echarse a reír. De momento, Trace tenía una mancha de mostaza en una manga, una mancha de helado en la camisa y otra en el pantalón. Estaba bastante seguro de que también quedarían restos de chocolate en su rostro, porque minutos antes, Carrie se había subido a un banco y le había palmeado la mejilla para darle las gracias por el helado. En el proceso, había inclinado el helado y había estado a punto de tirarle la bola de chocolate en el regazo.

Trace observó aquellas caritas anhelantes e intentó encontrar una respuesta. La lógica le decía que era imposible que tuvieran hambre después de haberse comido un perrito caliente cada una, una ración de patatas y un helado doble. Sin embargo, había prometido que comerían todo lo que quisieran.

Una vez más, miró a Abby en busca de consejo, pero ella fingió tener la mirada fija en la bahía, dejando claro que iba a tener que manejar solo tan difícil situación.

—De acuerdo —dijo por fin—. Pero esta vez, solo una bola de helado, y en una tarrina. Después, tendréis que sentaros a comerlo debajo de un árbol y con una cucharilla.

—Vale —dijo Caitlyn conforme—. Esta vez lo quiero de vainilla.

—Yo también —se sumó Carrie.

—¿Y tú, Abby? ¿Quieres más helado?

—Creo que con el helado con chocolate caliente que, por cierto, tú me has obligado a tomar, es más que suficiente.

Trace sonrió.

—Ya me he fijado en que no has perdido un solo bocado.

—¡Por supuesto! Sería un crimen malgastar un helado como ese.

—De acuerdo, en ese caso, dos helados de vainilla en tarrina. Ahora mismo vuelvo.

No había dado dos pasos cuando sintió una manita pegajosa en cada mano.

—Nosotras ayudaremos —anunció Carrie.

Algo cambió en el interior de Trace al sentir aquellas manos tan pequeñas en las suyas. Aquellas niñas eran extremadamente dulces y confiadas. Experimentó una suerte de sentimiento de protección paternal que jamás hasta entonces había siquiera imaginado. Y supo en ese instante que estaría dispuesto a hacer cualquier cosa para evitar que nada ni nadie pudiera hacerles daño.

Minutos después, mientras las niñas estaban sentadas a la sombra de un árbol con sus respectivos helados, que no tardaron en convertirse en una sopa de vainilla, se volvió hacia Abby.

—Son increíbles, ¿sabes? Es evidente que eres una madre maravillosa.

Para su sorpresa, Abby suspiró con tristeza.

—No siempre soy una buena madre —confesó—. Cuando estoy en Nueva York, trabajo demasiado. Algunos días apenas paso una hora con ellas antes de ir a dormir. Y a veces me pregunto si no llegará un día en el que me lo reprochen de la misma forma que Jess se lo reprocha a mi padre.

—No es la cantidad de tiempo que se pasa con los niños lo que importa, sino la calidad. Y es evidente que tus hijas te adoran.

—Te parecerá una locura, pero a veces, cuando veo la relación que tienen con su niñera, siento celos. Creo que ella las conoce mejor que yo. Ha estado con ellas durante gran parte de los primeros años de su vida, y yo no.

—Eh, Abby, no te castigues con eso. Tú decidiste tus prioridades pensando en lo que era mejor para ellas.

—¿Estás seguro? ¿O ha sido mi propia ambición la que me ha llevado a establecer esas prioridades?

Trace frunció el ceño ante aquella pregunta.

—Ahora tengo la sensación de estar oyendo hablar a Wes. ¿Cuántas veces te ha dicho algo así?

—Más de una —admitió—. Pero el hecho de que lo dijera él no quiere decir que no sea cierto.

—Sí, si eso te hace cuestionarte tu papel como madre. He conocido a madres de familias disfuncionales y te aseguro que no te pareces ni remotamente a ellas. ¿Te acuerdas de Delilah Bennett? Ella sí que era una mala madre.

Tal como Trace esperaba, Abby sonrió.

—¿Lo dices porque se dedicaba a la prostitución y al tráfico de drogas?

—Exactamente. ¿Entiendes lo que quiero decir? Tú no te pareces nada a ella.

—Eso espero.

—¿Y te acuerdas de Mitzi Gaylord? Se ponía minifaldas y ropa apretada para ir a los partidos.

—Estoy dispuesta a admitir que eso tuvo un gran impacto entre los hombres del pueblo, pero no creo que la convierta en una madre terrible —replicó Abby, pero estaba sonriendo.

Trace se puso repentinamente serio.

—Mira, ser una mala madre es irse de casa cuando tus hijos son demasiado pequeños como para saber por qué les dejas. Ser una mala madre es dejar a una adolescente de diecisiete años intentando hacerse cargo de los problemas de sus hermanos. Tú viviste eso con Megan. Sabes por propia experiencia lo que es tener una madre con la que no puedes contar. Tú jamás permitirás que tus hijas pasen por nada parecido —le levantó la barbilla con un dedo–. No quiero volver a oír que te cuestionas tu papel como madre nunca más.

Los ojos se le llenaron de lágrimas ante la fuerza de sus palabras.

–Mi madre...

Se le quebró la voz. No encontraba la manera de defender a Megan por lo que había hecho. Por lo que les había hecho a todos ellos.

–Se equivocó –dijo Trace con más delicadeza–, pero eso no la convierte en una persona terrible. Sencillamente, es humana. Cometió un error terrible contigo y con tus hermanos. Confía en mí, esos son los errores que de verdad pueden hacer daño a un niño, no el trabajar duramente para ganar dinero para poder criarlos.

–Eres sorprendente –musitó Abby con voz temblorosa–. Siempre sabes lo que tienes que decirme, a pesar de todo el tiempo que ha pasado desde la última vez que estuvimos juntos. No sé si hubiera sido capaz de superar todo lo que superé si no hubieras estado siempre a mi lado, diciéndome exactamente lo que necesitaba oír. Cuando mi madre decidió no volver...

–Yo estaba allí, Abby. Sé lo mucho que sufriste. Estoy seguro de que todo lo que dije entonces era trivial y superficial, pero no sabes cuánto deseaba que te ayudara a sentirte mejor.

–Lo importante era que lo intentabas. Mick estaba demasiado hundido en su propia tristeza como para poder contar con él, y la abuela prácticamente paralizada. Y años después, te aseguro que Wes jamás se ha molestado en decir nada para apoyarme.

–Bueno, así es Wes.

Abby curvó los labios.

–Eso lo resume todo, ¿no? –miró hacia la sombra del árbol. Las niñas estaban tumbadas en la hierba, profundamente dormidas–. Creo que ya es hora de irnos.

–De acuerdo –dijo Trace–. Pero déjame decirte una cosa más antes de que nos vayamos. A partir de ahora, pase lo que pase entre nosotros, siempre puedes contar conmigo, ¿entendido?

Abby alzó la mirada hacia él y asintió lentamente con una sonrisa.

–Entendido.

Había una convicción absoluta en su voz y, por primera vez desde que habían vuelto a encontrarse, Trace comenzaba a creer de verdad que podían tener un futuro. Y en aquella ocasión, haría todo lo que estuviera en su mano para asegurarse de que Abby no saliera huyendo.

Capítulo 15

Mientras cruzaba en taxi la ciudad, Abby no sentía la habitual emoción que siempre acompañaba sus vueltas a Manhattan. Todo le resultaba estresante, a pesar del cielo brillante y de la luz del sol que se filtraba entre los altísimos rascacielos. Era un día de verano perfecto y en cuestión de semanas, el asfalto comenzaría a irradiar un calor sofocante.

Pero pese a su humor, las gemelas estaban emocionadas ante la perspectiva de pasar unos cuantos días con su padre y salir de compras con su abuela. Megan había quedado en reunirse aquella mañana con ellas para ir a comprar y a comer. Después, Wes iría a recoger a las niñas a su apartamento y se las llevaría a su casa hasta el lunes por la noche.

Abby estaba haciendo un gran esfuerzo para no dejar que aquella perspectiva la inquietara, pero la verdad era que continuaba aguijoneándole. Una parte de ella todavía temía que, cuando llegara el momento de regresar a Chesapeake Shores con las niñas, Wes hiciera alguna maniobra para que se quedaran con él. Intentaba apartar aquella preocupación de su mente, pero no le resultaba fácil.

Cuando llegó al apartamento que tenía en Upper East Side, vio a su madre caminando por la calle. A los cincuenta y cuatro años, Megan continuaba siendo una mujer atractiva, vitalista, de piernas largas, que se movía con paso enérgico. Su pelo, teñido de rubio, acentuaba sus grandes ojos azules. Apenas tenía arrugas y el ejercicio diario en un gimnasio frecuentado por algunos famosos la ayudaba a conservar una bonita figura. Tenía un gusto impecable en el vestir y era capaz de llevar un vestido de saldo con la misma elegancia que uno de los muchos vestidos de diseño que guardaba en su armario.

Cuando vio a Abby y a las niñas salir del taxi, su rostro se iluminó con una expresión de inconfundible alegría.

Mientras las niñas corrían hacia su abuela, Abby pagó al taxista, dejó el equipaje en la acera y se acercó después más lentamente a su madre. Todavía no sabía qué iba a decirle para convencerla de que fuera a la inauguración de la posada. Hasta entonces, Megan no había dicho nada sobre el tema, pero su reticencia era palpable cada vez que Abby lo mencionaba.

—Justo a tiempo —dijo Abby, dándole a su madre un abrazo—. Vamos a subir el equipaje y después nos iremos.

Una vez en el ascensor, observó a su madre con atención y advirtió una sombra de cansancio en sus ojos.

—Mamá, ¿estás bien?

—Sí, aunque últimamente tengo muchas cosas en la cabeza. Pero no hay nada de lo que preocuparse —forzó una sonrisa—. Y me alegro mucho de que hayas vuelto a casa, aunque solo sea por unos días. Me siento un poco sola cuando no estáis.

Abby sintió una punzada de culpabilidad que descartó inmediatamente.

—Mamá, pero si tienes montones de amigos en Nueva York, además de un trabajo que te encanta. ¿Qué es lo que tienes en la cabeza? ¿Es por culpa de mi invitación a Chesapeake Shores? ¿Te ha removido viejos recuerdos?

Megan asintió.

—Sí, en parte es eso. Ahora que todos vosotros, salvo Jess, habéis crecido y os habéis ido, tengo pocos motivos para volver por allí. La última vez que estuve fue el día de tu boda.

—Pero no es eso lo único en lo que estás pensando, ¿verdad?

Megan miró a las niñas de reojo.

—¿Por qué no dejamos esta conversación para otro momento? Tenemos muchos planes para hoy.

Abby asintió, pero no quería postergar la conversación durante tanto tiempo como, seguramente, su madre deseaba. En el instante en el que estuvieron en el interior del apartamento, envió a las gemelas a su dormitorio para que eligieran todo lo que querían llevarse a casa de su padre.

—Vamos a tomar un té —le dijo a su madre.

Se dirigió a la cocina sin esperar respuesta. Sacó a toda velocidad un té que a su abuela le habría parecido abominable y metió dos tazas de agua en el microondas con sendas bolsitas de té. Dos minutos después, llevó las tazas a la mesa y le hizo un gesto a su madre.

—Siéntate, mamá, nuestro gran día tendrá que esperar unos minutos para que podamos hablar.

Pero su madre continuaba de pie, de espaldas a ella, con la mirada fija en la ventana. Cuando por fin se volvió, su expresión era insondable.

—Creo que deberíamos salir ya. No tenemos mucho tiempo para ir de compras si queremos almorzar y estar en casa a la hora en la que Wes vendrá a llevarse a las niñas.

—Seguro que lo conseguiremos —dijo Abby—. Cuéntame lo que te pasa.

Megan se sentó por fin y suspiró.

—Muy bien, si de verdad quieres saberlo, la otra noche estuve hablando con tu padre —admitió.

Abby la miró sorprendida.

—¿Hablaste con papá? ¿Te llamó él?

Megan negó con la cabeza.

—No, quería tantear el terreno. Ver qué le parecía que fuera a la fiesta de Jess.

Abby la miró con un nudo en el estómago.

—¿Y?

—Me dijo que hiciera lo que me apeteciera —contestó con cansancio.

Abby no veía el problema, pero era evidente que lo había.

—Eso está bien, ¿no? Significa que no le importa que vayas. Ha dejado la puerta abierta.

Megan la miró con pesar.

—Estamos hablando de tu padre. Supongo que eres consciente de que hubo algo más. Me dijo que, en cualquier caso, sería eso lo que haría. En otras palabras, me acusó de estar siendo egoísta.

—¿Cómo puede ser egoísta hacer algo que puede significar tanto para Jess?

—Porque le dolería a Mick. Si yo voy, no irá él.

Abby no quería creer que su padre pudiera ser tan cabezota, pero sabía que era perfectamente capaz de mostrarse así de obstinado, sobre todo en lo que a Megan concernía. De hecho, aquella había sido la razón de su divorcio. Y la verdad era que, si no hubiera sido por la intervención de su abuela, en su boda habría ocurrido lo mismo. Sin embargo, tras la conversación que había mantenido con Nell, Abby era consciente de que en aquella ocasión, su abuela no intercedería a favor de Megan.

—¿De verdad te ha dicho eso?

—No con esas palabras, pero te aseguro que he entendido el mensaje. Siempre he sabido lo que pensaba, incluso cuando se sumía en el más absoluto silencio.

—Mamá, por favor, no dejes de ir por eso —le suplicó Abby—. Es el momento perfecto para que empiece a cambiar tu relación con Jess. La apertura de la posada significa mucho para ella y aunque probablemente no lo admitiría, tu apoyo puede ser muy importante para Jess. Si papá no soporta que estés allí, es problema suyo.

—Cariño, estás olvidando que aquel es su terreno. Fui yo la que se marchó. No puedo volver ahora como si tal cosa. Y creo que tiene parte de razón: estoy siendo muy egoísta. No solo le haría daño a él, sino también a tus hermanos. Habría muchas posibilidades de que, el que debería ser un momento feliz para Jess, se convirtiera en un drama.

Abby se devanaba los sesos intentando encontrar la manera de convencerla.

—¿Y si consigo convencerle para que acepte que vayas? O a lo mejor puedes alojarte en la posada, en vez de en nuestra casa. Quizá al principio te resulte un poco violento, pero la cuestión es que todo esto puede representar una nueva forma de reconducir las relaciones de la familia.

Megan la miró con curiosidad.

—¿Por qué todo esto es tan importante para ti?

—Porque creo que deberíamos estar juntos para el gran día de Jess.

Su madre alargó la mano para estrecharle la suya con fuerza.

—Siempre has sido mejor madre que yo. Hacías lo imposible para conseguir que todo el mundo fuera feliz, para asegurarte de que nos comportáramos como una verdadera familia, incluso cuando las cosas iban mal. Nada de esto es responsabilidad tuya, Abby. Hemos sido Mick y yo los que hemos creado esta familia, y también este desastre, de modo que es a nosotros a los que nos toca arreglarlo.

—¿Y lo harás? ¿Crees que podrás solucionarlo todo por tu hija? ¿Por todos nosotros? Llama a papá. Intenta convencerle, dile lo importante que es para la familia.

Megan esbozó una mueca.

—Eso ya lo intenté, y acabo de contarte lo que conseguí —cambió de tema y preguntó—: ¿Sabes algo de Bree? ¿Crees que ella irá?

Abby no había hablado con su hermana, pero esta le había dicho en un correo electrónico que pensaba estar allí.

—Ha dicho que irá.

—¿Y Connor?

—A lo mejor no se queda nada más que ese día, pero también irá. Al único que echaremos de menos será a Kevin. Y a ti, a no ser que cambies de opinión.

—No quiero amargarle el día a tu padre, y lo mismo puedo decir de Jess. Sería diferente si me lo hubiera pedido ella. ¿Sabe siquiera que hemos hablado de esto?

—No —admitió Abby—. Quería estar segura de que estabas dispuesta a ir antes de decirle nada. No quiero que sufra una desilusión.

Megan la miró con recelo.

—¿Estás segura de que para ella sería una decepción? Cuando me fui, pasó mucho tiempo sin querer ponerse siquiera al teléfono. Cada vez que iba a veros, encontraba alguna forma de castigarme por haberos abandonado. Nada de lo que intentaba parecía funcionar con ella –Abby empezó a decir algo, pero su madre la interrumpió alzando la mano–. No digo que no me lo mereciera, pero ninguno de vosotros sabe toda la historia.

–¿A qué te refieres? –preguntó Abby desconcertada.

Megan tardó algunos segundos en responder.

–Prefiero no hablar de ello ahora. La cuestión es que es posible que Jess prefiera que yo no vaya.

–Mamá, eso no lo sabes –protestó Abby de nuevo.

–Claro que lo sé –insistió Megan–. Aunque nadie me lo ha dicho, sé que evita verme cuando viene a Nueva York. Sí, ya sé que tú recurres a todo tipo de excusas, pero soy consciente de que es Jess la que rechaza todas las sugerencias que hago para que nos veamos las tres.

Abby no podía negarlo.

–Eso no significa que tengas que dejar de intentarlo.

–No lo he hecho y no lo haré, pero no tengo muchas esperanzas de que pueda cambiar la opinión que tiene sobre mí –dijo Megan con pesar–. Incluso nada más irme se negaba a venir a verme a Nueva York. Yo podía haberla obligado, pero sabía lo mucho que os había decepcionado. Supongo que seguía pensando que el tiempo lo curaría todo. Contigo ha sido así, creo que porque eres la mayor y quizá tenías alguna idea del porqué de mi marcha. Pero los demás continúan enfadados conmigo, y tienen derecho a estarlo. Sé que mis ocasionales visitas no compensaban el hecho de no tener una madre a tiempo completo.

Abby tenía una pregunta en la punta de la lengua; una pregunta que nunca se había atrevido a formular. Era cierto que su madre y ella habían conseguido retomar la comunicación desde hacía varios años, pero Abby sospechaba que era porque nunca le había hecho a su madre preguntas comprometidas. Había dejado que Megan eludiera los temas más profundos y había aceptado una suerte de vínculo superficial porque siempre era mejor que nada. Sin embargo, creía que había llegado el momento de explorar bajo la superficie. Tenía que averiguar por qué Megan no había vuelto a buscarlos a pesar de su promesa.

—¿Puedo preguntarte algo?

—Por supuesto.

—El día que te marchaste, me prometiste que volverías a por nosotros. ¿Por qué no lo hiciste? ¿Por qué no luchaste para conseguir la custodia, sobre todo la de Jess? Solo tenía siete años y siempre creyó que te habías marchado porque causaba demasiados problemas.

Megan la miró desolada.

—¡No! ¿Cómo podía pensar una cosa así?

—Mamá, por favor —contestó Abby con impaciencia—. No creo que seas tan ingenua. Los niños siempre se consideran culpables del divorcio de sus padres. Y fue peor en el caso de Jess por el problema de su hiperactividad. Era una niña que daba mucho trabajo. Creo que todos nosotros nos devanábamos los sesos intentando averiguar qué hacer con ella. Necesitaba a su madre y sin embargo, tú la abandonaste.

A Megan se le llenaron los ojos de lágrimas.

—Lo sé, y te juro que pretendía cumplir mi promesa y volver con vosotros. Incluso encontré un colegio que habría sido ideal para Jess, en el que habría tenido una atención adaptada a sus necesidades de aprendizaje. Al principio quería tiempo para establecerme, para montar una casa, conseguir dinero y dejar de depender de Mick.

Miró a Abby con inmensa seriedad.

—Es cierto, Abby, tenía un plan. Pero no pude llevarlo a cabo. Estabais todos muy dolidos y enfadados conmigo. Cada vez que iba a veros, la distancia era mayor. Me sentía como si me hubierais expulsado de vuestras vidas.

Cuando Abby comenzó a protestar diciendo que aquella conducta había sido un mecanismo de defensa, Megan la interrumpió.

—Comprendo por qué lo hacíais —dijo—, habíais sufrido mucho. No confiabais en mí. Por eso terminé diciéndome que estabais mejor con Mick, que erais felices en la casa en la que siempre habíais vivido y que él también os necesitaba.

Pero incluso mientras lo decía, parecía estar quitándole valor a la explicación.

—Sé que no es excusa, debería haber intentado llegar a un acuerdo con vuestro padre, pero cuando pude hablar con él, me dijo exactamente lo que ya había podido ver por mí misma, que por fin habíais conseguido superar mi marcha y que volver a perturbar vuestras vidas sería otro acto de egoísmo por mi parte. Yo sabía que estaríais bien. Sabía que Mick era un buen padre, así que me convencí a mí misma de que con él tendríais suficiente. Me conformé con mirar de lejos vuestras vidas, con enviaros cartas y regalos y con acercarme a veros de vez en cuando, para soportar unas visitas cada vez más frías.

—Estás hablando de cartas, de regalos y de visitas —dijo Abby con incredulidad—. ¿Qué importancia podía tener todo eso si ni papá ni tú estabais con nosotros?

Megan palideció, sorprendida por su vehemencia.

—En ese momento no era consciente de que Mick trabajaba durante tanto tiempo fuera.

—¿Y hubiera supuesto alguna diferencia el hecho de que lo hubieras sabido?

Megan asintió sin ser capaz de mirarla a los ojos.

—Me gusta pensar que habría luchado con más fuerza por vuestra custodia, como al principio pretendía hacer —al ver la mirada escéptica de Abby, añadió—. Puedo enseñarte los folletos de los colegios que estuve buscando. ¿Por qué crees que la primera casa que alquilé era tan grande? No necesitaba tantas habitaciones para mí sola. Mick me ayudaba a pagar ese piso.

Abby recordó con sobresalto que la primera vez que había ido a ver a su madre a Nueva York, esta vivía en un piso con cuatro dormitorios. Mick debía de haber pagado una fortuna por un piso tan grande. Unos años después, cuando Abby se había mudado a Nueva York y Kevin, Bree y Connor estaban ya en el instituto o en la universidad, Megan se había ido a vivir a un apartamento más pequeño con una única habitación para invitados. Al parecer, había tardado mucho tiempo en renunciar a recuperar a sus hijos.

–Lo siento, mamá. Supongo que era fácil malinterpretar tus intenciones.

–Por supuesto que lo era. Y la culpa es solamente mía. Esperar que vinierais vosotros a Nueva York y renunciarais a la vida que hasta entonces conocíais por el mero hecho de que yo no podía seguir con vuestro padre no era suficiente. Debería haber luchado para que eso ocurriera. A lo mejor, incluso debería haber vuelto a Chesapeake Shores.

–¿Te refieres a volver con papá?

–No, eso habría sido imposible. En ese sentido, no había cambiado nada.

–¿En algún momento pensaste que era posible que cambiara? –preguntó Abby–. Pero si papá es la persona más cabezota que conozco.

Megan se rio al oírla.

–Supongo que, aunque fuera absurdo, pensé que el hecho de que yo me marchara le obligaría a quedarse en casa y le tendríais a vuestro lado. Sabía también que vuestra abuela podría llenar mi ausencia. Siempre os ha adorado. Seguro que no habríais podido tener una madre mejor.

–Pero tú eras nuestra madre –le recordó Abby con calor–. La abuela no debería haber ocupado tu lugar.

–No, no debería –se mostró de acuerdo Megan–. Y hasta el día que me muera me arrepentiré de haberos abandonado a ti y a tus hermanos. Créeme, comprendo lo mucho que me he perdido al actuar como lo hice. Por muy a menudo que os visitara, me he perdido las cosas más importantes de vuestra vida.

–¿De verdad te arrepientes? –preguntó Abby con gesto escéptico–. ¿Y también te arrepientes de haber dejado a papá?

Megan permaneció en silencio ante aquella pregunta, pero el rubor que tiñó su rostro fue suficiente respuesta. Abby alargó las manos hacia las de su madre y descubrió que las tenía heladas.

Para su sorpresa, Megan parpadeó para apartar las lágrimas.

—Nunca dejé de quererle. El problema era que no podía seguir viviendo con él. O sin él, mejor dicho.

A Abby se le encogió el corazón al pensar en su madre. Al pensar en los dos, de hecho. Porque siempre había sabido que su padre continuaba desesperadamente enamorado de ella y que solo el orgullo y la cabezonería habían impedido que fuera a buscarla cuando le había abandonado.

Al pensar en ello, comprendió el paralelismo que había entre las vidas de sus padres y lo que les había ocurrido a Trace y a ella. Se habían separado muchos años atrás, pero jamás había muerto del todo lo que sentían el uno por el otro. Y quizá, si Trace no se hubiera sentido tan herido en su orgullo, habría ido a buscarla antes de que ella hubiera conocido a Wes.

Por supuesto, eso significaría que Carrie y Caitlyn no habrían nacido y Abby jamás se arrepentiría de haber tenido a sus hijas. A lo mejor, en el transcurso de una vida, las cosas pasaban simplemente cuando tenían que pasar.

—Mamá, si vinieras a Chesapeake Shores, podrías abrir la puerta a lo que realmente quieres. Papá tampoco ha dejado nunca de quererte.

—Abby, ¡qué romántica eres! El amor no siempre lo soluciona todo. Mick sigue siendo Mick. Su trabajo es prioritario para él y eso significa que yo volvería a sentirme sola y abandonada.

—No necesariamente. Ahora ya somos adultos. No habría nada que te impidiera acompañarle en sus viajes. Y la verdad es que no creo que siga teniendo tantas ganas de moverse como antes. Tengo la sensación de que continúa haciéndolo porque la casa le resulta vacía sin ti. Vamos, mamá, no tienes nada que perder. Ven a la fiesta. Yo misma hablaré con papá para convencerle de que también vaya él.

Megan la miró contrita.

—Siempre has asumido demasiadas responsabilidades en la familia, Abby. Y no quiero que ahora tengas que hacer de casamentera entre tu padre y yo.

—Muy bien. En cuanto me asegure de que vais a estar los dos

en el pueblo, me retiraré. Si habláis o no será cosa vuestra. Lo dejaré todo en vuestras manos.

Su madre la miró dubitativa.

–¿Crees que serás capaz? Con lo maternal que eres me parece imposible. En ese aspecto, te pareces mucho a tu abuela.

–Incluso la abuela sabe cuándo tiene que quitarse de en medio. Y yo también sabré hacerlo.

–¿Y me dejarás alojarme en la posada? ¿No insistirás en que me quede con vosotros en casa?

–Claro que no.

Megan tomó aire.

–De acuerdo. Iré –dijo con decisión–. ¿Qué era lo que tu abuela solía decir? Ah, sí «el que no arriesga, no gana». Así que me arriesgaré –miró a su hija preocupada–. Pero, por favor, no te hagas muchas ilusiones. Mi relación con Mick es muy complicada. No vamos a arreglar las cosas en un fin de semana. Y lo mismo puedo decir de mi relación con tus hermanos.

–Pero si no les ves, no tendrás oportunidad de cambiar nada –se levantó y se acercó a Megan para darle un abrazo–. Ahora vamos a buscar a Carrie y a Caitlyn. Las mujeres de esta familia necesitan comprarse unos vestidos que dejen a todo el mundo boquiabierto.

Su madre arqueó una ceja.

–¿Tú también? ¿Quién quieres que se fije en ti?

–Nadie en particular –mintió Abby.

Megan la observó con atención, con todo su instinto maternal en alerta.

–Ese rubor de tus mejillas me dice otra cosa. ¿Has vuelto a encontrarte con Trace?

Abby frunció el ceño.

–¿Por qué me preguntas eso? Hace años que no le veo.

–Porque antes de irme, los dos erais inseparables y tenías el mismo aspecto que tienes ahora. ¿Todavía está en el pueblo?

–Sí –admitió Abby.

–Vaya, vaya. Así que este viaje podría ser más interesante de lo que había anticipado.

—Te diré lo mismo que me has dicho tú a mí: no quiero que hagas de casamentera, ¿de acuerdo?

—Si no recuerdo mal, antes no necesitabas que nadie te animara a acercarte a él —adoptó una expresión más seria—. No le dejes escapar otra vez.

Abby la miró a los ojos.

—Yo podría decirte lo mismo.

Empezaba a tener la sensación de que la gran fiesta de Jess iba a ser una noche digna de recordar en varios frentes.

A no ser que se convirtiera en el inicio de una nueva batalla familiar.

Abby estuvo intentando localizar a Mick durante todo el tiempo que estuvo en Nueva York, pero o bien tenía el teléfono móvil apagado, o estaba evitando sus llamadas. Conociendo a su padre, probablemente sería lo último. Seguramente no querría hablar de Megan con ella, y era posible que supiera que era esa la razón de sus llamadas.

Aquella noche, cuando llamó a su abuela para informarle de que pensaba regresar con las niñas el martes por la mañana, le dijo:

—Por favor, cuando hables con papá, dile que no puede evitar mis llamadas eternamente. De hecho, si hace falta, soy capaz de montarme en un avión y volar hasta San Francisco para atraparle.

Nell se echó a reír ante la vehemencia de su tono.

—Serías perfectamente capaz, ¿verdad?

—Y sin pensármelo dos veces.

—Ya se lo dije ayer por la noche.

—¿Admitió entonces que no quería hablar conmigo?

—No admitió absolutamente nada. Lo único que dijo fue que tenía varias llamadas perdidas, el resto lo he averiguado yo. Y creo que no le ha hecho mucha gracia que hayas invitado a Megan.

—Pues va a venir, y si vuelves a hablar con papá, dile que me llame cuanto antes. Se está comportando como un niño malcriado.

–Cuida tu lengua, jovencita. Tu madre le hizo sufrir mucho.

–Ya lo sé. También ella sufrió mucho.

–Entonces, ¿para qué va a volver? Lo único que va a conseguir es poner nervioso a todo el mundo. Entiendo que viniera cuando tus hermanos eran pequeños, ¿pero ahora? Si quieres saber mi opinión, ya es demasiado tarde para que venga a hacer de madre.

–Quiere rectificar los errores del pasado.

–Pues no va a poder hacerlo en un fin de semana –respondió irritada su abuela–. Por lo visto, tiene ganas de convertirse en el centro de atención durante un día que debería ser la gran ocasión para Jess.

Durante años, su abuela había mantenido un silencio significativo sobre todo lo relacionado con Megan. Abby siempre había asumido que era porque comprendía tanto a su madre como a su padre. Pero en ese momento se hizo más evidente que solo se había mordido la lengua por respeto a lo que sus hijos pensaban de su madre.

–Yo creía que querías a mi madre –dijo Abby.

–Y es cierto. Todavía la quiero. Cuando se marchó, me sentí como si hubiera perdido a mi propia hija. Pero eso no significa que apruebe lo que hizo. Las madres no abandonan a sus hijos. Sean cuales sean las circunstancias en las que se encuentran. Entiendo que dejara a tu padre, que, al fin y al cabo, pasaba más tiempo fuera de casa que aquí. Francamente, siempre pensé que lo único que pretendía Megan era llamar su atención. Pero no contó con que el orgullo de Mick le impediría pedirle que regresara. Después, las cosas se les fueron a los dos de las manos y nos encontramos con el desastre que tenemos ahora.

–Creo que en eso tienes toda la razón –corroboró Abby.

–Sea como sea, no debería haberos dejado. Sé que Mick la convenció para que le cediera la custodia y estableciera un régimen de visitas. Insistió en que deberíais seguir viviendo en vuestra casa, rodeados de vuestra familia y amigos, en que no deberíais crecer en una ciudad desconocida. Él también tiene su parte de culpa en todo lo que ocurrió, pero vuestra madre debería haber luchado con uñas y dientes para poder estar con todos vosotros.

—Supongo que criarnos ha tenido que ser una carga muy dura para ti.

—¡Tonterías! Vosotros sois mi mayor alegría. Además, tanto tú como la mayor parte de tus hermanos erais bastante mayores y no representabais ningún problema. Bree siempre ha sido muy tranquila y estudiosa; se pasaba horas escribiendo en su diario. Sé que le dolió mucho la marcha de vuestra madre, pero no le afectó tanto como a Jess.

Abby suspiró.

—Siempre Jess, ¿verdad? Ella fue la que pagó el precio más alto por el abandono de nuestra madre.

—Todavía está intentando superar todas esas dificultades y seguir adelante con tu vida. Y ahora vienes tú a remover todos los fantasmas del pasado.

Aquella acusación le dolió.

—No es esa mi intención —le aseguró Abby a su abuela—. Todos necesitamos que mamá vuelva a nuestras vidas, incluso Jess. De hecho, especialmente Jess.

—Espero que tengas razón —contestó su abuela.

—Tú solo asegúrate de que mi padre responde a mis llamadas, ¿de acuerdo?

—Haré lo que pueda.

—Mañana llegaremos las niñas y yo.

—Eso sí que es una buena noticia —dijo Nell, mucho más contenta—. Que tengáis un buen viaje.

—Te quiero.

Abby colgó el teléfono y bajó con intención de acercarse a su oficina en taxi. Aunque había conseguido dar una buena batida al montón de informes que se le habían acumulado en el despacho durante el mes que había estado fuera, todavía tenía una montaña de trabajo del que ocuparse antes de que Wes llevara a las gemelas a casa aquella noche.

Para su sorpresa, aunque estaba deseando la distracción que el trabajo le proporcionaba, no estaba tan ansiosa por concentrarse en el torbellino del mercado bursátil como era habitual en ella. De hecho, para su asombro, estaba mucho más emocionada ante la perspectiva de regresar a Chesapeake Shores, y junto a Trace, a la mañana siguiente.

El reloj de la repisa de la chimenea del apartamento de Abby, un ostentoso regalo de una de las tías de Wes, dio las diez. Abby tuvo que hacer un serio esfuerzo para no ceder al pánico tras haber vuelto a marcar el número de Wes y recibir como respuesta el mensaje del buzón de voz.

Su exmarido debería haber llevado a las niñas a casa hacía horas. De hecho, pasaban ya más de dos horas de su hora de acostarse y él lo sabía. Y sabía también que estaría preocupada. Aquel era un intento deliberado de asustarla. En ningún momento pensó que pudiera haberles ocurrido algo; no se estaba imaginando a sus hijas en un hospital, o cruzando las calles en un taxi, a toda velocidad. No, se las estaba imaginando cómodamente instaladas en el apartamento de Wes, mientras él intentaba decidir durante cuánto tiempo más debía hacerle sufrir.

Aquel estúpido reloj marcó la última campanada de las diez, destrozando los ya suficientemente maltrechos nervios de Abby. Esta lo agarró, lo lanzó al otro extremo de la habitación deseando que Wes se interpusiera en su camino y observó satisfecha cómo terminaba hecho añicos en el suelo.

Llamó después a casa de Wes y al no recibir respuesta, le llamó al móvil.

—Ya está bien —musitó.

Agarró el bolso y las llaves y abrió la puerta. Iba a ir a buscar a las niñas inmediatamente. Y al día siguiente, lo primero que haría sería llamar a su abogada y pedirle que hiciera... algo. Tendría que averiguar qué. A lo mejor a Stella Lavery, que pensaba que le había dado demasiadas facilidades a Wes durante el proceso de divorcio, se le ocurriría algo. De hecho, seguramente hasta le hiciera ilusión tener que poner en funcionamiento sus renovadas tácticas.

Pero cuando salió del ascensor en la planta baja, vio a Wes cruzando el portal con las niñas a su lado, cada una de ellas arrastrando su maleta.

—¡Mamá! —gritaron las dos, liberándose de la mano de su padre y corriendo hacia ella—. ¡Hemos ido al cine!

—¿De verdad? ¿A esta hora? —le dirigió una dura mirada a su exmarido—. ¿Tienes idea de la hora que es?

Wes la miró sin alterarse.

—Sí, ya sé que es tarde, pero mañana no tienen que madrugar —dijo, todo inocencia—. No imaginé que para ti sería un problema.

—Pues el caso es que tienen que madrugar. El avión sale a las nueve de la mañana y eso significa que a las siete tendremos que estar de camino al aeropuerto. Y lo sabías, Wes, no intentes fingir lo contrario.

Carrie y Caitlyn permanecían completamente paralizadas entre ellos. Parecían asustadas. Abby y Wes jamás habían discutido delante de sus hijas, pero en aquel momento, Abby estaba tan indignada que era incapaz de controlarse. Se obligó a sonreír para tranquilizar a las niñas.

—Vamos —dijo más animada—. Vamos a casa para que podáis acostaros. Mañana nos espera un día muy largo.

—Pero tenemos un montón de cosas que contarte —protestó Carrie—. Nos lo hemos pasado muy bien con papá y con Gabrielle.

—Me alegro mucho, pero podréis contármelo mañana por la mañana —dijo con firmeza. Miró una vez más a Wes—. Te llamaré en cuanto lleguemos a Chesapeake Shores para hablar sobre esto. Y asegúrate de ponerte al teléfono.

—Adiós, papá —le dijo Carrie por encima del hombro, mientras se dirigían hacia el ascensor.

Caitlyn, que percibía rápidamente cualquier tensión y las vivía con mucha intensidad, permaneció al lado de su madre.

—Adiós, papá —dijo con tristeza, como si temiera no volver a verle jamás.

Wes cambió inmediatamente de actitud. Aunque su sonrisa no alcanzó sus ojos, por lo menos intentó sonreír.

—Te veré pronto, cariño.

—¿Me lo prometes? —preguntó Caitlyn.

—Claro que sí —respondió, y le lanzó a Abby una mirada de advertencia.

—Mañana hablamos —le dijo ella cortante y se metieron en el ascensor.

Una vez dentro, Caitlyn tiró a su madre de la mano.

—¿Estás enfadada con papá?

—No hay nada de lo que tengáis que preocuparos —le aseguró ella—. A veces, papá y mamá tienen cosas de las que hablar.

—Papá ha dicho que a lo mejor nos vamos a vivir para siempre con él —anunció Caitlyn.

—¡Caitlyn, cállate! No teníamos que decir nada —le reprochó Carrie—. Lo ha dicho Gabrielle.

Abby se sintió como si de pronto le hubieran robado el oxígeno. Para cuando se abrieron las puertas del ascensor, estaba temblando de tal manera que apenas atinó a meter la llave en la cerradura.

Una vez dentro del piso, acostó a las gemelas con movimientos autómatas, las arropó y les dio un beso de buenas noches. En cuanto estuvo de nuevo en el salón, se sirvió media copa de brandy para calmar sus nervios y marcó el número de Trace.

—Hola, estaba esperando tu llamada —le dijo él—. ¿Ya lo tienes todo preparado para mañana?

Abby no se anduvo con rodeos.

—Trace, ¿has hecho alguna investigación sobre lo que hablamos?

—¿Te refieres a si he investigado qué está pasando en la vida de Wes?

—Sí.

—¿Por qué lo preguntas? ¿Qué ha pasado? —preguntó Trace mucho más serio.

—A Caitlyn se le ha escapado un comentario esta noche. Ha

dicho que a lo mejor se van a vivir para siempre con su padre. Carrie le ha dicho inmediatamente que se callara y que Gabrielle, la novia de Wes, les había pedido que no dijeran nada.

–Eso no va a ser así –respondió Trace con fiereza–. Esta misma noche empezaré a investigar. Y si no encuentro nada sospechoso, contrataré a alguien para que lo haga. Mientras tanto, llama a tu abogada a primera hora de la mañana para asegurarte de que se respeten todos tus derechos. No te preocupes, Abby. No vas a perder la custodia de esas niñas porque no has hecho absolutamente nada que pueda justificar una cosa así.

Abby suspiró aliviada ante la seguridad que transmitía su voz. Aunque ella también lo pensaba, necesitaba aquella confianza.

–Dios mío, ojalá estuvieras aquí. Hasta ahora estaba demasiado enfadada como para estar asustada, pero poco a poco el miedo va ganando terreno.

–En cuanto llegues aquí, lo superarás –le prometió Trace–. De momento alimenta tu enfado, cariño. Te ayudará a permanecer fuerte.

–No, esta noche tú eres lo único que me ayuda a permanecer fuerte. Gracias, Trace. Me basta con oír tu voz para sentirme mejor.

–Todo va a salir bien, Abby. Te prometo que haré todo lo que esté en mi mano para que sea así. Y si conmigo no basta, espera a que tu padre y el resto de tu familia se enteren de lo que está pasando. Los O'Brien unidos son una fuerza indestructible.

Abby sonrió al oírle.

–Sí, eso es verdad.

Afortunadamente, la mayor parte de ellos iban a estar en Chesapeake shores al cabo de un par de semanas. Pensar en su familia y en Trace era suficiente para pasar la noche. Y a primera hora de la mañana, pondría a Stella en funcionamiento. Si Wes pensaba por un solo instante que iba a poder quitarle a las niñas, se enfrentaría a la peor pelea de su vida.

Capítulo 16

El pánico y el derrotismo que Trace había percibido en la voz de Abby la noche anterior le resultaron casi insoportables. Si Abby no hubiera estado a punto de tomar un vuelo para regresar a Chesapeake Shores, habría ido él esa misma noche a Nueva York, aunque solo fuera para abrazarla.

En cambio, había pasado la noche haciendo algo mucho más práctico: investigar las cuentas de Wes Winters. Y por lo que había descubierto, tenía problemas suficientes como para estar ansioso por hacerse con la custodia de sus hijas. De esa forma, no solo no tendría que continuar pasando la pensión a las niñas, sino que habría incluso alguna posibilidad de que fuera ella la que tuviera que pagarle una pensión.

¡El muy sinvergüenza!, pensó Trace. Aquel no era el sincero interés de un padre por sus hijas, sino que se trataba de una cuestión de dinero, estaba plenamente convencido.

En cuanto terminó con su tarjeta de crédito, introdujo el nombre de Wes en el ordenador para ver qué más podía averiguar. Descubrió algunas fotografías en las páginas de sociedad de la prensa de Nueva York y Long Island en las que se le relacionaba con Gabrielle Mitchell, una mujer que, al parecer, trabajaba para la misma firma que Abby. Trace se preguntó inmediatamente cuándo habría empezado aquella relación. Seguramente habían empezado a salir delante de las propias narices de Abby. Otro gesto despreciable por parte de Wes.

Buscó después información sobre Gabrielle y encontró otro

dato interesante entre las páginas del Wall *Street Journal*. Al parecer, a la nueva pareja de Wes se la había vinculado recientemente con algunas transacciones dudosas de la firma para la que trabajaba. La información era de la semana anterior; Abby estaba entonces en Maryland, así que posiblemente no había oído ningún rumor en la oficina sobre aquella situación.

«Muy interesante», pensó Trace. ¿Sería posible que la señorita Mitchell se hubiera arriesgado en exceso con el dinero de algún inversor? A lo mejor Wes estaba intentando reunir dinero para sacarla de ese apuro. ¿O sería ella la que se había comprometido en un asunto turbio para financiarle a él? Era imposible decirlo, pero, definitivamente, allí había gato encerrado. Trace no creía en las coincidencias.

En cuanto pensó que Abby y las niñas estarían ya en Baltimore, la llamó al móvil. Todavía tenía conectado el buzón de voz, así que le dejó un mensaje diciéndole que le llamara en cuanto llegara a casa o fuera a verle al banco.

Podía seguir investigando, pero tenía la sensación de que Abby podría aportarle mucha información. Por lo menos, le bastaría con llamar a su firma para obtener las respuestas de las que la prensa no informaba.

Al final, cuando llegó al banco a media mañana, Trace se encontró con la mirada reprobadora de Mariah.

–Lo sé –le dijo para apaciguarla–, debería haber llamado.

–Sí, deberías haber llamado –replicó ella–. Avisaré a tu padre de que por fin te has dignado a aparecer. Estaba buscándote.

Unos minutos después, caminaba impaciente por el despacho, esperando la llamada de Abby, cuando entró su padre con expresión sombría.

–Te has perdido la reunión de esta mañana –le acusó.

–No es verdad –contestó Trace–. He enviado a Laila en mi lugar. Estaba allí, ¿verdad?

Su padre frunció el ceño.

–Sí, pero no puedes escabullirte de esa manera, Trace. Y no vas a convencerme de que le ofrezca tu puesto a tu hermana invitándola a hacer tu trabajo.

—¿Ha presentado los informes?
—Por supuesto.
—¿Y te han parecido buenos?
—La verdad es que tiene muy buen ojo –reconoció a regañadientes–. Sus análisis han sido muy acertados.

Trace miró a su padre a los ojos.

—En ese caso, no sé dónde está el problema. Ha ido a la reunión y tiene buen ojo, ¿qué más puedes pedir?

—Que el hombre al que pago para que haga este trabajo lo haga de verdad –respondió con calor.

—En realidad, todavía no me has pagado. No he firmado ninguno de los cheques que Raymond ha ido dejando en mi escritorio. ¿Es que no te fijas en ese tipo de cosas?

Su padre se quedó boquiabierto. Antes de que pudiera decir una sola palabra, Trace añadió:

—Espera, no es del todo cierto. El cheque de esta semana se lo voy a ingresar a Laila, puesto que es ella la que ha hecho el trabajo.

Su padre se dejó caer en la silla que había delante del escritorio de su hijo.

—¿Le has pagado a tu hermana para que hiciera el trabajo por ti?

—Sí, yo soy el que da la cara, puesto que al parecer te sientes más cómodo teniendo a un hombre en esta oficina.

—¿Cuándo habéis tramado esa locura?

—En realidad, ella no ha tramado nada. He sido yo el que lo ha urdido todo. Laila no sabía cuáles eran mis intenciones. Lo único que hice fue pedirle que me sacara de un aprieto esta semana. Le dije que andaba muy apurado con un trabajo de diseño y le supliqué que me echara una mano.

—¿Y cuándo se lo pediste?
—Ayer mismo, en el último momento.

A pesar de su estupefacción y de su enfado, Lawrence Riley parecía impresionado.

—¿Y ha hecho todo ese trabajo de un día para otro?
—Sí, es buena, ¿verdad?

En vez de contestar directamente, su padre farfulló:

—Esa no es la cuestión. Por supuesto que es buena. A los Riley siempre se nos han dado muy bien los números.

—Por lo menos a Laila —se mostró de acuerdo Trace.

Su padre suspiró pesadamente.

—¿De verdad odias tanto este trabajo?

—No lo odio —replicó Trace—, pero tengo otro trabajo que me apasiona —miró a su padre a los ojos—. De todas formas, te prometí que me quedaría seis meses y pienso cumplirlo.

Su padre arqueó las cejas.

—¿Y piensas seguir utilizando de esa manera a tu hermana?

Trace sonrió.

—Si soy capaz de hacerlo sin que ella se entere, sí.

Su padre no parecía muy convencido.

—¿Y qué te parecería esto? Le ofreceré el mismo trabajo que a ti, os tendré contratados a los dos durante unos meses y veremos cómo va todo. Así tendrá oportunidad de demostrar lo que vale.

—De ningún modo —Trace sacudió la cabeza ante lo absurdo de aquella sugerencia—. Papá, no puedes tenerlo todo. O le ofreces a Laila todo tu apoyo en este momento, o tendrás que comenzar a asumir que quizá ninguno de nosotros quiera trabajar en el banco.

—¿Desde cuándo eres tan manipulador y tan taimado?

Trace respondió con una carcajada.

—«De tal palo, tal astilla».

Su padre sonrió por primera vez desde que había entrado en el despacho.

—Desde luego. Muy bien, pensaré en lo que me has dicho. Laila ha hecho un trabajo excelente y en un tiempo ridículo. Hasta Raymond estaba impresionado, y eso que no cree que en el banco haya nadie tan eficaz como él, ni siquiera yo. Y probablemente tenga razón —se levantó para marcharse, pero antes, le dirigió una firme mirada—. ¿Tienes alguna otra cosa en mente?

—Solo estoy preocupado por Abby. Al parecer, su exmarido quiere ponerle las cosas difíciles.

—¿Puedo hacer algo para ayudarte?

Trace pensó en la maraña financiera que podía haber detrás de todo aquel asunto. Probablemente, Abby era la más indicada para comprenderla, pero no les vendría mal que otra mente bien entrenada les echara una mano.

—Es posible. Te lo diré en cuanto hable con Abby.

Solo esperaba que se pusiera rápidamente en contacto con él. Estar sin hacer nada esperando su llamada le estaba consumiendo los nervios.

Abby escuchó el mensaje de Trace justo después de meterse con las niñas en el coche que había alquilado en Baltimore. A pesar de las ganas que tenía de hablar con él, decidió esperar a llegar a Chesapeake Shores para poder hacerlo con él en persona. Además, no quería que sus hijas le oyeran hablar de su padre.

Y, si era totalmente sincera consigo misma, tenía que reconocer que quería algo más que la voz de Trace. Necesitaba sentir sus brazos a su alrededor. No tenía la menor idea de cuándo había comenzado a sentir con tanta intensidad que Trace era importante para ella, pero así era. No podía negarlo. Trace había sido el primero en el que había pensado cuando se había desatado la crisis en Nueva York la noche anterior. No había pensado en su padre, ni en su abuela, ni en ningún otro miembro de su familia. Solo en Trace. Mientras conducía por el camino de entrada a la casa, en lo único que podía pensar era en instalar cuanto antes a las niñas y en dirigirse directamente al banco.

Pero no había parado todavía cuando vio a su abuela saliendo de la casa con el teléfono en la mano. Inmediatamente le hizo señas a Abby.

—Es tu padre —le dijo.

Abby cruzó el jardín, pendiente de que las niñas no salieran corriendo directamente hacia la playa. Pero las dos salieron disparadas hacia Nell.

–¿Ha sido una sorpresa? ¿Sabías que íbamos a venir? –preguntó Carrie, saltando de emoción.

Nell se echó a reír.

–Claro que sí.

–¿Nos has hecho galletas? –quiso saber Caitlyn.

–¿De verdad tienes que preguntarlo? –replicó Nell, dirigiéndose con ellas hacia el interior de la casa después de haberle guiñado un ojo a su nieta.

En cuanto se fueron, Abby se dispuso a hablar con su padre.

–Hola, papá.

–Hola, tu abuela me ha dicho que tenías algo que decirme –dijo Mick. Parecía irritado.

–Quería hablarte de mamá –contestó ella, con la sensación de estar adentrándose en un campo minado.

No quería enfadar más a su padre. Lo que quería era que regresara a casa.

–No pienso hablar de tu madre contigo –le advirtió Mick–. Y si eso era todo, adiós.

–No te atrevas a colgarme –replicó Abby, intentando no perder la calma–. Mamá va a venir a la inauguración de la posada y quiero que vengas también tú. Ese día tenemos que pensar en Jess, no en vosotros. Una cosa es que te marcharas de casa cada vez que venía a vernos cuando éramos pequeños, pero esto es diferente. Somos una familia y vosotros sois nuestros padres. Para bien o para mal, eso forma parte de nuestras vidas. Y estoy convencida de que seréis capaces de soportaros durante un par de días. En mi boda los dos conseguisteis comportaros como personas civilizadas. Para Jess, esta inauguración es tan importante como lo fue para mí aquel día.

–Tu boda era otra cosa. Ella se alojó en la posada y conseguimos guardar las distancias. Sin embargo, ahora pretendes que le dé la bienvenida en mi propia casa a la mujer que me abandonó –dijo con tono de incredulidad–. Se helará el infierno antes de que yo pase por una situación así.

–También esta vez se quedará en la posada –dijo Abby para tranquilizarle–. ¿Alguna otra cuestión?

—No quiero que entre en mi pueblo —gruñó—. Yo he construido este lugar.

Abby estuvo a punto de echarse a reír ante la posesividad de su tono.

—Creo que hasta un lugar tan pequeño como Chesapeake Shores es suficientemente grande para los dos. No, papá, no es que no quieras estar cerca de ella. Es que tienes miedo de verla porque en ese caso, podríais hablar y quién sabe adónde podríais llegar. Te estás comportando como un cobarde, y eso es lo último que esperaba de ti.

—No sé cómo te atreves a decirme eso, jovencita.

—Lo único que estoy diciendo es lo que veo. Pero hay otra razón por la que creo que deberías venir.

—¿Cuál es? —preguntó su padre con recelo.

—Ayer, antes de que saliéramos de Nueva York, a Caitlyn se le escapó algo. Al parecer, Wes está pensando en pedir la custodia de las niñas.

Mick respiró con fuerza.

—¡Por encima de mi cadáver! ¿En qué demonios está pensando?

—He hablado con Stella esta mañana. Es posible que esto no termine en nada, pero si intenta cualquier cosa, está dispuesta a enfrentarse a él en los juzgados. Trace ha investigado los movimientos de la tarjeta de crédito de Wes para ver si había algo que pudiera justificar su repentino interés por ser padre a tiempo completo. Pero, papá, necesito que estés aquí por si ocurre algo. Vamos a tener que presentar un frente unido.

—No te preocupes, allí estaré —contestó sombrío—. Y si es necesario, le despedazaré miembro a miembro.

Abby sabía que lo decía en serio.

—Espero que no haya que llegar tan lejos.

—¿Quieres que vaya ya?

—No, Trace y yo podremos controlarlo todo, y Stella, claro. A lo mejor, al final todo se queda en nada y Caitlyn ha entendido mal lo que decía su padre —no mencionó que Carrie pensaba lo mismo que su hermana—. Solo quiero estar preparada.

–Tus hijas son demasiado inteligentes como para equivocarse en algo así –dijo Mick, confirmando lo que Abby pensaba–. De modo que, o bien Wes les ha dicho lo que pensaba hacer o se lo ha dicho alguien. Volveré este fin de semana por si me necesitas. En el caso de que ocurriera algo y quisieras verme antes, llámame, ¿de acuerdo? Esto tiene más importancia que cualquier cosa que haya podido ocurrir entre tu madre y yo –dijo y continuó con cierta ironía–. Lo cual, por supuesto, sabías antes de decírmelo.

–A lo mejor –contestó Abby sonriendo–. Gracias, papá. Te llamaré si necesito que adelantes la vuelta.

–Asegúrate de que Trace puede llevar a cabo esa investigación. En el caso de que tenga algún problema, puedo contratar a alguien en Nueva York.

–Si necesito cualquier cosa, te lo diré. Pero de momento me basta con saber que volverás pronto.

Se alegraba de que para su padre el bienestar de sus nietas fuera algo prioritario. Pensó en todos aquellos años en los que Mick había puesto su trabajo por delante de todo lo demás, sin preocuparse de los problemas que pudiera haber en su casa. Si su padre comenzaba a cambiar de verdad, a lo mejor también su madre era capaz de darse cuenta del esfuerzo que estaba haciendo.

Jess decidió dedicar el martes por la mañana a comprar alfombras. Abby le había dejado muy claro que no podían permitirse un cambio de moqueta, pero eso no era lo mismo que decir que no pudieran comprar ni unas cuantas alfombras para alegrar un poco el ambiente. El fin de semana anterior había visto un anuncio en el periódico y había comenzado a imaginarse lo bien que quedaría una alfombra debajo de la mesa del vestíbulo. Había otra media docena de espacios en los que una alfombra podía añadir un toque de color. Limpiar la moqueta ya supondría algún cambio, pero nada podría animar aquel tono beige mortecino. Si hubiera tenido tiempo, hubiera arrancado la moqueta y hubiera arreglado el suelo de madera que ocultaba.

Pasó toda la mañana intentando elegir los tonos perfectos para cada habitación y después pidió que las enviaran durante el fin de semana. Cuando se dio cuenta de la hora que era, regresó a toda velocidad a Chesapeake Shores, esperando llegar antes de que Abby hubiera regresado de Nueva York.

Y cuando conducía de nuevo hacia la pensión, recordó que aquel era el día en el que iban a enviarle la cocina. Golpeó el volante con un gesto de frustración. ¿Qué demonios le pasaba? Lo había organizado todo para asegurarse de que la cocina estuviera colocada antes de que regresara Abby y de pronto tiraba todos sus planes por la borda. ¿Cómo podía haberse olvidado de una cosa así? Había sido porque había empezado a pensar en las alfombras y, a partir de entonces, todo lo demás había pasado a un segundo plano.

Mientras aparcaba detrás de la posada, rezaba para que no fuera demasiado tarde. A lo mejor el envío se había retrasado.

–Por favor, por favor, que lleguen tarde –musitó mientras cruzaba el jardín.

Pero antes de que hubiera podido llegar al porche, vio la nota que le habían dejado en la puerta. Se maldijo a sí misma una y otra vez por no haber mirado el calendario antes de salir, pero entonces se dio cuenta de que, en realidad, no había anotado el envío ni en el calendario ni en la agenda. La fecha de la entrega la había apuntado en uno de esos papeles que se había llevado Gail con las sugerencias para los menús. Después, se había olvidado completamente de la cocina, como le había ocurrido con muchas otras cosas de vital importancia a lo largo de toda su vida.

A causa de su TDAH, había tenido que aprender toda una seria de técnicas para poder concentrarse en una tarea y, en general, le habían sido de mucha utilidad. Pero últimamente estaba sobrepasada por el estrés y, obviamente, no las había aplicado como debería.

Intentó no castigarse, pero cuando le ocurrían cosas como

aquella, no podía evitar despreciarse. Era un auténtico desastre. ¿Cómo se le había ocurrido pensar que podría sacar adelante con éxito una empresa tan compleja como dirigir una posada?

Jess se sentó en uno de los escalones del porche y fijó la mirada en la bahía. No era solo aquel estúpido envío. Aquello podía solucionarlo. Era tener que volver a enfrentarse al hecho de que aquello estaba por encima de sus posibilidades. En momentos como aquel, la asaltaban los remordimientos por haberse embarcado en un proyecto tan grande. Debería haber continuado trabajando en la tienda de Ethel, aunque estuviera aburrida de aquel trabajo. Por lo menos allí no se habría gastado ni todo su dinero ni el de Abby.

Miró a su alrededor, analizando los cambios que había hecho en la posada. Aunque la mayor parte del trabajo había sido en el interior, también fuera se reflejaban sus esfuerzos. La posada parecía haber rejuvenecido. Había hecho un trabajo del que podía estar orgullosa. Hasta Mick lo había dicho, y él no era un hombre de cumplidos.

–Vamos, tienes que animarte –susurró–. Todo va a salir bien. Este es el sueño de tu vida y nadie te lo va a robar. Ni Trace, ni el banco, ni Abby. Y tú, por supuesto, no vas a renunciar a él.

Aquellas palabras de ánimo bastaron para hacerle levantarse. Una vez en el interior de la posada, llamó para indicar una nueva fecha de entrega y encendió el ordenador para comprobar las reservas. Tenía otras cuatro. Claro que sí, se dijo. La posada iba a ser un éxito. Lo único que tenía que hacer era dejar de interpretar cualquier equivocación como un mal presagio. Por primera vez en su vida, iba a aferrarse a un sueño y a construir una nueva vida.

Al final, Trace renunció a continuar esperando en su despacho la llamada de Abby. Estaba a punto de enloquecer, así que se acercó al Sally's para almorzar una hamburguesa y unas patatas fritas. Eran las dos de la tarde y la cafetería estaba prácticamente vacía, así que Sally le llevó la bebida y se sentó frente a él.

—Tienes aspecto de estar preocupado —comentó—. ¿Quieres que hablemos de ello?

—El hecho de que te contara mis problemas cuando tenía quince años no quiere decir que te los vaya a contar ahora.

—Quince, dieciocho, veintiuno... El caso es que siempre te di buenos consejos, ¿no?

—Pues la verdad es que sí —respondió Trace, pensando sobre todo en el día que le había dicho que fuera a buscar a Abby a Nueva York.

Desgraciadamente, había tardado en seguirlo.

—Así que no tiene sentido empezar a ocultarme nada ahora —le dijo—. ¿Todo esto tiene algo que ver con el hecho de estar trabajando para tu padre?

—No, creo que en eso ya hemos llegado a un acuerdo.

Sally le miró satisfecha.

—En ese caso, me alegro. ¿Cuándo va a contratar a Laila?

Trace sonrió al darse cuenta de hasta qué punto comprendía la situación.

—Me aseguraré de que seas la primera en saberlo.

Sally se echó a reír al oírle.

—No te preocupes por eso. Tu hermana no es ni la mitad de reservada que tú.

Trace asintió, consciente de que era cierto.

—Eso significa que es Abby la que te preocupa —concluyó Sally—. Cuando estuvisteis aquí el otro día, tuve la sensación de que volvíais a estar muy unidos.

—Estamos trabajando en ello. Pero no es mi relación con Abby lo que me preocupa. Lo que me preocupa es su ex marido.

—Sí, ese tipo estirado que estuvo en la cafetería con las niñas. Estuvo a punto de sacarme de quicio. Si no hubiera sido porque estaban las hijas de Abby con él, le habría dicho un par de cosas sobre lo que pensaba de su actitud arrogante.

—Habría sido interesante ver su reacción. Me temo que en

su círculo social hay demasiada gente que no le dice las verdades a la cara.

—Pero no quería asustar a las niñas —dijo. Miró por encima de Trace y sonrió—. Creo que la solución a todos tus problemas acaba de cruzar la puerta. Ahora mismo te traigo la hamburguesa. Y creo que te pondré doble ración de patatas.

Trace se volvió y vio a Abby corriendo hacia él con la preocupación reflejada en cada uno de sus rasgos. Se levantó y la abrazó con fuerza. Le gustó tanto sentirla de nuevo entre sus brazos, que tardó varios segundos en darse cuenta de que estaba temblando. Cuando bajó la mirada, vio sus mejillas empapadas en lágrimas.

—¿Qué ha pasado? ¿Qué te ha hecho? —quiso saber.

Abby curvó los labios ligeramente.

—Tranquilízate. Es solo que estoy tan contenta de ver una cara amiga, que me he derrumbado. Con mi abuela he intentado mantener el tipo. No quiero preocuparla hasta estar segura de que tengo verdaderos motivos de preocupación.

—Siéntate. Sally está a punto de traerme el almuerzo. ¿Tienes hambre?

Abby sacudió la cabeza.

—¿Ni siquiera te apetece la tarta de manzana? Es la especialidad de hoy.

A Abby se le iluminó la mirada.

—Claro, tomaré un trozo de tarta. Y un té frío.

—Voy a decírselo a Sally.

Cuando regresó, la miró con atención. Parecía más tranquila.

—¿Qué has averiguado? —le preguntó Abby—. Has encontrado algo, ¿verdad?

Trace le habló de los problemas de crédito de Wes.

—Quiero verlo por mí misma —dijo inmediatamente—. Su familia tiene muchísimo dinero, ¿cómo es posible que Wes tenga problemas financieros?

—No tengo ni idea, pero el hecho de que sus padres tengan dinero no significa que no sea capaz de despilfarrar el suyo.

Imaginé que querrías verlo con tus propios ojos, así que he impreso todo. Lo tengo en mi despacho —tomó aire y midió con cuidado sus palabras—. Hay algo más. Se trata de una mujer.

—Su prometida.

—En ese caso, la información es incluso más relevante —le explicó lo que había leído—. ¿Has oído algo sobre este asunto en tu oficina?

Abby negó con la cabeza.

—Solo he estado allí un fin de semana, y no había nadie, y el lunes apenas pasé un par de horas en la oficina. Tenía muchos asuntos pendientes de los que hablar con mi jefe, de modo que no pudieron comentarme nada más —le miró pensativa—. Ahora que lo mencionas, había gente que me miraba de forma extraña y hubo un par de conversaciones que parecieron interrumpirse cuando yo llegué, pero la verdad es que no pensé siquiera en ello. Pensé que la gente se estaba preguntando si tendría problemas por haber estado fuera tanto tiempo.

—Sospecho que hay mucho más —dijo Trace sombrío—. Probablemente se estaban preguntando si estabas informada sobre lo que está ocurriendo entre Wes, Gabrielle y tu empresa. ¿Podrías hablar con alguien?

—Sí, con un par de personas. Una de ellas es mi jefe. Si sabe algo, me lo dirá; además, ya le he contado lo que estaba pasando con Wes y todo el asunto de la custodia. Durante el proceso de divorcio fue un gran apoyo para mí. De hecho, fue él el que me recomendó a mi abogada.

—Llámale inmediatamente —le dijo Trace.

Abby le miró alarmada.

—¿Crees que es tan urgente?

Trace asintió.

—Creo que necesitamos toda la información que podamos conseguir antes de que Wes tome alguna medida legal para quedarse con las niñas. Usando terminología deportiva, diría que la mejor defensa es un ataque. Si es cierto lo que oyeron Caitlyn y Carrie, tenemos que estar preparados.

Abby asintió.

–Ahora mismo le llamo. Pero creo que será mejor que lo haga fuera. Aquí hay muy poca cobertura. Tú ve comiendo, yo no tardaré.

–Le diré a Sally que te caliente un trozo de tarta y que añada una bola de helado.

Trace la vio salir con los hombros erguidos y la barbilla alta. No pudo evitar una sonrisa; era evidente que acababa de recuperar su espíritu de lucha.

Y desgraciadamente, algo le decía que iba a necesitarlo. Wes Winters era un hombre desesperado y los hombres desesperados no jugaban limpio. Jugaban para ganar.

Capítulo 17

Cuando Abby le dijo a la secretaria de Jack que era una llamada urgente, le pasaron inmediatamente con su jefe.

—¿Qué ocurre? —preguntó Jack al instante. Aunque era un hombre que se tomaba con impaciencia cualquier interrupción, parecía sinceramente preocupado—. ¿Ha ocurrido algo en el viaje a Maryland?

—No, no ha pasado nada. Las niñas y yo estamos perfectamente —tomó aire. Nunca le había gustado hablar de sus problemas personales en el trabajo y se sentía incómoda—. Es algo relacionado con Wes. Es posible que tengas las respuestas que necesito.

—¿Ah, sí? —era inconfundible el recelo que reflejaba su voz.

—Mira, la verdad es que siento ponerte en medio de todo esto, pero es posible que lo que está pasando con Wes tenga algo que ver con su relación con Gabrielle Mitchell. ¿Puedes hablarme de la investigación en la que ha estado involucrada?

Jack musitó una maldición.

—Lo siento, Abby, esperaba que no te enteraras de su relación, aunque hay que reconocer que tampoco se han molestado en ocultarla. ¿Cómo sabes que están juntos?

—Me lo dijo el propio Wes hace un par de semanas. Pero no tengo ni idea de cuánto tiempo lleva con ella.

—Demasiado —respondió Jack, dándole un énfasis inconfundible a aquella palabra.

—¿Desde antes del divorcio? —preguntó Abby tras una breve pausa.

—Sí.

—¿Y por qué no me lo dijiste? Si lo hubiera sabido, podría haber manejado de manera muy distinta todo lo relacionado con el divorcio y la custodia de las niñas.

Jack vaciló un instante.

—Probablemente tengas razón. Pero si no recuerdo mal, estabas decidida a que el divorcio supusiera el menor trauma posible para las gemelas. Cuando me dijiste que te ibas a divorciar, me alegré de que hubieras tomado esa decisión y pensé que no tenía sentido decirte algo que solo serviría para hacerte daño. No te merecías ese trato, ni por parte de tu exmarido ni por parte de una compañera. Si Gabrielle hubiera estado bajo mis órdenes, le habría hecho venir a mi despacho y le habría dicho unas cuantas cosas sobre el juego que estaba llevando.

—A lo mejor me merezco lo que me pasó por haber estado tan ciega como para no darme cuenta de lo que estaba pasando ante mis propios ojos. Por lo visto, he sido una estúpida en muchas cosas relacionadas con Wes. Pero ahora, lo único que me importa es que pretenda quitarme la custodia de las gemelas.

En aquella ocasión, la maldición de Jack fue más violenta e iba dirigida a Wes.

—¿Has hablado con Stella? Tienes que decírselo, Abby, para que le quite esa idea absurda de la cabeza. Seguramente su propio abogado ya le habrá dicho que no tiene ninguna posibilidad.

—Sinceramente, ni siquiera sé si ha llegado tan lejos. Lo único que sé es lo que me han dicho las gemelas y no sé si son muy de fiar. Aun así, no quiero correr riesgos. He hablado con Stella a primera hora de la mañana –le aseguró–. Supongo que ahora eres consciente de por qué es tan importante que sepa si el repentino interés de mi marido por la custodia está relacionado con lo que ha pasado en la firma. ¿Qué hizo Gabrielle exactamente? ¿Es algo que se pueda demostrar? ¿Está relacionado de alguna manera con Wes?

Jack permaneció en silencio durante tanto tiempo, que Abby comprendió que estaba intentando sopesar el valor de la amistad frente a los intereses de la compañía. Evidentemente, al final ganó la necesidad de proteger a Abby y a sus hijas.

—Te haré un resumen. Nos avisaron de que había habido movimientos en las cuentas que Gabrielle manejaba que no habían sido aprobados por sus clientes. Ella decía que estaba autorizada a tomar decisiones en su nombre, pero no habían ningún documento firmado que lo demostrara. Los fondos que compró terminaron por los suelos, si no hubiera sido así, no nos hubiéramos enterado. Es obvio que los clientes no suelen cuestionar que se hagan movimientos en sus cuentas cuando obtienen beneficios, pero protestan en cuanto el dinero empieza a desaparecer. Y estamos hablando de grandes cantidades de dinero, Abby.

—¿De cuánto?

—De dos millones de dólares, o quizá más. Todavía estamos intentando hacer un informe de todo el dinero invertido por Gabrielle durante los últimos dos años.

Hacer transacciones sin autorización era una cosa. Y si los negocios eran millonarios, acceder a esas cuentas podía ser una gran tentación. Pero Abby tenía la impresión de que había algo más.

—¿Y de qué manera se beneficiaba ella de todo esto?

—Todavía lo están investigando. Hasta ahora, lo que parece es que alguien la estaba sobornando para que hiciera inversiones de alto riesgo.

A Abby se le ocurrió de pronto una idea.

—¿Wes fue uno de esos inversores que perdió dinero?

Jack vaciló un instante.

—En realidad, no debería darte una información tan específica, pero sí. Stella podrá conseguir esos informes con una orden del juez. En el caso de que yo no pueda...

—No —le interrumpió Abby inmediatamente—. No voy a pedirte que violes la política de la firma por mí. Ya me estás ayudando demasiado. ¿Vais a despedir a Gabrielle?

—Todavía no. La investigación todavía no ha terminado, pero de momento, no tiene acceso a ninguna cuenta. Su futuro en la compañía es incierto.

Aun así, Wes estaba decidido a hacerle formar parte de su vida y de la de sus hijas. Y si había perdido tanto dinero con aquellas inversiones, probablemente Trace tenía razón al pensar que parte de su motivación para conseguir la custodia de las gemelas era poner fin al pago de la pensión alimenticia. Y también era muy probable que intentara conseguir dinero de Abby, sobre todo si Gabrielle estaba a punto de perder su trabajo. Wes jamás admitiría ante sus padres que había perdido su fortuna, pero Abby estaba más que dispuesta a informarles de lo ocurrido si de aquella manera podía impedir que le arrebataran la custodia de sus hijas.

—Gracias, Jack, estás siendo de gran ayuda.

—Si necesitas utilizar esta información para pararle los pies a Wes, hazlo —le dijo con énfasis—. Es posible que a la empresa no le venga bien ese tipo de publicidad, pero ahora mismo Carrie y Caitlyn son lo más importante.

—No sabes lo mucho que significa para mí que digas eso, pero te prometo que intentaré mantenerte fuera de todo esto. Intentaré utilizar toda la información pública de la que disponga y después le señalaré a Stella la dirección en la que debe investigar.

—No es necesario. Estaría más que encantado de poner en apuros a tu exmarido.

Abby se echó a reír ante la vehemencia de sus palabras.

—Eso dices ahora, pero creo que no hay ninguna necesidad de que te veas arrastrado en medio de todo esto. Y no creo que a la compañía le haga mucha gracia que todo este asunto vea la luz en el caso de que Wes me obligue a ello.

—Hagas lo que hagas, yo te respaldaré.

Abby permaneció durante varios segundos en silencio.

—Jack, si esto sale mal, ¿podrán despedirme por haberle hecho mala publicidad a la firma?

—No te preocupes por eso. Acabo de decírtelo, cuentas con todo mi apoyo, Abby. Eres demasiado valiosa como para que te deje marcharte sin luchar.

—¿Aunque lleve fuera varias semanas?

—Has continuado cumpliendo con tu trabajo. No has tenido

un solo desliz mientras has estado fuera, de modo que no hay ningún motivo para despedirte. Yo me encargaré de ello.

Abby suspiró aliviada.

—Gracias por decírmelo, Jack. Te estoy muy agradecida por todo.

—Dales un beso a las niñas de mi parte. Siento no haber podido verlas mientras habéis estado aquí. ¿Cuándo vuelves a la oficina?

—Dentro de unas cuantas semanas. Pero si me necesitas, puedes localizarme aquí en cualquier momento.

—Cuídate, Abby. Y lo digo en serio.

—Lo sé y te lo agradezco.

Abby apagó el teléfono, se volvió y descubrió a Trace mirándola con expresión preocupada desde el interior de la cafetería; le saludó con un gesto y regresó junto a él.

—¿Y bien? —preguntó Trace.

—La situación es tan mala como imaginábamos —le dijo y le resumió todo lo que Jack le había contado.

—Por lo menos, ya tienes a Wes donde necesitas. Ahora solo hace falta que llames a tu abogada.

—La llamaré en cuanto llegue a casa.

Tomó un trozo de la tarta de manzana que Trace le había pedido. La conversación con Jack la había ayudado a recuperar el apetito. Por fin sabía exactamente a lo que se enfrentaba y se sentía preparada para iniciar la pelea en el caso de que tuviera que hacerlo.

—¿Te encuentras mejor? —preguntó Trace, mirándola divertido.

Abby sonrió.

—No tienes ni idea de hasta qué punto —contestó mientras disfrutaba de la tarta—. Pero ahora tengo que volver a casa. Cuando me he ido de casa, las niñas iban a echar la siesta, algo que normalmente odian. Pero ayer Wes las tuvo despiertas hasta tarde y esta mañana hemos tenido que madrugar, así que se han acostado sin rechistar. También quiero pasarme por la posada y ver cómo van las cosas por ahí.

Trace la miró con el ceño fruncido.

—¿Cómo van las cosas con Jess?

Abby se encogió de hombros.

—Todavía tenemos alguna que otra discusión por los gastos, pero ya no está tan resentida como al principio. Estando tan cerca la fecha de la inauguración, supongo que agradece mi ayuda. Y yo, por mi parte, estoy intentando no presionar más de lo necesario para que mantenga las cuentas saneadas.

—Me alegro —contestó Trace.

Tomó una servilleta de papel y comenzó a hacer tiras, un gesto que siempre había sido en él señal de nerviosismo.

Abby le miró con atención.

—Trace, ¿hay algo que te preocupe? Además de lo de Wes, claro.

Trace asintió.

—¿Qué planes tienes, Abby? ¿Volverás a Nueva York cuando se abra la posada y buscarás a alguien de confianza para que se ocupe de las cuentas?

—Por supuesto —contestó inmediatamente.

Por alguna razón, aquella respuesta pareció molestar a Trace. Se tensó y volvió a asentir.

—Me lo imaginaba.

—¿Entonces por qué pareces tan sorprendido? —hizo un gesto para retirar sus palabras—. No, no es sorpresa lo que veo, ¿verdad? Lo que pasa es que no te ha gustado mi respuesta.

—¿Por qué no iba a gustarme que vuelvas a Nueva York? Yo también volveré en cuanto termine de trabajar en el banco.

—Eso debería preguntártelo yo —contestó Abby. Le miró con los ojos entrecerrados—. Pero algo ha cambiado durante estas semanas, ¿verdad? Eres realmente feliz aquí.

Trace se encogió de hombros.

—La verdad es que sí. Yo puedo trabajar en cualquier parte, así que ¿por qué no hacerlo aquí? —preguntó con un deje de desafío—. ¿Por qué pagar una cantidad astronómica por una casa en Nueva York cuando puedo trabajar tranquilamente en un lugar sin contaminación, en el que tengo el mar al lado y donde puedo navegar los fines de semana si me apetece?

Abby no sabía si era una pregunta desafiante o si, simplemente, en aquel momento ella no tenía la fuerza necesaria como para enfrentarse a ella: De momento ya tenía suficientes problemas en su vida.

—Si quieres vivir en Chesapeake Shores, adelante —le dijo.

Pero no había entusiasmo tras sus palabras. La verdad era que estaba experimentando un repentino vacío. Se sentía como si de repente, Trace le hubiera robado un sueño que ni siquiera sabía que estaba contemplando. En realidad, se había imaginado junto a Trace en Nueva York, disfrutando de la ciudad con él, con su madre y con las niñas. Quizá incluso formando una familia. Había bastado con que Trace dijera que era feliz allí para borrar de golpe ese futuro imaginado.

Lo mismo que había ocurrido diez años atrás.

Trace dejó a Abby y desahogó su frustración por las carreteras de Chesapeake Shores. Normalmente, montar la Harley le calmaba, pero aquel día, continuaba de un pésimo humor. Cuando llegó por fin al banco, pasó hecho una furia por delante del escritorio de Mariah, sin saludar siquiera, tiró el casco en el despacho, acabando en el proceso con una horrible figura de porcelana y cerró la puerta del despacho de un portazo. Pero ninguno de aquellos gestos le reportó la menor satisfacción. De hecho, lo único que consiguió fue que entrara su hermana corriendo en el despacho.

—Vete —musitó—. Y cierra la puerta.

Laila le ignoró, recogió los pedazos rotos de la figurita, los tiró a la papelera sin hacer ningún comentario, se sentó y esperó.

Trace miró a su hermana con el ceño fruncido.

—¿Por qué estás aquí todavía?

—Porque es evidente que te pasa algo. ¿Quieres hablar de ello o prefieres romper todo lo que tienes a mano?

—Todavía no lo he decidido —respondió malhumorado—. Por lo menos lo de seguir rompiendo cosas. Lo que tengo claro es que no me apetece hablar.

—Entonces, hablaré yo —respondió su hermana alegremente–. Sé lo que has tramado, Trace, y a estas alturas, supongo que también papá lo sabe. ¿Está muy enfadado por que haya sido yo la que ha hecho los informes?

–No sé a qué te refieres.

–Oh, por favor, no eres tan inteligente. Soy capaz de reconocer una estafa cuando la veo.

–Si soy tan trasparente, ¿por qué no me dijiste nada cuando te pedí ayuda?

–Porque estaba aburrida, y supuse que sería divertido darle una sorpresa a papá. Deberías haber visto la cara que ha puesto cuando se ha enterado de que no ibas a la reunión. Y hasta el propio Raymond ha palidecido al verme allí sentada.

Trace la miró sin entender.

–¿Y por qué iba a molestarle a Raymond tu presencia?

Laila elevó los ojos al cielo.

–No puedes ser tan tonto. Desde que abrieron el banco, es la mano derecha de papá. Sé que pensaba que, con el tiempo, tú te marcharías y que papá jamás me daría una oportunidad, así que se imaginaba que él era su sucesor.

Trace la miró con incredulidad.

–¿Raymond pensaba que sería el próximo presidente del banco?

–Por supuesto.

–Pero papá siempre ha dejado claro que quiere que ese puesto sea para alguno de nosotros.

–No, él siempre ha dejado claro que quería que tú le sucedieras. En mí ni siquiera pensaba.

–Bueno, creo que eso está empezando a cambiar –contestó Trace–. Estaba impresionado con tu trabajo. Y me ha dicho que Raymond también.

–Genial. En ese caso, a lo mejor me ofrece convertirme en ayudante de Raymond, puesto que me he negado a ser cajera.

–Creo que te va a sorprender la decisión que tome papá.

–Me temo que ya no hay nada que pueda sorprenderme –respondió Laila–. Pero ya hemos hablado bastante de mí. ¿Por qué has discutido con Abby?

—No hemos discutido —respondió Trace.

Su humor cayó en picado al recordar su conversación.

—Bueno, pues es evidente que ha pasado algo.

—No pienso hablar contigo sobre Abby.

Laila se levantó.

—Muy bien, le preguntaré a ella.

—Mantente al margen de esto, Laila. Abby ya tiene suficientes cosas en las que pensar como para tener que preocuparse también de satisfacer tu curiosidad.

Laila frunció el ceño.

—Solo dime una cosa. No estarás a punto de echarlo todo a perder por segunda vez, ¿verdad?

Trace la miró indignado.

—No fui yo el que lo echó todo a perder la última vez.

—Oh, por favor. Estabas muy dolido y no querías dar tu brazo a torcer. Te dedicaste a llorar por los rincones cuando lo que tenías que haber hecho era ir a Nueva York a luchar por la mujer a la que amabas.

—Fui a Nueva York.

—Sí, demasiado tarde.

Trace ya era consciente de ello. No necesitaba que Laila le recordara lo mal que había manejado la situación entonces.

—Ahora vete. Tengo cosas que hacer.

—No creo que sea nada relacionado con el banco.

—¿Por qué no?

—Porque estás intentando librarte de mí. Y por cierto, no pienso cobrar ese cheque que Mariah dice que has firmado.

—¿Por qué no? Te lo has ganado.

—Me estás pagando el sueldo de una semana por un trabajo que solamente me llevó unas cuantas horas. En realidad, fue más divertido que todo lo que he hecho con Dave por las noches durante los últimos meses.

—Lo cual debería ser un indicio de que es una suerte que hayas roto por fin con él —le dijo Trace.

—Tienes razón —contestó Laila alegremente, pero Trace reconoció la sombra de tristeza que nubló su mirada.

Decidió entonces dejar de lado su mal humor para ocuparse de su hermana.

—No te arrepientes de haber roto con él, ¿verdad?

—Por supuesto que no. La idea fue mía. Pero creo que me va a llevar algún tiempo acostumbrarme.

Trace suspiró. La comprendía perfectamente. Diez años no habían bastado para averiguar cómo ser feliz sin Abby. Y, al parecer, iba a tener que empezar de nuevo a investigarlo.

Habían pasado horas desde que Trace había salido a correr. Aquella noche, después de salir del banco desanimado, se había cambiado de ropa y había salido a correr por la carretera de la playa. El hecho de que estuviera corriendo hacia la casa de Abby era completamente casual. Por supuesto que no estaba buscando encontrarse con ella. La casa estaba a más de trescientos metros de la carretera.

Corría a toda velocidad, golpeando con los pies el duro asfalto. La humedad era tal, que estaba empapado en sudor prácticamente antes de que hubiera salido del pueblo decidido a hacer ejercicio para sacarse a Abby de la cabeza. Pero, desgraciadamente, parecía incapaz de deshacerse de aquellos pensamientos sombríos.

Llevaba ya recorrido un kilómetro y medio y estaba acercándose a la casa cuando vio a las niñas corriendo hacia él y arrastrando sendas maletas rosas. Incluso desde aquella distancia pudo ver el rastro de las lágrimas en sus mejillas.

Inmediatamente se acercó a ellas y se agachó para poder mirarlas a los ojos.

—¿Adónde vais?

—Nos hemos escapado de casa —anunció Caitlyn con tristeza.

—Hemos hecho las maletas —añadió Carrie con cierto aire de rebeldía—. Y llevamos comida.

—¿Vuestra madre sabe que os habéis ido de casa?

Caitlyn parpadeó.

—Si se lo hubiéramos dicho, no nos estaríamos escapando.

Mientras intentaba calcular el tiempo que llevaban fuera, seguramente no más de diez minutos, Trace buscó la manera de hacerlas regresar sanas y salvas a casa sin que tuvieran que ver herido su tierno orgullo. Decidió jugar la carta de la culpabilidad, que a sus padres siempre les había funcionado cuando Laila y él eran niños.

—Vuestra madre debe de estar muy asustada —les dijo.

—No, no está asustada —contestó Carrie.

—¿Por qué lo dices?

—Porque está enfadada con nosotras —contestó Caitlyn.

—Y ya no nos quiere —añadió Carrie.

—Lo dudo —dijo Trace—. A lo mejor está molesta por algo que habéis hecho, pero vuestra madre os quiere más que a nada en el mundo.

Carrie le miró con expresión escéptica.

—¿Cómo lo sabes?

—Porque siempre está hablando de vosotras. Dice que sois lo mejor que le ha pasado en la vida.

Le habría gustado poder explicarles todo lo que estaba haciendo Abby para asegurarse de que sus hijas se quedaran con ella, pero no estaba seguro de que supieran nada sobre custodias y aquel no era el momento de ponerles al corriente. Las miró a los ojos.

—¿Sabéis? Cuando era pequeño, me escapé de casa en una ocasión.

Caitlyn abrió los ojos como platos.

—¿De verdad?

—Sí.

—¿Y tenías miedo? —se le quebró la voz de tal manera que fue evidente que era ella la que estaba asustada.

—No, hasta que se hizo de noche. Después pasé mucho miedo —fingió estremecerse—. Había demasiadas sombras y tenía miedo de que hubiera monstruos escondidos tras ellas.

—¿Y qué hiciste? —preguntó Carrie.

—Decidí que no podía seguir fuera hasta el día siguiente, así que volví a casa. Siempre es mejor volver a un lugar en el que uno se siente a salvo. A veces es lo más inteligente y lo más valiente.

—A lo mejor —dijo Carrie poco convencida.

—Estoy convencido —le aseguró él—. ¿Y sabéis lo que me encontré al llegar a casa?

—¿Qué? —preguntó Caitlyn.

Se acercaba cada vez más a él, como si la mención de las sombras de la noche le hubiera atemorizado.

—Descubrí que mi madre estaba llorando. Pensaba que me había ocurrido algo muy malo, creía que me había caído al mar.

—Pero a nosotras no nos dejan ir solas a la playa —repuso Caitlyn al instante—. Es una norma.

Trace tuvo que disimular una sonrisa.

—Y una norma muy interesante.

Justo en ese momento, sonó el teléfono. Instintivamente, supo que era Abby. Les mostró el móvil a las niñas.

—Es vuestra madre. Seguro que me está llamando para decirme que habéis desaparecido. ¿Puedo decirle que estáis conmigo y que pensabais regresar a casa?

Las gemelas intercambiaron una mirada de resignación y asintieron lentamente.

—Habéis tomado una gran decisión —las alabó, y contestó al teléfono—. Hola.

Abby comenzó a hablar inmediatamente entre sollozos.

—Tranquila, cariño, están conmigo. Están bien. Ahora mismo vamos para casa. Ya te lo explicaré todo cuando lleguemos. No creo que tardemos más de cinco minutos.

—¿Estás seguro de que están bien? —preguntó Abby con la voz rota.

—Mira, pregúntaselo tú misma —le tendió el teléfono a Carrie.

—Hola, mamá —escuchó con atención y musitó—: Ya lo sé. Sí. El señor Riley nos va a llevar a casa —le tendió el teléfono a Caitlyn.

—Hola —dijo esta—. No llores, mamá. Perdónanos.

Cuando le devolvió el teléfono a Trace, este le preguntó a Abby:

—¿Te sientes mejor ahora que las has oído?

—Estoy deseando verlas.

—Estaremos allí dentro de un par de minutos. Apenas acababan de salir a la carretera.

—¿Estaban andando por la carretera? —preguntó horrorizada.

—Están bien. Concéntrate en eso. Ahora mismo estamos doblando la curva. No tardarás en vernos.

Sabía que Abby no podría esperarlos quieta en casa. Apenas habían pisado el camino de la casa cuando vieron a Abby corriendo hacia ellos. Las niñas abandonaron al instante las maletas y volaron a sus brazos.

Trace contempló la escena con un nudo en la garganta. Podía imaginar lo que había sentido Abby durante aquellos minutos en los que había creído que sus hijas se habían ido de casa. Tenía que estar aterrada. Cuando pensó en otros posibles finales para esa aventura, él mismo comenzó a sudar frío. Pero como no quería decir o hacer nada que pudiera revelar lo mucho que aquellas niñas habían llegado a significar para él, se obligó a decir en tono animado:

—Creo que mi trabajo ya ha terminado. Voy a terminar mi carrera.

Ya había dado media vuelta cuando Abby le dijo:

—Por favor, no te vayas.

Trace la miró con expresión burlona.

—Las niñas y yo queremos darte las gracias, ¿verdad? —dijo Abby, mirando a las gemelas.

—Gracias, señor Riley —dijo Caitlyn.

—Si hubiéramos tenido miedo, habríamos encontrado el camino de vuelta a casa —insistió Carrie, pero al ver la dura mirada de su madre, se volvió hacia Trace—: Gracias.

—De nada.

—Si tienes un momento, me gustaría hablar contigo —le pidió Abby.

—¿Sobre qué?

Abby le miró a los ojos.

–Por favor, quédate.

Trace no tuvo fuerza de voluntad para resistirse.

–Mira, estoy empapado en sudor. ¿Qué te parece si voy a casa a cambiarme y vengo dentro de una hora?

Abby asintió.

–Me parece perfecto.

Trace no estaba seguro de que en una hora tuviera tiempo suficiente para hacer todo lo que quería. Por supuesto, podría ducharse, vestirse e incluso quizá afeitarse. Pero para lo que realmente necesitaba hacer, que era endurecer su corazón contra el efecto que aquella mujer, que aquella familia, tenía sobre él, no le bastaría ni con varios días ni con varias semanas, y mucho menos con los sesenta míseros minutos que le quedaban.

Capítulo 18

Abby no había pasado más miedo en su vida que cuando había subido a leerles un cuento a Carrie y a Caitlyn y se había dado cuenta de que no estaban en casa. Las maletas que habían dejado a los pies de la cama esa misma tarde también habían desaparecido.

Había bajado a toda velocidad y sus gritos habían alertado a la abuela, que había salido de la cocina con un trapo en la mano.

–¿Qué pasa?

–Las niñas se han ido.

–¿Que se han ido? ¿Qué quieres decir con que se han ido? –le preguntó con incredulidad–. Hace un par de minutos las has enviado a su habitación, así que no pueden haber ido muy lejos. Probablemente hayan salido a buscar luciérnagas, ya sabes que no les gusta nada irse a la cama. Tienen miedo de estar perdiéndose algo.

Pero Abby sabía que había algo más; sospechaba que habían oído su conversación con Stella. Y aunque eran demasiado pequeñas para comprender las consecuencias de lo que había estado hablando con su abogada, estaba segura de que habían entendido que era algo relacionado con su padre.

Había salido a buscarlas y no las había visto por ninguna parte. No había ninguna señal de dos niñas descalzas persiguiendo a las luciérnagas, o sentadas en los columpios que Mick había colocado en el jardín. Afortunadamente, antes de dejarse llevar por el pánico, algo la había llevado a llamar a Trace. Oír su voz la había tranquilizado incluso antes de que este le dijera que las niñas estaban a salvo con él.

Aquel terrorífico incidente no había durado más de veinte minutos, quizá incluso menos, pero a ella le había quitado cinco años de vida.

En aquel momento, mientras subía las escaleras con las gemelas y se aseguraba de que se cepillaran los dientes, intentaba pensar en la mejor manera de abordar lo ocurrido. Las niñas estaban particularmente calladas y sabía que todavía estaban enfadadas por lo que las había animado a marcharse de casa.

Cuando se acostaron, Abby se sentó en el suelo, entre las dos camas.

—¿Vas a leernos un cuento? —preguntó Caitlyn, con expresión esperanzada.

Abby negó con la cabeza.

—Esta noche, no. Tenemos que hablar.

—Es porque estás enfadada con nosotras, ¿verdad? —dijo Carrie.

—No estoy enfadada. Pero necesito que me digáis por qué queríais iros de casa. Sabéis que podéis contarme cualquier cosa, ¿verdad?

Las niñas intercambiaron una elocuente mirada. Abby comprendió que estaban prometiéndose guardar silencio. Con solo cinco años, aquellas niñas eran tan obstinadas como todos los O'Brien juntos.

—¿Esto tiene algo que ver con vuestro padre?

Volvieron a intercambiar una mirada furtiva.

Abby continuó presionando.

—Supongo que sabéis que escaparse de casa no es la solución, ¿verdad? De esa forma no se resuelve nada y, lo más importante, puede ser peligroso. Si el señor Riley no se hubiera encontrado con vosotras, podría haberos pasado algo. Os podríais haber perdido. ¿Adónde pretendíais ir?

—A ver a papá —respondió Caitlyn.

—¡Caitlyn! —protestó Carrie.

Abby cerró los ojos intentando dominar su dolor.

—¿Le echáis mucho de menos? —preguntó desolada.

Pero sabía que tenía que haber algo más. Acababan de ver a Wes y nunca regresaban a casa con una particular nostalgia.

Carrie permaneció en silencio, pero Caitlyn negó con la cabeza.

—¿Entonces por qué? —insistió Abby, centrándose en Caitlyn.

—Porque... —empezó a decir Caitlyn.

Pero Carrie la interrumpió acusándola de ser una chismosa.

Ese era uno de los inconvenientes de tener gemelas. Casi siempre presentaban un frente unido. A no ser que las separara y le preguntara a Caitlyn a solas, no iba a sacarles una respuesta aquella noche.

—Muy bien, esto es lo que pienso que ha pasado —aventuró—. Creo que me habéis oído hablando por teléfono sobre algunas cosas que pasan entre vuestro padre y yo. A lo mejor habéis tenido miedo de no volver a verle nunca más y habéis decidido que queríais estar con él.

Por la mirada de sorpresa de Carrie y el evidente alivio de Caitlyn, comprendió que había dado en el clavo. Alargó las manos para tomar las de sus hijas.

—Escuchadme —les dijo con voz queda—. Ocurra lo que ocurra entre vuestro padre y yo, siempre podréis estar con él. Viviréis conmigo, pero podréis verle siempre que queráis.

—¿De verdad? —preguntó Caitlyn con evidente alivio—. ¿Lo prometes?

—Lo prometo.

—Ya te lo dije —le susurró a Carrie—. Te dije que podríamos ver a papá.

—Pero papá quiere que vayamos a vivir con él —dijo Carrie desafiante—. Y tú has dicho por teléfono que querías que viviéramos contigo.

—Tu padre y yo lo solucionaremos —le aseguró Abby.

—¿Por qué no podemos vivir con él, como dicen Gabrielle y él? —preguntó Carrie.

Aquella pregunta se le clavó en el corazón, pero Abby no

quería que vieran lo mucho que le dolía. Al fin y al cabo, solo eran dos niñas que adoraban a su padre y tenían miedo de que su relación con él pudiera cambiar. También sabía que Wes las mimaba constantemente mientras que ella tendía a ser estricta. Eso hacía que para sus hijas, vivir con Wes fuera algo muy especial.

Las miró muy seria.

–Tendréis que confiar en mí cuando os digo que vuestro padre y yo solo queremos lo mejor para vosotras –dijo. Aunque para ello tuvieran que contar con la ayuda imparcial de un juez.

–¿Vas a castigarnos por habernos escapado? –preguntó Caitlyn, aparentemente satisfecha con la promesa de Abby.

–Sí –dijo Abby–. ¿Qué creéis que hace falta para asegurarme de que no olvidéis nunca que no debéis escaparos?

–¿Quedarnos encerradas en la habitación? –preguntó Caitlyn esperanzada.

–Carrie, ¿tú cuál crees que sería el castigo justo? –preguntó Abby.

–Ni postres ni galletas durante una semana –sugirió con tristeza.

Abby consideró ambas propuestas. Encerrarlas en la habitación no serviría de nada. Aunque las dejara separadas, algo que odiaban, encontrarían la manera de entretenerse durante horas. Sin embargo, quedarse sin dulces supondría para ellas un auténtico sacrificio.

–Carrie, creo que me gusta tu propuesta. Nada de postres, ni galletas ni dulces de ninguna clase durante una semana –las miró con firmeza–. Y ni se os ocurra intentar convencer a la abuela o a la tía Jess de que se salten el castigo cuando no las vea nadie.

–Sí, mamá –dijo Caitlyn.

Carrie parecía decepcionada por las advertencias de Abby. A pesar de que había sido ella la que había sugerido el castigo, era evidente que pensaba saltárselo, hasta que Abby había descartado aquella opción.

–Muy bien. Y ahora, a dormir. Seguiremos hablando mañana por la mañana –se inclinó para darles un beso–. Os quiero más que a nada en el mundo. Por favor, no lo olvidéis nunca.

Caitlyn suspiró.

–Eso es lo que ha dicho el señor Riley.

Abby sonrió.

–Vaya, al parecer, a veces el señor Riley es un hombre muy inteligente.

Y aquella noche, fuera cual fuera la razón por la que estaba en el lugar indicado en el momento oportuno, también se había convertido en su héroe.

Después de arropar a las niñas, Abby fue a la cocina, sirvió dos copas de vino y las llevó al porche, donde había decidido esperar a Trace. Y debía de haber tardado más de lo que esperaba porque cuando salió, lo encontró allí, meciéndose rítmicamente en una de las mecedoras. Tenía la mirada fija en la bahía, pero el mar era invisible en la oscuridad de la noche.

De vez en cuando, se distinguía el resplandor de una luciérnaga. La visión de las luciérnagas siempre le hacía remontarse a la infancia, cuando junto a Connor y Kevin, y más tarde Bree y Jess, intentaban atrapar cuantas pudieran. Las guardaban en frascos de cristal cuyas tapas agujereaban para que pudieran respirar y las soltaban antes de irse a la cama.

–¿Están bien las niñas? –preguntó Trace cuando Abby se sentó a su lado.

–No están mal –contestó, tendiéndole una copa–. Pero yo todavía estoy temblando –le miró a los ojos–. Gracias a Dios, has sido tú el que las has encontrado.

–Creo que no habrían tardado en volver por su propio pie. Faltaba poco para que se hiciera de noche y Caitlyn ya estaba asustada.

Abby sonrió.

–Sí, pero no estás teniendo en cuenta que la determinación de Carrie es capaz de arrastrar a las dos. Jamás cede al miedo.

–Una idea inquietante –dijo Trace.

–Deberías vivir con ella –se volvió mientras hablaba y advirtió que Trace la estaba mirando con atención–. ¿Qué pasa?

–Me parece una idea interesante. Yo conviviendo con la naturaleza atrevida de Carrie. Eso significaría que tú y yo viviríamos juntos.

Aunque se le aceleró el pulso ante la intensidad de su mirada y aquella mención de un posible futuro, Abby no quiso profundizar en ello. No, después de que aquella tarde, Trace hubiera vuelto a poner freno a sus sueños diciendo que le gustaría quedarse en Chesapeake Shores.

–No podemos, Trace –sacudió la cabeza–. Sencillamente, no va a ocurrir.

Trace frunció el ceño.

–No sé por qué, tenía la intuición de que ibas a decir eso. Tu reacción cuando esta tarde he dicho que me gustaba vivir aquí ha sido bastante elocuente.

–Me he sentido como si estuviéramos repitiendo la conversación que tuvimos hace diez años –dijo con cansancio.

–No, Abby –respondió Trace con ligera amargura–. Hace diez años, no tuvimos ninguna conversación. Tú sacaste tus propias conclusiones sobre nuestra situación, tomaste una decisión que te venía bien y te marchaste. Yo nunca tuve oportunidad de decir nada.

–Creo que el hecho de que no vinieras a buscarme lo dijo todo.

–De acuerdo, sí, tienes razón. Ya hemos hablado de eso. Demasiado tarde, ya lo sé. Y al final, los dos salimos perdiendo.

–Sí, supongo que sí. Pero no puedo arrepentirme de haber tenido a Caitlyn y a Carrie.

–Jamás esperaría que lo hicieras –se inclinó hacia delante y giró la silla para mirarla–. ¿Puedo ser sincero contigo?

Abby tembló ante el calor de su mirada.

–De acuerdo.

–Está pasando algo entre nosotros, Abby. Todo lo que sentíamos antes sigue estando vivo, por lo menos para mí. No puedo fingir que no existe, y me gustaría averiguar hasta dónde puede llevarnos.

Abby estaba sacudiendo la cabeza antes de que Trace hubiera terminado la frase.

—No creo que pueda asumir ese tipo de complicaciones en este momento —susurró—. Ya sabes que ahora mismo mi vida es un desastre.

—Déjame por lo menos estar a tu lado. Apóyate en mí, no me cierres las puertas.

—¿Y después, qué? ¿Me voy a Nueva York y vuelvo a romperte el corazón?

—Posiblemente —contestó Trace. Le tomó la mano y se la llevó a los labios—. A lo mejor podemos hablar como los adultos que ahora somos y encontrar la manera de que nuestra relación funcione. Ya no somos un par de jóvenes inmaduros. Seguramente podremos encontrar una solución que nos dé a los dos lo que queremos.

A medida que Trace iba hablando, Abby iba siendo consciente de hasta qué punto deseaba que así fuera. Pero no lo creía posible. El amor nunca había tenido un final feliz en su vida.

—Trace, me gustaría poder creer que esto no va a terminar mal.

—Mira hacia allí —le pidió Trace—. Dime qué ves.

—¿Hacia dónde?

—Hacia el cielo.

Abby hizo lo que le pedía.

—Estrellas —contestó, aunque pensaba que Trace esperaba otra respuesta.

—Exactamente —contestó, como si Abby acabara de aprobar un examen fundamental—. ¿Alguna vez has visto tantas estrellas en Nueva York?

Abby negó con la cabeza.

—No, hay demasiada luz.

—Lo cual significa que un lugar en el que se pueden ver tantas estrellas es un lugar muy especial —le dijo—. Ten un poco de fe, cariño. A veces, las estrellas se alinean de forma adecuada y entonces, puede pasar cualquier cosa.

En aquel momento, aferrada a la mano de Trace y oyendo

el rumor de las olas en la distancia, Abby casi podía creer en la posibilidad de un final feliz.

Después de salir de una reunión con el constructor y los funcionarios de San Francisco, Mick se volvió hacia sus socios.

–Ya está, dejo este proyecto.

Jaime Álvarez, asistente ejecutivo de la empresa y un arquitecto de talento que había estado trabajando durante meses para llevar a cabo aquel último proyecto, le miró estupefacto.

–No puedes.

Mick soltó una carcajada, extrañamente aliviado al haber tomado aquella decisión. Jamás habría hecho algo así quince años atrás, ni siquiera el año anterior, pero aquel día decidió que no tenía otra opción.

–Acabo de hacerlo –y les dijo a sus empleados–: Me voy a casa.

Los otros dos hombres le miraron en un estupefacto silencio. Se volvieron hacia Jaime, deseando que les aclarara lo ocurrido.

–¿Pero no se va a hacer el proyecto después de todo lo que hemos trabajado? –preguntó Joe Wilson. Joe era el encargado de coordinar las subcontratas que trabajaban en las obras.

–Vosotros habéis estado en esa reunión –dijo Mick–. Pretendían hacernos pasar por el aro haciendo toda clase de promesas mientras no paraban de prolongar los plazos. Y tengo la sospecha de que al final, no aprobarán ningún permiso. De modo que es tiempo de cortar amarras, vender el terreno y cambiar de proyecto.

–¿Y todas las subcontratas? –preguntó Joe preocupado–. ¿Qué va a pasar con eso?

–Todas son excelentes empresas y tenemos muchos otros proyectos en los que pueden trabajar. Mantendremos los contratos durante el tiempo que sea posible. En cualquier caso, todos los contratos tienen cláusulas de rescisión. Las utilizaremos y haremos los pagos que sean necesarios. No creo que sea una sorpresa para nadie. Probablemente, ya sabían antes que nosotros que no iba a ser fácil que se aprobara este proyecto –se volvió hacia Jaime–. Me gustaría que fueras a Portland a hacerte cargo del proyecto que tenemos allí, a no ser que tengas alguna objeción. Al fin y al cabo, fue tu primera criatura.

Jaime le miró entusiasmado.

–¿Lo dirigiré yo?

–A no ser que creas que necesitas que me entrometa en tu camino.

Había tomado aquella decisión a última hora de la noche, previendo que la reunión de aquella mañana fuera exactamente como había ido.

El joven arquitecto sonrió de oreja a oreja.

–No, creo que puedo dirigirlo yo.

–Y si tienes alguna pregunta, puedes llamarme por teléfono –añadió Mick–. Joe, ¿qué te gustaría hacer? ¿Prefieres acompañar a Jaime a Portland o volver conmigo a Maryland? Dave, ¿tú qué dices?

–Déjame pensar en ello –contestó Dave–. Llevo ya tiempo en esta zona y me gusta. A lo mejor me quedo por aquí para ver si encuentro trabajo.

Mick asintió.

–Supongo que eres consciente de que me dolería perderte, pero si necesitas referencias, puedes contar con las mías. Y si decides regresar a Maryland, no te faltará un puesto de trabajo en mi empresa. De modo que todo depende de ti.

–Gracias –dijo Dave.

Joe miraba con envidia a sus compañeros.

–Por mucho que me apetezca ir a Portland, mi esposa me mataría si se enterara de que he tenido una oportunidad de volver a casa y no la he aprovechado.

–En ese caso, vendrás conmigo mañana por la mañana –dijo Mick

Jaime le miró pensativo.

–Yo pensaba que te afectaría más todo esto. Has invertido mucho trabajo y esfuerzo en diseñar este proyecto.

—Y no será tiempo perdido —respondió Mick—. Con algunas modificaciones, se podría utilizar en otro terreno.

—Llevo cinco años trabajando contigo y esta es la primera vez que te veo ansioso por volver a casa —comentó Jaime.

Mick pensó en aquella observación.

—Tienes razón. Estoy deseando ir. Mi hija y mis nietas están pasando una temporada en mi casa y quiero pasar algún tiempo con ellas. Ahora mismo están pasando por una situación complicada y me sentiré mejor estando a su lado.

—Además, Jess está a punto de inaugurar la posada, ¿verdad? —dijo Joe.

—Sí, dentro de un par de semanas —confirmó Mick—. Estoy verdaderamente orgulloso de ella. Se ha esforzado mucho para conseguirlo.

Por supuesto, el hecho de que se inaugurara la posada significaba que también Megan estaría en el pueblo. Mick todavía estaba intentando averiguar lo que sentía al respecto. Por una parte, y tal como le había dicho a Abby, le irritaba que la hubiera invitado, pero había también otros sentimientos. Sentimientos completamente inesperados.

Megan llevaba quince años fuera de su vida. Habían pasado ocho desde que la había visto por última vez en la boda de Abby. El cielo sabía que había cambiado mucho en ese tiempo, y se preguntaba si también ella habría cambiado. O si el corazón continuaría acelerándosele al verla cerca. Maldita fuera, esperaba que no. Ya había cometido la locura de enamorarse una vez en la vida. A los cincuenta y seis años, era demasiado viejo como para volver a hacerlo.

Aun así, no podía evitar preguntarse qué le depararían las siguientes semanas. Y si sería capaz de superarlas sin tener que sumar más arrepentimientos a la carga que había acumulado quince años atrás.

Los primeros rayos del amanecer teñían el cielo de naranja cuando Abby entró en la cocina. Apenas acababa de servirse una taza de café cuando sonó el teléfono. Contestó inmediatamente, temiendo que pudieran despertar a su abuela tan temprano.

—¿Qué demonios te propones? —le gritó Wes a través del auricular.

—¿Perdón?

—La arpía de tu abogada está revisando mi caso, haciendo amenazas y exigiendo documentos que no tiene derecho a ver.

—¿No tiene derecho o tú no quieres dárselos? —preguntó Abby con calma, negándose a pelear.

Stella le había advertido que procurara mantener la calma en el caso de que Wes la llamara y quería seguir su consejo, por muchas ganas que tuviera de contestar a gritos.

—Creo que ya dejamos las cosas suficientemente claras en el juzgado —dijo Wes.

—Sí, y también cuando Gabrielle les dijo a nuestras hijas que iban a ir a vivir con vosotros. Evidentemente, has decidido que los acuerdos a los que llegamos ya no tienen validez, de modo que no me queda más remedio que proteger mis propios intereses.

Wes contuvo la respiración. Evidentemente, no esperaba que Abby estuviera enterada de lo que estaba pasando.

—Seguro que ha habido algún malentendido con las niñas —sugirió.

—¿De verdad? Creo que nuestras hijas son bastante inteligentes —respondió Abby—. Pero digamos que se equivocaron. ¿Por qué entonces Gabrielle les pidió que lo mantuvieran en secreto?

Prácticamente podía oír los engranajes del cerebro de su exmarido girar mientras este intentaba inventar una explicación convincente. Abby decidió no seguir presionando.

—No importa, digas lo que digas, no vas a convencerme de que Gabrielle no dijo exactamente eso, o de que no has sido tú el que les ha metido esa idea en la cabeza.

—De acuerdo, lo admito. Quiero pasar más tiempo con mis hijas. Cuando decidiste llevártelas a Maryland, pensé que necesitaba defender mis derechos.

–¿Son tus derechos los que te preocupan o tu cartera? –no pudo resistirse a preguntar Abby–. Porque si las niñas estuvieran contigo, ya no tendrías que pagar la pensión alimenticia. Y supongo que esos pagos representan una gran cantidad para ti ahora que has perdido tanto dinero por culpa de unas funestas inversiones. ¿Esperabas que me obligaran a pasarte una pensión para ayudar a tu novia a salir del atolladero en el que ella misma se ha metido?

El silencio que se hizo al otro lado del teléfono fue ensordecedor.

–¿No tienes nada que decir? –le presionó–. Lo comprendo. Gabrielle ha cometido un delito. De hecho, si yo fuera tú, me olvidaría de que la boda pudiera celebrarse pronto, porque la veo durante una temporada en la cárcel. Y si estás con ella, ya puedes olvidarte de la custodia de las niñas. Será imposible convencer a un juez de que puedes ofrecer un hogar mejor para tus hijas cuando vas a estar pendiente de la defensa legal de tu esposa.

–No puedes quitarme a mis hijas –protestó.

–Ni pretendo hacerlo –le aseguró–. Podrás verlas cuando quieras, pero olvídate de un cambio de custodia. Sinceramente, creo que ya tienes suficientes problemas con la defensa de Gabrielle sin necesidad de tener que recurrir por otros asuntos a los tribunales.

–No la denunciarán –respondió Wes con confianza–. Ya sabes que este tipo de cosas siempre intentan ocultarse debajo de la alfombra. Es algo que ocurre constantemente.

–No cuando hay alguien dispuesto a mirar debajo de la alfombra y enseñar a los medios de comunicación toda la basura que esconde –respondió con calma–. No me gusta tener que recurrir a las amenazas, Wes, pero no me dejas otra opción. Tengo que proteger a Carrie y a Caitlyn.

–¿Desde cuándo te has vuelto tan vengativa?

–Desde que has decidido quitarme la custodia de mis hijas –contestó con calor. Inmediatamente suspiró–. No sabes cuánto siento que hayamos llegado a esto. Creo que no nos hacía ninguna falta. Acepté mi parte de culpa en el divorcio y los dos hemos hecho todo lo posible para asegurarnos de que las niñas no sufrieran. Creo que todo estaba saliendo como debía y hemos conseguido mantener una buena relación hasta ahora. No sé si es Gabrielle la que está detrás de todo esto o el desastre financiero que ella misma ha creado, pero ahora, eso es lo de menos.

—Olvidemos lo que ha pasado. Olvídate de lo que les dijimos a las niñas, ¿de acuerdo? No sabes la situación en la que estoy, Abby —le pidió en tono suplicante—. Gabrielle está destrozada. A no ser que encuentre dinero para reponer las pérdidas que ha ocasionado, su carrera está arruinada. A lo mejor ni siquiera tiene solución. No empeores la situación, Abby. Si haces público lo que sabes, o lo que crees saber, es posible que todo esto termine salpicando a las niñas.

—Solo tienen cinco años. De momento no leen los periódicos ni ven las noticias —tuvo que hacer un esfuerzo para reprimir su disgusto—. Y me parece vergonzoso que intentes utilizarlas para que dé marcha atrás.

—¿Entonces, qué tengo que hacer?

Abby no esperaba que se rindiera tan rápido, pero no tuvo que pensar durante mucho tiempo la respuesta.

—Abandonar los planes de cambiar la custodia —dijo inmediatamente—. Quiero que quede por escrito que renuncias a cualquier posibilidad de luchar por la custodia total de las niñas y que ni tú ni Gabrielle volveréis a hablar de esto con las gemelas nunca más.

—Y si lo hacemos, ¿no intentarás perjudicar a Gabrielle?

—Wes, ¿es que no lo entiendes? Esa información ya es pública. En la firma están investigando todas y cada una de sus transacciones y los medios de comunicación ya están al tanto de lo ocurrido. De momento tienen muy poca información, pero están intentando conseguir toda la que pueden. Esto va a salir a la luz pública aunque yo no quiera.

—Pero si tú también presionas, la situación podría ser incluso peor para ella. Por favor, solo te estoy pidiendo que no cuentes lo ocurrido.

A Abby le sorprendió la preocupación que reflejaba su voz.

—Estás realmente enamorado de ella, ¿verdad? Esto no es solo una cana al aire que ha terminado costándote una fortuna.

—Claro que estoy enamorado de ella. ¿Por qué crees que estoy tan desesperado por arreglar la situación? No es solo por el dinero que he perdido. Eso soy capaz de superarlo. Y seguro que puedo recuperarlo. Lo que no soporto es ver a Gabrielle hundida. Ha cometido un error estúpido y ahora está terriblemente arrepentida.

—¿Y qué me dices de toda esa gente a la que ha hecho daño? ¿De todas esas personas que han perdido los ahorros de toda una vida y que, a diferencia de ti, no tienen manera de recuperarlos?

—Hemos decidido devolverlo todo. Ya estoy trabajando en ello.

Abby estaba impresionada por el esfuerzo que estaba haciendo Wes para respaldar a su prometida. Gabrielle le estaba dando la oportunidad de convertirse en un auténtico caballero andante, algo que con Abby jamás había podido ser.

—Te deseo suerte —le dijo con sinceridad—. Espero que todo salga bien.

—Mira, iré hoy mismo a ver a Stella. Le explicaré que todo ha sido un malentendido y firmaré todo lo que tenga que firmar.

—La llamaré para informarle de todo lo que hemos hablado —dijo Abby.

—¿Cuándo...?

Abby sabía lo que quería preguntar. Podía haberle dejado en la incertidumbre, pero no tenía sentido. Sabía que acababa de ganar no una batalla, sino una guerra.

—Las niñas y yo volveremos a Nueva York después del Cuatro de Julio. Podrás verlas entonces. Si prefieres no esperar tres semanas, puedes venir otra vez. Ahora mismo no tengo tiempo para llevártelas.

—Esperaré. Diles que llamaré cada dos días para saber cómo están.

—Les encantará. Te echan tanto de menos como tú a ellas.

—Adiós, Abby.

—Adiós, Wes.

Abby había mantenido parte de la conversación caminando nerviosa por la cocina, pero en aquel momento estaba sentada en una silla, temblando. ¿Realmente habría terminado todo? ¿Su exmarido había dejado de representar una amenaza?

Cuando su abuela entró en la cocina, tenía el rostro empapado en lágrimas de alivio.

—¿Qué demonios...? —musitó Nell, abrazando a su nieta—. ¿Qué ha pasado? ¿Te han dado una mala noticia?

Abby negó con la cabeza y consiguió sonreír.

—No, en realidad, han sido buenas noticias. He ganado.

Nell la miró confundida.

—¿Que has ganado qué?

—Es una larga historia, pero la cuestión es que me he enfrentado a Wes y he ganado.

—Bien por ti. Ya era hora de que impidieras que ese hombre te intimidara.

Abby miró a su abuela sorprendida.

—¿Crees que Wes intentaba intimidarme?

—Claro que sí. Por supuesto, siempre con un despliegue de encanto y hablando con dulzura, pero en más de una ocasión, me han entrado ganas de sentarle y decirle cómo debería tratar un hombre a la mujer a la que ama.

Abby no pudo evitar sonreír al imaginárselo.

—Me sorprende que no lo hicieras. Y la verdad es que también lo lamento.

—Entrometerse en las relaciones de los demás no sirve de nada —señaló Nell—. Algo que deberías recordar cuando venga Megan.

—Mamá no llegará hasta dentro de dos semanas. ¿Sabes algo de papá? ¿Ya te ha dicho cuándo piensa volver?

—Hoy mismo. Ha dejado el proyecto de San Francisco de modo que, al parecer, estará estorbando por aquí durante una temporada.

—¿Lo ha dejado? —repitió Abby estupefacta—. ¿Y tienes idea de por qué?

–No lo ha dicho, pero seguro que te lo explicará encantado en cuanto llegue.

–¿Crees que podría tener algo que ver con el hecho de que mamá vuelva a casa?

–No pienso especular sobre eso y creo que hace menos de dos minutos te he sugerido que te mantuvieras al margen de su relación.

Abby sonrió avergonzada.

–Pero no puedes culparme por sentir curiosidad.

Nell se echó a reír.

–No, supongo que no. Y ahora, vamos a hablar del amor de tu vida. ¿Cómo van las cosas con Trace?

–¿Y ahora quién se está entrometiendo? –bromeó Abby.

–Solo era una pregunta inocente –insistió su abuela–. Ayer por la noche estuvo aquí. Os oí hablando en el porche antes de irme a la cama.

–Todavía tenemos muchas cosas que averiguar.

–Solo espero que esta vez lo hagáis juntos –repuso su abuela.

Abby suspiró.

–Eso es lo mismo que dice Trace.

Nell asintió.

–En ese caso, todavía tengo alguna esperanza.

–¿Esperanza en qué?

–En el futuro –respondió–. Y no pienso decir nada más.

Abby se echó a reír.

–Por hoy –respondió.

–No. Ya no pienso decir nada. Lo demás dependerá de vosotros –le guiñó el ojo–. ¿Lo ves? No me estoy entrometiendo en nada. Así es como se hace. Aprende la lección.

–Lo intentaré –le prometió Abby–. Ahora voy a la posada para ver todo lo que ha hecho Jess mientras he estado fuera. Ayer estuve tan pendiente de mis problemas que ni siquiera me acerqué por allí. ¿Puedes encargarte de las niñas esta mañana?

–Claro que sí. Creo que hoy les enseñaré un poco de jardinería. Por lo menos a ellas parece que les gusta jugar con la tierra.

A ninguno de vosotros os interesó nunca, excepto a Bree —sonrió con nostalgia—. Aunque, por supuesto, ella prefería cortar flores a plantarlas.

—Sí, yo también me acuerdo —contestó Abby con una sonrisa—. Las arrancaba y las metía en un jarrón con raíces y todo.

—Espero que tu hermana haya superado ya esa etapa. Porque como no sea así, vas a ser la encargada de mantenerla fuera de mi jardín cuando venga a la inauguración.

—Estoy deseando que venga a hablarnos del éxito que ha tenido en Chicago.

Su abuela se puso repentinamente seria.

—No sé si su última obra ha ido muy bien.

Abby frunció el ceño ante aquel comentario.

—¿Qué te hace pensar eso? Estaba entusiasmada con esa obra.

—Normalmente envía las críticas, pero esta vez no lo ha hecho. Y cuando he hablado con ella por teléfono, ni siquiera ha sacado el tema. No creo que sea una buena señal.

—Bueno, lo que sí es una buena señal es que va a volver a casa.

—Desde luego —contestó Nell—. Ojalá viniera también Kevin. Así estaríamos todos juntos.

Abby le dio un abrazo.

—También él volverá pronto, abuela. Lo sé.

—Dios te oiga.

«Así sea», pensó Abby.

Capítulo 19

Era la media mañana del miércoles y Abby estaba revisando las facturas de la posada cuando oyó un motor en el camino de la posada. Se acercó a la ventana y vio una furgoneta de una cadena de electrodomésticos de alta gama. Inmediatamente se le aceleró el pulso. ¿Qué habría hecho Jess? Estando relacionado con aquella cadena en particular, evidentemente, nada bueno.

Se acercó a la puerta y llamó a gritos a su hermana, que estaba en el piso de arriba.

—¡Jess, baja inmediatamente!

Para cuando salió el conductor de la furgoneta, ella ya estaba detrás. Esperando a que abriera.

—¿Le importa que eche un vistazo a la orden de envío antes de que descargue? —preguntó, intentando no perder la calma.

Al fin y al cabo, aquel hombre solo estaba haciendo su trabajo.

El conductor le tendió el portapapeles con el albarán y Abby lo examinó con atención. Cuando vio que le enviaban una cocina y leyó la cifra que costaba, lo vio todo rojo.

—Lo siento —dijo con rotundidad—. Tiene que haber un error. Yo no he encargado esto.

Jess llegó corriendo justo en ese momento.

—Pero yo sí, Abby. Así que puede hacerse la entrega.

Abby giró sobre sus talones y agarró a su hermana para que se alejaran del conductor y de su ayudante.

—No, no puede hacerse la entrega —le dijo muy tensa—. Tienes que devolver esa cocina. Esta es una compra no autorizada.

Jess miró a su hermana con los brazos en jarras.

—La compra la he autorizado yo y la cocina se queda aquí.

El conductor, que había advertido rápidamente la tensión, miraba alternativamente a las dos hermanas.

—Miren, señoras, ¿se va o se queda? No podemos quedarnos aquí todo el día esperando a que terminen de discutir. Y este es el segundo intento de entrega, el siguiente, tendrán que costearlo ustedes.

—¿Qué quiere decir con que es el segundo intento?

—Cuando vinimos el lunes, no había nadie.

Así que, pensó furibunda, Jess pretendía que la entrega de aquella carísima cocina se hiciera estando ella fuera, de tal manera que resultara prácticamente imposible devolverla. Evidentemente, pensó, estaba distraída con otra cosa y al final se había olvidado del envío. Por una vez en su vida, se alegró de los problemas de atención de su hermana que por lo menos en aquella ocasión les habían ahorrado un gasto que no estaban en condiciones de asumir.

Le dirigió a Jess una mirada con la que le decía que sabía lo que había planeado. Pero Jess continuaba mirándola con decisión; en su rostro no había ni rastro de duda o remordimiento.

—La cocina se queda —insistió tenaz.

—Se va —respondió Abby con la misma determinación—. Jess, no podemos pagar una cocina como esta, por lo menos ahora. Los electrodomésticos que tenemos funcionan perfectamente, yo misma lo he comprobado.

—Pero yo revisé la cocina con Gail y ella dijo que esta era la mejor cocina que podíamos comprar para lo que pretendemos ofrecer en la posada. Fue ella misma a seleccionarla. Es una profesional y sabe de lo que habla.

—No lo dudo, pero no es su dinero el que estás gastando. Es una pena que no me invitaras a mí a acompañarte. De esa forma te habría dicho que no allí mismo y les hubiéramos ahorrado un viaje a estos hombres.

–Vamos, Abby, hasta tú tienes que darte cuenta de que es una inversión inteligente.

–Estoy convencida de que lo es. Desgraciadamente, no podemos permitírnosla y punto –se volvió hacia el conductor–. Llévesela ahora, por favor.

Pero Jess se interpuso entre su hermana y la furgoneta. Tenía las mejillas rojas como la grana, aunque era difícil decidir si la culpa de aquel sonrojo la tenían la furia o la vergüenza.

–Si devuelves esa cocina, no volveré a hablarte en mi vida –musitó Jess enfurecida–. Y lo digo en serio, Abby. Llevo mucho tiempo callándome, pero ya no aguanto más. Sé que en la cuenta hay dinero suficiente como para comprar esto. Lo comprobé antes de pedir la cocina.

–Y cuando firmemos ese cheque, ¿con qué dinero piensas pagar a tus empleados? –preguntó Abby con voz queda. A pesar de que le entraban ganas de zarandear a su hermana, consiguió mantener un tono mesurado–. Todos y cada uno de los peniques que quedan en la cuenta están comprometidos en futuros gastos, a no ser que pienses trabajar tú sola en la pensión y a cambio de nada, y eso quiere decir que tendrás que hacer también el trabajo de tu chef, a la que, por cierto, ya no estarás en condiciones de pagar.

Jess flaqueó ligeramente, pero no cedió.

–Dentro de un par de semanas comenzaremos a tener ingresos.

–Pero no bastará con eso, y no pienso poner ni un penique más en este lugar a no ser que demuestres que eres capaz de ser responsable. Estoy harta, ¿lo entiendes? Y si yo me retiro, es posible que también lo haga el banco.

Jess abrió los ojos como platos, pero continuaba mostrando el mismo espíritu combativo.

–No serías capaz de hacerme algo así.

–Mírame –dijo Abby, negándose a transigir.

Aquella era la gota que colmaba el vaso. Por una vez, pretendía mantenerse en sus trece por mucho que a Jess le doliera. No podía pasar aquello por alto. Si lo hacía, su hermana jamás comprendería que actuar de forma imprudente siempre tenía consecuencias.

Jess parpadeó para contener las lágrimas, pero se volvió hacia el conductor con la barbilla alta.

—Llévesela —dijo con voz queda. Miró de nuevo a su hermana—. Y a partir de ahora, procura que no volvamos a vernos. El trabajo que tengas que hacer relacionado con la posada, lo harás en casa de la abuela. Por mucho dinero que hayas invertido aquí, la posada sigue siendo mía y no quiero verte por aquí mientras esté yo. Y como resulta que vivo aquí, eso significa que no volverás a poner un pie en ella jamás en tu vida. Te juro que si lo haces, te denunciaré por allanamiento de morada.

Después de aquella amenaza, cruzó el jardín, se montó en el coche y salió disparada de la posada.

Abby la siguió con la mirada, suspiró y miró después al estupefacto conductor.

—Lo siento.

—No se preocupe. Me temo que ya tienen suficientes problemas. Si cambia de opinión, llame al número que aparece en la factura y le enviaremos la cocina.

—No cambiaré de opinión.

Desgraciadamente, sabía con absoluta certeza que Jess tampoco cambiaría. Iban a ser muy tensas las dos semanas que quedaban hasta que se abriera la posada. Y después, nadie sabía qué podría pasar.

Jess iba conduciendo a toda velocidad por la carretera de la costa cuando sonó el móvil. Lo ignoró. No estaba de humor para hablar con nadie. Por primera vez en su vida, odiaba de verdad a su hermana. La odiaba por haberla humillado delante del conductor de la furgoneta. La odiaba porque después de aquello tendría que explicarle a Gail que ya no podía contar con una cocina nueva. Pero, sobre todo, la odiaba porque tenía razón.

Una vez más, había vuelto a hacer las cosas sin pensar. Se

había dejado arrastrar por el entusiasmo del momento, por los sueños, y había ignorado la realidad. Debería haberse dado cuenta de que el dinero que le quedaba era para pagar salarios. Debería haber prestado más atención cuando Abby había intentado explicarle el presupuesto, pero, francamente, todas las conversaciones sobre números le aburrían hasta las lágrimas.

Y esa era precisamente la razón por la que necesitaba una socia en aquel negocio. Pero no podía ser Abby. No quería estar en constante desacuerdo con la única persona que siempre había estado a su lado, una persona que había creído en ella incluso en los peores momentos. Y a pesar de que Abby la había amenazado con olvidarse para siempre de la posada, Jess tenía la certeza de que su hermana mayor jamás la abandonaría.

Pero aquella devoción tenía un inconveniente. Jess nunca había tenido un éxito que pudiera considerar completamente suyo. Siempre había contado con la ayuda de Abby o de alguno de sus hermanos. Habían librado sus batallas, la habían ayudado a preparar sus exámenes. Todos pensaban que le estaban haciendo un favor, protegiéndola de la humillación, pero de esa forma también habían impedido que disfrutara de sus propios éxitos. Jess les adoraba por haberle cuidado hasta ese punto, pero odiaba sentirse como si nada de lo que había conseguido tuviera algo que ver con sus propios méritos.

Y había vuelto a suceder, pensó con un suspiro. Con la capota bajada y el viento azotando su rostro, empezó a relajarse. Para cuando llegó al pueblo, ya era capaz de comprender el punto de vista de Abby, por mucho que le molestara. Por supuesto, no pretendía decírselo a ella. Abby también necesitaba comprender que no podía cuestionar todas y cada una de sus decisiones. Tenían que aprender a trabajar juntas.

A medida que iba pensando en ello, iba dándose cuenta de que había sido ella la que había evitado que hablaran de la cocina, precisamente porque sabía lo que iba a pasar. Y todavía faltaban por llegar las alfombras. Por lo menos las alfombras no habían costado una fortuna, aunque también habían sido más caras de lo que el presupuesto probablemente permitía.

—Tal vez debería llamar y cancelar el envío —musitó para sí.

De esa manera, se ahorraría un nuevo enfrentamiento con Abby. Sin embargo, pensó, quería aquellas alfombras, y había cosas que quería y necesitaba hacer a su manera. Tendría que pensar en ello, se dijo.

Aparcó en la calle principal y decidió dar un paseo hasta el mar. A lo mejor paraba a comer algo para darse tiempo, y darle tiempo a Abby, de serenarse. Porque a pesar de lo que le había dicho a Abby, tenía la corazonada de que su hermana estaría todavía allí y dispuesta a solucionar aquel conflicto. A diferencia de ella, Abby nunca huía de las confrontaciones.

Estaba pensando en ello cuando salió del coche y chocó, curiosamente, con su padre, que la miraba con el ceño fruncido.

—Papá, no sabía que estabas aquí —le dio un beso en la mejilla, pero él continuaba frunciendo el ceño.

—¿Dónde demonios creías que ibas corriendo de esa manera? ¿Has visto siquiera que había otro coche en la carretera?

—No hemos chocado, ¿verdad? —respondió a la defensiva—. Claro que estaba pendiente del tráfico. ¿Alguna vez me han puesto una multa por haber cometido una imprudencia?

—Basta una sola imprudencia para terminar con la vida de alguien —Mick se quitó las gafas de sol y la miró con atención—. ¿Has estado llorando?

—No, se me ha metido algo en el ojo —mintió—. Ya sabes lo que pasa cuando conduces un descapotable.

—Buen intento, pero en ese caso, solo tendrías un ojo rojo e hinchado. Y tienes los dos ojos irritados —la agarró de la mano y se dirigió con ella hacia la cafetería de Sally—. Vamos a comer algo y así me cuentas lo que te pasa.

Como no parecía dispuesto a soltarla, Jess dejó que la condujera hasta allí. Se sentó y se cruzó de brazos con gesto beligerante, hasta que fue consciente, gracias a la sonrisita de Mick, de que probablemente parecía una niña cabezota. Intentó relajarse y disfrutar del refresco que Sally le había servido en cuanto se había sentado, acompañado de un café para Mick. ¡No se le fuera a ocurrir a nadie pedir algo diferente a lo habitual!

—¿Qué os pongo de comer? —preguntó Sally—. Aunque esté mal que lo diga yo, el pastel de carne está delicioso. Va acompañado de judías verdes y puré de patata.

—Pues a mí ponme pastel de carne —pidió Mick, sin dejar de mirar a Jess ni un solo minuto.

—Yo no quiero nada —replicó ella.

Mick elevó los ojos al cielo.

—Ponle un sándwich de beicon, lechuga y tomate. Con patatas fritas.

Entonces fue ella la que frunció el ceño.

—No tienes que pedir por mí como si tuviera cinco años.

—Lo haré si te comportas como si los tuvieras.

Sally se echó a reír.

—Es bonito ver que hay cosas que nunca cambian. No habéis dejado de discutir desde que Jess era un bebé. Ahora mismo os traigo todo —miró a Jess de reojo—, a no ser que quieras algo diferente.

—No, un sándwich de lechuga, tomate y beicon.

Mick bebió un sorbo de café mirando a su hija por encima del borde de la taza y esperó en silencio. Esa era una cualidad de Mick: por impaciente que fuera en muchas cosas, siempre había tenido una paciencia infinita para enfrentarse a los silencios tenaces de sus hijos. Cuando tenía doce años, a Jess le resultaba desconcertante. A su edad, le parecía, simplemente, irritante.

Al final, se arriesgó a mirarle a los ojos.

—¿Qué estás haciendo aquí?

—He renunciado al proyecto de San Francisco y he decidido pasar aquí una temporada.

—¿De verdad? —el corazón le dio un vuelco de alegría—. ¿Por la inauguración de la posada?

Mick asintió.

—Sí, y también por todos esos líos que está habiendo entre Abby y Wes.

Jess frunció el ceño.

—¿Qué está pasando?

Su padre la miró con extrañeza, evidentemente sorprendido por el hecho de que no supiera lo que estaba pasando en la vida de su hermana.

—Wes quiere quedarse con la custodia de las niñas —le explicó—. Pero antes se helará el infierno que permitir que lo consiga. ¿Abby no te lo ha contado al volver de Nueva York?

Jess esbozó una mueca. Ni siquiera le había dado la oportunidad de contarle nada. Cuando Abby había llegado por la mañana, ella se había escondido en el piso de arriba y después habían discutido por culpa de la cocina. No le extrañaba que su hermana estuviera de mal humor, pensó, pero inmediatamente rectificó. No, sabía que el hecho de que hubiera devuelto la cocina no tenía nada que ver con lo que había pasado con Wes. Conocía a su hermana bien como para estar segura.

—Esta mañana no hemos tenido mucho tiempo de hablar —le dijo a su padre.

—Pero me temo que sí suficiente para discutir —respondió él—. ¿Por eso conducías a toda velocidad? ¿Habéis discutido sobre algo relacionado con la posada?

Jess asintió.

—Sí, ella tenía razón y yo estaba equivocada.

Mick la miró como si en ningún momento lo hubiera dudado.

—¿Y se lo has dicho?

Jess negó con la cabeza.

—Claro que no. Me saca de quicio con esa actitud tan arrogante. ¿Cómo voy a admitir que tenía razón?

—Tendrás que decírselo antes o después.

—Lo sé.

Su padre la miró incómodo.

—Mira, Jess, sé que algunas veces, bastantes, sospecho, me he puesto de parte de Abby cuando habéis discutido. Pero eso no quiere decir que no te apoye en tus decisiones.

Jess suspiró.

—Ya sé que me quieres, papá —y lo decía en serio.

—Bueno, pues por si acaso no lo dejé suficientemente claro

la otra vez que estuve aquí, apoyo lo que estás haciendo con la posada y creo que saldrás adelante. Pero eso no significa que no crea que también necesitas escuchar algún consejo de vez en cuando, ya venga de Abby o de cualquier otro. Estás emprendiendo una aventura completamente nueva para ti, Jess. Al igual que cualquiera que inicia algo por primera vez, es imposible que lo sepas todo. Te aseguro que había muchísimas cosas que yo no sabía cuando comencé a levantar mi empresa. Intenté trabajar para un par de constructoras para ver cómo hacían las cosas. No salí de la universidad, monté una empresa y empecé a tener éxito de un día para otro.

–Entendido –admitió Jess, pero se vio obligada a añadir–: Abby tampoco ha dirigido nunca una posada.

Mick sonrió.

–No, pero tiene una experiencia en contabilidad que ni tú ni yo tenemos. He dejado que haga algunas inversiones con mi dinero precisamente por eso. Y creo que deberías estarle agradecida por ocuparse de tus finanzas.

–Y se lo estoy. Fui yo la que le pedí que viniera, ¿recuerdas?

–Pero cuando te da un consejo, no te hace ninguna gracia y te enfadas, ¿tengo razón?

–Sí, papá, entiendo lo que quieres decir.

–Entonces, ¿harás las paces con ella?

Jess asintió.

Mick la miró divertido ante su evidente falta de entusiasmo.

–¿Hoy mismo?

–Sí, de acuerdo, hoy –replicó ella con una nota de impaciencia en la voz–. Si sigue en la posada cuando vuelva, hablaré con ella y le pediré perdón.

Mick había descubierto rápidamente la salida que se había dejado.

–Y si ha vuelto a nuestra casa, irás a buscarla allí.

–Eres más cabezota que ella –gruñó Abby.

–Típico de la familia. Y no pienses ni por un solo instante que tú no tienes el mismo gen.

Jess soltó una carcajada al oírle.

—Culpable —admitió.

Justo en ese momento, Sally le llevó el sándwich. Jess lo tomó y le dio un mordisco. El tomate era de la primera cosecha de la temporada y su sabor le explotó en la boca, haciéndole recordar las incontables veces que había ido a la playa con Abby, Bree, sus hermanos y la abuela. Aquellos eran días vividos sin ninguna clase de preocupación de los que había disfrutado al lado de la gente a la que amaba. Miró a su padre a los ojos y comprendió que, cuando le había pedido aquel sándwich, sabía exactamente lo que estaba haciendo.

—Gracias, papá.

—De nada, cariño. A veces todos necesitamos que alguien nos ayude a revivir los recuerdos que nos hacen saber lo que somos.

—Tienes razón, y este sándwich lo ha conseguido en mi caso. ¿A ti qué te ayuda a recordar?

—El olor a lilas del valle —dijo inmediatamente—. Era el perfume que llevaba siempre tu madre. A veces, cuando salgo a pasear en primavera y están en flor, me imagino a tu madre a mi lado.

Jess parpadeó para apartar las lágrimas que había provocado la nostalgia que se percibía en su voz.

—Todavía la echas de menos, ¿verdad?

—No se lo digas a nadie —contestó, y se inclinó hacia ella—, pero no he dejado de echarla de menos ni un solo día de mi vida.

Jess le tendió la mano a su padre y este la envolvió con su mano cálida y callosa.

—Yo tampoco —susurró.

De hecho, se preguntaba si alguna vez llegaría el día en el que dejara de ser una niña asustada que permanecía al lado de la ventana aferrada a la mano de Abby viendo cómo su madre se alejaba para siempre de sus vidas.

***

Aunque la abuela quería que todo el mundo estuviera en casa para cenar con Mick, Abby decidió salir. No estaba de humor para una nueva discusión con Jess.

Mick le dirigió una dura mirada cuando se enteró de sus planes.

—¿Has hablado esta tarde con tu hermana?
—No, ¿por qué?

Mick soltó una maldición.

—Me prometió que iría a verte para arreglar las cosas entre vosotras.

Abby le miró sorprendida.

—¿Sabes que hemos discutido?
—La vi conduciendo como si la persiguieran todos los demonios del infierno, así que decidí seguirla. La he sentado en la cafetería de Sally y he tenido una conversación con ella.
—¿Y te ha escuchado? —preguntó Abby con incredulidad.
—Yo pensaba que sí.
—Pues al parecer, ha cambiado de opinión —respondió Abby con cansancio—. Yo no estoy preparada para volver a discutir con ella sobre las razones por las que no puede comprar la cocina carísima que quiere. Así que me voy al pueblo para que podáis disfrutar de la cena. Me llevo a las niñas.

Su padre pareció a punto de protestar, pero al final, suspiró.

—Vete, si crees que es eso lo que tienes que hacer, pero deja aquí a las gemelas. Yo me encargaré de acostarlas.

La idea de salir sola era tan tentadora que no pudo negarse a aceptar la oferta.

—Gracias, papá.
—Disfruta de la velada. A lo mejor deberías llamar a Trace e invitarle a salir contigo. No creo que hayáis podido pasar mucho tiempo a solas.
—Y quizá fuera mejor que no pasáramos ninguno —dijo ella.

Mick la miró con los ojos entrecerrados.

—¿Por qué dices eso?
—Digamos que tenemos ciertas diferencias sobre nuestro futuro —resumió.

—¿No quieres que hablemos de ello?

Abby se encogió de hombros.

—La verdad es que no.

—A lo mejor te ayuda contar con el punto de vista de otro hombre.

Abby sonrió al imaginarse a su padre dándole consejos sobre su relación.

—Creo que deberías concentrarte en averiguar cómo vas a manejar tu relación con mamá cuando venga al pueblo.

Mick frunció el ceño inmediatamente.

—No empieces con eso.

—No voy a empezar con nada —respondió Abby, levantando las manos en señal de rendición—. No pienso entrometerme en nada —para demostrarlo, se inclinó y le dio un beso en la mejilla—. Buenas noches, papá. Y gracias otra vez por cuidar de las niñas y por intentar hablar con Jess.

—Buenas noches, ángel. Pásalo bien.

A Abby se le llenaron los ojos de lágrimas. Hacía años que su padre no la llamaba así. Cuando eran niños, tenía un apodo especial para cada uno de ellos, pero los habían ido perdiendo a medida que habían ido creciendo. Oírselo decir le recordó lo unidos que habían estado, cómo volaba a sus brazos cuando llegaba a casa al final del día. Se acercó a él para darle un abrazo.

—Te quiero —susurró emocionada.

—Yo también —respondió Mick.

Mientras salía de casa, Abby se recordó que en su vida siempre había habido hombres que, a diferencia de Wes, la habían querido de manera incondicional. Su padre era uno de ellos. Sus hermanos también formaban parte de esa lista. Y, mientras conducía, sacó el número de teléfono y llamó al cuarto. Trace contestó al segundo timbrazo.

—Eh, hola. No esperaba noticias tuyas esta noche. He oído que Mick estaba en el pueblo, así que imaginé que estarías disfrutando de una cena familiar.

—Sí, todo el mundo está esta noche en casa, pero yo estoy libre y necesito compañía. ¿Estás disponible?

–Es posible. Ahora mismo estaba terminando un diseño. Tengo que ducharme y vestirme, pero en media hora puedo estar listo. ¿Quieres que quedemos en alguna parte?

Abby pensó en ello, y también en las chispas que habían estado saltando entre ellos desde que había vuelto a Chesapeake Shores. A lo mejor era una locura querer ver hasta dónde podían llevarles, teniendo en cuenta lo que sabía sobre sus planes de futuro, pero no pudo evitar decir:

–¿Por qué no voy yo a tu casa? Me encantaría ver en qué estás trabajando.

Se produjo un largo silencio al otro lado del teléfono; fue como si Trace supiera que Abby estaba pensando en algo más que en ver un par de diseños.

–¿Estás segura? Tú y yo a solas podemos ser peligrosos.

–Y yo hoy tengo ganas de correr riesgos –respondió–. Dúchate rápido, estaré ahí dentro de diez minutos.

Trace se echó a reír.

–¿Crees que merece la pena que me tome la molestia de vestirme?

–Por supuesto que merece la pena –respondió divertida–. Por lo menos así podremos hacernos la ilusión de que es una visita inocente.

–Abby, Abby, ¿qué te pasa esta noche?

–Creo que mi abuela diría que es cosa del demonio, pero yo prefiero pensar que, por primera vez desde hace mucho tiempo, estoy haciendo lo que quiero.

–¿Y yo soy lo que quieres?

–Esta noche, sí –se puso repentinamente seria–. ¿Estás dispuesto a aceptarlo?

–Siempre y cuando me prometas que no habrá arrepentimientos.

Abby pensó en ello. Pensó en lo que había sido estar todos aquellos años sin él. Pero por triste y difícil que hubiera sido alejarse de su lado después de haber descubierto lo que era hacer el amor con Trace, jamás se había arrepentido de compartir aquella experiencia con él.

—Nada de arrepentimientos —le prometió—. ¿Crees que tú puedes decir lo mismo?

—Si los hay, encontraré la manera de superarlos —dijo—. Te quiero, Abby O'Brien Winters. Siempre te he querido y siempre te querré.

Abby sonrió. Eso era todo lo que necesitaba oír.

Capítulo 20

Trace abrió la puerta del apartamento vestido únicamente con unos vaqueros. Nada de camisa, ni de zapatos. Tenía el pelo todavía húmedo y revuelto, olía a jabón y quizá también a una refrescante loción. Abby tragó saliva al verle y tuvo que resistir las ganas de arrojarse a sus brazos antes de que cerrara la puerta.

–Estás muy guapo –musitó, con la mirada clavada en su pecho y en sus espectaculares abdominales.

¿Cómo era posible que un hombre que se pasaba la vida dibujando sobre una mesa o sentado delante del ordenador estuviera tan en forma? Pero así era. Seguro que había gente dispuesta a pagar una fortuna para conocer su régimen. Estaba convencida de que podría ganar un dineral en una empresa dedicada al cuidado del cuerpo.

Con fuego en la mirada, Trace cerró la puerta tras ella y la estrechó contra él.

–Tú estás increíble –musitó, apartándole el pelo para besarle el cuello–. Y también hueles muy bien.

Deslizó la lengua por su piel; Abby sentía tan alta la temperatura de su propio cuerpo que le sorprendió que no se chamuscara la lengua.

–Y sabes todavía mejor –susurró Trace con una voz que la hizo estremecerse.

Abby comenzaba a tener problemas para mantenerse en pie. Posó las manos en sus hombros, pero las apartó inmediatamente. La piel de Trace le resultaba demasiado suave, demasiado cálida, demasiado tentadora. Todo aquello estaba yendo muy rápido, pero no tanto como en el fondo deseaba. Después del día que había pasado, después de haber sido acusada de ser una persona rígida y estirada, no había nada que deseara más que dejarse llevar por la fuerza de la pasión.

Reconoció un brillo de diversión en la mirada de Trace en cuanto se apartó de él. Por supuesto, con la puerta detrás de ella, no le quedaba demasiado espacio para moverse. Trace la miró a los ojos, alargó la mano hacia la de Abby, le hizo posarla en su hombro y después le colocó la otra en su pecho.

—Quédate así —susurró—. Me gusta que me toques. Me provoca todo tipo de pensamientos impuros.

Abby le miró con el ceño fruncido.

—¿Tenemos entonces que olvidarnos de que se suponía que esta iba a ser una visita inocente?

Trace mantuvo los ojos fijos en los suyos.

—Eso depende de ti.

Con un delicioso calor fluyendo por su cuerpo y envuelta en la masculina esencia de Trace, Abby era incapaz de apartarse de él y sabía, además, que no tenía ningún sentido fingir. Cuando era más joven, podría haberse sentido insegura y tímida en una situación como aquella, pero ya era una mujer, una mujer que sabía lo que quería, por lo menos respecto a Trace. Y por lo menos, por una noche.

De modo que, en vez de contestar, se puso de puntillas y le besó en los labios. Le rodeó el cuello con las manos y se presionó contra él, sintiendo cada uno de los músculos de su cuerpo, por no hablar de la espectacular evidencia de su excitación.

El beso les dejó a ambos sin respiración y con las miradas ardiendo de deseo. Por lo menos lo estaba la de Trace y Abby sospechaba que también la suya.

—¿Dónde está el dormitorio en esta casa? —preguntó con descaro—. ¿O prefieres que nos desnudemos aquí mismo?

Trace sonrió de oreja a oreja.

—La verdad es que es una sugerencia interesante, pero creo

que la ocasión requiere un poco de romanticismo. ¿Te apetece una copa de vino?

Abby negó con la cabeza sin dejar de mirarle a los ojos.

—¿Y algo de comer?

Abby volvió a rechazar el ofrecimiento.

—¿Y si enciendo unas velas? —le ofreció Trace.

—Solo te quiero a ti —respondió ella, empujándole suavemente.

—Bueno, supongo que esto no me lo podrás negar —replicó Trace, y la levantó en brazos, estrechándola contra su cuello.

Abby se acurrucó contra aquel increíble calor y se deleitó en la certeza de que Trace sería capaz de utilizar toda su fuerza para protegerla.

Una vez en el dormitorio, la enorme cama se presentó como una sensual invitación. Trace la colocó en el centro y después la siguió.

Durante lo que a ambos les pareció una eternidad, se limitaron a permanecer allí, en silencio, mirándose a los ojos y disfrutando de aquel momento que parecía casi inevitable, pero que, sin embargo, había tardado diez larguísimos años en llegar.

Fue Trace el primero en romper el hechizo.

—Te he echado mucho de menos, Abby. Durante todos estos años me he sentido como si hubiera perdido una parte de mí mismo.

Abby empezó a decir algo, pero Trace la silenció posando un dedo en sus labios.

—No —dijo él—. Ya sé que tú has tenido otra vida durante todo ese tiempo. No espero que hayas sentido lo mismo que yo.

—Pero lo he sentido —protestó—. Creo que no he sido consciente de lo mucho que he echado de menos esto, de lo mucho que he echado de menos nuestra relación, hasta ahora mismo. En este momento, no soy capaz de comprender cómo he podido pasar tanto tiempo sin ti.

A los labios de Trace asomó una suave sonrisa.

—Veamos si puedo recordar lo que te gusta —dijo con mirada intensa.

La besó en la base del cuello, haciéndole echar la cabeza hacia atrás. Apartó la blusa, le desabrochó el sujetador, besó sus senos y acarició los pezones con la lengua hasta hacerlos endurecerse. Deslizó la mano por su vientre con caricias firmes y seguras y siguió bajando los dedos hasta encontrar el húmedo corazón de su sexo. Abby habría querido moverse para quitarse los pantalones, pero Trace la mantuvo donde estaba y continuó atormentándola hasta que Abby terminó respirando entre jadeos y buscando lo que Trace deliberadamente le estaba negando.

–Eres un provocador –le dijo cuando por fin pudo respirar.

Trace sonrió de oreja a oreja.

–Y a ti te encanta.

–Pero podrían volverse las tornas. He aprendido mucho durante todos estos años.

Trace respondió con un largo silencio. En un primer momento, Abby pensó que había cometido un error al mencionar, sin haber dicho siquiera su nombre, su relación con Wes. Sin embargo, Trace la miró intrigado y se dejó caer de espaldas en la cama.

–Demuéstramelo –le pidió.

Respondiendo a la buena disposición de Trace, Abby se puso de rodillas y se inclinó sobre él. Cubrió de besos su rostro y su pecho desnudo y continuó descendiendo al tiempo que le desabrochaba la cremallera de los vaqueros. Cuando buscó en el interior, el jadeo ahogado de Trace que no había anticipado el atrevimiento y la precisión con la que deslizaba sus dedos sobre su firme excitación, la estremeció.

Con los ojos brillando de diversión y deseo, Trace la hizo tumbarse de espaldas y terminó de desnudarla. Después, con unas caricias tan delicadas como acertadas, la llevó hasta la cumbre de la satisfacción, pero no la dejó descender.

–No vas a terminar sin mí –le dijo con voz queda, mirándola a los ojos mientras se inclinaba sobre ella.

Se deslizó lentamente en su interior, sin apartar en ningún momento la mirada de sus ojos, como si quisiera que estuviera segura de que era él, de que estaba disfrutando de aquel momento tan delicioso a su lado.

Pero no. Era mucho más que eso, comprendió ella. Era como si necesitara leer en su corazón.

Sus cuerpos se fundieron en un ritmo tan natural como el de las olas lamiendo la orilla. La sensación iba creciendo, ganando en intensidad, robándoles la respiración. La pasión se desbordó en una explosión de fuegos artificiales más brillante que cualquiera de los que había visto Abby durante las celebraciones del Cuatro de Julio durante los diez años que llevaba viviendo en Nueva York.

Cuando las chispas comenzaron a apagarse y los colores a palidecer, se acurrucó contra Trace sintiéndose en casa otra vez.

Trace se despertó lentamente. La luz de la luna se filtraba por las ventanas. El sonido de un trueno distante retumbó en el aire. Las olas rompían contra la orilla anunciando la llegada de una tormenta. Trace se deleitó en aquella sensación, en aquella naturaleza salvaje que solo la presencia de Abby en su cama podía hacer palidecer. Felizmente asombrado, comprendió que aquella era la primera vez que Abby estaba realmente en su cama y no en alguno de aquellos lugares en los que habían tenido que esconderse para poder pasar unas horas a solas... casi siempre sobre una manta en la playa.

Se volvió hacia ella y se dio cuenta de que ya no estaba. Por un instante, se sintió casi abandonado, pero entonces la oyó moverse en la cocina.

Volvió a ponerse los vaqueros y fue a buscar a aquella mujer a la que nunca podría dejar de amar.

La encontró sentada a la mesa con los platos y los vasos desparejados que había en el apartamento antes de que él lo alquilara. Había encendido dos velas, quizá para crear un ambiente más íntimo, o quizá anticipando un probable apagón si la tormenta se prolongaba. Llevaba una de sus camisetas, que le llegaba por los muslos y realzaba la forma de sus senos y sus caderas de una forma muy provocativa y de la que seguramente no era siquiera consciente.

De momento, no se había dado cuenta de su llegada, así que permaneció observándola en silencio. Estaba cortando verdura con una agilidad sorprendente, teniendo en cuenta que aquel cuchillo llevaba por lo menos quince años sin ser afilado. Había una pequeña cantidad de verdura y pimiento verde sobre la tabla a la que añadió tomate cuando terminó de cortar.

Echó una cucharada de mantequilla en una sartén y esperó a que se calentara para añadir las verduras. Después de rehogarlas, añadió unos huevos que previamente había batido.

Con cada uno de sus movimientos, cada vez que se estiraba, la camiseta subía algunos centímetros, mostrando algunos sugerentes centímetros de su trasero desnudo. A pesar del hambre que tenía, Trace habría prescindido gustoso de la comida. En cualquier caso, y para gran satisfacción suya, comprendió que no tendría que privarse de nada.

Se colocó tras ella, le levantó el pelo y le dio un beso en la nuca.

–Estás molestando a la cocinera –protestó Abby, aunque en realidad sonaba más complacida que enfadada.

–Y si ella estuviera dispuesta, sería capaz de molestarla mucho más.

Abby se volvió hacia él con una sonrisa.

–¿Antes de cenar? –preguntó con incredulidad.

Trace aspiró el aroma de la tortilla.

–A lo mejor después.

–Me encanta saber cuáles son tus prioridades –respondió Abby mientras cubría la tortilla de queso rallado y la metía en el horno para que el queso se fundiera.

–¿Qué hora es? –preguntó, intentando concentrarse en algo prosaico, puesto que le había bastado con volver a ver a Abby para excitarse otra vez.

–Todavía no son ni las diez y está empezando una tormenta. ¿Ha sido eso lo que te ha despertado?

Trace negó con la cabeza.

—Creo que me he despertado porque te habías levantado.

Abby deslizó el brazo por su cintura y hundió la mano por la cintura del pantalón. La confortable intimidad de aquel contacto le hizo pensar a Trace en lo que sería poder disfrutar de veladas como aquella durante el resto de sus vidas. Eso era lo que él quería y estaba convencido de que era también lo que quería Abby. De alguna manera, el hecho de que hubiera ido allí aquella noche así lo indicaba. Si no estuviera preparada para compartir un futuro junto a él, no habría ido a su casa. Lo que no sabía era cuánto tiempo necesitaría para admitirlo. Y cuando llegara aquel momento, ¿serían capaces ambos de comprometerse lo suficiente como para cambiar sus vidas?

Minutos después, estaban sentados a la mesa de la galería, donde podían sentir cómo iba enfriándose el aire a medida que la tormenta se acercaba. Empezaron comiendo ambos con voracidad, pero al cabo de unos minutos, Trace se reclinó en su asiento y la miró con atención. A pesar de la sensualidad de su aspecto, de sus labios ligeramente hinchados y sus mejillas sonrojadas, había una inconfundible sombra de tristeza en su mirada.

—Muy bien, suéltalo —le pidió.

—¿Qué es lo que tengo que soltar?

—Sé que esta noche has venido aquí por mi cuerpo —comenzó a decir Trace, lo que le valió una mirada de enfado por parte de Abby—. ¿Pero qué otra razón has tenido para venir cuando el resto de los O'Brien están en tu casa? Normalmente, te encantan las reuniones familiares.

—Pero esta noche, no. No quería pasar la noche con ellos —contestó rápidamente.

Trace la miró con los ojos entrecerrados.

—¿Has discutido con tu abuela?

—No digas tonterías.

—¿Con Mick?

—Mick y yo estamos perfectamente.

—En ese caso, a no ser que tus hijas hayan decidido darte otro disgusto, con quien tienes problemas es con Jess.

Abby frunció inmediatamente el ceño, demostrándole así que había dado en el clavo.

—¿Qué ha pasado ahora?

—¿De verdad te apetece estropear esta noche hablando de mi hermana?

—No quiero estropear nada, y en este momento, Jess es lo último que me importa. Pero sí que me importa cualquier cosa que pueda afectarte.

Abby dejó su vaso en la mesa con un movimiento brusco. Su mirada echaba juego.

—Hemos tenido una discusión, pero la superaremos. Ya lo sabes.

Trace continuó insistiendo.

—Supongo que habrá sido por algo relacionado con la posada —y volvió a asaltarle la culpa—. Maldita sea. No debería haberte puesto en esta situación. No sé en qué estaba pensando.

—Supongo que estabas pensando en que alguien debería hacerle comprender a Jess la realidad —le contradijo, y añadió resignada—. A lo mejor debería haberlo hecho yo.

—No, no deberías haberlo hecho tú. Sois hermanas y lo que he hecho ha sido abrir una brecha entre vosotras. Todo esto es una locura. Mañana mismo hablaré con Laila para que dé por finalizado todo este asunto. Así que, si quieres volver a Nueva York, serás libre de hacerlo.

Abby le miró estupefacta.

—¿Quieres que me vaya a mi casa después de todo esto? —hizo un gesto con la mano, como si en él estuviera incluyendo todo lo que había pasado entre ellos aquella noche.

—En ningún momento he dicho que quiera que te vayas. He dicho que de esa forma serías libre de marcharte en el caso de que quisieras hacerlo.

—No —contestó Abby, alzando la barbilla con expresión desafiante—. Pienso superar esta situación.

A pesar de que Trace de verdad quería dejarle marchar, sintió un inmenso alivio ante su negativa. Y no podía evitar esperar que aquella determinación en quedarse no solo tuviera que ver con Jess, sino también con su futuro.

Abby llegó a casa al amanecer tras haber pasado la mayor parte de la noche en la cama de Trace. Entró sin hacer ruido, intentando no despertar a nadie, pero se encontró a Mick en las escaleras. Estaba ya completamente vestido y dispuesto a comenzar el día. Le dirigió una mirada que Abby no fue capaz de interpretar; una mezcla entre una expresión protectora y paternal y una mirada de diversión.

–Parece que ha sido una noche muy larga –comentó–. Supongo que has encontrado algo que te ha mantenido ocupada durante todas estas horas.

Abby le dirigió una mirada desafiante.

–No pienso hablar contigo de lo que he hecho esta noche.

Mick alzó las dos manos como si quisiera defenderse.

–Y te aseguro que yo tampoco tengo ganas de conocer los detalles –aun así, continuó observándola con atención–. ¿Sabes lo que estás haciendo?

Abby suspiró, pensando en todas las posibles complicaciones que lo ocurrido podía llevar a su vida.

–Eso espero –y añadió con intención de cambiar de tema–. ¿Las niñas están bien?

–Profundamente dormidas. Acabo de comprobarlo.

–De acuerdo entonces. Voy a darme una ducha rápida y me pondré a trabajar inmediatamente.

Su padre frunció el ceño al oírla.

–Ven conmigo –le ordenó–. Seguro que tienes tiempo de tomarte un café antes de meterte en la ducha.

Abby le siguió con desgana. Pero conocía ese tono y sabía que si ignoraba aquella orden, lo único que conseguiría sería retrasar lo que quiera que su padre tuviera que decirle.

Cuando llegaron a la cocina, Mick llenó la cafetera, la conectó y se sentó después enfrente de su hija.

—¿Me he perdido algo? ¿Te pidió Jess disculpas?
—No.
—¿Y no te pidió que te mantuvieras lejos de la posada?
Abby le miró con incredulidad.
—¿De verdad crees que puedo hacer caso de una cosa así? Le guste a ella o no, tengo trabajo que hacer.
—¿Y por qué tienes que hacerlo tú? Sabes perfectamente que el banco podría encargar a cualquier otra persona que controlara sus cuentas.
—Trace ya me lo ha ofrecido, pero yo no estoy dispuesta —admitió.
Mick la miró desconcertado.
—¿Y por qué no? Es posible que todo este asunto acabe para siempre con tu relación con Jess.
—Este asunto no va a terminar con nada —replicó Abby.
Se levantó de la mesa para servir el café. Le ofreció a Mick su taza favorita, una taza con la inscripción *Para el mejor padre del mundo* que Connor le había comprado años atrás. Se sentó de nuevo e intentó hacerle comprender su punto de vista.
—Papá, si se encarga otra persona de esto, va a ser incapaz de comprender a Jess.
Pero incluso mientras lo decía, sabía que no era del todo cierto. Evidentemente, Laila comprendería a su hermana. Había estado cerca de los O'Brien durante los difíciles años que habían seguido a la marcha de Megan. Conocía los problemas de Jess para concentrarse y seguramente no sería muy dura con ella.
Sin embargo, no la conocía tan bien como ella y, por supuesto, no insistiría, como pretendía hacer Abby, en que Jess encontrara la manera de organizar y ordenar sus prioridades. Hasta entonces, ninguna de las técnicas que su hermana había aprendido había funcionado.
Mick sacudió la cabeza mostrando su desaprobación.
—No puedes pasarte toda la vida sacando de apuros a tu hermana. Alguna vez tendrá que crecer.
—Y lo hará, papá. Ahora mismo está consiguiendo muchas

cosas. Encontraremos la mejor manera de asegurarnos de que pueda llevar adelante su proyecto, pero lo primero que tenemos que hacer es conseguir que se inaugure la posada.

–¿Cómo va todo? Jess ya me lo ha contado, pero me gustaría conocer tu opinión.

–Creo que vamos bastante bien. Jess ya ha terminado la decoración. Y ha contratado a una chef –esbozó una mueca mientras lo decía.

–¿La que quería una cocina de primera? –preguntó Mick.

Abby asintió.

–Sinceramente, no creo que ella insistiera mucho en eso. Me da la sensación de que a Jess se le metió en la cabeza que era imprescindible una cocina de ese tipo.

–¿Y estás segura de que no era necesaria? Porque si la necesita, yo podría...

–No, absolutamente no –contestó Abby inmediatamente–. De momento nos basta con el equipo que tenemos. Y si tú le compras una cocina nueva, anularás todos mis intentos de inculcarle a Jess un poco de responsabilidad con sus cuentas.

Mick asintió.

–Tienes razón, por supuesto. Sencillamente, he pensado que podía regalarle algo para celebrar que está a punto de abrir un negocio.

Abby comprendió que su padre realmente quería demostrarle su apoyo a Jess.

–Papá, es una cocina carísima. ¿No crees que bastaría con un ramo de flores?

Su padre contestó con una carcajada.

–Me temo que no es mi estilo. A la única persona que le he enviado flores en esta vida ha sido a tu madre, y lo hice después de descubrir la clase de recompensa que recibía por ser tan considerado.

Abby alzó una mano.

–No necesito tanta información –dijo, pero después se le ocurrió algo–. ¿Sabes? Podrías enviarle flores a mamá a la habitación que ocupe en la posada. Sería un bonito gesto de bienvenida.

Mick la miró con el ceño fruncido.

—Será mejor que no te hagas muchas ilusiones sobre tu madre y yo. Hace mucho tiempo que zarpó ese barco.

Abby pensó que quizá ya iba siendo hora de que aquel barco volviera a puerto, pero decidió guardarse para sí aquella opinión.

—Papá, ¿de verdad quieres regalarle a Jess esa cocina? Sería un gesto maravilloso y creo que yo no soy quién para impedírtelo.

—Sí, me gustaría —le confirmó.

—¿Y lo harías por Jess, o para que nos reconciliáramos?

—Quiero hacerlo por tu hermana, para que sepa que cuenta con todo mi apoyo. Y si eso sirve para que vuestra relación mejore, mucho mejor.

Abby le miró con atención y comprendió que estaba deseando hacer aquel gesto. ¿Cómo iba a impedir ella aquella posibilidad de acercamiento a Jess? Se levantó y le dio un abrazo.

—Hazlo, papá. Esta misma tarde te traeré todos los papeles para que puedas llamar y pedir que envíen la cocina.

Mick asintió.

—Y ahora, voy a darme una ducha —continuó diciendo Abby. Le dio un beso en la mejilla—. Eres un gran tipo, lo sabes, ¿verdad?

Mick se encogió de hombros.

—Es posible que sea un gran tipo, pero no siempre he sido un buen padre. Ahora estoy intentando hacer todo lo posible para enmendarlo.

Abby advirtió la determinación que encerraba su voz, vio el compromiso en su mirada. Aquel hombre era muy distinto del Mick derrotado y triste en el que se había convertido tras el abandono de Megan.

—Si algo sé de ti, es que puedes hacer todo lo que te propongas, papá. Por el amor de Dios, si hasta fuiste capaz de construir todo un pueblo. A ti todo te resulta fácil.

Mick negó con la cabeza.

—De lo único que entiendo es de ladrillos, argamasa e infraestructuras, y a lo mejor también algo sobre lo que hay que hacer para convertir un puñado de casas en una verdadera comunidad –dijo–. Pero vosotros, me temo que sois harina de otro costal.

–Pues yo estoy convencida de que sabrás cómo hacerlo.

Para su propia sorpresa, comprendió que no lo estaba diciendo porque aquellas fueran las palabras que su padre necesitaba oír, sino porque realmente lo pensaba. Su padre, el hombre al que idolatraba cuando era una niña, estaba intentando recuperar a su familia.

El lunes, Trace volvió a convencer a Laila para que se pasara por su despacho a recoger la documentación de los créditos que pretendían revisar el martes. Para su inmenso alivio, aunque no su sorpresa, su hermana apenas se resistió.

–¿Ya les has echado tú un vistazo? –preguntó Laila mientras guardaba los informes en su maletín.

–No –respondió él–. Mañana no podré ir a la reunión. Tendrás que ir tú por mí otra vez.

Su hermana le miró con el ceño fruncido.

–Espero que esta no sea otra de tus estratagemas.

–¿Y eso qué más da? Ya sabes lo que me propongo, y también papá. Y Raymond, por cierto. Así que, ahora que todo el mundo está informado, ¿por qué voy a molestarme en fingir?

Laila se sentó enfrente de él.

–¿De verdad crees que esto puede funcionar?

Trace se encogió de hombros.

–Estoy convencido de que a la larga funcionará. Papá es muy cabezota, pero no es tonto. Tú eres el futuro del banco, yo no.

–¿Y no crees que podrás llegar a arrepentirte?

–De ninguna manera. Este lugar es completamente tuyo, Laila. Yo ya tengo una carrera.

–Una carrera que, además, te permitirá vivir en Nueva York para estar cerca de Abby –aventuró.

–Esa es una posibilidad, sí –admitió.

Laila frunció el ceño.

—Trace, Abby no quiere vivir aquí y tú lo sabes.

—Las cosas cambian —respondió él, esperando tener razón.

En el caso de que fuera necesario, estaba dispuesto a regresar a Nueva York, pero esperaba poder convencer a Abby de que su futuro estaba allí, en la comunidad que su propio padre había construido y en la que habían echado raíces dos generaciones de su familia.

De hecho, de pronto se le ocurrió una idea con la que, estaba seguro, podría convencerla.

—Ahora tengo que irme —dijo, levantándose a toda velocidad de la silla y tirando de la chaqueta que había dejado en el respaldo—. Te dejo al cuidado del fuerte. Si quieres, échales también un vistazo a esas carpetas —sonrió de oreja a oreja—. Vete haciéndote a la idea de que un día de estos, este será tu despacho.

Laila sacudió la cabeza y le siguió al pasillo.

—Creo que es mejor que no me haga demasiadas ilusiones. Papá es el único que puede decirme que este despacho es mío.

Una vez fuera, Trace le dio a su hermana un beso en la mejilla.

—Terminará entrando en razón —le prometió—. Lo único que tienes que hacer tú es trabajar como sabes hacerlo. Al final, será incapaz de ignorar la evidencia.

Laila no parecía muy convencida.

—Estamos hablando de papá. No se creyó que me había graduado con matrícula de honor en el máster de Empresariales de Wharton School hasta que no vio el diploma.

—Ya te he dicho que es terco como una mula, pero lo único que de verdad le importa es que el banco esté en buenas manos cuando se jubile. Y esas manos son las tuyas, hermanita. Eso es incuestionable.

Laila parpadeó para contener las lágrimas.

—¿Tienes idea de lo mucho que significa para mí que creas en mí?

Trace le guiñó el ojo.

—Algo.

Durante toda su vida, los dos hermanos se habían apoyado el uno al otro.

–Y ahora, ponte a trabajar. Demuéstrale a papá que, por una vez en su vida, él está equivocado y yo tengo razón –sonrió de oreja a oreja.

–¿Y tú adónde vas?

–Misión secreta.

Y si era capaz de hacer las cosas bien, se aseguraría el futuro que pretendía para él.

Capítulo 21

Abby dejó a las niñas aprendiendo con su abuela los principios básicos de la jardinería y se fue a la posada. Llegó justo a tiempo de ver la llegada de una furgoneta, en aquella ocasión, de una empresa de alfombras, y su furia alcanzó alturas estratosféricas.

Jess y ella habían hablado ya sobre la moqueta. Al igual que la cocina, era un gasto que no podían permitirse. Creía que lo había dejado suficientemente claro. Y eso significaba que Jess había decidido desafiarla intencionadamente, probablemente como represalia por no haber permitido que se quedara la cocina.

Pero por tentadora que fuera la idea de tener una nueva discusión con Jess, comprendió que no podía enfrentarse a su hermana en aquel estado de furia si quería hacerla entrar en razón, de modo que giró sobre sus talones y se dirigió hacia la playa.

Quizá un paseo por la playa bastara para tranquilizarla y permitirle hablar de forma racional con su hermana sobre aquella compra no autorizada. O no.

El día había amanecido claro y la temperatura rayaba los veinticinco grados. Seguramente, a media tarde llegarían a los treinta, pero la brisa era fresca.

Al sentir la caricia del aire en el rostro y el olor de la sal, Abby recuperó la paz. Cuando llegó hasta una roca cuya superficie habían suavizado las olas durante años, se sentó y apoyó las rodillas contra su pecho, adoptando la postura en la que le gustaba pensar cuando era niña. Acarició la roca con la yema de los dedos, dejando que su calor se filtrara dentro de ella.

Una de las cosas que el mar siempre la había ayudado a hacer, había sido a poner las cosas en perspectiva. El recuerdo de aquella enorme roca, de las aguas de la bahía que habían estado allí mucho más tiempo del que ella o cualquiera de las personas que conocía había vivido, le proporcionaba una intensa sensación de continuidad. Sabía que continuaría allí mucho tiempo después de que ella se marchara, a no ser que la contaminación terminara acabando con la vida marítima, destrozando el hábitat de los numerosos pájaros que allí vivían y el delicado equilibrio ecológico de tal manera que ya no hubiera manera de repararlo. Le bastaba con pensar en ello para sentirse físicamente enferma. Esa era una de las razones por las que agradecía a su tío la lucha que había librado para preservar la bahía.

Puesto que era poco lo que ella podía hacer para evitar la destrucción de aquel paraje tan especial, decidió concentrarse en otro de sus problemas: Jess. ¿Cómo conseguir que su hermana comprendiera que se estaba hundiendo en un desastre financiero? Se lo había demostrado con cifras. Había recibido un serio aviso del banco. Abby le había explicado en más de una ocasión la situación a la que se enfrentaba.

Aun así, Jess continuaba comprando por impulso, decidida a conseguir todo aquello que quería y cuando se le antojaba. ¿Le estaría haciendo un favor peleándose por cada una de aquellas compras? ¿No sería mejor dejar que se las arreglara sola, que acabara con las posibilidades de éxito de la posada y echara a perder su sueño?

No, pensó inmediatamente. No podía permitir que ocurriera eso. Ser duro con las personas amadas podía tener sentido en algunas situaciones, pero no en aquella. Había demasiadas cosas en juego. Y eso quería decir que tenía que encontrar la manera de hacer razonar a Jess. Suspiró. ¿Sería posible? Jess no estaba dispuesta a escuchar nada de lo que ella le decía. A lo mejor lo más inteligente era dejar que Trace pusiera a Laila a cargo de todo.

Abby contempló aquella posibilidad mientras absorbía el calor del sol y dejaba que el suave rumor de las olas la tranquilizara. Comprendió que no podía dejar que nadie la sustituyera, por lo menos sin haber hecho un último intento. Era algo que no solo le debía a la Jess adulta, sino también a la niña que había pasado tantos años culpándose a sí misma de la marcha de su madre.

Quizá no fuera responsabilidad suya el sustituir aquella pérdida, pero hacía años que había asumido aquel compromiso y pensaba seguir haciéndolo. Pensaba continuar dejándose llevar por su instinto maternal, un instinto que la llegada de Carrie y Caitlyn a su vida había hecho mil veces más fuerte.

Se levantó lentamente tras haber tomado una decisión, se sacudió la arena y comenzó a caminar hasta la posada. A pesar del calor, la arena del borde de la playa todavía estaba fría, y el agua más aún. Para cuando cruzaba de nuevo el camino de entrada a la posada, se sentía tranquila y renovada por la decisión que acababa de tomar.

Y prácticamente habría continuado sintiéndose así si no hubiera estado a punto de tropezar con media docena de alfombras enrolladas en el suelo del vestíbulo. Aquel encuentro le hizo recordar la última locura de Jess y la mayor parte de sus buenas intenciones se fueron por la ventana.

Jess había visto a Abby dirigirse hacia la posada y girar después bruscamente hasta la playa. Inmediatamente había comprendido que aquel cambio de rumbo se debía a que había visto llegar la furgoneta de las alfombras. A pesar de que estaba convencida de que aquella era una buena compra, al intentar analizar la situación desde la perspectiva de su hermana, se le había hecho un nudo en el estómago. Sabía con absoluta certeza que para Abby aquellas alfombras eran como otra traición al que debería haber sido un objetivo para ambas: abrir la posada y hacerla económicamente viable.

—Soy un desastre —musitó, sentándose en la escalera de la casa mientras esperaba a que regresara Abby.

Toda su determinación pareció disolverse en la nada. Sacó el teléfono móvil de un bolsillo y el recibo de las alfombras del otro y con desgana, marcó el teléfono de la fábrica de alfombras. Tomó aire para darse fuerzas y dijo:

–Acabo de recibir seis alfombras en la Posada del Nido del Águila. Me gustaría que vinieran a llevárselas hoy mismo.

–¿Tienen algún defecto? –preguntó la mujer que atendía el teléfono.

–Ni siquiera las he abierto –admitió.

–En ese caso, no lo comprendo.

–La compra fue un error. Necesito devolverlas y que me ingresen en la cuenta el dinero que pagué por ellas.

Le costó cerca de quince minutos de conversación conseguir que la encargada se comprometiera a recoger las alfombras esa misma tarde. Tendría un pequeño recargo por la devolución, pero no era nada comparado con el dinero que se iba a ahorrar al devolver las alfombras.

–Muchas gracias –dijo–. Se lo agradezco de verdad. Y lamento los inconvenientes que le he causado.

Colgó el teléfono con un suspiro. Sabía que había hecho bien, pero no podía fingir que se alegraba de haberlo hecho.

En ese preciso momento, entró Abby en la posada y estuvo a punto de tropezar con una alfombra que bloqueaba la puerta. Jess vio que sus mejillas se encendían, y también que tenía más de un improperio preparado en la punta de la lengua. Alzó la mano inmediatamente para interrumpirla.

–Voy a devolverlas –se defendió antes de que Abby hubiera dicho una sola palabra–. Ya he llamado. Vendrán a por ellas esta misma tarde.

Fue evidente que Abby no se esperaba aquella respuesta. Probablemente llegaba preparada para la pelea y Jess acababa de arruinarle la posibilidad de desahogarse. Forzó una sonrisa.

–A veces soy capaz de darme cuenta de mis errores y de rectificar.

Abby sorteó otra de las alfombras y se sentó en la escalera, al lado de su hermana, como tantas veces habían hecho a lo largo de su vida.

—¿Y qué es lo que te ha llevado a devolverlas?

—Al final me he dado cuenta de que estamos las dos en el mismo equipo y de que yo estaba convirtiendo todo esto en un enfrentamiento entre dos adversarios.

Abby asintió y miró a su hermana de reojo.

—¿Eres consciente del daño que me hace tener que decirte a algo que no?

—Cuando soy racional, sí. En otras ocasiones, no del todo.

Abby volvió a asentir. Comprendía perfectamente a su hermana.

—Sé lo mucho que deseas que esté todo perfecto el día de la inauguración, pero con los cambios que has hecho, ya está maravillosa. Has conseguido crear un ambiente alegre y acogedor —le dio un codazo a su hermana y sonrió—. ¿Y qué gracia tendría que no quedara nada por arreglar o decorar después de la apertura?

Jess se enfureció ante la sugerencia de que se aburriría de la posada si no le quedaba ningún proyecto pendiente, pero inmediatamente se tranquilizó. Sabía que Abby no pretendía hacerle daño con aquel comentario. Se relajó por fin y sonrió.

—En eso no se me había ocurrido pensar. Pero en cuanto saneemos las cuentas, volveré a encargar las alfombras —al ver la mirada de desolación de su hermana, añadió—: Te juro que no son tan caras como te crees —la miró de soslayo—. ¿Quieres echarles un vistazo?

—Creo que no deberías abrirlas —le advirtió Abby.

—Pero te apetece verlas, ¿verdad? —la tentó—. Sé que te mata la curiosidad por saber qué tenían de especial para que me haya arriesgado a convertirme en blanco de tu cólera. Después podemos volver a enrollarlas.

—De acuerdo, admito que tengo curiosidad. Pero desenrolla solamente una.

Por el tamaño y el número de la factura, Jess ya sabía cuál era la más indicada para el vestíbulo. Quitó con mucho cuidado el papel, sirviéndose de la navaja que llevaba siempre en el bolsillo, la desenrolló y oyó la exclamación de Abby.

—¡Dios mío, es preciosa! Los colores son muy intensos, y el diseño de flores y caracolas es increíble. Quedaría perfecta debajo de esa mesa. Da mucho colorido a la zona y el contraste con la moqueta beige es fabuloso. Y quedará todavía mejor cuando tengamos dinero suficiente como para quitar la moqueta y arreglar la madera.

Jess se echó a reír ante el entusiasmo de su hermana. Estaba reaccionando igual que ella cuando había visto las alfombras.

—Lo sé —dijo, sintiéndose triunfal.

—¿Las otras son iguales?

—No, cada una de ellas va a juego con una habitación. La más grande es para la sala de estar. La mayoría tienen un diseño floral. Otras son muy playeras, pero todas son de colores intensos. Quería darle un toque de color a la decoración y pensé que eran una buena solución hasta que pudiéramos quitar la moqueta y arreglar el suelo —miró a Abby con firmeza—. Te juro que solo compré alfombras para las habitaciones en las que la moqueta me parecía especialmente aburrida.

Abby era incapaz de apartar la mirada de las alfombras enrolladas.

—Abre otra —dijo de pronto.

—Pero...

—Ábrela antes de que cambie de opinión.

Jess apartó el papel de una segunda alfombra; en aquella ocasión, era una alfombra de color verde azulado con caracolas más grandes en color crema y algunas manchas rosadas.

—Es para la habitación del final del pasillo a la izquierda —adivinó Abby inmediatamente, y asintió ante aquella elección—. Es perfecta —señaló la más grande—. ¿Esa es para el salón?

Jess asintió.

Abby suspiró.

—Adelante, ábrela.

Apenas quedaba espacio para extenderla, así que la llevaron al salón, una habitación de paredes verde oscuro y muebles de color verde oliva rematados con un borde del mismo tono que las paredes. Había por toda la habitación macetas con flores artificiales que Jess pensaba sustituir por verdaderas flores en cuanto llegara el verano. La alfombra nueva, también de color verde oscuro, tenía un grupo de flores en el centro rodeado por un círculo verde claro. Parecía que había sido diseñada intencionadamente para aquella habitación.

Abby se arrodilló inmediatamente y acarició la alfombra; le brillaban los ojos tanto como a Jess cuando había visto la alfombra en el almacén. Sentada en cuclillas, apoyándose sobre los talones, Abby alzó la mirada hacia su hermana.

—Sé que me voy a odiar por lo que estoy a punto de hacer, pero llama otra vez. Nos quedamos las alfombras.

Jess se la quedó mirando de hito en hito, como si no pudiera creer lo que estaba oyendo.

—¿De verdad?

—Son perfectas. ¿Cómo vamos a devolverlas sabiendo que es posible que no podamos encontrarlas cuando tengamos dinero? Déjame el recibo.

Jess se lo tendió. Todavía no era capaz de asimilar que su hermana estuviera cediendo.

—Mira, si no podemos permitirnos el gasto, de verdad no me importa —dijo, intentando que su voz no reflejara demasiada esperanza.

Abby le sonrió.

—El hecho de que hayas llamado para devolverlas significa mucho para mí. Es verdad que ahora mismo la posada no puede permitirse este gasto, pero yo sí. Así que te las regalo.

—No —protestó Jess—. Ya has invertido dinero en la posada, además, lo has dejado todo para venir a ayudarme. No puedo aceptarlo, Abby.

—Las alfombras se van a quedar aquí, Jess. Son el toque final y quiero que las disfrutes. Además, también quiero demostrarte la fe que tengo en ti y en tu proyecto.

Jess deseaba con toda su alma aquellas alfombras, pero no se sentía bien aceptándolas.

–No deberías ponerme las cosas tan fáciles. Soy un desastre.

–Pero tienes una gran intuición –dijo Abby. Se levantó y le dio un abrazo–. Mira lo bien que queda esta alfombra en esta habitación.

Jess la miró con el ceño fruncido.

–¿Por eso has terminado cediendo? ¿Porque crees que tengo buen gusto?

–En parte, quizá. ¿Eso te parece mal? Pero la verdadera razón es que has sido capaz de comprender que debías devolverlas. Eso me hace pensar que estás empezando a asimilar todo lo que te digo. No estoy recompensando una mala conducta, sino lo que has hecho justo antes de que yo llegara a la posada –se encogió de hombros–. Además, son demasiado bonitas como para devolverlas.

–Yo pensé lo mismo con la cocina –replicó Jess, arruinando el buen ambiente que reinaba entre ellas.

Abby frunció inmediatamente el ceño.

–Eso era algo completamente distinto, y lo sabes, Jess –le advirtió muy seria–. Esa cocina costaba una fortuna, era una locura, sobre todo teniendo una que todavía funciona. Estas alfombras cuestan menos de la mitad que la cocina y forman parte de la decoración. Crearán un ambiente muy especial para los huéspedes.

Jess esbozó una mueca.

–Sí, ya lo entiendo, y siento haber echado a perder este raro momento de buena relación entre nosotras. Te prometo que no volveré a quejarme de la cocina.

Abby asintió, pero a Jess le pareció ver un extraño brillo en su mirada. Al principio pensó que era de aprobación, pero después decidió que se trataba de algo completamente diferente. Por un momento, pensó que su hermana sabía algo que ella ignoraba. Pero el brillo desapareció tan rápidamente que al final no estaba segura de si se lo había imaginado.

–Llamaré ahora mismo para pedir que no se las lleven –dijo, deseando alejarse de Abby antes de terminar diciendo o haciendo algo que le hiciera cambiar de opinión. Pero antes de salir de la habitación, abrazó a su hermana–. Sé que no te lo he dicho suficientes veces, pero gracias. Y no solo por haberme regalado las alfombras. Lo digo por todo. Durante toda mi vida, la abuela y tú habéis sido las únicas personas con las que siempre he sabido que podía contar.

–Siempre puedes contar con papá, y con nuestros hermanos –le recordó Abby.

–Pero no de la misma forma que contigo –insistió Jess con los ojos llenos de lágrimas–. Así que gracias, ¿de acuerdo?

También a Abby se le llenaron los ojos de lágrimas.

–Siento haber sido tan dura contigo, pero sabes que te quiero, ¿verdad? Y eso nunca cambiará.

–Lo mismo digo.

Y a partir de ese momento, iba a hacer todo lo que estuviera en su mano para no volver a defraudarla.

Trace permanecía en la playa, mirando hacia el mar desde la casa que había sobre el acantilado. No era una mansión, ni mucho menos; solo tenía cuatro habitaciones y tres cuartos de baño, pero tenía un cuarto de estar muy soleado que podría convertir en estudio y una habitación más pequeña junto a la cocina que podría ser un despacho ideal para alguien que trabajara en casa. Tenía también un patio embaldosado y rodeado de flores y una cocina con electrodomésticos de acero, encimeras de granito y armarios de madera de cerezo que sería el sueño de cualquier chef.

–¿Qué te parece? –preguntó Susie O'Brien con expresión ligeramente ansiosa–. Es increíble, ¿verdad? No se encuentran casas como esta todos los días. Ahora mismo es la única que tenemos. El fin de semana pasado tuvimos varias visitas. Y si quieres saber mi opinión, creo que mi tío Mick se superó a sí mismo al diseñarla.

–Desde luego –se mostró de acuerdo Trace.

Se descubrió deseando esa casa para vivir en ella con Abby

y con las niñas con una intensidad que le sorprendió. Cuando se le había ocurrido la idea de comprar una casa, había imaginado exactamente algo así. Sin embargo, mientras iba a la oficina de Susie, no pensaba que pudiera tener la suerte de encontrarla. Sabía que rara vez aparecían casas como aquella en el mercado. Las casas con vistas al mar tenían una alta demanda, especialmente las que el propio Mick había diseñado y construido en los alrededores de Chesapeake Shores. Su reputación como arquitecto hacía que todo lo que llevara su firma fuera particularmente codiciado.

En un impulso, y siendo consciente del riesgo que estaba asumiendo al no preguntarle a Abby qué le parecía que comprara una casa pensando en un futuro en común, sacó la chequera. Esperaba poder convencerla de que aquella era la casa perfecta para su familia, o bien para vivir en ella durante todo el año, o para pasar allí los veranos y poder así mantener las raíces en Chesapeake Shores.

—¿Qué tengo que hacer para asegurarme de que me quedo con la casa? —le preguntó a Susie.

Esta le miró sorprendida.

—Ahora mismo, estoy segura de que bastará con que te ofrezcas a pagar lo que piden. Y si lo haces rápido, te evitarás tener que entrar en una pelea de pujas, que es lo que ocurrió la última vez que salió en venta una casa de este tipo.

Aunque Trace era un hombre al que le costaba comprometerse, asintió.

—En ese caso, estoy dispuesto a pagar lo que piden. Díselo a los propietarios, y no olvides que no quiero perder esta casa bajo ningún concepto —dijo, confiando en que Susie no utilizara lo que acababa de decirle en beneficio de los propietarios.

—Muy bien. Ahora será mejor que vuelva a mi oficina a ocuparme de todo el papeleo —le dirigió una sonrisa—. Supongo que no tendrás ningún problema para que te concedan el crédito.

Trace se echó a reír.

—No, supongo que no.

De hecho, el mayor obstáculo al que tenía que enfrentarse

era Abby. Imaginaba de todas formas que si era capaz de hacer las cosas lentamente y de persuadirla para que volviera a su cama unas cuantas noches más, conseguiría convencerla de que vivir con él era una idea excelente. Más aún, quizá incluso podía llegar a considerar la idea de quedarse a vivir allí para siempre.

Cuando Trace llegó a la casa justo a tiempo para ayudar a Abby a acostar a las niñas, se ganó una mirada de complicidad de Nell y otra más recelosa de Mick.

—Últimamente pasas mucho tiempo con mi hija —comentó este último.

—Es cierto.

—¿Y hay alguna razón en particular para ello? —presionó Mick.

La abuela de Abby apenas pudo disimular una risa ante aquella pregunta. Trace le guiñó el ojo.

—Las razones habituales —le dijo a Mick—. Disfruto de su compañía.

Mick le miró con firmeza. Evidentemente, era consciente de que Trace había disfrutado de muchas más cosas que de la compañía de su hija. Aquella dura mirada le dio a Trace una tregua. No se doblegó ante ella, pero comprendió que había llegado el momento de dejar claras cuáles eran sus intenciones.

—Si lo que me está preguntando es que si mis intenciones son honradas, la respuesta es sí, señor, lo son —le aseguró a Mick—. Quiero casarme con ella. Pero preferiría que no le dijera nada. Me temo que Abby todavía no está preparada para asumir esa clase de compromiso.

Mick pareció relajarse.

—Desde luego, estoy seguro de que no es la clase de información que debería transmitirle yo antes que tú —le miró con los ojos entrecerrados—. ¿Estás seguro de que tienes la situación bajo control? ¿No necesitas ningún consejo?

En aquella ocasión, Nell ni siquiera intentó disimular una carcajada.

–Mick O'Brien, mantente completamente al margen de todo esto. Eres la última persona del planeta que debería dar consejos sobre relaciones sentimentales.

Para sorpresa de Trace, Mick se limitó a sonreír.

–Te sorprendería todo lo que sé sobre cómo manejar a las mujeres, mamá.

–Me temo que no –musitó Nell–. Trace, ¿por qué no subes a buscar a Abby? Estoy segura de que a las niñas les encantará verte. Preguntan mucho por ti.

Trace asintió.

–Ahora nos vemos, entonces.

Una vez en el interior de la casa, Trace subió los escalones de dos en dos y aminoró el paso cuando se acercó a la habitación de las niñas. Tenía que tener mucho cuidado y no dejar que Abby advirtiera lo emocionado que estaba y comenzara a hacer preguntas que todavía no estaba en condiciones de contestar. Le habían dicho que habían aceptado su oferta justo antes de llegar allí, pero por muchas ganas que tuviera de compartir la noticia, sabía que debería guardársela para sí durante algún tiempo. Si Abby se enteraba de que había comprado la casa, se pondría a la defensiva.

–Me ha parecido oír a un par de niñas traviesas que deberían estar dormidas –anunció mientras entraba en el dormitorio.

Abby giró la cabeza. El placer y la sorpresa iluminaron su mirada al verle allí. Una lenta sonrisa cruzó su rostro.

–No esperaba verte esta noche.

–No tenía nada que hacer y te echaba de menos –dijo, hundiendo las manos en los bolsillos del pantalón para evitar acariciarla.

Estaba guapísima con el pelo revuelto, seguramente porque había estado fuera, y la piel bronceada. Llevaba unos pantalones cortos y una camiseta que se pegaba a cada una de sus curvas, e iba descalza. Tenía las uñas de los pies pintadas de un color coral que realzaba su bronceado. Parecía que no hubiera pasado un solo día desde la última noche que habían pasado juntos antes de que se marchara a Nueva York tantos años atrás. Si hubieran estado solos en la casa, la habría arrastrado inmediatamente hasta la cama. Pero en aquella situación, lo único que se permitió fue darle un beso en la frente. Para su diversión, Abby pareció tan decepcionada como él.

Se sentó en el suelo, a su lado.

—¿Qué cuento toca esta noche?

—Mamá nos está leyendo el cuento de Alicia —contestó Carrie emocionada.

—*Alicia en el País de las Maravillas* —confirmó Abby—. Ahora mismo Alicia está tomando el té con el Sombrerero Loco.

Trace se reclinó contra la cama de Caitlyn.

—Parece emocionante, continúa.

—¿Tú también quieres oír el cuento? —preguntó Carrie. Parecía sorprendida.

—Por supuesto. Normalmente, no me gusta ir a tomar el té con nadie, pero jamás me perdería un té servido por el Sombrerero Loco. Vaya, no creo que nadie quiera perderse una cosa así.

Oyó reír a Caitlyn por encima de él. Lo siguiente que supo fue que se levantaba de la cama y se estrechaba contra él. Antes de que hubiera podido acostumbrarse a su abrazo, descubrió a Carrie al otro lado. Abby los miraba a los tres con una expresión que Trace no era capaz de interpretar. Asomó a sus labios una sonrisa, pero casi inmediatamente, bajó la mirada y continuó leyendo.

Trace fue incapaz de concentrarse en el cuento. Estaba demasiado alterado porque acababa de darse cuenta de que en aquello consistía ser padre, tener una familia, estar con aquellas personas a las que quería amar y proteger durante toda su vida. Estaba tan perdido en aquel mar de sentimientos extraños, que no se dio cuenta de que las niñas se habían quedado dormidas, ni de que Abby había dejado de leer.

Cuando Abby le tocó, parpadeó sorprendido y la miró a los ojos.

—Se han dormido —le aclaró ella—. Ahora tenemos que acostarlas sin despertarlas.

—Yo lo haré —se ofreció.

Levantó primero a Carrie y metió después a Caitlyn en la cama. En un impulso, se agachó para darles un beso en la mejilla.

—Buenas noches, angelitos.

Esperó en el marco de la puerta mientras Abby las arropaba y les daba un beso de buenas noches. Cuando Abby salió, la abrazó y la presionó contra la pared.

—Llevo deseando hacer esto desde que he llegado —musitó.

Posó un dedo bajo su barbilla y reclamó su boca. Hundió la mano en su pelo y la estrechó contra él mientras deslizaba la lengua entre sus labios.

Podría haber permanecido allí, perdido en su sabor y en la sensación provocada por aquel beso durante una eternidad, pero el sentido común le decía que tenía que apartarse. No podía arriesgarse a que las niñas les descubrieran cuando todavía tenían tantas cosas que aclarar entre ellos.

Le dio la mano mientras bajaban las escaleras.

—Tu padre me ha preguntado que cuáles eran mis intenciones hacia ti —le informó mientras se dirigían hacia la cocina, y no hacia el porche, donde estaban Mick y Nell esperándolos.

Abby alzó la mirada hacia él.

—Lo siento mucho. ¿Y qué le has dicho?

—Que son honradas.

Abby le miró divertida.

—La otra noche me pilló cuando volvía a casa, así que dudo que se lo haya creído.

—Lo he embellecido un poco y creo que se ha quedado satisfecho.

Abby, que estaba a punto de servir dos vasos de té frío, se detuvo y le miró con recelo.

—¿Qué le has dicho exactamente?

—Nada de lo que tengas que preocuparte. Solo he intentado tranquilizarle antes de que decidiera romperme la mandíbula. Deberías haberme advertido que estaba al tanto de lo nuestro, por cierto.

—Sí, podría haberlo hecho –admitió–. Pero a lo mejor quería ver cómo reaccionabas en el caso de que te hiciera pasar un mal rato.

Trace se echó a reír.

—En ese caso, siento que te hayas perdido el enfrentamiento.

Abby le tendió uno de los vasos y bebió un sorbo del suyo.

—Esto se está complicando, ¿verdad? Me refiero a lo nuestro. Si estuviéramos solo nosotros, quizá no fuera tan difícil, pero hay muchas otras personas a las que tener en cuenta.

—No –replicó Trace inmediatamente–. Esto es entre nosotros, Abby. Nosotros somos los únicos que podemos decidir si podemos hacernos felices el uno al otro.

Abby negó con la cabeza.

—No es tan fácil. Las niñas...

—Las niñas estarán contentas siempre y cuando tú lo estés.

—No puedes sustituir a Wes en sus vidas –respondió ella, aunque sin demasiada vehemencia.

—Jamás haría nada parecido. Para bien o para mal y a pesar de la pobre opinión que tengo sobre él, es su padre, y esa relación es inquebrantable. Lo sé y lo respeto. El lugar que ocupe yo en sus vidas será el que ambos decidamos que debo ocupar.

—Acabo de verte con ellas. Y te adoran.

—¿Eso es malo?

—Claro que no, pero complica todavía más las cosas. Cuando nos separemos...

—No tenemos por qué separarnos, esta vez no.

Abby pestañeó ante la intensidad de su respuesta.

—Pareces muy seguro...

—Estoy completamente convencido y sé que tú no tardarás en estarlo.

Abby parecía divertida, aunque también vagamente preocupada, por su confianza.

—¿Tienes un plan para conseguirlo?

Trace sonrió de oreja a oreja.

—Sí.

–Pues a lo mejor deberías darme una pista.
–¿Para que puedas levantar todas tus defensas? Qué va. De momento tendrás que fiarte de mi palabra –la miró a los ojos–. ¿Serás capaz de hacerlo? ¿Podrás darme un poco más de tiempo?

Abby suspiró y se acercó a él.

–Cuando me miras así, creo que sería capaz de hacer cualquier cosa que me pidieras.

–¿Qué tal entonces si me das otro beso antes de que salgamos a enfrentarnos de nuevo a la inquisición? –le preguntó, reclamando de nuevo su boca.

Hubo mucho más que pasión en aquel beso abrasador. Hubo también esperanza y quizá incluso la frágil semilla de un compromiso que Trace deseaba más que nada en el mundo.

Capítulo 22

Tres días antes de la inauguración de la posada, Abby estaba en el pueblo cuando de pronto vio a su hermana Bree bajando de un coche alquilado delante de la cafetería de Sally. Llevaba un vestido suelto, unas sandalias y ninguna de las pulseras con las que normalmente adornaba sus muñecas. El pelo, castaño rojizo, se lo había recogido en lo alto de la cabeza. Estaba preciosa, como siempre, pero había algo raro en ella, algo que Abby todavía no era capaz de adivinar. Y de pronto lo comprendió. Bree parecía triste, sin vida. Incluso sus ojos, normalmente chispeantes de alegría, ingenio e inteligencia, parecían apagados.

Abby corrió hacia ella y la llamó. En el instante en el que vio a su hermana, Bree pareció animarse y recuperó su sonrisa radiante. Pero después de haberla visto tan apagada, Abby no se creyó aquella transformación.

Envolvió a su hermana en un abrazo y advirtió que Bree se aferraba a ella con fuerza, como si necesitara sentirse unida a algo familiar.

Cuando se separaron, Abby le tomó las manos.

–Vamos a almorzar y así me contarás cómo te va la vida.

Aunque para Abby era evidente que Bree se dirigía hacia la cafetería, esta pareció vacilar.

–A lo mejor deberíamos ir directamente a casa. He llamado a la abuela desde la carretera y supongo que estará esperándonos. Solo quería tomar un café antes de llegar a casa.

—En ese caso, llamaré para decirle que nos hemos encontrado y que te quiero solo para mí —contestó Abby, decidida a no desperdiciar aquella oportunidad de pasar algún tiempo a solas con su hermana.

Aunque era evidente que ella habría preferido marcharse, Bree no discutió. Entró en la cafetería, se sentó en uno de los cubículos y sonrió a Sally vacilante cuando esta la saludó, pero pareció incómoda cuando otros clientes la reconocieron y la saludaron. Muchos de ellos habían leído lo que el periódico había publicado sobre sus éxitos como guionista en ciernes en un teatro de Chicago. Pero aquellos que se lo comentaron apenas recibieron algo más que un educado asentimiento por parte de Bree.

Mientras llamaba a su abuela para decirle que Bree llegaría algo más tarde de lo que pensaba. Abby estudió a su hermana. Y lo que vio no le gustó mucho más que lo que había visto nada más encontrarse con ella en la calle.

—Dentro de una hora estaremos allí —le prometió—, pero necesitamos pasar un rato a solas.

En cuanto colgó el teléfono, abordó la conversación.

—Estás muy guapa, un poco delgada, quizá, pero tan maravillosa como siempre.

—Tengo un aspecto horrible —la contradijo Bree.

Y había una dureza en su voz que le decía a Abby que estaba hablando en serio.

—Pero si tú nunca puedes estar mal —respondió Abby con impaciencia—. ¿Por qué dices eso?

Bree se encogió de hombros.

—Porque he decidido dejar de engañarme.

Abby la miró con el ceño fruncido ante lo derrotista de su tono.

—¿Qué quieres decir?

—Nada, no debería haber dicho eso —Bree forzó otra sonrisa—. ¿Cómo están las niñas?

Abby aceptó de mala gana aquel cambio de tema, pero sabía que cuando Bree se encerraba en sí misma, era imposible hacerle hablar.

—Las niñas están increíbles, como siempre, y me tienen muy ocupada. No sabía el trabajo que daban hasta que me he visto aquí sin la niñera. En realidad continúo pagándole para no perderla, así que estoy pensando incluso en pedirle que venga si nos quedamos aquí durante mucho más tiempo. Probablemente debería haberlo hecho antes, pero la abuela dice que le gusta estar con ellas.

—Cuéntame por qué estás aquí. ¿Cuándo llegaste? Cuando me comentaste que llevabas aquí cerca de dos meses, me sorprendió mucho.

—Jess necesitaba que alguien la ayudara a tener la posada lista para la inauguración, así que decidí pasar aquí una temporada.

No estaba siendo del todo sincera, pero sabía que Bree se precipitaría a sacar conclusiones si le contaba todo lo ocurrido. Su hermana siempre había pensado que mimaba demasiado a Jess y que esta debería acostumbrarse a resolver sus problemas sola. Para dejar claro que la decisión había sido cosa de las dos, añadió:

—Me alegro de poder estar aquí con las niñas. A ellas les encanta estar aquí y papá y la abuela las miman todo lo que quieren. No sé cómo voy a conseguir que retomen sus rutinas cuando vuelvan a casa.

—Me lo imagino. ¿Y qué le ha pasado a papá? Me contó que había renunciado a un proyecto en San Francisco. ¿Había hecho alguna vez algo parecido?

—No, al menos que yo sepa —admitió Abby—. Yo quiero creer que es porque está intentando compensar todo el tiempo que no ha pasado a nuestro lado —se inclinó sobre la mesa y susurró—: Y porque mamá va a venir a la inauguración.

Bree la miró boquiabierta.

—¿Mamá va a venir? —había sorpresa y quizá también consternación en su voz.

Abby frunció el ceño ante su tono.

—Supongo que no montarás un número por eso, ¿verdad? Las cosas ya están suficientemente tensas. Ni siquiera me he atrevido a decírselo a Jess todavía. Y será suficientemente difícil hacerle comprender que es algo bueno para todos como para tener que pelearme también contigo.

–Solo estoy sorprendida –respondió Bree–. ¿Cómo has conseguido convencerla para que venga?

–He recurrido al sentimiento de culpabilidad –admitió Abby

–¿Y cómo se lo ha tomado papá?

Abby esbozó una mueca.

–Al principio no le hizo mucha gracia, pero no parece que vaya a montar mucho lío. O por lo menos, eso espero.

–Ya puedes rezar para que todo salga bien. Tengo la sensación de que todo esto podría terminar volviéndose contra ti, hermanita.

Abby le sonrió.

–Y esa es la razón por la que me alegro tanto de que hayas venido. Tú vas a servirme de apoyo y vas a ayudarme a conseguir que todo el mundo se comporte como es debido.

–Creo que eso no lo conseguirían ni todos los diplomáticos de la ONU juntos –respondió Bree secamente–. Los O'Brien no se caracterizan precisamente por su capacidad de contención. Ni mucho menos por su diplomacia. Y la prueba la tenemos en la última cena de Navidad en la que la abuela insistió en invitar a tío Tom y a tío Jeff. No puede decirse que papá se comportara de manera muy civilizada con sus hermanos.

Abby sabía que tenía razón.

–Tienes razón, pero ya basta de hablar de los dramas que tenemos aquí. ¿Cómo te va a ti la vida?

–Igual que siempre –respondió Bree, eludiendo la pregunta–. Creo que deberíamos volver a casa. Estoy ansiosa por ver a la abuela.

A Abby no le pasó por alto aquel comentario.

–¿Pero no tienes ganas de ver a papá?

–Papá nunca ha sabido cómo tratarme –admitió Bree–. Pasaba demasiado tiempo en mi habitación, leyendo o escribiendo en mi diario. Los demás sois más extrovertidos, como él, pero a mí me gusta permanecer en un segundo plano, observando la vida, en vez de viviéndola, como me ha dicho alguien no hace mucho.

Abby percibió el dolor que reflejaba su voz.

—¿Quién ha dicho eso? —preguntó con dureza.

Quienquiera que fuera, tenía que ser una persona cruel y no le hacía ninguna gracia que alguien tratara así a una persona tan sensible como su hermana.

—Eso ahora no importa. Estábamos hablando de papá. En general, creo que ni siquiera era consciente de mi existencia, sobre todo desde que mamá se fue.

Abby suspiró, consciente de que Bree tenía parte de razón.

—En aquella época, apenas se fijaba en ninguno de nosotros —alargó la mano por encima de la mesa para estrechar la de su hermana—. Pero está cambiando, Bree, y creo que tú misma podrás darte cuenta. Está intentando recuperar el contacto con sus hijos.

Bree la miró divertida.

—Nunca cambiarás, Abby. Siempre intentando que todo salga bien, que todo el mundo se lleve bien. ¿Todavía no te has enterado de que la vida no funciona así?

Había en su voz una amargura que sobresaltó a Abby. Era cierto que Bree siempre había sido la más reservada, que se mantenía un poco al margen del resto de la familia, pero siempre había estado centrada en sus objetivos y satisfecha consigo misma. Aquella dureza no era propia de ella.

Abby se obligó sí misma a no darse por ofendida y a mantener un tono cordial.

—Confía en mí, después de tratar con Wes, sé lo dura que puede ser la vida, pero prefiero ver los aspectos positivos. Me va mejor así.

Bree respingó ante su respuesta.

—Lo siento. No tenía que haberte dicho eso. Sé que lo has pasado mal. Lo que pasa es que estoy agotada. Pero te prometo que en cuanto descanse un poco, estaré de mejor humor.

Abby aceptó la disculpa. Aunque en realidad estaba desesperada por averiguar lo que se ocultaba detrás del mal humor de Bree, decidió dejarlo pasar. Ya tendría tiempo para averiguarlo, aunque solo lo conseguiría si su hermana estaba dispuesta a abrirse. Porque no conocía a nadie tan capaz de guardar silencio como ella.

Trace había aceptado la invitación a cenar de su madre por un motivo: aquella noche pretendía obligar a su padre a darle un puesto de trabajo en el banco a Laila. Esta llevaba varias semanas realizando una labor excelente con la excusa de estar ayudándole, pero aquella farsa estaba comenzando a agotar la paciencia de todos ellos. Además, tenía varios proyectos de diseño pendientes y se estaban acercando las fechas de entrega.

Como no quería que Laila estuviera delante cuando se produjera la discusión, decidió prescindir de la moto y hablar con su padre durante el trayecto en coche del banco a la casa. Si para el final de la velada continuaba hablándose con su hermana, le pediría a ella que le llevara al pueblo. Laila todavía tenía algunas reservas sobre aquel intento de manipular la situación a su favor.

—Dime por qué no has venido en moto —le pidió su padre, mirándolo con recelo.

—No puedo montar la Harley con traje y mamá se enfadaría si apareciera en vaqueros —dijo, y añadió—: Además, he pensado que podríamos hablar un rato a solas sin tener a Raymond revoloteando a nuestro alrededor en el banco ni a mamá pendiente de todo lo que decimos en casa.

—En ese caso, supongo que quieres hablarme de tu hermana.

Trace asintió.

—Está haciendo un trabajo excelente, ¿verdad?

Por un instante, temió que su padre no fuera capaz de reconocerlo por pura cabezonería, pero al final le vio suspirar antes de decir:

—Está demostrando que es más que competente.

Trace le miró de reojo.

—Supongo que no te sorprende.

—No, por supuesto que no. A nadie le regalan el máster que ella aprobó.
—¿Eso significa que estás dispuesto a ofrecerle el trabajo? —presionó Trace.

Su padre desvió el coche, se detuvo en la cuneta y se volvió hacia él.

—¿Estás seguro de que no vas a querer trabajar nunca en el banco? ¿Estás completamente decidido a renunciar a él?

No intentaba disimular su desilusión, pero por lo menos parecía dispuesto a reconocer que lo único que quería era que su hijo trabajara con él.

Trace asintió.

—Me encanta mi trabajo, papá. Y no solo eso, sino que tengo mucho éxito en él. Es un trabajo que me permite trabajar a mi ritmo y asumir nuevos desafíos —sonrió, se aflojó el nudo de la corbata, se desabrochó los primeros botones de la camisa y se quitó la chaqueta—. Y lo mejor de todo es que no tengo que llevar traje y corbata al trabajo, excepto cuando tengo que entrevistarme con algún cliente —y solo eso ya era un gran punto a su favor.

Trace vio la consternación en su mirada, pero Lawrence Riley siempre había sabido cuándo debía darse por vencido.

—De acuerdo, entonces. Hablaré con Laila esta misma noche y le haré una oferta.

—La misma que me hiciste a mí —le advirtió Trace—. No puedes ofrecerle menos, ni en términos de dinero ni de responsabilidades. De hecho, deberías ofrecerle más para demostrarle que confías en ella y que gracias a su trabajo ha sabido ganarse tu respeto.

Su padre frunció el ceño ante aquella sugerencia.

—¿Ahora pretendes decirme cómo tengo que dirigir el banco?

—No, lo que te estoy diciendo es lo que tienes que hacer para asegurarte de que Laila acepta el trabajo y cómo arreglar tu relación con ella en el proceso.

—¿Crees que a estas alturas no he aprendido la lección? En

una ocasión tu hermana ya me dijo lo que podía hacer con lo que ella describió como una limosna.

—Bueno, al fin y al cabo, es una Riley. Ella también tiene su orgullo.

Su padre volvió de nuevo a la carretera. Continuaron en silencio durante unos minutos, hasta que Lawrence preguntó:

—¿Eso significa que te irás ya a Nueva York?

Trace no pretendía hablar de la casa que había comprado aquella noche, pero su padre acababa de darle la ocasión perfecta para anunciar la noticia.

—La verdad es que me gustaría poder quedarme aquí.

—¿Y seguir viviendo en ese apartamento tan pequeño?

—Acabo de hacer una oferta por una casa. Creo que ya la conoces. Es de los Marshall y está al norte, en la carretera de la costa, un poco más allá de la posada.

Su padre soltó un silbido.

—Esa es una de las casas que construyó Mick O'Brien, ¿verdad?

—Sí, y es increíble, papá. Será perfecta para una familia.

Su padre le miró con extrañeza.

—¿Y tú tienes una familia?

—Espero tenerla —admitió.

A los labios de su padre asomó una sonrisa.

—Con Abby, supongo.

—Si ella quiere, sí, pero de eso no quiero decir nada. Todavía no he hablado con ella. Ni siquiera le he dicho lo de la casa. Tengo miedo de asustarla.

—¿Y ya has pedido un crédito?

—He rellenado todo el papeleo y he preparado los informes de mis cuentas, pero es obvio que alguien tendrá que revisarlo todo.

—Mañana a primera hora de la mañana, deja la carpeta encima de mi mesa y yo mismo me ocuparé de todo. Sé lo que piden por esa casa. ¿Tienes suficiente dinero como para pagarla? Si necesitas ayuda, yo puedo...

—Gracias, papá, pero puedo pagarla yo.

Su padre le dirigió una mirada de aprobación.

—Me alegro mucho. A tu madre le vas a dar una alegría.

—Por favor, no le comentes nada todavía.

—Si no quieres, no le diré nada, pero si mi matrimonio ha durado tantos años no ha sido precisamente porque le haya ocultado cosas a tu madre.

—Lo sé, y no te voy a dejar en esa situación durante mucho tiempo, te lo prometo. Pero no voy a decírselo a Abby hasta después de la inauguración de la posada. Si la presiono, se agobiará y al final me rechazará.

—Llevas mucho tiempo enamorado de esa mujer, ¿verdad?

—Tengo la sensación de que he estado enamorado de ella durante toda mi vida.

—En ese caso, me alegro de que por fin vayan bien las cosas entre vosotros.

Trace le estudió con atención y pensó, no por primera vez, que su padre estaba esperando algo así cuando le había forzado a volver a casa. Se echó a reír.

—¿Estás satisfecho?

—¿Yo? Yo no tengo nada que ver con todo eso —replicó su padre.

—Cuando me hiciste venir a trabajar al banco, ¿no esperabas que Abby viniera a rescatar a su hermana del desastre financiero en el que se había metido?

—Sabía que había alguna posibilidad de que viniera —admitió—, pero nada más.

—¿Sabes, papá? Algo me dice que tú tienes algo que ver con todo lo que está sucediendo en mi vida amorosa.

Su padre respondió con una sonora carcajada.

—Jamás podrás demostrarlo.

—Pero en el caso de que fuera esa tu intención, gracias —dijo Trace.

Había regresado a Chesapeake Shores en el momento perfecto, fueran cuales fueran los motivos que su padre hubiera tenido para hacerle volver. Y al parecer, le faltaba muy poco para conseguir todo lo que siempre había deseado.

***

Abby y Bree estaban pendientes de los últimos preparativos mientras Jess revisaba en el escritorio de recepción la lista de invitados y las reservas de la primera semana. Los primeros huéspedes llegarían al día siguiente y tenían reservas para el resto del verano. Aunque Abby creía tenerlo todo bajo control, quedaban algunas cosas pendientes, algunas de ellas, descubrió, porque Jess se había olvidado de hacer las llamadas correspondientes para confirmar algunos envíos. Después de descubrir que era eso lo que había pasado con la empresa encargada de suministrar la comida y con la floristería, estuvo a punto de tirar la toalla, pero entonces descubrió a Bree observándola.

–¿Qué ha hecho ahora Jess? –preguntó Bree con voz queda.

Intentando protegerla, como hacía siempre, Abby minimizó la importancia de lo ocurrido.

–Se ha olvidado de confirmar un par de cosas, pero no tiene importancia.

Bree sacudió la cabeza.

–¿Cómo se las va a arreglar para dirigir la posada sin tu ayuda?

–Lo hará estupendamente –insistió Abby, sin querer revelar sus propias dudas–. Ya he empezado a entrevistar a posibles contables. La nueva chef tiene la cabeza bien amueblada y comprende que sus responsabilidades incluyen algo más que la cocina. Tiene que dirigir también el restaurante.

–Pero lo que Jess necesita es un socio en el negocio, aunque no creo que vaya a hacer caso a nadie.

–Lo hará –insistió Abby–. Tiene que hacerlo, y creo que es consciente de ello. Al fin y al cabo, este es su sueño. Tendrá que luchar por él.

–Hasta que aparezca algo más importante, o que le parezca más interesante.

Abby frunció el ceño.

—¿Por qué estás siendo tan dura con ella?

Bree se sonrojó violentamente.

—No estoy siendo dura con ella. Quiero que tenga éxito, pero se me hace muy difícil verte dejarte la piel por su sueño, mientras ella continúa olvidándose de las cosas más fundamentales.

—Todo está controlado —repitió Abby—. La fiesta será maravillosa y la posada tendrá un gran éxito, ya lo verás.

—Si tú lo dices —respondió su hermana, aunque su expresión reflejaba todo tipo de dudas.

—Sí, yo lo digo.

Justo en ese momento, entró Trace. Se dirigió hacia Abby directamente y le dio un beso en los labios, haciéndole sonrojarse violentamente.

—Vaya, vaya —dijo Bree, con los ojos abiertos como platos—. Al parecer, hay algo que no me has contado.

Trace giró sorprendido sobre sus talones y sonrió al verla.

—Eh, Bree, bienvenida a casa.

—Es una pena que nadie me haya dado la bienvenida de una forma tan efusiva —contestó, y se levantó—. Creo que volveré a casa. De pronto ha empezado a subir la temperatura.

—Por mí no te vayas —contestó Trace—. Pensaba robaros a Abby durante una hora o dos, pero puedes venir a comer con nosotros.

—Vamos, Bree —le suplicó Abby—. Todavía no has comido cangrejos desde que llegaste —se volvió hacia Trace—. Podemos ir al Brady's, ¿verdad?

—Por supuesto que sí. Creo que no hay nada más erótico que ver a un par de mujeres manchándose las manos con un mazo y una docena de cangrejos.

Bree soltó una carcajada.

—Tienes un raro sentido del erotismo, pero creo que paso. La abuela ha encargado cangrejos para esta noche.

—Es verdad, lo había olvidado —dijo Abby—. Pero podemos ir a cualquier otra parte.

Bree negó con la cabeza.

–No, no tengo ganas de volver a hacer de carabina después de tantos años. Que os divirtáis –le dirigió una significativa mirada a su hermana–. Creo que tú y yo hablaremos más tarde.

Abby podía imaginarse perfectamente cómo iba a ser aquella conversación. La única persona de la familia más aficionada a los interrogatorios que Mick era su hermana. Quizá no fuera muy comunicativa, pero tenía una capacidad especial para sacar información a los demás. Pero Trace había sabido manejar a su padre y, después de haber sido advertida de lo que le esperaba, seguramente también ella sería capaz de elaborar respuestas poco comprometidas para su entrometida hermana.

–Bree está muy guapa –comentó Trace cuando estuvieron sentados en uno de los muchos cafés que había en el muelle, con sus respectivos sándwiches y vasos de té frío.

Aquel restaurante italiano solo tenía tres o cuatro mesas en el interior, pero suplían la falta de espacio con una espléndida terraza a la que unas sombrillas de rayas azules y blancas daban sombra en aquella calurosa tarde de junio. Casi todas las mesas estaban ocupadas, la mayoría con bañistas que se habían acercado desde la playa.

Abby sacudió la cabeza ante aquella observación sobre Bree.

–Sé que le ocurre algo –comentó–. Tengo la sensación de que está a punto de derrumbarse, pero no es capaz de contar lo que le pasa.

Trace la miró con renovada atención.

–Estás realmente preocupada por ella.

Abby asintió.

–¿Crees que podrías pensar en otra cosa durante unos cuantos minutos o prefieres que hablemos de tu hermana?

Abby sacudió la cabeza.

–En realidad no puedo hacer nada por Bree hasta que ella se decida a hablar –le miró a los ojos–. ¿De qué querías que habláramos?

–Mira, en realidad odio tener que sacar ahora este tema. Creo que ya tienes suficientes problemas, pero necesito saber cómo quieres que maneje cierta situación.

Abby le miró alarmada.

—Parece que se trata de algo serio. ¿Qué ha pasado? Espero que no sea nada relacionado con las cuentas de la posada otra vez. He estado pendiente de todos los gastos.

Trace alzó la mano para tranquilizarla.

—Tranquilízate, no tiene nada que ver con la posada. Se trata de Wes. He tenido noticias suyas esta mañana.

Abby abrió los ojos como platos.

—¿Has tenido noticias de Wes? ¿Y por qué? ¿Te ha llamado? ¿Qué quería?

Trace se metió la mano en el bolsillo y sacó los documentos que habían llegado al banco aquella mañana. Desde que se había presentado en su despacho un empleado del juzgado seguido de una indignada Mariah para llevarle aquellos documentos, estaba que se salía de sus casillas, aunque había conseguido controlarse antes de ir a ver a Abby.

—Me ha enviado esto —dijo, tendiéndole los documentos.

Abby le dirigió una mirada interrogante y comenzó a leer.

—Tienes que estar bromeando —explotó—. ¡Ha pedido una orden de alejamiento para que no puedas acercarte a las niñas! Pero es imposible. Para ello deberías representar algún tipo de amenaza.

—Sí, así es como funciona, pero supongo que si ha dado ese paso, es porque ha conseguido meterse a algún juez en el bolsillo. A no ser que los documentos sean falsos, pero tengo la sensación de que no lo son y además vienen firmados por un notario.

Abby echó un vistazo al resto del documento con expresión de absoluta incredulidad. En cuanto llegó a la última página, sacó el teléfono móvil, pero Trace la detuvo posando la mano sobre la suya.

—No, no te estoy pidiendo que te ocupes de esto. Yo sé cómo manejar a Wes. Lo único que quiero es que me digas qué quieres que haga. ¿Le doy una paliza o prefieres que utilice los cauces legales para arreglar la situación?

–No deberías tener que hacer nada –replicó furiosa–. Esto es indignante.

–Claro que es indignante. Lo único que está intentando hacer es utilizar esto como pantalla porque le aterra perder su relación con sus hijas, sobre todo si al final decides quedarte aquí.

–Pero yo no...

–Podrías decidir quedarte, pero de eso ya hablaremos en otro momento.

Abby se reclinó en la silla y le miró como si no pudiera dar crédito a lo que estaba pasando.

–Yo pensaba que Wes y yo habíamos dejado las cosas claras. ¿A qué viene ahora esta locura? ¿Crees que estará deprimido? Su conducta me parece completamente incomprensible. A no ser que esta sea su venganza por haberle obligado a renunciar a su idea de quedarse con la custodia de las niñas.

Trace le estrechó la mano con fuerza.

–Lo que menos nos importa ahora son sus motivos. Creo que lo mejor es que asumamos que quiere mantenerme alejado de las niñas y, por extensión, también de ti.

–¿Pero por qué? –preguntó perpleja–. Llevamos años divorciados.

–Pero yo soy la primera persona que ha amenazado seriamente su estatus.

–Supongo que tienes razón.

–Mira, esto es lo que vamos a hacer: he reservado un billete para Nueva York para esta misma noche y pienso reunirme con mi abogado a primera hora de la mañana. Te prometo que para mañana por la noche ya estará todo arreglado –la miró a los ojos–: aunque eso significa que no voy a estar aquí para la fiesta. Lo siento, sé lo importante que es este momento para ti y para Jess.

–No te preocupes por eso. Encárgate de resolver este asunto. Si quieres, puedo ir contigo.

–No, tienes demasiadas cosas que hacer aquí, y Jess jamás te perdonaría que no estuvieras.

–Te juro que si me entero de que Wes ha sido capaz de hacer algo así solo por venganza, soy capaz de estrangularle con mis propias manos.

–Yo me inclino a pensar que en realidad ha actuado movido por la desesperación. Estoy convencido de que sabe que esta orden no vale ni el papel en el que está escrita. No hay ninguna justificación en absoluto para una cosa así. Y después de todo lo que sabemos sobre Gabrielle y él, no creo que me cueste mucho hacerle entrar en razón. Todavía tenemos todos los ases en la manga, Abby.

Pero Abby todavía estaba temblando cuando regresaron a la posada. Trace le dio un largo y apasionado beso para hacer volver el color a sus mejillas.

–Deja de preocuparte –le ordenó.

–¿Cómo voy a conseguirlo?

–Concéntrate en la fiesta y piensa en todo lo que tengo planeado para la próxima vez que estemos a solas.

Abby le miró con repentino interés.

–¿De verdad tienes algo planeado?

–Cariño, en lo que a ti respecta, tengo planes para años y años.

Volvió a besarla y se marchó, dejando a Abby con una sonrisa de perplejidad en los labios y los ojos chispeando con verdadera anticipación.

Capítulo 23

Cuando Abby regresó al despacho que tenía en la posada, todavía estaba bullendo de rabia al pensar en aquella orden de alejamiento que Wes había conseguido hacerle firmar a un juez. Tenía que haberse tratado de un favor personal de alguno de los amigos con los que jugaba al golf o algún cliente del conglomerado empresarial de la familia, porque era imposible que la hubiera conseguido de otro modo.

Musitando para sí, tiró el bolso sobre la mesa y descubrió a Jess sentada en la penumbra.

–Eh, ¿ocurre algo? –le preguntó.

–Eso mismo me pregunto yo –repuso Jess.

Tenía una expresión sorprendentemente sombría para ser alguien que estaba a punto de ver convertido su sueño en realidad en solo unas horas.

Abby, que estaba ya de un humor pésimo, perdió completamente la paciencia.

–No tengo tiempo para adivinanzas. Si ha pasado algo, será mejor que me lo digas.

–¿Por qué la habitación número diez, la mejor que tenemos, aparece en el ordenador como reservada y no puedo encontrar el nombre de la persona que ha hecho la reserva?

Abby tomó aire. Creía que Jess no repararía en ello. Pero, por una vez en su vida, Jess había prestado atención hasta el último detalle. Debería haber tenido aquella conversación con ella días atrás, pero había ido postergándola indefinidamente.

–He sido yo.

–Sí, ya me lo he imaginado, puesto que eres la única persona, aparte de mí, que sabe cómo funciona el sistema de reservas, ¿pero por qué?

Abby la miró a los ojos.

–Te lo diré, pero tienes que prometerme que me dejarás terminar antes de decirme lo enfadada que estás.

Jess la miró con los ojos entrecerrados.

–No le habrás reservado una habitación a Wes, ¿verdad?

Abby no entendía cómo podía pensar siquiera algo así, pero, por supuesto, Jess no estaba al tanto de las últimas noticias.

–Por supuesto que no. En realidad, esa habitación es para mamá. Llegará esta misma tarde.

Jess permaneció sentada en un estupefacto silencio durante varios segundos. Pero de pronto, se levantó.

–¡No! –exclamó con énfasis, y pegó un puñetazo en el escritorio–. No pienso alojarla en mi posada. ¿Por qué tiene que venir siquiera al pueblo? Nadie quiere verla por aquí.

–Yo quiero verla por aquí –respondió Abby con voz queda–. Y si fueras capaz de liberarte de todo el dolor que has reprimido durante todos estos años, creo que también tú querrías tenerla a tu lado.

–No, no y no –respondió con fiereza–. ¿Cuándo se ha dignado en venir a verme?

–Lo intentó, Jess, y lo sabes, pero tú te cerraste por completo. ¿Cuántas veces te suplicó que te mudaras a Nueva York? Quería que estuvieras con ella, Jess. Quería que todos nosotros estuviéramos con ella.

–Oh, por favor –se burló Jess–. Si de verdad hubiera tenido tantas ganas, lo habría conseguido.

–No cuando era consciente de lo doloroso que sería alejarnos de aquí –respondió Abby sin perder la calma.

–Nos abandonó, Abby –repitió Jess con obstinación–. Y nunca he comprendido cómo has sido capaz de olvidarlo.

–Jamás he olvidado nada. Y creo que papá debería haber insistido en que fueras a Nueva York, por lo menos a visitarla, porque es tu madre. Él es tan culpable como ella de lo que pasó. Creo incluso que papá encontraba cierta satisfacción en el hecho de obligarla a venir aquí cada vez que quería pasar algún tiempo con nosotros.

–Mira, sé que fue tu madre hasta que tuviste diecisiete años, pero conmigo solo estuvo hasta que cumplí siete y después se fue. Y no creo que después de aquello hiciera nada que me permita considerarla una verdadera madre.

Abby sabía desde un primer momento que aquello iba a ser difícil, pero no había imaginado hasta qué punto. La amargura de su hermana era mayor de lo que Abby pensaba. Por supuesto, no podía culparla, pero tenía que encontrar la manera de utilizar esa ocasión para que aquellas dos personas a las que tanto quería hicieran las paces.

–Cariño, viene aquí para apoyarte. Te está tendiendo una mano. Nadie te pide que la perdones por haberse marchado, pero, por favor, dale una oportunidad.

–¿Y por qué voy a tener que hacer algo así? –preguntó Jess–. Esta es mi gran noche y no, no quiero verla aquí.

Abby oyó una exclamación sorda tras ella, giró sobre sus talones y descubrió a su madre en el marco de la puerta, con expresión de absoluta desolación. Abby se levantó inmediatamente.

–Mamá, en realidad no quería decir eso.

–Claro que sí –replicó Jess, aunque había una ligera expresión de arrepentimiento en su mirada.

A pesar de su enfado, era demasiado buena como para herir a alguien deliberadamente.

Abby frunció el ceño y se volvió hacia su madre.

–Todo va a salir bien, mamá. Lo único que tenemos que hacer es pasar algún tiempo juntos. Recordar lo que significa ser una familia.

Megan sacudió la cabeza sin dejar de mirar a Jess en ningún momento. Era como si no pudiera dejar de contemplar a aquella joven a la que tan pocas veces había visto durante todos aquellos años.

—No —musitó con voz temblorosa—. Jess tiene razón, creo que debería marcharme. Yo ya no pertenezco a este lugar.

Jess le dirigió a Abby una dura mirada.

—No sé en qué estabas pensando —murmuró, pasó violentamente por delante de Megan y abandonó la habitación.

Abby esbozó una mueca, pero estaba acostumbrada a los estallidos de su hermana, así que invitó a su madre a entrar y sentarse.

—No le hagas caso, mamá. Tiene un carácter explosivo. Necesita tiempo para tranquilizarse.

Su madre la miró con pesar.

—No sé si voy a poder quedarme hasta Navidad.

Abby no fue capaz de esbozar la sonrisa que obviamente su madre esperaba haber podido arrancarle para romper la tensión del momento.

—No tardará tanto, te lo prometo. Hablaré otra vez con ella, pero por favor, quédate.

Megan parecía destrozada.

—Supe que no era una buena idea desde el primer momento, pero tenía tantas ganas de ver a todo el mundo, que al final decidí hacerte caso. Dime, ¿crees que Mick reaccionará mejor que Jess? ¿Está más tranquilo que la última vez que hablé con él?

—Ha tenido tiempo de asimilar la noticia —le aseguró Abby—. Estoy segura de que se portará bien.

Megan suspiró.

—Bueno, supongo que eso ya es algo.

—¿Entonces te quedas?

—La verdad es que me encantaría quedarme —dijo con expresión nostálgica.

—Entonces, quédate. Voy a enseñarte tu habitación.

Agarró la maleta de su madre y subió las escaleras. No había señal de Jess por ninguna parte, algo que agradeció. Tenía la impresión de que otra escena como aquella y su madre volvería directamente a Nueva York.

Abby abrió la habitación y le tendió la llave a su madre.

–Esta es la habitación más grande que tenemos. Creo que estarás muy cómoda. Te la he reservado durante una semana, por si decides quedarte unos días más.

Megan miró admirada a su alrededor.

–Es preciosa. La decoración es de un gusto excelente.

–Todo es cosa de Jess. Deberías decírselo cuando la veas.

–No creo que le importe mucho mi opinión.

–Claro que le importa, pero no es capaz de admitirlo. No dejes de tenderle la mano. Si ves que vuelve a rechazarte, bueno...

–A lo mejor es lo que me merezco –dijo Megan, terminando la frase por ella.

Abby estuvo a punto de protestar, pero al final optó por la sinceridad.

–Sí, a lo mejor es lo que te mereces –abrazó a su madre–. Creo que aquí tienes todo lo que necesitas. No habrá nadie atendiendo el mostrador de recepción hasta mañana, así que si descubres que te hace falta algo, llámame. La fiesta empieza a las siete.

Megan asintió sombría.

–Estoy deseando que llegue la hora –dijo con el mismo entusiasmo de alguien a quien le esperara el patíbulo.

Mick llevaba todo el día nervioso. Atribuía su inquietud a su preocupación por Jess y sus ganas de que aquella noche que tanto significaba para ella fuera perfecta, pero en el fondo sabía que la culpa era de Megan. Llevaba días sin poder sacársela de la cabeza.

Normalmente, el trabajo le habría permitido distraerse, pero se había prometido permanecer cerca de sus hijas hasta la fiesta de aquella noche y la gran inauguración del día siguiente por si sus hijas necesitaban su ayuda. Aunque la verdad era que ninguna solía pedírsela a él, pensó arrepentido. Durante años, les había enseñado que no debían contar con su padre.

Cuando el silencio comenzaba a hacérsele insoportable o, mejor dicho, cuando su madre comenzó a hartarse de sus nervios, esta le sugirió que fuera a dar un paseo por la playa.

—Antes te gustaba –le recordó–. Así que aprovecha para dar un paseo antes de que el trabajo te impida tener tiempo de hacer las cosas que realmente importan.

Mick le sonrió.

—Eres increíble, acabas de convertir la que debería haber sido una simple sugerencia en una regañina sobre los errores del pasado.

Nell se echó a reír.

—Tengo que aprovechar las pocas oportunidades que se me presentan. Ahora vete. Me está poniendo nerviosa verte caminar arriba y abajo por la cocina y todavía tengo que terminar de hornear para la multitud que seremos mañana por la mañana. Supongo que Connor y Bree querrán bollos de canela para desayunar –su expresión se tornó nostálgica–. Será maravilloso tenerlos otra vez en casa, ¿verdad, Mick?

Mick asintió.

—Ojalá pudiera venir también Kevin.

—Pronto lo tendremos entre nosotros –dijo su madre con tristeza–. Tenemos que concentrarnos en eso.

—Mientras siga en Irak, jamás me parecerá suficientemente pronto.

—A mí tampoco.

Mick se inclinó para darle a su madre un beso en la frente.

—Voy a salir un rato. Creo que tienes razón. Un paseo por la playa es justo lo que necesito para despejarme un poco la cabeza.

—Supongo que no eres capaz de dejar de pensar en Megan, ¿verdad?

Mick asintió, no veía razón para negarlo.

—Es natural. Espero que Abby supiera lo que estaba haciendo cuando la invitó a venir.

—Dudo que tenga la menor idea, pero creo que sus intenciones no podían ser mejores. Abby siempre ha querido que la familia se reconcilie, aunque no estoy seguro de que podamos conseguirlo en un par de días.

—Bueno, «el que no arriesga...».

–«No gana» –terminó Mick por ella, completando el refrán familiar–. Creo que Abby heredó de ti su determinación y su optimismo.

–A lo mejor. Pero si tiene un corazón tan grande, es gracias a ti.

Mick no estaba tan seguro. Mientras paseaba por la playa, intentaba recordar la última vez que había permitido que alguien se le acercara, la última vez que le había abierto a alguien su corazón. El abandono de Megan le había robado la capacidad de amar, de confiar. Peor aún, jamás había podido culpar a Megan por lo ocurrido. En el fondo, sabía que había sido él el primero en marcharse. Aceptaba trabajos que le obligaban a desaparecer de casa durante semanas, durante meses incluso. ¿Qué clase de arrogancia le había hecho pensar que una esposa podía soportar algo así, aunque fuera una esposa tan entregada como Megan?

Recordó con total claridad la mirada de Megan el día que le había dicho que ya no aguantaba más. Estaban en esa misma playa. El viento despeinaba su pelo y había tal tristeza en su mirada, que Mick había estado a punto de arrodillarse para suplicarle que cambiara de idea. Pero Megan había posado un dedo en sus labios pidiéndole silencio y había sacudido la cabeza.

–Ya es demasiado tarde –le había dicho con sus ojos azules cargados de pesar–. Eres como eres y no puedo pedirte ni esperar que cambies. Estoy muy orgullosa del trabajo que has hecho. Has convertido este lugar en una verdadera comunidad, tal como habías imaginado. Pero me gustaría que hubieras dedicado la mitad del tiempo que has dedicado a este proyecto a tu familia. Te quiero, Mick, pero no puedo seguir aquí. Soportar todas estas responsabilidades me está ahogando.

Con la cabeza alta, había dado media vuelta y se había alejado de él. Pero Mick, que la conocía bien y que la quería como a nada en el mundo, sabía que se había marchado llorando.

También esa noche había derramado él muchas lágrimas, solo, en la cama, porque después de una nueva discusión, Megan se había retirado a la habitación de invitados. Pero era demasiado orgulloso para admitirlo. Había sido demasiado orgulloso también como para ir a buscarla y suplicarle que se quedara. Tampoco había intentado detenerla cuando la había visto montándose en el taxi. Eso era algo de lo que se arrepentiría durante toda su vida.

Alzó la mirada y de pronto, como si la hubiera conjurado con sus pensamientos, vio a Megan caminando hacia él. La impresión de volver a verla le hizo detenerse. Gracias a que Megan tenía la mirada fija en las olas que rompían en la playa, tuvo tiempo de embeberse de su imagen.

Llevaba el pelo mucho más corto que nunca, pero le sentaba bien. El color de sus mejillas era producto del sol, no del maquillaje y llevaba los labios pintados de un color melocotón que los convertía en una auténtica tentación. Un deseo que debería estar muerto le golpeó con fuerza. Era impactante darse cuenta de que la atracción no había muerto a pesar del esfuerzo que había hecho por olvidar todos los buenos recuerdos.

Desvió la mirada de su rostro y se fijó en la forma en la que los pantalones y la camisa moldeaban su cuerpo por cortesía del viento. Y estaba a punto de descubrir si todavía seguía pintándose de rojo las uñas de los pies cuando Megan alzó la mirada y le descubrió observándola.

Megan intentó esbozar una sonrisa, pero desistió rápidamente.

—Hola, Mick.

Mick contestó con un asentimiento de cabeza. Era incapaz de articular palabra, lo cual era la cosa más ridícula que le había pasado en toda su vida, teniendo en cuenta sobre todo que años atrás había conseguido seducirla con su elocuencia.

Un fogonazo de dolor iluminó los ojos de Megan ante su silencio, pero no dejó de sostenerle la mirada.

—¿Sabías que iba a venir?

Mick volvió a asentir en silencio.

—Yo... me alegro de que hayas venido.

Megan arqueó una ceja con gesto escéptico.

—¿Lo dices en serio? No parecías muy entusiasmado cuando hablamos por teléfono.

Mick se encogió de hombros.

–Alguien me ha convencido de que es importante para ti estar con tu familia en una ocasión tan especial.

Megan se echó entonces a reír. El sonido de aquella risa ligera y melodiosa pareció derramarse sobre él.

–Evidentemente, Abby ha estado muy ocupada convenciéndonos a los dos de que hagamos algo que a lo mejor no sale del todo bien –dijo Megan–. Jess ya ha dejado muy clara su postura. Quiere que me vaya.

En vez de aliviado, Mick la miró alarmado.

–Pero no vas a irte, ¿verdad? Jess necesita que estés aquí, Meggie.

Al oírle utilizar aquel nombre, Megan pareció emocionarse.

–Hacía mucho tiempo que no me llamabas así.

–Lo sé. No me parecía bien utilizarlo; era como si ese nombre perteneciera a la época en la que fuimos felices –como se sentía incómodo en aquel terreno tan personal, decidió cambiar de tema–. ¿Qué te ha parecido la posada?

–Es increíble –dijo con entusiasmo–. Jess tiene un gusto excelente.

–Y caro también –respondió Mick con ironía, pensando en la cocina que le había enviado aquella mañana como regalo por la inauguración.

Abby se las había arreglado para mantener a Jess lejos de la cocina cuando había llegado el encargo y la chef había prometido impedirle entrar antes de que comenzara la fiesta, con la excusa de que no quería ver a nadie por allí mientras ella estuviera cocinando. Mick quería entrar con Jess en la cocina en algún momento durante la fiesta para enseñarle su regalo.

–Me alegro de que haya heredado algo de mí –respondió Megan–. Aunque a lo mejor otros rasgos de mi carácter le habrían resultado más útiles.

Mick hundió las manos en los bolsillos.

–Tienes muy buen aspecto, Meggie. No has cambiado nada desde que te fuiste.

Megan se echó a reír al oírle.

—Y tú continúas siendo un adulador, Mick O'Brien.

Mick no sabía qué decir o qué hacer después de aquello. Afortunadamente, Megan no había perdido la capacidad para navegar en cualquier mar de emociones y supo cómo poner fin a un momento tan embarazoso.

—Creo que debería volver a la posada. Me alegro de que nos hayamos visto aquí, Mick. Eso hará que el encuentro de esta noche resulte mucho más fácil.

Tocó su mano. Fue una caricia tan ligera y fugaz que Mick casi creyó haberla imaginado. Después, volvió a alejarse de él caminando por la arena de la playa.

Trace decidió no esperar a la reunión que había concertado con su abogado para el día siguiente por la mañana. Tomó un taxi y se dirigió directamente al apartamento de Wes, que estaba a solo unas manzanas de donde vivía Abby con las niñas. No le hizo mucha gracia que vivieran tan cerca el uno del otro, pero lo comprendía por el bien de las gemelas.

Se estaba preguntando cómo iba a poder pasar delante del portero cuando se le presentó una oportunidad de oro en forma de dos parejas que entraban en el edificio para acudir a una fiesta. Trace simuló formar parte del grupo y se dirigió con ellos hacia el ascensor, alegrándose sobremanera de haber buscado el número del apartamento de Wes antes de salir de Maryland.

Una vez arriba, llamó al timbre y esperó a que Wes apareciera. Pero fue Gabrielle la que le abrió la puerta. Era tan atractiva como aparecía en las páginas de sociedad de los periódicos que había revisado. No llevaba una gota de maquillaje y se había recogido el pelo en una cola de caballo, lo que le hacía aparentar menos años de los treinta y dos que según uno de los artículos que había consultado tenía.

—¿Quién es usted y qué está haciendo aquí? Si es otro periodista, no tengo nada que declarar.

Estaba a punto de cerrarle la puerta en las narices cuando Wes entró en el salón.

—He venido a ver a su prometido —le aclaró Trace, entrando en la casa.

Wes le miró asustado.

—Llama a seguridad, Gabrielle.

Trace le miró entonces a los ojos.

—No será necesario.

Gabrielle permaneció donde estaba. Parecía preocupada y nerviosa.

—Wes, ¿a qué viene todo esto?

Wes le dirigió a Trace una mirada desafiante.

—Supongo que has venido por lo de la orden de alejamiento de las niñas.

Gabrielle puso unos ojos como platos al oírle.

—¿Una orden de alejamiento? ¿Pero por qué?

—No quiero que se acerque a Carrie y a Caitlyn —repuso Wes.

Su novia le miró perpleja.

—¿Crees que es un peligro para las gemelas?

Trace contestó por Wes.

—No, cree que represento un peligro para él. Lo que realmente quiere es hacerme desaparecer de la vida de Abby, ¿no es así, Wes? Y supongo que has pensado que si consigues que me resulte imposible acercarme a las gemelas, Abby también me sacará de su vida.

—No, esto solo tiene que ver con las niñas —insistió Wes—. Sé que supones una amenaza para ellas.

—Eso tendrás que explicármelo —replicó Trace.

—Yo no tengo por qué explicarte nada —respondió Wes beligerante—. Expuse mi caso al juez y él decidió tramitar la orden de alejamiento.

—Sí, le presentaste tu orden de alejamiento a un hombre que acaba de ganar miles de dólares con una inversión que tú le recomendaste, gracias a cierta información confidencial que recibiste a través de Gabrielle. ¿No fue eso exactamente lo que ocurrió? —preguntó Trace.

Wes parecía tan asombrado de que hubiera conseguido averiguarlo que Trace le miró divertido.

—Ya te dije que también yo tenía contactos en Nueva York. Nuestro mutuo amigo Steve estuvo encantado de hacer unas cuantas llamadas por mí —se volvió hacia Gabrielle—. ¿No crees que ya tienes suficientes problemas sin necesidad de añadir el tráfico de información confidencial?

Gabrielle se sentó en el borde de una de las sillas del salón. Estaba temblando.

—Wes, ¿es verdad lo que está diciendo? ¿Utilizaste la información que te di?

Wes asintió.

—Me vi obligado a hacerlo. Necesitaba que me hicieran este favor. Era la única manera de asegurarme de que Abby volvería con las niñas a Nueva York.

—Pues creo que de eso ya te puedes ir olvidando —le advirtió Trace—. Comprenderás que ahora mismo no está muy contenta contigo. En cuanto a mí, espero que mañana a primera hora de la mañana hayas aclarado todo este asunto si no quieres que aparezca publicado un artículo sobre ti en todos los periódicos de la ciudad.

Wes intentó retarle con la mirada, pero Trace no parpadeó. Al final, Wes suspiró con cansancio.

—Lo único que quería era continuar viendo a mis hijas.

—Y podrás hacerlo —le prometió Trace—, siempre y cuando no vuelvas a cometer ninguna estupidez. Abby jamás te alejaría de tus hijas. Sabe que te adoran. ¿Cuántas veces tiene que decírtelo para que la creas?

—Pero tú...

—Yo sé que eres su padre, Wes —le dijo muy serio—. Y te juro que siempre respetaré esa relación, a no ser que me des motivos para pensar que eres una mala influencia para las niñas. Por favor, no me des nunca motivos para llegar a creerlo.

—Eso dices ahora, pero sé que intentarás hacer que me odien —contestó, en absoluto convencido.

Trace volvió a intentarlo.

—Jamás les diré a Caitlyn ni a Carrie nada negativo sobre ti. Ni tampoco Abby. Es posible que no me conozcas, pero creo que a ella la conoces lo suficientemente bien como para estar seguro de que jamás haría algo así. Y tampoco permitiría que yo lo hiciera. Tus hijas son maravillosas y si mi relación con Abby sigue adelante, las trataré tan bien como si fueran mis propias hijas, pero jamás intentaré mantenerte al margen de sus vidas.

El alivio de Wes era evidente.

—Necesitaba estar seguro. Después de Gabrielle, son lo más importante de mi vida. No sé qué haría si las perdiera.

—No vas a perderlas. Por lo menos, no por culpa mía —volvió a asegurarle Trace.

Wes permaneció durante varios minutos en silencio, mirando a Trace a los ojos. Al final, alargó la mano hacia el teléfono.

—Llamaré ahora mismo a mi abogado. Para mañana por la mañana habrán retirado ya la orden.

—Gracias —dijo Trace—. Creo que he dejado las cosas suficientemente claras, ¿verdad?

El exmarido de Abby asintió.

—De acuerdo, entonces —dijo Trace, satisfecho—. Ahora será mejor que me vaya. Esta noche hay una fiesta en la posada y me gustaría llegar allí antes de que haya terminado —a pesar de su anterior enfado, Trace no podía por menos que compadecer a Wes por lo mucho que había sufrido por sus hijas—. Solo para que lo sepas, creo que Abby está pensando en traer a Carrie y a Caitlyn la semana que viene.

A Gabrielle se le iluminó la mirada tanto como a Wes.

—Estoy deseando verlas —dijo con entusiasmo, y deslizó la mano en la de su prometido. Al ver la mirada de advertencia de Wes, cambió de expresión—. Sé que Abby me desprecia, pero si supiera lo mucho que quiero a las niñas, seguramente cambiaría de opinión.

—Quizá —contestó Trace.

Había reconocido la sinceridad en su voz y sabía sin ningún género de dudas que, al margen de la opinión que él tuviera sobre Wes y sobre Gabrielle, los dos querían de verdad a las gemelas. Algo que tendría que recordarse la próxima vez que le entraran ganas de estrangular a aquel hombre.

***

Jess estaba en su elemento, pensó Abby mientras la veía desenvolverse con los invitados a la fiesta. Dedicaba a cada uno de ellos, excepto a Megan, suficiente atención como para que se sintiera especialmente recibido y después abordaba al siguiente. Incluso pasó varios minutos con las gemelas, diciéndoles lo guapísimas que estaban con sus vestidos de fiesta.

Cada vez que se volvía, Abby oía algún comentario de admiración sobre la decoración de la posada. Hasta el alcalde, acompañado por la señora Finch, se detuvo para decirle lo contento que estaba de que hubieran vuelto a abrir el establecimiento hostelero más lujoso del pueblo.

—La posada puede ser pequeña, pero siempre ha sido un alojamiento de calidad —le explicó Bobby Clark a Abby—. Estoy seguro de que comenzará a ser rentable en muy poco tiempo.

La señora Finch añadió con expresión cargada de nostalgia:

—Ahora me recuerda a como estaba cuando Mick la construyó y yo venía a comer con David todos los domingos.

—Yo la traeré este domingo —le prometió el alcalde—. Así probaremos el menú. Si los aperitivos de esta noche son una muestra, algo me dice que la comida superará a la de los viejos tiempos.

Lawrence Riley se acercó justo a tiempo de oír los comentarios de la señora Finch y del alcalde. Le dedicó a Abby una sonrisa radiante.

—Ese es el tipo de cosas que a uno le gusta oír —dijo. Le dio un beso en la mejilla al tiempo que le estrechaba la mano al alcalde—. Tengo que admitir que Jess y tú me habéis sorprendido, Abby.

—Lo único que he hecho ha sido hacerme cargo de las cuentas —insistió Abby—. Todo lo demás es cosa de Jess. Sabía exactamente en qué quería convertir la posada y creo que lo ha conseguido.

—Desde luego —dijo Mick con orgullo, pasando el brazo por

la cintura de su hija–. ¿Puedo robaros durante unos minutos a esta belleza?

Se retiró con su hija a una esquina un poco aislada.

–¿Qué pasa, papá? –preguntó Abby al ver su expresión.

–Es tu madre. Prácticamente nadie le hace caso. Tú la has invitado a venir, Abby, tienes que hacer algo.

Abby le miró perpleja.

–¿Yo? Eres un hombre adulto, papá, así que supongo que serás perfectamente capaz de mantener una conversación con ella. ¿No se te ha ocurrido pensar que a lo mejor todos los demás están esperando a ver lo que haces para saber si deben darle la bienvenida o mostrarle su rechazo?

Mick era demasiado caballeroso como para ignorar lo que estaba diciendo su hija.

–¿Tú crees?

–Papá, todo Chesapeake Shores sabe que fue ella la que nos abandonó y durante todo este tiempo todos te han sido leales. Hasta mamá lo comprendió en su momento. Cuando venía a vernos, apenas salía de casa y se marchaba antes de que nadie se enterara de que había estado en el pueblo.

Mick pareció sorprendido.

–Vamos, papá, hazle un poco de caso. Mamá tenía muy buenas amigas aquí y estoy segura de que se mueren de ganas de hablar con ella. Mientras tanto, yo iré a hablar con Connor y con Bree y les pediré que la atiendan, aunque ya sé que ninguno de ellos tiene muchas ganas.

–Ya veo que no mencionas a Jess.

–Va a ser mucho más difícil de convencer de lo que me imaginaba y esta noche no quiero presionarla. No quiero amargarle la fiesta. Creo que ya es suficiente con que no haya echado de aquí a mamá, que era lo que pretendía.

Tras unos segundos de vacilación, Mick comentó:

–Creo que sé cómo ayudarla.

–¿Cómo?

–Déjamelo a mí.

Cruzó la habitación con expresión sombría. Cuando llegó al

lado de Megan, se inclinó hacia ella y le susurró algo al oído. Abby vio que su madre sacudía la cabeza, pero Mick insistió en lo que quiera que le estuviera diciendo. Cuando los dos se encaminaron hacia Jess, la prevención de su madre era evidente.

—Oh, no —musitó Abby.

Aquello no podía terminar bien. Intentó abrirse paso entre los invitados para detenerlos, pero no dejaban de pararla para saludarla. Para cuando llegó al otro extremo de la habitación, Mick ya había agarrado a Jess de la mano y estaba tirando de ella hacia la cocina. Abby comprendió entonces lo que se proponía y se relajó.

Llegó justo a tiempo de oír las protestas de Jess, diciendo que no podía perder el tiempo en aquel momento.

—Seguro que te alegrarás de haber tenido tiempo para esto —le dijo Mick sin soltarla.

Abrió la puerta de la cocina y la mantuvo abierta hasta que Jess se decidió a entrar.

Incluso desde donde estaba, Abby pudo apreciar la sorpresa que se dibujó en el rostro de su hermana al ver la cocina que tanto deseaba. Alzó la mirada hacia su padre, todavía boquiabierta.

—¿La has comprado tú?

—La hemos comprado tu madre y yo. Queríamos que supieras lo orgullosos que estamos de ti.

Megan parecía incómoda, pero le siguió el juego.

—La idea fue de tu padre.

—Pero a tu madre le encantó en cuanto se la propuse —insistió él.

Abby sonrió ante su determinación de incluir a Megan en aquel gesto de generosidad; le encantó aquel bondadoso intento de restablecer la relación entre madre e hija. Y también tuvo la sensación de que Megan tendría firmado el cheque con la parte que a ella le tocaba pagar antes de que hubiera terminado la velada. Hacía mucho tiempo que había dejado de recibir ninguna clase de pensión de Mick y tampoco permitiría que se hiciera cargo de su regalo.

–¿Pero cómo sabíais que quería esta cocina? –preguntó Jess. Desvió entonces la mirada hacia Abby–. Supongo que se lo dijiste tú.

Abby se encogió de hombros.

–Es posible que mencionara lo desilusionada que estabas por tener que devolverla.

Jess soltó una carcajada.

–¿Desilusionada? Me puse hecha un basilisco –cruzó la habitación para abrazarla y se volvió de nuevo hacia sus padres–. Gracias, papá –tragó saliva y haciendo un visible esfuerzo añadió–: y a ti también, mamá.

Abby vio que Megan hacía un esfuerzo para contener las lágrimas, y vio también que Mick le rodeaba la cintura con el brazo. Supo entonces que todo lo que había esperado que sucediera aquella noche terminaría ocurriendo a la larga. Llevaría tiempo, no sería fácil, pero su familia volvería a estar unida.

Capítulo 24

A medida que iba apagándose la fiesta, también iba haciéndose más fluida la relación de Connor y Bree con su madre, gracias sobre todo a la determinación y la necesidad de esta última de recuperar a sus hijos. Cada vez que Abby miraba hacia allí, veía a sus hermanos riendo y Megan parecía cada vez más relajada. Aliviada, Abby fue a buscar una copa de champán. Cuando se volvió, descubrió a su prima Susie tras ella.

–¿No ha venido tu padre? –le preguntó a Susie–. Todavía no le he visto.

Susie negó con la cabeza.

–Jess le invitó, pero mi padre no quería arriesgarse a tener una discusión con Mick y estropearle la noche. Esos dos son como el agua y el aceite. Si quieres saber mi opinión, me parece ridículo, pero ya sabes lo cabezotas que pueden llegar a ser –miró hacia Megan–. De todas maneras, probablemente sea mejor que mi padre se haya quedado en casa esta noche. No sé si tu padre habría sido capaz de soportar otro reencuentro familiar. ¿Cómo lo has conseguido?

–Con mucha persuasión... Y miles de oraciones.

–Tío Mick no se separa de ella –dijo Susie–. ¿Crees que hay alguna posibilidad de que vuelvan a vivir juntos después de tanto tiempo?

–La verdad es que estoy intentando no pensar en el futuro –dijo Abby–. Ahora, háblame de ti. ¿Cómo va el negocio inmobiliario por aquí?

—Sorprendentemente bien. De hecho, esta misma semana he hecho una gran venta.

—¿De verdad?

—Sí, he vendido una de las casas originales de Mick. La que está justo después de la posada.

A Abby se le iluminó la mirada.

—¿La casa de los Marshall? Vi que estaba en venta cuando vine al pueblo.

Susie asintió, aunque la miraba con extrañeza.

—Me encantaba esa casa —exclamó Abby—. La galería siempre me ha parecido fascinante. ¿Quién la ha comprado?

Susie la miró entonces verdaderamente preocupada.

—¿No lo sabes? —preguntó con cautela.

Abby frunció el ceño al oír la pregunta.

—¿Por qué voy a tener que saberlo?

—Yo pensaba... Bueno, no importa.

A Abby se le encendieron entonces todas las alarmas. ¿La habría comprado Trace? No, seguramente, no. No sería capaz de hacer algo así sin comentárselo, ¿o sí?

—¿La ha comprado Trace? —preguntó.

Susie pareció encogerse ante aquella pregunta tan directa. O a lo mejor fue por la dureza de su tono.

—No debería haber dicho nada —comentó, evidentemente desconcertada—. Estoy segura de que quería que fuera una sorpresa.

—Sí, estoy segura —contestó Abby furiosa, miró después a su prima con expresión de disculpa—. Susie, no te preocupes por habérmelo dicho. Tú no has hecho nada malo.

—No, salvo abrir la boca cuando no debería haberlo hecho —gruñó Susie—. He hecho un gran trabajo protegiendo la confidencialidad de mis clientes.

—No se lo has contado a todo el mundo —la tranquilizó Abby—. Me lo has dicho a mí porque pensabas que ya lo sabía.

—Espero que Trace lo comprenda.

—Créeme, tendrá cosas más importantes de las que ocuparse —dijo Abby de mal humor.

Como intentar explicarle por qué había comprado una casa en Chesapeake Shores sin decirle una sola palabra.

Sacó el teléfono móvil del bolsillo, y estaba a punto de salir para llamar a aquel ser despreciable, cuando se volvió y le vio caminando hacia ella. Susie también le vio y le dio a su prima un beso en la mejilla.

—Creo que ha llegado el momento de marcharse.

—Cobarde —la acusó Abby, y se volvió después para esperar a Trace.

—Estás increíble —la saludó él. Se inclinó para besarla, pero Abby se apartó. El calor de la mirada de Trace desapareció para dar paso al recelo—. ¿Ha pasado algo?

—¿Cuándo pensabas decírmelo? —preguntó Abby con firmeza—. ¿El día que me fuera a Nueva York?

Trace miró a Susie, que estaba ya de retirada, y suspiró.

—Sabes lo de la casa.

—Sí, lo sé.

—Siempre te encantó esa casa.

—Es verdad, pero eso no significa que tuvieras que comprarla sin decirme una sola palabra. Pensaba que esta vez estábamos intentando que nuestra relación funcionase.

—Y es eso lo que estamos haciendo.

—¿Has comprado esa casa para que aumenten las probabilidades de que decida quedarme en Chesapeake Shores?

—He comprado esa casa porque sabía que te encantaba —la corrigió—. Si al final, cuando todo esté hablado, decides que quieres volver a Nueva York, volveremos, pero siempre tendremos aquí nuestra casa para venir en verano o en vacaciones.

Abby no terminaba de creerse que fuera esa su intención.

—Pero tú quieres vivir aquí —sabía que sonaba más como una acusación que como una pregunta.

Trace se encogió de hombros y asintió.

—Sí, pero es cierto todo lo que te he dicho. Pienso ir a donde tú vayas. Te quiero y no voy a perderte otra vez por algo tan ridículo como en qué lugar quieres vivir. Yo puedo trabajar en cualquier parte. De hecho, trabajar en Nueva York tiene algunas ventajas para mí. La mayoría de mis contactos están allí –la miró a los ojos–. Así que ¿quieres hacer el favor de tranquilizarte y darme un beso? Acabo de ganarle una batalla a tu exmarido, así que creo que me merezco una bienvenida más calurosa de la que he recibido.

Abby todavía no tenía ganas de dar por zanjada aquella discusión, pero le besó. Y a medida que iba creciendo el calor en su interior, le parecía menos importante insistir en salirse con la suya. Comprometerse no tenía por qué ser malo. Era algo en lo que tenía que pensar. Se separó de Trace para mirarle a los ojos.

–Has vuelto antes de lo previsto, ¿qué ha pasado con Wes?

–Al final, he decidido no esperar hasta mañana. He tenido una conversación con Gabrielle y con Wes y he conseguido que mande retirar la orden de alejamiento.

Abby pensó que su exmarido le habría dicho a Trace cualquier cosa que este quisiera oír para quitárselo de encima.

–¿Y tú le crees?

–Sí, le creo. Lo único que quería era estar seguro de que no voy a convenceros ni a ti ni a las niñas de que os separéis para siempre de él.

–En realidad no iba tan descaminado cuando pensaba que tenías intención de mantenerme aquí, ¿no?

–Quizá no, pero esas niñas son sus hijas. Decidamos vivir donde decidamos vivir, él tiene que formar parte de sus vidas. Estoy dispuesto a repetírselo cuantas veces tenga que hacerlo, aunque me temo que no lo creerá hasta que lo vea.

–¿Qué te hizo darte cuenta de que era eso lo que él quería?

–Sabía cómo me sentiría si estuviera en su lugar –contestó–. Es posible que no sea su padre, pero quiero a esas niñas con todo mi corazón,

Abby sonrió ante la sinceridad que reflejaba su voz. Alzó la mirada hacia él y estudió atentamente su expresión.

–¿De verdad crees que esta vez conseguiremos que nuestra relación funcione?

–Sé que te quiero más que a nada en el mundo y estoy dispuesto a hacer cualquier cosa para que seas feliz.

Abby tomó aire.

—Yo también te quiero.

Era la primera vez que se arriesgaba a pronunciar aquellas palabras en voz alta, aunque lo sabía desde hacía semanas.

Trace sonrió de oreja a oreja.

—No ha sido tan difícil, ¿verdad?

—¿El qué?

—Poner tu corazón en juego.

—Si quieres saber la verdad, estaba aterrorizada.

Trace frunció el ceño al oírla.

—No tienes por qué tener miedo, Abby. No tengas nunca miedo de mí.

Pero era inevitable. No porque no confiara en su amor, sino porque sabía que Trace tenía la capacidad de volver toda su vida, la vida por la que tanto había luchado y que le había llevado a ocupar un lugar importante en el mundo de los negocios, del revés.

Toda la familia estaba sentada alrededor de la mesa de la cocina. Todos, incluso Megan. Aunque parecía sentirse un poco incómoda, Mick había insistido en que fuera a desayunar con ellos. Eran solo las siete de la mañana, pero habían quedado a aquella hora porque Connor tenía que salir hacia Baltimore para llegar a tiempo al bufete de abogados de Baltimore en el que trabajaba como secretario durante los veranos. Abby y Jess tenían miles de cosas que hacer antes de que llegaran a la posada los primeros huéspedes. Comenzaban las fiestas del Cuatro de Julio y tenían muchas reservas hechas. De hecho, ya habían tenido que rechazar a algunos huéspedes.

—Debería volver a Nueva York —dijo Megan en cuanto se lo oyó decir—. Estoy ocupando la habitación más grande.

—Mamá, yo la reservé para ti —le aseguró Abby—, y la estoy pagando. No estamos perdiendo dinero por tu culpa.

Jess la taladró con la mirada.

—¿Piensas pagar por la habitación?

Abby asintió.

–Por supuesto.

Jess negó con la cabeza.

–No, claro que no. Estamos hablando de la familia. Y la familia no paga cuando se aloja en mi casa.

Aunque no estaba del todo claro si estaba más preocupada por la cartera de Abby que por los sentimientos de su madre, a Megan se le llenaron los ojos de lágrimas al oírla. Alargó la mano hacia la de Jess, pero esta la apartó antes de que hubiera podido alcanzarla.

Mick decidió intervenir para salvar aquella frágil paz.

–Creo que deberías ponernos a tu madre y a mí a trabajar. Déjanos ayudarte.

Jess le miró con expresión burlona.

–¿Haciendo qué? ¿Llevando las maletas?

–Estoy dispuesto a hacerlo si es eso lo que necesitas. Y tu madre podría ayudar a Gail en la cocina. Es una gran cocinera.

Jess parecía desconcertada por aquel ofrecimiento.

–¿Y por qué ibais a hacer una cosa así?

Mick la miró a los ojos.

–Estamos hablando de la familia –contestó Mick, empleando el mismo argumento que había utilizado ella–. La familia hace todo lo que está en su mano para poder salir adelante en un día tan importante como hoy. Por una u otra razón, tu madre y yo nos hemos perdido demasiados momentos importantes de vuestras vidas –incluyó en aquel comentario a Abby, a Bree y a Connor–, y nos gustaría que nos dejaras intentar compensar todo lo que no hemos hecho.

–Yo ya le he ofrecido ayuda a Gail –intervino la abuela.

–¿De verdad? No tenía ni idea –Jess estaba estupefacta.

–Puedes decirle que llevaré una bandeja de magdalenas para que las tenga a tiempo por si los huéspedes quieren tomar un té por la tarde.

Abby escuchaba aquella conversación satisfecha. Seguramente, después de aquello a Jess ya no le quedaría ninguna duda sobre el lugar que ocupaba en la familia. Solo Connor, que saldría al cabo de una hora, y Bree, que estaba más callada que nunca, no se habían ofrecido a colaborar. Y era Bree la que le preocupaba, pero no podría sentar a su hermana e intentar averiguar lo que le ocurría hasta que la posada no estuviera funcionando. A lo mejor aquella noche tenía unos minutos para ocuparse de ella.

Estaban a punto de dejar la mesa y dirigirse cada uno de ellos a sus respectivas tareas cuando sonó su teléfono móvil. Miró inmediatamente el identificador de llamadas y vio que era su jefe. Se dio cuenta entonces de que hacía días que no hablaba con Jack, aunque le enviaba cada día correos electrónicos para ponerle al día sobre su trabajo.

Inmediatamente se excusó y se levantó para atender la llamada.

—¿Qué tal fue la fiesta? —preguntó Jack.

—Fue todo un éxito. Y hoy llegan los primeros huéspedes.

—¿Y cuándo podrás volver a estar con nosotros a tiempo completo?

—Muy pronto —contestó—. ¿Por qué lo preguntas? ¿La gente está empezando a protestar porque llevo fuera demasiado tiempo?

—No, todo lo contrario. Ha surgido algo fuera de Nueva York y estábamos pensando que serías la persona ideal para ocuparte de ese asunto.

Abby esperó la habitual oleada de emoción ante un nuevo desafío, pero no llegó. El hecho de que se tratara de un asunto fuera de Nueva York le preocupaba. De hecho, se mostró casi atemorizada cuando le pidió que se lo explicara.

—Ya sé que te encanta trabajar aquí —comenzó diciendo Jack—, pero últimamente, tengo la sensación de que a lo mejor te cuesta conciliar tu trabajo en Nueva York con las responsabilidades que tienes con tu familia.

A Abby comenzó a latirle con fuerza el corazón.

—¿Me estás despidiendo?

—Claro que no —respondió él inmediatamente—. En absoluto. Pero la oficina de Baltimore necesita un director nuevo. No creo que esté a más de una hora de Chesapeake Shores, ¿verdad?

—Si no hay mucho tráfico... —contestó Abby, pensando en los atascos que se había encontrado al ir hacia allí.

—El caso es que pensamos que eres la persona ideal para hacer ese trabajo. Tienes la capacidad de organización y los conocimientos necesarios para convertir esa sucursal en la más rentable de la firma. Ahora mismo se ha quedado atrás respecto a la media de cuentas y clientes que maneja la empresa. Estamos perdiendo clientes que han visto que sus amigos están obteniendo más beneficios en otras agencias. Tú podrías dar un giro a la situación y, al mismo tiempo, estar cerca de tu familia. Seguiremos necesitándote en Nueva York por lo menos una vez al mes, para que te reúnas con nosotros, pero el resto será cosa tuya.

Abby percibía el entusiasmo en su voz, pero continuaba teniendo miedo de que la firma quisiera quitársela de en medio.

—¿Por qué tengo la sensación de que preferís no verme por allí? ¿Esto es un castigo por lo que pasó con Gabrielle?

—Absolutamente no. Es una gran oportunidad para ti y, para serte sincero, también para que la compañía salga de un bache.

Abby intentaba ver las cosas desde su perspectiva, pero no podía negar que la sensación que tenía era que Jack estaba pintándole un panorama de color de rosa para hacerle pasar el trago de la mejor manera. En su trabajo, Nueva York era el centro de todo, el corazón del mundo financiero. Baltimore... no era nada.

Tragó saliva.

—¿Tengo posibilidad de elegir?

—Por supuesto.

—¿Estás seguro?

—Trabajas para mí, soy yo el que decide. La respuesta es sí, estoy seguro. Una sola palabra y estarás de vuelta en Nueva York.

Aquello hacía la situación mucho más fácil, pensó aliviada.

—¿Tengo tiempo para pensármelo?

—Llámame a primeros de la semana que viene —le sugirió—. ¿Qué te parece?

—Te llamaré el lunes por la mañana —le prometió.

Quizá para entonces hubiera podido sopesar los beneficios de aquella supuesta oportunidad tanto para sí misma como para su relación con Trace.

Sin embargo, el lunes por la mañana, Abby no estaba más cerca de haber tomado una decisión que cuando había recibido la llamada de Jack. Necesitaba ir a Baltimore y conocer la situación a la que iba a enfrentarse. Aquella sería la única manera de decidir si se trataba de un desafío del que podría disfrutar o si al final iba a sentirse atrapada en un callejón sin salida.

De modo que, tras haberse comprometido Bree a cuidar de las niñas y segura de que Jess sería capaz de prescindir de su ayuda, Abby se montó en su coche alquilado y se dirigió a Baltimore. Cuando llegó a la dirección que buscaba, permaneció en la calle, contemplando el edificio. En vez de en el rascacielos al que estaba acostumbrada, las oficinas de Baltimore estaban en un edificio histórico de cuatro plantas, con cierto encanto, pero sin nada que lo distinguiera de los edificios de los alrededores. Aquello ya era un freno. Entrar en el vestíbulo de mármol de su oficina, siempre le había hecho sentirse como si estuviera participando de algo importante.

Una vez en el interior del edificio, que albergaba también una firma de abogados, una agencia de seguros y una consulta de un médico, se dirigió al cuarto piso. El ascensor se abrió entonces a una zona de moqueta azul con un enorme escritorio. La impresión inmediata fue de clase y dinero. Por lo menos eso resultaba tranquilizador.

La recepcionista alzó inmediatamente la mirada hacia ella.

—Usted debe de ser la señora Winters. Adelante. El señor Wallace la está esperando. Es el despacho más grande a la izquierda —sonrió—. Tiene unas vistas magníficas. Desde allí se puede ver el puerto.

La impresión que creaba el vestíbulo podía hacerse extensiva también a la zona de los despachos, decorados con sobria elegancia. Cuando llamó a la puerta de Mitch Wallace, la vista que descubrió tras ella fue tan espectacular que estuvo a punto de no verle a él. Tras la ventana se veían los barcos y los yates que salpicaban las aguas azules del mar. Mitch sonrió al ver su expresión de asombro.

—Merece la pena, ¿verdad? —dijo. Le estrechó la mano y le hizo un gesto para que se sentara—. Le juro que es la única razón por la que acepté este puesto hace treinta años. Y siento mucho tener que despedirme de esta vista.

—¿Se retira?

—A final de mes —le confirmó—. ¿Va a ocupar usted mi puesto?

—Todavía no lo he decidido —admitió—. Hábleme de la oficina. He oído que tiene un rendimiento inferior a la media de la compañía.

Mitch asintió sin ofenderse por aquel comentario.

—Así es. Yo vine aquí como director, no como analista. Trabajan para mí muchos hombres y mujeres inteligentes y ambiciosos, pero la mayoría preferiría estar en Nueva York. Pocos son capaces de comprender que la mejor manera de llegar hasta allí es demostrar aquí lo que valen. Por lo que me han contado de usted, tengo entendido que sería capaz de formarles para elevar la capacidad de gestión de la sucursal.

—Me está diciendo que lo que hace falta aquí es una profesora —dijo, con el ceño fruncido.

¿De verdad quería preparar a un grupo de jóvenes ambiciosos para que pudieran terminar en Nueva York haciendo su trabajo? Aquella posibilidad le generó más dudas sobre si realmente aquel era el lugar adecuado para ella.

Justo en aquel momento, asomó la cabeza un hombre que no debía de tener más de veinticinco años.

—Siento interrumpir —dijo, al tiempo que saludaba a Abby con un gesto—. Mitch, tengo a Harry Fleming al teléfono. Está decidido a hacer una compra que para mí no tiene ningún sentido. ¿Puedes hablar con él?

Mitch miró entonces a Abby.

—¿Quiere atender esa llamada?

—Por supuesto —contestó Abby, y le hizo un gesto al agente—. Pero manténgase al teléfono con nosotros, ¿de acuerdo?

El joven asintió sorprendido y descolgó un segundo auricular del despacho mientras Abby hablaba con el cliente.

—Señor Fleming, soy Abby Winters. Pertenezco a la oficina de Nueva York. A lo mejor puedo ayudarle. ¿Por qué no me dice lo que está interesado en comprar y por qué? El agente que tenemos aquí parece tener ciertas reservas sobre la operación.

—Ese chico todavía está muy verde.

Abby advirtió que el joven se sonrojaba violentamente.

—No lo sé, señor, pero la mayor parte de nuestros agentes tienen unas credenciales intachables. Sin embargo, es posible que no haya comprendido exactamente cuáles son sus propósitos en esta operación.

El cliente mencionó el nombre de las acciones que quería vender. Abby hizo una mueca, porque sabía que eran acciones que ellos todavía estaban recomendando comprar. Después, su cliente le habló del stock que pretendía comprar con el dinero que obtuviera.

—Esas acciones todavía pueden subir mucho —le dijo el cliente en tono confidencial—. Las otras no tienen ningún futuro.

Abby miró al otro agente y le guiñó el ojo.

—Desde luego, tiene gran parte de razón, señor Fleming, pero ahora mismo está hablando con la analista que estudió ese paquete de acciones la semana pasada. Estuve analizando sus perspectivas, el flujo de efectivo y la media de beneficios respecto a su precio, y tengo que decirle que es muy probable que vaya a cometer un gran error. Quizá obtenga dinero a corto plazo, porque ahora mismo se están pagando bien esas acciones, pero a no ser que se deshaga rápidamente de ellas, perderá tanto dinero como ha ganado. Más incluso.

Su interlocutor recibió en silencio aquel comentario.

—¿Está segura? —preguntó al cabo de unos segundos.

—Yo lo consideraría una operación de alto riesgo —le dijo—.

Y estoy segura de que la preocupación del agente con el que acaba de hablar se debía a ello. No es una operación que podamos recomendarle ahora mismo. Por supuesto, es usted el que tiene que tomar la decisión. Ahora, si tiene dinero en efectivo y quiere especular con algunas compras, el caso sería completamente diferente, pero yo no cambiaría el otro paquete por este.

El cliente suspiró.

–Déjeme hablar con Dave otra vez –le dijo–. Y gracias por aclararme la situación. No sé por qué no lo ha hecho él.

–Creo que estaba intentando hacerlo, señor. Sencillamente, no ha sido tan claro como yo –respondió Abby–. Le paso de nuevo con Dave.

Se sentó y miró a Mitch Wallace a los ojos. Había habido algo en aquella llamada telefónica que le había hecho recordar que había personas a las que realmente les afectaban las decisiones que ella tomaba. Siempre lo había sabido, por supuesto, pero en un trabajo que le exigía concentrarse en los análisis de los informes de docenas de empresas diferentes, a veces perdía de vista el contacto humano.

Antes de que hubiera podido decir nada sobre lo ocurrido, Dave colgó el teléfono y la miró con auténtico respeto.

–Muchas gracias, creo que estaba a punto de retirar todas sus cuentas porque yo no era capaz de hacerle comprender mi punto de vista. Es una suerte que estuviera aquí justo en este momento.

Salió del despacho. Abby vio entonces que Mitch la estaba observando con atención.

–¿Entiende lo que quiero decir? Su presencia en esta oficina supondría una gran diferencia.

Abby asintió lentamente. A lo mejor podía hacerlo. Una parte de ella quería llamar inmediatamente a Nueva York y solicitar un tiempo de prueba, pero inmediatamente descartó la idea. Tenía que comprometerse, con aquel trabajo, con aquella gente, con Chesapeake Shores y con Trace. Sí, había llegado la hora de comprometerse.

***

Lo último que Trace pretendía era enamorarse otra vez de Abby. Y, por supuesto, no esperaba adorar a aquellos diablillos con un carácter tan fuerte como parecía señalar su pelo rubio rojizo. Bueno, por lo menos Carrie. Caitlyn era algo más prudente. Debía de haber heredado eso de su padre, porque no había conocido a ninguna otra mujer con más temperamento que Abby.

Y ya iba siendo hora, probablemente lo había sido hacía mucho, de dejar claras cuáles eran sus intenciones. Pensaba que ya habían llegado a cierto entendimiento en algunos aspectos, pero aquella vez lo quería todo: matrimonio, familia y un final feliz para su historia, y lo quería ya. Había comprado la casa con esa intención, pero precisamente aquella compra había supuesto un paso atrás en su relación. Tendría que recordar que las sorpresas podían ser una gran idea, pero que cuando eran sorpresas descomunales, el tiro podía salirle por la culata.

Salió del banco, se dirigió andando a su casa y contempló la Harley que había conducido desde que había salido del instituto. Sacudió la cabeza. Desde luego, no podía decirse que fuera un vehículo familiar. Sacó el teléfono móvil y llamó a su hermana.

–Necesito que me hagas un favor, ¿puedes llevarme a mi casa?

Todavía agradecida por el hecho de que hubiera intercedido ante su padre, Laila no perdió el tiempo con preguntas.

–Dame cinco minutos.

Pero cuando cinco minutos después, Trace le dijo a donde iba, no dejó de lanzar miradas especulativas en su dirección y al final perdió la paciencia.

–¿Vas a decírmelo o no?

–No –contestó él inmediatamente, riéndose al verla tan enfadada.

Laila aparcó en el concesionario de coches y siguió a su hermano mientras este caminaba directamente hacia un monovolumen. De pronto, comprendió lo que se proponía su hermano.

–Vas a pedirle a Abby que se case contigo, ¿verdad? Por eso quieres comprar un coche familiar.

–¿He dicho yo eso?

Laila le dio un codazo en las costillas.

–No hace falta que lo digas. No puede haber otra cosa por la que estés dispuesto a renunciar a la Harley.

–De acuerdo, lo has descubierto. Ahora dime qué te parece este –señaló el interior con admiración–. Tiene hasta un lector de DVDs para el asiento de atrás. Es increíble.

Laila le miró con ironía.

–Hace tiempo que los coches cuentan con accesorios que no tienen las motos. Ya es hora de que madures y los descubras.

Trace frunció el ceño ante aquella pulla.

–Esto no tiene nada que ver con el hecho de madurar. Jamás se me ha ocurrido tener un coche viviendo en Nueva York.

Laila agarró a su hermano del brazo.

–Supongo que tienes razón. ¿Estás seguro de que quieres comprar el primero que has visto?

Trace se encogió de hombros.

–Es un coche, funciona y me parece suficientemente seguro para las niñas.

Su hermana elevó los ojos al cielo.

–Eres un caso perdido. De acuerdo, si es ese el que quieres, vamos dentro a firmar los papeles. Pero tengo que decirte que el pobre vendedor va a sufrir una gran decepción al no poder desplegar todas sus técnicas de vendedor contigo.

Cuando estaban a medio camino del salón de ventas, salió el vendedor hacia ellos. Laila detuvo entonces a su hermano.

–No ofrezcas el precio que piden –le advirtió–. Es un timo. Déjame a mí.

Trace la miró divertido.

–Tú misma.

Para su más absoluto asombro, una hora después cruzaba el

solar con las llaves del vehículo en la mano, tras haber conseguido bajar de forma considerable su precio.

—¿Vas a ver hoy a Abby? —le preguntó Laila.

Trace asintió. De hecho, llevaba la sortija en el bolsillo, aunque algo le decía que lo del coche iba a impresionarle mucho más.

En vez de dirigirse directamente a la posada, Trace aparcó el coche en el camino de entrada a la casa que había comprado y después se dirigió andando hacia la posada. Encontró a Abby en su despacho, atendiendo el teléfono. Apenas alzó la mirada al oírle llegar.

Cuando por fin colgó tras una última llamada, le sonrió con cansancio. Trace se levantó y le tendió la mano.

—Necesitas un descanso. Ven a dar un paseo conmigo.

Para su sorpresa, Abby se levantó inmediatamente, tomó la mano que le ofrecía y salió con él a la terraza, para dirigirse desde allí hacia la playa.

—No podrá ser muy largo —le advirtió a Trace mientras caminaban por la arena—. El teléfono lleva sonando todo el día. Casi todas son llamadas de gente del pueblo que quiere reservar habitaciones para sus familiares.

—La posada es de Jess, de modo que el problema es suyo —contestó mientras recorrían el poco más de medio kilómetro que los separaba de su nueva casa.

Abby no parecía darse cuenta de que la estaba llevando hacia allí.

—Pero yo solo... —empezó a decir con el ceño fruncido.

—Estás intentando ayudarla, lo sé. Y también lo sabe ella, pero eso no significa que no me moleste. La posada ya está en funcionamiento. Ahora lo que tienes que hacer es traer a un contable y dejar que Jess se encargue de dirigirla.

—¿De verdad la crees capaz de llevarla ella sola?

—¿Tú no?

Abby vaciló un instante, pero después asintió.

—Sí, creo que ya está preparada para llevarla ella sola.

—Estupendo. En ese caso, misión cumplida y tú y yo ya podemos empezar a pensar en otras cosas, como, por ejemplo, en qué va a ser de nosotros a partir de ahora.

Abby le miró con los ojos entrecerrados.

—¿Acabas de admitir que me has mantenido aquí durante todo este tiempo con nefandas intenciones?

—¿Nefandas? —protestó Trace. No le gustaba nada cómo sonaba esa palabra—. Lo que quería era que me dieras otra oportunidad.

—Lo que querías era vengarte de mí —le corrigió, sonrió lentamente y le rodeó el cuello con los brazos—. Es curioso, pero al final, te ha salido el tiro por la culata.

Trace buscó sus labios.

—Es cierto, pero jamás me oirás quejarme —interrumpió el beso—. Ahora ven conmigo.

Abby miró entonces a su alrededor y se dio cuenta de dónde estaban.

—Esta es la casa que has comprado.

Trace la miró a los ojos.

—Nuestra casa, espero.

Subió con ella los escalones que conducían al jardín y rodeó con ella la casa para llegar al camino de la entrada.

—Y este es nuestro coche.

Abby se quedó boquiabierta.

—¿Has comprado un monovolumen?

—He pensado que las niñas no podrían ir en la parte de atrás de la Harley —le guiñó el ojo—. Pero espero poder seguir llevándote a ti de vez en cuando. Este coche solo es para demostrarte que puedo ser un padrastro responsable.

A los labios de Abby asomó una sonrisa.

—No lo he dudado en ningún momento.

Trace tomó aire y comenzó a lanzar el discurso que tantas veces había ensayado:

—Mira, no estoy seguro de si quieres quedarte aquí o no, pero esta casa es para nosotros. La construyó tu padre, así que creo que debería vivir en ella un O'Brien. Si decides que solo la vamos a usar en vacaciones o los fines de semana, por mí, estupendo. Lo único que me importa es que estemos los dos juntos.

—A mí también. Pero antes de que sigas enumerando todos los sacrificios que estás dispuesto a hacer para poder estar a mi lado, deberías saber que acabo de aceptar un nuevo puesto de trabajo.

Trace la miró sin entender.

—¿Un nuevo trabajo?

—Voy a dirigir las oficinas de Baltimore. El tráfico desde aquí es una pesadilla, así que es posible que terminemos comprando un apartamento allí, pero esta es nuestra casa, Trace. Y creo que llevaba mucho tiempo esperándonos.

Una enorme sonrisa iluminó el rostro de Trace.

—Ni siquiera has esperado a ver el anillo o a oír la propuesta de matrimonio. Quería pedirte que te casaras conmigo, y decirte que llevo más tiempo enamorado de ti del que soy capaz de recordar. Quiero casarme contigo y ser el padre de tus hijas, y quizá incluso tener un par de hijos contigo. Y por si acaso te preocupa, Carrie y Caitlyn lo aprueban. Ya les he pedido permiso, aunque no sé si son de todo conscientes de lo que hay en juego. También tu madre y Mick están de acuerdo. Con tus hermanos no he hablado todavía, pero intentaré ganármelos, porque sé lo importante que es para ti.

Para cuando terminó, Abby tenía los ojos llenos de lágrimas de felicidad.

—Muy bien, ahora ya me has propuesto matrimonio, y la respuesta es sí.

—¿Y la sortija? ¿No quieres verla?

—Claro que sí, pero solo por lo que significa.

Incapaz de creer todavía que por fin estaban juntos, tal y como tantas veces había soñado, Trace deslizó el solitario en su dedo.

—¿Has pensado ya cuándo quieres que nos casemos? —preguntó, tirando de ella para que se sentara a su lado en los escalones de la que sería su primera casa.

–Pronto.

–¿Y dónde?

–En la posada, por supuesto. Dejando de lado las perversas intenciones de un conocido banquero, gracias a ella estamos juntos otra vez. Además, no quiero arriesgarme a sufrir la cólera de Jess si decidimos casarnos en cualquier otra parte.

Trace se echó a reír.

–Te quiero, Abby O'Brien Winters.

–Y yo a ti, Trace Riley. Y creo que estoy empezando a darme cuenta de lo que vio Mick cuando planificó esta comunidad. Es el lugar perfecto para enamorarse y formar una familia. Creo que hay algo especial en el aire.

Trace inspiró con fuerza, pero el único aroma que pudo detectar fue el de las lilas. Y era curioso, pues todavía faltaban meses para que florecieran. A lo mejor de verdad había algo mágico en el aire.

UNA RAZÓN PARA AMAR

SHERRYL WOODS

Capítulo 1

Bree O'Brien hundió los dedos en la tierra rica y oscura y alzó la mano para poder aspirar su esencia. Aquello era real, no como el mundo de sombras en el que había estado luchando para hacerse un nombre durante los últimos seis años. La jardinería era algo que comprendía. A las plantas se las podía animar a crecer con agua, fertilizantes y cuidados, de una forma que era imposible aplicar a una producción teatral. Y un ramo de flores solo tenía que complacer a su destinatario, no a todo un público siempre dispuesto a criticar.

Había sentido un gran alivio cuando su hermana Abby la había llamado para anunciarle la inauguración de la Posada del Nido del Águila, propiedad desde hacía unos meses de su hermana Jess. Había sido la excusa perfecta para volar desde Chicago, donde su última obra de teatro había sido pasto de las críticas y había tenido que suspenderse una semana después del estreno. En aquellos seis años había conseguido una gran crítica en una de sus obras, dos éxitos de taquilla y una crítica desastrosa.

A otros dramaturgos les bastaría con haber disfrutado de un solo éxito teatral, aunque fuera lejos de Broadway, pero Bree siempre había aspirado a algo más. Esperaba poder estar a la altura de Neill Simon, Noel Coward... y, ¿por qué no? Hasta de Arthur Miller. Por supuesto, eso había sido después de su primer éxito, cuando estaba absolutamente orgullosa de sí misma. En aquel momento se sentía capaz de igualar la capacidad de Simon para medir los tiempos, el ingenio de Coward y las virtudes de Miller. Y había críticos que compartían aquella opinión.

Por eso había sido mucho más humillante que su segunda obra hubiera recibido críticas mucho menos entusiastas y solo hubiera durado un mes en cartel. La tercera obra había sido masacrada por los mismos críticos que habían cantado las alabanzas de la primera. E incluso habían comenzado a decir que la genialidad de su primera obra había sido algo casual. Más de uno había sugerido que a los veintisiete años ya estaba acabada.

Para Bree había supuesto un gran alivio que ningún miembro de su familia hubiera estado en el estreno de su última obra. Así no había habido testigos de su fracaso, ni de las críticas que había recibido. No hubiera soportado verlos intentando consolarla. Ya era suficientemente horrible que toda la compañía teatral hubiera sido testigo del momento más humillante de su carrera. Ninguno de los actores había sido capaz de mirarla a los ojos mientras el director, su pareja, por el amor de Dios, había leído las críticas que habían seguido a la noche del estreno, para terminar arrugándolas hasta convertirlas en una bola que había terminado en la papelera.

Esperaba poder recuperar la confianza en sí misma y sentarse de nuevo frente al ordenador para intentar escribir otra vez. Pero de momento estaba bien en Chesapeake Shores, en un lugar conocido, con una familia que se preocupaba por ella no porque supiera que su vida estaba hecha un desastre, sino porque la querían. Necesitaba estar con sus hermanas, bromear con su hermano Connor y sus amigos, y también abrazar a sus sobrinas, las gemelas de Abby.

Necesitaba volver a casa, volver a dormir en aquella habitación en la que escribía su diario o inventaba obras de teatro y cuentos por la mera satisfacción de hacerlo.

Y también necesitaba, aunque no lo admitiría delante de nadie, distanciarse del aclamado dramaturgo y director de teatro Martin Demming, el que fuera en un primer momento su mentor y que había terminado convertido en su amante. Sin embargo, últimamente la relación no funcionaba. A lo mejor ella era demasiado sensible a las críticas, pero había tenido la sensación de que Martin casi disfrutaba de su fracaso. Y eso era algo para lo que no estaba en absoluto preparada.

De manera que allí estaba, tres semanas después de la inauguración de la posada de Jess, arrodillada en el jardín de su abuela, quitando las malas hierbas y dejando que el sol bañara sus hombros desnudos. Por primera vez desde hacía meses, la tensión que se acumulaba en sus hombros parecía haber desaparecido. Estaba... buscó la palabra adecuada para definirlo, y descubrió que estaba satisfecha. Satisfecha consigo misma, incluso satisfecha con su vida, a pesar del último fracaso. Y no podía recordar la última vez que se había sentido así.

Ajena de momento a todas las advertencias sobre los peligros del sol y los constantes y enojosos consejos de Marty para que no arruinara su pálido cutis irlandés, alzó el rostro hacia el sol, dejando que borrara el dolor de cabeza que siempre le causaba pensar en la vida que había dejado tras de sí.

No había acabado de formular aquel pensamiento cuando se quedó paralizada. ¿La vida que había dejado atrás? ¿Se refería a toda ella? ¿A Chicago? ¿Al teatro? ¿A la escritura? ¿A Marty? ¿De verdad había dejado aquel mundo para siempre? ¿Habría sido capaz de cortar las raíces que le unían a un mundo que lo significaba todo para ella hacía solo unos meses? ¿Eso era lo que estaba haciendo allí, trabajando de rodillas en la tierra? ¿Había renunciado? ¿Quería esconderse para siempre? ¿O solo se estaba lamiendo las heridas antes de emprender de nuevo la batalla?

Porque eso era exactamente a lo que tendría que enfrentarse, comprendió Bree; a una batalla con demasiados enemigos potenciales: el productor, el director, los actores, la crítica y el público. Cada uno de ellos con su propio punto de vista sobre cómo debería ser su trabajo. Algunos días, todo parecía fluir en armonía. Pero en otras ocasiones, era una auténtica batalla emocional la que tenía que librar con cada una de sus palabras, con las escenas y las motivaciones para enfrentarse a aquellos que siempre parecían saber lo que era mejor.

Se sentó en el suelo y suspiró, pensando en cuánto le gustaría tener respuesta para sus preguntas.

—Has arrancado tres de mis flox —le advirtió su abuela con un deje de desaprobación en la voz, interrumpiendo sus sombríos pensamientos—. ¿Te importaría contarme lo que te pasa antes de destrozar el jardín que me he pasado años cultivando?

Bree miró a su abuela, que a su vez la observaba con los brazos en jarras, con el sombrero de paja, los pantalones rosas y una blusa a juego, y desvió después la mirada hacia las flores de color violeta que sobresalían en medio de las malas hierbas que había dejado a su izquierda. Al ver las flores, gimió desolada.

—Las he arrancado con las raíces. Volveré a plantarlas y echaré abono. Seguro que se recuperarán, abuela.

Su abuela le dirigió una mirada penetrante que sugería que sabía exactamente lo que le pasaba, pero esperaba que fuera ella la que abordara el tema.

—¿Y podemos decir lo mismo de ti? ¿Estás segura de que te recuperarás?

Bree desvió deliberadamente la mirada y volvió a concentrarse en las flores que había arrancado.

—Tengo muchas cosas en las que pensar —musitó, temiendo confirmar las sospechas de su abuela si decía algo más.

De todos los miembros de su familia, su abuela era la única que realmente la entendía, la única capaz de leer en su corazón cuando Bree guardaba silencio. Para su padre, e incluso para sus hermanos, todos ellos más extrovertidos que ella, Bree era casi siempre un enigma.

—Sí, y tus distracciones lo demuestran. Lo que necesitas es hablar con alguien, aligerar un poco tu carga. Si no quieres contarme lo que te pasa, podrías ir a la posada para almorzar con Jess, o llamar a Abby. Seguro que estará encantada de comer contigo en Baltimore. Así podrá enseñarte su despacho. Y puedes tener una conversación de corazón a corazón con ella.

—Jess está muy ocupada. No puede perder el tiempo escuchando mis lamentos y mis quejas. Y lo mismo digo de Abby. Ahora que Trace y ella están comprometidos y tiene que viajar a Baltimore prácticamente cada día, apenas le queda tiempo para ella misma y para las gemelas, así que tampoco necesita perder el tiempo conmigo.

–¡Tonterías! Cualquiera de ellas estaría encantada de dedicarte su tiempo, para eso son tus hermanas –respondió su abuela con impaciencia–. Para los O'Brien, la familia siempre es lo primero. Seguimos unidos pase lo que pase. ¿No te enseñé yo eso hace muchos años?

Desde luego, recordó Bree. Había sido una dura lección aprendida después de que su madre se hubiera marchado a Nueva York harta de los continuos viajes de trabajo de su padre y de la poca atención que prestaba a la familia. Había sido la abuela la que había mantenido unida al resto de la familia, y también la única que había intentado que hicieran las paces con Megan cuando iba a ver a sus hijos, la única que les había animado a mostrar una actitud abierta hacia su madre. Ninguno de ellos lo había conseguido. Eran demasiado jóvenes e implacables y la complejidad de la vida de sus padres se les escapaba.

Últimamente, Bree había notado que su padre estaba haciendo un serio esfuerzo para recuperar su relación con todos ellos. Mick O'Brien había renunciado a un proyecto en California para poder estar en la inauguración de la posada, aunque había vuelto a marcharse poco después. Incluso su madre había estado presente en el gran día, algo que había causado ciertos problemas, pero Bree tenía que admitir que le había gustado que toda la familia, exceptuando a su hermano Kevin, hubiera podido reunirse durante varios días. Kevin estaba de misión en Irak.

Los días que habían pasado juntos le habían hecho recordar la armonía de los viejos tiempos, antes de que la fama que su padre había alcanzado como arquitecto le hubiera llevado a viajar por todo el planeta. Y esa era precisamente la estabilidad que necesitaba Bree cuando había abandonado Chicago.

Podría haber contado a cualquiera de su familia lo que le había pasado y sabía que todos y cada uno de ellos habrían hecho todo lo posible para intentar animarla. Sí, lo sabía. Pero también era consciente de que todavía no estaba preparada para enfrentarse a su compasión, ni a las pragmáticas sugerencias que sin duda alguna Mick y Abby le habrían ofrecido.

De modo que era preferible aguantar en silencio, tomar en solitario las decisiones que tuviera que tomar y continuar con su vida, en vez de hundirse en la autocompasión o de ir a lamentarse con sus hermanas o con su abuela. Lo que necesitaba era paz y tranquilidad para encontrar su propio camino.

–A lo mejor las llamo más tarde –sugirió–. ¿Por qué no preparamos algo de almorzar? Podemos ir a comer a la playa –sintió de pronto una oleada de nostalgia–. ¿Te acuerdas de cuando nos preparabas comida para ir a la playa? Poníamos una manta en la arena y pasábamos la tarde jugando a la orilla del agua.

Su abuela la miró divertida.

–Supongo que no necesito recordarte que eras la primera en quejarte de que se te metía arena en los zapatos o de que picaba el sol.

Bree se echó a reír.

–Supongo que esa parte la he olvidado. De acuerdo, podemos comer en el porche. En el porche no hay arena y la brisa es muy agradable.

–La verdad es que no puedo –respondió su abuela, con una nota de disculpa en la voz–. Tengo una reunión en la iglesia –estudió el rostro de su nieta con preocupación y añadió–. Pero puedo cancelar la cita si prefieres que me quede a hablar contigo.

Bree todavía no estaba preparada para desnudar su alma ante nadie.

–No, vete. Estaré bien. A lo mejor me acerco al pueblo dando un paseo, hago algunas compras y almuerzo en la cafetería.

Su abuela asintió.

–Si decides almorzar en la cafetería, dale recuerdos a Sally y tráeme un cruasán de frambuesa. Así lo desayunaré mañana.

Bree fingió sorpresa.

–¿De verdad estás dispuesta a comer algo que no has hecho tú? ¿O acaso estás intentando averiguar la receta para poder superarlos?

—Cuando alguien tiene un don para algo, no me importa admitirlo. Los cruasanes de Sally se derriten en la boca. ¿Por qué voy a intentar mejorarlos?

—Creo que le voy a contar lo que has dicho –bromeó Bree–. Le encantará saber que la mejor repostera de Chesapeake Shores admira sus cruasanes.

Su abuela suspiró indignada.

—Jovencita, eso ya se lo he dicho yo. Nunca me ha costado reconocer los méritos de quien los merece. Y ahora volvamos contigo: intenta volver a casa con una sonrisa en el rostro. Me preocupa verte tan perdida.

Bree sabía que su abuela era capaz de adivinar sus estados de ánimo, pero no esperaba una descripción tan acertada. Estaba perdida. Saber que había una persona en su vida capaz de comprenderla y que siempre estaba dispuesta a escucharla y a ofrecerle consejo o cualquier cosa que pudiera necesitar, hizo que se le llenaran los ojos de lágrimas. Si no tenía cuidado, iba a comenzar a llorar allí mismo y su abuela terminaría averiguando todo lo que le pasaba.

De modo que forzó una sonrisa.

—Estoy intentando tomar algunas decisiones. No es nada de lo que tengas que preocuparte.

Aquellas palabras iban dirigidas tanto a su abuela como a sí misma. Sería demasiado fácil dejarse arrastrar por aquel sentimiento de amor y confianza ciega, arroparse en él y olvidar sus sueños. Chesapeake Shores sería el refugio perfecto.

Pero quizá ya iba siendo hora de revisar esos sueños y ver si continuaban siendo los suyos. Bree era tan tozuda como cualquiera de los O'Brien, pero no había que avergonzarse de querer cambiar de rumbo. De continuar viviendo y marcarse nuevas metas.

Lo único que le gustaría era tener la más remota idea de cuáles podían ser los nuevos sueños que le gustaría hacer realidad.

***

Mick O'Brien permanecía en una esquina de Nueva York con el teléfono en la mano, intentando reunir valor para llamar a la mujer con la que había compartido gran parte de su vida adulta. Era Megan, su ex esposa, por el amor de Dios. No tenía por qué ser tan difícil marcar su número de teléfono. Sin embargo, le bastaba con pensar en ello para que le sudaran las manos.

Perdiendo el valor, cerró el teléfono por tercera vez y giró sobre sus talones. Se metió en una cafetería de Upper East Side, situada a solo unas manzanas del apartamento de Megan, maldiciendo su cobardía e incluso el haber tomado la decisión de regresar a Nueva York después de tantos años.

Al ver a Megan en la inauguración de la posada se había desencadenado algo dentro de él. De pronto había recordado lo que era hacer el amor con ella, y que siempre se había sentido cincuenta centímetros más alto cuando ella le miraba. Todos los años de furia y resentimiento habían desaparecido en un abrir y cerrar de ojos cuando la había visto caminando por la playa hacia él, con una figura casi adolescente y su pelo azotado por la brisa.

Incluso habían llegado a compartir un raro momento de auténtica armonía cuando a él se le había ocurrido incluirla en el regalo que le había hecho a Jess para celebrar la apertura de la posada. Cuando le había dicho a su hija pequeña que aquel regalo extraordinariamente caro también era de su madre, la fría tensión que había entre ellas parecía haber disminuido. Saber que había contribuido a acortar la distancia entre madre e hija le había causado una satisfacción que no había sentido desde hacía años. Por lo menos hasta que había recibido por correo un cheque de Megan para pagar la mitad del regalo. Aquello le había enfurecido más allá de lo razonable.

Aunque Megan y él solo se habían visto unas cuantas veces en Chesapeake Shores, habían sido las suficientes como para que Mick fuera consciente del precio que había pagado por aferrarse a su estúpido orgullo. Porque había sido el orgullo el que años atrás le había impedido suplicarle a Megan que se quedara. En aquel momento, tras haber comprendido que quizá la vida le estuviera dando otra oportunidad, no iba a permitir que nada le impidiera alcanzar su objetivo.

Excepto quizá el miedo, pensó disgustado mientras daba un sorbo a su café con la mirada fija en el móvil que había dejado encima de la mesa.

Estaba tan ocupado examinando su estrategia que se sobresaltó como un adolescente asustado cuando sonó el teléfono.

—Hola —musitó avergonzado, aunque sabía que la persona que estaba al otro lado de la línea no podía saber lo idiota que se sentía.

—¿No la has visto todavía? —preguntó su madre.

Mick frunció el ceño. ¿Cómo era posible que Nell O'Brien supiera siempre lo que le pasaba? Había puesto un especial cuidado en mantener en secreto aquel viaje a Nueva York. No tenía sentido desatar todo tipo de especulaciones, o una tormenta de protestas, cuando no tenía la menor idea de cómo podían ir las cosas entre Megan y él.

Había decidido pasar por Nueva York tras haber asistido a sendas reuniones de trabajo en Seattle y Minneapolis, pensando que si hacía el ridículo, nadie tendría por qué enterarse. Pero allí estaba su madre, que, con esa intuición que le caracterizaba, sabía exactamente lo que estaba planeando.

—No sé de qué estás hablando —dijo a la defensiva, esperando que Nell solo estuviera tanteando el terreno.

—Estás en Nueva York porque quieres ver a Megan, ¿verdad? —respondió su madre con firmeza.

—¿De dónde has sacado esa idea?

Incluso mientras lo decía, podía imaginar a su madre elevando los ojos al cielo ante su respuesta. A Nell nunca le había gustado perder el tiempo con obviedades.

—En tu oficina me han dicho que te has ido a Nueva York en cuanto has acabado las reuniones que tenías en Minnesota. Y como no habías vuelto a poner un pie en esa ciudad desde que Megan se mudó allí, y desde la inauguración de la posada pareces tener la cabeza en otra parte, creo que no podía llegar a otra conclusión.

—Pues me temo que te has equivocado. No la he visto.

Nell respondió con una carcajada.

—Eso solo puede significar que estás muerto de miedo. Probablemente, ahora mismo estás sentado en un bar, intentando reunir valor para llamarla.

—No estoy en ningún bar —musitó. Que Dios le protegiera de una madre que siempre había sabido leer en su mente como si se tratara de un libro abierto—. Y no estoy asustado. ¿Me llamas para fastidiarme o querías decirme algo más?

—Quería contarte algo más, pero creo que de lo que deberíamos hablar en este momento es de si tienes la menor idea de lo que estás haciendo. Megan y tú lleváis años divorciados. Tu mujer te dejó porque no atendías a tu familia y ni siquiera sus continuas advertencias te hicieron cambiar. Sabes que te quiero, pero no creo que hayas cambiado en eso. Continúas pasando más tiempo fuera de casa que con tu familia.

—Por si no lo has notado, mi familia ahora mismo está bastante dispersa.

—Y por si no lo has notado tú, parecen estar regresando uno a uno —replicó Nell—. Pero tú continúas de proyecto en proyecto.

—A lo mejor ha llegado el momento de comenzar a bajar el ritmo —respondió.

—¿Retirarte? ¿Tú? —preguntó su madre en tono de incredulidad—. No me lo creo.

—No he hablado de retirarme —contestó irritado—. He dicho que quizá podría bajar el ritmo.

—¿Podrías? ¿Quizá? Me parece que deberías estar seguro antes de darle esperanzas a una mujer y después decepcionarla.

Consternado, Mick tuvo que admitir que su madre tenía razón. Por supuesto, jamás lo reconocería.

—Mira, tengo cosas que hacer. Dime ya por qué me has llamado.

Al parecer, su madre comprendió que su paciencia había llegado al límite, porque contestó directamente a su pregunta.

—Te llamo porque estoy preocupada por Bree —le aclaró.

—¿Por Bree? ¿Qué le pasa a Bree? —preguntó Mick sobresaltado.

—Hombres... —musitó Nell con desesperación—. Mick, es tu hija. ¿No te diste cuenta de lo callada que estaba? Y, por cierto, ¿no te has preguntado siquiera por qué lleva tanto tiempo aquí?

—Bree siempre ha sido muy callada —respondió, sinceramente sorprendido por las observaciones de su madre.

A su hija siempre le había encantado encerrarse a escribir en su habitación. De todos sus hijos, era la que le resultaba más difícil de comprender. Nunca había sido tan extrovertida como sus hermanos. Y tampoco había sufrido los altibajos de la adolescencia, o si los había padecido, los había canalizado escribiendo y había conseguido ocultárselos al resto de la familia.

—Esto es diferente —insistió su madre—. Y todavía no ha dicho una sola palabra sobre una posible vuelta a Chicago. Le ocurre algo, lo sé. Antes he intentado hablar con ella, pero insiste en decirme que está bien.

—A lo mejor lo está.

—No, no está bien. Y tú deberías dejar de preocuparte por el pasado y venir a tu casa para estar con tu hija.

—No —replicó inmediatamente—. Si Bree necesita a alguien, es a ti. Siempre la has comprendido mejor que yo. Vamos, mamá, sabes que tengo razón. Si tú no puedes conseguir que se abra, es imposible que lo haga yo.

—Bueno, pues esta vez creo que nos necesita a todos a su lado.

Mick frunció el ceño ante la seriedad de sus palabras.

—Mamá, ¿qué crees que le pasa exactamente? Si ese canalla le ha hecho algo... —se le quebró la voz.

Martin Demming nunca le había gustado. Por una parte, era demasiado mayor para su hija y por otra, le parecía un arrogante y un estúpido. Le había oído hacer demasiadas observaciones a Bree en un tono peligrosamente condescendiente. La última vez que había estado en Chicago, había necesitado hasta la última gota de su fuerza de voluntad para no decirle a ese hombre lo que pensaba. Lo único que le había hecho permanecer en silencio había sido la mirada herida de Bree. Le había dolido profundamente ver a su hija escuchar las humillantes tonterías de aquel tipo sin replicar.

Nell interrumpió sus pensamientos.

—No sé si tiene que ver con Martin Demming o con su trabajo. Y ahí es adonde quería llegar. Necesitamos descubrir lo que le pasa. ¿Cuándo piensas volver?

—Depende —contestó, pensando todavía en su intención de ver a Megan.

—¡Por el amor de Dios! —exclamó su madre con impaciencia—. O llamas a Megan en cuanto yo cuelgue, o tomas inmediatamente un avión y te plantas aquí. Te necesitamos en casa.

—Estaré allí mañana a primera hora —le prometió.

Diablos, si todo iba bien, a lo mejor hasta podía convencer a Megan para que le acompañara. Si Bree estaba pasando por una situación complicada, no le haría ningún daño tener a su madre cerca. De hecho, podía ser justo lo que necesitaba.

Suspiró mientras lo pensaba. ¿A quién pretendía engañar? Era él el que necesitaba ver a Megan de nuevo en casa. Siempre la había necesitado. Si una crisis con su hija mediana le daba la oportunidad de conseguirlo, no iba a ser tan orgulloso como para no aprovecharla. Ya tendría tiempo para arrepentirse de sus tácticas más adelante... pero solo en el caso de que no funcionaran.

La última mesa de la Cafetería de Sally tenía el cartel de reservado. Todos los días a las doce de la mañana, Jake Collins, Mack Franklin y Will Lincoln se sentaban en aquel reservado y pedían el almuerzo especial. Aquel día consistía en un cruasán de jamón y queso y ensalada de patatas, advirtió Jake mientras miraba la pizarra que había detrás del mostrador. Cuando llegó a su mesa, se detuvo en seco. No estaba seguro de qué le sorprendió más, si el hecho de que estuviera ocupada o el que la persona que tenía el rostro escondido en la carta fuera Bree O'Brien.

Tardó menos de medio segundo en advertir que tenía los hombros bronceados por el sol, llevaba un vestido de color turquesa que a él siempre le había encantado y parecía agotada.

Antes de poder asimilar completamente alguna de aquellas tres cosas, giró sobre sus talones, chocó directamente con Mack y pasó por su lado sin detenerse.

—¿Adónde vas? —le preguntó Mack.

—Voy a almorzar a Brady's —contestó Jake con urgencia mientras le dirigía a Mack una dura mirada con la que le estaba pidiendo que no le hiciera preguntas.

Mack le miró sin comprender.

—¿Y por qué?

—Porque me apetece un trozo de pastel de cangrejo y una cerveza —respondió Jake con impaciencia, abriéndose paso entre las tres mujeres que bloqueaban el pasillo.

No se detuvo a ver si Mack le seguía, sino que fue directamente hasta la calle y allí se paró para tomar aire. Maldita fuera, aquella mujer no debería seguir afectándole de esa manera después de seis años. Y lo había hecho sin mirarle siquiera a los ojos, sin abrir la boca. Era penoso. Lamentable. ¿Por qué tenía que importarle que tuviera aspecto de llevar más de una semana sin dormir?

—¿Os importaría decirme qué estáis haciendo los dos aquí? —preguntó Will cuando apareció por la acera.

Se aflojó el nudo de la corbata, que resaltaba sobre la camisa de un blanco inmaculado. Era evidente que estaba deseando entrar en la cafetería y disfrutar del aire acondicionado.

—No tengo la menor idea —respondió Mack, encogiéndose de hombros—. Al parecer, a Jake le han entrado de pronto ganas de pastel de cangrejo.

Cuando Jake miró a Will a los ojos, distinguió inmediatamente en ellos un brillo de diversión. Ese era el problema de conservar los amigos que uno tenía desde el colegio. Ninguno de ellos era capaz de ocultar un secreto a los demás. Will, doctor en Psicología, era perfectamente capaz de averiguar el motivo del repentino cambio de humor de su amigo.

Will suspiró.

—Me preguntaba cuánto tardaría en enterarse de que Bree estaba aquí.

Mack se mostró momentáneamente sorprendido y después asintió.

—Al parecer, acaba de enterarse.

—Ha tardado más de lo que esperaba —respondió Will.

Jake se quedó mirándolos de hito en hito.

—¿Sabíais que Bree estaba aquí y no me lo habíais dicho?

—Sí, lo había oído —admitió Will.

—Yo también —se sumó Mack. Parecía arrepentido—. Pensábamos que se marcharía antes de que pudieras verla.

—¿Qué aspecto tenía? —preguntó Will, mirando a Mack, en vez de a Jake.

Mack se encogió de hombros.

—No lo sé, Jake me bloqueaba la vista.

—Bueno, supongo que es mejor que Jake la haya visto. Es algo que tenía que ocurrir antes o después.

—Por supuesto. Al fin y al cabo, su familia vive aquí —añadió Mack—. En algún momento tendría que volver.

—¿Os importaría dejar de hablar como si yo no estuviera? Esto no tiene nada que ver con Bree O'Brien. De pronto me han entrado ganas de comer un sándwich de cangrejo, eso es todo.

—Por lo que yo sé, Sally los hace excelentes —observó Will, haciendo así patente su mentira.

—De hecho, no hay ninguna cafetería por aquí en la que no los hagan —se mostró de acuerdo Mack.

Jake comenzaba a cansarse de que se estuvieran divirtiendo a sus expensas.

—Basta, dejadlo. Solo se me ha ocurrido pensar que podríamos almorzar en un sitio diferente. Nos estamos anquilosando.

—¿Y te has dado cuenta hace cinco minutos? —preguntó Will con tono escéptico—. Llevamos cinco años viniendo aquí a comer.

—Seis —musitó Jake—, seis años.

Habían comenzado a almorzar los tres juntos justo un día

después de que Bree se marchara de Chesapeake Shores. Había sido idea de Will y Mack, en un intento de animar a su amigo, a pesar de que no estaban del todo seguros de lo que había ocurrido entre Jake y Bree. Estaban separados, eso era lo único que sabían los dos amigos, y también que Jake estaba herido. Y eso era lo único que realmente importaba.

Sus amigos le habían apoyado como solo ellos sabían hacerlo, salían con él e intentaban mantenerle distraído, sin mencionar nunca la fuente de su tristeza, a no ser que él sacara el tema. Cosa que, por supuesto, Jake apenas hacía. Aquella era una de las pocas veces en las que el nombre de Bree había asomado a sus labios.

Eran tres buenos amigos, tres solteros felices. Will y Mack habían seguido sacando a Jake con regularidad y habían intentado despertar su interés por otras mujeres. Pero lo más habitual era que fueran ellos los que consideraran a alguna de ellas atractiva y se fueran con ella mientras Jake regresaba a una cama vacía para entregarse a sus sombríos pensamientos. Al final, había terminado acostumbrándose a la soledad. Era penoso, de acuerdo, pero era su vida.

Conservaba el recuerdo del dolor provocado por la marcha de Bree y no estaba dispuesto a volver a pasar por nada parecido, aunque eso significara que iba a tener que pasar el resto de sus días viviendo como un ermitaño, como su hermana, Connie, se encargaba de recordarle con regularidad.

–A lo mejor es una buena señal –comentó Will con expresión pensativa–. Es posible que por fin quiera olvidarse de todo lo ocurrido.

–Es posible –se mostró de acuerdo Mack.

Los dos hombres intercambiaron una mirada y se volvieron hacia el monovolumen de Mack, que estaba más cerca que el lujoso deportivo de Will y que la furgoneta de Jake.

–Vamos al Brady's –dijo Mack pasando el brazo por los hombros de su amigo–. A lo mejor allí conseguimos hacerte entrar en razón.

Capítulo 2

Bree oyó algo parecido a un suspiro colectivo y alzó la mirada. Descubrió entonces que se había convertido en el blanco de las miradas del resto de los clientes de la cafetería. Y también que Sally la observaba con una expresión de extraña desaprobación.

–¿Qué ocurre? –preguntó Bree.
–¿No le has visto? –preguntó a su vez Sally.
–¿Que si no he visto a quién?
–A Jake.

Bree se sintió como si alguien acabara de darle un puñetazo en el estómago.

–¿Jake ha estado aquí?
–Hace un par de segundos. Y en cuanto te ha visto, ha salido disparado hacia la puerta. Llevándose con él a dos de mis mejores clientes, por cierto.

–Oh, Dios mío. No tenía ni idea. Yo pensaba... –se le quebró la voz.

No tenía la menor idea de lo que pensaba. Durante seis años, había intentado no pensar jamás en Jake. Normalmente, cuando pensaba en él era porque tenía las defensas bajas y estaba particularmente vulnerable. Eso le hacía sentirse culpable, a pesar de saber que ella no había hecho nada malo. Pero en cuanto aquel pensamiento cruzó su mente, esbozó una mueca ante tamaña mentira. Si quería ser sincera consigo misma, tenía que reconocer que había hecho muchas cosas mal.

Alzó la mirada hacia Sally e intentó recuperar la compostura.

—Yo... eh ... —parecía incapaz de pensar con cordura. La mera mención de Jake le había hecho olvidarse de lo que pensaba pedir—. ¿Puedo esperar otro minuto? En cualquier caso, pida lo que pida me lo llevaré a casa, así que no tendré ocupada esta mesa. Solo necesito un par de minutos más, ¿de acuerdo?

Sally asintió con expresión más compasiva.

—De acuerdo. Volveré en un par de minutos.

Pero cuando Sally se fue, en vez de volver a mirar la carta, Bree volvió a pensar en Jake y en su trágica separación.

Por supuesto, lo que había ocurrido había sido terrible: había perdido un bebé, un bebé de cuya existencia solo estaba enterado Jake. Aquella pérdida debería haberles unido. Muchas parejas se consolidaban después de una pérdida como aquella. Pero Bree había decidido interpretar lo ocurrido como una señal de que no estaban hechos el uno para el otro. Había utilizado aquel aborto como una excusa para escapar a Chicago y perseguir un futuro que solo unos días antes parecía habérsele escapado de las manos.

La reacción de Jake había sido exactamente la contraria. Entusiasmado por aquel embarazo inesperado, había comenzado a hablar de boda, de formar una familia, de forjar un futuro. Pero por mucho que le amara y esperara poder compartir su vida con él, en vez de compartir su alegría, Bree se había sentido abatida y, peor aún, atrapada.

Y entonces, casi antes de que hubiera tenido tiempo de hacerse a la idea de que estaba embarazada, había perdido el niño y, que el cielo la perdonara, se había sentido libre. Había decidido marcharse a Chicago y al trabajo que allí la esperaba sin mirar atrás, dejando a Jake llorar en soledad no solo la pérdida de su hijo, sino también la de su pareja y la de todos los sueños que junto a ella había tejido.

Por supuesto, al principio se habían fingido interesados en mantener el contacto, e incluso de vez en cuando hablaban sobre el futuro, pero muy pronto le había quedado claro a Bree que su relación había terminado. Durante semanas, había estado intentando pensar en la mejor manera de decírselo a Jake.

Al final, había podido descubrirlo por sí mismo tras presentarse un día en Chicago y encontrarla en su diminuto apartamento con Marty. No les había sorprendido haciendo nada especial, pero era obvio que había descubierto la química que había entre Bree y aquel famoso dramaturgo. Irónicamente, lo había sabido antes de que la propia Bree admitiera que estaba enamorada de aquel hombre tan carismático y mucho mayor que ella.

Aquella había sido la excusa que Jake había utilizado para abandonarla. Y, una vez más, a pesar del dolor y la culpa que durante todo aquel tiempo había experimentado, lo único que Bree había sentido había sido el alivio de no haber sido ella la que pusiera fin a su relación. Incluso había llegado a convencerse de que en realidad, al permitir que Jake rompiera con ella le había hecho un favor. Para una mujer que se enorgullecía de conocer la naturaleza humana, aquella reacción era casi decepcionante. Sabía que se había comportado como una cobarde.

Había tratado terriblemente a Jake, pero hasta entonces no había sido capaz de admitirlo. Jake era un hombre maravilloso, atractivo y sorprendente, y su relación podría haber funcionado, pero la verdad era que para Bree había supuesto un inmenso alivio no tener que averiguarlo. En el fondo, sabía que si no hubiera tenido la oportunidad de comprobar si podía llegar a ser una gran dramaturga, habría terminado resentida con él. Necesitaba aprovechar aquella oportunidad de trabajar en un teatro regional, de tener a un hombre de la categoría de Martin Demming como mentor. Aquel había sido su sueño desde la primera vez que había visto una obra de teatro.

Sally volvió a su mesa, interrumpiendo de nuevo sus pensamientos.

–¿Ya has decidido lo que quieres?

–El menú del día –contestó, aunque no tenía la menor idea de lo que era.

Y en realidad, no importaba. Había perdido completamente el apetito.

Sally tomó nota y vaciló un instante antes de decir:

–Mira, a lo mejor no debería decir esto porque no tengo la menor idea de lo que pasó entre Jake y tú, pero deberías saber que Will, Mack y él vienen todos los días a almorzar a las doce en punto y se sientan en esa misma mesa.

Eran palabras aparentemente inocentes, pero el tono dejaba clara su intención. Era una advertencia de la habitualmente diplomática Sally.

–Y tú no quieres que dejen de venir –concluyó Bree–. Lo comprendo. Haré todo lo que pueda para no cruzarme con ellos. Probablemente, me vaya pronto del pueblo.

Pero mientras lo decía, sintió regresar la tensión a sus hombros. Aquello debería indicarle algo, pensó. Se levantó de la mesa, consciente de que el resto de los clientes la seguía con la mirada: probablemente todos ellos eran amigos de Jake, personas que la odiaban tanto como él. Fue a retirar la comida al mostrador, pagó y salió de la cafetería.

Decidió comer en un parque, enfrente del mar. Mientras las águilas pescadoras volaban sobre su cabeza, sacó el sándwich y repartió el pan entre las gaviotas que la miraban expectantes.

«¿Y ahora qué?», se preguntó. El estómago se le revolvía al pensar si debía o era preferible marcharse. Si se quedaba, una posibilidad que solo estaba empezando a considerar, tendría que enfrentarse a muchos problemas. Aquello no era como Chicago, donde jamás tendría que haberse vuelto a cruzar con Jake si no hubiera querido. Allí, en Chesapeake Shores, tenían muchas probabilidades de encontrarse. ¿Y cómo podía volver e irrumpir de nuevo en su vida después de lo que le había hecho? Si Jake se había marchado de la cafetería sin saludarla siquiera, era obvio que todavía la odiaba. Y lo peor de todo era que no podía culparle por ello. Lo que le había hecho había sido muy cruel.

Cuando pensaba en ello, le sobrecogía el sentimiento de culpa. ¿Cómo iba a quedarse allí, cuando estaba tan claro que Jake no era el único que la juzgaba? Había sentido aquellas miradas acusadoras en la cafetería y todavía le escocía la desaprobación de Sally. Era poco probable que ninguno de ellos supiera lo que había pasado, y aun así, habían tomado partido: estaban del lado de Jake. Al fin y al cabo, había sido él el abandonado. Bree podía ser una O'Brien, con todo lo que eso significaba en aquel lugar, pero se había marchado. Ya no era uno de ellos.

Pero, por otra parte, ¿cómo iba a permitir que algo que había ocurrido tantos años atrás le impidiera encontrar la paz y la tranquilidad? Durante las últimas tres semanas, había ido creciendo en ella la sensación de que pertenecía a aquel lugar. Todavía no había averiguado lo que quería hacer con su vida, pero cuando pensaba en quedarse, sentía una serenidad que durante mucho tiempo le había resultado inalcanzable.

–Quiero volver a casa para siempre. Quiero quedarme en Chesapeake Shores –dijo en voz alta, mientras las gaviotas continuaban mirándola, esperando nuevas sobras.

Aquellas palabras le sonaron bien, convincentes. Sorprendentes.

Al igual que Abby y el resto de sus hermanos, Bree había estado demasiado ansiosa por dejar el lugar que había absorbido tanto tiempo de su padre; después de construir aquel lugar, su vertiginosa carrera de urbanista y arquitecto le había alejado de ellos. Sin embargo, con el tiempo, parecía preparada para regresar. La decisión que apenas acababa de tomar, le parecía la correcta.

Excepto si pensaba en el impacto que tendría en Jake. De modo que si de verdad decidía quedarse, tendría que encontrar la manera de convivir con un hombre al que había roto el corazón. Desgraciadamente, si tenía en cuenta lo que había pasado aquel día, seguramente Jake no iba a ponerle las cosas fáciles.

–A lo mejor no tiene por qué ser fácil –musitó.

Un par de turistas la miró con curiosidad y Bree sonrió con ironía. Debía tener una pinta horrorosa sin maquillar y con el pelo al viento. Si fuera uno de los personajes de sus propias obras, seguramente se escondería toda una historia detrás de aquella escena.

De hecho, se escondía toda una historia detrás, se dijo. Lo

que no podía predecir para la versión real de la obra era si tendría un final feliz o acabaría en tragedia.

El sándwich de cangrejo no le había sentado nada bien. La cerveza se había convertido en dos antes de que volviera al trabajo. Pensaba pasar la tarde encerrado en la oficina del vivero, poniendo la documentación al día. Por mucho que odiara aquella faceta de su trabajo, por lo menos le obligaba a concentrarse y eso significaba que su mente no podría vagar constantemente hacia Bree, como había estado haciendo durante todo el almuerzo, a pesar de los notables esfuerzos de Will y de Mack por hablar de cualquier otra cosa.

Habían agotado el tema del béisbol, y también el de la temporada de fútbol de los Ravens; habían hablado de política e incluso el habitualmente animado recitado de Mack sobre sus conquistas había fracasado. De hecho, aquel último tema estaba demasiado cerca del tema de Bree, que los tres evitaban mencionar, así que al final Jake había decidido poner fin al almuerzo con la excusa de que aquella tarde tenía mucho trabajo.

Mientras se dirigía al escritorio, le dio una patada a la papelera y después tiró una pila de catálogos de semillas al suelo. Pero fue cuando lanzó una silla contra la pared cuando su hermana entró corriendo en la habitación.

—¿Qué demonios está pasando? —preguntó Connie, agachando la cabeza para esquivar una lata vacía de refresco que volaba en su dirección.

—Si fueras una persona sensata, saldrías inmediatamente de aquí —gruñó Jake.

Estaba de espaldas a ella y con la mirada fija en la ventana, en las filas de árboles y arbustos que en aquel momento estaban examinando una pareja de ancianos con uno de sus mejores vendedores. Reconoció inmediatamente a los Whitcomb. Había trabajado para ellos, cortándoles el césped del jardín, cuando era adolescente. Últimamente le habían preguntado por la posibilidad de plantar unos árboles de Júpiter en su jardín. Aquellos árboles, que florecían al final del verano, estaban en aquel momento en todo su colorido esplendor. Molly Whitcomb se había encaprichado de uno morado oscuro mientras que a Walter le gustaba el más tradicional, con la flor de color rosa. Jake se preguntó estúpidamente quién estaría ganando la batalla.

Oyó que la puerta del despacho se cerraba y se volvió, esperando haberse quedado a solas, pero descubrió a su hermana esperando en la silla que había frente a su escritorio con expresión de infinita paciencia.

—Así que no eres una mujer mínimamente sensata —comentó divertido, a pesar de su mal humor.

—Sí, eso es lo que tengo entendido —contestó su hermana—. Pero por lo menos yo no huyo de los problemas, como aparentemente haces tú.

—¿Qué demonios significa eso? —estalló Jake.

—Estoy hablando de Bree. Por lo visto, te ha bastado verla para salir corriendo de la Cafetería de Sally. ¿Te suena?

Jake la miró con el ceño fruncido.

—¿Dónde te has enterado de eso?

Su hermana elevó los ojos al cielo.

—Por favor, Jake, ¿de verdad pensabas que la noticia no iba a correr por todo el pueblo en menos de cinco minutos? Para eso sirven los teléfonos móviles, hermanito. Los cotilleos viajan a la velocidad de la luz en este pueblo.

—Pues es una pena.

—Entonces, ¿no quieres hablar sobre ello?

—No.

Connie se encogió de hombros.

—Supongo que es normal. No has querido hablar de ello en estos seis años. De todas formas, creo que te habrías olvidado mucho más fácilmente de Bree si hubieras sido capaz de despotricar a los cuatro vientos y contarle a todo el mundo lo que pensabas de ella.

—Ya me he olvidado de Bree —insistió—. Y lo que pensaba de ella no tenía por qué decírselo a nadie. Rompí con ella, ¿recuerdas?

Connie le miró con aquella compasión que provocaba en Jake ganas de ponerse a romper cosas.

—Es posible que fueras tú el que hablara de ruptura, pero ella te había roto el corazón mucho antes de eso. No intentes negarlo. Yo estaba allí. Vi cómo te dejó al marcharse a Chicago. Y algo me dice que detrás de todo aquello había mucho más de lo que has admitido nunca.

—Te he dicho que no quiero hablar de ello —le recordó con fiereza—. Lo digo en serio, Connie. No pienso hablar de Bree. Y si vuelves a pronunciar su nombre, te echaré de aquí.

—No, no lo harás —contestó su hermana sin perder la calma—. Pero de momento, dejaré el tema. O por lo menos lo haré en cuanto hayas contestado a una pregunta. ¿Qué piensas hacer si al final resulta que ha vuelto para quedarse?

—Bree es una dramaturga de éxito en Chicago. No va a quedarse aquí, así que esa pregunta no tiene ningún sentido.

—Solo quería saber qué pasaría si...

Jake la interrumpió con dureza.

—Déjalo ya, Connie, lo digo en serio.

Su hermana suspiró.

—Lo dejaré de momento. ¿Vas a venir esta noche a cenar?

Desde que su hermana se había divorciado cinco años atrás, normalmente cenaba con ella y con su sobrina de diecisiete años un par de veces o tres a la semana. Y no le venía nada mal, porque su hermana era mucho mejor cocinera que él. Además, normalmente disfrutaba de su compañía. Pero aquella noche, estando todavía tan reciente la conversación sobre Bree, prefería mantenerse alejado de ella. Entre otras cosas, porque si su hermana podía ser agobiante, su sobrina era incluso peor. Jenny Louise pensaba que la vida amorosa de su tío era penosa y parecía haberse propuesto recordárselo con cierta regularidad. Si por casualidad se había enterado de lo que había pasado en la cafetería, estaría insoportable.

—No —le contestó a Connie.

—Voy a preparar tu plato favorito. Carne asada, puré de patatas y judías verdes.

Jake casi se arrepintió de haber rechazado la invitación. No solo era su plato favorito, sino que nadie lo preparaba mejor que su hermana. Utilizaba la receta de su madre y la completaba con una salsa de carne con champiñones. Desgraciadamente, sabía que la cena iría acompañada de los consejos de su hermana y los comentarios de su sobrina.

—No, gracias —repitió.

Connie le miró durante lo que a él le pareció una eternidad y entonces asintió.

—De acuerdo, en ese caso, te guardaré tu parte y te la traeré mañana. Podrás cenarla mañana por la noche.

—Eso no lo voy a rechazar —rodeó el escritorio y le dio un beso en la frente—. Gracias, hermanita.

—Traeré suficiente para dos —añadió su hermana, con expresión de inocencia—. Por si acaso quieres compartirla con alguien.

Jake frunció el ceño.

—No me hablo con Bree, así que no voy a invitarla a cenar.

Al rostro de Connie asomó una sonrisa de inmensa satisfacción.

—¿He dicho yo algo de Bree? —y contestó ella a su propia pregunta—. Por supuesto que no. Pero el hecho de que te hayas referido inmediatamente a ella es suficientemente elocuente, no solo en lo que se refiere a tu obsesión por ella, sino a la ausencia de cualquier otra mujer en tu vida.

Y tras haber hecho aquel comentario, salió, aparentemente muy satisfecha de sí misma. Jake le habría lanzado algo con gusto, pero imaginaba que su hermana pensaría que esa era una prueba más de que tenía razón. Y, por mucho que le fastidiara, sabía que Connie no se equivocaba.

En una esquina, a pocas manzanas del apartamento de Megan, había una cafetería en la que vendían toda suerte de exquisiteces. Megan solía dejarse caer por allí al volver a casa después del trabajo, cuando no le resultaba apetecible la perspectiva de enfrentarse a un apartamento vacío. Con Abby y las gemelas viviendo en Chesapeake Shores en vez de a una docena de manzanas en Nueva York, se sentía más sola de lo que le habría gustado.

Estaba ya casi en la puerta del establecimiento cuando al mirar por el escaparate vio a Mick sentado a una de las mesas, tomándose un café. La impresión la dejó paralizada. El corazón le dio un vuelco en el pecho, imitando lo ocurrido la primera vez que había visto a aquel hombre treinta y cinco años atrás. ¿Cómo era posible sentir tanta emoción después de tantos años, y, sobre todo, después de un amargo divorcio y quince años de separación?

Cuando había sentido el ligero tirón del afecto, sí, de acuerdo, algo más que un tirón, unas semanas atrás, lo había atribuido al hecho de haber regresado a Chesapeake Shores y estar rodeada de toda su familia. Pero aquel día, allí en Nueva York, donde había sabido labrarse una nueva vida, la intensidad de aquel sentimiento la había pillado completamente desprevenida. Y también le parecía mucho más preocupante. Nunca había intentado negar que continuaba amando a Mick. Pero también sabía que era absurdo considerar la posibilidad de volver con él. Por mucho que Abby pensara lo contrario, Mick no había cambiado lo suficiente.

Estaba debatiéndose entre quedarse o marcharse cuando su exmarido alzó la mirada y la vio. Asomó una sonrisa a su rostro y en ese mismo instante, Megan supo que estaba perdida. Nadie la había mirado nunca como lo hacía Mick, como si de pronto hubiera salido el sol solo por ella.

Le saludó tímidamente con la mano y entró. Tomó aire intentando tranquilizarse y se preparó para enfrentarse a él sin perder el control ni de las emociones ni de la situación. Era una mujer inteligente y sensata. No tenía por qué resultarle difícil.

Siempre caballeroso, Mick se levantó en cuanto Megan se acercó. Le rozó la mejilla con un beso, pero casi inmediatamente se apartó. Parecía un adolescente avergonzado al ser pillado dando un beso a una de sus compañeras.

–Lo siento –musitó mientras se sentaba enfrente de ella.

Megan lo miró divertida.

—No pasa nada, Mick. No tiene nada de malo darle a tu ex esposa un inocente beso en la mejilla. Y ahora dime, de todas las cafeterías que hay en Nueva York, ¿qué te ha hecho terminar en la única que hay en mi barrio?

Mick señaló el teléfono móvil que había dejado en medio de la mesa.

—Iba a llamarte y he pensado que podríamos cenar juntos si no tienes otros planes.

Así que había ido a verla, pensó Megan, sin estar muy segura de si le complacía o le aterraba.

Mick la miró con impaciencia ante su largo silencio.

—¿Tienes otros planes?

Megan sacudió la cabeza, decidida a no ponérselo fácil, o quizá intentando decidir si sería una medida inteligente pasar más tiempo a su lado.

Evidentemente, Mick era consciente de lo que le estaba pasando por la cabeza, porque preguntó con exagerada paciencia:

—¿Entonces cenarás conmigo?

Como de todas maneras pensaba cenar allí, Megan terminó asintiendo.

—Sí, claro. Podemos tomar algo aquí.

Mick miró a su alrededor, a aquellos ruidosos clientes y la legión de camareros y camareras que se movían por el establecimiento.

—¿Aquí? Estaba pensando en algo diferente. No sé, un poco más clásico que esto.

—Como aquí muchas veces. La comida es buena, y además, así no tenemos que movernos.

Lo último que quería era encontrarse junto a su exmarido en un restaurante romántico, disfrutando de una botella de buen vino y una comida todavía mejor a la luz de las velas. Esa era la clase de lugar en el que un hombre intentaba cortejar a una mujer. Y ella preferiría un lugar más tranquilo y seguro. De esa forma podría fingir que aquel solo era un encuentro entre dos conocidos.

Dos conocidos que, casualmente, tenían cinco hijos en común, se corrigió con ironía.

Mick se encogió de hombros.

—Como quieras —le hizo un gesto al camarero, un hombre mayor que le dirigió a Megan una sonrisa radiante.

—¿Lo de todos los lunes? —preguntó con una familiaridad a la que Megan ya estaba acostumbrada—. Té frío, carne y patatas con perejil.

—Me parece perfecto, Joe. ¿Cómo está tu esposa?

—Bien, como siempre. Gracias por preguntar.

—¿Y Mary? ¿Consiguió aprobar el examen?

El hombre sonrió radiante.

—Y con un sobresaliente.

Megan se volvió entonces hacia Mick, que escuchaba aquel intercambio con evidente sorpresa.

—La nieta de Joe está estudiando Medicina en la Universidad de Columbia.

—¡Enhorabuena! —dijo Mick—. Eso tiene un gran mérito.

—Es la más inteligente de la familia —dijo Joe—. Y hora, dígame lo que va a tomar usted.

Mick no se molestó en leer la carta.

—Tomaré lo mismo que ella, y un café.

Joe asintió y se marchó.

—Ese hombre no me ha dicho nada después de tomarme nota —protestó—. Y tú le has hecho hablar como una cotorra.

Megan se echó a reír.

—Vengo mucho por aquí. Joe me trata como si fuera parte de su familia.

—Así que incluso en una ciudad tan inhóspita como Nueva York has conseguido rodearte de un ambiente familiar.

—Me costó trabajo —admitió—. Al principio estaba demasiado intimidada como para hablar con nadie, excepto con la gente con la que trabajaba y con Abby cuando vino a vivir aquí. Pero con el tiempo descubrí que basta con hacer unas cuantas preguntas y demostrar interés en los demás para que se comporten exactamente igual que como lo harían en Chesapeake Shores.

Joe volvió, le sirvió un café a Mick y un té frío a Megan y desapareció discretamente tras guiñarle el ojo a Megan, sugiriendo que al día siguiente tendría unas cuantas preguntas que hacerle sobre el hombre con el que estaba sentada.

Como Megan también quería respuestas para sí misma, y no solo para estar preparada para el interrogatorio de Joe, miró a Mick a los ojos.

—Todavía no me has dicho qué estás haciendo en Nueva York. ¿Has venido en viaje de negocios?

Mick sacudió la cabeza. Parecía incómodo para ser un hombre que siempre se había enorgullecido de la confianza que tenía en sí mismo.

—He pasado esta semana en Seattle y en Minneapolis, en un viaje de negocios. He decidido desviarme ligeramente antes de volver a casa.

—Nunca te ha gustado Nueva York.

De hecho, ese era uno de los motivos por los que Megan había elegido aquella ciudad después de su divorcio. Quería estar en un lugar del que no guardaran recuerdos compartidos y era poco probable que Mick apareciera por allí.

—Y sigue sin gustarme, pero tú estás aquí.

Megan tragó saliva al ver el brillo que iluminaba sus ojos. Aquel simple comentario encerraba muchos significados.

—Mick, no.

Mick le sostuvo la mirada.

—¿No qué? ¿No quieres que sea sincero contigo?

—No me digas cosas como esa. Tú y yo ya tuvimos una oportunidad. Es mejor que lo asimilemos.

—No creo que sea capaz de hacerlo.

—Claro que eres capaz de hacerlo. Hemos pasado años sin vernos. Ni siquiera nos veíamos cuando iba a casa a ver a los niños. Y no hay ningún motivo para que eso tenga que cambiar.

Una vez más, Mick volvió a mirarla a los ojos.

—Creo que sí lo hay, Megan. Las chispas continúan existiendo, Meggie. El hecho de que yo haya sido un estúpido no quiere decir que hayan desaparecido.

Megan alargó la mano hacia un sobrecito de edulcorante, no porque lo necesitara, sino por tener algo que hacer. Pero cuando lo abrió, el polvo salió disparado hacia todas partes. Megan tendría que haberlo limpiado, pero Mick le cubrió la mano.

—No —le dijo—, déjalo.

Le hizo una seña a Joe, que apareció al instante con un trapo húmedo y una mirada interrogante. Megan forzó una sonrisa.

—Gracias, parece que estoy especialmente torpe esta noche.

—No se preocupe —contestó Joe. Miró a otro camarero que se dirigía hacia allí—. Ya viene la cena. Si necesitan cualquier otra cosa, díganmelo.

—Gracias —respondió Mick.

En cuanto Joe y el otro camarero se marcharon, Mick dejó su plato a un lado y se volvió hacia ella.

—¿Te molesta que haya venido?

Megan pensó en aquella pregunta. Pensó muy seriamente en ella.

—No, no es eso exactamente. Quiero decir... Estás en mi terreno, así que, en ese sentido, debería ser fácil, pero no dejas de decir cosas que no termino de comprender. No sé lo que quieres.

—Otra oportunidad —se limitó a decir Mick. Antes de que Megan hubiera podido expresar su desconcierto, añadió—: No ahora mismo, pero sí pronto. Quiero que vayamos poco a poco, ¿sabes? Quizá lo primero sea una cena, como esta. Después podemos quedar en Chesapeake Shores. O a lo mejor te apetece venir conmigo a Seattle. Podemos dejarnos llevar y ver lo que sentimos.

—No sé, Mick —contestó Megan, luchando seriamente contra la tentación—. Estoy acostumbrada a vivir sola. Tengo una vida en Nueva York. Y tu vida está... —vaciló un instante y se encogió de hombros—. La tuya está allí donde esté tu trabajo. La otra vez no funcionó, ¿qué sentido tiene arriesgarse a volver a sufrir?

Mick le sostuvo la mirada.

—He tardado quince largos años en comprender todo lo que hice mal en nuestro matrimonio, Meggie. No me gustaría echar a perder tanta introspección.

Megan sonrió ante la idea de Mick entregado a aquella labor de introspección. Su exmarido era la clase de hombre que vivía siempre al calor del momento, que vivía dejándose llevar por los impulsos y la intuición.

—¿Así que dedicado a la introspección?

Mick sonrió entonces.

—Te lo juro por Dios.

El atractivo de aquella sonrisa le hizo recordar a Megan al hombre que era cuando se habían conocido, cuando Mick era capaz de convencerla de que hiciera miles de pequeñas cosas que a ella le parecían insensatas. Gracias a Dios, la mayor parte de los riesgos que había corrido habían sido solo sentimentales, porque con su encanto, probablemente Mick habría sido capaz de convencerla de que se tirara en paracaídas y habría terminado con todos los huesos rotos. Aunque la verdad era que un corazón roto tardaba mucho más en sanar...

Intentó comer, pero la había abandonado el apetito. Al igual que Mick, apartó su plato, consciente de que tendría que soportar una reprimenda de Joe.

—¿Qué te parecería esto? —dijo por fin—. A lo mejor podemos empezar a quedar de vez en cuando, como tú has propuesto, pero no digamos que es una segunda oportunidad ni nada parecido. Seremos solo un par de viejos amigos que han vuelto a encontrarse y quieren disfrutar del momento.

Mick se reclinó en la silla con expresión satisfecha. Evidentemente, consideraba aquella respuesta como una victoria.

—Llámalo como quieras —se mostró de acuerdo—. Dime, ¿qué te parecería venir mañana conmigo? Mi madre dice que Bree tiene problemas. Cree que podríamos unir fuerzas para ayudarla.

Megan le miró directamente a los ojos. Sabía que cuando se le daba a Mick la mano, no solo se arriesgaba uno a quedarse sin brazo, sino sin el cuerpo entero.

–No voy a volver a casa contigo –dijo con vehemencia.

–¿Ni siquiera sabiendo que una de tus hijas te necesita? –preguntó Mick, sin intentar siquiera disimular su decepción.

–Digamos que necesito que alguien me confirme esa necesidad.

–¿No confías en mí?

Megan se echó a reír ante su indignación.

–En absoluto.

Mick se encogió de hombros. Parecía ligeramente avergonzado.

–Merecía la pena intentarlo –contestó–. Y es cierto que mi madre está preocupada por Bree.

–En ese caso, deberían llamarme ella o Bree y explicarme lo que pasa. Aunque la verdad es que Bree nunca ha confiado mucho en mí.

–Creo que eso forma parte del problema –dijo Mick con expresión pensativa–. Bree no parece confiar en nadie.

Megan frunció el ceño ante su tono sombrío, y también sorprendida por aquella inesperada observación.

–Estás preocupado por ella, ¿verdad?

Mick asintió.

–Sí, he aprendido a escuchar a mi madre. Cuando ella dice que algo va mal, normalmente tiene razón.

–Entonces, cuando sepas cuál es el problema, llámame. Si Bree me necesita de verdad, por supuesto que iré.

–Le diré lo que has dicho –le prometió–. Y ahora, será mejor que vaya al aeropuerto para ver si puedo volar esta misma noche.

La punzada de desilusión que Megan sintió al comprender que la cena acababa de terminar fue una advertencia. Podía creer que lo tenía todo controlado, pero eso estaba muy lejos de ser cierto. Cuando a Mick O'Brien se le metía una idea en la cabeza, era imposible disuadirle. Sobre todo cuando todavía se sentía algo especial por él.

Capítulo 3

Jake se alegraba de que su trabajo requiriera de un gran esfuerzo físico. No había pegado ojo la noche anterior por culpa de su inesperado encuentro con Bree. Le preocupaba que su hermana pudiera tener razón y Bree hubiera decidido quedarse en Chesapeake Shores. Y le preocupaba todavía más que pudiera marcharse. Pero él nunca había dicho que su vida estuviera regida por la lógica, pensó con dureza.

Buscó un punto de apoyo para poder arrancar el seto. Tenía el pecho y los hombros empapados en sudor, al igual que el pañuelo que llevaba en la frente. Se había puesto unos vaqueros cortados y unas botas de trabajo. Las gafas de sol, sobre las que había colocado unos protectores, ocultaban sus ojos mientras cortaba las ramas. El ruido era ensordecedor. Cuando la última rama cayó al suelo, apagó la sierra eléctrica. Pero incluso entonces, tenía la sensación de que el aire continuaba vibrando. Se quitó los guantes, se volvió y descubrió a Bree a pocos metros de distancia, mirándole con expresión vacilante. Parecía fría como el hielo y llevaba otro de aquellos vestidos que tanto le favorecían, en aquella ocasión, de color verde claro.

Jake estaba cansado. Estaba sediento. Y no estaba de humor para un encuentro como aquel. Si las cosas hubieran sido diferentes entre ellos, podría haber admirado el valor que demostraba al haber ido a buscarle, pero las cosas eran como eran.

–Hola, Jake.

—Estoy ocupado —replicó.

Volvió a ponerse los guantes y agarró la sierra. Decidió esperar a que se marchara. Estaba dispuesto a cortar hasta la última rama de aquel seto aunque no hiciera falta. Pero no pensaba hablar con ella. No iba a volver a hablar con ella jamás en su vida. Había tomado aquella decisión cuando la había visto con Martin Demming seis años atrás. Aquella había sido la gota que había colmado el vaso, la última puñalada a sus esperanzas, a la posibilidad de salvar su relación. El hecho de que Bree hubiera vuelto a casa y tuviera intención de irrumpir de nuevo en su vida no cambiaba nada.

Continuó podando, ignorándola, hasta terminar de cortar la base de todos y cada uno de aquellos arbustos. Cuando terminó, satisfecho consigo mismo por no haber cedido a las ganas de embeberse en su visión, alzó la mirada y descubrió que Bree continuaba en el mismo lugar. La verdad era que la paciencia de aquella mujer siempre había supuesto un marcado contrapunto en la precipitada vida de Jake, pero aquel día le resultó particularmente irritante.

—Vete de aquí, Bree.

—No pienso marcharme hasta que hayamos hablado —contestó ella, alzando la barbilla con gesto obstinado.

Jake dio media vuelta y la miró con el ceño fruncido.

—¿Ahora? ¿Quieres que hablemos ahora? ¿Y dónde demonios estaban esas ganas de hablar hace seis años? Entonces no parecías dispuesta a cruzar más de dos palabras conmigo. Te marchaste de un día para otro. Y la mitad de las veces ni siquiera contestabas mis llamadas, así que tuve que ir a buscarte a Chicago. ¿Y qué me encontré allí? A ti y a ese Demming compartiendo una botella de vino.

—No creo que tomar una copa de vino con un amigo sea ningún delito —contestó Bree sin perder la calma.

—El vino no era el problema y los dos lo sabemos. El problema era cómo te miraba ese hombre —sacudió la cabeza—. No, el problema era cómo le mirabas tú. Cualquiera que tuviera ojos en la cara podía darse cuenta de que estabas enamorada de él. ¿Cuánto tiempo había pasado desde que te habías marchado? Tres meses, si mal no recuerdo.

Asomó a los ojos de Bree un fogonazo de culpabilidad que le indicó a Jake que no se había equivocado aquella noche. Había adivinado lo que estaba pasando entre Bree y aquel hombre. E incluso después de tanto tiempo, continuaba importándole. Continuaba doliéndole que hubiera sido capaz de olvidarle, que hubiera sido capaz de olvidar el hijo que habían perdido y los planes que tenían de futuro. Y, sobre todo, le dolía que hubiera sido capaz de olvidarle tan fácilmente, como si nada de lo que había entre ellos realmente importara.

—Lo siento, Jake.

—Sí, yo también lo siento. Pero supongo que tendrás que perdonarme si prefiero no volver a pensar a estas alturas en el pasado.

Intentó hacerle bajar la mirada. Sabía que en otro tiempo habría funcionado, pero aquel día Bree se mostraba implacable. Suspiró. Si Bree tenía algo que decirle, a lo mejor lo más fácil era que lo dijera de una vez por todas. Al fin y al cabo, no tenía por qué escucharla. Pensaría en otra cosa, pensaría en... Pero le fallaba la imaginación. No era capaz de pensar en nada lo suficientemente atrayente como para evitar estar pendiente de las palabras que estaban a punto de salir de la boca de Bree.

—De acuerdo, tienes dos minutos. ¿Qué quieres? —le espetó.

—Estoy pensando en quedarme en Chesapeake Shores —comenzó a decir Bree.

Jake hizo lo imposible para que aquellas palabras no le afectaran, pero no lo consiguió.

—Me alegro por ti —dijo, porque era evidente que Bree estaba esperando una respuesta.

Bree hizo entonces una mueca de dolor, pero no retrocedió.

—Quería saber si te parece bien. Y si crees que podríamos intentar llevarnos bien.

—Podemos intentar mantenernos a distancia —respondió Jake—. Eso es lo único que puedo prometerte. O lo tomas o lo dejas. Por mí, puedes irte o quedarte. Haz lo que te apetezca.

Se dijo que había sido una mentira bastante convincente. O, al menos, eso esperaba. No quería que Bree se diera cuenta de que continuaba sintiendo algo por ella. Una cosa era que Mack y Will, o incluso su propia hermana, fueran capaces de adivinar sus sentimientos, y otra muy diferente que Bree los conociera. Eso sería demasiado patético.

Vio dolor en los ojos de Bree, pero casi al instante, esta asintió lentamente.

—De acuerdo entonces —dijo con un hilo de voz.

Le temblaba de tal forma la voz que Jake comprendió que estaba a punto de llorar. Intentó endurecerse. No tenía por qué importarle que Bree sufriera. Al fin y al cabo, él no era el causante de aquel dolor.

Bree giró sobre sus talones y se alejó, ofreciéndole una vista perfecta de su trasero. Y a Jake le bastó con mirarla para conmoverse de una manera que no debería. ¿Qué demonios le pasaba? ¿Acaso era un completo idiota? ¿Acaso le gustaba sufrir? Porque sabía, con todas y cada una de las fibras de su ser, que si tuviera oportunidad, no dudaría en acostarse con Bree. Por supuesto, no pondría en juego su corazón. Eso jamás. ¿Pero disfrutar del sexo? Sí, claro que sí.

Después de aquel incómodo, o, mejor dicho, terrible encuentro con Jake, Bree estaba sentada en el porche de su casa, con los pies apoyados en uno de los postes y una libreta en el regazo. Estaba haciendo una lista, algo más propio de Abby que de ella. Por una parte, quería apuntar las cosas que podría hacer si se quedaba en el pueblo, porque si no se trazaba algún plan, sería demasiado fácil regresar de nuevo a Chicago sintiéndose tan perdida como antes de marcharse. Pero hasta entonces no había sido capaz de anotar una sola palabra, a lo mejor porque no era capaz de dejar de pensar en Jake y en cómo la había mirado.

¿Habría vuelto a hacerle daño sin motivo alguno? Porque si al final no era capaz de idear ningún plan, no podría quedarse y, en ese caso, podría haberse ahorrado aquella escena. Al advertir el enfado y el desdén en su voz había revivido lo que había sentido la noche que Jake había abandonado su apartamento de Chicago y había salido para siempre de su vida. En aquel momento Bree era consciente, como lo había sido aquel día, de que se merecía cada una de sus amargas palabras. ¿Por qué habría pensado que las cosas podían ser diferentes? ¿De verdad creía que la recibiría con una sonrisa y un abrazo? La mera idea era ridícula. Los hombres no eran capaces de perdonar y olvidar. La mayor parte de ellos incluso clamaba venganza. Y si ese era el objetivo de Jake, hacerle sufrir como ella le había hecho sufrir a él, lo estaba consiguiendo.

Habría sido maravilloso que la hubiera perdonado, admitió para sí misma con un suspiro. Jake había sido mucho más que un hombre al que había amado. Había sido su mejor amigo, la única persona con la que habría hablado de una encrucijada como aquella en la que se encontraba. Y, sin embargo, ni siquiera eran capaces de hablar como personas civilizadas.

Cuando sonó el teléfono, corrió a contestar. Cualquier distracción era preferible a aquel repentino desarraigo que estaba sintiendo.

—Bree, gracias a Dios —Jess parecía frenética—. ¿Puedes venir ahora mismo a la posada?

—Claro, ¿qué ha pasado?

—Tengo una boda dentro de tres horas. El florista que tenía que encargarse de la decoración está en el hospital. No tenía ningún ayudante, así que el mayorista se ha limitado a dejar las cajas en la puerta y no sé qué hacer con ellas.

—Dame diez minutos —dijo Bree al instante—. ¿Tienes jarrones, alambre y lazos para hacer los arreglos?

—Tengo jarrones, eso es todo.

—¿Y los ramos están hechos?

—No, por lo que he podido ver.

—Muy bien, entonces tardaré algo más. Tendré que parar a comprar el cable y lazos por el camino. ¿Puedes llamar a alguien, a la madre de la novia o a la dama de honor y averiguar el tipo de decoración que quieren sin provocarles un ataque de pánico?

—Lo intentaré. La dama de honor está ahora en el piso de arriba. Lauren es mucho más tranquila y más práctica que la señora Hilliard, así que le pediré que se reúna con nosotras dentro de media hora.
—Perfecto.
En vez de arriesgarse e ir a la tienda de Ethel a comprar productos que quizá no tuviera, Bree se dirigió hacia el invernadero de su abuela. Media hora después llegaba a la posada con todo un arsenal de lazos de colores, tiras de encaje y cuanto material pensaba que podría necesitar.

Encontró en la posada a Jess y a Lauren Jackson, que había sido compañera de estudios de Abby. La esperaban rodeadas de cajas de rosas, orquídeas, lilas y dragoncillos de color blanco. Y había otra caja con hiedra.

—Hola, Lauren —dijo, mientras recorría con la mirada las cajas de flores—. ¿Sabes lo que quiere la novia?

—Algo sencillo. El ramo iba a ser de orquídeas y lilas. Las damas de honor se supone que llevaremos una rosa blanca con un lazo largo —se volvió y miró a Jess—. Se supone que en el altar habrá jarrones de rosas blancas y dragoncillos y también en las mesas. No será una gran boda, solo estaremos los familiares y los amigos más íntimos, así que solo habrá unas cuatro mesas, ¿no es cierto?

Jess asintió.

—Sí, la novia también comentó algo sobre que la hiedra era para los centros de mesa.

—Muy bien. Creo que con eso ya tengo información suficiente como para empezar a trabajar. ¿Se supone que el novio y el padrino tienen que llevar flores en la solapa?

Jess y Lauren la miraron en silencio.

—No tengo ni idea —admitió por fin Lauren—. Llamaré a Tom, que es el padrino, y le preguntaré.

Sacó el teléfono móvil y marcó el número. Cuando el padrino contestó, le explicó la situación, le preguntó por las flores y negó con la cabeza en silencio, para que Bree la viera. Después bajó la voz.

—No tienes por qué ponerte nervioso, Tom. Te lo juro. Ha venido una persona que lo tiene todo bajo control. Y, por el amor de Dios, no le digas una sola palabra a Diana. No quiero asustarla. Adiós.

Colgó el teléfono y se lo guardó en el bolsillo.

—¿Hace falta algo más? —le preguntó a Bree—. ¿Necesitas que me quede a ayudarte?

—No, ya me encargo yo de todo. Primero, haré los ramos. Pero si quieres, envíame a alguien dentro de una hora aproximadamente. Si no os gustan, tendremos tiempo de arreglarlos.

—Nos has salvado la vida, Bree. Me aseguraré de que Diana lo sepa —sonrió—. Pero después de la ceremonia, por supuesto.

En cuanto Lauren y Jess se marcharon, Bree comenzó a trabajar. Los ramos resultaron fáciles de hacer gracias a la sencillez requerida por la novia. Se los enseñó a Jess cuando esta regresó de la cocina, adonde había ido para asegurarse de que la comida iba por buen camino.

—¿Qué te parecen? —le preguntó a su hermana.

—Clásicos y elegantes —dijo Jess inmediatamente—. Estoy en deuda contigo.

—Ya veremos lo que piensas cuando empiece con la parte más difícil.

Cuando terminó los centros, los llevó al comedor, donde habían preparado cuatro mesas con manteles de lino blanco, copas de cristal resplandeciente, velas blancas y cubertería de plata. Colocó cada uno de los centros y añadió unas tiras de hiedra a cada lado. Estudió el efecto, decidió que no le convencía y fue a buscar unos pétalos de rosa para esparcirlos sobre la mesa.

Jess llegó en el momento en el que estaba terminando el último arreglo.

—¡Dios mío! —exclamó emocionada—. Bree, es precioso. Un profesional no lo habría hecho mejor. Te juro que si no fuera porque te estás labrando un nombre como dramaturga, insistiría en que te ganaras la vida con esto.

Bree la miró sorprendida.

—¿Lo dices en serio?

—Siempre has tenido un don especial para las flores, pero lo que has hecho hoy, y encima bajo presión, es increíble. Mucho mejor que lo que suelen hacer los floristas de por aquí. A los Hilliard les va a encantar. Me has salvado el día, de verdad. Te pagaré lo que te mereces por tu ayuda.

—No necesito que me pagues —replicó Bree—. Ha sido una emergencia y no me importa hacerte un favor. Además, ha sido muy divertido. Siempre me ha encantado hacer este tipo de cosas.

—Pero un trabajo como este merece ser pagado —insistió Jess—. Pienso hacer fotografías de todos esos arreglos.

Bree la miró sin entender.

—¿Por qué?

—¿Quién sabe? A lo mejor uno de estos días te hartas de Chicago y decides dedicarte al diseño floral —bromeó—. Estas fotografías podrían ser las primeras de tu catálogo. Y también quiero quedarme una para la posada, para que los clientes vean lo que puedo ofrecerles.

Bree le dio un fuerte abrazo.

—Eres una mujer muy inteligente, hermanita. Llévame después esas fotografías para que pueda enseñárselas a la abuela. Le encantará saber que he sacado provecho de sus enseñanzas.

De camino a casa, Bree pensó en lo satisfecha que se había sentido durante las que deberían haber sido unas horas de tensión y estrés. Y estaba en mitad del trayecto cuando se le ocurrió una idea y giró para volver al pueblo.

Condujo lentamente por la calle Principal y paró delante del único local vacío de la zona. Estaba a solo dos puertas de la Cafetería de Sally, lo que podría significar un obstáculo en lo que a la posibilidad de encontrarse con Jake se refería, pero eso también significaba que en el pueblo todo el mundo se enteraría de que estaba a punto de abrir una nueva tienda. La mayor parte de la gente de la zona comía en la Cafetería de Sally por lo menos una vez a la semana, aunque solo fuera los domingos al salir de la iglesia. Mientras esperaba allí sentada, en su cabeza iba cobrando cuerpo un plan.

Había estado muchas veces en aquel local cuando era una tienda de ropa y gracias a lo que recordaba, podía imaginar perfectamente sus posibilidades. Imaginó el escaparate lleno de cestas de flores. Y las filas de macetas en la acera cuando no hiciera demasiado calor para ellas. Imaginó incluso el letrero en letras doradas: «Flores de la Calle Principal» y debajo, en letras mucho más pequeñas: «Propiedad de Bree O'Brien». Podía verlo con tanta claridad como si fuera algo que hubiera estado escondido siempre en su mente, esperando un incidente como el ocurrido aquel día para escapar.

En cierta manera, era tan responsable y prudente como Abby, pero, en algunas ocasiones, podía llegar a ser tan impulsiva como Jess. A menudo se dejaba llevar por lo que le dictaban las entrañas, y eso le gustaba. Quizá, si aquel día no hubiera estado considerando todas sus opciones, o si no hubiera tomado ya la decisión de quedarse, habría esperado algún tiempo y hubiera intentado analizar la situación desde todos los ángulos. Pero en aquel momento tenía la certeza de que era algo que podía funcionar, algo que se le daba bien y de lo que disfrutaba.

Antes de darse tiempo a cambiar de opinión, sacó el teléfono y marcó el número de la agencia que anunciaba el alquiler en el escaparate. Era un número que debería saberse de memoria, puesto que había sido su tío el que había puesto en marcha aquella agencia y en ella trabajaba una de sus primas.

Cuando contestó Susie, Bree estuvo a punto de colgar. ¿Debería enterarse su prima de su decisión antes que el resto de su familia? La respuesta era difícil, puesto que todavía había algunas diferencias entre las dos ramas de la familia que vivían en Chesapeake Shores. Pero decidió olvidar rápidamente sus dudas.

—Susie, soy yo, tu prima Bree.

—Hola, Bree. Sé que volviste para la inauguración de la posada, pero apenas pude verte en la fiesta.

Bree se echó a reír.

—No me gustan las fiestas con tanta gente. Aparecí por solidaridad con la familia, pero después me escondí en la cocina y estuve ayudando a la cocinera.

—Creía que habías vuelto ya a Chicago.

—He decidido quedarme por aquí. De hecho, por eso te llamo. Me gustaría alquilar el local que tenéis en la calle Principal.

—¿De verdad? —preguntó Susie, sin intentar disimular su sorpresa—. Yo pensaba que te iba bien con las obras de teatro.

—Y me ha ido bastante bien, pero quiero probar algo diferente. ¿Qué te parece si me paso por allí para firmar el contrato?

—Es un contrato por dos años —le recordó Susie—. No nos gusta que haya mucha inestabilidad en el centro del pueblo.

—Dos años me parece un tiempo prudencial.

—¿Te importa que te pregunte qué clase de negocio quieres abrir?

—Una floristería: Flores de la Calle Principal.

—¿Ya tienes el nombre y todo?

Bree se echó a reír.

—De momento, eso es lo único que tengo. Y un alquiler, si estás dispuesta a esperar a que pase por allí.

—Te esperaré. Quiero saber por qué has decidido volver a casa.

Sobre todo, para poder informar al resto de la familia, comprendió Bree. Aun así, no tardarían en enterarse. Pero tenía que asegurarse de que su abuela, su padre, Abby y Jess estaban al tanto de la noticia antes de que empezara a correr por el pueblo.

Y para cuando hablara con su familia, debería tener algo más que un local alquilado y la vaga idea de reinventarse como florista. En caso contrario, comenzarían a preocuparse por ella, como había pasado con Jess, convencidos de que se había embarcado en una aventura sin calcular los riesgos.

Y eso era, exactamente, lo que estaba haciendo. Pero por primera vez desde hacía meses, sentía renacer la emoción y la confianza en sí misma en su interior. A lo mejor su destino eran las flores. O a lo mejor aquello era algo temporal, hasta que fuera capaz de emprender un nuevo camino. En cualquier caso, se sentía bien con lo que estaba haciendo.

***

—¿Que vas a qué? —preguntó Marty con incredulidad cuando Bree reunió valor para llamarle y le dijo que no pensaba volver a Chicago—. No puedes estar hablando en serio. ¿Qué te ha podido pasar para pensar siquiera en abrir una floristería y dejar el teatro? ¿Es que te has vuelto loca?

Aquel tono tan hiriente la reafirmó en su decisión. El hecho de que el hombre que decía amarla le hubiera hecho la pregunta en ese tono era una prueba más de que no se había equivocado en su decisión. Chicago no era un lugar para ella y, definitivamente, tampoco él era el hombre que quería en su vida.

—Gracias —dijo secamente.

—¿Por qué? —preguntó él, claramente confundido.

—Por haberme ayudado a darme cuenta de que he tomado la decisión correcta.

—¿A qué te refieres? Yo no he dicho nada de eso.

—No, has dicho que me he vuelto loca.

—¿Y no es cierto? Nadie en su sano juicio renunciaría a las oportunidades que tendrías si te quedaras aquí en vez de volver a tu pueblo a entretenerte con unas cuantas flores.

—Creo que prefiero estar aquí entreteniéndome con unas cuantas flores, como tú dices, a tener que soportar que alguien menosprecie todo lo que hago, como haces tú.

—¿Cuándo te he menospreciado? —preguntó Martin, y parecía realmente sorprendido por aquella acusación—. Lo único que he hecho ha sido apoyarte y ofrecerte una crítica constructiva de tu trabajo.

—Tu versión de una crítica constructiva es destrozarme hasta conseguir que no me crea capaz de escribir una obra coherente o crear un personaje bien caracterizado. Sí, admito que al principio te admiraba de tal manera que cada una de tus palabras era para mí una perla de sabiduría, pero ahora me doy cuenta de que al tomarme tan en serio tus críticas, al cambiar mis historias buscando tu aprobación, me estaba perdiendo a mí misma. Mi voz comenzó a perder fuerza en mi segunda obra y desapareció completamente en la tercera.

—¿Me estás culpando a mí del fracaso de tu tercera obra? —preguntó Marty con incredulidad.

—No, claro que no. Me culpo a mí misma por haberte hecho caso. No me entiendas mal, Marty. Tú me enseñaste muchas cosas al principio. Eres un gran dramaturgo, pero no puedo convertirme en tu copia. Necesito ser yo misma, y en algún momento, durante todo este proceso, lo olvidé.

Martin permaneció callado durante tanto tiempo que, por un instante, Bree temió que estuviera demasiado enfadado como para decir nada. Pero al final contestó:

—A lo mejor tienes razón.

Fue tal la sorpresa de Bree ante aquella admisión que no supo qué responder.

Martin continuó en el mismo tono pensativo.

—Pero ahora que has llegado a esa conclusión, no creo que este sea el mejor momento para salir corriendo. Lo que tienes que hacer es volver a Chicago y empezar a trabajar de nuevo. Si quieres, todavía estoy dispuesto a ayudarte, pero si prefieres que no lo haga, te dejaré en paz —recuperó su habitual encanto—. Eres muy buena, Bree, y eso no puedes perderlo de vista. Además, te echo de menos. Necesito que vuelvas conmigo.

Aquello estuvo a punto de convencerla. Marty nunca había admitido necesitar a nadie. Pero se recordó inmediatamente lo voluble que podía llegar a ser. Marty podía necesitarla un día y al siguiente, azuzado por su ego, no necesitar absolutamente a nadie, y mucho menos a ella. Además, una de las razones por las que había dejado Chicago era que su relación se estaba convirtiendo en una relación enfermiza y no podía volver solo por el hecho de que hubiera una mínima esperanza de cambio. No podía permitir que unas cuantas palabras le hicieran olvidar hasta qué punto se había deteriorado su relación.

No, decidió con firmeza. Se quedaría en Chesapeake Shores, al menos de momento. Necesitaba iniciar un nuevo proyecto, empezar de nuevo. Lo bueno de escribir era que podía hacerlo en cualquier momento y en cualquier parte. Si llegaba la inspiración, tenía su ordenador y contactos en el mundo del teatro. Quedarse allí no significaba que tuviera que renunciar a escribir otra obra. Y en el caso de que llegara a escribirla, sería completamente suya desde el principio hasta el final.

–Ya es demasiado tarde, Marty. No voy a volver, por lo menos de momento.

–En ese caso, iré yo allí y te haré cambiar de opinión.

–Por favor, no lo intentes siquiera –quizá alimentara su ego saberle dispuesto a ir a buscarla, pero le preocupaba la posibilidad de sucumbir a su capacidad de persuasión–. Si te importo algo, aunque solo sea un poco, déjame hacer este cambio. Acéptalo y deséame suerte.

–Estoy seguro de que dentro de unos meses comenzarás a desesperarte y me llamarás suplicándome que vuelva contigo.

–A lo mejor tienes razón.

–No puedo prometerte que para entonces no vaya a ser demasiado tarde.

–Podré superarlo.

–Bree, cariño, estás cometiendo un terrible error.

–El problema es mío.

–¿Y no hay nada...? –se interrumpió y suspiró con cansancio–. No, ya sé lo obstinada que puedes llegar a ser. No hay manera de hacerte cambiar de opinión, ¿verdad?

–No.

–¿Vendrás si te envío una entrada para el próximo estreno?

–Es de una obra tuya, ¿verdad?

Recordaba lo emocionado que estaba porque aquella obra podía llegar a representarse en Broadway. Los ensayos habían empezado justo antes de que ella saliera de Chicago.

–Es la primera desde hace cinco años y me gustaría que estuvieras aquí. Al fin y al cabo, tú has sido mi inspiración, mi musa mientras la estaba escribiendo.

Era un halago deliberado y lo sabía. Y también era consciente de que probablemente les había dicho cosas parecidas a otras muchas mujeres. Marty era así, le gustaba esparcir su gratitud para que todo el mundo se sintiera parte de su éxito.

—Pensaré en ello —le prometió.

Al cabo de unas cuantas semanas, quizá estuviera en condiciones de regresar sin sentirse como una fracasada. Tenía amigos en Chicago a los que, estaba segura, echaría de menos, y aquella sería una oportunidad de volver a verlos.

Pero para entonces, también tendría un negocio del que ocuparse. Estaría empezando desde cero, disfrutando de la emoción de los inicios, y el encanto seductor de Marty no podría atraparla.

—En ese caso, estaremos en contacto —se despidió Marty, y colgó.

Hasta que no colgó, Bree no se dio cuenta de que, durante toda la conversación, Marty no había mostrado la menor señal de sorpresa ante el hecho de que estuviera cerrando la puerta a su relación. A diferencia de Jake, que continuaba resentido después de seis años, Marty la había dejado marchar mostrando apenas un mínimo arrepentimiento. Por mucho que dijera que la necesitaba y la echaba de menos, Bree no tenía la menor duda de que pronto encontraría una sustituta, en el caso de que no la hubiera encontrado ya. Era la clase de hombre que no podía sobrevivir durante mucho tiempo sin la adulación de una mujer.

Por primera vez desde que se había enamorado y caído en su órbita, le compadeció. Y no se le escapaba lo irónico de que hubiera sido el ver a Jake otra vez, el distinguir la furia en su voz y ver el odio en sus ojos, lo que le había demostrado hasta qué punto podía ser profundo el verdadero amor.

Y comprendió, a pesar de los buenos recuerdos, lo vacía que había sido su relación con Marty.

Capítulo 4

Bree miró alrededor de la mesa de la cocina, donde se habían reunido su padre, Jess, la abuela y Abby. Era tan raro verlos juntos, sobre todo a Mick, que los miró con desconfianza.

—Qué sorpresa —dijo recelosa—. Jess, ¿qué haces fuera de la posada?

—La abuela quería organizar una cena familiar —contestó Jess con naturalidad.

Pero no se atrevió a mirar a su hermana a los ojos, lo que contradecía su pretendida inocencia.

Bree se volvió entonces hacia su hermana mayor.

—Entonces, ¿por qué no están aquí las gemelas? ¿Y por qué no ha venido Trace? Él ya es parte de la familia.

—Está ocupado —contestó Abby, y su sonrojo le indicó a Bree que tenía razón al sospechar. Su familia se proponía algo. Algo que tenía que ver con ella—. Y las niñas estaban agotadas después de haber pasado todo el día en la playa —añadió a toda velocidad—. Y ya sabes lo difícil que es mantener una conversación seria entre adultos cuando están ellas.

—¿Y por qué tenemos que mantener una conversación seria entre adultos? —preguntó Bree, volviéndose hacia su abuela.

Nell ignoró deliberadamente la pregunta y le tendió un cuenco con puré de patatas.

—Mick, trincha el pollo. Hablaremos después de cenar.

—¿Sobre qué? —insistió Bree—. ¿Soy la única en esta mesa que no sabe de lo que tenemos que hablar?

Mick alargó la mano hacia la suya y se la apretó con cariño.

–No tienes nada que temer, hija. Estamos en familia, y todos te queremos.

Bree se le quedó mirando fijamente mientras intentaba asimilar sus palabras. Comenzaron a temblarle de tal manera las rodillas que tuvo que aferrarse al borde de la mesa. Aunque no hubiera sido una persona reservada a la que le gustaba guardar para sí sus problemas, se habría sentido profundamente ofendida por lo que estaba pasando allí.

–De modo que esta no es una agradable cena familiar –dijo, mirándolos a todos con el ceño fruncido–. Se trata de un intento de mediación de los O'Brien. Pues bien, no quiero formar parte de esto. No necesito ni vuestras preguntas ni vuestra compasión.

Abandonó la cocina y salió de casa antes de dejar que las lágrimas que habían asomado a sus ojos comenzaran a caer. Se las secó con un gesto de impaciencia para no tropezar mientras bajaba las escaleras que conducían a la playa. Pero Abby no tardó en alcanzarla.

–¡Bree, espera! –le suplicó su hermana–. Siento mucho haberte preparado esta emboscada. Pero lo hemos hecho más por la abuela que por ti. La tienes muy preocupada.

–Soy suficientemente adulta como para solucionar sola mis problemas –contestó Bree, sorbiéndose la nariz y aceptando al mismo tiempo el pañuelo que le ofrecía su hermana.

–Por supuesto que sí –dijo Abby mientras caminaba con ella hacia la playa.

Todavía había suficiente luz como para ver con claridad, aunque las sombras estaban empezando a extenderse. Faltaba cerca de una hora para que el sol se pusiera, tiñendo de fuego el mar en su retirada. Pero de momento, el cielo continuaba cubierto de nubes blancas y malvas que coloreaban el paisaje azul grisáceo del anochecer.

Bree hundió los pies en la fría arena y caminó hasta el borde del agua, dejando que las olas la acariciaran. Respiró el aire salobre del mar y esperó a que la calmara. Abby no era la culpable de aquello. Y tampoco su abuela. Ni siquiera podía culpar a Mick o a Jess. Ella era la única responsable de lo ocurrido por haber pensado que podría mantener en secreto aquel torbellino, que podría salir de aquella crisis sin la ayuda de nadie. Debería haberse imaginado lo que iba a pasar.

—¿Quieres saber lo más irónico de esto? —le preguntó a Abby.

—Sí, dime, ¿qué es?

—Que hoy mismo acabo de averiguar qué quiero hacer con mi vida. Hace una hora estaba deseando darle la noticia a todo el mundo. Estaba emocionada —suspiró—. Y de pronto entro en la cocina y os encuentro a todos allí, preparados para abalanzaros sobre mí.

Abby le dio un codazo en las costillas.

—No te pongas tan dramática, dramaturga. Nadie iba a abalanzarse sobre ti.

—¡Ja! —se burló Bree. Vaciló un instante y añadió—: Y también te equivocas en todo lo demás. Ya no voy a seguir escribiendo obras de teatro.

Abby estuvo a punto de tropezar, pero mantuvo una expresión neutral. Sería una gran actriz si en algún momento decidía cambiar de carrera, se dijo Bree. Aunque quizá fuera eso lo que la había convertido en una gran agente de bolsa: su capacidad para mantener una apariencia de fría calma cuando todo se derrumbaba a su alrededor.

—¿Qué ha pasado? —preguntó Abby al cabo de unos segundos.

—Creo que nada de eso es para mí —se limitó a decir Bree—. Ni el trabajo, ni Chicago, ni mi relación con Marty. Creo que cuando vine aquí para la inauguración de la posada, en realidad ya sabía que no iba a volver. Pero he tardado varias semanas en llegar a esa conclusión y en decidir qué quiero hacer a partir de ahora con mi vida. Sabía que la única manera de evitar que os preocuparais por mí era tener un plan concreto.

Abby la miró desolada.

—Pero Bree, tú siempre has querido escribir obras de teatro —protestó—, no puedes renunciar por estar pasando por un momento difícil, o porque tu relación con Marty no funcione. Descansa durante una temporada si es eso lo que necesitas, pero no renuncies a tu carrera de esa manera. Tienes dinero en el banco gracias al fondo que papá nos ingresó a cada uno de nosotros. Tómate todo el tiempo que necesites para escribir tu próxima obra. No tienes por qué hacerlo en Chicago, y tampoco tienes por qué volver con Marty. Hazlo aquí si lo prefieres.

–No puedo. Ahora mismo no confío en mí misma. Quizá vuelva a hacerlo dentro de unas semanas, o de unos meses. Si es así, seguro que volveré a escribir otra vez. Pero hasta entonces, tengo que concentrarme en algo completamente nuevo. Necesito algo que represente un desafío y que sea divertido al mismo tiempo.

–¿Como qué? –preguntó Abby.

Su tono escéptico dejaba claro que pensaba que su hermana solo podría ser feliz escribiendo.

–¿Te ha comentado Jess que estuve en la posada? –preguntó Bree.

Abby negó con la cabeza. Parecía confundida por aquel repentino cambio de tema.

–He llegado a cenar justo antes que tú. Acababa de sentarme a la mesa cuando has aparecido.

–Bueno, pues el caso es que estuve allí. Me llamó porque el florista había enviado las flores para la boda pero a nadie que se encargara de arreglarlas.

Abby pareció incluso más confundida.

–¿Y te llamó a ti? ¿Por qué?

Bree frunció el ceño ante la insinuación de que ella no tenía nada que ver con las flores.

–¿Quién crees que ha estado ayudando a la abuela con el jardín y las flores durante todos estos años? La abuela me ha enseñado todo lo que sabe. Y solía decirme que tengo un talento natural para las plantas.

–De lo único que me acuerdo es de que arrancabas malas hierbas sin discriminar y ella te gritaba –respondió Abby sonriente.

—Y por eso decidió enseñarme a diferenciar las malas hierbas del resto de las plantas y a apreciar su jardín —le explicó Bree con paciencia—. En cualquier caso, parece ser que salvé el día y la ceremonia. ¿Y sabes qué? Disfruté de cada segundo. A pesar de la presión por la falta de tiempo, me divertí como hacía mucho tiempo que no lo hacía.

—De acuerdo —dijo Abby, en tono un tanto reservado—, ¿y ahora, qué?

—He alquilado un local en el pueblo y quiero abrir una floristería. Flores de la Calle Principal —anunció Bree, y soltó una carcajada—. ¿Te lo imaginas? Voy a tener un negocio propio y voy a poder dedicarme completamente a las flores.

—No, no me lo imagino —respondió Abby, dejando clara su desaprobación—. ¿Cómo has podido tomar una decisión como esa sin consultarlo con ninguno de nosotros? Por el amor de Dios, Bree, no creo que hayas tardado más de un par de horas en tomar esa decisión.

Bree la miró con el ceño fruncido.

—He pensado mucho en ello —dijo rotunda—, y he tomado una decisión. Tú misma has dicho hace cinco minutos que tenía dinero suficiente como para pasar una temporada sin trabajar.

—Bree, cariño —comenzó a decir Abby con exagerada paciencia—. Sé que te gustan las flores y que es obvio que estás intentando cambiar de vida, pero si vas a poner un negocio, no podrás pasarte todo el día en la trastienda. Tendrás que estar de cara al público, ser amable con todos los que entren, por estúpidas que te parezcan las preguntas que te hagan. ¿Estás segura de que podrás hacer una cosa así?

Era evidente lo que pensaba Abby de sus habilidades sociales; de hecho, resultaba casi insultante, pero Bree no podía negar que tenía razón.

—No me vendrá mal aprender a ser más sociable.

—¿Y qué me dices del mundo de los negocios? ¿Sabes algo de negocios, tienes la menor idea de cómo hay que llevar una floristería?

Bree estaba comenzando a enfadarse con todas aquellas dudas.

—Sé tanto como Jess cuando compró la posada —dijo con calor—. Y lo que no sepa, puedo aprenderlo. Leeré libros, visitaré otras tiendas y haré preguntas. No soy ninguna estúpida.

—Por supuesto que no —respondió Abby al instante—. Solo pretendía decir que todo esto va a suponer un gran cambio para ti. Siempre le has dado mucha importancia a tu intimidad.

—Y después de lo que ha pasado esta noche, no creo que puedas culparme —le espetó Bree—. Papá, la abuela, Jess y tú en la misma habitación sois como una fuerza de la naturaleza. Contra vosotros no tendría una sola oportunidad. De hecho, casi me alegro de no habérselo dicho a nadie. Si todos los demás van a reaccionar como tú, no quiero oírles. No pienso dejar que nadie me haga desistir. Ya he tenido que soportar suficientes consejos durante estos últimos años.

Y, sin más, continuó avanzando por la orilla de la playa. En aquella ocasión, Abby no la siguió.

Mick alzó la mirada del plato cuando Abby entró de nuevo en la cocina.

—¿Dónde está tu hermana?

—En la playa. Se ha enfadado conmigo. Con todos nosotros, de hecho.

—Dios mío, todo esto es culpa mía —se lamentó Nell—. Esto es precisamente lo que pretendía evitar. No debería haberos pedido que vinierais esta noche. Debería haber insistido y haber llegado yo sola al fondo del asunto.

—Solo querías ayudarla —la tranquilizó Jess, alargando la mano hacia la delicada mano de su abuela.

—Es verdad, mamá —intervino Mick—. No te culpes por haber querido ayudarla —se volvió hacia Abby—. ¿Y tienes alguna idea de lo que le pasa a tu hermana?

—Sí, pero creo que será mejor que te lo cuente ella. Si lo cuento yo, tendrá otra cosa más contra mí.

Mick no tenía la paciencia necesaria para sonsacarle aquella información a Bree, pero sabía que Abby tenía razón. No le haría ninguna gracia que Abby les contara lo que le pasaba. Apartó su plato, se levantó y le dio a su madre un beso en la frente.

–Deja de preocuparte, mamá. Llegaré al fondo de todo este asunto, te lo prometo –miró a sus hijas–. Terminad de cenar. Yo esperaré fuera a que Bree vuelva.

Una vez en el porche, se sentó a esperar y encendió la pipa que rara vez fumaba últimamente. El olor del tabaco todavía le trasladaba a aquellos días en los que su padre le llevaba a los pubs cuando iban a visitar a la familia que quedaba en Irlanda. En aquellos pubs, siempre ruidosos y abarrotados, había tanto humo que invariablemente terminaba tosiendo, pero siempre era capaz de identificar el olor de la pipa de su padre. Aquella noche, aquel aroma le resultaba extrañamente reconfortante.

–Papá, sabes perfectamente que no deberías fumar, ni siquiera en pipa –le regañó Bree mientras subía los escalones de la entrada. Se sentó en una mecedora a su lado–. Normalmente solo fumas cuando estás nervioso por algo o cuando quieres recordar el pasado, ¿por qué estás fumando esta noche?

Su padre la miró con cansancio.

–¿De verdad tienes que preguntarlo?

–Si esperas que me disculpe por haber salido corriendo, no pienso hacerlo.

–No espero que te disculpes, pero me gustaría que me contaras lo que te pasa. Soy tu padre. Me gustaría ayudarte a superar tus problemas. Si es que puedo.

Bree se echó a reír al oírle.

–¿Alguna vez has estado aquí para ayudarnos a solucionar nuestros problemas? –replicó, e inmediatamente le dirigió una mirada de disculpa–. Lo siento, ya sé que no es justo. Cuando éramos pequeños siempre estabas a nuestro lado. Pero esto no es una rodilla herida que se cure con una tirita y un beso.

Mick sintió una punzada de culpabilidad ante lo acertado de aquel comentario. Se sentía torpe y fuera de su elemento, pero hacía no mucho tiempo había decidido intervenir en los problemas de su familia, no solo con Megan. Había dado grandes pasos con Abby y con Jess, pero todavía le quedaba un largo camino por recorrer. Y había llegado el momento de empezar a hablar con Bree.

Dio una chupada a su pipa y la miró a los ojos.

—Tienes razón —le dijo—, pero me gustaría ser capaz de enmendar los errores del pasado. Por lo menos estoy dispuesto a escuchar, y solo te ofreceré consejo si quieres oírlo. Eso encajaría con el patrón familiar. Los O'Brien parecen estar genéticamente predispuestos a labrarse su propio camino, sin hacer caso de las enseñanzas de sus predecesores, y yo lo respeto.

Esperó su respuesta. Bree parecía estar sopesando su ofrecimiento. Seguramente, intentando decidir si podía confiar en su promesa de respetar su decisión.

Quizá porque nunca había sido un hombre paciente, o quizá porque necesitaba que su hija le creyera capaz de comprenderla, al final interrumpió el silencio.

—Has dejado a Demming, ¿verdad?

Bree abrió los ojos como platos.

—¿Cómo lo sabes? ¿Te lo ha contado Abby?

—Abby no ha querido decirnos una sola palabra al volver de la playa. Y en realidad tampoco lo sé, pero tenía la esperanza de que fuera eso lo que te pasaba.

Bree frunció el ceño al oírle.

—¿Marty no te gustaba?

—La verdad es que le odiaba.

Bree le miró entonces sorprendida.

—Nunca me dijiste nada.

—Eres una mujer adulta. Tienes derecho a cometer tus propios errores.

—Y tú pensabas que Marty era un error —dijo Bree, todavía un poco sorprendida—. ¿Por qué?

—Era muy condescendiente contigo —se limitó a decir—. Ningún hombre tiene derecho a hablar a nadie como te hablaba él. Y me parecía más ofensivo todavía que tú lo admitieras.

—Le admiraba —reconoció Bree con una voz tan apagada que a Mick le entraron gana de abrazarla y decirle que valía mil veces más que aquel hombre—. Y no siempre era así. Me ha enseñado muchas cosas, papá, de verdad. Y cuando era encantador, nadie era capaz de resistirse, y mucho menos yo. Supongo que al principio necesitaba la clase de atención que me ofrecía.

–Y ahora le has visto tal y como es. Bien por ti.

Bree sonrió entonces, y volvió a ser la niña que en otro tiempo había sido, una niña que necesitaba y buscaba la aprobación de su padre. Al ver el brillo que iluminó sus ojos, Mick no pudo por menos que preguntarse a sí mismo si al pasar tanto tiempo lejos, no habría contribuido a que su hija perdiera la confianza en sí misma. No había uno solo de sus hijos que no fuera fuerte, inteligente y con un gran talento. Desgraciadamente, Megan les había dejado y él se había volcado en el trabajo. Había dejado que fuera su madre la que se ocupara de enseñar a sus hijos a confiar en sí mismos. Sabía que Nell O'Brien había hecho un gran trabajo en ese aspecto, pero era obvio que no había sido suficiente para Bree, que se había sentido abandonada por sus padres en los primeros años de la adolescencia. Por eso se había convertido en presa fácil de un hombre como Demming.

–¿Así que estás triste por culpa de tu ruptura con Demming?

–No estoy triste –replicó inmediatamente.

–De acuerdo, tú eres la experta en palabras. Dime entonces qué palabra describiría adecuadamente tu estado de ánimo.

Bree consideró la pregunta y contestó:

–«Perdida» –dijo al final–. La abuela lo dijo hace varios días y tenía toda la razón.

–¿Y por qué se siente perdida una mujer que ha conseguido labrarse una gran fama en la carrera que ella misma ha escogido?

–Porque en realidad la fama comenzaba a no ser tan buena –admitió.

–Tengo las críticas que te hicieron. Hablaban incluso de llevar tu obra a Nueva York.

–Pero la segunda obra no fue tan bien recibida y la tercera fue un fracaso –contestó sin ninguna emoción.

–En ese caso, tendrás que escribir una cuarta. Y mejor que la primera.

Bree sacudió la cabeza.

–No, ahora no. No tengo en ello el corazón. Necesito empezar otra vez, empezar algo completamente nuevo –le miró a los ojos–. Y esa es la razón por la que he alquilado uno de los locales de la calle Principal y pretendo poner una floristería.

Mick no se habría sorprendido más si le hubiera dicho que pensaba abrir un local de striptease. Por supuesto, no tenía nada de malo ser propietaria de una floristería, pero el talento de Bree iba en otra dirección. Y también su corazón, por herida que se sintiera en aquel momento.

Sin embargo, sabía que tendría que tratar el tema con delicadeza. Al fin y al cabo, había prometido limitar sus consejos y aceptar sus decisiones.

–¿Estás segura de que quieres hacer un cambio tan drástico?

Bree asintió con entusiasmo.

–Claro que sí –debió de advertir el escepticismo que su padre no fue capaz de ocultar, porque añadió–: Sé lo que estás pensando, pero puedo llevarme el portátil a la trastienda y escribir cuando tenga tiempo libre.

–Bree, cariño, sé que esos alquileres de la calle Principal te obligan a mantener el contrato durante dos años por lo menos. Es demasiado tiempo para atarte a algo.

–Yo prefiero considerar que es una manera de dar estabilidad a mi vida –le contradijo.

–Flores –dijo Mick, y sacudió la cabeza–. ¿Estás segura de que serás feliz con un puñado de macetas?

–Eso es exactamente lo que ha dicho Marty –respondió con una mirada cargada de intención–. Y la respuesta ha sido que creo que sí. Y solo tengo una manera de averiguarlo.

–De acuerdo entonces –dijo su padre, convencido de que lo que su hija necesitaba era su apoyo, y no sus críticas–. ¿Cuánto dinero tendrás que invertir? No quiero que pierdas todos tus ahorros.

Bree frunció el ceño al oírle.

–Gracias por el voto de confianza, papá.

—No pretendía decir eso.
—Pero lo has dicho. Pero no importa. Así me entrarán más ganas de demostrarte que te equivocas. Además, creo que siempre has dicho que nos habías dado ese dinero para que pudiéramos comprar una casa o montar un negocio cuando llegara el momento. Y eso es lo que estoy haciendo.
—En ese caso, ya no me queda ningún argumento, ¿verdad? —transigió—. Lo único que tienes que hacer ahora es decirme en qué puedo ayudarte. Mañana me pasaré por allí, si tú quieres, claro. Puedo ayudarte con todo lo relativo a la obra: podemos hacer armarios para los materiales, un mostrador... Lo que tú quieras. Ese será mi regalo.
—El dinero que nos diste ya es más que suficiente —protestó.
—A Jess le compré una cocina carísima. Lo menos que puedo hacer por ti es financiarte unos armarios y un mostrador. ¿O preferirías que te comprara uno de esos refrigeradores enormes para conservar las flores?
Bree vaciló un instante y después preguntó:
—¿Harías tú mismo los armarios?
Mick comprendió lo que le estaba preguntando en realidad. ¿Estaría a su lado, dispuesto a pasar más tiempo con ella, a compartir con su hija aquel loco proyecto?
—Tengo trabajadores que podrían hacerlo mucho mejor que yo —respondió.
La expresión de su hija le indicó al instante que tenía razón al pensar que lo que realmente quería era tenerle a su lado.
—Pero si no te importa que no quede del todo perfecto —continuó—, supongo que con unas cuantas herramientas y unos cuantos tablones de madera, seré capaz de hacer algo.
Bree se levantó y le abrazó como lo hacía cuando era pequeña y su padre estaba a punto de marcharse de viaje de negocios.
—Quiero que los hagas tú —le pidió, y le dio un beso en la mejilla—. Así podré decirles a todos los que vengan que los muebles los hizo el famoso arquitecto Mick O'Brien. Si tú me ayudas a amueblar el local, será increíble, lo sé. Vaya, cualquier día

de estos mi tienda puede terminar en el registro de Lugares Históricos.

–Sí, posiblemente dentro de cien años. Y eso asumiendo que entre tanto, cuando tanto tú como yo estemos muertos, no llegue alguien dispuesto a destrozar el local para convertirlo en un puesto de perritos calientes.

Bree respondió con una carcajada, liberada completamente de su tristeza. Mick no se engañaba pensando que sería tan fácil superar todos los problemas que la habían llevado a renunciar a su vida en Chicago, pero si abrir una floristería bastaba para llevar aquellas chispas de ilusión a sus ojos, aunque solo fuera temporalmente, no iba a ser él el que cuestionara su decisión.

Jake, Will y Mack estaban almorzando en la Cafetería de Sally cuando el primero advirtió que sus amigos intercambiaban una significativa mirada. Eso solo podía significar que tenían algo que contarle sobre Bree y no estaban seguros de cómo iba a reaccionar.

Jake dejó su sándwich en el plato y les miró con el ceño fruncido.

–Soltadlo –les ordenó–. ¿Qué sabéis de Bree?

–Piensa quedarse en el pueblo –dijo Will mirándole con inmensa compasión–. Lo siento, amigo. Sé que esto va a ser muy duro para ti.

Jake se encogió de hombros como si no tuviera ninguna importancia.

–Sí, me comentó algo cuando hablé con ella.

–¿Has hablado con ella? –preguntó Mack con incredulidad–. ¿Has tenido una verdadera conversación con Bree O'Brien, la mujer de tus sueños, la mujer que nunca has conseguido sacarte de la cabeza?

–¿Y no nos has dicho nada? –añadió Will irradiando indignación–. ¿No crees que por lo menos deberías haberlo mencionado?

—La verdad es que no.
—¿Y cuándo ocurrió? —quiso saber Mack.
—¿Qué te dijo? —fue la pregunta de Will.
—¿Y qué le dijiste tú a ella? —añadió Mack.
Jake sacudió la cabeza.
—Parecéis un par de periodistas aficionados. La verdad es que no fue para tanto —lo cual, por supuesto, era la mentira más grande que había dicho en toda su vida de adulto.
—¿Le crees? —le preguntó Will a Mack.
—Para nada. No sé si pretende engañarse o lo dice para que no nos preocupemos.
—Yo creía que el psicólogo era Will —le reprochó Jake a Mack irritado—. ¿Ahora tú también eres experto en psicología?
—Soy tan intuitivo como él —respondió Mack.
—Eso significa que no eres intuitivo en absoluto —le espetó Jake—. ¿Podemos dejar ya el tema?
—Supongo que ahora que Bree y tú os habéis hecho amigos, sabrás lo que pretende hacer —le dijo Will a Jake.
—Me comentó que a lo mejor se queda por aquí. Y esa fue toda la conversación. Creedme, no tengo ningún interés en mantener una conversación de corazón a corazón con ella —por supuesto, no le importaría compartir la cama con ella, pero estaba seguro de que aquel no era un buen momento para mencionarlo.
—Es posible que yo sepa algo —admitió Mack—. Estuve con Susie la otra noche.
Jake y Will le miraron estupefactos.
—¿Susie O'Brien y tú? ¿Desde cuándo? —quiso saber Will.
—Eh, no fue para tanto —replicó Mack, aunque el repentino rubor de sus mejillas decía exactamente lo contrario—. Coincidí con ella y tomamos un par de copas.
—Vaya, vaya. Y era yo el que no lo estaba contando todo. Lo último que sabía era que Susie te había dicho que se helaría el infierno antes de que aceptara una cita contigo.
—Y esa es la razón por la que no tuvimos una cita —le explicó Mack con paciencia—. Fueron solo un par de copas, no una cita.
—¿Quién pagó? —preguntó Will.

—Yo, ¿qué clase de hombre crees que soy?

Jake arqueó una ceja al oírle, pero Will sonrió.

—A mí eso me parece una cita —dijo el último. Miró a Jake—. ¿Y a ti?

—Yo también diría que es una cita —respondió Jake, tan encantado de que la conversación hubiera girado hacia otra de las O'Brien que habría dicho cualquier cosa para prolongarla.

Mack les fulminó a los dos con la mirada.

—¿Queréis saber lo que me ha dicho de Bree o no?

—No —respondió Jake al instante.

—No le hagas caso —le ordenó Will—. Habla. Tanto si quiere admitirlo como si no, necesita saber lo que está pasando aquí.

—Bree ha alquilado el único local vacío de la calle Principal. Por dos años.

Jake tragó saliva e intentó no ceder al pánico. ¿Dos años? ¿Un alquiler? Eso no podía significar nada bueno. Había llegado a hacerse a la idea de que tendría que cruzarse con ella durante varias semanas, quizá incluso durante un par de meses, pero se había convencido de que Bree terminaría volviendo a Chicago con su novio antes o después. Él preferiría que fuera antes, por supuesto. Sí, aquella era una noticia terrible. Dos años eran demasiado tiempo para mantener las defensas en alto.

Se levantó de golpe.

—Tengo que volver al trabajo —anunció, y dejó varios billetes en la mesa—. Os veré después.

—Vaya, parece que se ha tomado bien la noticia —comentó Will mientras Jake salía disparado.

—Así que no era para tanto —se rio Mack—. Ya he dicho yo que se había estado engañando.

Jake suspiró desolado. No era ningún ingenuo. Sabía perfectamente que estaba en la situación más difícil con la que se había encontrado desde hacía seis años. Y la única solución que se le ocurría era salir huyendo del pueblo antes de que terminara con la poca salud mental que le quedaba.

Capítulo 5

Días después de su encuentro con Mick, Megan se descubrió preocupada por Bree. En parte porque, tras haber fracasado en su intento de convencerla para que le acompañara a Chesapeake Shores, Mick parecía haberse olvidado completamente de que había intentado utilizar los problemas de su hija como cebo. Suponía que volvería a llamar o se presentaría en Nueva York cuando se le antojara, ajeno por completo a la falta de consideración que suponía el que no hubiera sido capaz de llamar para tranquilizarla y explicarle lo que le ocurría a Bree. O a lo mejor había dado por sentado que, en el caso de que le importara, sería ella la que llamaría. Sí, sería muy propio de él esperar a que fuera ella la que reaccionara, someterla a una especie de prueba perversa.

Fueran cuales fueran las intenciones de su exmarido, estaba enfadada, de modo que descolgó el teléfono y marcó el que en otro tiempo había sido su propio teléfono. Nell contestó al primer timbrazo. Megan se la imaginó inmediatamente en la cocina, con una taza de té y un bizcocho de mantequilla recién horneado frente a ella.

Cuánto había echado de menos aquellos bizcochos y las conversaciones que compartían por las mañanas. Antes de su marcha, Nell vivía en su propia casa, una pequeña construcción diseñada por el propio Mick. Nell solía acercarse todas las mañanas con una bandeja de galletas de mantequilla recién hechas que compartían mientras hablaban de todo lo divino y lo humano.

Nell había sido para Megan mucho más que una suegra. Había sido una amiga, aunque el único tema que jamás abordaban era la frustración de Megan por las ausencias cada vez más largas de Mick. Sabía que Nell la habría entendido, pero no creía justo involucrarla en sus problemas conyugales.

Sin embargo, había sido Nell la que había terminado cuidando de sus hijos cuando ella se había marchado. Por supuesto, esa no había sido nunca su intención, pero no podía dejar de advertir lo irónico del caso.

–¡Megan! –Nell parecía vagamente recelosa, pero en absoluto sorprendida–. ¿Cómo estás?

–Bastante bien, ¿y tú?

–Nunca he estado mejor. Supongo que llamas para hablar con... –se interrumpió de pronto.

Megan se echó a reír ante su confusión.

–Resulta un poco chocante, ¿verdad? Al fin y al cabo, no puede decirse que tenga mucho contacto con mi familia.

–Al principio he pensado que llamabas para hablar con Abby, pero, obviamente, a ella la llamarías al móvil, a su casa o a la oficina. ¿Quieres hablar con Mick?

–En realidad, quería hablar contigo –dijo Megan.

Decidió aprovechar la oportunidad que acababa de presentársele. Quería corregir los errores que había cometido con aquella mujer que siempre había sido tan buena con ella.

–Cuando fui a la inauguración de la posada, apenas tuvimos tiempo de hablar. Pero no te alegraste mucho de verme, ¿verdad?

–Al principio no –admitió Nell, con su habitual sinceridad–. Pero la visita fue bastante bien. Vi que estabas haciendo un gran esfuerzo.

–Desde luego. Quería dar un paso para recuperar mi relación contigo y con mis hijos. Sé que te enfadaste mucho conmigo cuando me divorcié de Mick y me fui del pueblo.

–No estaba enfadada –respondió Nell–. Estaba desilusionada, sobre todo por los niños, no por Mick o por mí. Sabía mejor que nadie las razones por las que pensabas que debías dejar a Mick. Me entristecía que hubierais tenido que llegar a una situación como aquella, pero no podía culparte.

—¿Te he dicho alguna vez lo mucho que agradezco que mis hijos hayan podido contar contigo?

—Deberían haber podido contar con su madre —respondió Nell con fiereza.

Aunque aquella respuesta le dolió, Megan estaba de acuerdo con ella.

—Sí, deberían haber podido contar con su madre. Y yo quería estar allí. Lo sabes, ¿no? —su voz sonaba casi suplicante.

Nell O'Brien la apreciaba y Megan había lamentado haber perdido aquella conexión con ella y con el resto de la familia.

—Creo que no te esforzaste lo suficiente por recuperar a tu familia —contestó Nell, sin ceder ni un ápice.

—Soy consciente de que es eso lo que parece. De alguna manera, dejé que Mick me convenciera de que era mejor que me mantuviera alejada de vuestras vidas —le explicó Megan—. No quise discutir con él, pero ahora sé que debería haberlo hecho. Debería haber peleado con uñas y dientes para conservar la custodia. Sí, ahora lo sé. Pero cuando iba allí, mis visitas eran tan desastrosas por mucho que me esforzara en hacer las cosas bien, que al final, decidí que mis hijos se quedaran con su padre y contigo en una casa en la que eran felices.

—Los niños no saben lo que pensamos. Ellos solo ven lo que hacemos —le recordó Nell.

—Créeme, lo sé. Y el mensaje que les estaba enviando era que no me importaban, cuando no había nada que estuviera más lejos de la verdad.

Una vez abierta aquella puerta, Megan decidió soltar todo lo que había sentido entonces.

—Los quería tanto que no quería obligarlos a romper con la vida que hasta entonces habían conocido. Pensaba que, con el tiempo, sus visitas a Nueva York les harían sentir que formaban parte de mi vida en esta ciudad, pero estaban tan enfadados conmigo que ninguno de ellos quería venir y cuando insistía, me retiraban la palabra. En aquel entonces, Mick estaba convencido de que terminarían cambiando de actitud si les dábamos tiempo, pero eso solo sirvió para hacer más profundas sus heridas. Y terminaron odiándome.

Aquella explicación, demasiado corta y demasiado tardía, fue recibida en silencio.

—Todo eso pertenece al pasado —dijo Nell al cabo de unos segundos—. Pero Abby y tú habéis conseguido recuperar vuestra relación y estoy segura de que pasará lo mismo con el resto de tus hijos.

—Eso espero. Y esa es otra de las razones por las que llamo. Mick me comentó que le pasaba algo a Bree. ¿Tú sabes algo?

—Sí, sé algo, pero acaba de entrar Bree en la cocina. ¿Por qué no hablas directamente con ella? —y añadió—: Cuídate, Megan, cariño. Y ven pronto a hacernos una visita. Siempre serás bienvenida en esta casa.

A Megan se le llenaron los ojos de lágrimas al percibir la sinceridad de sus palabras.

—No tienes idea de lo mucho que significa para mí que me digas eso. Te echo mucho de menos, Nell. De verdad.

—En ese caso, no tardes en venir a vernos. Te paso a Bree.

Se produjo una pausa tras la cual llegó hasta ella la voz fría y distante de Bree.

—Hola, mamá.

—¿Cómo estás? —preguntó Megan con naturalidad.

Sabía que si hacía demasiadas preguntas, su hija terminaría poniendo fin a la llamada. Durante los últimos años, apenas habían tenido alguna conversación que fuera más allá de unas cuantas formalidades.

—Bien —contestó Bree.

—¿Lo estás pasando bien en Chesapeake Shores?

—Claro. Siempre se siente uno bien cuando vuelve a casa.

—¿Y cuánto tiempo piensas quedarte por allí?

—En realidad, he venido para quedarme —contestó Bree—. Mira, mamá, estoy muy ocupada, así que, a no ser que quieras contarme algo en particular, tengo que marcharme.

La noticia de que Bree iba a quedarse para siempre en Chesapeake Shores despertaba infinidad de preguntas en Megan, pero, obviamente, su hija no iba a estar dispuesta a contestarlas en una conversación telefónica.

—En ese caso, te dejo —dijo Megan, y añadió—: Bree, si no vas a volver de momento a Chicago, podrías venir a verme. Podríamos ir juntas al teatro. Sé lo mucho que el teatro significa para ti. Podría ser divertido.

—Lo siento, pero ahora mismo no tengo tiempo —contestó Bree, rechazando de plano aquella idea—. Adiós, mamá.

Interrumpió la llamada antes de que Megan pudiera intentar convencerla de que fuera a verla, o de que tuviera tiempo de despedirse siquiera. No podía decir que la brevedad y la brusquedad de la conversación le hubieran sorprendido, pero sí resultaban decepcionantes.

Al menos había descubierto algo. A pesar de que no podía considerarse ninguna experta en el humor de su hija, incluso ella podía decir que le ocurría algo que iba más allá del rechazo a hablar con su madre. De modo que Mick y Nell tenían motivos para estar preocupados. Y también ella. A lo mejor el tiempo y sus propios actos le habían quitado el derecho a la preocupación, pero no podía evitarlo.

Lo primero que hizo al llegar a la galería de arte en la que había estado trabajando durante los últimos quince años, fue pedir unos días libres para volver a Chesapeake Shores. Como ya había roto el hielo en la inauguración de la posada de Jess, la perspectiva no la asustaba tanto como la vez anterior.

Sin embargo, la idea de volver a ver a Mick sí que le provocó un escalofrío. ¿De anticipación, quizá? La verdad era que cada vez le resultaba más difícil decirlo.

Bree colgó lentamente el auricular después de hablar con su madre. Y habría salido directamente de la cocina si su abuela no le hubiera ordenado que se sentara.

—Te he preparado una taza de té. Y hay bizcochos recién hechos en el horno —dijo, señalando hacia la mesa.

Bree vaciló un instante, le apetecía salir de allí, pero, sobre todo, quería evitar una conversación sobre su madre.

–Tengo que ir a la tienda. Tengo millones de cosas que hacer.

Después de varios días de investigación, estaba sobrecogida por la cantidad de cosas que todavía tenía que aprender.

–Supongo que tus planes podrán esperar un par de minutos –replicó Nell–. Ya sé que no puedo convencerte de que desayunes como es debido, pero por lo menos podrás quedarte el tiempo suficiente como para tomarte una taza de té y hablar un rato conmigo.

–Lo del té no me importa. Pero no tengo ganas de hablar.

–No creo que esa sea forma de hablarle a tu abuela –respondió Nell, con aquel acento cantarín heredado de sus padres, los dos de Dublín.

–Lo siento –se disculpó Bree–, pero no me apetece hablar de mi madre.

–Has sido muy brusca con ella –le regañó su abuela.

–No soy capaz de tratarla de otra manera. Nos dejó y no me creo capaz de olvidarlo.

–Por supuesto que no, pero pareces haber olvidado la cantidad de veces que intentó que fuerais a Nueva York, de visita o para quedaros con ella. Vosotros os negabais y vuestro padre lo consintió –le dirigió una mirada penetrante–. ¿Sabes? Yo siempre pensé que, de todos los hermanos, tú serías la única a la que le apetecería ir a Nueva York. Al fin y al cabo, ¿no es el lugar ideal para una joven que aspira a escribir obras de teatro? Pero cuando llegó el momento, preferiste marcharte a Chicago y trabajar en un teatro regional en vez de aceptar la oferta de tu madre, que te invitaba a alojarte en su casa mientras estudiabas con uno de los mejores dramaturgos del país. ¿La odiabas tanto que ese sentimiento superaba al deseo de hacer realidad tus sueños?

Bree vaciló antes de contestar. Ella jamás había odiado a su madre. Había estado tan enfadada con ella como el resto de sus hermanos, pero la verdad era que la ausencia de Megan había causado mucho más que un problema en su vida. Todo el dolor del abandono lo había canalizado en la escritura. La ausencia materna había sido una de aquellas experiencias vitales que un buen escritor era capaz de convertir en una historia.

—Me habían ofrecido la posibilidad de estudiar en Chicago —respondió, defendiendo su decisión de aceptar unas prácticas con Marty—. Era algo concreto.

—Así que era seguridad lo que buscabas —comentó Nell en tono escéptico—. ¿Y Nueva York hubiera supuesto un riesgo?

—Algo así.

El resto de su familia adoraba los riesgos, pero ella prefería las cosas predecibles.

—De acuerdo, pero ahora déjame preguntarte una última cosa y después dejaré el tema. ¿De verdad te parecía arriesgado o tenías miedo de no ser capaz de abrirte camino en Nueva York? ¿O quizá de acercarte de nuevo a Megan y terminar con el corazón destrozado? —le sostuvo la mirada—. O, a lo mejor, no te atrevías a deshacerte del enfado que habías estado alimentando durante tantos años.

A Bree se le llenaron los ojos de lágrimas. Su abuela la conocía demasiado bien. Mejor que nadie. Y ni siquiera tuvo que esperar a que Bree respondiera.

—Puedes negar tu enfado cuantas veces quieras, pero no olvides que es un sentimiento que puede terminar dominándote —le advirtió su abuela—. No es saludable, hija mía. Tienes que deshacerte de él si no quieres que termine arruinando tu vida. Megan se equivocó al marcharse, sí, tú puedes decidir que fue un error imperdonable y continuar odiándola durante toda tu vida, o puedes aceptar la mano que te está ofreciendo y hacer las paces. Creo que, a la larga, serías más feliz si hicieras las paces con ella, pero eres tú la que tiene que tomar esa decisión. Lo único que te aconsejo es que midas las consecuencias que tendría, no tanto para ella como para ti, sacarla para siempre de tu vida.

Bree frunció el ceño ante aquel consejo.

—¿Por qué voy a tener que ponerle las cosas fáciles? —preguntó con amargura.

—No tienes por qué hacerlo —respondió Nell con calma—. Pero tengo la sensación de que están soplando nuevos vientos y de que tu padre y ella terminarán haciendo las paces. Tu madre ya forma parte de la vida de Abby y os ha tendido la mano a ti, a Jess y a Connor. Si decides rechazarla, es posible que un día te despiertes y descubras que eres la única que se ha quedado fuera —le palmeó la mano—. Y no quiero que pases por una cosa así. A pesar de toda tu cabezonería y de tu carácter independiente, creo que necesitas una familia. Y quizá, más que todos los demás.

Bree no quería admitir que su abuela podría tener razón. Y, por supuesto, no estaba dispuesta a admitir lo alarmante que le resultaba la perspectiva de que todos los demás volvieran a reunirse y ella se quedara al margen de su familia.

—Pensaré en todo lo que me has dicho —contestó al cabo de unos segundos. Se levantó y le dio a su abuela un beso en la mejilla—. Te quiero.

Nell tomó su mano y se la estrechó con fuerza.

—Yo también te quiero, no lo olvides nunca.

Bree salió de la cocina con un montón de pensamientos inquietantes en la cabeza a los que no tenía ninguna gana de enfrentarse. Afortunadamente, tenía una larga lista de cosas que hacer y esperaba que el trabajo la ayudara a olvidarlos.

—No, no y no —musitaba Bree varias horas después tras colgar el teléfono.

¿Por qué no habría hecho aquella llamada antes de firmar el contrato de alquiler? Ya no podía dar marcha atrás. Había demasiada gente, bueno, sobre todo Abby, esperando que fracasara como para que renunciar fuera una opción.

—¿Cuál es el problema? —preguntó Jess, mirándola preocupada.

Bree había instalado temporalmente su oficina en la posada, mientras los pintores y Mick se hacían cargo de la tienda. Por muchas ganas que tuviera de estar con su padre, el nivel de ruido hacía imposible hablar por teléfono desde allí. Podría haber hecho aquellas llamadas desde casa, pero era mejor así. De esa forma, podía pasar varias horas al día con Jess, y había descubierto que le gustaba poder compartir con alguien las ideas que tenía para el negocio. Jess había aprendido mucho durante el proceso de rehabilitación de la posada y también había cometido más de un error, de modo que no iba a juzgarla si se equivocaba.

—Hoy las cosas van de mal en peor —musitó—. Primero, he tenido que hablar con mamá.

Jess la miró con los ojos abiertos como platos.

—¿Has hablado con mamá?

Bree asintió.

—Sí, ha llamado a casa.

—¿Quería hablar contigo o con papá?

—Creo que conmigo. Por lo menos, la abuela me ha pasado el teléfono en cuanto he entrado en la cocina —frunció el ceño al pensar en lo que le había dicho su abuela aquella mañana—. ¿De verdad crees que papá y mamá van a reconciliarse?

—Si me lo hubieras preguntado hace unos meses, te habría dicho que no, pero después de haberlos visto juntos la noche de la inauguración, sinceramente, creo que es posible cualquier cosa.

—¿Y a ti qué te parece? —preguntó Bree.

Jess permaneció en silencio con expresión pensativa.

—Se me hace raro, supongo.

—A mí también —admitió Bree.

Jess fingió un escalofrío.

—Será mejor que dejemos de hablar de papá y de mamá. ¿Con quién estabas hablando por teléfono?

—Acabo de descubrir que hay un mayorista lo suficientemente cerca como para suministrarme las plantas y las flores —le informó a su hermana, sin intentar siquiera disimular su desolación.

Aquello era algo totalmente inesperado.

—¿Y qué? —preguntó Jess—. Siempre y cuando tenga buenas

plantas, para ti mejor. ¿Te preocupa que pueda ponerte los precios más altos porque es el único de la zona?

—Me preocupa porque el propietario es Jake Collins —anunció—. ¿Por qué no me has dicho que era él el propietario del vivero?

Jess parpadeó ante la dureza de su tono.

—Eh, no la tomes conmigo. Pensaba que lo sabías. Siempre ha trabajado allí. De hecho, ya estaba trabajando en el vivero cuando te marchaste.

—Hay una gran diferencia entre trabajar en el vivero y ser su propietario. Y si no recuerdo mal, en aquel momento no vendían al por mayor. Por lo visto, ahora mismo son los cultivadores más importantes de la zona. ¿Qué pretende? ¿Cultivar todas las flores del mundo?

Jess se encogió de hombros.

—No entiendo por qué nada de eso tendría que importarte. Hace años que os separasteis y los dos sois adultos. Esto es un negocio, seguro que sois capaces de llevarlo como personas civilizadas.

Pero Bree no estaba tan segura. Su último encuentro había sido de todo salvo civilizado. Ella esperaba cierto resentimiento, pero no un odio como el que Jake irradiaba.

—Será muy violento —dijo por fin.

—En ese caso, no trates directamente con él —sugirió Jess sin darle ninguna importancia—. Teniendo en cuenta lo mucho que ha crecido su negocio, es muy probable que tenga a mucha gente trabajando para él. Puedes tratar con cualquiera de ellos —sonrió—. Aunque la verdad es que Jake está bastante bien.

Bree lo sabía, pero no tenía ninguna intención de reconocerlo. Aquella situación ya era suficientemente desastrosa por sí sola. Si Jess o cualquiera de la familia llegaba a pensar que todavía quedaba algún rescoldo sin apagar en aquella relación, harían lo imposible por devolverle la vida.

—No puedo evitarlo. Al parecer, tengo que tratar directamente con el *señor Collins* si quiero abrir una cuenta como cliente. Al parecer, es el *señor Collins* el que se encarga de eso, y el que decide si Vivero Shores puede aceptar otro comprador. En caso contrario, el *señor Collins* estará encantado de recomendarme una alternativa, aunque no hay un cultivador mejor que él en muchos kilómetros a la redonda. Me han entrado ganas de meter la mano por el teléfono y estrangular a su secretaria.

Jess la miró fijamente.

—Muy bien, Bree. ¿A qué viene todo esto exactamente? ¿Es solo por lo que pasó entre Jake y tú?

Bree la miró sin comprender.

—Por supuesto, ¿qué otra cosa podría ser?

—No estoy segura, pero si quieres que te diga la verdad, por un momento he llegado a pensar que podrías estar celosa.

—¿Celosa? Eso es ridículo —frunció el ceño—. Es solo que esa mujer parecía, no sé, adorarle. Me ha puesto nerviosa.

—Sí, eso ya lo sé. Lo que no entiendo es por qué. Yo creía que habías sido tú la que le habías dejado.

—No fue exactamente así —dijo Bree.

Jess la miró con repentino interés.

—¿Entonces cómo fue?

Bree suspiró.

—Qué más da. Como tú misma has dicho, todo eso pertenece al pasado. Cuando llegue el momento, encontraré la manera de tratar con él.

Por supuesto, siempre y cuando consiguiera superar la barrera de su eficiente centinela y el *señor Collins* estuviera dispuesto a atenderla.

Jake arrugó el mensaje que había recibido de Bree dos días antes y lo tiró a la papelera. Frunció el ceño al darse cuenta de que su hermana le había pillado haciéndolo y entraba en su despacho con una regañina en la punta de la lengua.

—No empieces —le advirtió Jake.

—Tienes que devolverle la llamada —le advirtió Connie con aquel insoportable tono de mamá gallina.

—No tengo por qué hacer nada —replicó sombrío.

—Sí, esa sí que es una reacción madura, propia de un hombre de tu edad. Déjame repetirte la frase: tienes que devolverle la llamada si esperas que siga trabajando aquí, querido hermano. Estoy cansada de intentar mantener a Bree a distancia, y mucho más de tener que fingir que no sé perfectamente quién es y los motivos por los que estás evitándola. Si en algún momento reconoce mi voz, va a empezar a hacer montones de preguntas que no tengo ninguna gana de contestar. No me pagas lo suficiente como para que haga de mediadora entre Bree y tú.

—Te pago lo suficiente como para que puedas llevar a tu hija a la universidad, que es más de lo que te pagaría cualquiera —respondió—. Y si no recuerdo mal, empieza al año que viene. ¿De verdad crees que puedes permitirte el lujo de dejar este trabajo?

Connie le miró con expresión sombría.

—A veces me cuesta entender por qué mamá siempre te prefirió a ti. No eres una buena persona.

—Pero soy un gran hermano —bromeó.

Y porque era un buen hermano, Connie sabía que jamás la despediría y ella no renunciaría nunca a aquel trabajo por la misma razón. El exmarido de Connie le pagaba una pensión decente para mantener a su hija, pero Jake había hecho suya la responsabilidad de que su hermana y su sobrina tuvieran atendidas todas sus necesidades.

—Eres odioso —le dijo Connie.

—Pero me quieres de todas formas —se puso repentinamente serio—. Por favor, mantén a Bree alejada de mí. Considéralo como una misión personal.

—Las secretarias no pueden ocuparse de asuntos tan personales.

—Pero las hermanas sí.

—Jake, fuiste tú el que decidiste que la empresa no aceptaría ningún cliente a no ser que tú lo aprobaras personalmente. Dijiste que disponíamos de una cartera de clientes limitada y que no querías defraudar a nadie, ¿tengo o no tengo razón?

A Jake se le iluminó la mirada.

—Ya está. Devuélvele la llamada y dile que hemos hablado. Puedes explicarle que debido a la enorme demanda, no podemos aceptar a nadie más en este momento.

—Pero la floristería de Myrtle Creek acaba de cerrar —le recordó—. Jensen era uno de nuestros mejores clientes y si Bree ha hecho bien su trabajo, a estas alturas ya lo sabrá.

—¿Y qué te hace pensar que Bree ha hecho bien sus deberes? —le preguntó con cansancio—. Lo último que sabía de ella era que se dedicaba a escribir obras de teatro, no a los negocios.

—Y lo último que sé yo de ella es que es la mujer más inteligente que has conocido nunca. Desde luego, lo suficientemente inteligente como para averiguar que somos los mejores mayoristas de la región. Apuesto a que esa es precisamente la razón por la que se ha puesto en contacto con nosotros. Probablemente, Jensen nos recomendó cuando decidió retirarse después de sufrir un infarto.

Sí, era posible, pero no era un obstáculo insuperable.

—Si saca el tema, dile que atendíamos a Ted porque era cliente nuestro desde hacía años.

Connie elevó los ojos al cielo.

—¿Pero qué imagen daríamos como vivero si nos negáramos a abastecer a una floristería de Chesapeake Shores? A un negocio propiedad de un O'Brien, nada más y nada menos. Tendrías que arrastrar esa mancha durante toda tu vida. La Cámara de Comercio caería sobre ti. Y si crees que la gente habló cuando Bree y tú os separasteis, eso no será nada comparado con lo que pueden llegar a decir ahora.

Continuaban discutiendo cuando de pronto la puerta se abrió y entró Bree a grandes zancadas en el despacho. Llevaba unos pantalones cortos que hacían sus piernas interminables y un top que le hizo a Jake la boca agua. Algunos rizos rebeldes escapaban del moño que se había hecho en lo alto de la cabeza y con el sol tras ella, parecía estar ardiendo. También sus mejillas ardían. No parecía una mujer contenta. Jake se preparó para enfrentarse a toda aquella oleada de furia y sensualidad y salir ileso.

–Si Mahoma no va a la montaña... –Bree se interrumpió al ver a Connie–. Hola, Connie –en su rostro se reflejó un inmenso alivio al darse cuenta de algo–. Dios mío, ¡eres tú la mujer con la que he estado hablando durante todos estos días por teléfono! No te había reconocido la voz. Lo siento mucho. ¿Por qué no me has dicho nada?

Connie sonrió.

–Francamente, me alegro de que no me hayas reconocido. No tenía ninguna gana de verme atrapada entre este cabezota que tienes aquí y tú. Ahora dejaré que os peleéis entre vosotros. Yo tengo que ir a casa a cocinar –miró divertida a su hermano–. ¿Te reservo un trozo de pastel o crees que tendrás otros planes para la cena? –miró a Bree intencionadamente.

–Ya tenía otros planes para la cena –farfulló Jake sombrío.

Capítulo 6

–Has estado evitándome –le acusó Bree mientras se sentaba enfrente de él.

Los pantalones cortos se subieron ligeramente. No se había vestido de forma provocativa deliberadamente, pero al ver la expresión de Jake, se alegró de haber elegido aquella indumentaria. Habiendo llegado a aquel punto, estaba dispuesta a sacar partido de cualquier ventaja. Quizá eso no dijera mucho a su favor como mujer, pero estaba desesperada. Después de una semana de infructuosas llamadas telefónicas, había quedado claro que Jake tampoco tenía muchas ganas de hacer negocios con ella, de modo que los dos tenían que encontrar la manera de reconducir aquel asunto.

–No es cierto, he estado ocupado.

–Bueno, pues ahora no pareces estarlo –replicó ella–, así que hagamos un trato y me iré inmediatamente de aquí. A no ser que tengas que llevar personalmente los pedidos, no tendrás que tratar nunca directamente conmigo.

Jake apretó la mandíbula.

–No vamos a hacer ningún trato, Bree.

Bree le miró directamente a los ojos.

–Se trata de un negocio, Jake. No te estoy pidiendo que salgas conmigo, ni que confíes en mí, ni que tengamos ninguna clase de contacto. Es algo mucho más sencillo que todo eso: yo voy a abrir una floristería y tú vendes flores. Así de fácil.

–Entre nosotros nunca ha habido nada fácil –respondió Jake.

Rodeó lentamente el escritorio y se apoyó contra él. Sus rodillas casi se rozaban; las de Bree, desnudas, las de Jake, cubiertas por la tela de los vaqueros.

–Y estoy seguro de que antes de que se seque la tinta del contrato ya se habrán complicado.

Bree tragó saliva, pero consiguió mantener la voz firme.

–¿Por qué lo dices?

Jake se inclinó hacia delante con una lentitud que a Bree le aceleró salvajemente el pulso; ya solo estaba pendiente de la proximidad de sus labios. Jake se cernía sobre ella; sus respiraciones se fundían. De pronto, deseó sentir los labios de Jake sobre los suyos con una desesperación que la pilló completamente por sorpresa. El recuerdo de otros muchos besos elevó la temperatura de su cuerpo. ¿Qué le había hecho pensar ni por un solo segundo que aquel cosquilleo podía ser ahogado por la simple determinación?

Como si fuera consciente del volcán que había desatado en su interior, Jake se irguió con expresión satisfecha.

–¿Entiendes a lo que me refiero?

Sí, definitivamente, aquel era un asunto complicado. Pero las cosas no iban a terminar allí. No podía permitirse ese lujo. Quería reinventar su vida con aquella floristería e iba a hacer lo imposible para que fuera un éxito.

Evidentemente, Jake había conseguido convertir su negocio en un gran éxito. Estaba asombrada por el tamaño del vivero, y su admiración había crecido al ir enterándose de que se le consideraba el mejor mayorista de la región. Y al ver aquel día las plantas, los árboles y los arbustos, había comprendido hasta dónde habían llegado los logros de Jake. Teniendo en cuenta todo lo que había conseguido para su negocio, seguramente comprendería por qué la floristería significaba tanto para ella.

–Necesito esas flores, Jake –se limitó a decir.

–Puedes conseguirlas en cualquier otra parte. Hay otros cultivadores por la zona.

–Todo el mundo dice que tú eres el mejor. Y además, eres el que tengo más cerca.

—Pero no estoy disponible.
—¿Lo dices a nivel personal o profesional?
Jake frunció el ceño ante aquel intento de humor.
—Lo digo a los dos niveles.
—El beso que has estado a punto de darme decía otra cosa.
—Pero no te lo he dado, ¿recuerdas?
—Lo que demuestra que tienes una gran fuerza de voluntad. Estoy realmente impresionada. De hecho, no creo que un hombre con tanta fuerza de voluntad tenga ningún problema para controlarse en el caso de que tenga que llevarme unas cuantas macetas cada semana, así que no veo ningún motivo para que no quieras tratar conmigo.
—¿Y si lo que pasa es que no quiero hacerlo?¿Qué puedes argumentar contra eso?
—No quieres porque tienes miedo.
—¿De ti? No seas ridícula.
—Demuéstramelo.
Jake abrió los ojos como platos.
—¿Eso es un desafío?
—¿Por qué no? —contestó Bree, encogiéndose despreocupadamente de hombros—. Veamos si tienes lo que hace falta para mantenerte alejado de mí, Jake. Hagamos un trato: me entregarás personalmente las flores y serás capaz de mantener las manos quietas. A mí me bastará con eso. Yo puedo demostrarte de esa manera que lo único que me importa es mi negocio y tú podrás demostrarme que ya has superado lo nuestro.

Le vio debatir consigo mismo. Era evidente que quería demostrarle que ya no significaba nada para él, que la había olvidado. Pero Jake también sabía que no tenía ninguna posibilidad de éxito. Fuera lo que fuera lo que había habido entre ellos, continuaba allí. De hecho, era casi tangible.

Y, teniendo en cuenta la batalla que estaba librando consigo mismo, era evidente que Bree continuaba teniendo capacidad para romperle el corazón por segunda vez. No era extraño que quisiera mantenerla al margen de su vida. Bree no podía culparle por ello. También ella estaba muy afectada por todo lo que estaba pasando en aquel momento; se suponía que debería estar llorando por el fin de su relación con Marty, no reviviendo lo que sentía por Jake.

—De acuerdo —dijo Jake por fin.

Apartó un montón de papeles de encima de la mesa y le tendió un formulario.

—Rellena esto y tráeselo a Connie mañana por la mañana. Te ahorraré la cláusula de pago para los clientes nuevos durante el primer año. Pagarás cada treinta días.

—No quiero que me hagas ningún favor.

—No te lo estoy haciendo. Sé que podrás pagarme y eso es lo único que me importa. ¿Cuándo abrirás la tienda?

Se había convertido de pronto en todo un hombre de negocios, algo de lo que debería alegrarse, pero no podía evitar cierta irritación. Se obligó a contestar en un tono igualmente frío.

—El primer sábado de septiembre.

—Me encargaré de que te llegue el primer pedido el viernes a primera hora de la mañana. El lunes anterior me tendrás que indicar lo que quieres, por si necesitamos pedir a otro cultivador. Connie te enviará un listado cada semana de las plantas que tenemos. Si con un pedido a la semana no te basta, se harán los ajustes convenientes. O puedes venir aquí para pedir lo que necesites.

—Gracias.

—Como tú misma has dicho, solo se trata de una cuestión de negocios. No lo interpretes de ninguna otra manera. Por favor, cierra la puerta al salir.

Bree frunció el ceño ante su rudeza, pero sabía que era absurdo intentar prolongar aquel encuentro. Ya había conseguido lo que quería. Y algo más.

Jake se maldijo cuando, después de que Bree hubiera abandonado la oficina, vio que le temblaba la mano al agarrar el teléfono. Hablaba en serio cuando antes había dicho que iba a ir a tomar una copa, pero necesitaba compañía. Un hombre al que le afectaba ver a su ex novia seis años después de su ruptura ya era suficientemente patético sin necesidad de convertirse en un bebedor solitario.

Si alguna vez hubiera sido el tipo de hombre inclinado a la búsqueda de ese tipo de compañía femenina que no hacía preguntas ni demandas de ninguna clase, aquella habría sido la noche apropiada para encontrarse con esa clase de mujer. Desgraciadamente, nunca había considerado interesante un simple encuentro sexual. Siempre había querido algo más. Siempre había querido lo que había tenido con Bree. O, por lo menos, lo que pensaba que había tenido con ella.

De modo que solo le quedaba la opción de Will y Mack. Y cuando Mack le dijo que iba a estar ocupado, contaba solamente con Will.

—Estas son las reglas del juego —dijo cuando se encontraron en el Brady's—: Nada de preguntas, no intentes analizar mi estado de ánimo. Hemos venido aquí a beber, ¿de acuerdo?

Will le miró con una expresión que indicaba que sabía perfectamente lo que le pasaba.

—Supongo que has tenido un terrible encuentro con Bree.

Jake le miró con el ceño fruncido.

—Nada de preguntas, ¿no te ha quedado claro?

Will sonrió.

—Por supuesto que sí. Y si estuviera aquí la señorita Davis, nuestra profesora de Lengua, te explicaría que la frase que acabo de pronunciar es una declaración, no una pregunta. Bree O'Brien es la única persona que conozco capaz de ponerte de tan pésimo humor.

Jake vació de golpe casi media cerveza.

—Muy bien, eres muy inteligente. Pero también te he dicho que no intentaras analizar mi estado de ánimo.

—Pero es que es muy divertido —respondió Will—. Tu vida amorosa es mucho más interesante que ver a los Orioles perder otro partido, que es lo que están haciendo —señaló hacia el aparato de televisión que había encima de la barra con expresión triste—. ¿Por qué no hacen otra cosa noche tras noche?

—Porque están teniendo una temporada pésima —respondió Jake, encantado de hablar de un tema poco comprometedor—. Los bateadores no podrían ser peores.

—En eso te doy la razón —se mostró de acuerdo Will, justo en el momento en el que Mack se sumaba al grupo.

Jake se le quedó mirando fijamente.

—Pensaba que tenías una cita.

—No era una cita —replicó Mack con amargura.

—Eso significa que has vuelto a ver a Susie O'Brien —dedujo Will.

Mack frunció el ceño al oírle, pero Jake se echó a reír.

—No le hagas caso. Will se cree un gran conocedor de nuestras tristes vidas amorosas. Lo cual, por supuesto, me hace preguntarme por qué no tiene una vida amorosa de la que preocuparse.

—Ayer mismo tuve una cita —respondió Will indignado—. Una verdadera cita, y no como las vuestras con esas mujeres con las que ni siquiera sabéis si estáis saliendo.

A Mack se le iluminó el semblante.

—Cuéntanoslo todo —le pidió—. Danos un ejemplo que podamos aplicar a nuestras vidas.

Will frunció el ceño.

—Búrlate de mí todo lo que quieras, pero es posible que esta sea la mujer definitiva. La de ayer fue la cuarta cita en dos semanas.

Jake y Mack intercambiaron una mirada. Will rara vez salía con la misma mujer más de dos veces seguidas, o bien porque terminaba aburriéndose o bien porque terminaba cansando a sus citas de tanto analizarlas. En una ocasión, había estado saliendo durante dos meses con una mujer y al final había terminado dándose cuenta de que ella le estaba utilizando como psicólogo. Desde entonces, había pasado meses sin salir con nadie.

Justo en el momento en el que Mack estaba a punto de decir algo, Will le detuvo.

—No te preocupes. No se trata de otra Jasmine. De hecho,

Laura también es psicóloga. Tiene una consulta en Annapolis y acaba de comprarse una casa aquí.

—¿Y esta es la primera noticia que tenemos de ella? —le reprochó Jake—. ¿Acaso no somos tus mejores amigos? ¿No se supone que deberíamos poder decir algo al respecto?

—No —contestó—. Sois mis mejores amigos, pero no tenéis derecho a veto en lo que respecta a las mujeres que hay en mi vida.

—La próxima vez que intentes ejercer tu derecho a veto sobre alguna mujer de la mía, te lo recordaré —gruñó Mack.

—Yo nunca he dicho nada en contra de Susie —le advirtió Will.

—No estoy saliendo con Susie —repitió Mack.

Jake le dio a Will un codazo en las costillas.

—¿No crees que protesta demasiado?

—Sí, claro que lo creo —respondió Will, haciendo chocar su botella con la de Jake.

Mack les miró como si le estuvieran entrando ganas de partirles la suya en la cabeza, pero se limitó a beber un largo trago y a mirar a Jake con expresión de fingida inocencia.

—Ahora, dime, ¿qué estamos haciendo aquí? ¿Esto tiene algo que ver con Bree?

—Supongo que sí —dijo Will—. Pero Jake no está dispuesto a decir nada.

—Porque no hay nada que decir —insistió Jake.

Como ninguno de ellos tenía ganas de hablar de su vida amorosa, permanecieron en silencio. Dieron un sorbo a su cerveza y fijaron su atención en la pantalla, justo a tiempo de ver perder un nuevo tanto a su equipo.

—Es terrible —dijo Mack.

Will asintió.

—En eso te doy la razón —dijo Jake, y suspiró.

Aquellas palabras servían también para describir lo mal que le había ido el día.

***

El olor de la madera recién cortada inundaba el aire de lo que pronto sería su floristería. Bree miró admirada el acero sin mácula de la isleta de la trastienda que se convertiría en su lugar de trabajo. Había rinconeras, estanterías y cajones para almacenar jarrones, cajas, lazos, alambre, cinta adhesiva y cualquier otra cosa que pudiera necesitar para crear unos ramos y unos arreglos espectaculares.

–¿Qué te parece? –preguntó Mick cuando se acercó a ella–. ¿Era esto lo que tenías en la cabeza?

Bree se volvió para abrazarle.

–Es perfecto, papá. Muchísimas gracias. Me parece increíble que hayas sido capaz de crear algo así a partir de los cuatro garabatos que te di.

Mick se echó a reír.

–Créeme, no fueron los cuatro garabatos los que me inspiraron, sino tu forma de describir lo que necesitabas. Acercarme a ver a Ted Jensen también me sirvió de gran ayuda. Supongo que después de tantos años en el negocio, era la persona más indicada para decirme lo que podías necesitar.

–Sabiendo que está a punto de cerrar la tienda, probablemente podría haberle comprado sus muebles en vez de darte tanto trabajo.

–Absolutamente no –la contradijo Mick–. Quieres empezar de cero, de modo que todo tiene que estar completamente nuevo. Le hice una oferta por sus refrigeradores. Le dije que tenía que consultarlo contigo, pero la verdad es que están en muy buenas condiciones y de esa forma podrás ahorrarte una buena cantidad de dinero.

En un primer momento, a Bree le molestó que hubiera hecho una oferta sin contar con ella, pero inmediatamente comprendió que estaba siendo injusta. Al fin y al cabo, su padre había dejado que fuera ella la que tomara la decisión final y si Mick había hecho un contacto que podía ayudarla a ahorrar dinero, tendría que considerarlo.

–Iré hoy mismo a echarles un vistazo –le prometió.

–Muy bien. Y ahora quiero que le eches un vistazo a este

plano –le pidió Mick–. Quiero que me digas dónde te gustaría que fuera el mostrador.

Estaban dirigiéndose a la parte principal de la tienda cuando la puerta se abrió de pronto y entró Megan. Bree no estaba segura de quién se llevó mayor sorpresa, si su padre o ella.

–¡Megan! –exclamó Mick resplandeciente–. No te esperaba. Bree, cariño, ¿sabías que tu madre iba a venir?

–No –contestó muy seca.

Observó a Mick mientras este cruzaba la habitación para darle a Megan un beso en la mejilla.

–¿Cómo no iba a venir sabiendo que estás a punto de abrir un negocio? –dijo Megan al tiempo que le dirigía a Mick una significativa mirada que Bree no supo cómo interpretar.

–Bueno, pasa y échale un vistazo. Pero te advierto que no hay mucho que ver y ahora mismo tengo que ir a Myrtle Creek.

Estaba ya casi en la puerta cuando se dio cuenta de que Megan estaba detrás de ella.

–¿Por qué no te acompaño? –sugirió su madre con una expresión que sugería que no iba a aceptar un no por respuesta.

Bree apretó los dientes.

–Como quieras –dijo, y se dirigió hacia el coche–. ¿Estás segura de que no prefieres descansar un rato después del viaje? Supongo que te alojas en la posada, ¿verdad?

–La verdad es que pensaba quedarme en la casa, pero antes tengo que hablar con tu padre –contestó su madre–. A ti no te importa, ¿verdad?

Bree se encogió de hombros.

–No es mi casa.

–Claro que es tu casa –la corrigió su madre–, y tu opinión es muy importante para mí.

–En ese caso, creo que deberías quedarte en la posada, en el caso de que haya alguna habitación libre. Yo voy a estar muy ocupada. Voy a llamar a Jess –sacó el móvil del bolsillo, lo abrió y buscó el número de teléfono de su hermana.

Ignoró el dolor que reflejaban los ojos de su madre mientras esperaba a que su hermana descolgara el teléfono.

–Hola, Jess, soy Bree. ¿A que no adivinas con quién estoy?

–Con mamá –contestó Jess–. Abby me ha llamado hace una hora para decirme que venía.

–¿Tienes alguna habitación libre? Puedo llevarla ahora mismo allí.

–Lo siento, pero está todo completo, ya se lo dije a Abby. Abby dice que mamá puede quedarse con ella y con las niñas.

–Perfecto –dijo Bree al instante–. Se lo diré. Puedo llevarla ahora mismo.

–No, ahora no. Trace está ahora mismo en Nueva York, así que no podrás llevarla hasta que vuelva Abby del trabajo.

Lo que quería decir que se vería obligada a pasar el resto de la tarde con su madre.

–Espera, ¿la abuela no tiene llaves de la casa de Abby?

–Claro que sí –contestó Jess–. No sé cómo a Abby no se le ha ocurrido pensar en eso.

–Iré a casa a buscar las llaves. Adiós, Jess.

Cuando colgó el teléfono, observó a su madre mirándola con atención.

–¿Piensas aparcarme en casa de Abby? –preguntó casi divertida mientras Bree arrancaba.

–No es eso –contestó Bree, pero era consciente de que era exactamente eso y de que las dos lo sabían–. Siento que haya sonado así, mamá, pero creo que lo más sensato es que te quedes allí.

Sintiéndose culpable, se dirigió hacia Myrtle Creek en vez de ir directamente a casa de su abuela. No iba a costarle la vida ser educada durante un par de horas con su madre.

–Puesto que Abby ha hecho las paces conmigo y el resto de los hermanos no, ¿no es eso? –dijo Megan. La miró a los ojos–. ¿Sabes que tu padre vino a verme a Nueva York hace un par de semanas?

Bree tragó saliva y sacudió la cabeza.

–No tenía ni idea.

–Me pidió que viniera con él a Chesapeake Shores.

–¿Por qué?

¿Tendría razón su abuela? ¿Pretenderían retomar su relación? Bree no quería siquiera considerar esa posibilidad. A diferencia de sus hermanos, ella nunca había deseado una reconciliación con su madre.

—Quería que viniera porque estaba preocupado por ti —le explicó su madre.

—Pero yo... —se interrumpió bruscamente.

—Pero supongo que tú no querías verme por aquí —terminó Megan por ella—. Sí, ya me doy cuenta. Tu padre pensaba que podías necesitarme y después de hablar contigo el otro día, yo también tuve esa sensación.

—Mamá, creo que es un poco tarde para que aparezcas de pronto dispuesta a tener una conversación de corazón a corazón con tus hijas. Hemos crecido sin ti. Y la abuela consiguió llenar el vacío que dejaste tú.

—Lo sé y créeme, no hay nadie que se lo agradezca más que yo. Y no espero que ninguno de vosotros desnude su alma ante mí, pero soy una persona adulta, y quizá por eso más sabia. También se me da bien escuchar, si necesitas hablar con alguien. Y, lo más importante de todo, te quiero y jamás te juzgaré. Puedes contarme cualquier cosa.

Bree la miró desconcertada.

—¿Qué crees que tengo que contar?

—¿Hay algún hombre que te haya forzado a marcharte de Chicago? —preguntó Megan con delicadeza—. ¿Algún hombre que te haya roto el corazón?

—Había un hombre en mi vida, sí, pero no fue esa la razón por la que decidí marcharme.

Su madre la miró en silencio.

—Por lo menos no fue la única razón —se corrigió Bree—. Y de verdad no quiero hablar ni de Marty ni de Chicago. Tengo una nueva vida por delante y quiero concentrarme en ella.

—Algo que aplaudo. Aunque a veces, el pasado se empeña en perseguirnos.

—Dímelo a mí —musitó Bree, pensando en Jake.

Una chispa iluminó la mirada de Megan.

—Definitivamente, detrás de esas palabras se esconde toda una historia.

—Mamá, déjalo ya, por favor. No necesito que te preocupes por mí, y tampoco necesito tu consejo. Creo que puedo manejar perfectamente la situación.

—Si tú lo dices —dijo Megan con voz queda—. Pero la verdad es que lo dudo.

—¿Por qué? ¿Por qué no te limitas a creerme y dejas el tema de una vez por todas?

—Porque estamos a medio camino de Baltimore cuando estoy completamente segura de que has dicho que la cita era en Myrtle Creek.

Bree miró las señales y comprendió que su madre tenía razón. Tenían que retroceder treinta kilómetros.

—Podrías haberlo dicho antes —gruñó mientras giraba.

—He pensado que a lo mejor habías decidido llevarme directamente a la oficina de Abby para poder dejarme en la puerta.

—Esto no tiene ninguna gracia, mamá.

Megan sonrió de oreja a oreja.

—No estaba intentando hacerme la graciosa. Solo estaba intentando demostrarte que te conozco mejor de lo que piensas. Porque no me dirás que no se te ha pasado esa posibilidad por la cabeza.

—¿Así que crees que lo de Baltimore ha sido una especie de lapsus freudiano?

—O a lo mejor una forma inconsciente de admitir que estás más interesada en lo que tengo que decirte de lo que estás dispuesta a reconocer.

—Un razonamiento muy retorcido —la acusó Bree, pero le devolvió la sonrisa—. Aunque es la clase de lógica que le encantaría a alguno de mis personajes.

—¿Entonces sigues escribiendo?

La sonrisa de Bree desapareció.

—En este momento no estoy escribiendo, pero volveré a hacerlo.

—Sería una pena que no lo hicieras. Eres muy buena.
—¿Cómo lo sabes? ¿Abby te enviaba las críticas?
—Sí, pero no solo lo sé por eso, sino porque vi tus obras.
Bree parpadeó con fuerza.
—¿En el teatro?
—Sí, he visto todas tus obras —confirmó su madre.
—¿También el último fiasco?
—No te atrevas a llamarlo así —le advirtió su madre indignada—. Los personajes y el tema de la obra eran muy buenos. Desde que estoy en Nueva York he visto muchas producciones teatrales, así que creo que sé reconocer una buena cuando la veo.

Sorprendida por la valoración de su madre y deseando saber su opinión, Bree aparcó en el aparcamiento de unas galerías comerciales que tenían una cafetería en una de las salidas.

—Me apetece un refresco, ¿y a ti?
—A mí me encantaría tomar un café —respondió Megan.
—¿Y una ración de tarta de melocotón? —preguntó Bree, recordando de pronto que era la favorita de su madre.

A Megan se le iluminó el semblante.
—¿Te acordabas de eso?
—Cómo iba a olvidarlo. Era la única cosa que horneaba la abuela por la que teníamos que pelearnos. Siempre intentabas inventar algún motivo para dejarnos sin postre.

Su madre la miró con expresión culpable.
—¿Te dabas cuenta de que era una estrategia para poder comer tarta?
—Claro que me daba cuenta. Todos lo sabíamos. Y a veces nos portábamos mal para ayudarte.

Una vez dentro de la cafetería, después de que les sirvieran las bebidas y el dulce, Bree alzó la mirada.
—Dime por qué pensabas que los problemas de la obra no eran míos.

La expresión de su madre se tornó pensativa.
—Para mí, lo que hace que una obra sea buena son los personajes. Me gustan las personas sobre las que escribes, me importa lo que les pueda ocurrir.

—¿Entonces cuál fue el problema? ¿Por qué la destrozaron los críticos?

—Es posible que esté siendo completamente parcial, pero creo que tiene que ver con las actuaciones. Y como resulta que he visto a esos mismos actores en otras obras y creo que son buenos, tengo la sensación de que ha sido el director el que se ha equivocado al dirigir la obra.

Bree se quedó atónita ante la perspicacia de su madre. Marty no era director de teatro. Se había encargado de dirigir aquella obra porque en el último momento habían tenido un problema con el director al que habían contratado. En un primer momento, Bree se había cuestionado su forma de dirigir, pero era demasiado novata y le admiraba demasiado como para poner en duda sus decisiones. Cuando había transformado los diálogos, eliminando toda sombra de sutileza, se lo había comentado, pero al final había cedido a la voz de la experiencia. Si los actores no protestaban, ¿cómo iba a protestar ella?

—¿Y de verdad fuiste capaz de ver lo que había escrito por encima de la actuación? —preguntó Bree sorprendida—. ¿Por qué nadie más se dio cuenta?

—Por una parte, el trabajo del crítico consiste en analizar lo que ve en el escenario, no en pensar en cómo podría haber sido la obra si las cosas hubieran sido diferentes. Y, por otra parte, conozco tu corazón y lo veo en todo lo que escribes. Me encantaría que esa obra volviera a representarse con alguien que realmente entendiera a los personajes.

—¿Y la segunda obra? —preguntó Bree, sinceramente interesada en saberlo.

Megan arqueó las cejas.

—La verdad es que esa es la que menos me gusta.

—¿Por qué?

—Tenía la sensación de que la habías escrito a toda velocidad. Los personajes no me parecían del todo reales.

—Tienes razón. Al principio estaba bloqueada y tuve que terminarla a toda prisa para entregarla en la fecha que me habían marcado. Marty decía que estaba bien, pero yo nunca le creí. La verdad es que me sorprendió que funcionara –alzó la mirada hacia su madre–. Me habría gustado saber que estabas viendo las obras. ¿Por qué no me dijiste nada?

–Fui a todos los estrenos y no quería ponerte nerviosa, y tampoco que te enfadaras. Eran noches muy especiales para ti y a mí me bastaba con compartirlas. Estaba tan orgullosa de ti que me sentía a punto de explotar. Me entraban ganas de levantarme y decirle a todo el mundo que eras mi hija, sobre todo durante los aplausos de la primera obra, cuando te hicieron salir al escenario.

–Me temblaban las rodillas –admitió Bree.

Megan le apretó la mano.

–Sí, me di cuenta, pero estabas maravillosa. Nunca te había visto tan confiada y feliz –cambió repentinamente de expresión–. ¿Cuándo perdiste esa confianza, Bree? ¿Qué pasó?

Bree estuvo a punto de culpar al recibimiento que habían tenido las dos obras siguientes, pero sabía que no era cierto. Por razones que no terminaba de entender, Marty parecía decidido a minar su confianza en sí misma a cada paso, pero no le apetecía profundizar en ello en aquel momento.

Así que cambiando de tema, preguntó:

–¿El resto de la familia sabe que estuviste en el estreno de la primera obra? Esa es la única a la que pudieron ir todos.

–No. Como ya te he dicho, pensaba que era tu noche y no quería convertirme en un motivo de distracción. Volví a Nueva York en cuanto terminó la obra.

–Me gustaría haber sabido que estabas allí.

–Eso lo dices ahora. Seguramente no habrías dicho lo mismo hace un par de horas. Y me parece bien. Eso significa que vamos progresando. Por lo menos, eso espero.

–Sí, a lo mejor tienes razón –admitió Bree.

Megan la miró a los ojos.

–Todo este asunto de la reconciliación no tiene por qué ser fácil. Podemos discutir, y a lo mejor hasta fracasamos. Pero lo importante es que las dos sigamos intentándolo. ¿Crees que serás capaz?

Bree pensó la respuesta durante el tiempo que una pregunta tan importante merecía.

—Sí, quiero intentarlo.

—En ese caso, estoy casi segura de que lo conseguiremos, porque no hay nada que yo desee más.

—A lo mejor deberías quedarte en casa.

Para su sorpresa, Megan negó con la cabeza.

—No, creo que es preferible que me quede en casa de Abby. Al principio necesitaremos más espacio. Y también lo necesitaremos tu padre y yo.

—¿Crees que llegaréis a...?

—¿Reconciliarnos? —terminó Megan por ella—. Todavía es demasiado pronto para decirlo. Para serte sincera, creo que eso va a ser más difícil que intentar reconciliarme contigo y con tus hermanos. Y no quiero precipitarme.

—¿Estás intentando demostrarme lo sensata que eres?

—O a lo mejor estoy admitiendo que he echado de menos a Carrie y a Caitlyn con locura y que estoy deseando estar con ellas.

—Creo que yo me quedo con lo de la sabiduría —respondió Bree—. Porque si no, tendría que admitir que tengo celos de un par de niñas de cinco años.

Megan alargó la mano hacia la suya.

—No tienes por qué. En mi corazón siempre habrá espacio para todos vosotros.

Y, por primera vez en quince largos años, Bree lo creyó.

Capítulo 7

Mick entró con brío en la cocina al final del día y miró a su alrededor, buscando alguna señal de su ex esposa. Llevaba esperando aquel momento desde que la había visto aparecer en la tienda de Bree, preguntándose cómo se sentiría al verla allí, donde estaba siempre, antes de que él hubiera arruinado su matrimonio. Desgraciadamente, no se la veía por ninguna parte. Estaba solo su madre con el ceño fruncido.

–¿Dónde está Megan? –le preguntó a Nell.

–No la he visto –contestó ella mientras ponía la mesa con ligero mal humor–. Aunque he oído decir que está en el pueblo.

Mick asintió, ignorando su irritación.

–Ha aparecido antes por la tienda y se ha ido con Bree. Teniendo en cuenta cómo la ha recibido Bree, imaginaba que a estas alturas Megan estaría en casa, y probablemente sola.

–Pues no las he visto. A lo mejor están todas en la posada. Al fin y al cabo, se quedó allí la última vez que vino.

Mick se encogió de hombros.

–Supongo que sí. En cuanto me duche, iré paseando hasta allí para averiguarlo. ¿Crees que tengo tiempo antes de la cena?

–Como nadie se ha molestado en decirme nada, supongo que tendremos que cenar cuando aparezca todo el mundo –contestó Nell claramente ofendida–. Así que tú también puedes venir cuando quieras.

Mick comprendió que ignorando el mal humor de su madre

no estaba consiguiendo nada. Y era evidente que su madre tenía alguna cosa en mente.

—¿Tienes algún problema?

—¿Problema? El único problema que tengo es que la gente sale y entra en esta casa sin tener la más mínima consideración.

Mick la miró con el ceño fruncido.

—¿Lo dices por la inesperada aparición de Megan?

—No, lo digo por todos vosotros. Me paso las tardes intentando decidir lo que voy a hacer de cenar, y cuando por fin tomo una decisión, tengo que empezar a pensar cuánta gente vendrá a cenar. Yo pensaba que os había educado mejor.

—Sí, tú nos has enseñado a ser más considerados —le aseguró—. Y tienes razón, no hemos pensado nada en ti. Lo siento, no volverá a ocurrir. Yo me encargaré de que no vuelva a pasar.

—¿Tú? —preguntó con incredulidad—. Tú no eres mejor que tus hijos.

—Lo siento, de verdad —repitió.

Continuaba sorprendiéndole que aquella mujer tan diminuta fuera capaz de hacerle sentirse como si fuera un niño de seis años cuando le regañaba.

Justo en ese momento se abrió la pantalla de la puerta, se oyó un portazo y acto seguido entraron Carrie y Caitlyn corriendo en la cocina.

—¿Dónde está la abuela Megan? —quiso saber Carrie.

—Parece que esa es la pregunta del día —respondió Nell—. ¿Venís las tres a cenar? ¿Y se supone que yo tenía que adivinarlo?

Mick sonrió mientras Abby intentaba decidir cómo responder al mal humor de su abuela. Al final, Abby le dio un abrazo y le dijo:

—No, no tienes que darnos de cenar. Hemos venido a buscar a mamá para llevárnosla a casa.

—Bueno, pues habéis perdido el tiempo. No está aquí y yo no la he visto, así que podéis ir sentándoos a la mesa. Tenemos sopa de patatas y carne guisada.

Abby miró a Mick con expresión divertida. Su padre se encogió de hombros.

—Abuela, ¿por qué no te preparas un té y te relajas un poco? Yo me ocuparé de todo. ¿Qué queda por hacer?

—La sopa está al fuego y la carne en el horno —respondió Nell—. Lo único que queda por hacer es esperar a que la gente aparezca.

Mick vio el momento en el que Abby comprendía lo que le ocurría a su abuela. Envió a las gemelas a jugar y se aseguró de que su abuela se sentara y se tomara un té.

—Abuela, si hemos estado apareciendo en tu cocina como si fuera la de un restaurante en el que la gente se presenta cuando le apetece, lo siento —se disculpó.

—Ya le he dicho que a partir de ahora intentaremos ser más considerados —le dijo Mick.

—Desde luego —contestó Abby.

Nell se sonrojó ligeramente.

—Siento haberme puesto así —tomó la mano de Abby—. Sabes que siempre seréis bienvenidas en esta casa. Me encanta tener a tus hijas en casa. Desde que os habéis ido a vivir con Trace, las echo mucho de menos.

—Me aseguraré de que las veas más a menudo —le prometió Abby—. Pero avisaré mis visitas con tiempo.

Mick no lo habría creído posible, pero de pronto su madre parecía sentirse culpable, incluso avergonzada.

—Mamá, ¿te ocurre algo más?

—Si quieres saber la verdad, me siento como una vieja estúpida, quejándome de que todo el mundo se presente aquí a su antojo. Esta es tu casa y tienes derecho a venir cuando te apetezca.

De pronto, en un raro momento de lucidez, Mick comprendió que lo que le preocupaba a su madre tenía muy poco que ver con la cena de aquella noche o con el hecho de que alguien se presentara inesperadamente a cenar.

—Te preocupa que vuelva Megan y pase a ocuparse ella de todo, ¿verdad?

Nell no lo negó.

—Ninguna casa puede estar a cargo de dos mujeres —dijo—. Si Megan y tú os reconciliáis, tendrá todo el derecho del mundo a llevar la casa a su manera. Y yo sigo teniendo mi casa, puedo volver allí.

Emocionado por la tristeza que reflejaba su voz, Mick se sentó al lado de su madre.

—Mamá, Megan y yo estamos muy lejos de una reconciliación y estoy seguro de que lo sabes. Si quieres volver a tu casa, será una decisión tuya, pero, por favor, no pienses que no queremos tenerte aquí.

—Abuela, tú perteneces a esta casa —le aseguró Abby—. Este siempre será tu hogar.

—Pero Megan tendrá sus propias ideas —replicó ella.

Mick no quería tomarse sus miedos a la ligera, pero había algo de su ex esposa que, aparentemente, se le escapaba a Nell.

—Mamá, Megan tiene tanto interés en llevar una casa como yo. Confía en mí, estaría más que encantada de dejarte a cargo de la casa, si es eso lo que quieres —le dirigió una significativa mirada—. Pero te estás adelantando a los acontecimientos. Ni siquiera yo soy capaz de imaginar ahora mismo un futuro con ella y ya sabes lo optimista que tiendo a ser cuando se me mete algo en la cabeza.

Se dio cuenta de que Abby le estaba mirando fijamente.

—¿Estás intentando recuperar a mamá? Sabía que estabas viéndola, ¿pero la cosa va en serio?

Mick se puso rojo como la grana.

—Bueno, me presenté en Nueva York hace un par de semanas y cenamos juntos. No terminamos tirándonos los platos a la cabeza ni nada parecido, eso es lo más positivo que puedo decir de aquella noche.

Abby le miró pensativa.

—Y ahora ella aparece de pronto y nos hace una visita inesperada. Interesante. ¿Dónde está, por cierto?

—Está con Bree —contestó Mick—. Yo pensaba que a estas alturas ya habrían vuelto. Llama a tu hermana y pregunta si están en la posada.

Abby alargó la mano hacia el teléfono, pero justo en ese momento apareció Jess... sola.

—Bueno, es evidente que no están en la posada —dijo Mick.

—¿Mamá y Bree? —preguntó Jess—. ¿Han desaparecido?

—No, no han desaparecido —contestó Mick—. Pero todavía no han vuelto de Myrtle Creek. ¿Por qué no ayudáis a la abuela a poner la mesa? Yo voy a darme una ducha rápida.

Abby le miró divertida.

—¿Quieres arreglarte por si aparece mamá?

—Lo que no quiero es oler a serrín y a sudor —replicó Mick.

Se quedó un momento mirando a sus hijas mientras estas ponían la mesa. Aquella situación le recordaba a todas las comidas familiares que habían compartido a lo largo de los años. Y a todo cuanto había echado de menos: las discusiones, las risas, las conversaciones... ¿Por qué no habría sido capaz de apreciarlo cuando lo tenía tan cerca? ¿Cómo podía haber permitido que el trabajo le alejara tan a menudo de lo único realmente importante?

Al principio se decía que aceptaba trabajos que le obligaban a viajar por la familia, para poder proporcionarles todo lo que pudieran necesitar. Después, cuando Megan le había dejado claro que prefería su compañía al dinero que pudiera ganar, no había sabido captar el mensaje. Lo había considerado como una suerte de ultimátum, se había dejado llevar por el orgullo y la había dejado escapar.

Después, la casa le parecía vacía, a pesar de la presencia de sus cinco hijos, de modo que intentaba mantenerse alejado para evitar aquella terrible sensación de soledad. No estaba seguro de qué era peor, si sentirse abandonado o la constante sensación de culpabilidad, porque sabía que el divorcio había sido culpa suya, porque no había sido capaz de asumir un compromiso. Entonces, lo único que le importaba era que le resultaba más fácil soportar la ausencia de Megan cuando estaba lejos y concentrado en su trabajo. Y saber que era su madre la que se ocupaba de sus hijos le liberaba de cualquier cargo de conciencia.

Todavía estaba pensando en todo ello después de ducharse y ponerse unos pantalones inmaculados y una camisa limpia. Se palmeó el rostro con loción para después del afeitado y esbozó una mueca mientras se miraba en el espejo. Abby iba a tener motivos de diversión en cuanto le oliera. Pero bueno, suponía que era capaz de soportar una broma de su hija mayor. Le importaba mucho más darle a Megan una buena imagen.

Pero para su más absoluto desconcierto, todavía no había llegado cuando regresó a la cocina. Todo el mundo estaba sentado, evidentemente, esperándole a él. Caitlyn y Carrie vociferaban impacientes en sus sillas.

—Abuelo, pensábamos que no ibas a llegar nunca —le dijo Carrie.

—Tenemos mucha hambre —añadió Caitlyn.

—Lo siento, pero podíais haber empezado sin mí —mientras se colocaba la servilleta en el regazo, advirtió que no sobraba ningún plato en la mesa—. ¿Bree y Megan no han vuelto todavía?

—Ha llamado Bree. Dice que han decidido cenar en el Brady's —dijo Abby, observando atentamente su reacción.

—Me alegro por ellas. Les vendrá bien estar juntas.

—Buen intento, papá, pero creo que estás desilusionado —respondió Abby.

—¿Pero por qué voy a estar desilusionado? ¿Acaso no fui a Nueva York para convencer a Megan de que Bree la necesitaba?

Fue entonces Jess la que le miró con la misma expresión de extrañeza con la que le había mirado Abby.

—¿Fuiste a Nueva York?

—Sí, y su visita no tenía que ver con Bree —respondió Nell, dirigiéndole a Mick una mirada compasiva.

—Claro que tenía que ver con Bree.

—¿De verdad? ¿Y después de esa visita seguiste en contacto con ella para asegurarte de que supiera lo que le estaba pasando a tu hija?

Mick se sonrojó al oírla.

—No.

—Porque estabas molesto porque tu plan no había funcionado

y Megan no había venido corriendo a Chesapeake Shores –aventuró Nell.

–Mamá, no sé de qué estás hablando –gruñó Mick–. Al fin y al cabo, Megan está aquí, ¿no?

–Porque me llamó para ver cómo estaba Bree y se dio cuenta de que la situación era seria.

–Ha venido por Bree –dijo Mick muy tenso–, y eso era lo que yo quería.

–Pero eso no explica la camisa limpia y la loción –bromeó Abby.

–A lo mejor tengo planes para después de la cena –contestó Mick.

–¿Con mamá? –preguntó Jess, mirándole con curiosidad–. ¿Soy yo la única que no está al tanto de lo que está pasando entre vosotros?

–Bueno, creo que todos podemos estar de acuerdo en lo que quiere papá –dijo Abby–. El misterio es mamá.

Mick la miró con el ceño fruncido.

–¿Podéis dejarlo ya? –miró el reloj preocupado–. Llego tarde. Tendréis que perdonarme.

Las tres le miraron estupefactas.

–¿Te vas a ir en medio de la cena? –le reprochó su madre–. Pero si apenas has probado bocado.

–Lo siento, pero tengo que irme –contestó, dándole un beso en la mejilla.

–¿Puedo ir contigo? –preguntó Carrie.

–Sí, ¿podemos ir contigo? –se sumó Caitlyn–. Por favor...

Como no tenía la menor idea de adónde iba, Mick no encontró razón para que no pudieran acompañarle sus nietas. Las llevaría al pueblo y les compraría un helado. Podrían jugar un rato en los columpios. Por lo menos eso le permitiría mantenerse lejos de la casa. Y después las llevaría a casa de Abby. Para entonces, Megan ya estaría allí.

–Si a vuestra madre no le importa –dijo, mirando a Abby–. ¿Puedo llevármelas?

–Claro –respondió Abby divertida–. Pero no lleguéis tarde.

—Las dejaré en tu casa a las ocho y media.

Abby sonrió entonces de oreja a oreja.

—Me parece muy bien. Supongo que para entonces mamá ya estará en casa.

Mick fingió sorpresa.

—¿Ha dicho a qué hora pensaba llegar?

—No, pero conociendo a Bree, no creo que sea tarde.

—En ese caso, ver a tu madre sería una manera agradable de terminar el día —dijo, como si no lo tuviera todo planeado. Les tendió sendas manos a las gemelas—. Vamos, chicas. Hay un helado de vainilla gritando mi nombre.

—Abuelo, los helados de vainilla no hablan —dijo Caitlyn muy seria.

Mick fingió sorpresa.

—¿Estás segura?

Caitlyn asintió muy seria.

—En ese caso, supongo que el que grita es un helado de chocolate.

—Abuelo, eres tonto —dijo Carrie entre risas.

Mick le guiñó el ojo a Abby.

—Eso me temo, pequeña. Eso me temo.

Probablemente era ridículo que un hombre de más de cincuenta años tuviera ganas de reír como un adolescente ante la perspectiva de poder ver a su ex esposa.

Bree estaba atónita: había pasado toda la tarde con su madre y había disfrutado. Después de un duro comienzo, apenas había habido tensión entre ellas, sobre todo porque Megan había reconocido que había ido en tres ocasiones a Chicago para ver la representación de sus obras. Bree todavía no era capaz de asimilar el hecho de que su madre la quisiera tanto como para hacer una cosa así. Todavía tenía un largo vacío que llenar en su corazón, un vacío de cuya existencia jamás había hablado.

Cuando al final llevó a su madre a casa de Abby, casi lamentó tener que separarse de ella.

—Me he divertido mucho —le dijo a Megan.
—Yo también.
—Me gustaría que te quedaras en casa.
—Es mejor que me quede aquí —le aseguró Megan.
—¿Sabes cuánto tiempo vas a estar en el pueblo?
—Solo el fin de semana —contestó Megan—. Pero si te parece bien, mañana me gustaría pasar por la tienda. Me gustaría echar un vistazo y enterarme de todo lo que has planeado.

Bree asintió.

—Mañana por la mañana estaré allí.
—Nos veremos entonces.

En el momento en el que Megan salió del coche, dos niñas corrieron entusiasmadas hacia ella.

—¡Abuela, hemos estado esperándote y esperándote! —exclamó Carrie.

Megan se echó a reír.

—¿De verdad? Bueno, yo también llevo mucho tiempo esperando veros.

—El abuelo Mick está aquí —dijo Caitlyn emocionada—. También estaba esperándote.

Bree advirtió la sorpresa de su madre.

—No le hagas esperar, mamá. Te veré mañana.

Megan se llevó la mano a la frente.

—¿Pero en qué he estado pensando? Tengo un coche alquilado. Lo he dejado aparcado al lado de tu tienda, con el equipaje en el maletero. No había vuelto a pensar en él.

—Dame las llaves del coche. Te traeré el equipaje y Abby puede llevarte a la tienda mañana por la mañana.

—Debería ir contigo... —empezó a decir, pero las gemelas empezaron a protestar.

—Quédate aquí, mamá. No tardaré ni diez minutos en volver. Quince como mucho.

—¿Estás segura de que no te importa?
—Claro que no.

Mientras conducía de nuevo hacia el pueblo, Bree pensaba en cuánto habían cambiado las cosas en una sola tarde. Unas horas antes, no habría sido capaz de hacer algo así por su madre. De hecho, pensaba que no le debía la menor consideración. Sin embargo, en ese momento se alegraba de que su madre hubiera ido a verla.

Durante aquella tarde, había tenido oportunidad de recordar las ocasiones en las que Megan se las arreglaba para salir solo con ella. Era algo que hacía con cada uno de sus hijos; a Bree siempre la llevaba a la librería o a la biblioteca. Con Abby optaba por los paseos por la playa y a los chicos les llevaba a ver partidos de béisbol, aunque decía no entender nada. E incluso había sido capaz de superar su repugnancia a las lombrices para llevar a Kevin a pescar. Bree vaciló un instante, intentando recordar qué hacía con Jess. Pero probablemente no había disfrutado de muchas de aquellas salidas especiales con la más pequeña de sus hijas. Jess solo tenía siete años cuando sus padres se habían divorciado.

Cuando aparcó al lado del coche de su madre, el único vehículo que quedaba en la acera a esa hora, alzó la mirada y advirtió que habían pintado el nombre de la floristería mientras ella estaba en Myrtle Creek. En el escaparate principal aparecía el nombre de la tienda adornado con flores. Y el nombre de Bree, pintado en letras azul oscuro y oro, en una de las esquinas.

—Dios mío —musitó.

Se le llenaron los ojos de lágrimas. Era tal y como lo había imaginado. Su sueño le pareció de pronto algo real. Estaba cobrando forma. En unas cuantas semanas, abriría su tienda y su vida tomaría un nuevo rumbo.

Durante la noche, la calle Principal se convertía en un lugar de particular encanto. Los turistas caminaban disfrutando de los escaparates y saboreando los más variados helados. Cada tienda era única, todas ellas tenían los escaparates iluminados, mostrando los regalos, los recuerdos y los productos de la zona. Y pronto ella contribuiría a aquel encanto exhibiendo sus flores. Estaba deseando poner su propio sello en aquella comunidad que su padre había imaginado y construido desde cero.

—No está mal.

La voz de Jake la sobresaltó de tal manera que tocó involuntariamente la bocina. Le dirigió una mirada acusadora.

—Me has dado un susto de muerte. ¿De dónde sales?

—Acabo de ir a por una hamburguesa a la Cafetería de Sally y te he visto aquí sentada. He pensado que te pasaba algo.

—¿Por qué iba a pasarme nada?

—Porque no es normal que alguien aparque en la calle Principal a esta hora y se quede mirando fijamente un edificio.

—He venido a sacar el equipaje de mi madre del coche que ha alquilado —le explicó, señalando el coche que había al lado del suyo.

—¿Está Megan aquí? —preguntó Jake arqueando las cejas con gesto de asombro.

Bree asintió.

—¿Y a ti te parece bien?

—Al principio estaba un poco insegura, pero parece que todo está saliendo bien.

—¿Y qué le ha hecho venir al pueblo? Sé que estuvo por aquí cuando inauguraron la posada, pero no imaginé que fuera a venir regularmente. Después de su divorcio, todos le mostrasteis claramente vuestro rechazo.

Bree le miró con cansancio.

—Sí, para mí todo esto ha sido una sorpresa, pero al parecer, estaba preocupada por mí.

Jake se apoyó en el coche y señaló hacia la tienda.

—¿Por esto?

A Bree no le sorprendió en absoluto que lo adivinara. Suponía que eran muchas las personas que estaban intentando averiguar por qué había abandonado una carrera de éxito en Chicago para abrir una floristería en Chesapeake Shores.

Bree asintió.

—Por esto.

—¿Y qué le has dicho?

—Que necesitaba volver a empezar.

—Me parece una opción extraña para hacerlo. La gente normalmente comienza de nuevo en lugares completamente nuevos, no vuelve a escenarios plagados de malos recuerdos.

Bree le miró a los ojos.

—No todos mis recuerdos de Chesapeake Shores son malos. Y los únicos que... —se encogió de hombros—. Tú has sido capaz de dejar atrás los malos recuerdos, así que no sé por qué no voy a serlo yo.

Jake le sostuvo la mirada.

—Yo no he sido capaz de dejar atrás nada, Bree. Ni de lejos. Y ahora que has vuelto, el pasado me persigue a diario.

Y, sin más, se alejó del coche.

—Adiós.

El dolor que reflejaba su voz la conmovió profundamente.

—¿Jake?

Jake se detuvo, pero no se volvió.

—Lo siento.

Jake permaneció en silencio durante lo que a Bree le pareció una eternidad y dijo después:

—Sí, yo también.

Bree le observó marcharse con el corazón encogido. A lo mejor no había sido tan buena idea como pensaba el volver a casa. Pero miró después hacia el escaparate de la floristería y una sonrisa cruzó su rostro. No, pensó con una renovada sensación de compromiso. Había hecho bien. Estaba segura de que todo saldría bien.

Y, de una u otra forma, encontraría la manera de reparar a Jake todo el dolor que le había causado.

Megan estaba cruzando el jardín de la mano de sus nietas cuando vio a Mick. Este siempre había sido un hombre muy educado, pero en aquel momento, Megan percibía en él un entusiasmo apenas contenido. Era como si estuviera intentando dominarse para no correr a su encuentro.

—¡Ha venido la abuela! —anunció Carrie.

—Sí, ya lo veo —contestó Mick sonriente.

—Se va a quedar con nosotras —añadió Caitlyn.

Mick miró a Megan con expresión interrogante.

—¿De verdad?

—He pensado que era lo mejor —respondió Megan—. Bree todavía necesita que nos demos tiempo y espacio.

Mick asintió con gesto comprensivo.

—¿Dónde está ahora?

—Ha ido a buscar mi equipaje. Me lo había dejado en el coche.

—Podría haber ido yo.

—Ha insistido en que no le importaba.

—Vamos, abuela —la urgió Carrie—. Tienes que venir a ver nuestras habitaciones. Mamá dice que ya somos mayores, así que cada una tiene una habitación..

Megan le sonrió a Mick con expresión de disculpa.

—Vaya, eso sí que es una suerte —le dijo a Carrie—. Vamos, enseñadme las habitaciones.

Siguió a las niñas al interior de la casa y dejó a Mick en el porche. Una vez dentro, se dio cuenta de que prácticamente había estado conteniendo la respiración. ¿Cómo era posible que continuara poniéndose nerviosa después de tantos años? Habían estado casados durante veinte años, por el amor de Dios. ¡Tenían cinco hijos! No había nada que no supieran el uno del otro.

Excepto cómo hacer perdurar su matrimonio. Sobre eso, era evidente que no sabían nada.

Cuando Abby las encontró en la habitación de Caitlyn pocos minutos después, la miró con expresión compasiva.

—Ten cuidado, mamá, o insistirá en enseñarte hasta el último cuento y el último juguete. Me temo que Trace está mimándolas demasiado.

—Y a mí me encantará ver todo lo que tienen que enseñarme.

—Pero ahora tienen que acostarse. ¿Por qué no vas al porche con papá? —preguntó, guiñándole el ojo con un gesto de complicidad—. Creo que te acaba de servir una copa de vino. Y yo he convencido a Trace de que os dejara a solas.

Avergonzada y nerviosa por el hecho de que Abby hubiera comprendido que estaba a punto de suceder algo entre Mick y ella, Megan intentó inventar una excusa para evitar salir al porche. No se le ocurrió ninguna, sobre todo no teniendo allí su maleta. Sin ella, ni siquiera podía justificarse diciendo que quería irse directamente a la cama.

—Muy bien, ahora mismo voy —contestó, pero alargó cuanto pudo el momento de dar las buenas noches a las niñas.

—Estás retrasando el momento, mamá —la acusó Abby divertida—. ¿Te asusta la idea de estar sentada con papá en la oscuridad del porche?

—Por supuesto que no —respondió inmediatamente.

Abby la siguió al pasillo y le apretó la mano.

—¿Sabes? No debería importarte en absoluto. En el fondo, los dos queréis lo mismo.

—¿Estás segura? ¿Te ha dicho algo?

—Lo suficiente. Lo único que tienes que hacer es tomarte todo el tiempo que necesites y dejar que las cosas fluyan con naturalidad.

—Creía que era yo la única que estaba capacitada para dar consejos amorosos —musitó Megan—. Al fin y al cabo, eso es trabajo de una madre.

—Pero eres tú la que tiene un pretendiente —respondió Abby con una enorme sonrisa—. Yo estoy comprometida, mi futuro ya está claro.

Megan le sonrió.

—Y no sabes cuánto me alegro por ti.

—Claro que lo sé.

—De hecho, deberíamos empezar a hablar de la boda.

—Eso déjalo para mañana —replicó Abby, urgiéndola a bajar las escaleras.

Megan bajó lentamente y tomó aire antes de salir al porche.

—Estás aquí —dijo Mick, con un alivio inmenso en la voz—. Creía que te habías acostado.

—La verdad es que no me habría importado, pero Bree todavía no me ha traído el equipaje.

Había luz suficiente como para ver que Mick fruncía el ceño al oírla.

—¿Te da miedo quedarte a solas conmigo, Megan?

—No sé cómo contestar a eso —confesó.

—No creo que sea tan difícil —replicó Mick con un deje de impaciencia—. La respuesta solo puede ser «sí» o «no».

Megan comenzó a irritarse.

—Ese es precisamente tu problema, Mick O'Brien, que para ti todo es o blanco o negro. ¿Todavía no has descubierto que la vida está llena de matices grises?

—Así que ese es otro de mis defectos —replicó él—. ¿Piensas sacar toda la lista?

Megan frunció el ceño ante su tono. Sabía que la situación era cada vez peor, pero no fue capaz de reprimirse.

—A lo mejor debería hacerlo.

Mick se reclinó entonces en su asiento y suspiró.

—No, Meggie, no nos hagamos esto. Lo siento.

—En Nueva York me dijiste que habías hecho un gran trabajo de introspección —le reprochó Megan en tono acusador—. La verdad es que no me lo parece.

—Tengo un alma muy oscura. A veces no resulta fácil ver lo que hay en los rincones.

Megan se echó a reír.

—No sé cómo puedes hacerme reír y al mismo tiempo enfadarme tanto.

—No te enfadarías si no me quisieras por lo menos un poco.

—Nunca he negado mis sentimientos, Mick. Pero es todo lo demás lo que nunca he podido soportar: las ausencias, la falta de consideración, tu forma de descuidar a la familia.

—Eres la segunda persona que me acusa esta noche de falta de consideración.

—¿Y ha servido de algo?

—Es difícil que no me sirva de algo cuando me lo han dicho las dos mujeres más importantes de mi vida.

Megan sonrió al oírle. Nell siempre había sabido ponerle en su sitio.

–¿Y por qué estaba Nell enfadada?

–Al principio decía que era porque nadie le avisaba nunca de si iba a ir o no a cenar, pero ha terminado reconociendo que en realidad tenía que ver contigo.

–¿Conmigo? ¿Pero qué le he hecho yo?

–Le preocupa lo que podría llegar a pasar entre nosotros. Tiene miedo de convertirse en un estorbo en el caso de que tú y yo nos reconciliemos.

–Espero que le hayas dicho que eso es imposible.

Mick frunció el ceño ante su vehemencia.

–¿Te refieres a que mi madre se convierta en un estorbo o a que volvamos a estar juntos?

–A las dos cosas –contestó inmediatamente. Cuando vio que Mick profundizaba su ceño, le tomó la mano–. Yo jamás intentaría ocupar el lugar de Nell. Ella tiene más derecho que yo a estar en esa casa.

–¿Y en cuanto a la reconciliación?

Megan le miró a los ojos.

–Eso todavía habrá que verlo –dijo suavemente, y le encantó ver cómo se iluminaban los ojos de Mick al oír sus palabras.

–Por lo menos, dejas abierta la posibilidad –musitó Mick satisfecho–. Supongo que eso ya es más de lo que me merezco.

Incapaz de resistirse, Megan musitó:

–Sí, lo es, pero parece que tengo debilidad por los hombres ingeniosos y con labia.

–Gracias por la advertencia. Pretendo utilizar ambas cosas para conquistarte.

Megan desvió la mirada. Le inquietaba la facilidad con la que Mick podría llegar a hacerlo. Era como si después de tantos años no hubiera aprendido nada sobre él. Sí, sabía que sentirse amada por Mick era maravilloso, pero eso solo hacía que el abandono y las decepciones resultaran mucho más duras.

Se levantó nerviosa.

–Estoy cansada. Me voy a la cama.

–Tienes la maleta en la puerta. Bree la ha dejado aquí cuando estabas con las niñas.

Megan le miró con el ceño fruncido.

—Te he dicho hace un momento que estaba esperándola y tú ni siquiera lo has mencionado.

—No quería que te marcharas tan pronto —se limitó a decir—. Buenas noches, Meggie. Que duermas bien.

Mientras entraba en la casa y cerraba la puerta tras ella, algo le decía a Megan que iba a ser incapaz de pegar ojo. Probablemente la perseguirían durante toda la noche las imágenes de un irlandés cabezota y discutidor; y cada vez estaba más convencida de que debería salir de allí antes de que aquel hombre le robara para siempre el corazón.

Capítulo 8

Bree se sentía como si hubiera caído por una madriguera y hubiera aparecido en Chesapeake Shores, o quizá en la versión O'Brien del té con el Sombrerero Loco. Todo parecía estar patas arriba en su pequeño mundo.

Cuando llegó a la tienda a primera hora de la mañana, encontró a su padre trabajando, aunque a juzgar por su mal humor, no le apetecía mucho estar allí. O a lo mejor su mal humor no tenía nada que ver con aquel trabajo...

Antes de que hubiera podido averiguar lo que le pasaba, entró su madre en la tienda. Su padre se fue rápidamente, murmurando algo sobre que necesitaba más madera, algo realmente raro, puesto que tenía una enorme cantidad de tablones en la parte de atrás de su camioneta. Megan se le quedó mirando estupefacta. Miró después a su alrededor, musitó algunas palabras de aprobación sobre la tienda y dijo que tenía que marcharse sin molestarse en especificar adónde.

Bree la vio irse sin saber qué decir, y frunció el ceño al ver aparecer de nuevo a su padre.

—Muy bien, papá. Cuéntame ahora mismo lo que os pasó a mamá y a ti ayer por la noche —le exigió saber, después de seguirle al interior de la tienda—. ¿Y dónde está esa madera que has ido a buscar?

Mick se puso rojo como la grana.

—No sé de qué estás hablando —contestó y encendió una sierra circular para no oírla.

Mirándole con expresión desafiante, Bree desenchufó la sierra.

—No vas a evitarme tan fácilmente. Te he hecho una pregunta. De hecho, estoy haciéndote dos preguntas y quiero que contestes las dos.

Mick la miró con el ceño fruncido.

—Tendrás que recordármelas.

Bree necesitó de toda su fuerza de voluntad para no elevar los ojos al cielo.

—Empecemos con la más fácil. ¿Dónde está la madera que decías necesitar?

—En la camioneta —contestó rápidamente, y evidentemente satisfecho de tener una respuesta.

—Esa madera ya estaba en la camioneta. No la has dejado aquí dentro para ir a por más, de modo que es evidente que has inventado esa ridícula excusa para evitar a mamá.

—¿Qué eres tú esta mañana? ¿La policía de la madera? —gruñó.

Bree sonrió casi a su pesar.

—La verdad es que creo que estoy haciendo un gran trabajo de investigación. Ahora, déjame preguntártelo otra vez. La tercera, por si has perdido la cuenta. ¿Qué pasó ayer entre mamá y tú? Porque algo tiene que haber pasado para que hayas salido volando en cuanto la has visto entrar.

—¿Le has preguntado a ella que por qué me evita?

Bree le miró sin entender.

—¿Evitarte? Pero si ha venido sabiendo que estarías aquí.

—Sí, pero apenas me ha mirado.

—Porque te has ido antes de que tuviera tiempo de saludarte —respondió Bree con impaciencia—. ¿Os habéis peleado?

—No, no nos hemos peleado —respondió Mick, intentando enchufar de nuevo la sierra.

Pero su hija se lo impidió.

—Habla.

Mick sacudió la cabeza, como si no lograra comprenderla.

—¿Sabes? Esperaba un interrogatorio como este por parte

de Abby. Es ella la que ha pensado que tu madre y yo terminaríamos juntos, pero a ti es algo que nunca te ha importado. ¿A qué viene este repentino interés por mi relación con tu madre?

–A que los dos os estáis comportando de una forma muy misteriosa. Me habría gustado poder hablarlo con ella, pero se ha marchado, de modo que solo me quedas tú. Y todavía estoy esperando tu respuesta.

Mick parecía querer protestar, o quizá poder escaparse por segunda vez, pero Bree le detuvo con una mirada implacable. Al final, Mick se encogió de hombros.

–Creo que he hecho el ridículo.

Vaya, eso sí que era una sorpresa. Bree se le quedó mirando con incredulidad.

–¿Cómo?

–Le dije que quería volver con ella y le entraron las prisas por marcharse.

Bree intentó entender lo que se escondía detrás de aquellas palabras.

–¿Le pediste que volviera contigo?

–No, no se lo pedí –le espetó, como si fuera absurdo pensar una cosa así–. Pero le dejé muy claras cuáles eran mis intenciones.

–¿Y qué hizo mamá?

–Se fue a la cama.

–Sola, supongo.

Mick la miró con el ceño fruncido.

–Por supuesto que sola. Y si no hubiera sido así, no sería asunto tuyo.

–Déjame ver si lo he entendido bien –dijo Bree lentamente, intentando aclararse–. Mamá no cayó rendida en tus brazos en el momento en el que confesaste lo que querías y ahora estás enfadado con ella. ¿Es eso?

–No estoy enfadado, pero me siento ridículo. He terminado haciendo algo que me había jurado no hacer –se revolvió los cabellos–. Soy demasiado viejo para estas cosas. Ya no conozco las reglas de todo esto.

Bree no pudo evitarlo. Soltó una carcajada que le valió un furibundo ceño de su padre. Inmediatamente se interrumpió.

—No hay ninguna regla, papá. Si las hubiera, lo único que tendríamos que hacer es seguirlas.

Su padre debió de advertir algo en su voz de lo que Bree ni siquiera era consciente, porque inmediatamente pareció contrito.

—Lo siento, no debería estar hablándote de mis problemas. Tú también tienes muchos asuntos que resolver.

—No, yo no tengo nada que resolver. Mi relación con Marty ha terminado para siempre.

Mick la miró con expresión escéptica.

—¿De verdad? Entonces, ¿por qué ha llamado esta mañana?

Bree le miró perpleja.

—¿Ha llamado a la tienda?

—En realidad, te ha llamado al móvil. Te lo dejaste ayer en el mostrador. He pensado en dejar que se activara el buzón de voz. De hecho, es lo que he hecho con las cinco primeras llamadas. Pero la sexta vez que ha llamado, ya estaba harto de oír ese ridículo tono de tu teléfono, así que he contestado.

—No le habrás regañado, ¿verdad? En este momento ya no tiene sentido...

—No le habría venido mal que lo hiciera, pero no. Eso es cosa tuya. Te he dejado escrito en el mostrador lo que ha dicho. Quiere que le llames. Bueno, lo que ha dicho exactamente es que espera que le llames.

Bree tomó el papel, lo arrugó y lo lanzó a la papelera que estaba en el otro extremo de la habitación. Mick sonrió.

—Ese mensaje no podía haber terminado en un lugar mejor —dijo feliz.

—Ahora hablemos de mamá y tú —le pidió Bree.

—No, prefiero cambiar de tema. De hecho, creo que deberíamos hacer un pacto. Yo me mantendré al margen de tu vida amorosa si tú te mantienes al margen de la mía.

Bree vaciló un instante, pero terminó encogiéndose de hombros.

—De acuerdo. Al fin y al cabo, no parece que tengas una gran vida amorosa.

—Y tampoco tú —respondió Mick entre risas—. Menudo par. Hemos terminado regodeándonos de que el otro esté solo.

Bree le dio un beso en la mejilla.

—Yo no me regodeo en absoluto, te lo prometo, papá.

—Pues en mi caso, si Marty es tu única opción, estoy encantado de que no tengas vida sentimental.

Bree se preguntó qué diría su padre si le dijera que no tenía que preocuparse por Marty. Porque el hombre que había puesto su corazón del revés era el mismo del que se había separado seis años atrás. Y algo le decía que si se lo confesaba a su padre, este sabría también lo mucho que se arrepentía de lo que había hecho. Al fin y al cabo, era lo mismo que había hecho él con su madre: dejarle escapar.

Jake estaba abandonando la Cafetería de Sally con Will y con Mack cuando salió Bree de la tienda. Comenzó a caminar en su dirección, pero casi inmediatamente, giró en dirección contraria tras haberles saludado tímidamente con la mano.

Will y Mack la siguieron con la mirada y se volvieron después hacia Jake.

—Yo pensaba que habías dicho que ibas a suministrarle las flores para la tienda.

—Y es cierto —contestó Jake.

Era incapaz de mirarla. Bree había vuelto a ponerse el vestido de color turquesa, ese que dejaba sus hombros al descubierto. La brisa le había alzado la falda, mostrando la forma perfecta de sus piernas.

—Pensaba que eso significaba que habíais llegado a alguna especie de entendimiento —dijo Will.

—Y así es —contestó Jake.

—Pues no es eso lo que parece —observó Will—. ¿O parte del acuerdo al que habéis llegado os obliga a evitaros en público?

—¿No sabes lo poco que me importa lo que pueda decir o

dejar de decir la gente del pueblo? –preguntó Jake–. De hecho, si vosotros no os dedicarais a repetir todo lo que oís, no sabría absolutamente nada.

Will parpadeó ante aquel ataque.

–¿He tocado un punto sensible?

–Yo diría que sí –respondió Mack, disfrutando de aquel intercambio.

–¿Alguien te ha preguntado a ti? –gruñó Jake–. Ahora tengo que ir a trabajar. Tengo que terminar el jardín de la señora Finch. Las lilas están empezando a invadir toda la propiedad y quiere verme podar cada una de las ramas para estar segura de que no estoy cortando de más. Creo que eso ya es más de lo que puedo soportar en una sola tarde.

–Una buena excusa –musitó Will.

–Sí, muy conveniente –añadió Mack.

Jake respondió con una sugerencia anatómicamente imposible, se alejó de ellos, subió a su camioneta y giró en la calle Principal para dirigirse a la carretera de la playa. Pero apenas había girado cuando sonó el teléfono.

–La casa de la señora Finch está en la otra dirección –le informó Will alegremente–. ¿O pretendes alcanzar a Bree?

Jake desconectó el teléfono sin responder. Y no mejoró en absoluto su humor el ver a Bree segundos después sentada en una de las terrazas de las cafeterías que habían abierto durante los dos años anteriores. Además de aquel vestido que casi parecía estar suplicando la mirada de un hombre, se había puesto unas gafas de sol que ocultaban la mitad de su rostro y un sombrero de paja para proteger su cutis del sol. Parecía una mujer sexy y misteriosa. Pisó el freno con el pulso acelerado, lo que provocó una sonora pitada de un conductor.

Maldiciéndose por su estupidez, aparcó en el primer hueco que encontró y se dirigió al Panini Bistro, especializado en sándwiches calientes y ensaladas. Se acercó a ella, posó la mano en el respaldo de una silla e intentó averiguar qué decir para explicar su presencia. Como no se le ocurrió nada razonable, optó por el ataque.

–¡Esto tiene que acabar de una vez por todas! –dijo, obligándola a apartar la mirada del libro en el que parecía completamente concentrada.

Bree le miró sorprendida.

–¡Jake!

–Lo digo en serio, Bree. Esto tiene que acabar.

Bree se quitó las gafas y le miró con una justificada expresión de desconcierto.

–¿Se supone que tengo que saber de qué estás hablando?

Ni siquiera el propio Jake sabía de qué estaba hablando. Lo único que sabía era que estaba cegado por la intensidad con la que reaccionaba cada vez que la veía. Pero como no quería admitirlo, decidió otra forma de ataque.

–Has cambiado de dirección cuando me has visto con Will y con Mack.

–Sí –contestó lentamente. Era evidente que no entendía lo que se proponía–. Creía que querías que nos evitáramos.

–Y es cierto –sacudió la cabeza–. Pero no está funcionando. suscita demasiadas preguntas, por lo menos por parte de esos dos. Preguntas para las que no tengo respuesta.

–¿Como cuáles?

–¿Cómo vamos a trabajar juntos si ni siquiera podemos cruzarnos por la calle sin sentirnos violentos?

–¿Crees que he cambiado de dirección porque me sentía violenta?

–Por supuesto.

–Jake, vas a tener que tomar algunas decisiones –dijo Bree con exagerada paciencia–. Estoy deseando hacer cualquier cosa para evitarnos dificultades, pero tendrás que decirme cuáles son las normas.

–No hay ninguna maldita norma –musitó, sintiéndose todavía más estúpido–. Estamos en un país libre, puedes ir a donde te apetezca.

–Siempre y cuando no estés tú allí –aventuró–. Si quieres, puedes mandarme tu horario por fax todas las mañanas. O decirle a Connie que lo haga, aunque supongo que si al final te decides por esa opción, tu hermana podría empezar a hacer preguntas incómodas.

–No seas ridícula. Y ni se te ocurra meter a Connie en esto. Este es un asunto entre tú y yo y nadie más.

No estaba completamente seguro de lo que le ocurrió en ese momento, pero lo siguiente que supo fue que la estaba obligando a levantarse de la silla para cubrir sus labios con un beso. Un beso con el que parecía querer liberar las emociones reprimidas, los anhelos y la furia acumulados durante seis largos años.

Tras un primer sobresalto, Bree le rodeó el cuello con los brazos y se entregó a aquel beso, dejando los labios suaves y dóciles bajo su boca. La facilidad con la que la chispa de la atracción se transformó en una hoguera enfureció a Jake. Apartó bruscamente a Bree, giró sobre sus talones y se marchó.

Estaba llegando a la furgoneta, tras haber pasado por delante de media docena de clientes totalmente estupefactos, cuando Bree le llamó.

–¿Jake?

Jake se volvió y la descubrió mirándole con extrañeza, las mejillas encendidas y el lápiz de labios corrido. Y necesitó reunir hasta el último gramo de orgullo que le quedaba para no correr hacia ella en busca de otro beso.

–¿Sí? –preguntó con voz tensa.

–Estoy confundida –contestó Bree, mirándole a los ojos.

–En ese caso, bienvenida al club –contestó.

Aquella vez, mientras se alejaba, ni siquiera miró atrás.

–¿Qué demonios te ha pasado? –preguntó Mick cuando Bree entró en la tienda después de su encuentro con Jake.

Bree le miró con aire distraído.

–Nada, ¿por qué?

–Digamos que si acabaras de regresar de una cita, ahora mismo saldría corriendo en busca del tipo que te ha dejado en ese estado.

Avergonzada, Bree sacó un espejito del bolso y miró su pelo revuelto, las mejillas sonrojadas y los labios que parecían haber sufrido el efecto de un apasionado beso. Como así había sido. Y lo peor era que no estaba segura de si odiaba a Jake por haberlo besado... O por haber puesto fin a su beso.

—Hace mucho viento —le dijo a su padre—. Se me ha volado el sombrero y tengo el pelo revuelto.

—Sí, y supongo que también el viento es culpable de que se te haya corrido el lápiz de labios.

—No, eso ha sido por culpa del almuerzo —cambió estratégicamente de tema—. Mira, ahora mismo tengo que volver a la posada. Tengo un montón de papeleo del que ocuparme. ¿Te importa quedarte solo aquí?

Mick la miró divertido.

—He construido todo un pueblo. Creo que seré capaz de terminar este mostrador sin tu presencia.

—Solo quería decir...

En realidad, no tenía la menor idea de lo que quería decir. No era capaz de formular una sola frase coherente desde que se había encontrado con Jake, a pesar de que había pasado más de media hora sentada después de que este se fuera, intentando ordenar sus pensamientos. Se había comido el sándwich sin ser apenas consciente de lo que hacía. Y todavía no había conseguido salir de su asombro.

—Nos veremos en casa —le dijo a Mick al cabo de unos segundos.

—Ah, y una cosa más antes de que te vayas —respondió su padre, acariciándole la mejilla—. No sé lo que te ha pasado, pero es la primera vez desde que has vuelto al pueblo que te brillan realmente los ojos. Y no sabes cuánto me alegro. A lo mejor deberías repetirlo.

Bree asintió en silencio, porque no tenía la menor idea de cómo responder a eso.

—Nos veremos más tarde —dijo mientras se dirigía hacia la puerta.

Así que Jake había vuelto a llevar la luz a sus ojos, además de haber causado un remolino en su interior que despertaba nuevas preguntas que responder. De momento, comenzaba a tener alguna idea de por qué Jake estaba tan enfadado con ella por culpa de todas las preguntas que le hacían Will y Mack para las que no encontraba respuesta. Ella misma estaba ligeramente exasperada en aquel momento.

Y bastante asustada, porque lo que había pasado confirmaba que la pasión que en otro tiempo había habido entre Jake y ella era más fuerte que nunca, aunque a él no le hiciera ninguna gracia.

Jake estaba agotado y emocionalmente destrozado para cuando llegó al vivero después de las seis de la tarde. Lo único bueno de que fuera tan tarde era que su hermana no andaría por allí, dispuesta a someterle a un interrogatorio para averiguar los rumores que corrían por el pueblo. Porque después de la actuación que había tenido con Bree, imaginaba que le habrían contado bastantes cosas.

Pasó por la zona de ventas, saludó a los empleados que estaban trabajando, tomó nota mental de las plantas que quedaban y se dirigió a su oficina. Quería dedicar unos diez minutos a revisar los mensajes y la agenda que Connie le había dejado preparados. Después se iría directamente a casa para darse una ducha y tomarse una cerveza.

Pero cuando abrió la puerta, encontró a su sobrina tumbada en el sofá con un tipo medio punky encima. Jake intentó recordarse que también él había sido un adolescente con las hormonas disparadas, pero le resultaba difícil pensar envuelto en una oleada de furia que le hacía verlo todo rojo.

Agarró al muchacho por la parte de atrás de la camisa y le levantó. Jenny se incorporó de un salto, al tiempo que intentaba abrocharse la blusa frenética.

—Creía que ibas a pasar todo el día fuera —dijo, intentando dirigirse hacia la puerta con expresión aterrada.

El chico, al que Jake no reconoció, le miraba con expresión beligerante.

—Me voy —dijo, intentando pasar por delante de Jake.
—¡Siéntate! —le ordenó—. Y tú también.

Jenny agarró al chico de la mano y tiró de él para que se sentara a su lado.

—En el sofá no —les advirtió Jake—. Ahí, en las sillas.

Colocó dos sillas a cierta distancia y esperó a que los adolescentes se sentaran. Su sobrina parecía a punto de morirse de la vergüenza y el chico comenzó a mostrar cierta docilidad.

—Muy bien, ahora mismo vais a decirme lo que estaba pasando aquí —le dirigió una mirada más que intimidante al adolescente—. Puedes empezar tú.

—Lo de venir aquí ha sido idea mía, tío Jake —susurró Jenny.

Jake la silenció con la mirada y se volvió hacia el chico.

—¿Cómo te llamas?

—Dillon Johnson.

—Muy bien, Dillon Johnson, ya puedes empezar a hablar.

—Eh, bueno, queríamos estar a solas, ¿entiende lo que quiero decir? Mi casa siempre está llena de gente. Tengo tres hermanas pequeñas —le dirigió a Jake una mirada suplicante—. Supongo que sabe lo que es eso.

—Lo siento, solo tengo una hermana mayor, así que no puedo entenderte. Continúa.

Dillon aplacó su tono.

—Muy bien. El caso es que la madre de Jenny estaba en su casa, ninguno de nosotros tiene coche, así que hemos decidido venir aquí para estar solos. No iba a pasar nada, se lo juro,

—¿Nada? ¿De verdad? Porque cuando he llegado aquí, mi sobrina tenía la blusa desabrochada. No creo que eso sea que no ha pasado nada.

—Yo...

Jake le dirigió una dura mirada.

—Creo que podemos estar de acuerdo en que habías traspasado ciertos límites.

El chico asintió con expresión sumisa.

—Y ahora estaremos de acuerdo en que esto no tiene que volver a ocurrir. Ni aquí, ni en mi casa, ni en casa de mi sobrina, ni mucho menos en el asiento trasero de un coche. ¿Está claro? ¿Me has entendido?

El chico parpadeó rápidamente.

—Sí, señor.

—En ese caso, puedes marcharte —dijo con más amabilidad—. ¿Tienes manera de volver a casa?

Dillon asintió.

—Sí, hemos dejado las bicicletas ahí —se dirigió hacia la puerta, miró a Jenny con expresión de disculpa y se marchó.

—¿Cómo has podido hacerme esto? —le preguntó Jenny a su tío con los ojos llenos de lágrimas—. Es el primer novio que tengo y lo has echado todo a perder.

—Si de verdad te quiere, no habré echado nada a perder. Se atendrá a lo que ha prometido y seguirá contigo.

—Pero todo el mundo hace... —se sonrojó violentamente—. Bueno, ya sabes...

—Sí, lo sé, cariño. Y también sé exactamente cómo puede terminar eso.

De hecho, lo sabía como solo una persona que había tenido que pagar un alto precio por ello podía saberlo.

—Sé que tu madre y tú habéis hablado de esto.

—Sí, claro que hemos hablado.

—En ese caso, no necesito explicarte cuáles son las posibles consecuencias, ¿verdad?

—¡No íbamos a hacer nada! —insistió.

La ingenuidad con la que lo decía le indicó que necesitaba hablar seriamente con ella antes de que hiciera algo que pudiera transformar radicalmente su vida.

—Pero lo que estabais haciendo conduce precisamente a eso. Y a veces sin que uno sea siquiera consciente de ello.

Se pasó la mano por el pelo, intentando averiguar la mejor manera de abordar el tema. Jenny le miró expectante. Jake no estaba preparado para mantener una conversación como aquella con una adolescente, y menos aún con su sobrina. Tenía la sensación de que apenas habían pasado unos días desde que Jenny era una niña con trenzas y jugaba con muñecas.

De pronto, Jake se levantó.

–Vámonos de aquí.

Su sobrina le miró con recelo.

–¿Adónde vamos? ¿Vas a contarle a mi madre lo que ha pasado?

–Sí, pero antes vamos a ir a comer una pizza.

–¿De verdad? –a Jenny se le iluminó el semblante.

Jake le revolvió el pelo.

–Sí, de verdad. Y tendremos una larga conversación sobre chicos.

Jenny frunció el ceño al oírle.

–¿De verdad tenemos que hablar de eso?

–Basándome en las últimas evidencias, creo que sí.

–Pero ya te lo he dicho, mamá y yo ya hemos hablado de todo esto.

–Sí, y al parecer, no le has hecho mucho caso. Además, ella no tiene la perspectiva de un hombre. Y yo sí. Creo, cariño, que los chicos ven todo esto de una forma muy diferente a la de las chicas.

Jenny le miró con insolencia.

–¿Eso significa que vas a decirme en qué estabas pensando cuando le has plantado un beso en la boca a la chica que estaba sentada en la terraza?

Jake se ruborizó.

–¿Cómo te has enterado de eso?

–Mi amiga Molly ha salido del instituto a la hora de comer y te ha visto. Dice que ha sido todo un beso.

A Jake se le encogió el estómago.

–Por favor, dime que no ha sido eso lo que te ha dado la idea de utilizar mi despacho para tener una cita con Dillon.

–Bueno, eso me ha hecho pensar que a lo mejor lo entenderías. Que no te enfadarías tanto como se habría enfadado mi madre. Supongo que me he equivocado.

–Sí, supongo que sí.

Y, que el cielo le ayudara, él se arrepentía inmensamente de haber añadido una línea más a la lista de errores que estaba recopilando desde que Bree había vuelto al pueblo. Definitivamente, aquel había sido un movimiento equivocado.

Desgraciadamente, estaba convencido de que estaba condenado a repetirlo. Solo esperaba que la próxima vez no tuviera que darle explicaciones a una impresionable adolescente de diecisiete años.

Capítulo 9

Cuando Jake llamó a su hermana para decirle que Jenny y él se iban a tomar una pizza, estaba frenética.

—¿Está contigo? —preguntó Connie con evidente desconcierto—. ¿Por qué? ¿Qué ha pasado? Llevo horas buscándola. Se ha marchado sin dejarme una nota y eso no es propio de ella, Jake. Tenía mucho miedo de que se hubiera metido en el coche de alguno de sus amigos y hubiera tenido un accidente. Estaba a punto de empezar a llamar a hospitales.

—Deja de preocuparte, hermanita —miró a su sobrina con el ceño fruncido—. Ya te lo explicaré todo cuando la lleve a casa. Solo quería que supieras que está conmigo y está bien. Créeme, una de las cosas de las que hablaremos es de que no puede marcharse de casa sin avisar. No volverá a ocurrir.

—Jake, esto no es responsabilidad tuya. Además, ya tengo la cena preparada —protestó Connie—. Tráela inmediatamente a casa. Tú también puedes quedarte a cenar. Hay comida de sobra.

—Creo que las dos necesitáis un periodo de descanso. Confía en mí, Jenny y yo tenemos algunas cosas que arreglar antes de que la lleve a tu casa.

—¿Qué cosas? Jake Collins, ¿mi hija se ha metido en algún lío? Porque si es así, quiero que me lo digas inmediatamente. No pienso consentir que me ocultes nada.

—Te lo contaremos todo más tarde, te lo prometo. Estaremos allí dentro de una hora.

A Connie no le hacía ninguna gracia tener que esperar, pero al final cedió.

—Una hora. Un minuto más e iré yo misma a la pizzería a buscaros. Y os aseguro que no os va a hacer ninguna gracia la escena que voy a montaros.

Sí, era perfectamente capaz, Jake lo sabía.

—Dentro de una hora estaremos en casa.

Colgó el teléfono y vio que Jenny estaba mordiéndose el labio inferior. Parecía asustada cuando se volvió hacia él.

—¿Está enfadada conmigo?

—¿Por no haberle dicho adónde ibas? Sí, está enfadada. ¿En qué estabas pensando? ¿No podías haberle dejado por lo menos una nota?

—¿Y qué iba a decirle?¿Que estaba en tu oficina con mi novio? ¿O debería haberle mentido y decirle que estaba cenando en casa de Molly?

—¿Qué te parece si no hubieras ido siquiera a mi oficina con tu novio? —sugirió—. Eso es lo que tenías que haber hecho.

—No volverá a ocurrir. Te lo prometo.

—Ya me aseguraré yo de que no vuelva a pasar —musitó Jake.

Paró el coche delante de un establecimiento que vendía pizza en porciones durante el día. Por la noche, el local solía estar ocupado por adolescentes y familias del pueblo.

Durante los siguientes cuarenta y cinco minutos, intentó darle a Jenny un curso acelerado sobre los procesos mentales de un chico adolescente. Para cuando terminó, Jenny le estaba mirando fijamente y con expresión de total incredulidad.

—¿Pero de verdad me estás diciendo que no piensan en nada, excepto en...? —se sonrojó—. Bueno, ya sabes.

—Exactamente.

Jenny le miró entonces con tristeza.

—Entonces, ¿yo no contaba para nada en lo que estaba pasando en tu oficina? ¿Eran solo las hormonas de Dillon las que querían que saliera con cualquiera?

Jake tomó a su sobrina por la barbilla y la obligó a mirarle a los ojos.

—No estoy diciendo que no le gustes a Dillon. Ni tampoco que no te respete. Lo único que estoy diciendo es que cuando estamos hablando de un chico de su edad, el sexo puede dominar cualquier otro pensamiento. Eso significa que eres tú la que tiene que cuidar de ti misma. Tienes que respetarte lo suficiente como para saber hasta dónde quieres llegar y asegurarte de que el chico con el que salgas también lo sepa. Tienes un gran futuro por delante, Jenny Louise. El año que viene irás a la universidad y podrás ser lo que te propongas. No lo eches todo por la borda solo porque un chico te ponga en una situación que no sepas cómo controlar.

—Porque podría quedarme embarazada —dijo Jenny, repitiendo seguramente lo que le había dicho su madre.

—Sí, incluso tomando todas las precauciones del mundo, podrías quedarte embarazada.

Lo sabía por propia experiencia. Bree y él habían practicado lo que pensaban era sexo seguro. Pero ninguno de ellos había planificado el embarazo que había cambiado sus vidas, y eso que ambos eran mayores que Jenny. De hecho, todavía estaban sufriendo las consecuencias de lo ocurrido. Y él no quería que su sobrina tuviera que pasar por lo mismo.

—¿He conseguido hacerte entrar en razón? —le preguntó.

Jenny asintió.

—Estupendo. Ahora, vamos a tu casa antes de que aparezca tu madre y terminemos llevándonos los dos una regañina, o algo peor.

—¿Qué podría ser peor?

—Bueno, tu madre es perfectamente capaz de montarnos una escena aquí mismo.

—Sí, desde luego —admitió su sobrina con un suspiro—. Vámonos antes de que aparezca.

Jake condujo hasta la casa y aparcó en el camino de la entrada. Cuando abrió la puerta para salir, vio que Jenny no se movía. Una mirada le reveló que estaba llorando.

—No quiero que mamá se entere de lo que he hecho —susurró—. Por favor, tío Jake. Va a sufrir una gran desilusión, no solo porque estaba con Dillon, sino por haber entrado en tu oficina. Dirá que ha sido un abuso de confianza. Si te prometo que no lo volveré a hacer, ¿no se lo dirás?

Jake vaciló un instante. Veía la tristeza reflejada en todas las facciones de su sobrina, pero entendía que su hermana tenía derecho a saber lo ocurrido.

—Te diré una cosa —dijo por fin—, no se lo diré.

A Jenny se le iluminó el semblante.

—¿De verdad? —preguntó con incredulidad—. ¡Gracias, gracias, gracias!

Jake alzó la mano.

—No me des las gracias todavía. No se lo diré porque voy a dejar que se lo cuentes tú.

—¿Quieres que se lo cuente yo? ¿Todo?

—Todo.

—¿Y estarás tú delante?

—Sí, estaré delante para asegurarme de que no te olvidas de nada.

—Vaya, gracias por el voto de confianza —dijo Jenny con sarcasmo.

—La confianza hay que ganársela, cariño. Tú has hecho una gran mella en la mía esta tarde, pero puedes reparar tu error contándole a tu madre lo que ha pasado.

—Si tú lo dices...

—Sí, yo lo digo. Ahora, vamos a casa y acabemos con esto de una vez por todas.

Jenny le siguió tan despacio que la podría haber adelantado una tortuga, pero le siguió. Encontraron a Connie sentada en la cocina, mirando alternativamente una serie de televisión y el reloj de la pared.

—Os quedaba solo un minuto —dijo mientras Jake sacaba una cerveza y un refresco del frigorífico.

Le tendió el refresco a Jenny, para que tuviera algo que hacer con las manos.

Connie se concentró en su hija.

—¿Dónde has estado esta tarde?

–Directa al grano, ¿verdad? –replicó Jenny, y esbozó una mueca–. Lo siento –miró hacia su tío y este asintió, intentando darle ánimos.

–En el vivero –confesó suavemente.

Connie frunció el ceño.

–¿Cuándo? No te he visto.

–He esperado a que te fueras y después me he metido en la oficina de tío Jake –tragó con fuerza–, con Dillon.

Connie la miró como si no lo comprendiera.

–¿Pero por qué ibas a...? –se interrumpió bruscamente y miró a Jake.

–No.

Jake volvió a asentir.

Connie era una mujer pequeña, pero cuando se alzaba en toda su altura de madre, podía resultar formidable.

–Jennifer Louise, por favor, dime que Dillon y tú no os habéis metido en la oficina de Jake para liaros.

–Mamá, qué anticuada eres. Ya nadie «se lía».

Connie la miró con cansancio.

–Es posible que no lo llamen así, pero te aseguro que lo siguen haciendo. Pero lo que a mí me importa es saber si era eso lo que estabas haciendo con Dillon en la oficina de tu tío.

Con obvia desgana y expresión abatida, Jenny asintió.

Connie se volvió entonces hacia su hermano.

–¿Y tú les has pillado?

–Sí, pero no habían ido muy lejos, y esa es la razón por la que quería tener una charla con ella esta noche. Los dos hemos estado de acuerdo en que esto no volverá a repetirse hasta que tenga treinta años o esté casada.

Jenny sonrió.

–Yo no he dicho eso.

–Oh, perdona, hasta que tenga cuarenta.

Connie les miró muy seria.

–Este no es un asunto para bromear.

–No –se mostró de acuerdo Jake–. Y Jenny es consciente de ello, ¿verdad?

Jenny asintió con entusiasmo.

—Sí, mamá, de verdad.

—Bueno, en cualquier caso, va a tener pocas oportunidades de repetirlo durante el próximo mes —dijo Connie, y miró a su hija con dureza—. Nada de correo electrónico ni de mensajes de teléfono. Y solo podrás salir de casa para ir al instituto.

Jenny pareció impactada en un primer momento, pero después cometió el enorme error de replicar.

—¿Y quién va a obligarme a eso?

—Yo —contestó Connie—. Te llevaré al instituto todas las mañanas e iré a buscarte por las tardes. Te quedarás conmigo en el vivero hasta que yo salga. De hecho, puesto que has traicionado la confianza de tu tío, en vez de pasarte la tarde allí sin hacer nada, tendrás que trabajar para él.

—¿Y cuánto me pagará? —preguntó Jenny expectante.

—Nada —respondió Connie y extendió la mano—. Dame tu móvil.

—Pero...

—¿De verdad quieres discutir conmigo en este momento?

Jenny sacó el teléfono móvil del bolso y lo dejó bruscamente en la mesa de la cocina. Fulminó a Jake con la mirada.

—Sí, ha ido todo muy bien. Gracias —le espetó y salió furiosa.

Connie suspiró con cansancio.

—No me lo puedo creer. ¿Estaba con ese chico en tu oficina? ¿De verdad? —apoyó la cabeza en los brazos—. La verdad es que no sé lo que voy a hacer hasta que se convierta en una adulta.

Jake posó la mano sobre la suya.

—Sí, claro que lo sabes. Y estoy seguro de que conseguirá llegar hasta allí sin hacer nada que le arruine la vida, de verdad. Es una chica muy inteligente, hermanita, y creo que hoy he sido capaz de abrirle los ojos sobre el comportamiento de los chicos. Estoy seguro de que después de lo que hemos hablado, se lo pensará dos veces antes de dejar que un chico le ponga la mano encima...

—¿Hasta dónde habían llegado?

—No muy lejos —la tranquilizó—. Todavía estaban vestidos

–por supuesto, no tenía sentido mencionar el estado en el que se hallaba la blusa de su sobrina–. ¿Estás bien?

Connie le miró a los ojos.

–¿De verdad crees que has conseguido hacérselo entender?

–Claro que sí –sonrió–. Pero no vendría mal que la vigilaras durante los siguientes, no sé, digamos diez años.

Su hermana soltó una carcajada, que era precisamente la reacción que Jake buscaba.

–Me ocuparé de que las cosas salgan bien tanto en el instituto como en la universidad.

–De momento, concéntrate en el instituto. No sé si tendremos ninguna posibilidad de controlarla cuando esté en la universidad.

–Eras tú el que pretendía protegerla durante los próximos diez años –le recordó.

Jake se encogió de hombros.

–Sí, siempre he sido un soñador –se levantó y le dio un beso en la frente–. Estoy seguro de que le irá muy bien, como a ti.

Connie le miró agradecida.

–Gracias por preocuparte por ella, por nosotras.

–Siempre lo haré –le prometió.

Por lo menos, aquello le había ayudado a olvidarse de Bree y de su beso durante unas horas. Y lo más sorprendente de todo era que tampoco su hermana había sacado el tema.

Bree pudo comenzar a trabajar por fin en el rincón que iba a convertirse en su despacho cuando estuviera abierta la tienda. La obra había terminado, habían instalado los refrigeradores y Mick estaba a punto de terminar de pintarlo todo de un color azul intenso con algunos toques de blanco. Bree se veía obligada a salir de vez en cuando para alejarse del olor a pintura, pero cada vez estaba más emocionada ante la perspectiva de la próxima apertura. Al día siguiente llegaría el primer pedido de material y la pintura estaría suficientemente seca como para poder colocarlo todo.

Justo cuando estaba reclinándose en la silla con una sonrisa en los labios, encantada con lo bien que estaba saliendo todo, se abrió la puerta de la tienda y entraron sus hermanas. Reconoció inmediatamente su expresión: llegaban con una misión.

—Faltan dos semanas para la inauguración —anunció Jess, como si a Bree pudiera habérsele olvidado aquel detalle.

—Sí, lo sé —respondió Bree.

—Bueno, ¿y qué piensas hacer? —preguntó Abby—. No hemos oído que tengas ningún plan.

—Voy a poner el letrero de abierto en la puerta y esperaré a que entren los clientes —contestó, consciente de que aquella respuesta sacaría de sus casillas a la siempre organizada Abby.

Sonrió al ver la mirada de estupefacción de su hermana. Incluso Jess parecía alterada.

—Tienes que poner por lo menos un anuncio —dijo Jess—. Y deberías hacerlo ya.

—Y habría que organizar algo que llame la atención de posibles clientes —añadió Abby.

—No creo que haya una sola persona en el pueblo que no sepa que voy a abrir una floristería —las contradijo Bree—. Desde que papá empezó a trabajar en el local, no ha parado de venir gente por aquí. Y estoy segura de que los rumores están funcionando mejor que cualquier anuncio. ¿Por qué gastarme dinero en eso?

—Porque somos O'Brien —contestó Jess—. La gente espera algo especial de nosotros.

—No voy a organizar una fiesta para todo el pueblo. Eso tenía sentido para la posada, pero no para inaugurar una floristería. Entre otras cosas, porque apenas cabe gente aquí.

Abby la miró pensativa.

—Sí, en eso tienes razón. Así que lo que tendremos que hacer será una inauguración que dure todo el día. Iría corriendo la voz, y podríamos servir...

Bree volvió a interrumpirla.

—Nada de servir comida. Esto no es un restaurante.

—Por lo menos champán —sugirió Jess esperanzada.

—¿Y que acabe todo el mundo borracho? No me parece una buena idea.

—Nadie se emborracha con una copa de champán —protestó Abby—. Y si no quieres que beban champán, ¿qué te parece un ponche? Sería toda una fiesta. Podríamos montar una fuente en el mostrador. Creo que en casa tenemos varios juegos antiguos de tazas de ponche. Quedaría precioso.

—¿Y cómo se supone que voy a llevar el negocio con el mostrador salpicado de ponche?

—El primer día no tienes que llevar el negocio —le explicó Jess—. Lo que tienes que conseguir es que a la gente le entusiasme la idea de que se va a abrir una tienda.

—Tiene razón —corroboró Abby.

—¿Entonces no voy a vender una flor en todo el día? —preguntó Bree dubitativa—. ¿Y qué se supone que voy a hacer con las flores que pensaba pedir? Si las dejo guardadas en el refrigerador, no va a parecer una floristería.

—Sí, también en eso tienes razón —dijo Jess.

Bree la miró con ironía.

—Vaya, me encanta que penséis que tengo una ligera idea de lo que estoy haciendo.

—No lo interpretes mal —respondió Abby—. Lo único que queremos es que empieces a vender tu negocio, que te hagas cargo de las relaciones públicas. Ya te encargarás de vender más adelante.

Bree continuaba escéptica.

—No sé si debería desperdiciar las ventas que puedo llegar a hacer en un fin de semana.

—El viernes —repuso Jess inmediatamente—. Organizaremos la fiesta para el viernes por la tarde. Así podrás abrir oficialmente el sábado por la mañana y tendrás todo el fin de semana para vender.

—Sí, supongo que podría funcionar.

—¿Cuándo van a traer las flores?

—Le dije a Jake que las trajera el viernes por la mañana.

—Dile que las traiga el jueves. Así tendremos todo el viernes por la mañana para colocarlas. Podrás abrir el viernes por la tarde, de cuatro a ocho, por ejemplo. La gente que venga a pasar el fin de semana podrá oír la música y se parará para ver lo que ocurre.

Bree se quedó mirándola de hito en hito.

−¿La música? ¿No crees que estás yendo un poco lejos?

−Por supuesto que no. Convencí a papá de que podría celebrarse aquí enfrente el concierto de los viernes, en el césped, en vez de en el cenador de la playa, y me ha dicho que ya ha hablado con el alcalde. Esa es una de las ventajas de tener un padre tan influyente. Así que lo del concierto ya está todo arreglado. Y empezarán a las seis, en vez de a las ocho. Es perfecto, ¿no te parece?

−Perfecto −musitó Bree. Comenzaba a darle vueltas la cabeza−. Así que ya habíais hecho todo eso antes de entrar en la floristería. ¿A qué venía entonces toda esa conversación para intentar convencerme cuando ya estaba todo planeado?

Jess era la única que parecía sentirse culpable. Abby se limitó a encogerse de hombros.

−Porque siempre has preferido pensar que las cosas eran idea tuya.

−Nada de esto lo he ideado yo −dijo Bree.

−Pero ahora estás entusiasmada con la idea, estoy segura −replicó su hermana−. ¿Cómo no ibas a estarlo? Va a ser fabuloso.

−Sois como dos apisonadoras −musitó Bree.

−¿Qué has dicho? −preguntó Abby sonriendo.

−He dicho que sois un par de apisonadoras.

Jess sonrió de oreja a oreja.

−Pero te queremos, así que estamos seguras de que nos perdonarás.

−Y estoy segura de que cuando tu negocio se convierta en un gran éxito, nos darás las gracias −añadió Abby.

−¿Y cuánto me va a costar todo esto? −quiso saber Bree.

−Absolutamente nada −contestó Abby−. Será nuestro regalo. Y mamá también participará. Me dijo que quería hacer algo especial para la ocasión. Vendrá al pueblo ese fin de semana; le diré que procure estar aquí el jueves por la tarde para ayudarnos a organizarlo todo.

A Bree se le llenaron los ojos de lágrimas.

—No puedo permitir que os hagáis cargo de los gastos. Jess todavía está intentando levantar la posada y...

—Claro que puedes —la interrumpió Jess—. Diablos, Abby invirtió una fortuna en mi posada y después me regaló las alfombras. Lo menos que podemos hacer por ti es organizarte una fiesta.

Bree se secó las lágrimas e intentó sonreír.

—En ese caso, tendremos que volver a hablar del champán y los entremeses.

Abby le dio un abrazo.

—No te preocupes de nada, en realidad ya está todo encargado.

—¿Cómo estabas tan segura de que me convenceríais?

—Eh, eres una O'Brien —contestó Abby—. Y si hay algo que les guste a los O'Brien, es una buena fiesta.

Excepto a ella, pensó Bree, pero no lo dijo. Estaban tan emocionadas que casi no le importaba que lo hubieran organizado todo en contra de su voluntad. Sí, ella también era una O'Brien, pero la que se pasaba las fiestas sentada en un escalón, viendo cómo disfrutaban los demás.

Pero qué demonios, se dijo a sí misma. A lo mejor ya iba siendo hora de que eso cambiara. Al fin y al cabo, aquel era un nuevo comienzo. Y también ella podía cambiar.

Jake estaba en su despacho cuando oyó a Connie hablando por teléfono con Bree. Estaba diciendo algo sobre cambiar la fecha de entrega del primer pedido y hablaba también de una fiesta. Jake podría haber esperado a que colgara el teléfono para averiguar de qué estaba hablando, pero le pudo la curiosidad. Así que, aunque sabía que podía enterarse más tarde, alzó la mano.

—Déjame hablar con ella.

Connie se le quedó mirando con incredulidad.

—¿En serio?

—Pásame el teléfono. Y vete a hacer algo.

—¿Qué?

—Cualquier cosa.. Puedes regar las plantas del invernadero o hacer lo primero que se te ocurra.

A su hermana se le iluminó la mirada.

—Interesante. Necesitas intimidad para hablar de negocios con una de nuestras clientas. Cualquiera se preguntaría por qué Bree merece esa atención tan especial.

Jake se limitó a fruncir el ceño hasta que su hermana se levantó y abandonó la oficina. Cuando se llevó el auricular al oído, oyó a Bree preguntar:

—Connie, ¿qué pasa? ¡Connie!

—Soy yo —le dijo.

—Jake —contestó Bree sorprendida y con un deje de consternación—. ¿Dónde ha ido Connie?

—La he enviado a hacer un recado.

—Ya entiendo.

—Bueno, ¿qué necesitas? Le he oído decir a Connie algo sobre una fiesta y sobre un cambio de fecha en el pedido.

Bree le explicó que sus hermanas la habían convencido para que organizara una fiesta de inauguración.

—Así que necesitaré que las flores estén aquí el jueves en vez del viernes.

Jake pensó en ponerle las cosas difíciles diciéndole que no podía cambiar la fecha de entrega con tan poco tiempo de antelación, pero era absurdo hacerle suplicar cuando los dos sabían que terminaría enviándole las flores.

—¿Hay algún problema? —preguntó Bree al ver que permanecía en silencio—. Connie no parecía tener ningún inconveniente.

—Tendrás las flores —contestó secamente.

—¿Y puedo seguir haciéndote el pedido el lunes o quieres que lo haga antes?

—Cuanto antes sepas lo que quieres, más posibilidades tienes de que sirvamos todo –contestó–. De hecho, si haces hoy mismo la lista, puedo pasar a buscarla antes de ir a almorzar.

–¿De verdad? ¿Vendrías a la tienda?

–No lo haría si no me pillara de paso –contestó, irritado por la importancia que le estaba dando–. La Cafetería de Sally está prácticamente al lado.

–Por supuesto. Tendré la lista preparada a las once y media. Tú sueles almorzar a las doce, ¿no?

–¿Has estado espiándome? –por alguna razón, le gustó la idea.

–No, claro que no –contestó al instante–. Sally me lo comentó. Me advirtió que procurara no pasar por allí a esa hora para no encontrarme con vosotros.

–Ah, muy bien –dijo desilusionado–. Hasta luego, entonces.

–Sí, hasta luego. Si por alguna razón tengo que salir, dejaré el sobre pegado en la puerta.

Irritado por haberse puesto él mismo en aquella situación, le molestó sobremanera el hecho de que Bree sugiriera que quizá no estaría allí.

–Tendrás que estar en la tienda.

–¿Por qué?

–Para poder revisar el pedido –le explicó, encantado de que se le hubiera ocurrido una excusa lógica–. Llevo mucho tiempo haciendo esto y creo que tendré más idea que tú sobre las cantidades que puedes necesitar. Supongo que no querrás gastar una fortuna en flores que terminen marchitándose antes de que las hayas podido vender, ¿no?

–Sí, de acuerdo –para entonces, también Bree parecía un poco irritada–. En ese caso, intentaré no moverme de aquí. Y, Jake, hazme un favor, ¿quieres?

Jake vaciló un instante antes de preguntar:

–¿Cuál?

–Intenta estar de mejor humor cuando llegues aquí. Si vas a estar tan insoportable cada vez que nos veamos, al final tendré que buscar otro proveedor.

Antes de que se le hubiera ocurrido una respuesta, oyó que Bree le colgaba.

—¡Maldita mujer! —musitó mientras dejaba el auricular en su lugar con un gesto brusco.

Connie asomó la cabeza en la oficina casi al instante, lo que quería decir que no estaba muy lejos.

—¿Ha pasado algo? —preguntó con expresión inocente.

—Absolutamente nada —respondió Jake.

Pasó por delante de ella, cruzó la puerta de la oficina y la cerró violentamente.

Mientras se dirigía hacia la camioneta, creyó oír una carcajada tras él. Era insoportable tener que cargar con aquellas dos mujeres. Y lo peor del caso era que no se le ocurriría la manera de dejar de tratar con ninguna de ellas.

Capítulo 10

Bree estaba tan nerviosa ante la perspectiva de volver a ver a Jake que estuvo a punto de llamar a Jess o a su padre para que se acercaran por la tienda. Porque si era sincera consigo misma, tenía que admitir que no respondía de lo que podía llegar a pasar si se quedaba a solas con él. Y después del episodio de la terraza, tampoco podía predecir lo que podía llegar a hacer Jake.

No había vuelto a verle después de aquel beso tan apasionado como inesperado. Y aunque no había sido capaz de sacárselo de la cabeza, todavía no tenía la menor idea de lo que podía significar. A juzgar por el tono en el que Jake le había hablado, que había pasado del recelo a la desesperación en cuestión de segundos, seguramente estaba tan confundido como ella. Y también daba la sensación de estar arrepentido de lo ocurrido. A Bree también le habría gustado lamentarlo. Pero la verdad era que aquel incidente continuaba ardiendo en su cerebro y su libido exigía una repetición.

Como aquel encuentro era inevitable y tenía que aprender a tratar con Jake, sacó la lista que le había enviado Connie e intentó concentrarse en ella. Jake tenía razón, no era fácil intentar decidir las cantidades.

Todas las flores de la lista se le antojaban, pero su intuición artística le decía que no podía sobrecargar la tienda. Aquel lugar tenía que tener un aspecto sencillo, clásico y elegante. También ayudaría que no oliera como una sala del tanatorio. Le gustaba pensar en combinaciones sorprendentes: flores raras y exóticas con algo tan común como las gerberas, por ejemplo.

Sabiendo que cambiaría de opinión por lo menos media docena de veces, hizo una copia del formulario, marcó las primeras opciones e intentó calcular las cantidades. Mezcló colores que podían combinar bien en los arreglos y otras que pudieran venderse a un precio módico. Le sirvió de ayuda pensar en la decoración que quería para la fiesta. Mezclaría hortensias de color pálido con rosas blancas y algo verde, por ejemplo. O pondría un jarrón azul cobalto lleno de margaritas.

Comenzó a pintar los bocetos en un papel y perdió completamente la noción del tiempo. Cuando la puerta se abrió de pronto a las once y media, alzó la mirada y descubrió frente a ella a un Jake vacilante y con el ceño fruncido.

—Veo que sigues de mal humor —dijo en un tono deliberadamente alegre.

Jake parpadeó al oír aquella acusación y forzó una sonrisa. No era la sonrisa fácil y luminosa que en otro tiempo Bree había amado, pero por lo menos había intentado sonreír. Y con sonrisa o sin ella, Bree respondió inmediatamente a su presencia y la sangre comenzó a correr a toda velocidad por sus venas.

—Ha quedado muy bien —comentó Jake, después de recorrer la tienda con la mirada—. Tu padre ha hecho un gran trabajo.

—Sí, es cierto. Estoy pensando en poner una placa en su honor. Así podré presumir de tener una tienda diseñada y decorada personalmente por un famoso arquitecto.

—No es una mala estrategia publicitaria —respondió Jake, como si lo hubiera dicho en serio—. Estoy seguro de que en Internet tiene que haber algún listado de todo lo que ha hecho tu padre. Los seguidores de ese tipo de listas son capaces de viajar a cualquier parte para ver un diseño.

Bree le sonrió.

—En realidad, era una broma. No tengo ningún interés en que mi tienda se convierta en un destino turístico y creo que mi padre ya está suficientemente contento con el pueblo. El interior de la floristería no aportaría gran cosa –le tendió el pedido–. He estado intentando hacer una lista y he tomado muchas notas, pero tenías razón, no me vendría mal tu consejo.

Jake asintió, agarró una silla, la arrastró al otro lado de la mesa y se sentó al lado de Bree. Estaban tan pegados que sus piernas se rozaban. Jake le dirigió una insolente sonrisa con la que prácticamente la estaba desafiando a quejarse. Como Bree permaneció en silencio, asintió, aparentemente satisfecho consigo mismo.

–Veamos lo que tienes aquí –antes de mirar el formulario, vio los bocetos que había estado haciendo. Su mirada se iluminó–. Entro y salgo constantemente de las tiendas de la zona, así que estoy al tanto de lo que se vende y de lo que no, y lo que has hecho es muy bueno, Bree. Realmente bueno.

Bree le miró a los ojos, complacida por su alabanza.

–¿Lo dices en serio?

–No te lo habría dicho si no fuera cierto. Creo que a estas alturas ya no necesitamos mentirnos para quedar bien.

–Sí, supongo que tienes razón –contestó, aunque no estaba segura de que eso fuera cierto.

Cuando estaba con Jake, la mayor parte de las veces se sentía como si apenas se conocieran.

Aunque no en aquel momento; era imposible considerarle un desconocido mientras notaba el calor familiar que irradiaba de su cuerpo, recordándole lo que era sentirse rodeada de su intensa y apasionada masculinidad.

–¿Bree?

–¿Sí? –preguntó, consciente de que no había oído algo.

Jake la miró con curiosidad.

–¿Estás bien?

–Sí, tenía la cabeza en otra parte, eso es todo.

Jake la miró como si comprendiera perfectamente lo que le pasaba.

–Sí, yo también tengo ese problema de vez en cuando.

–¿Qué me estabas preguntando?

Jake señaló el formulario.

—He anotado algunas cosas en el formulario. A ver qué te parece.

Bree miró las notas a toda velocidad y asintió. Necesitaba que Jake se fuera de allí porque iba a terminar arrojándose a sus brazos y quedando como una completa estúpida.

—Me parece perfecto –dijo.

—De acuerdo entonces. Empezaremos con esto, y la semana que viene, si decides que quieres algo más, me aseguraré de que lo tengas.

—Yo pensaba que no querías poner un solo pie en este lugar –comentó Bree–. Cuando antes he hablado contigo, he imaginado que lo de hoy era una excepción.

Jake se encogió de hombros.

—Si mal no recuerdo, me desafiaste a venir y a mantener las manos quietas.

Bree maldijo para sí. Lo había olvidado.

—Sí, tienes razón. Pero entonces, ¿a qué venía el beso del otro día?

—Eso estaba fuera de las normas.

Bree tuvo que hacer un esfuerzo para no echarse a reír. ¡Era increíble la capacidad que tenía para cambiar las normas a su antojo! Asintió en silencio.

—Sí, supongo que eso tiene todo el sentido del mundo. Por lo menos para ti.

Jake se levantó entonces bruscamente.

—Hora del almuerzo. Tengo que ir a la cafetería.

Decepcionada por la brusquedad de la separación, Bree apenas asintió.

—Sí, por supuesto.

Jake permaneció de pie durante lo que a Bree le pareció una eternidad. Parecía estar debatiendo consigo mismo. Al final, musitó algo que sonó algo así como «qué demonios», se inclinó y rozó sus labios con un beso.

Cuando se separó de ella, estaba sonriendo.

—No te he tocado con la mano –dijo, y le guiñó el ojo.

Y dejándola con la boca abierta de asombro, se guardó el pedido en el bolsillo de los vaqueros. Aquel gesto bastó para que Bree mantuviera los ojos fijos en su espalda mientras se alejaba. Tomó después uno de los bocetos y se abanicó con fuerza, pero la brisa que generaba no bastaba para apagar el fuego que corría por sus venas.

Al salir de la tienda, estuvo a punto de chocar con Mack en su prisa por escapar.

–Vaya, vaya, vaya –musitó Mack con los ojos iluminados por la diversión–. Mira a quién acabo de descubrir confraternizando con el enemigo.

–No estaba confraternizando con nadie –respondió Jake, esperando que no hubieran quedado en sus labios restos de carmín para contradecirlo–. Y Bree no es el enemigo. Es una de mis clientas. He ido a recoger un pedido –sacó el papel que llevaba en el bolsillo–. ¿Lo ves? Tengo las pruebas.

–Es curioso que quieras demostrármelo. ¿Qué decía esa cita de Shakespeare sobre los que protestaban demasiado?

Ignorando el comentario de Mack, Jake guardó la lista en el bolsillo y entró en la cafetería.

–Vamos a pedir –dijo en cuanto se sentaron–. Estoy hambriento.

Mack parecía cada vez más divertido.

–Sí, a mí también suelen despertarme el apetito los encuentros con mujeres.

Jake no dejó pasar aquella oportunidad para cambiar de tema.

–¿Qué tal te va con Susie?

Mack frunció el ceño.

–¿Quieres dejar de preguntar por Susie, por favor? No estamos saliendo. ¿Cuántas veces tengo que decírtelo?

–Todas las necesarias para que me lo crea –respondió Jake alegremente. Se interrumpió como si estuviera considerando seriamente aquel asunto y sacudió entonces la cabeza–. No, espera, hasta que deje de creérmelo.

Will se sentó entonces a la mesa.

—¿Estamos hablando otra vez de Susie y de Mack? Les vi paseando la otra noche por la carretera de la playa.

Mack se puso rojo como la grana.

—Se le estropeó el coche y me llamó.

Will parpadeó ante aquella respuesta.

—¿Y después decidisteis ir a dar un paseo?

Mack suspiró con cansancio.

—Yo estaba en el pueblo y no tenía el coche, y sí, fui andando hasta allí. Intenté arrancar el coche, pero como no lo conseguí, la acompañé andando a casa. ¿Qué se suponía que tenía que hacer? ¿Dejarla colgada a esa hora?

Jake asintió, como si de pronto lo hubiera comprendido todo.

—Te comportaste como un auténtico caballero sureño —concluyó—. Pero hay algo que no acabo de entender. ¿Por qué te llamó Susie a ti, en vez de a algún miembro de su muy numerosa familia?

Mack pareció inmensamente aliviado cuando apareció Sally en la mesa.

—Muy bien, chicos, ¿qué vais a tomar hoy?

—Una hamburguesa con queso, patatas fritas y un refresco —contestó Jake, ansioso por volver a meterse con su amigo.

—Yo tomaré lo mismo —dijo Will.

Mack, sin embargo, estudió la carta como si fuera la primera vez que la viera.

—Yo tomaré... —se interrumpió.

Will sonrió de oreja a oreja.

—No nos dejes así, hombre. ¿Qué vas a pedir?

—Sí, a mí también me gustaría saberlo —dijo Sally, mirándole con impaciencia—. Por si no te has dado cuenta, tengo la cafetería de bote en bote y si queréis salir de aquí antes de la una, tendrás que decirme lo que quieres.

—Patatas fritas, una hamburguesa y té frío —contestó Mack con evidente desgana. Miró a sus amigos con el ceño fruncido—. Y un poco de paz y tranquilidad.

—Para eso tendrás que irte a otra parte —le advirtió Jake.

Mack le miró con los ojos entrecerrados.

—Ya sé por qué te metes tanto conmigo. No quieres que le cuente a Will dónde estabas justo antes de venir aquí.

—¿Dónde estabas? —preguntó Will con curiosidad.

—En la floristería —contestó Mack con un exagerado susurro.

—Oh, vaya, vaya —dijo Will, y se volvió entonces hacia Jake—. ¿Y eso por qué?

Jake les miró enfadado y se levantó.

—Eh, Sally, prepárame todo lo que te he pedido para llevar. De pronto me he acordado de que tenía que estar en otra parte.

Los dos hombres se echaron a reír.

—¿Dónde? —preguntó Mack.

—En cualquier otro lugar que no sea este —contestó.

Se dirigió hacia la barra, donde Sally le estaba preparando el almuerzo a toda velocidad.

—Qué sensible —comentó Mack lo suficientemente alto como para que le oyera.

—Mira quién fue a hablar —replicó Will—. Hablemos ahora de ti y de Susie.

Jake salió seguido por el gemido de Mack.

Megan tenía toda su ropa extendida encima de la cama. Miró aquel desastre y sacudió la cabeza. Había hecho la maleta para viajes trasatlánticos con menos ansiedad. Pero, por alguna razón, aquel viaje de cuatro días a Chesapeake Shores la ponía particularmente nerviosa.

De acuerdo, sabía la razón: Mick. Se sentía como una adolescente a punto de tener su primera cita con el chico de sus sueños. Quería impactarle y hacerle arrepentirse del día que la había dejado marchar.

Por supuesto, no olvidaba que, cuando Mick había admitido que su intención era recuperarla, se había muerto de miedo. ¿Qué pretendía entonces? ¿Que la viera tan arrebatadora que terminara regalándole un anillo de compromiso?

Cuando sonó el teléfono, corrió a contestar, deseando que algo la distrajera de aquella locura.

—Hola, Meggie —dijo Mick.

Le bastó oír su voz grave para sentir un escalofrío. Tragó saliva. Aquello no iba a servirle de mucha distracción. De hecho, estaba teniendo problemas para pensar coherentemente.

—¿Meggie?

—Hola. No esperaba tener noticias tuyas —le dijo con forzada alegría—. ¿Va todo bien?

—Sí, las cosas van estupendamente por aquí. Bree está preparada para la gran inauguración. No sé si a la larga la decisión que ha tomado será la mejor, pero por lo menos ha vuelto la luz a sus ojos y con eso me basta.

—Sí, estoy de acuerdo contigo. Ayer hablé con ella y estaba emocionada. Es posible que esta no sea la mejor solución para su futuro, pero es evidente que es lo que necesita en este momento.

—¿Cuándo llegarás?

Megan miró el montón de ropa que tenía encima de la cama y se preguntó si sería capaz de hacer las maletas.

—Salgo de aquí el jueves por la mañana.

—¿Por qué no voy a buscarte al aeropuerto? —sugirió—. No tiene sentido que te gastes dinero alquilando un coche cuando puedes utilizar alguno de los que tengo en el garaje.

—¿Me dejarías conducir uno de tus clásicos? —preguntó estupefacta.

Mick se echó a reír.

—Ni lo sueñes. Te dejaré mi coche y yo utilizaré el Mustang descapotable. Me hará sentirme joven otra vez. Si juegas bien tus cartas, hasta te dejaré dar una vuelta en él, pero no vas a ponerte detrás del volante.

—¿Sabes? No sería la primera vez que lo condujera —le dijo, provocándole deliberadamente.

Sabía lo mucho que cuidaba Mick sus coches.

—¿Cuándo? —preguntó, sinceramente sorprendido.

—Cada vez que me enfadaba porque te ibas del pueblo

—Megan O'Brien, ¿de verdad has conducido alguno de esos coches? ¿Tienes idea de lo que valen esas máquinas? ¿De lo que cuesta el seguro?

—Creo que lo comentaste en alguna ocasión —más de cien, sobre todo cuando Connor o Kevin le suplicaban que les dejara conducirlos.

—Entonces lo hacías para fastidiarme.

—Algo así.

—Supongo que tengo que agradecer al cielo que no te estrellaras.

—Sí, probablemente deberías hacerlo, teniendo en cuenta lo enfadada que estaba cuando me ponía tras el volante. No tienes idea de lo tentadora que era la idea de meter el Mustang en el garaje con un par de abolladuras en el guardabarros.

—¿Y tienes alguna otra tendencia diabólica de la que no fuera consciente cuando estábamos casados?

Megan se echó a reír ante lo receloso de su tono.

—Una o dos, pero creo que dejaré que las adivines tú. Bueno, ¿entonces irás a buscarme al aeropuerto?

—Claro que sí. Creo que voy a tener que vigilarte de cerca. Algo que, por cierto, pensaba hacer de todas formas.

Los recelos de Megan habían desaparecido como por arte de magia. Cuando Mick se proponía ser seductor, le resultaba imposible resistirse.

—¿Meggie?

—¿Sí?

—Estoy deseando que llegue este fin de semana.

—Yo también.

—¿Querrás ser mi acompañante durante la fiesta?

—Pensaba que iría toda la familia.

—Y probablemente vaya toda la familia. Pero quiero que quede claro que estarás allí conmigo, aunque yo sea el único que lo sepa.

—Siempre puedes marcarme con hierro candente —comentó con ironía

—No estoy diciendo que seas mía. Lo único que quiero es

que seas mi acompañante en la fiesta. Como en los viejos tiempos.

—Oh, Mick —susurró Megan, con la voz cargada de nostalgia—. Dejamos de ser compañeros mucho antes de que terminara nuestro matrimonio. Tomabas unilateralmente decisiones que nos afectaban a los dos. Cuando yo cuestionaba cualquier cosa, me decías que lo hacías por el bien de la familia y si no estaba de acuerdo, me acusabas de no tener fe en ti.

Mick suspiró.

—Es cierto, no puedo negar nada de lo que estás diciendo, pero recuerdo lo bien que estábamos cuando éramos un equipo —dijo—. Quiero que volvamos a serlo, Meggie. Lo echo de menos.

—No estoy segura de que sea posible recuperar el pasado.

—Entonces, pongamos nuevas reglas y empecemos de nuevo, ¿qué te parece?

—Me parece que tu legendario optimismo está disparado —respondió.

—Antes lo considerabas algo bueno —le recordó.

—Lo era, y lo es. Me gustaría sentir lo que tú sientes, Mick, de verdad, pero todavía no he llegado a ese punto. Todavía estoy pagando el precio que me supuso perderte mucho antes del divorcio.

—En ese caso, nos tomaremos todo el tiempo que necesites —respondió, dispuesto a ceder, pero no a renunciar—. Te veré el jueves. Dile al piloto que te traiga sana y salva si no quiere vérselas conmigo.

Megan se echó a reír.

—Antes tendrá que vérselas conmigo.

—Adiós, Meggie.

—Buenas noches, Mick.

Mucho tiempo después de que colgara, Megan continuaba aferrada al teléfono, preguntándose cómo iba a ser capaz de resistirse a aquel despliegue de encanto. No había sido capaz de hacerlo treinta años atrás y era poco probable que su capacidad de resistencia hubiera mejorado con la edad.

***

Mick salió al porche después de hablar con Megan y encontró allí a su madre, sentada en la mecedora, como solía hacer cuando estaba preocupada por algo. Se sentó a su lado.

—¿En qué estás pensando, mamá?

—En Megan —contestó mirándole con dureza—. ¿Tienes idea de lo que estás haciendo?

—Claro que tengo idea de lo que estoy haciendo.

—Dime lo que pasará cuando la recuperes.

—En primer lugar, ni siquiera estoy seguro de que eso vaya a ocurrir —comenzó a decir.

Su madre hizo un gesto con la mano, rechazando aquel comentario.

—No te hagas el modesto conmigo. Los dos sabemos que normalmente consigues todo lo que te propones. Para ti el fracaso nunca ha sido una opción. ¿Te acuerdas de cuánta gente te decía que no podrías construir este pueblo tal como lo imaginabas? Tú nunca perdiste la fe en tu proyecto.

—Te agradezco el voto de confianza, pero Megan ha cambiado. Ya no es la mujer dulce y sumisa con la que me casé.

—Megan nunca fue una mujer dulce y sumisa —le corrigió Nell—. Sencillamente, te quería tanto que intentaba hacer las cosas a tu manera. Durante algún tiempo la relación funcionó porque la adorabas y tú también intentabas adaptarte a ella. Así es como se equilibra una relación.

—Pero después dejé que el trabajo consumiera todo mi tiempo —dijo Mick—. Ya lo he oído antes, mamá, y no puedo negarlo —era la segunda vez en menos de media hora que admitía haber hecho algo mal. Miró a su madre a los ojos—. Sé que nadie me cree cuando digo que he cambiado, pero piensa en esto: ¿cuánto tiempo he pasado en casa últimamente?

—Bastante más del habitual.

—He renunciado a un proyecto —le dijo—. La semana pasada me llegaron dos ofertas y rechacé las dos. Tengo media docena de proyectos en construcción en todo el país y he asignado un supervisor para cada uno de ellos.

—¿Y cuánto va a durar eso? —preguntó Nell con evidente escepticismo—. Bastará que surja un problema para que te pases semanas fuera de casa. No voy a decir que no me parezca razonable, pero eso hará añicos cualquier pretensión de cambio.

—Megan y yo estuvimos casados durante suficientes años como para que comprenda la diferencia entre una crisis y un estilo de vida —replicó.

Pero no estaba del todo seguro. Las crisis nunca llegaban solas y sabía que no era improbable que llegara a repetirse su antiguo patrón de vida. Y por la expresión dubitativa de Nell, era evidente que también ella lo sabía.

Mick era consciente de que solo había una solución segura: tendría que jubilarse, dejar la empresa en manos de los hombres a los que había contratado y formado y confiar en que la dirigieran como lo haría él. Habría podido retirarse antes si alguno de sus hijos hubiera mostrado interés en la empresa, pero no había sido así. Para su inmensa tristeza, todos lo habían dejado bien claro. Kevin y Connor, las opciones más viables, apenas podían distinguir un martillo de una sierra. En cuanto a lo de dejar a alguien a cargo, todavía no estaba seguro de estar preparado para ello, ni de si tenía ganas de alejarse de un negocio que él mismo había fundado.

—Soy demasiado joven para jubilarme. Me volvería completamente loco.

Nell sonrió.

—Es más que probable. Eres un hombre con demasiada energía.

—Entonces, ¿qué sugieres?

—Eso no me corresponde a mí decirlo —dijo Nell, toda inocencia.

—Pero estoy seguro de que tienes una opinión.

Su madre siempre tenía algo que decir sobre cualquier tema, y especialmente sobre los relacionados con la familia.

—Para empezar, esto es algo que deberías hablar con Megan. Pon todas las cartas encima de la mesa, dile lo que sientes por ella y por el negocio e intentad buscar juntos una solución. Creo que es importante que también ella decida.

Mick asintió.

—Estoy de acuerdo.

—Muy bien. En segundo lugar, deberías dirigir tus energías hacia algo que puedas hacer por aquí. Quizá no en Chesapeake Shores, pero sí cerca.

Por la forma en la que le brillaban los ojos, Mick estaba convencido de que su madre ya tenía una idea.

—¿Como cuál?

—¡Hábitat para la Humanidad! —exclamó Nell sin poder disimular su emoción—. Enfrentémonos a ello, has acumulado suficiente dinero como para vivir dos vidas y tus hijos tampoco tienen problemas económicos. No necesitas más ingresos. Dedica toda tu energía y tu experiencia a trabajar como voluntario, a construir casas para personas que las necesitan. Podrías vivir aquí y organizar tu propio horario. Estarías haciendo algo bueno —le miró de soslayo—. Y cualquier ex esposa confiaría en un hombre capaz de hacer algo tan generoso.

Le estaba sugiriendo que abandonara su empresa, que abandonara el reconocimiento que había obtenido con ella, pero lo que le estaba ofreciendo era mucho más atractivo. Mick no había hecho nada por los demás a lo largo de su vida, salvo firmar algún que otro cheque para alguna organización benéfica. Había sido generoso con su dinero, pero no podía decir lo mismo de su tiempo. Y su experiencia con Megan y con sus hijos le había demostrado que el tiempo era el don más valioso.

Tomó la mano de su madre y la apretó suavemente, sin dejar de notar lo frágil que últimamente le parecía. Una parte de sí mismo estaba deseando hacer lo que su madre le había sugerido por el mero hecho de que hubiera sido una idea suya, pero había otras muchas cosas que considerar.

—Y bien —le urgió Nell con impaciencia—, ¿qué te parece?

—Me parece una idea interesante —admitió.

A Nell se le iluminó inmediatamente el semblante.

–Entonces, ¿la tendrás en cuenta?

Mick asintió lentamente.

–Haré algunas llamadas y exploraré las posibilidades.

–Tengo una lista de personas con las que deberías empezar –dijo.

Buscó en el bolsillo y sacó lo que parecía una lista de la compra, llena de nombres y números de teléfono escritos con su caligrafía perfecta.

–Por supuesto –dijo Mick entre risas–. Mamá, ¿tienes idea de lo que vales?

–Cuando me miras así, sí.

–Espero que te hayas sentido orgullosa de mí.

–El noventa y nueve por ciento de las veces lo estoy –contestó Nell con su habitual candor–. Pero me gustaría poder estarlo el cien por cien. Por una parte, tienes que empezar a hacer las paces con tus hermanos. Ya va siendo hora de olvidar todos los problemas que os separaron cuando construisteis este pueblo. Esas diferencias no justifican el que estéis tan distanciados, sobre todo después del tiempo que ha pasado. Son tu familia, Mick. Verlos por obligación cuando yo lo exijo no es lo mismo que comportaros como verdaderos hermanos.

Mick sabía que su madre tenía razón, pero él no era el único que se comportaba como un viejo gruñón. Sus hermanos eran tan culpables como él de aquel distanciamiento.

–Centrémonos de momento en tu proyecto de Hábitat para la Humanidad –dijo muy tenso.

–Reunir de nuevo a tu familia es incluso más importante –le corrigió Nell–. Y si ayudaras después a todas esas personas, sería maravilloso.

Aunque Mick solo estaba parcialmente convencido de que era algo que quería hacer, cuando su madre le pedía algo así, le resultaba imposible decir que no.

–Les llamaré, pero de momento es lo único que prometo.

Su madre sonrió de oreja a oreja.

–Y de momento es más que suficiente.

Pero los dos sabían que no le dejaría en paz hasta que hubiera considerado la idea desde todos los ángulos. Al final, había muchas posibilidades de que su madre se saliera con la suya, también en lo que se refería a sus hermanos. Al fin y al cabo, a pesar de todas sus reservas, Mick sabía que una reconciliación podía llevar a otra. Hacer las paces con Tom y con Jeff, demostrar que era capaz de ser un hombre generoso y dar el primer paso bien podría allanarle el camino a la hora de reconquistar a Megan.

Y eso le importaba más que todas las rencillas del pasado, cualquier proyecto caprichoso o todos los elogios de los que pudiera ser merecedor.

Capítulo 11

Jake había entregado el pedido de la floristería cinco minutos antes, dejando a Bree rodeada de lo que parecía una montaña de flores. Ella permanecía atónita en medio de decenas de hortensias azules, rosas y blancas, de girasoles y margaritas de todos los tonos imaginables de naranja, amarillo rojo y rosa, de la imponente fragancia de las lilas, de ramilletes de orquídeas diminutas y delicadas fresias. Rodeada de aquel despliegue de color, tomó aire y estornudó sonoramente, lo suficiente al menos como para hacer salir a Abby de la trastienda.

—Vaya, no es una buena señal —dijo Abby con expresión traviesa—. Por favor, ahora no me digas que eres alérgica a las flores.

—Esperemos que no —contestó Bree.

—¿Qué tenemos que hacer ahora? ¿Guardar todas estas flores en los refrigeradores? ¿Quieres que continúe yo con el papeleo para que puedas empezar a arreglarlas?

Por un instante, Bree permaneció en silencio, sobrecogida por la tarea que tenía por delante. Y todo por culpa de una boda en la que había sido capaz de resolver un problema en el último momento. ¿Qué demonios le había llevado a pensar que podría manejar todo aquello?

Abby se colocó tras ella y la abrazó.

—Eh, que todo va a salir estupendamente —la tranquilizó, como si le hubiera leído el pensamiento—. Tenemos una lista de todo lo que hay que hacer.

—Tienes tú la lista, porque eres una persona organizada. A mí nunca se me habría ocurrido hacer nada parecido.

—Porque tú eres el genio que hay detrás de cualquier negocio —le aseguró Abby—. Estoy segura de que al final lograrás sacarlo todo adelante.

Bree la miró con recelo.

—No fuiste tan generosa con Jess cuando estaba abriendo la posada —le recordó a Abby.

—Porque Jess no eres tú. Ella se dispersa porque tiene un déficit de atención y cuando estaba preparando la inauguración de la posada parecía haber olvidado todas las técnicas que la ayudaron a salir adelante en el instituto y en la universidad. Lo único que necesitas tú es un empujoncito. Estoy segura de que esta floristería será increíble. Aunque no les hicieras absolutamente nada a esas flores, a la gente le encantaría venir a pasear hasta aquí. El olor es delicioso y los colores impresionantes.

—Lo que tú digas —dijo Bree con evidente escepticismo—. ¿Y cuál es la primera tarea de la lista?

A pesar de lo que acababa de decir Abby sobre que todo podría quedarse exactamente como estaba, evidentemente, su hermana no solo tenía una lista, sino que había establecido prioridades.

—En primer lugar, quitar todas estas flores de en medio para poder trabajar —dijo Abby. Abrió la puerta de uno de los refrigeradores y comenzó a guardar los girasoles—. Los más altos detrás, así no tendrás ningún problema para verlos, ¿no te parece?

—Sí, supongo que tiene sentido —contestó Bree, al tiempo que levantaba del suelo las rosas de tallo largo.

Se las tendió a Abby y continuaron trabajando hasta que no quedó una sola flor fuera de su lugar.

Abby contempló entonces aquel despliegue de colores visible a través de las puertas de cristal.

—Qué bonitas son las flores, Bree.

Bree se echó a reír.

—Sí, quizá, pero creo que la tienda quedaría mejor si hiciéramos algún arreglo o algún ramo para el escaparate.

—Eso te lo dejaré a ti. Yo me ocuparé de decorar el mostrador con uno de los manteles de lino de la abuela y con la fuente del ponche. Papá va a traer una mesa para las bandejas de los entremeses.

Una vez sola en su mesa de trabajo, Bree alargó una mano temblorosa hacia el jarrón azul cobalto en el que pretendía colocar los girasoles. Y en el instante en el que comenzó a manipular las flores, los nervios desaparecieron y consiguió trabajar con rapidez y seguridad en sí misma. El resultado final de todos aquellos años aprendiendo jardinería al lado de su abuela fue una sencilla, decorativa y veraniega exhibición que iluminaba todos los rincones de la tienda.

—¡Es fantástico! —dijo Abby cuando Bree colocó el escaparate.

Bree la miró con recelo.

—¿Alabas todo lo que hago para que no pierda la confianza en mí misma?

—Absolutamente no —insistió Abby—. Me conoces y sabes que soy excesivamente sincera. Ahora dime cuánto valen esas flores.

Bree parpadeó ante aquella pregunta. Hizo un cálculo rápido del precio del jarrón, las flores y el lazo de rafia y dijo una cifra.

—No es un buen precio —opinó Abby—. La gente pagaría dos veces más en Nueva York.

—Pero no estamos en Nueva York —arguyó Bree.

—En ese caso, divide la diferencia. Estoy segura de que no has incluido el tiempo dedicado a ese trabajo cuando has calculado el precio. Y también tu trabajo tiene algún valor.

—No quiero que la gente se asuste con los precios —dijo Bree, preocupada.

—Pero si calculas un precio demasiado bajo y tienes que subirlo dentro de un mes para cubrir los costes, será mucho peor. Asegúrate de que sepan que va a ser una floristería con clase, y tendrán que pagar por ello. Siempre puedes hacer unos ramos más baratos para gente que no tenga tanto dinero.

Antes de que Bree pudiera responder, sonó su teléfono móvil. Lo descolgó sin fijarse en el identificador de llamadas, y en cuanto oyó la voz de Marty se arrepintió profundamente de no haberlo hecho.

—¿Ya has recuperado el sentido común? —le preguntó su ex pareja sin preámbulos.

—No tengo tiempo para hablar, Marty —contestó, poniéndose inmediatamente a la defensiva—. Este sábado inauguro la floristería.

—¿Entonces has seguido adelante con esa tontería?

El tono de incredulidad resultaba absolutamente ofensivo. Cuando le hablaba de aquella manera, a Bree le resultaba extraordinariamente difícil recordar por qué se había enamorado de él.

—Por supuesto. Mira, tengo prisa, adiós —colgó el teléfono y lo desconectó inmediatamente.

Conociéndole, sabía que no debía de haberle hecho ninguna gracia que le colgara y estaba segura de que pronto la llamaría para hacérselo saber. Y, obviamente, no se molestaría en desearle que le fuera bien. Aunque a veces había sido generoso a la hora de halagarla y animarla, Bree se daba cuenta de que había ahorrado los elogios para aquellas ocasiones en las que se sometía a su voluntad.

Se volvió y descubrió a Abby mirándola preocupada.

—¿Estás bien? —preguntó su hermana.

—Sí, estoy bien.

—Pues no lo parece. Supongo que era Marty.

Bree asintió.

—Estoy harta de que menosprecie todo lo que hago. Cuando nos conocimos no era así. Fue un auténtico maestro para mí. Era encantador y generoso con su tiempo —miró a Abby desolada—. ¿Cómo pude equivocarme tanto con él?

—Cariño, viste lo que él quería que vieras. Recuerda que yo también le conocí. Todos le conocimos. No dejaba de alabarte, era extraordinariamente dulce con la abuela. Con papá hablaba de Irlanda, intentaba ganárselo con su ingenio.

—Pero papá me dijo que nunca le gustó —le aclaró Bree.

—Porque supo ver más allá. Se fijó en cómo te hablaba Marty a ti, no en lo que decía sobre ti. Y fue eso lo que no le gustó.

—Pero yo también debería haberme dado cuenta. Todos vosotros lo visteis, ¿por qué no lo vi yo?

—Porque le admirabas, porque era tu maestro y porque era un hombre lo suficientemente inteligente e ingenioso como para hacerte perder la cabeza.

—Y alguna que otra cosa más —dijo Bree con ironía.

Abby se echó a reír y le estrechó la mano.

—Esa sí que es una buena señal. Eres capaz de reírte de lo que ocurrió.

—Pero sigo sin entender por qué salió todo tan mal.

—Si quieres saber mi opinión, todo se estropeó porque se dio cuenta de que escribías mejor que él.

—Pero eso no es verdad.

Abby la miró a los ojos.

—Sí, claro que es verdad. Mira, no pensaba sacar este tema si tú no decías nada, pero las críticas de su última obra han sido terribles, peores incluso que las de tu última obra.

Bree la miró estupefacta.

—Me había olvidado de que estaba a punto de estrenar. Me pidió que fuera al estreno, le dije que no y después lo he olvidado por completo.

—Bueno, pues aparentemente ha sido un fracaso. Leí las críticas por Internet para satisfacer mi curiosidad.

—¿Y por qué tenías curiosidad por algo así?

—Porque sé cómo te ha hecho sentirte con tu trabajo. Quería comprobar por mí misma si era tan bueno como para merecer tu admiración.

—El hecho de que haya recibido malas críticas no significa que... —comenzó a decir Bree, sintiéndose con la obligación de defenderle.

—No han sido solo malas. Decía que su obra era pésima, inesperadamente chapucera, y una prueba de su falta de talento.

—Tampoco fueron muy amables conmigo —le recordó Bree.

—Pero él es un profesional —dijo Abby—. Lleva años trabajando en el teatro e incluso ha ganado algunos premios. Hasta ha hecho algunas producciones para Broadway. Y tú apenas estás empezando.

Bree la miró con curiosidad.

—¿Y cuál es la moraleja? ¿Que hasta los mejores pueden caer?

—O quizá que los mejores no tienen derecho a hacer trizas la confianza de los demás —replicó Abby.

Bree suspiró.

—De acuerdo, entendido.

—No te limites a decir que lo has entendido —la regañó Abby—. Piensa en ello, saca el ordenador del armario y empieza a escribir otra vez sin tener a ese tipo celoso mirándote todo el rato por encima del hombro.

—Por si no lo has notado, ahora tengo otro proyecto entre manos.

—Un proyecto maravilloso —dijo Abby, señalando a su alrededor—. Y voy a apoyarte mientras sigas disfrutando de él. Pero si todavía necesitas seguir escribiendo, tendrás que buscar un momento para hacerlo. No hoy, ni este fin de semana, pero sí pronto —le sostuvo a Bree la mirada—. Prométemelo, ¿de acuerdo?

Bree asintió muy seria. De hecho, incluso sintió removerse algo dentro de ella por primera vez desde que había abandonado Chicago. Pensó en todo lo que había dicho su hermana y una sonrisa cruzó lentamente su rostro.

—Así que ha sido un fracaso, ¿eh?

Abby asintió feliz.

—¿Quieres verlo? He impreso las críticas y las llevaba en el bolso por si en algún momento hablábamos de ello.

Bree estaba deseando tenerlas entre sus manos.

—Dámelas.

Leyó las críticas. Y con cada una de ellas se iba elevando su ánimo. No porque se regodeara en el fracaso de Marty. Se juraba a sí misma que no era por eso, sino por el inmenso alivio de saber que todo el mundo podía fracasar, incluso alguien con mucha más experiencia que ella. A lo mejor debería intentarlo otra vez. Pensó en lo mucho que había insistido su madre en que la última obra no había fallado por el texto, sino por la dirección. Le devolvió después las críticas a su hermana.

—Guárdalas tú, ¿quieres?

—¿No prefieres quedártelas? —preguntó Abby. Sonrió—. A lo mejor puedes enmarcarlas y colgarlas detrás de tu escritorio.

Bree negó con la cabeza.

—No, pero guárdalas por si empiezo a dudar otra vez de mí misma. No me va a resultar fácil sacar la voz crítica de Marty de mi cabeza. Al final, tenía la sensación de oírle censurar hasta la última palabra que escribía.

A Abby se le iluminó el semblante.

—¿Eso significa que empezarás a escribir otra vez?

—Te lo he prometido. Todavía no, porque ahora mismo lo que quiero es sacar adelante este negocio, pero por lo menos estoy dispuesta a intentarlo. Si soy capaz de hacer las dos cosas a la vez, contrataré a alguien para que me ayude en la tienda.

—¡Aleluya! —exclamó Abby.

La abrazó, comenzó a bailar y estuvo a punto de tirar a Mick, que acababa de llegar con la mesa plegable, en el proceso.

—¿No os parece un poco pronto para celebrarlo? —preguntó Mick divertido.

—No hemos bebido ni una sola gota de champán —le aseguró Abby.

—En ese caso, no me importaría que me sirvierais una copa de lo que sea que os ha puesto tan contentas

—La esperanza —dijo Bree inmediatamente.

Por un momento, Mick pareció confundido, pero en cuanto lo comprendió, sonrió.

—Sí, la esperanza es una gran cosa. Y últimamente también parece haber vuelto a mi vida.

Bree estuvo a punto de preguntarle sobre ello, pero Abby se le adelantó diciendo:

—Propongo que hagamos un descanso, vayamos a comer y brindemos por la esperanza.

—Podemos ir a la Cafetería de Sally —sugirió Mick—. Invito yo.

Bree vaciló un instante, pensando en los horarios de Jake y en la promesa que le había hecho, pero al final se encogió de hombros. También había depositado alguna esperanza en ese frente y aquel era un momento tan bueno como cualquier otro para comprobar si Jake era capaz de verla dos veces en un mismo día o si saldría corriendo como la primera vez.

Jake estaba solo en su mesa habitual, esperando la llegada de Mack y de Will, cuando oyó una voz familiar.

—Vaya, mira quién está aquí.

Alzó la mirada y descubrió a Abby O'Brien mirándole con expresión divertida. Cuando vio que estaba con Bree y con Mick, se sintió como si acabaran de pegarle un puñetazo en la boca del estómago. Y antes de que se le hubiera ocurrido una forma educada, pero distante, de contestar a aquel saludo, Abby ya estaba sentándose a su lado.

—¿Te importa que nos sentemos contigo? —preguntó, cuando ya era demasiado tarde para decir lo contrario—. No hay una sola mesa libre.

—Me alegro de verte, Jake —saludó Mick alegremente mientras se sentaba al lado de Abby y dejaba que Bree se sentara al lado de Jake.

Bree le miró con expresión de disculpa mientras ocupaba la única silla que quedaba.

—Sé que estás esperando a Mack y a Will —dijo, mirando a su hermana con el ceño fruncido—. Lo siento.

Sally llegó justo en ese momento y miró a los ocupantes de la mesa con el ceño fruncido. Aparentemente satisfecha con el hecho de que Jake no hubiera huido, les pasó la carta y prometió añadir un par de sillas para Mack y Will, que acababan de entrar por la puerta, ajenos por completo a lo que les esperaba. Jake se hacía una idea bastante precisa de cuál iba a ser su reacción. De momento, serían unos auténticos caballeros, pero después se hartarían de hacer comentarios sobre el hecho de haberle encontrado reunido con la familia O'Brien.

Will fue el primero en verlos. La inicial sorpresa de ver a la familia O'Brien sentada a la mesa que normalmente ocupaban ellos se transformó en diversión al darse cuenta de que Bree estaba entre ellos.

—Hola, Bree —dijo, inclinándose para darle un beso—. Sabía que habías vuelto, pero hasta ahora no había tenido oportunidad de darte la bienvenida.

Mack miró preocupado hacia Jake, saludó a Bree con sincero cariño, estrechó la mano de Mick y le hizo a Abby un gesto con la mano.

Los amigos de Jake se sentaron a la mesa como si estuvieran deseando que estallaran los fuegos artificiales cuanto antes. Jake habría querido matarlos, aunque tenía que reconocer que al menos no habían dicho nada que pudiera hacer más embarazosa aquella situación.

—He oído decir que estás preparando una gran fiesta de inauguración para mañana —le comentó Will a Bree—. Pero no he recibido ninguna invitación.

Bree se sonrojó inmediatamente.

—No hemos enviado invitaciones —le aclaró Abby—. Es una invitación abierta a todo el pueblo, hoy mismo se publicará en el periódico. No dejéis de pasaros por la floristería. Jake ha traído las flores esta mañana y Bree ha hecho algunos arreglos espectaculares. Vamos a preparar un cóctel de champán poco cargado y habrá algo para picar, así que, por favor, pasaros mañana por allí después de las cuatro. La fiesta durará hasta las ocho y habrá música.

Abby se volvió entonces hacia Mack con un brillo travieso en la mirada.

—Sospecho que te vas a convertir en uno de los clientes habituales.

Mack frunció el ceño.

—¿Por qué lo dices?

—Estás saliendo con Susie, ¿no? —preguntó Abby.

Jake advirtió que Mick miraba a su amigo con repentino interés.

—¿Con Susie? ¿Con mi sobrina?

Mack profundizó su ceño.

—No estoy saliendo con Susie —anunció.

Pero era obvio que sabía que, al menos en lo que a Jake y a Will se refería, había perdido toda la credibilidad.

Will sonrió de oreja a oreja.

—Me temo que no es eso lo que se dice por el pueblo, amigo. Creo que tus protestas empiezan a caer en oídos sordos.

Jake descubrió a Bree mirando a Mack con repentina fascinación.

—Susie y tú, ¿eh? —musitó con expresión pensativa—. Sí, lo veo. Claro que sí, aunque ella siempre decía que se helaría el infierno antes de que volviera a salir contigo.

—Y esa es la razón por la que no estamos saliendo —repitió Mack por enésima vez.

—Siempre la misma canción. Por lo menos podrías cambiar de estrofa —comentó Will.

Al estar toda la atención centrada en Mack, Jake por fin pudo relajarse; advirtió que también Bree parecía menos tensa. Cuando sin querer, Bree le rozó al moverse, Jake sintió crecer un intenso calor entre ellos. Y fue evidente que también ella lo notó, porque se volvió bruscamente hacia él con expresión de sorpresa. Jake esperó, preguntándose si se alejaría, dejando que fuera ella la que lo decidiera, pero Bree permaneció donde estaba y aquel ligero tormento se prolongó.

—Jake, supongo que te veremos mañana por allí —dijo Mick—. Al fin y al cabo, eres tú el mayorista que abasteces a la tienda. Será una buena publicidad para ti.

En realidad, Jake pretendía mantenerse todo lo alejado de la floristería que pudiera, pero Mick tenía razón. La apertura de la tienda iba a ser una gran oportunidad para él. Si Bree tenía la mitad del talento que él sospechaba, su negocio sería todo un éxito y por extensión, también el suyo.

—En realidad, estaba pensando en enviar a Connie —contestó, optando por una solución que le permitiría mantenerse al margen y al mismo tiempo promocionar el vivero.

Pero no acababa de terminar la frase cuando vio la decepción en la mirada de Bree y la sorpresa en la de Mick.

—¿Tienes algo más importante que hacer? —preguntó Mick con evidente desaprobación.

—Sí, Jake, ¿tienes grandes planes para mañana?

Esa fue la pregunta de Will, el traidor, que sabía perfectamente que hacía seis años que Jake no tenía grandes planes para las noches de los viernes. No había vuelto a tener grandes planes desde su ruptura con Bree; había terminado entonces la tradición de las cenas y el cine y había empezado la deprimente costumbre de aprovechar las irónicamente llamadas «happy hours» de los bares con Will y con Mack.

—Tengo que trabajar —farfulló—. Estoy trabajando en un jardín y tengo que aprovechar todas las horas de sol.

—¿De verdad? —preguntó Mack con evidente escepticismo—. Siempre has sido muy rígido con tus horarios, nunca acababas más tarde de las seis.

—Sí, y normalmente lo soy —se mostró de acuerdo Jake, incapaz de no ponerse a la defensiva—. Pero esta vez voy con cierto retraso y mi cliente espera que para el sábado al mediodía haya terminado.

Will le miró con expresión traviesa.

—¿Y si Mack y yo te echamos una mano el sábado? Así podrás pasarte por la inauguración.

—A mí me parece que podría ser la solución perfecta —dijo Mick, mirándole con atención.

Jake podría haber argüido que sus amigos más que ayudar, le molestarían, pero como había sido él el que había hablado de lo urgente de la situación, decidió que no tenía sentido replicar.

—Sí, supongo que sí —dijo con desgana.

A su lado, Bree se tensó.

—No necesito que me hagas ningún favor —musitó, y se levantó pronto—. Ahora, si me perdonáis, tengo que volver al trabajo —dijo en voz más alta—. Todavía quedan cosas que hacer.

—Pero si los sándwiches todavía no han llegado —protestó Abby, mientras Mick la miraba con preocupación.

Bree forzó una sonrisa.

–El mío podéis devolverlo. Estoy tan preocupada por todo lo que tengo que hacer que se me atragantaría.

–Pero yo pensaba que habíamos venido a celebrar lo bien... –dijo Abby, prolongando innecesariamente aquel embarazoso momento.

Al parecer, era la única que no se daba cuenta de la tensión que había entre su hermana y Jake.

–¿Celebrar qué? –preguntó Mack.

Abby comenzó a responder, pero se encogió de hombros ante la dura mirada que le dirigió su hermana.

–No importa. Le diré a Sally que me prepare tu sándwich para llevar. Papá y yo no tardaremos.

Ignorando por completo a Jake, Bree se despidió de su hermana con un gesto y se inclinó después para darles a Will y a Mack un rápido beso en la mejilla.

–Hasta mañana –le sonrió a Mack–. Y trae a Susie contigo.

–Supongo que ella ya pensaba pasarse por allí.

–Lo que le permitirá volver a decir que no están saliendo, aunque se pasen juntos toda la fiesta –dijo Will con ironía.

Mack le miró con amargura.

–Si no tuviera tanta hambre, me marcharía con Bree.

–La verdad duele, ¿verdad? –bromeó Jake, feliz de que volviera a ser Mack el blanco de sus bromas.

Por supuesto, si esperaba acabar de esa manera con la mirada especulativa de Mick O'Brien, no iba a tener suerte. Algo le decía que el padre de Bree tendría algunas preguntas que hacerle en cuanto se quedaran a solas. Lo cual era una razón añadida para mantenerse todo lo lejos posible de la familia O'Brien y de la floristería el viernes por la noche.

Cuando Jake le propuso a su hermana que fuera a la floristería en su lugar, esta le miró furiosa.

–¡Absolutamente, no! –contestó con firmeza.

–Vamos, hermanita. Tú puedes representar el vivero tan bien

como yo. Mejor incluso. Además, necesitas hacer más vida social. A lo mejor hasta conoces a alguien.

Jake advirtió que el enfado de su hermana aumentaba con cada una de sus palabras, pero no había podido evitar aquel comentario.

—En primer lugar —comenzó a decir en un tono glacial—, el trabajo de promoción del vivero es cosa tuya. En segundo lugar, no tengo ningún interés en conocer a nadie en este momento. Y, para terminar, es bastante improbable que la inauguración de una floristería esté abarrotada de hombres. Por lo menos de la clase de hombres que me interesan —le miró con una sonrisa—. Por otra parte, tú...

Jake estaba demasiado desesperado por conseguir que cambiara de opinión como para sentirse ofendido por su velada insinuación.

—Esta no va a ser una inauguración como las demás. Bree es una O'Brien. No habrá una sola alma en Chesapeake Shores que se la pierda. Prácticamente es una obligación.

Connie le sonrió radiante.

—Y esa es exactamente la razón por la que tienes que ir. Es tu cliente, de modo que debes ir tú personalmente. ¿No nos enseñó mamá a cumplir con nuestras obligaciones?

—¿Y tú no tienes la obligación de hacer todo lo que te ordene tu jefe?

Connie se encogió de hombros sin dejarse intimidar.

—Con otro jefe, a lo mejor. Pero contigo es diferente.

Jake empezó entonces a suplicar.

—Connie, vamos, sabes perfectamente lo violento que es todo esto para mí.

—Lo que sé es que te aterra estar con Bree —replicó—. Supongo que es porque todavía sientes algo por ella y te asusta que cualquier día esos sentimientos desborden el enfado que has estado alimentando durante todo este tiempo.

¡Bingo!, pensó Jake, pero no lo admitió.

—Muy bien. Si eso es lo que piensas, ¿por qué no me ayudas y vas tú por mí? Si de verdad me quisieras, lo harías.

Connie elevó los ojos al cielo.

–No, lo que debería hacer si de verdad te quisiera es decirte que renunciaras a tu estúpido orgullo, olvidaras el pasado e intentaras conquistar a la mujer que te hace feliz.

–Hace mucho tiempo que Bree no me hace feliz.

–Pero podría hacértelo y los dos lo sabemos –miró el reloj–. Vaya, tengo que irme. Tengo que ir a buscar a Jenny al instituto.

–Continuaremos esta conversación cuando vuelvas –le advirtió Jake.

Connie le dirigió una sonrisa radiante.

–No, no vamos a continuar esta conversación porque voy a tomarme el resto del día libre.

Jake se la quedó mirando fijamente.

–¿Eso me lo habías dicho?

–No, acabo de decidirlo. No quiero pasarme toda la tarde hablando de esto cuando el resultado va a ser el mismo. Me voy a llevar a mi hija al cine.

–Está castigada.

–Sí, pero yo no. Además, ir al cine con su madre a su edad es una forma cruel y original de castigo. Hasta mañana.

A Jake no se le ocurría nada que pudiera detenerla, o convencerla de que cambiara de opinión sobre la fiesta, así que cerró la boca y la observó marcharse.

Por mucho que quisiera a su queridísima hermana, en aquel momento no pudo evitar desear haber tenido un hermano. Aunque, pensándolo bien, Will y Mack eran hombres, y sus mejores amigos, por cierto, y no se estaban mostrando más compasivos o dispuestos a ayudarle que su hermana. Al parecer, estaba condenado a vivir rodeado de personas que creían saber lo que era mejor para él.

Capítulo 12

Bree había extendido un surtido de margaritas sobre su mesa de trabajo, pero continuaba con la mirada perdida en el vacío cuando Mick y Abby regresaron del almuerzo. Abby le colocó un sándwich y un refresco delante sin hacer ningún comentario y regresó después a la parte delantera de la tienda. Mick fue menos discreto. Se sentó en un taburete y miró preocupado a su hija.

—Muy bien, ¿qué me he perdido exactamente en la Cafetería de Sally? —preguntó—. ¿Por qué te has ido de esa forma?

Mick estaba viajando constantemente en la época en la que Bree estaba saliendo con Jake. Evidentemente, sabía que había entre Jake y ella alguna clase de relación, pero era obvio que no tenía la menor idea de hasta qué punto habían estado comprometidos ni de lo amarga que había sido la ruptura. Por supuesto, Bree no tenía ningún interés en informarle de lo ocurrido. ¿Qué sentido tenía después de tantos años? Desde luego, no quería admitir que se había quedado embarazada. Para él sería un escándalo. En lo que a sus hijas se refería, continuaba siendo un hombre muy conservador.

Así que, en vez de admitir lo que le pasaba, se limitó a decir:
—Tengo cosas que hacer.
—Hija mía, es posible que casi nunca me entere de lo que pasa, pero sí que sé cuándo uno de mis hijos está sufriendo por algo. ¿Tiene algo que ver con Jake? Yo creía que lo vuestro había terminado mucho tiempo atrás.

—Y así es.
—¿Quién decidió separarse?
—Yo —admitió.

Al menos, había sido ella la que se había marchado, aunque hubiera sido Jake el que había verbalizado la ruptura.

Mick asintió lentamente.

—¿Y ahora te arrepientes?
—No —contestó al instante, pero después suspiró—. A lo mejor. No lo sé, todo es muy complicado.

Mick sonrió con cansancio.

—Las relaciones normalmente lo son. Míranos a tu madre y a mí. Estábamos locamente enamorados, casados y con cinco hijos y los dos pensábamos que pasaríamos juntos el resto de nuestras vidas.

Bree se olvidó entonces de su propio desánimo y miró a su padre.

—¿Por qué no seguisteis juntos si era lo que los dos queríais?
—Es complicado —respondió Mick—. La mayor parte de la culpa es mía. Aunque supongo que tú ya lo sabes. Eres la más observadora de la familia. Eres capaz de analizar y ver cosas que los demás no podemos.

Bree pensó en los recuerdos que tenía de aquella época de su vida.

—Estabas demasiado entregado al trabajo —dijo, demostrando que su padre no se había equivocado en su observación—. Mamá se sentía sola y cansada. Tenía que criar a cinco hijos completamente sola —le miró con curiosidad—. Y te lo dijo. Una noche os oí discutiendo en el porche.

—Sí, claro que me lo dijo.
—¿Y por qué no la escuchaste?
—La escuché —contestó—. Lo que no hice fue cambiar, así que ella optó por una decisión drástica que a mí me hizo muy poca gracia.

Bree le miró estupefacta.

—¿Mamá tuvo una aventura?
—Yo no lo llamaría así. En realidad, quedó un par de veces

con un hombre que había venido a conocer Chesapeake Shores. La cosa no fue más allá de una cena, pero yo me enteré y me sentí profundamente humillado. Supongo que no hace falta que te diga que no supe manejar la situación.

—Y tu falta de confianza fue la gota que colmó el vaso —aventuró Bree.

Mick asintió.

—Así es. Supongo que debería haber intentado hacerle cambiar de opinión, haber hecho un esfuerzo por comprender qué motivos podía tener para permitirse pasar un solo minuto con un perfecto desconocido.

—¿Y por qué no lo hiciste?

—Principalmente, por orgullo. Por estupidez, y quizá también por arrogancia. Incluso después de lo que había ocurrido, no la creía capaz de marcharse y empezar una nueva vida sin mí.

Bree le miró con tristeza.

—Así que en realidad no conocías a mamá tan bien como pensabas.

Mick respondió con una risa sin rastro de humor.

—Pensaba que la conocía, que su amor sería capaz de superar cualquier contratiempo, incluso la ligera atracción que podía llegar a sentir por otro hombre. No fui capaz de calcular el verdadero riesgo y todo me estalló en pleno rostro.

—Pero cuando te diste cuenta de que de verdad pensaba marcharse, ¿por qué no hiciste nada para impedírselo?

El semblante de Mick se tornó sombrío.

—El orgullo de un hombre tiene dos caras. A veces puede ayudarle a superar momentos difíciles, pero otras, puede impedirle admitir un error. Creo que durante algún tiempo, estaba tan asombrado por lo que había hecho, tan enfadado y tan herido, que no fui capaz de ir a buscarla —se encogió de hombros—. Y después ya era demasiado tarde. Tu madre ya tenía una nueva vida y en las pocas conversaciones que manteníamos para hablar de vosotros, me dejaba muy claro que le encantaba Nueva York y el trabajo que hacía en la galería de arte.

—Pero si hace quince años creías que era demasiado tarde,

¿por qué no piensas lo mismo ahora? Porque estás intentando recuperarla, ¿verdad?

–Es cierto. A lo mejor es porque Abby empezó a derrumbar el muro que había entre nosotros al invitarla a la fiesta de inauguración de la posada. O a lo mejor porque he sido capaz de admitir que fui un estúpido y que lo sería todavía más si no intentara recuperarla. Al fin y al cabo, es la única mujer a la que he querido.

–Durante todos estos años en los que has estado viajando de ciudad en ciudad, ¿no has conocido a nadie? –preguntó Bree escéptica.

–A nadie que pueda compararse a tu madre.

–¿Y qué tal va esa campaña de recuperación? –preguntó con curiosidad.

Mick la miró pensativo.

–Tu madre no me está poniendo las cosas fáciles, pero no puedo culparla. Esto va a ser un maratón, pero no pienso renunciar hasta que no haya conseguido lo que estoy buscando.

A Bree le sorprendió la determinación de su voz.

–Incluso después de todo lo que ha pasado, ¿crees que continuáis queriéndoos? ¿Y de verdad la has perdonado a pesar de que te dejó, de que nos dejó a todos nosotros?

–Sí, la he perdonado. Y supongo que me lo preguntas porque tú también te estás preguntando si ha quedado algo entre Jake y tú después de vuestra separación.

Bree asintió.

–Basándome en lo que he visto hoy, yo diría que la respuesta es sí –le dijo su padre–. Durante toda mi vida, me he visto obligado a analizar a los hombres con los que trabajaba, a descubrir las cosas que les hacían sentirse mal. Jake Collins tiene todos los síntomas de un hombre enamorado.

Bree suspiró con pesar.

–Una situación que al parecer no le entusiasma.

Mick se echó a reír.

–Sí, en eso también tienes razón –alargó la mano para estrechar la de su hija–. Confía en mí, la mayor parte se siente así antes de rendirse.

—Está muy enfadado conmigo —admitió Bree—. Y tiene razones para estarlo.

—¿Más enfadado que yo cuando descubrí que tu madre estaba viendo a otro hombre?

Bree pensó en ello, y pensó también que era muy posible que la furia de Jake fuera mucho más profunda. Desde luego, la herida lo era.

—A lo mejor —admitió.

—¿Has hablado con él sobre lo que os pasó?

Bree negó con la cabeza.

—No, no he tenido oportunidad de hacerlo.

—Rara vez encontramos el momento para una conversación difícil —le dijo Mick—. Pero intenta elegir un momento que te convenga e insiste en ello.

—A lo mejor después de la inauguración —dijo Bree. Señaló a su alrededor—. De momento tengo muchas cosas que hacer.

—Procura no alargarlo demasiado —le advirtió—. Eso solo servirá para hacerte llevar el problema sobre tu conciencia y, confía en mí, nunca es fácil enmendar un error.

Bree aceptó su consejo. Al final, quizá no consiguiera nada reviviendo el pasado, quizá ni siquiera podría dejarlo atrás para siempre, e incluso era posible que acabara con la frágil tregua a la que habían llegado por el bien de su negocio. Pero tenía que intentarlo, porque, fuera cual fuera su futuro profesional, de lo único que se había dado cuenta desde que había vuelto a casa era de lo mucho que deseaba que Jake volviera a formar parte de su vida. Si no podía alcanzar nada más, se conformaría con su amistad, pero si era sincera consigo misma, tenía que admitir que lo que realmente deseaba era recuperar su amor.

Megan salió del avión y entró en la terminal del aeropuerto fingiendo una seguridad que estaba muy lejos de sentir. En el instante en el que vio a Mick esperándola, se le aceleró el pulso como la primera vez que le había visto ya tantos años atrás. Entonces, le había bastado con verle para saber que era el hombre de su vida e incluso después de tantos años de separación, después de tanto dolor, continuaba siéndolo. Aun así, todavía no estaba preparada para compartir con él aquel secreto. De hecho, a menos que Mick le demostrara que realmente había cambiado, era un secreto que pensaba llevarse a la tumba.

Reconoció el momento exacto en el que Mick la vio en la abarrotada terminal. Una sonrisa tierna y lenta iluminó su rostro y sus ojos brillaron con admiración mientras la recorría con la mirada. Quince años atrás, Megan habría dado cualquier cosa por ganarse una mirada como aquella. Quizá entonces debería...

Interrumpió inmediatamente aquel pensamiento. Todo eso era agua pasada. Mick por fin había perdonado aquellas dos ridículas noches en las que había disfrutado de las atenciones de otro hombre. Lo había hecho a la vista de todo el pueblo para asegurarse de que su marido se enterara. Había jugado y había perdido, punto. Y si Mick había decidido no remover las aguas del pasado, no tenía sentido que lo hiciera ella.

—Estás igual que la chica con la que me casé —la alabó Mick mientras le tendía un ramo de flores.

Conmovida, Megan tomó las flores y hundió la cabeza en aquella mezcla de rosas de té y de lirios, sus flores favoritas, como bien había recordado Mick. ¿Pero habría sido él el que se había acordado? Era bastante más probable que hubiera sido cosa de Bree.

—Tendré que darle las gracias a Bree por este ramo tan bonito —dijo.

Mick pareció ofendido.

—¿Crees que ella es la única de la familia un poco romántica? —preguntó Mick—. Las he cortado yo. Son flores de nuestro jardín. Bueno, por lo menos las rosas. Los lirios de los valles los encargó Bree para mí.

—¿De verdad? —preguntó Megan, incapaz de disimular su escepticismo—. ¿Y también has hecho tú este ramo?

—Sí, con un poco de ayuda de nuestra hija. Le dije que no podría reclamarlo como mío si no lo hacía yo, así que me animó a hacer el trabajo.

Megan le dio un beso en la mejilla.

–En ese caso, lo siento, y muchas gracias. Las flores son preciosas, Mick. Y son mis flores favoritas.

–Pienso en ello cada vez que las veo en el jardín de casa, o en primavera, cuando florecen los lirios de los valles –contestó Mick con una sinceridad que la desarmó por completo.

Megan le miró desconcertada.

–¿Estás intentando volverme loca, Mick O'Brien?

Mick sonrió radiante mientras le quitaba la maleta.

–Creo que eso hace tiempo que lo dejé claro –contestó, guiñándole el ojo–. ¿No traes más equipaje?

Megan negó con la cabeza.

–No, solo traigo esa bolsa.

Mick parecía desilusionado.

–¿Entonces será otra visita corta?

–Pasaré aquí todo el fin de semana –contestó, intentando no mostrarse demasiado complacida por el hecho de que dejara tan claro que quería que se quedara.

Mick la miró a los ojos.

–¿Y qué tendría que hacer para que te quedaras para siempre, Meggie?

Megan tragó saliva.

–Sinceramente, no lo sé.

–En ese caso, tendré que ser más persuasivo –concluyó–. Hace años sabía cómo hacerte cambiar de opinión sobre muchas cosas.

–Ahora soy una mujer mucho más dura –le advirtió.

–Y yo un hombre más inteligente –replicó él, con un brillo travieso en la mirada–. Ya lo verás, Meggie.

Megan sintió que sus defensas se derrumbaban ante la convicción que reflejaba su voz. Era cierto que años atrás su encanto le resultaba irresistible. Y sospechaba que continuaría siéndolo, a no ser que se asegurara de mantener levantadas todas sus defensas, o de no quedarse nunca a solas con él. Afortunadamente, también en aquella ocasión se quedaría en casa de Abby.

–Ha habido un cambio de planes –dijo Mick cuando estaban ya de camino hacia Chesapeake Shores.

Megan le miró con recelo.

–¿Ah, sí?

–He pensado en llevarte a cenar al Brady's esta noche –anunció.

–Pero yo quería pasarme por la tienda para ayudar a Abby y a Bree –protestó.

Y lo último que quería era disfrutar de una velada romántica con un exmarido peligrosamente seductor. Habían compartido demasiadas veladas íntimas en aquel restaurante... Al menos hasta que ella había decidido quedar allí con otro hombre, y sabía que aquel era un intento deliberado de Mick de recuperar el pasado y, al mismo tiempo, reclamar aquel espacio como propio.

–En la tienda lo tienen todo bajo control –le aseguró–. Si no me crees, puedes llamar por teléfono –le tendió el móvil–. Aquí tienes el número.

Megan sabía que sería una pérdida de tiempo. Estaba segura de que Mick ya se había puesto de acuerdo con sus hijas.

–¿Y qué otros planes has organizado a mis espaldas? –bromeó.

Mick le dirigió una rápida mirada y se volvió de nuevo hacia la carretera.

–Te quedarás en casa –dijo en un tono completamente inexpresivo.

–No –respondió ella con firmeza–. Abby me está esperando –y estaba decidida a no ceder.

–El problema es que Connor está en casa de Abby –replicó–. Ha traído a algunos de sus compañeros de Baltimore a pasar el fin de semana y allí tienen más espacio.

Megan le miró con los ojos entrecerrados, sin creerse del todo la explicación.

–Qué casualidad –contestó secamente.

Mick sonrió sin un ápice de culpabilidad.

–Sí, yo estaba pensando lo mismo –dijo alegremente.

Megan se reclinó en el asiento con los brazos cruzados.
—Esto no va a funcionar —le advirtió.
—¿El qué? —preguntó Mick con fingida inocencia.
—El que vaya a estar bajo tu techo no significa que vaya a estar cerca de tu cama —le dijo abiertamente, intentando quitarle cualquier otra idea de la cabeza.
—De nuestra cama —la corrigió—. La cama que tú misma elegiste cuando nos casamos.
—Eso no significa que sea nuestra —respondió muy tensa—. Ha pasado mucho tiempo desde entonces —le dirigió una mirada desafiante—. Si Connor va a quedarse en casa de Abby, yo me quedaré en la habitación de Connor.

Mick suspiró y la miró muy serio.
—¿De verdad crees que esperaba que durmieras conmigo? —la regañó en tono de broma—. Es posible que tuviera alguna esperanza, pero ya he llevado mis cosas a la habitación de invitados.

Megan se sintió ridícula al oírle.
—Siento haberme equivocado.
Mick se encogió de hombros.
—No te has equivocado tanto. Si fuera por mí, compartiríamos esa cama como hacíamos antes, pero supongo que todavía habrá que esperar algún tiempo —le dirigió una mirada cargada de significado.

Megan tragó saliva. Era capaz de enfrentarse a su arrogancia, incluso a su encanto, ¿pero a aquella faceta de Mick? ¿A aquel Mick tan intuitivo y considerado? Aquel hombre la asustaba, porque no tenía en su arsenal una sola arma con la que defenderse.

Eran casi las siete cuando Jake intentaba armarse de valor para entrar en la floristería. La fiesta estaba en todo su esplendor, la tienda abarrotada de gente, que ocupaba también las aceras e incluso el césped que había al otro lado del asfalto, donde una banda de músicos irlandeses tocaba música tradicional y contemporánea.

Jake había imaginado que llegando a esa hora, podría pasar desapercibido. Entraría un momento en la floristería y no tendría que estar con Bree más de un par de minutos.

La vio detrás del mostrador, con las mejillas sonrojadas, los ojos chispeantes y los rizos rebeldes escapando del moño en el que se había recogido el pelo. Estaba radiante, por lo menos hasta que le vio. Porque entonces su expresión se tornó sombría y desapareció parte de la luz de su mirada.

Jake estaba a punto de retirarse cuando una voz familiar le susurró al oído:

—¿Huyendo asustado?

Jake giró sobre sus talones y fulminó a Connie con la mirada.

—¡Eres tú! ¿Qué estás haciendo aquí? Si hubiera sabido que ibas a pasarte por la tienda no habría venido.

—Y esa es precisamente la razón por la que no quise decirte que iba a venir —replicó—. ¿De verdad creíste que no tenía curiosidad por ver la tienda?

—Creí lo que me dijiste —gruñó.

—El caso es que ahora estás aquí. Acércate al mostrador y felicita a Bree. Ha hecho un trabajo fabuloso. Esta tienda va a dar un impulso a nuestro negocio en el pueblo.

Jake miró a su alrededor y no le sorprendió comprobar que Connie tenía razón. Tal como había anticipado después de ver los bocetos, Bree tenía un talento especial para combinar colores y texturas. Si era a eso a lo que quería dedicarse durante el resto de su vida, algo que él dudaba seriamente, estaba seguro de que tendría éxito.

Connie le dio un delicado pero decidido empujón.

—Vamos.

Jake avanzó vacilante y, para su inmenso alivio, vio que Mack entraba en aquel momento en la floristería. Giró hacia él, pero advirtió que su amigo estaba completamente concentrado en Susie, que se hallaba literalmente pegada a la pared, como si estuviera deseando escapar y salir corriendo de allí. A los ojos de Jake, estaba un poco nerviosa, pero, al mismo tiempo, irradiaba también algo más. Algo casi tangible.

Susie O'Brien parecía estar luchando contra la atracción que sentía por Mack con cada fibra de su ser, y estaba perdiendo. Lo evidenciaba su forma de entreabrir los labios ante lo que quiera que Mack le estuviera contando. Si una mujer hubiera mirado a Jake de aquella manera, estaba convencido de que habría reconocido la señal, algo que, al parecer, no estaba haciendo Mack. Suspiró con pesar, pensando que solo las raras veces que coincidía con Bree experimentaba algo parecido. Y en aquellas ocasiones era él el único nervioso y excitado.

—Creo que todavía no se han dado cuenta —comentó Bree, acercándose a él al tiempo que miraba a Susie y a Mack.

—¿De qué? —preguntó Jake, solo para estar seguro de que estaba pensando lo mismo que él.

—De que están locos el uno por el otro, ¿no crees? Aunque las cosas no siempre son lo que parecen.

Jake la miró con los ojos entrecerrados.

—¿Seguimos hablando de Mack y de Susie?

—Por supuesto.

Bree se quedó completamente callada y Jake era incapaz de encontrar algo que decir para romper la repentina tensión que había entre ellos. Nunca había sido un gran conversador, excepto con Bree, y en aquel momento, también su presencia parecía atarle la lengua. Al final, recurrió a las observaciones que había hecho su hermana minutos antes.

—La tienda es magnífica —comentó, evitando mirar a la mujer que tenía a su lado.

—Gracias.

—Si toda la gente que ha venido esta noche es indicativo de algo, vas a tener un gran éxito.

—La comida y el champán gratis son un buen cebo —contestó con ironía—. Ya veremos lo que pasa cuando llegue el momento de pagar por las flores. No se lo digas a nadie, pero estoy muerta de miedo.

Jake la miró entonces y vio un brillo de verdadera preocupación en sus ojos.

—Vamos, Bree, tienes que ser consciente de lo buena que eres.

Llevo años visitando tiendas y jamás he conocido a nadie con un talento como el tuyo. Ya te lo dije el otro día cuando vi tus bocetos.

—Si eso es verdad, es gracias a mi abuela.

—Es posible que ella te haya enseñado algo, pero tú tienes una mirada especial. Pon unos cuantos centros de flores en la posada o en los restaurantes de la ciudad, deja tu tarjeta y te garantizo que los clientes no tardarán en llamar a tu puerta.

—¿Lo dices en serio? —preguntó Bree con una mirada radiante.

—¿Alguna vez te he mentido? —preguntó Jake, incapaz de evitar su voz insinuara que si había habido mentiras entre ellos había sido por parte de Bree.

Bree se encogió por dentro ante aquella indirecta.

—¿Alguna vez vamos a hacer las paces, Jake? —preguntó.

El dolor que reflejaba su voz le llegó a Jake al corazón.

—¿De verdad te importa?

—¡Claro que me importa! Estaba enamorada de ti, Jake. Te quería.

—No lo suficiente —le recordó él, y sacudió entonces la cabeza—. No sé cómo es posible que estemos teniendo ahora esta conversación.

—Desde luego, no creo que estamos ni en el mejor momento ni en el mejor lugar para hablar de esto —dijo ella arrepentida.

—No quiero hablar de esto en ningún momento y punto.

¿De qué iba a servir pensar en el pasado después de lo mucho que habían cambiado sus vidas? Las palabras no podían cambiar lo que había ocurrido. El daño ya estaba hecho.

—¿Por qué? —preguntó furiosa, en una de sus raras demostraciones del genio de los O'Brien—. ¿Porque eres demasiado cabezota para admitir que también tuviste parte de culpa en lo que pasó? No todo fue culpa mía, Jake.

Jake, normalmente un hombre tranquilo, se puso a su altura.

—No es eso lo que recuerdo.

—Por supuesto que no, porque es mucho más fácil adoptar el

papel de víctima, cargarme a mí con toda la culpa y poder caminar por este pueblo con todo el mundo de tu lado –le espetó, atacándole como Jake no recordaba que lo hubiera hecho nunca.

Parecía dispuesta a continuar, pero entonces apareció Abby a su lado.

–¿Estás bien, Bree? ¿Le digo a Trace que venga?

–No, no tienes que ir a buscar refuerzos –respondió Jake con amargura–. Me voy. Felicidades y buena suerte, Bree.

Bree le miró con el ceño fruncido.

–Vaya, desde luego ha sonado de lo más sincero...

–Si quieres sinceridad, vete con ese idiota que has dejado en Chicago. Llevaba la sinceridad escrita en todos los rasgos de su rostro –replicó y chasqueó los dedos–. Ah, espera, que se dedica al teatro. Con esa clase de gente es difícil saber cuándo está siendo sincera y cuándo está actuando.

Bree palideció y Abby le miró estupefacta, pero Jake no fue capaz de articular la disculpa que Bree se merecía. Se dirigió hacia la puerta, pero no era fácil abrirse paso en medio de tanta gente. Todas y cada una de las personas con las que se cruzaba parecían decididas a llamar su atención, y en el caso de aquellos que habían oído la discusión, para reprocharle su falta de consideración y su rudeza.

Oyó que Abby le preguntaba a su hermana que si estaba bien.

–¿Y por qué ha dicho eso Jake sobre Marty? ¿Acaso le conocía?

Jake no esperó a oír la respuesta de Bree. Tampoco se detuvo cuando Will le llamó. Pero apenas había puesto un pie en la calle cuando vio a Mack a su lado.

–No lo digas –le musitó a su amigo–, no quiero oírlo.

–¿El qué?

–Que acabo de comportarme como un completo estúpido.

Mack sonrió.

–No hace falta, después de esta sorprendente admisión, Will estaría orgulloso de ti.

–Ya me disculparé cualquier día de estos –dijo cuando por fin recuperó la calma.

—Cuanto antes, mejor —le aconsejó Mack.
—¿A qué viene eso?
—Bree no es solamente tu ex novia —le recordó Mack—. Después del éxito que ha tenido esta noche en la fiesta, es posible que llegue a convertirse en tu mejor cliente.

Jake suspiró con pesar.
—Sí, es una pena.

Su amigo le pasó el brazo por los hombros.
—Tranquilo, podría haber sido peor.
—No imagino cómo. La mitad del pueblo ha oído esa discusión.
—Pero no todo el mundo —dijo Mack—. Si Mick, Connor o incluso Trace hubieran estado delante, la cosa se hubiera puesto bastante fea.

Jake esbozó una mueca. Sabía perfectamente lo que estaba insinuando su amigo. Si el padre de Bree, su hermano o su cuñado hubieran sido testigos de aquella discusión, le hubieran dado una paliza de muerte por montar una escena en lo que pretendía ser el gran debut de Bree como propietaria de un negocio en Chesapeake Shores. Los O'Brien no se tomaban las cosas a la ligera cuando alguien se metía con uno de los suyos. Jake sabía que tampoco él hubiera aguantado que alguien hiriera deliberadamente a su hermana en público. De hecho, había llamado a su exmarido en más ocasiones de las que era capaz de recordar.

—Creo que me sentiría mejor si alguno de ellos me diera un buen puñetazo. Me lo merezco.
—Me gustaría preguntarte por qué has dejado que las cosas se te fueran de las manos, pero creo que ya me lo imagino.
—¿De verdad? Porque yo no tengo la menor idea.
—Todavía estás enamorado de ella —dijo Mack lentamente, como si le estuviera explicando algo demasiado denso como para que lo comprendiera.
—No seas ridículo —replicó Jake, descartando inmediatamente la idea, aunque su hermana había dicho más o menos lo mismo unos días atrás.

Mack le miró a los ojos.

—Es posible que no sea psicólogo como Will, pero hasta yo soy capaz de darme cuenta de cuándo se respira el amor en el aire.

—¿De verdad? ¿Entonces eres consciente de lo que está pasando entre Susie y tú?

Por primera vez, Mack no se empeñó en negarlo, sino que miró a su amigo con expresión pensativa.

—Sí, se me ha pasado por la cabeza —admitió por fin—. Definitivamente, está pasando algo, al menos por mi parte, pero ella está segura de que como pareja seríamos un desastre —sacudió la cabeza—. Probablemente tiene razón. Mis antecedentes con las mujeres son poco alentadores.

Parecía tan abatido que Jake tuvo que reprimir las ganas de reír ante aquel eufemismo. El historial de Mack con las mujeres era legendario.

—Eso no significa que no puedas cambiar si encuentras a la mujer ideal —le dijo a su amigo.

—¿De verdad lo crees?

—Bueno, estoy lejos de ser un experto, pero creo que es posible.

—Espero que tengas razón —dijo Mack con fervor—, porque estas no citas están siendo bastante extrañas.

Seguramente tanto como lo era para Jake el tratar a Bree como si no fuera nada más que una clienta. A veces, intentar mantener una relación en una supuesta zona cero no era suficiente. La realidad se imponía antes o después. Era entonces cuando las cosas se ponían realmente difíciles. Y tenía la sensación de que su vida estaba a punto de moverse en esa dirección.

Capítulo 13

Bree se quitó los zapatos sacudiendo el pie, estiró las piernas y las apoyó en la barandilla del porche. Había estado tantas horas de pie que estaba agotada. A eso había que sumarle el esfuerzo de sonreír y hablar con decenas de personas a las que no veía desde hacía años o a las que apenas conocía. Aunque se había visto obligada a hacer algo parecido en las fiestas que seguían a los estrenos, nunca se había sentido cómoda con aquellas conversaciones triviales y se preguntaba cómo iba a soportarlas cada día.

En cualquier caso, tenía razones para estar contenta. Aparte de su encuentro con Jake, la fiesta había ido estupendamente. A su lado, Abby sirvió unas copas de vino y les tendió una a ella y otra a Jess.

–Ha sido un estreno espectacular –dijo Jess–. ¡Felicidades, Bree!

–Igualmente –dijo Abby.

Justo en ese momento, se abrió la puerta de la casa y asomó Megan la cabeza.

–¿Puedo quedarme con vosotras? –preguntó vacilante–. No quiero molestar, pero me gustaría sumarme a la celebración.

–Claro, mamá –contestó Bree, sorprendida ella misma de lo complacida que estaba de que su madre estuviera allí para compartir su éxito.

Le encantaba poder estar disfrutando de aquel encuentro con sus hermanas y ella; era casi como si hubieran vuelto a ser una verdadera familia, en vez de un grupo de mujeres separadas por sus formas de vida y sus trabajos. Connor se había ido con sus amigos, pero, en cualquier caso, no habría querido unirse a aquella ya clásica reunión familiar que sucedía a cualquier celebración. Era una cuestión de mujeres.

—¿Dónde está la abuela? —le preguntó a Megan—. Debería estar aquí también. Al fin y al cabo, ella es la que me enseñó todo lo que sé sobre flores y jardinería.

—Estaba agotada, así que se ha metido directamente en la cama —respondió Megan, aceptando la copa de vino que Abby le ofrecía.

—¿Y papá? —preguntó Bree.

Para su sorpresa, su madre pareció sentirse vagamente culpable.

—Le he sugerido que era una cosa de chicas. ¿Os importa?

—Por mí, estupendo —dijo Bree—, aunque hay que reconocer que papá ha jugado un papel muy importante en el éxito de esta noche. Él es el responsable de todo el trabajo de carpintería de la tienda. A la gente le ha encantado.

—Se está esforzando mucho para encontrar un lugar entre todos nosotros, ¿no os parece? —dijo Abby, mirando intencionadamente a Jess.

—Supongo que sí —respondió Jess sin mucho entusiasmo.

—Vamos —la regañó Abby—. Hizo por ti todo lo que le dejaste. Se esforzó en ayudarte, por lo menos reconócele ese mérito.

—Es cierto —admitió Jess a regañadientes, pero creo que solo está intentando impresionar a mamá.

Bree sacudió la cabeza inmediatamente.

—No es verdad. Empezó a ayudarte antes de saber que mamá pensaba venir a la inauguración.

—Bueno, creo que lo que quiere es recuperar a la familia —declaró Abby, y miró a Megan—, a todos nosotros. ¿Qué me dices, mamá? ¿Vas a darle otra oportunidad?

Incluso en la penumbra del porche, Bree pudo ver que su madre se ruborizaba. Eso le hizo preguntarse si sus hermanas estarían informadas de lo que ya sabía ella: de que la separación entre sus padres había sido debida a algo más que a las constantes ausencias de Mick.

Abby no había mencionado nunca la intervención de una tercera persona, de modo que le parecía poco probable que supiera nada al respecto. Aunque también era posible que lo hubiera guardado para sí misma para evitar que sus hermanos sufrieran.

—Todavía es demasiado pronto para decir nada —Megan intentó desviar la conversación hacia Bree—. Ahora déjame hacerte una pregunta que tengo en la cabeza desde hace horas. ¿Por qué estabais discutiendo Jake y tú, Bree?

—Por algo sin importancia —contestó muy tensa, esperando zanjar el tema con aquella respuesta.

—Pues a mí no me lo ha parecido. Una discusión tan acalorada sugería algo completamente distinto —repuso Megan.

—Desde luego, ha estado de lo más maleducado. Al margen de vuestra antigua relación, ahora te has convertido en su cliente y te ha montado una escena en la inauguración de la floristería. A mí no me resultaría nada fácil perdonarle. Ha sido una grosería —comento Jess.

Bree suspiró.

—Yo también tengo muchas cosas que hacerme perdonar, Jess —admitió Bree, sorprendida al descubrirse defendiendo a Jake—, pero ninguna de vosotras las sabéis. Hay una razón por la que Jake todavía está enfadado conmigo. Yo prácticamente le acorralé para que trabajara conmigo y al parecer, ni él ni yo hemos sabido llevar bien la situación.

Abby la miró preocupada.

—¿Quieres que hablemos de lo que pasó?

Bree pensó en ello. Nadie podría ayudarla más que sus hermanas, pero necesitaba tiempo para enfrentarse a sus propios sentimientos. La verdad era que nunca se había enfrentado realmente a lo que había ocurrido entre ellos. La pérdida de un bebé, aunque no fuera un embarazo buscado, era algo mucho más difícil de asimilar de lo que nunca había sido capaz de admitir para sí.

Seis años atrás, no se había permitido llorar aquella pérdida. Había decidido pensar únicamente en la oportunidad que se le presentaba de alejarse... de alejarse de Jake, de los recuerdos, de compromisos para los que no estaba preparada y, al mismo tiempo, del dolor. A lo mejor, si no hubiera tenido aquella beca esperándola en Chicago, se habría quedado para enfrentarse a lo que le había pasado con Jake. Entonces, a lo mejor habría sentido lo mismo que él, el dolor de perder no solo un hijo, sino la relación que podía haber crecido entre ellos.

—Bree, ¿estás bien? —le preguntó Megan.

Bree negó con la cabeza.

—La verdad es que no —se levantó—. Pero no quiero hablar de ello. Siento estropearos la fiesta, pero me voy a la cama. Mañana tengo que despertarme pronto y quiero intentar descansar.

Su madre empezó a decir algo, pero Abby le tocó la mano y le hizo un gesto sutil con la cabeza. Bree agradeció aquella intervención. Abby siempre había entendido que encontraba consuelo en la soledad y que necesitaba arreglar las cosas a su manera.

Se inclinó hacia delante y le dio un abrazo a su hermana.

—Gracias por todo —susurró con los ojos llenos de lágrimas.

—De nada —dijo Abby.

—Y dale también las gracias a Trace —añadió.

Abby la miró sorprendida.

—¿Qué ha hecho él?

—Cuidar a las gemelas para que pudieras estar conmigo —le sonrió a su hermana—. A no ser, por supuesto, que las hayas tenido encerradas en el armario todos estos días.

Abby soltó una carcajada.

—No habría sido tan fácil. Afortunadamente, están en Nueva York, han ido a pasar este fin de semana con su padre, así que no he tenido que encerrarlas. En cualquier caso, no habrían tenido ningún problema para abrir el armario. Cuando se proponen algo, son extraordinariamente inteligentes.

—Intenta no decírselo con demasiada frecuencia —le advirtió Megan—. Podría animarlas a probar sus límites y tu paciencia.

—Créeme, eso ya lo han hecho.

Bree le dio un abrazo a Jess y besó a su madre en la mejilla.

—Hasta mañana. Gracias por estar aquí esta noche y por haberme ayudado con la inauguración.

—Te quiero —susurró Megan tan suavemente que Bree apenas la oyó.

Vaciló un instante, invadida por un calor que en otro tiempo había echado de menos al oír las palabras de su madre. Durante mucho tiempo, había desperdiciado aquel amor, pero ya no. Sentía, en cambio, una profunda sensación de gratitud porque el vínculo estaba allí, débil todavía, pero fortaleciéndose poco a poco.

—Yo también te quiero, mamá.

Y antes de que las lágrimas se convirtieran en sollozos, corrió a buscar el consuelo de la habitación que había sido su refugio tantas veces. Pero aquella noche tampoco encontró allí la tranquilidad que buscaba.

La imagen de Jake continuaba lacerándola. Sus palabras la habían herido, pero había sido sobre todo el dolor que reflejaban sus ojos lo que le había hecho daño. Ninguna conversación podía poner fin a aquel dolor. De hecho, no podía dejar de preguntarse si la única manera de poner fin a ese dolor no sería abandonar Chesapeake Shores.

Aunque aquella idea se le pasó por la cabeza, sabía que no podía marcharse de allí. Su familia vivía en aquel lugar. Quería empezar desde cero. Y, fuera como fuera, tenía que encontrar la manera de reparar el daño que le había hecho a Jake.

Jake compró dos tazas de café y dos cruasanes en la Cafetería de Sally, se sentó tras el volante de la furgoneta y esperó a que Bree apareciera en la tienda el sábado por la mañana. No estaba del todo seguro del motivo que le había llevado allí casi a la hora del amanecer. Por supuesto, sabía que le debía a Bree una disculpa, pero podría haber esperado a encontrarse con ella. Tampoco era el hecho de que Mack le hubiera recordado que era una clienta. En realidad, aquella era la menor de sus preocupaciones.

No, estaba bastante seguro de que estaba allí porque el dolor y el desconsuelo que había visto en sus ojos había estado devorándole durante toda la noche. Los dos habían tenido su parte de culpa, pero eran cosas íntimas que no tenía por qué insinuar en medio de todo el pueblo.

En cualquier otro pueblo, una escena como aquella se habría olvidado en cuestión de horas, pero por el silencio que se había hecho en la Cafetería de Sally cuando había entrado, era evidente que en Chesapeake Shores no iba a olvidarse tan fácilmente. Incluso la usualmente afable Sally se había mostrado sorprendentemente mordaz aquella mañana. Aunque no había mencionado el incidente, para Jake había sido más que evidente que estaba al tanto de lo ocurrido y no aprobaba su conducta. Vamos, que casi le habían entrado ganas de pedirle perdón a ella, prueba evidente de que le debía a Bree una disculpa.

Estaba tan absorto en su arrepentimiento que estuvo a punto de perderse la llegada de Bree. Estaba ya abriendo la puerta de la tienda cuando la vio. Evidentemente, también ella iba perdida en sus pensamientos, porque se sobresaltó cuando Jake cerró la puerta de la furgoneta y cruzó la calle para seguirla al interior de la tienda. Bree frunció inmediatamente el ceño.

—¡Tú! —dijo, y no parecía alegrarse especialmente de verle.

Jake dejó la bolsa con los cruasanes y el café en el mostrador.

—Vengo en son de paz.

Bree abrió la bolsa, miró en el interior, inspiró profundamente y le miró con el ceño fruncido.

—Te va a hacer falta algo más que esto —le dijo.

Sin embargo, sacó inmediatamente uno de los cruasanes, partió un pedacito y se lo llevó a la boca. Su rostro se transformó en una expresión de puro placer que le hizo recordar a Jake vívidamente otras muchas formas de complacerla.

—Soy consciente de que solo es un principio. Mack me llamó la atención, Sally se ha metido conmigo y la mitad de los clientes de la cafetería me ha mirado como si fuera escoria. Estoy seguro de que si mi hermana me hubiera visto esta mañana, también me habría reprochado mi conducta.

–¿He oído una disculpa por alguna parte? –preguntó Bree, mirándole con curiosidad.

–Lo siento –respondió muy serio–. De verdad, siento muchísimo haberte montado una escena.

Bree inclinó la cabeza con expresión pensativa, aparentemente leyendo entre líneas.

–¿Pero no sientes lo que has dicho?

–No puedo retirar lo que dije.

Para su sorpresa, Bree asintió.

–Lo creas o no, lo comprendo. Te hice mucho daño, Jake. No era esa mi intención, pero sé que te hice daño. Entiendo que quieras vengarte.

Le miró solemnemente con aquellos enormes ojos azules que siempre habían sido la perdición de Jake.

–No, no es eso –dijo a la defensiva.

Jake no quería vengarse. Por lo menos, no pensaba que fuera eso lo que quisiera. Lo que él quería era borrar aquella época de su memoria. Quería que su vida volviera a ser como antes de que Bree le hubiera roto el corazón.

Bree se llevó a la boca otro trozo de cruasán y lamió la mermelada de mora que quedó en sus labios con la punta de la lengua, bebió un sorbo de café y le miró de nuevo.

–¿Entonces qué quieres?

–Para serte sincero, últimamente tampoco lo tengo muy claro.

–En ese caso, te diré yo lo que quiero –replicó ella–. Quiero sentarme contigo y hablar como lo hacíamos antes. Quiero que volvamos a ser amigos.

Jake estaba negando con la cabeza antes de que Bree hubiera terminado la frase.

–Imposible.

–Lo dices porque todavía estás enfadado. Pero si habláramos, si intentáramos aclararlo todo e intentar ponernos en el lugar del otro, ¿no crees que por lo menos podríamos recuperar nuestra amistad?

Le estaba ofreciendo una oportunidad, algo que en otro tiempo había pensado que quería y, sin embargo, en aquel instante era consciente de que no era suficiente. Qué ironía. Diez segundos atrás le había dicho que no quería que formara parte de su vida y, sin embargo, allí estaba de pronto, admitiendo para sí que quería recuperar todo lo que en otro tiempo había tenido. ¿Pero de verdad estaba dispuesto a arriesgarse otra vez? Por comprometida que pareciera Bree con la floristería, él no creía que aquel proyecto fuera algo definitivo. Escribir formaba parte de su naturaleza y sabiéndolo, solo un loco se arriesgaría a volver con ella.

—Tengo que volver al trabajo —le dijo, mientras se dirigía hacia la puerta—. Solo quería que supieras que siento lo que ocurrió anoche. Y te prometo que no volverá a pasar.

De hecho, acababa de decidir que dejaría de llevar personalmente los pedidos a Bree. Era mejor no correr riesgos, a pesar de que el desafío de Bree continuaba resonando en sus oídos. Prefería que le considerara un cobarde a dejarse arrastrar a algo más profundo.

Bree le miró como si supiera exactamente lo que le pasaba, como si pudiera leerle el pensamiento.

—Adiós —dijo sin darle mucha importancia—. Gracias por el cruasán y el café.

—Te deseo suerte. El lunes te llamará Connie para ver cómo ha ido todo.

—¿Connie? —preguntó Bree arqueando una ceja.

—Sí, Connie —confirmó.

Dejó que Bree llegara a las conclusiones que quisiera mientras él cerraba la puerta y se montaba en la camioneta. Tuvo que hacer uso de toda su capacidad de control para no salir con un chirrido de neumáticos del aparcamiento para alejarse de Bree a la mayor velocidad posible.

Con lo cual, tuvo tiempo suficiente para verla de pie en la puerta, mirándole con infinita tristeza y alzando la mano en un frustrado gesto de despedida. Si no hubiera tenido tanta prisa por escapar, habría notado que Bree había vuelto a romperle el corazón.

Después de aquel encuentro completamente frustrante con Jake, Bree se preparó para abrir la tienda de muy mal humor. Abby y Jess la habían ayudado a recoger la noche anterior, pero todavía tenía que terminar algunos arreglos y ramos para colocarlos en la puerta. Afortunadamente, a primeros de septiembre, la temperatura todavía permitía tener flores fuera. Tenía la sensación de que aquellas flores de colores tan alegres iban a ser un éxito de ventas. Eran más baratas que un centro más formal, pero estaban preparadas para ser colocadas directamente en el jarrón y aguantar todo el fin de semana.

A las nueve en punto, estaba ya todo en su lugar. Probó la caja registradora hasta que fue capaz de manejarla e incluso hizo una compra con la tarjeta para asegurarse de que el mecanismo funcionaba. Terminó el cruasán y el café, miró a su alrededor por última vez y puso el letrero de «Abierto» en la puerta.

Su primera clienta entró a las nueve y un minuto, cargada ya con uno de los ramos que había dejado en la puerta.

—Son preciosas —le dijo a Bree mientras le tendía su tarjeta de crédito—. Y no sabes la ilusión que me hizo ver la tienda ayer por la noche al entrar en el pueblo. Tengo la casa llena de invitados este fin de semana y estas flores les darán el toque festivo al comedor y a los dormitorios.

—Me alegro de que te gusten —dijo Bree mientras cobraba—. Y espero que volvamos a vernos.

—Cuenta con ello. Creo que las flores frescas son la mejor manera de hacer revivir una casa después de haber estado fuera. Me llamo Liz Patrick, por cierto. Mi marido y yo compramos una casa en Chesapeake Shores hace dos años. Es preciosa, una de las casas originales del pueblo. De momento solo pasamos aquí los fines de semana, aunque estamos hablando ya de retirarnos aquí dentro de unos años.

Bree se presentó y Liz reconoció inmediatamente su apellido.

—Tu padre es el arquitecto que diseñó esta comunidad, ¿verdad? Por favor, dile que nos encanta nuestra casa. Está cuidado hasta el último detalle. Es un sueño hecho realidad.

Bree asintió.

—Por supuesto que se lo diré. También ha diseñado él la floristería.

—Tanto mi marido como yo admiramos profundamente su trabajo. Estuvimos esperando cerca de tres años a que se pusiera una de sus casas en venta. Bueno, ahora será mejor que me vaya antes de que se llene el supermercado.

—Adiós, Liz. Encantada de conocerte.

Cuando Liz se marchó, Bree miró el tique de compra. Su primera venta y había salido bien. Antes de que hubiera podido asimilarlo, hizo una segunda venta y casi inmediatamente una tercera.

Para las doce de la mañana, había vendido casi todos los ramos que tenía fuera y cuatro de sus centros más caros. Estaba revisando los recibos cuando entraron Mick y Megan en la floristería.

—¿Ha ido bien la mañana? —preguntó su madre.

—Ha sido una mañana fantástica. No podía haber empezado mejor. Prácticamente me he quedado sin flores y son solo las doce —miró a su padre con una sonrisa de oreja a oreja—. Y he recibido tantos cumplidos por el diseño de la tienda como por las flores. La gente me pregunta por mi contratista.

—A lo mejor, si pagan bien... —bromeó Mick.

—Dedicarte a la carpintería sería un paso atrás en tu carrera —dijo Megan.

—Fue así como empecé —le recordó Mick—. No tiene nada de malo.

—Lo que quiero decir es que, después de haber construido pueblos enteros, no sé si te bastaría con forrar un armario.

Mick la miró atentamente.

—Eso nunca se sabe.

Bree decidió intervenir antes de que se enzarzaran en una discusión sobre las prioridades de su padre y sus horarios de trabajo.

—Solo quería darte las gracias por lo que has hecho por mí. ¿Y qué pensáis hacer vosotros hoy?

—Como mis visitas están siendo tan cortas, Mick ha pensado en darme una vuelta por el pueblo para que vea cuánto ha cambiado desde que me fui —le informó Megan—. Desde luego, el pueblo ha crecido mucho. Y hay varios restaurantes nuevos que estoy deseando probar.

—Hablando de restaurantes, hemos venido a ver si quieres salir a comer. Estábamos pensando en ver qué tal está ese restaurante francés del camino de la playa.

—El otro día estuve viendo la carta. Me encantaría probar la quiche y la ensalada Cesar —dijo Bree inmediatamente—. No se me había ocurrido pensar que tendría que cerrar la floristería para salir. A partir de ahora, tendré que traerme la comida —le sonrió a su padre—. O a lo mejor puede traérmela alguien cada día.

—A partir de ahora no andaré muy lejos, así que lo único que tendrás que hacer será llamarme al móvil —Mick le dirigió una penetrante mirada—. También puedes llamar a Sally, pedir que te prepare algo e ir rápidamente a buscarlo.

Bree sacudió inmediatamente la cabeza.

—Creo que es mejor que me traiga algo de casa.

Mick la miró con los ojos entrecerrados y se volvió hacia Megan.

—Te lo dije.

—¿Le dijiste qué?

—Que el otro día había pasado algo cuando estuvimos juntos en la cafetería.

—Eso no tuvo ninguna importancia, papá. Además, no me gusta la idea de cerrar la tienda durante el horario de trabajo.

Se sentía orgullosa de haber encontrado la excusa perfecta. Aquello no tenía nada que ver con Jake y no quería que su padre pensara que tenía alguna relación.

–Todo el mundo tiene que cerrar la tienda para salir a hacer un recado de vez en cuando –arguyó Mick.

–He pasado años oyendo cómo se quejan de eso los clientes. No hay nada más frustrante que acercarte al pueblo a comprar y ver en la puerta un letrero diciéndote que la tienda permanecerá cerrada durante un cuarto de hora, veinte minutos o lo que sea.

–Tiene razón –la apoyó su madre.

–De acuerdo, tú ganas –dijo Mick–. Vosotras sois las comerciantes, no yo.

Bree suspiró aliviada. Había conseguido desviar la conversación y no hablar de su repentina marcha de la Cafetería de Sally. Desgraciadamente, su padre no lo había olvidado.

–Siempre y cuando no estés evitando ir a la cafetería por culpa de Jake.

–Por supuesto que no –contestó precipitadamente, evitando mirar a su madre.

–¿Por qué crees que Jake puede tener algo que ver con esto? –quiso saber Megan. Miraba alternativamente a su hija y a Mick–. ¿Esto tiene algo que ver con...?

Bree la interrumpió bruscamente. No quería que mencionara lo que había ocurrido el día anterior. Estaba segura de que Mick estaba enterado, pero no quería sacar el tema.

–Mamá, de verdad, no tiene nada que ver.

–Pero...

–Por favor –le dirigió a Megan una mirada suplicante y esta al final asintió.

–Vamos, Meggie –dijo Mick al ver entrar a dos clientes–. Vamos a comer y a traerle algo a Bree antes de que se muera de hambre.

–No creo que haya ningún peligro de que me muera. Tomaros todo el tiempo que necesitéis.

La verdad era que, aunque estaba hambrienta, no tenía ganas de enfrentarse a otra conversación embarazosa con sus padres.

***

Mick intentaba ponerse cómodo en la diminuta silla de hierro forjado de la terraza, pero era una causa perdida. Aquella era una prueba más de lo dispuesto que estaba a complacer a Megan, que había insistido en sentarse en una terraza en la que las sillas no estaban preparadas para gente de tamaño normal.

Después de pedir la comida y resignarse a la incomodidad, miró a su exmujer a los ojos.

—¿Y ahora puedes explicarme por qué tenía Bree tantas ganas de que nos fuéramos de la tienda?

—¿Tenía ganas de que nos fuéramos? —preguntó Megan, todo inocencia, pero sus ojos delataban su culpabilidad—. Supongo que ha sido porque han llegado un par de clientes.

—Estaba nerviosa antes de que aparecieran. ¿Me perdí algo anoche?

—Que yo sepa, estuviste en la fiesta tanto tiempo como yo. No puedes haberte perdido nada.

—Estuve fuera la mayor parte de la noche, así que es posible que pasaran muchas cosas sin que yo me enterara. ¿Discutió con Jake? Le vi entrar y marcharse a los pocos minutos. Mack le seguía a toda velocidad. Estoy seguro de que ocurrió algo entre Jake y Bree.

Megan se encogió de hombros.

—No oí su conversación.

—Pero sabes que discutieron. No intentes negarlo siquiera. Lo veo en tu cara. Si Jake le montó una escena, me gustaría estar enterado antes de que me venga alguien con el cuento.

Megan posó la mano sobre la de su marido.

—Déjalo ya, Mick. Bree es una mujer adulta y capaz de solucionar sus problemas.

—Y un cuerno. ¿Viste alguna vez cómo la trataba aquel canalla en Chicago, cómo dejaba tu hija que la tratara? Porque sé que tú también fuiste al primer estreno de su obra.

Megan parpadeó sorprendida.

—¿Cómo lo sabes?

—En lo que a ti respecta, tengo un radar. Te vi entre el público.

—Es imposible. Tuve mucho cuidado de mantenerme alejada de vosotros.

Mick curvó los labios en una sonrisa.

—Sí, ya lo sé. Te vi escaparte en el intermedio y no volviste a entrar hasta que apagaron de nuevo las luces.

—Pero por lo visto no sirvió de nada —respondió con ironía.

—Fue un gran gesto por tu parte.

—Soy su madre —se limitó a decir Megan—. No podía mantenerme al margen. Y ahora, explícame lo que pretendías decir sobre Marty.

—No le dejaba hablar, la trataba con condescendencia y denigraba su trabajo. Lo que no entiendo es por qué lo aguantaba. Para mí ha sido un gran alivio saber que ha dejado atrás esa etapa. Y no consentiré que nadie vuelva a tratarla de ese modo.

En vez de sugerir que Jake no la había tratado tan mal, como Mick esperaba que hiciera, Megan le miró pensativa.

—Muy bien, lo admito. Oí algo de lo que hablaron anoche —dijo al cabo de unos segundos—. Bree fue capaz de controlar la situación, pero, por lo que decían, es evidente que entre esos dos ocurrieron cosas de las que no sabemos nada —le miró a los ojos—. ¿Tú tienes idea de lo que les pasó exactamente? Cuando yo me marché, estaban empezando a salir. Acababan de empezar a estudiar en el instituto.

Mick negó con la cabeza.

—No, mi madre me comentó en un par de ocasiones que pensaba que la cosa iba en serio, pero a mí Jake me parecía un chico con la cabeza bien amueblada. Y muy trabajador. Henry Caulfield, que era entonces el dueño del vivero, me dijo entonces que, a pesar de ser un adolescente, Jake era el mejor trabajador que había tenido nunca. No solo se limitaba a cortar el césped y a hacer los trabajos más duros de jardinería, sino que quería conocer todos los aspectos del negocio. No me sorprendió que le comprara el vivero a Henry cuando decidió retirarse. Y además ha sido capaz de ampliar el negocio.

Megan le miró con impaciencia.

—Me importa un rábano toda su ética del trabajo. Lo que quiero saber es si Nell tenía razón al decir que lo de esos dos era más en serio de lo que pensábamos.

Mick siempre había procurado mantenerse al margen de las relaciones de sus hijas. Si por él hubiera sido, ninguna de ellas habría salido con un hombre hasta haber cumplido los treinta. Pero como eso era imposible, había optado por cerrar los ojos a todo lo que ocurría a su alrededor. Había contado con que Nell, y Megan antes que ella, les infundieran lo que era malo y lo que era bueno en cuanto a los hombres concernía. Él ya había tenido bastante con procurar que Kevin y Connor no se desviaran y se convirtieran en dos hombres saludables y respetables.

Se encogió de hombros en respuesta a la pregunta de Megan.

—Tendrás que preguntar a mi madre. Pasaba más tiempo con ellas que yo.

—Mick, tú también tienes ojos en la cara —respondió Megan exasperada—. ¿Me estás diciendo que no eras capaz de saber si tus hijas se estaban acostando con alguien?

—No —respondió sucintamente, incómodo con el giro que estaba tomando la conversación—. ¿No podemos hablar de otra cosa?

—¿Como qué?

—Podemos hablar de nosotros —sugirió esperanzado—. ¿Puedo convencerte para que te quedes aquí toda la semana?

—No puedo —contestó Megan, y era obvio que lo lamentaba—. Tengo que volver el martes al trabajo. Y ya he presionado demasiado tomándome el jueves libre antes de un fin de semana largo.

—Podrías dejar ese trabajo y venir a vivir aquí —sabía que las probabilidades de que aceptara eran casi nulas, pero no podía dejar de intentarlo—. Si quieres seguir trabajando, abre tu propia galería de arte, como te sugerí tiempo atrás que hicieras. Creo que con todos los turistas que vienen por aquí, podrías mantenerla.

—No —contestó Megan vehemente, sin considerar siquiera aquella posibilidad.

—¿Y cómo se supone que vamos a arreglar las cosas entre nosotros si tú estás en Nueva York y yo aquí? —preguntó frustrado.

—Será cuestión de tiempo —le explicó con paciencia—. Además, ni siquiera sé si podemos arreglar las cosas entre nosotros.

Mick la miró a los ojos y vio un auténtico torbellino en su interior. Era evidente que Megan no creía que pudieran retomar su relación.

—Cuestión de tiempo, ¿eh?

Megan asintió.

—Meggie, ya no somos jóvenes. No tenemos tiempo que perder.

—Querer estar segura de algo no es perder el tiempo.

Mick no podía quitarle la razón en eso, de modo que se limitó a anunciar:

—En ese caso, te veré el miércoles en Nueva York.

Megan abrió los ojos como platos.

—¿Qué?

—¿Crees que voy a dejarte allí sola, pensando en todas las razones por las que lo nuestro no puede funcionar? Pienso seguirte y demostrarte que somos capaces de construir una nueva vida.

—¿Y qué vas a hacer con tu trabajo?

Mick sonrió de oreja a oreja.

—¿Todavía no te has enterado? Estoy empezando a pasar página. Tengo más de media docena de hombres y mujeres que pueden dirigir la empresa tan bien como yo y voy a dejar que lo hagan.

Megan le miró entonces boquiabierta.

—No puedes estar hablando en serio.

Mick le tomó la barbilla con un dedo y la miró directamente a los ojos.

—¿Todavía no sabes que en lo que se refiere a ti siempre hablo en serio?

Megan tragó saliva y negó con la cabeza.

—No siempre ha sido así —le recordó.

–Tienes razón –dijo Mick, profundamente arrepentido por haber dejado que fueran otras sus prioridades–. Pero lo fue al principio y también lo será ahora.

–Hasta que llegue el próximo proyecto –contestó Megan con un deje de amargura en la voz.

Mick comenzó a protestar, pero pronto se dio cuenta de que la única manera de demostrárselo sería con el paso del tiempo.

–Ya lo verás –le dijo suavemente–. Las cosas serán diferentes, Meggie. Te lo prometo.

Tenía la sensación de que un beso podría ayudarle a consolidar su argumento, pero sabía que activar la química que había entre ellos no era la mejor forma de ganarse su corazón a largo plazo. Lento y seguro, esa era la táctica.

Pero, para un hombre de acción, iba a ser también una dura prueba para su paciencia.

Capítulo 14

A pesar de su firme resolución de evitar a Bree a toda costa y de la cercanía de la Cafetería de Sally y la floristería, Jake se negaba a renunciar a su rutina diaria. Haber cambiado de local habría sido una muestra de debilidad y no iba a darle a Bree la satisfacción de saber que estaba aterrado.

De modo que aparcó al final de la manzana de la cafetería y en la acera de enfrente para minimizar las posibilidades de un encuentro inesperado con la mujer que le perseguía en sueños... y que al parecer estaba dispuesta a seguir haciéndolo también cuando estaba despierto.

Will, Mack y él estaban disfrutando del almuerzo, aunque Jake tenía el ojo puesto en la puerta por si acaso a Bree se le ocurría pasarse por allí, cuando Griffin Wilder empujó la puerta y gritó que alguien estaba robando en la floristería.

—¡Llamad a la policía! —gritó Griffin, y salió de nuevo.

Jake sabía que era imposible que aquel anciano pudiera llegar a tiempo de salvar a Bree. De modo que se levantó de un salto y salió de la cafetería seguido por sus amigos.

—No sabía que estaba dispuesto a hacerse el héroe —gimió Mack mientras corrían.

—Sí, para mí también ha sido una sorpresa. Creía que no se hablaban —corroboró Will.

—¿Queréis hacer el favor de cerrar la boca? Podrían hacer daño a Bree y eso es lo único que me importa en este momento.

La mera idea de que un ladrón pudiera ponerle la mano encima le aterraba.

Justo cuando llegaban a la floristería, el ladrón salía corriendo por la puerta. Tropezó con los ramos y macetas y estuvo a punto de caerse. Aunque el ladrón le sacaba una buena ventaja, Bree salió tras él blandiendo un palo ridículo que probablemente estaba destinado a servir de guía para alguna planta. Jake gimió desolado. Debería haberse imaginado que Bree no permitiría que aquel delincuente se saliera con la suya. Tenía que detenerla antes de que acabara con ella. Corrió, la agarró por la cintura y les hizo un gesto a Will y a Mack con la cabeza.

—Agarrad a ese idiota, ¿de acuerdo? Seguramente, ahora mismo debe de estar aterrado.

—Sí, ya vamos, pero también deberías llamar a la policía.

Mientras Mack hablaba, Bree intentaba liberarse desesperadamente.

—¿Quieres hacer el favor de soltarme? —le exigió, intentando darle una patada en la espinilla—. Yo podría haber manejado perfectamente la situación. Solo era un niño asustado que pensaba que podía conseguir dinero rápido. Ni siquiera llevaba pistola. Solo lo fingía.

—¿Estás segura? —preguntó Jake, agarrándola con firmeza para evitar que saliera a perseguir al joven.

Justo en ese momento, sonó un disparo y Bree pareció perder toda la fuerza entre sus brazos. Teoría fallida, pensó Jake con un nudo en el estómago. Aquella era una de esas ocasiones en las que habría dado cualquier cosa por no tener razón.

Le palmeó a Bree la mejilla y la miró a los ojos.

—Eh, ¿estás bien?

Bree parpadeó desconcertada.

—Tenía una pistola, ¿verdad?

—Eso parece —respondió Jake, abrazándola.

—Podría haberme disparado —musitó Bree temblando, como si por fin comprendiera la gravedad de lo ocurrido.

—No hace falta que me lo recuerdes.

Había estado a punto de desmayarse cuando había oído ese disparo.

Bree le miró entonces alarmada.

—¿Y Will y Mack?

Jake se habría dado de patadas allí mismo por no haber pensado en sus amigos. Durante aquellos minutos de tensión, había sido ella su única preocupación. Apartó la mirada de su semblante pálido.

—Van hacia allí. Ahora mismo tienen al muchacho agarrado del cuello. Y Mack tiene la pistola.

Se oyó el sonido de una sirena. Uno de los coches patrulla de Chesapeake Shores se detuvo frente a Mack y Will. Salió rápidamente un policía, esposó al muchacho y lo empujó a la parte trasera del vehículo.

Jake no se apartó de Bree mientras esta le explicaba al policía lo ocurrido e identificaba oficialmente al ladrón, que apenas se había llevado algo de calderilla. Jake se sentía enfermo al pensar en lo diferente que podía haber sido todo. Cuando Bree comenzó a dirigirse a la tienda, comportándose como si todo aquello no hubiera sido nada más que un incidente sin importancia, les hizo un gesto a sus amigos, indicándoles que volverían a verse en la cafetería y entró en la tienda.

Una vez allí, cerró la puerta con cerrojo y miró a Bree con el ceño fruncido.

—Siéntate —le ordenó.

—¿Por qué? Estoy bien.

Jake elevó los ojos al cielo ante aquella muestra de cabezonería.

—Pero dentro de dos segundos, cuando asimiles todo lo que ha ocurrido, no estarás tan bien, y no quiero tener que recogerte del suelo.

Bree frunció el ceño al oírle, pero se sentó.

—¿Tienes algo de beber? ¿Algo de comer?

Bree negó con la cabeza.

—Normalmente le pido a Sally que me prepare algo y voy a buscarlo cuando tú ya te has ido de la cafetería.

—¿Por qué?

Bree le miró con un gesto cargado de ironía.

—Oh, por favor, sabes perfectamente que de doce a una el territorio es tuyo. Órdenes de Sally.

Jake musitó algo inaudible. Al parecer, a pesar de todos sus esfuerzos por aparentar que no le había afectado la vuelta de Bree a Chesapeake Shores, todo el mundo sabía que no era así. Pues si iba a tener que soportar la fama de tonto, quizá fuera preferible serlo de los pies a la cabeza. Temblando de miedo, se levantó de la silla y cubrió la boca de Bree con un beso, como llevaba días deseando hacer. El beso que le había dado en la cafetería no fue nada comparado con aquel: un deseo casi violento explotó inmediatamente en su interior.

Aquello no estaba bien, se dijo a sí mismo, pero ignoró su advertencia. Le gustaba demasiado. Había echado de menos su sabor. Había echado de menos verla derretirse contra él; la forma en la que se encendía ante su contacto, el suave ronroneo de su garganta, con el que le indicaba que estaba haciendo exactamente lo que debía.

La había perdido en una ocasión. Podía haberla perdido para siempre aquel día y saberlo le aterraba.

Retrocedió confundido. ¿De verdad era aquello lo que quería? ¿Aquella necesidad insaciable, aquella pasión? ¿Acaso no había aprendido la lección la primera vez?

Aparentemente no, porque la respuesta era sí: quería a Bree. Lo quería todo.

Excepto sufrir. Del sufrimiento podía prescindir. Reviviendo el dolor de su abandono, se volvió hacia la puerta, salió a toda velocidad, pasó por delante de la Cafetería de Sally, montó en su furgoneta y condujo hacia una loma desde la que se contemplaba la bahía y donde podía pensar en soledad. A los treinta minutos de estar allí, con todos sus pensamientos llenos de Bree, se maldijo a sí mismo por no haber sido consciente de que no podría olvidarla tan fácilmente. Al final, regresó al vivero, donde le esperaba Connie con una irritante expresión de suficiencia.

—Ni una sola palabra —le advirtió mientras pasaba por delante de ella y cerraba de un portazo la puerta de su oficina. Algo que, por cierto, parecía estar convirtiéndose en una costumbre.

—Solo iba a hacerte una advertencia —gritó su hermana tras él.

Pero la advertencia llegó demasiado tarde, porque cuando se volvió, descubrió a Bree detrás de su escritorio. Había desaparecido la expresión de asombro con la que le había mirado tras el beso para dar paso a una mirada mucho más dulce y atrevida, que hacía evidente que creía haber recuperado el control de la situación.

—Creo que tú y yo hemos dejado algo sin terminar —dijo Bree, sosteniéndole la mirada, mientras Jake le devolvía su mirada desafiante sin que apenas un pestañeo traicionara la sorpresa que se había llevado al encontrarla allí—. Cierra la puerta y dile a Connie que no queremos que nos interrumpan.

Para satisfacción de Bree, en vez del pánico que había visto en los ojos de Jake una hora atrás, en aquella ocasión apareció una pura y viril anticipación. Bree no tenía la menor idea de qué había cambiado desde que se habían separado, pero era obvio que algo había pasado. Sosteniéndole la mirada, Jake echó el cerrojo y llamó a su hermana.

—Muy bien, ¿y ahora qué? —preguntó, ladeando la cabeza—. Parece que eres tú la que lleva las riendas de la situación —y no parecía importarle demasiado.

—Podemos hablar. Quiero que hablemos de todo lo que ocurrió, de cómo te sentiste y de cómo me sentí yo. Que nos enfrentemos al enfado, a las recriminaciones y a todo lo demás. Y después dejaremos lo ocurrido en el pasado.

Evidentemente, no era ese el tipo de propuesta que Jake esperaba, y la sombra que oscureció sus ojos así lo indicó.

—No —se limitó a decir—. Todo eso es agua pasada.

Pero Bree negó con la cabeza.

—No, no es agua pasada. Es algo que los dos llevamos todavía muy dentro.

—¿Por qué quieres hacer esto ahora? —le preguntó Jake, mirándola perplejo.

—Porque me has besado, Jake. Y dos veces, de hecho. Todo lo que sentimos en el pasado estaba en esos besos, me gustaría recuperarlo y no podremos hacerlo si no dejamos descansar el pasado.

—Yo no quiero volver al pasado —insistió Jake—. Ya no te deseo, Bree.

—Mentiroso.

Vio que Jake intentaba disimular una sonrisa.

—Muy bien, de acuerdo. Es posible que el primer beso fuera solamente un impulso, pero ni siquiera yo puedo quitarle importancia al beso que te he dado hoy. Está más que demostrado que todavía hay una inmensa pasión entre nosotros, pero soy capaz de superarla.

—¿Y por qué tienes que superarla? ¿Por qué no podemos intentarlo otra vez?

—Porque no quiero.

—No quieres querer, que es algo muy diferente.

—No, si consigo dominar mis sentimientos.

Bree sonrió abiertamente.

—Pero hace falta mucha energía para luchar contra ello, Jake. Seguro que lo que quiera que hay entre nosotros terminará ganando. Los dos lo sabemos. Cuando empezó hace años, no fuimos capaces de combatirlo, apenas estábamos empezando el instituto, pero ya sabíamos lo que queríamos. Sabíamos que teníamos que estar juntos.

—Ha pasado mucho tiempo desde entonces.

—Pero creo que puedo demostrarte que nada ha cambiado.

Jake frunció el ceño al oírla.

—Muy bien, digamos que tienes razón. Necesito saber algo antes de que lo que quiera que está pasando entre nosotros se convierta en algo más profundo. ¿Por qué volviste a Chesapeake Shores? ¿Fue por mí?

Si quería ser sincera, Bree no podía decirle que sí. Negó con la cabeza.

—Las cosas ya no me iban bien en Chicago y decidí regresar.

—Así que todo eso que supuestamente existe entre nosotros no apareció hasta que estuviste de nuevo en casa. A lo mejor para ti no es nada más que una forma de entretenerte ahora que has vuelto.

Bree advirtió el calor y el enfado que escondían sus palabras, quizá también la tristeza, pero no podía negar que tenía parte de razón. No, Jake no era el motivo de su vuelta. Pero podía ser la razón por la que se quedara. Sin embargo, «podía» no era una razón suficientemente buena.

—¿Qué te pasa, Bree? ¿Te ha comido la lengua el gato?

—No quiero mentirte.

—¿Por qué no? No sería la primera vez.

Bree le miró indignada.

—¡Jamás te mentí, Jake! ¡Jamás!

—Supongo que es verdad —admitió—. Sencillamente, no me dijiste la verdad. De hecho, no me dijiste nada en absoluto, pero me dejaste creer que íbamos a tener un futuro en común y después te marchaste. ¿Tienes idea de cómo me sentí al comprender que te habrías casado conmigo si hubiéramos tenido un hijo, pero al perder ese hijo, podías prescindir completamente de mí? Ya no me necesitabas.

—No, no era eso —respondió, aunque sabía que había sido exactamente así.

Se le llenaron los ojos de lágrimas de vergüenza. Se había comportado como una persona egoísta e inmadura y lo lamentaba profundamente.

—En ningún momento quise hacerte daño. Pero solo pensaba en lo que quería, en lo que necesitaba.

—Y yo era lo último en lo que pensabas, como cuando has vuelto aquí. ¿Cómo se supone que puedo superar una cosa así? ¿Cómo voy a olvidarlo?

—A lo mejor no puedes olvidarlo —admitió Bree—, pero quizá sí puedas perdonarlo. Jake, ¿crees que podrías llegar a perdonarme? Siento lo que te hice, de verdad.

Jake le sostuvo la mirada y después la desvió.

—A lo mejor algún día —dijo con voz queda—, pero no hoy, cuando todavía no eres capaz de decir que volviste pensando en mí. Me merezco algo mejor que eso, Bree.

Bree advirtió la firme determinación de su voz y se levantó. Ya no podía ofrecerle nada más. Hasta que Jake no estuviera dispuesto a salir a su encuentro, o hasta que ella no pudiera decir lo que Jake realmente necesitaba oír, no tenía sentido seguir hablando.

—Llámame cuando estés dispuesto a intentarlo —le pidió.

Abrió la puerta y salió. Saludó a Connie con aire distraído mientras pasaba por delante de ella y no se permitió derramar una sola lágrima hasta que estuvo a salvo en el coche.

Entonces lloró, y no solo por ella, sino también por todo el dolor que le había causado a un hombre que no se lo merecía. Lo único que había hecho Jake había sido ofrecerle su amor incondicional y estar a su lado cuando había descubierto que estaba embarazada. ¿Y qué le había dado ella a cambio? Nada.

Oh, sí, creía que le estaba dando su corazón, pero se lo había entregado a medias. Jake le había dejado marchar en busca del éxito, había estado dispuesto a esperarla. Y lo había hecho sin pedirle a cambio ninguna promesa, sin que mediara entre ellos compromiso alguno.

Y cuando Jake se había mostrado dispuesto a aceptar las condiciones de aquella nueva fase de su relación, ella le había traicionado enamorándose de Marty, un hombre que no era ni la mitad de decente, ni amable ni cariñoso que él. No le extrañaba que Jake la odiara después de algo así.

Lo realmente asombroso era que continuaba amándola después de todo lo que le había hecho. No quería, por supuesto, pero la amaba.

Y cualquier día de aquellos, si ella era capaz de cuidar su corazón y de tener paciencia con él, sería capaz de admitirlo y le daría otra oportunidad.

***

Mick rumiaba su sombrío humor mientras entraba en la enorme cocina. Colgó el teléfono móvil y soltó una maldición que le valió una mirada de firme desaprobación por parte de su madre.

–Lo siento, mamá –se disculpó inmediatamente.

–¿Te importa decirme por qué estás tan enfadado que eres capaz de utilizar ese lenguaje delante de mí?

–Ha surgido un problema en el proyecto de Seattle. Tengo que salir hoy mismo hacia allí.

–Antes te encantaba tener oportunidad de marcharte a solucionar cualquier entuerto –comentó Nell, mirándole con curiosidad–. ¿Qué ha cambiado esta vez?

–Esta noche pensaba cenar en Nueva York con Megan –dijo malhumorado.

Nell asintió.

–Ya entiendo. Y ahora, si cancelas la cita, va a pensar que sigues siendo el mismo de siempre.

–Y yo no podré culparla.

–Dime, ¿es necesario que vayas hoy mismo a solucionar ese problema?

Mick pensó en ello y negó con la cabeza.

–No.

–En ese caso, puedes cenar hoy en Nueva York y marcharte en un avión a primera hora de la mañana en vez de salir hoy a última hora desde Baltimore.

Mick la miró maravillado.

–¿Cómo no se me habrá ocurrido?

–Todavía tienes que romper con las viejas costumbres. Antes salías a toda velocidad, pasara lo que pasara aquí. Sospecho que muchas de esas crisis podrías haberlas manejado de otro modo, pero tú solo sabes hacer las cosas de una manera: tienes que arreglar las cosas por ti mismo y cuanto antes, mejor.

–La empresa es mía, yo soy el responsable de ella –se defendió.

–Pero para ser una buena persona hay que saber equilibrar las prioridades. Esta es tu familia y eres tan responsable de ella o más que de tu negocio. Hubo una época en la que ir a ver a

Connor jugar al béisbol o la función de Navidad de Jess era más importante que cualquier problema surgido en un proyecto.

—Tienes razón —admitió a regañadientes.

Nell se sentó con un brillo de satisfacción en la mirada.

—Claro que tengo razón. Uno no llega a esta edad sin haber aprendido un par de cosas sobre la vida. Harías bien en escucharme más a menudo.

Mick se echó a reír

—¿Crees que todavía estoy a tiempo de aprender algo?

—Claro que sí. Eres un O'Brien, ¿verdad? Y los O'Brien tenemos una capacidad infinita de inventarnos a nosotros mismos. Mira a Abby. A Bree. En solo unos meses han transformado completamente sus vidas.

Mick deseó sentirse tan satisfecho de esos cambios como al parecer lo estaba Nell.

—Hablando de Bree, ¿crees que de verdad es feliz? —preguntó.

Era una pregunta que había estado aguijoneándole últimamente. Bree iba a convertir su negocio en un éxito, de eso no había ninguna duda, pero no podía evitar preguntarse si no estaría huyendo del trabajo que realmente quería hacer.

—Supongo que es razonablemente feliz —contestó Nell pensativa—. Pero si me preguntas que si se siente realizada, ya no estoy tan segura.

—¿Crees que sigue escribiendo?

—Es posible. Suele quedarse con la luz encendida hasta tarde. Aunque a lo mejor se queda leyendo.

—Esto no me gusta. Y la culpa de todo la tiene Demming.

—Bueno, la verdad es que yo estoy más preocupada por un hombre que tenemos más cerca —admitió Nell—. No tiene que ser fácil para ella verle cada día. Ni para él, por cierto.

Mick frunció el ceño.

—¿Tú sabes lo que pasó entre esos dos?

Su madre negó con la cabeza.

—Tengo mis sospechas, pero no estoy segura.

—Muy bien, en ese caso, ¿qué crees que pasó?

—No voy a especular. Esa es una pregunta que deberías hacerle a Bree. Si realmente quieres conocer la respuesta.

—¿Qué quieres decir? No lo preguntaría si no quisiera saberlo. Estoy preocupado por ella. Siempre ha sido muy introvertida. No es como Abby, que dice todo lo que piensa. O como Jess, que lo cuenta todo inmediatamente. Yo estaba acostumbrado al carácter de Bree, a su forma de enfrentarse a las cosas, pero ahora la veo diferente —se encogió de hombros mientras buscaba las palabras adecuadas para definir lo que le ocurría a su hija—. Es como si tuviera el alma herida.

Para su inmenso pesar, Nell asintió lentamente.

—¿No podrías hablar con ella? —le suplicó—. O a lo mejor Abby puede hacerlo.

—Creo que lo único que tenemos que hacer ahora es estar a su lado. Estoy segura de que encontrará la manera de solucionar sus problemas, siempre lo ha hecho.

Pero a Mick no le bastaba con eso.

—¿Y si no encuentra la manera de hacerlo?

—Entonces, podrá contar con nosotros, como siempre. Y ella lo sabe, Mick. Cuenta con ello.

—Yo no he estado siempre a su lado —replicó Mick.

—Pero lo estás ahora —dijo Nell, invitándole a olvidar el pasado.

—Dudo que pueda hacer nada desde Nueva York o desde Seattle —contestó con ironía.

—¿Piensas estar mucho tiempo fuera?

—No, unos días como mucho.

—En ese caso, analizaremos la situación cuando vuelvas y, mientras tanto, yo la vigilaré de cerca.

Mick sonrió al oírla.

—Siempre lo has hecho. No sé si te he dicho suficientemente a menudo lo mucho que te agradezco que hayas estado al lado de mis hijos, sobre todo cuando Megan se fue y yo vivía entregado a mi trabajo.

—Para eso está la familia. Si hay un vacío, lo que hay que hacer es llenarlo y cumplir con nuestra obligación.

Mick suspiró. De todas las lecciones que le había enseñado su madre, en aquella había fracasado. Había fallado a Megan y les había fallado a sus hijos. Pero ya no volvería a hacerlo. A partir de aquel momento, iba a estar en el centro de sus vidas. Aunque no se le escapaba la ironía de haber tenido que esperar a que fueran adultos y estuvieran siguiendo cada uno de ellos su propio camino para comprender lo que significaba ser padre.

—¿Cómo te ha ido con Jake? —le preguntó Jess a Bree cuando esta volvió a la floristería.

—¿Tú qué crees? Es terco como una mula —dijo muy seria—. Gracias por quedarte en la tienda. No quería sentar un precedente cerrándola al medio-día. Supongo que pronto tendré que pensar en contratar a alguien. Pensaba que podría llevar yo sola la tienda, pero creo que va a ser imposible.

—Bueno, hasta que encuentres a alguien, puedes contar conmigo. Casi prefería que no hubieras vuelto tan pronto. Esperaba tener que quedarme aquí toda la tarde.

—¿Hay algún problema al que no quieras enfrentarte en la posada?

—No, pero tenía la esperanza de que pasaras toda la tarde con Jake.

—Ojalá. A lo mejor, si él hubiera dejado que la naturaleza siguiera su curso, podríamos haber acabado con todo lo que ahora mismo nos separa —dijo Bree con sincero pesar—. Pero no parece dispuesto a caer en la tentación tan fácilmente.

—Es un hombre. Al final caerá.

Bree negó con la cabeza.

—A lo mejor tiene razón. A lo mejor no podemos volver al pasado. Tenemos demasiadas cosas que superar.

Jess la miró con atención.

—¿De verdad quieres volver con Jake, Bree? Hace muy poco que has cortado con Marty. A lo mejor solo quieres salir con él por despecho.

—Estuve muy enamorada de Jake antes de conocer a Marty

—le recordó Bree—. Creo que eso impide que lo que siento ahora tenga que ver con el despecho.

—No necesariamente. Sabes que Jake te quería y supongo que de alguna manera, eso te resulta cómodo. Volver con él sería volver a un terreno en el que te sientes segura.

Bree negó inmediatamente con la cabeza.

—No tendría ninguna seguridad si volviera con Jake. De hecho, podría haber muchas complicaciones.

—¿Como cuáles?

Bree necesitaba hablar con alguien. Seguramente, Abby habría sido su primera opción, pero era Jess la que estaba allí. Tomó aire y admitió:

—Antes de irme a Chicago, me quedé embarazada de Jake.

Jess la miró desconcertada.

—¿Y tuviste que...?

—No, perdí el niño.

Su hermana la miró entonces con inmensa compasión.

—¡Dios mío! ¿Y no se lo contaste a nadie? ¿Ni siquiera a papá o a la abuela?

Bree negó con la cabeza.

—Solo se lo dije a Jake. Quería que nos casáramos inmediatamente. Estaba emocionado.

Se le llenaron los ojos de lágrimas al recordar cuánto había sufrido Jake al enterarse de que había perdido el niño. Estaba destrozado. ¿Y qué le había dicho ella? No se le había ocurrido otra cosa que decirle que era lo mejor, que no estaban preparados para casarse y que de esa manera podría irse a Chicago. Se lo había dicho prácticamente al mismo tiempo que había anunciado la pérdida de su hijo. Al pensar en ello, se le llenaron los ojos de lágrimas. Qué dura y egoísta había sido.

Las lágrimas que inundaban sus ojos comenzaron a deslizarse por sus mejillas y lo siguiente que supo fue que estaba sollozando. Jess rodeó el mostrador a toda velocidad para abrazarla.

—No pasa nada —musitó—. Desahógate, Bree. No sé cómo has podido guardártelo para ti durante tantos años.

Pero Bree se apartó y se secó con impaciencia las mejillas.

—No sé qué me ha pasado. Hace mucho tiempo que no pienso en todo lo que pasó.

Jess la miró muy seria.

—Pues a lo mejor deberías hacerlo. Perder un bebé es algo muy duro.

Bree sacudió la cabeza.

—¿Y de qué iba a servirme? Todo eso pertenece al pasado. Lo manejé lo mejor que pude.

—¿Y Jake? ¿Cómo lo llevó él?

Bree sintió una inmensa tristeza creciendo dentro de ella.

—No muy bien —admitió—. Y para colmo, yo me marché, dejándole enfrentarse solo al dolor de la pérdida. Para él, el bebé era algo real desde el momento en el que le dije que estaba embarazada. Y aunque para mí representaba un problema, él estaba encantado. Sin embargo, me comporté como si no me importara nada que lo hubiéramos perdido. A veces me sorprende que pueda soportar mirarme a la cara.

Jess la miró compasiva.

—Sí, muy bien, es cierto que Jake tuvo que soportar solo esa pérdida, pero tú también. ¿Quién te ayudó a ti a enfrentarte a algo tan terrible?

Bree se estremeció.

—En realidad, yo no tuve que enfrentarme a nada. Continué con mi vida. Fue como si hubiera metido todo lo que había pasado en una caja, la hubiera cerrado y hubiera tirado la llave. Y si no hubiera regresado aquí y hubiera vuelto a ver a Jake, creo que lo habría olvidado para siempre. Pero ahora es como si lo hubiera desenterrado todo. Hay días en los que no paro de pensar en el hijo que perdimos y en cómo podría haber sido nuestra vida.

—Te repetiré lo que te he dicho antes —insistió Jess—. A lo mejor ya va siendo hora de que te abras —al ver la expresión horrorizada de su hermana, añadió rápidamente—: No estoy sugiriendo que se lo cuentes a todo el mundo, ni siquiera a la familia, solo que intentes hablar con alguien para dejar todo esto en el pasado.

—¿Con un psicólogo?

—O con Jake —sugirió suavemente—. Piensa en ello, Bree. Probablemente él sepa mejor que nadie cómo te sientes.

—No creo que Jake tenga ninguna gana de escucharme. Se niega a que hablemos cada vez que se lo he sugerido. Y ni siquiera sé si tengo derecho a contarle lo que siento. Lo único que necesito es encontrar la manera de arreglar mi situación con él.

Jess la miró directamente a los ojos.

—La única manera de conseguir que Jake vuelva a tu vida es que os enfrentéis juntos a lo que pasó. Es posible que yo no tenga mucha experiencia en relaciones, pero sé que la vuestra está condenada a fracasar si sigues ignorando un obstáculo del tamaño de un elefante.

Bree suspiró. Su hermana tenía razón. ¿Quién habría pensado que Jess, a menudo tan frívola y despreocupada, fuera la persona más indicada para decirle lo que tenía que hacer? Pero incluso aceptando que Jess supiera de qué estaba hablando, Bree no estaba particularmente animada a seguir su consejo.

Capítulo 15

Jake había pasado toda la mañana en casa de la señora Finch, abonando las lilas bajo su constante supervisión. Aquella tarea ya era de por sí suficientemente tediosa, pero además, la señora Finch tenía ideas muy concretas sobre lo que quería. En un par de ocasiones, Jake había llegado a pensar que iba a hacerle medir el grosor de la capa de mantillo con una regla antes de dar por terminado el trabajo.

Para cuando llegó de nuevo a su despacho, estaba acalorado, agotado, irritado y hambriento. Desgraciadamente, Connie estaba esperándole.

–No te sientes –le ordenó–. Tienes que volver a salir a llevar un pedido de emergencia.

Jake la miró con recelo.

–¿No es ese el trabajo de Jimbo?

–Se ha ido a repartir media docena de pedidos, entre otros los rododendros de los Henderson, y ha prometido ayudar a plantarlos. Yo le di permiso para que lo hiciera, así que no volverá hasta dentro de unas horas.

Jake miró atentamente a su hermana.

–No importa, si le necesitamos, podemos llamarle al móvil. Así que, si esto es una emergencia, llámale. Seguro que Agatha puede esperar una hora, al fin y al cabo, le está haciendo un favor.

–No es un favor. Es un servicio que le prestamos a un buen cliente, una característica de tu negocio a la que debes su buen nombre. Además, sería un desperdicio de combustible hacerle volver hasta aquí cuando podrías llevar tú el pedido.

Como el precio de la gasolina había subido considerablemente desde el año anterior, Jake no pudo replicar.

—Muy bien, de acuerdo, ¿y adónde hay que llevar ese pedido?

—He dejado la dirección junto al pedido —contestó Connie mientras se dirigía hacia el invernadero, donde había dejado preparados una docena de ramos de flores recién cortadas.

Jake tuvo inmediatamente un presentimiento.

—Déjame adivinar. Tengo que llevarlo a la floristería de Bree.

Connie asintió feliz.

—Sí, le diré a Bree que vas para allá.

Pero Jake negó con la cabeza.

—Las cargaré en la furgoneta y puedes llevarlo tú.

—No, yo tengo que ir a almorzar.

—Y yo también. En cuanto me haya lavado.

—Pero vas a ir a almorzar a la Cafetería de Sally, que está al lado de la floristería —le sonrió—. Es una suerte, ¿verdad?

Jake sabía que era una pérdida de tiempo intentar razonar con su hermana. Evidentemente, Connie había pensado en ello a conciencia. Tendría una buena réplica para cualquiera de sus excusas. Y el motivo de aquella petición estaba claro.

—Muy bien —musitó.

Tomó el primer paquete de flores y fue a llevarlas a la camioneta. Connie le siguió con unas cuantas más. En menos de cinco minutos las habían cargado todas.

—La próxima vez que haga Bree un pedido, dile que procure hacerlo de una sola vez.

Connie arqueó una ceja.

—Si quieres comportarte como un estúpido en vez de como un hombre de negocios agradecido al que de repente le ha surgido una venta inesperada, tendrás que decírselo tú mismo.

Jake suspiró.

—Entendido.

Era irritante que Connie tuviera casi siempre razón en lo que se refería a las relaciones con los clientes. De hecho, su hermana tenía mucho que ver con el aumento de las ventas del vivero. Tenía un tacto y una diplomacia de los que él carecía.

Media hora más tarde estaba delante de la floristería. Advirtió que apenas quedaban ya flores en la calle. No le extrañaba que Bree hubiera hecho un pedido de urgencia. El negocio parecía ir bastante bien, incluso en aquellas fechas. El veranillo de San Miguel parecía haber reanimado el turismo.

Pero Jake no estaba seguro de lo que sentía ante aquel éxito. Si Bree hubiera fracasado, seguramente habría retomado un trabajo que él sabía que adoraba. Y seguramente se habría ido del pueblo, lo que le habría facilitado considerablemente la vida.

Cuando se acercó a la puerta con las flores, Bree alzó la cabeza. Sus ojos se iluminaron con una expresión de sorpresa que rápidamente dio paso a un evidente alivio.

–Gracias a Dios –dijo con fervor–. A las diez de la mañana ya estaba prácticamente sin nada. Por lo visto, ha venido mucha gente a aprovechar el buen tiempo.

–Espero que con esto tengas bastante para todo el fin de semana. No podré servirte nada más hasta el lunes.

–Agradezco cualquier cosa que me hayas traído. Ahora sé que debería haber pedido algo más desde el principio, pero todavía le estoy tomando el pulso al negocio. Habían pronosticado lluvia para el viernes y el fin de semana pasado no vino casi nadie. De hecho, hice unos centros con las flores que me quedaban y los llevé al hospital.

–¿Y por qué no las tiraste?

–¿Por qué iba a tirarlas cuando podían alegrarle el día a alguien?

La firmeza de aquella respuesta le hizo recordar a Jake uno de los motivos por los que se había enamorado de ella. Bree podía ser una joven tímida y retraída, pero tenía un espíritu generoso que le hacía ganarse a todos cuantos la rodeaban. Y lo más impresionante era que parecía no ser consciente de lo poco frecuentes que eran aquellos actos de bondad.

Como lo último que quería era recordar las cosas buenas de Bree, regresó rápidamente a la furgoneta para buscar el resto de las flores. Después de dejarlas en uno de los refrigeradores, se detuvo en el mostrador.

—Así que los turistas de fin de semana son tus mejores clientes, ¿eh? —comentó, preguntándose cómo se las arreglaría cuando llegaran los meses de invierno.

—Son los que compran más ramos de flores. La gente de aquí pide flores para los funerales y para acontecimientos especiales. Un par de restaurantes me encargan las flores para las mesas, pero quieren margaritas o flores sencillas que quepan en un jarrón pequeño. La semana que viene tendré que encargarme de las flores para una boda en la posada, así que el lunes te haré un buen pedido.

Jake estaba asombrado por el entusiasmo que percibía en su voz.

—Estás disfrutando mucho con todo esto, ¿verdad?

—Me encanta —admitió—. Es todo un desafío, pero muy gratificante —se inclinó hacia delante como si fuera a confesarle un secreto—. ¿Y sabes qué?

—¿Qué?

—Me encanta contar los recibos al final del día.

Jake se echó a reír.

—¿Te gusta tanto como escribir? Porque cuando estábamos juntos, eso era lo que realmente querías. ¿Has olvidado lo mucho que significaba para ti escribir obras de teatro?

Bree negó con la cabeza.

—Claro que no lo he olvidado, pero necesitaba alejarme de todo eso durante una temporada. Es increíble, ahora que lo he hecho, es como si hubiera liberado una parte de mí misma. En una sola semana he escrito más que durante los últimos meses en Chicago.

—Eso es genial —dijo Jake, intentando mostrar el grado apropiado de entusiasmo—. ¿Y qué ocurrirá cuando termines esa obra? ¿Volverás a Chicago?

—No es una obra —le confió, ignorando por completo la referencia a Chicago–. Estoy intentando escribir una novela. No tiene nada que ver con todo lo que he hecho hasta ahora. Ni siquiera sé si será buena, pero ha supuesto un cambio de ritmo muy interesante.

Jake no era capaz de decidir si aquella noticia era mala o buena. Bree podía escribir novelas y seguir viviendo allí, sí. ¿Pero era eso lo que él quería?

–Me encantaría leerla –dijo en un impulso–. Cuando la hayas terminado, claro está. Sé que no te gusta enseñarle a nadie lo que escribes hasta que no estás completamente satisfecha.

Bree le miró pensativa.

–¿Sabes? A lo mejor no me vendría mal una segunda opinión –dijo lentamente–. A ti te gusta mucho leer. Seguramente podrás decirme si tengo la menor idea de lo que estoy haciendo.

–¿De verdad? –preguntó Jake sorprendido por las repentinas ganas que le entraron de leer aquella obra.

–A no ser que no quieras, claro. Y lo digo en serio, no quiero que te sientas obligado.

–No, me encantaría leerla –dijo rápidamente, asombrado por su propio entusiasmo–. Me gustaba mucho leer tus obras. Me parecían sorprendentes. Tenía la sensación de conocer personalmente a los personajes. Me gustaría haber tenido oportunidad de ver alguna de esas obras en escena.

–Yo te invité –le recordó Bree.

Jake la miró a los ojos.

–Sabes perfectamente por qué no podía estar allí, Bree.

Bree suspiró.

–Sí, lo sé. Y no sabes cuánto me gustaría que las cosas hubieran sido diferentes entre nosotros.

–Sí, pero no es posible cambiar el pasado –hizo un viaje rápido a la furgoneta y dejó precipitadamente las últimas flores en la tienda–. Tengo prisa, Bree. Adiós.

Una vez más, la oyó suspirar mientras se marchaba. Desgraciadamente, poner distancia entre ellos no le estaba ayudando a proteger sus sentimientos. Por grueso que fuera el muro que había erigido alrededor de su corazón, por firme que fuera su voluntad de mantenerla al margen de su vida, sus caminos parecían destinados a encontrarse una vez más.

Sin prestar especial atención a lo que estaba haciendo, Bree sacó una margarita de una de las cubetas en las que guardaba las flores frescas y comenzó a arrancar los pétalos recitando «me quiere-no me quiere» mientras veía marcharse a Jake. En realidad, no sabía a qué conclusión llegar después de su conversación.

Las ganas de Jake de leer lo que estaba escribiendo la habían sorprendido. Le había hecho recordar los viejos tiempos, cuando se sentaban juntos en la cama el domingo por la mañana, ella con cualquiera de los libros que estuviera leyendo o el periódico y Jake con las páginas de su última función. En esa época, Jake vivía solo en un apartamento. Acababa de terminar los estudios y podría haberse quedado en casa de sus padres, pero necesitaba independencia, y también un lugar en el que los dos pudieran estar a solas. A veces, Bree se quedaba allí hasta el mediodía, cuando regresaba a comer con el resto de la familia.

Su abuela nunca le había cuestionado el hecho de que pasara las noches de los sábados fuera. Al fin y al cabo, Bree ya tenía entonces veintiún años, pero Nell no podía disimular su preocupación. Sí, era eso lo que veía en sus ojos, preocupación, no decepción. A pesar de ser una mujer muy tradicional, lo único que le importaba era que sus nietos fueran felices y al parecer, había sido capaz de prever el futuro sufrimiento de Bree y de Jake. Incluso había abordado el tema en una ocasión.

–Sé que has pedido varias becas –le había dicho a Bree–. Cualquier día de estos te marcharás de aquí. ¿Qué será de Jake cuando te vayas?

–Él comprende mis planes –le había asegurado Bree, convencida de que encontrarían la manera de hacer funcionar su relación.

—Una cosa es comprender un plan y otra muy diferente tener que sufrirlo –le advirtió Nell–. Si estás enamorada de Jake, y creo que lo estás, cuida su corazón.

En aquel momento, Bree tenía la firme convicción de estar haciéndolo, pero la realidad le había demostrado lo contrario. Había querido culpar a su embarazo y al posterior aborto de su fracaso sentimental, pero, siendo realista, la verdad era que, incluso en las mejores condiciones, habría resultado muy difícil mantener una relación a distancia.

Decidió dejar de lado los recuerdos y pasó la tarde preparando las flores para la boda del sábado y vendiendo flores. Justo cuando estaba a punto de cerrar, sonó la campanilla de la puerta. Alzó la cabeza y vio a Connie cruzando el umbral. Habían sido amigas en otro tiempo, pero desde que Bree había regresado al pueblo, su relación estaba siendo un poco distante.

Bree sonrió vacilante.

—Hola, ¿qué te trae por aquí?

—Me gustaría que fuéramos a tomar algo –admitió Connie–. Apenas nos hemos visto desde que has vuelto.

—La culpa es mía –dijo Bree inmediatamente, encantada de aquel acercamiento por parte de Connie–. No sabía si te resultaba difícil estar conmigo después de lo que pasó entre tu hermano y yo.

Connie sonrió.

—Si me viera obligada a elegir, supongo que tendría que ponerme de su lado –admitió–. Pero tengo la sensación de que en esta relación solo hay un lado, aunque mi hermano sea demasiado cabezota para admitirlo –ladeó la cabeza y estudió a Bree con detenimiento–. No me equivoco, ¿verdad? Todavía sientes algo por Jake.

—Estoy empezando a pensarlo. Y lo que no puedo negar es que le he echado de menos.

Connie asintió satisfecha.

—Bueno, ¿qué me dices? ¿Tienes tiempo de tomar una copa? Jenny dice que ha quedado para estudiar, pero me temo que tiene una cita nocturna, así que solo tengo una hora antes de volver a casa para asegurarme de que se limite a hacer los deberes.

Bree estaba estupefacta. La última vez que había visto a la hija de Connie, Jenny todavía estaba estudiando primaria. Bree solía ayudar a Connie a organizar sus fiestas de cumpleaños y las reuniones de Jenny con sus amigas.

—¿Jenny ya tiene edad suficiente como para tener citas nocturnas? ¿Pero qué ha pasado?

—Claro que no tiene edad suficiente —respondió Connie secamente—. ¿Pero desde cuándo eso ha detenido a un adolescente? Los niños tienen la costumbre de crecer sin que te des cuenta. Ya lo comprobarás por ti misma algún día. Pero me gusta vigilarla de cerca. Jake la pilló hace poco en su oficina.

Bree abrió los ojos de par en par.

—¿Y qué hizo? ¿Le dio una paliza al chico?

Connie se echó a reír.

—Creo que fue bastante duro con él, y después tuvo una conversación con Jenny. Quiero creer que la ha hecho entrar en razón, pero por si no es así, no quiero dejarla sola en casa con ese chico durante mucho tiempo.

Bree comprendió que estaba realmente preocupada e inmediatamente tomó una decisión:

—¿Por qué no tomamos algo en tu casa? ¿Te parece bien?

—Sería magnífico —contestó Connie con una sonrisa de alivio.

—Nos vemos dentro de quince minutos —le prometió Bree—. ¿Quieres que compre una pizza o algo de picar?

—Un par de pizzas —dijo Connie. Sacó un billete de veinte dólares del bolso e intentó dárselo a Bree—. Toma. Mientras estén comiendo, podremos comer también nosotras tranquilamente sin que tenga que estar levantándome cada cinco minutos para ver lo que hacen.

—Quédate el dinero. Tú pondrás las bebidas, así que lo menos que puedo hacer es pagar yo las pizzas.

—De acuerdo entonces. Hasta ahora. Sabes que estamos viviendo en la casa de mis padres, ¿verdad? Se jubilaron y se fueron a Florida justo cuando estaba divorciándome. Jake ya tenía su propia casa, así que fui yo la que se mudó allí. No es cara y si controlo lo que gasto, entre la pensión alimenticia y la ayuda económica que recibe la niña por parte de su padre, consigo llegar a fin de mes. Todo lo que me paga Jake lo guardo para la universidad de Jenny. La verdad es que nos las estamos arreglando bastante bien.

–Sí, eso parece –se mostró de acuerdo Bree–. Ya me pondrás al tanto de todo cuando vaya a tu casa.

–Terminarás durmiéndote de aburrimiento. Eres tú la que tiene muchas cosas que contar.

En cuanto Connie se fue, Bree encargó las pizzas y una ensalada y fue en coche hasta la pizzería a buscarlas. Para cuando llegó, ya las tenían empaquetadas. Un cuarto de hora más tarde, aparcaba enfrente de la casa de Connie. Inmediatamente vio la furgoneta de Jake en el camino de la entrada. Por un momento, pensó en dar media vuelta y marcharse, pero Connie estaba ya en el marco de la puerta, haciéndole señas para que entrara.

–¿Está aquí Jake? –preguntó Bree mientras cruzaba el jardín.

–Ha aparecido hace un par de minutos. Te juro que no tenía ni idea de que iba a venir. A veces viene para pedirme algo de comer.

Bree no se creyó del todo la explicación, pero prefirió no discutir.

–¿Sabe que iba a venir?

Connie la miró con expresión de culpabilidad.

–La verdad es que solo le he dicho que estaban a punto de traerme una pizza.

Bree la miró con el ceño fruncido.

–No creo que le haga mucha gracia verme en tu casa. Deberías habérselo advertido.

–¿Para que se vaya a pesar de que sé que quiere quedarse? No –dijo Connie, agarró las pizzas y dejó que llevara Bree la ensalada–. Vamos a dejar esto en la cocina.

Mientras pasaba al cuarto de estar de una casa que en otro tiempo había sido tan familiar para ella como la suya propia, pudo oír a Jake hablando con Jenny y con otro adolescente. Por primera vez desde su vuelta, le oyó reír de verdad. En otro tiempo, aquel sonido bastaba para inundarla de alegría y lo oía muy a menudo. Le dolió darse cuenta de hasta qué punto Jake había dejado de reír.

Una vez en la cocina, dejó la ensalada en la encimera y aceptó la copa de vino que Connie le tendía. Acababa de beber un sorbo cuando entró Jake.

–Huele a comida –dijo con entusiasmo, pero se detuvo en seco. Se volvió hacia su hermana–. No me habías dicho que esperabas visita.

–Bree no es una visita –respondió Connie, sin dejarse amedrentar por su expresión y por su tono–. En otra época era casi de la familia.

–En otra época y casi –musitó Jake–. Exactamente.

Connie le miró con el ceño fruncido.

–No seas maleducado –le regañó–. Tú eres el único que no ha sido invitado. Si quieres pizza, siéntate y pórtate como es debido.

Jake tensó los labios.

–Hablas igual que mamá.

–Eso era precisamente lo que pretendía.

Bree no pudo evitarlo. Se echó a reír al oírlos.

–Es igual que en los viejos tiempos. Connie siempre dando órdenes.

–Sí, ella daba las órdenes, pero nunca consiguió que yo las cumpliera –le dirigió a su hermana una mirada cargada de intención–. Y ahora mismo el jefe soy yo, algo que no debería olvidar.

–Mira cómo tiemblo –replicó Connie.

Curiosamente, aquella pelea tuvo el efecto de relajar a Bree. Tomó una silla y se sentó, pero cuando Connie salió de la cocina para llevar a los chicos una de las pizzas y un par de refrescos, no supo qué decirle a Jake.

—Qué situación tan tonta —dijo por fin—. Antes éramos capaces de hablar de cualquier cosa.

—Los tiempos cambian —contestó Jake. Dio un sorbo a su cerveza y señaló su botella—. Antes tú también bebías cerveza, y no vino. ¿Ha sido Marty el que te ha enseñado a apreciar las cosas más finas de la vida?

—No seas tonto —respondió Bree, aunque sin mucho entusiasmo—. Connie me ha ofrecido una copa de vino y yo la he aceptado. No creo que eso tenga mucho que ver con mis preferencias.

Jake hizo una mueca.

—Lo siento. Connie tiene razón. Si no soy capaz de comportarme de forma civilizada, será mejor que me vaya.

Bree le miró a los ojos.

—¿Y no sería mejor intentar comportarte de forma civilizada? Hoy casi hemos conseguido tener una conversación completa. Por favor, Jake. Inténtalo. Aunque solo sea por tu hermana. Algo me dice que ha sido ella la que ha organizado este encuentro. No me gustaría desilusionarla.

—¿Prefieres animarla a hacer de celestina? —sugirió Jake secamente—. ¿Es eso lo que quieres?

—No, lo que quiero es que tú y yo nos llevemos bien. Echo de menos tu amistad. ¿Cuántas veces tendré que decírtelo para que me creas?

Jake frunció el ceño al oírla.

—Y yo eché de menos el poder quererte, pero eso no parece tener ninguna importancia, ¿verdad?

—Claro que la tiene —respondió Bree, encogiéndose ante la amargura de sus palabras—. Y si eso es lo que quieres oír, soy capaz de repetirte que lo siento durante toda la eternidad. ¿Te serviría eso de algo? ¿Te sirven de algo tus disculpas?

—No —respondió Jake, bajando la mirada.

Como no parecía dispuesto a añadir nada más, Bree se arriesgó a preguntar.

—¿Eso quiere decir que vas a quedarte? Solo será una hora, dos como mucho. No es para tanto.

Jake la miró con cansancio.

–Contigo, una hora o dos nunca eran suficientes. Necesitaba toda una vida.

Habían vuelto el dolor y la vulnerabilidad a su voz. Bree era consciente de lo mucho que le asustaba aquel reencuentro. De modo que, en vez de obligarle a seguir hablando, abrió la caja de la pizza y le tendió una porción con salami y salchicha.

–Vamos –le tentó, pasándosela por debajo de la nariz–. Sé que te encanta. Y sabes perfectamente que te apetece.

Jake permaneció en silencio durante tanto tiempo que, por un momento, Bree pensó que iba a rechazarla, pero al final, tomó la porción de pizza, rozando los dedos con los suyos al hacerlo. Bree se preguntó si habría sentido la misma descarga eléctrica que ella, pero estaba evitando su mirada, de modo que era imposible decirlo.

Por lo menos no se había marchado. De momento, aquello era más que suficiente.

Durante la tarde del sábado, Bree estuvo pensando en lo agradable que había sido la velada en casa de Connie. Al final, Jake se había relajado y habían estado jugando a las cartas con Jenny y con Dillon. Cuando había llegado el momento de irse, Jake incluso la había acompañado al coche, con las manos en los bolsillos, eso sí, como si estuviera intentando resistir la tentación de tocarla, y había admitido que lo había pasado bien. Para Bree, aquello había representado un gran progreso.

Estaba todavía deleitándose en ello cuando alzó la mirada y advirtió sorprendida que era su madre la que estaba entrando en la tienda.

–Mamá, no te esperaba este fin de semana.

–Y yo tampoco esperaba estar aquí, pero tu padre me llamó ayer por la noche y me convenció para que viniera esta mañana. Dice que tiene una sorpresa para mí. ¿Sabes algo?

Bree negó con la cabeza. No había oído nada de una sorpresa.

–No tengo ni idea.

—Bueno, sea lo que sea, espero que merezca la pena. Me ha dejado en casa y ha vuelto a marcharse. He llamado a Abby para ver si las niñas querían almorzar conmigo, pero Trace me ha dicho que venían ya hacia aquí. ¿Las has visto?

Bree desvió la mirada al oír la campanilla de la puerta y sonrió.

—Sí, aquí están —contestó, mientras Carrie y Caitlyn entraban corriendo en la tienda.

En su entusiasmo, estuvieron a punto de tirar unas macetas de cerámica.

—¡No corráis! —les advirtió Abby, sin ningún éxito.

Las niñas estaban ya detrás del mostrador. Carrie se subió inmediatamente en un taburete y alargó la mano para agarrar las llaves de la caja registradora.

—¿Puedo poner una venta, tía Bree? —le suplicó—. Ya sé cómo se hace.

—Yo también sé —advirtió Caitlyn, intentando hacerse un hueco entre su hermana y el mostrador.

Bree se inclinó hacia ellas.

—Ya conocéis las reglas —les recordó—. Tenemos que esperar a que llegue un cliente.

—¡Pero es que guardas los bombones en la caja! —dijo Carrie con obvia desilusión—. Y yo quiero uno.

Abby le sonrió a su hermana.

—Ya te dije que no se les escapa nada. Creo que conocen hasta tu último escondite secreto.

—Eh —dijo Megan, mirando a sus nietas con el ceño fruncido—. ¿Ni siquiera os habéis dado cuenta de que estoy aquí?

Caitlyn le sonrió radiante.

—¡Abuela Megan! No sabíamos que estabas aquí, ¿verdad, mamá?

—Claro que no —contestó Abby, pasándole a su madre el brazo por la cintura—, pero nos alegramos mucho de verte.

—¿Y estaríais más contentas todavía si fuéramos a tomar un helado de chocolate? —les preguntó Megan a las niñas—. Vuestro abuelo me ha convencido de que venga al pueblo y después me ha abandonado, así que voy a comerme un enorme helado de chocolate.

—¡Yo también! ¡Yo también! —exclamó Caitlyn con entusiasmo.

Carrie bajó a toda velocidad del taburete.

—¡Y yo también voy!

Megan se volvió hacia Abby.

—¿Tú también vienes?

—¿Por qué no os adelantáis vosotras? —sugirió Abby—. Tengo que hablar un momento con Bree.

En cuanto Megan salió de la tienda con las niñas, Abby se volvió hacia su hermana.

—¿Te había dicho algo mamá de esta visita? No sé qué se propone papá, haciéndole venir al pueblo y desapareciendo después.

—No tenía ni idea. Según ella, papá le ha preparado una sorpresa. ¿Tú sabes algo de eso?

Abby negó con la cabeza.

—Me ha llamado antes para preguntarme que si teníamos la tarde libre. Quería que nos pasáramos por casa de la abuela alrededor de las seis.

Bree pensó en ello.

—A mí también me ha pedido que llegue pronto a casa. Supongo que no se le ocurrirá...

—¿Qué?

—¿Está planeando casarse con mamá otra vez? Porque espero que no se le ocurra pedírselo delante de todos nosotros. Sería una humillación terrible.

Abby miró a su hermana aterrorizada.

—Sí, estoy de acuerdo. No creo que mamá se esté planteando todavía volver a casarse con él. Y, francamente, después de todo lo que les pasó, tampoco sé si papá está preparado para dar ese paso.

Bree asintió.

—Sí, yo pienso lo mismo que tú, ¿pero qué otra sorpresa podría ser?

—Supongo que tendremos que esperar a ver.

—Y cruza los dedos para que no sea algo que le explote a papá en pleno rostro, sea lo que sea —añadió Bree.

—Que Dios te oiga —dijo Abby solemnemente, como habría hecho su abuela.

—Solo por si acaso, procura localizar a Mick y averiguar lo que se propone —sugirió Bree.

—No, no pienso entrometerme en esto.

—Vamos, Abby. Tienes el gen de los O'Brien —le recordó Bree.

—No, estoy completamente reformada.

—Me parece imposible. Una entrometida es siempre una entrometida. Además, eres la hermana mayor. Tú tienes la obligación de prevenir calamidades y ese tipo de cosas. El resto de los hermanos confiamos en ti.

Abby frunció el ceño, pero buscó en el bolso y sacó el móvil. Después de marcar un número de teléfono, profundizó el ceño.

—Ha saltado el contestador —dijo con extrañeza.

Bree la miró estupefacta.

—¿De verdad? ¿Te había pasado alguna vez que papá no contestara el teléfono al primer timbrazo?

—A lo mejor esto forma parte del compromiso de empezar una nueva vida —sugirió Abby—. Lo intentaré más tarde. Ahora supongo que debería ir a rescatar a mamá. Quién sabe lo que estarán haciendo de ella las niñas. Creo que le habían echado el ojo a un tobogán de agua de la tienda de Ethel. Es justo la clase de juguete que puede terminar comprándoles mamá si la convencen.

Bree se echó a reír.

—Me extraña que Trace no se lo haya comprado ya.

—Está aprendiendo a no ceder a todas sus peticiones —contestó Abby—. Te veré en casa esta noche.

Bree asintió con mirada ausente, pensando con aprensión en lo que podía estar tramando su padre.

Capítulo 16

Fuera cual fuera la sorpresa que Mick había preparado, era evidente que la abuela estaba en el ajo. Cuando Bree llegó a casa, encontró a toda la familia reunida, excepto Jess. Habían colocado unas mesas en el porche a las que habían llevado ya las ensaladas y las bandejas de pollo frito.

—¿Esperamos a un ejército? —preguntó Bree al ver aquella enorme cantidad de comida.

—No, solo a un médico militar —contestó su hermano Kevin, saliendo de uno de los laterales de la casa.

Iba sin uniforme, pero su porte militar como el agotamiento que reflejaban sus ojos eran inconfundibles. El pelo, que, como el de Mick, tenía tendencia a rizarse, lo llevaba prácticamente rapado, lo que enfatizaba el aspecto demacrado de su rostro.

—¡Estás aquí! —exclamó Bree, corriendo a sus brazos.

Kevin la levantó en brazos y giró varias veces con ella, hasta dejarla sin aliento. Bree no podía separarse de él.

—Estás en los huesos. ¿Qué te dan de comer en Irak?

—Desde luego, nada parecido al pollo frito de la abuela y a sus ensaladas de patata.

—Ahora me toca a mí —dijo Abby. Apartó a Bree y le golpeó a su hermano cariñosamente el brazo—. ¿Por qué no nos has dicho que ibas a venir? No te esperábamos hasta dentro de unos meses. ¿Ya has dejado Irak para siempre?

El entusiasmo de sus hermanas disminuyó al verle negar con la cabeza.

–No, todavía no. Solo estoy de permiso durante un par de semanas.

–El tiempo suficiente para que te dé unas cuantas palizas jugando al baloncesto y en unas cuantas partidas de póquer –dijo Connor, acercándose a abrazar a su hermano–. Te he echado de menos.

–Lo mismo digo –respondió Kevin, y miró después a su alrededor–. ¿Dónde está Jess? ¿Y dónde está mi cuñado, Abby? Quiero tener una larga conversación con él antes de que os caséis para asegurarme de que sabe lo que significa casarse con una O'Brien.

–Deja a Trace en paz –le advirtió Abby.

En ese momento, Trace se acercó a Kevin y le dio una palmada en la espalda.

–Me alegro de verte –le dijo–. Y no te preocupes por mí. Creo que me hago una idea bastante precisa de lo que significa casarme con tu hermana. Sobre lo que deberías haberme advertido es sobre tus sobrinas.

Abby le dio un codazo en las costillas.

–Vosotros dos, ya basta. En cuanto a Jess, si supiera que esta reunión era para celebrar tu vuelta a casa, ya estaría aquí, estoy segura.

Justo en ese momento, Kevin advirtió la presencia de Megan. Abrió los ojos como platos.

–¿Mamá?

Los ojos se le llenaron de lágrimas, pero parpadeó rápidamente para apartarlas y disimuló su reacción diciendo:

–No esperaba verte por aquí.

La dureza de su voz contrastaba con la emoción que no había sido capaz de ocultar.

–Kevin –susurró Megan, dejando que las lágrimas empaparan sus mejillas mientras se acercaba a él–. Cuánto me alegro de que estés aquí, sano y salvo –se volvió hacia Mick, que contemplaba emocionado la escena–. Te perdono que me hayas dejado sola antes. No podías haberme dado una sorpresa mejor.

Kevin parecía incómodo mientras su madre le abrazaba. Rápidamente se apartó de ella y fue a buscar una cerveza a la nevera.

—Es evidente que la abuela estaba al tanto del secreto —comentó Bree.

—Tenía que decírselo —contestó Mick—. Sabía que necesitaba por lo menos un par de días para organizarlo todo.

Se volvieron todos hacia Nell.

—Y no nos has dicho nada —dijo Abby con admiración—. No puedo por menos que reconocerte la capacidad de guardar un secreto.

Su abuela la miró indignada.

—No tienes idea de la cantidad de secretos que guardo —respondió—. Por eso todo el mundo en la familia viene a mí, porque saben que no suelto prenda —agarró a Kevin del brazo y le miró con atención—. De hecho, tengo un secreto mejor.

Kevin le dio un cariñoso beso en la frente.

—De acuerdo, de acuerdo, se lo diré. Solo estaba esperando a que llegara Jess y veo que ya está entrando por el camino de la casa.

Jess frenó bruscamente al ver a su hermano. Salió del coche sin apagar el motor, voló a los brazos de su hermano mayor y le cubrió el rostro de besos.

—¿Cómo no me has dicho que ibas a venir? —le preguntó—. ¡Te habría hecho un bizcocho!

Todos se echaron a reír al oírla.

—Vale, vale, le habría dicho a la abuela que te hiciera un bizcocho —dijo Jess y miró las mesas cubiertas de comida—. ¿Dónde está la tarta de chocolate que tanto le gusta a Kevin?

—Eh —protestó Abby antes de que su abuela pudiera contestar—. Cuéntanos ese secreto. Ya ha venido Jess, así que ya puedes hablar.

Kevin miró inmediatamente hacia la puerta de la casa. Hizo un gesto con la cabeza, la puerta se abrió y una chica de piernas largas y melena rubia salió y prácticamente flotó por el jardín con la mirada fija en los ojos de Kevin. Por la atención que les prestó, el resto de la familia podría haber estado en otro planeta. Kevin la abrazó y la besó apasionadamente.

Cuando interrumpió el beso, apenas parecía capaz de reprimir su emoción y parte del cansancio fue sustituido por la más pura adoración.

—Os presento a Georgia O'Brien, mi esposa desde las cinco de la tarde.

—¿Te has casado? —preguntó Bree estupefacta.

—¿Antes que yo? —bromeó Abby—. Yo pensaba que sería la próxima.

—Y yo también —añadió Trace con ironía. Le guiñó el ojo a Kevin—. ¿Te importaría contarme tu secreto para ver si puedo convencer a Abby de que empecemos a hacer planes de boda?

Kevin agarró a Georgia por la cintura.

—Cuando estás en un lugar como Irak, la motivación suele ser bastante alta.

Megan se volvió hacia Mick.

—¿Y tú desde cuándo estás al tanto de todo esto?

—Desde hace un par de días. Yo he sido el padrino —confirmó Mick.

—¿Pero por qué no os habéis casado aquí? —preguntó Jess, visiblemente afectada por la noticia—. ¿No queríais que estuviéramos en vuestra boda?

—Desde luego —dijo Connor, claramente ofendido—. Yo pensaba que sería tu padrino de boda.

Kevin le dio la mano a Georgia, que permanecía a su lado con expresión de culpabilidad.

—Me temo que yo tengo la culpa —confesó la joven—. Solo tenía un par de días de permiso y quería que mi padre oficiara la ceremonia. Es pastor, vive en Texas, pero no había buenas conexiones en avión hasta aquí. Mi madre y él han podido venir al aeropuerto de Baltimore, pero han tenido que regresar casi inmediatamente a Beaumont. Mi padre tenía varios servicios religiosos mañana por la mañana y todo esto lo hemos organizado a toda prisa. Kevin y yo no supimos que iban a darnos un permiso al mismo tiempo hasta hace solo unos días.

—¿Os habéis casado en el aeropuerto? —preguntó Jess con expresión de incredulidad y muy poco complacida.

Georgia asintió.

—No es muy romántico, pero por lo menos, la logística ha funcionado. E incluso hemos tenido tiempo de venir aquí para estar con todos vosotros antes de que yo vuelva a Irak. Kevin me ha hablado mucho de su familia y tenía ganas de conoceros.

—Así que esta es la recepción de la boda —concluyó Megan—. Mick, ¿tenemos champán?

—Por supuesto. Está enfriándose en la nevera. Pensé que si lo sacaba antes, todos empezaríais a especular.

Nell le sonrió a Jess.

—Y lo mismo ha pasado con la tarta. Por supuesto, he preparado la tarta de chocolate que tanto le gusta a Kevin, pero la he escondido en la despensa.

—En ese caso, que empiece la fiesta —dijo Connor, olvidándose de su decepción y palmeándole la espalda a su hermano—. Voy a por el champán.

Se inclinó para darle a su cuñada un beso en la mejilla.

—Georgia, bienvenida a la familia.

Todo el mundo se acercó a ella para felicitarla, salvo Bree, que permanecía en un segundo plano. Jess y Abby le dieron la bienvenida a Georgia con cierta contención y después se acercó Bree.

—Tenía miedo de que pasara algo así —comentó Jess en voz baja—. Apenas se conocen.

—Pero parecen muy felices —respondió Abby, como si estuviera intentando ahuyentar sus propias dudas—. Kevin la mira como si le hubiera tocado la lotería, así que lo de menos es lo que pensemos los demás. Tenemos que darles una oportunidad.

—Claro que sí —replicó Jess—. Lo único que estoy diciendo es que ha sido todo muy rápido.

Mick, que en ese momento se acercaba hacia ellas, oyó su comentario.

—Vuestro hermano está en una situación de estrés que ninguno de nosotros puede alcanzar a comprender, y yo me alegro de que tenga a alguien a su lado que, evidentemente, le adora.

—Papá tiene razón —dijo Bree—. Y hoy tiene que ser un día especial para él.

—Por lo menos, Kevin se quedará unos días con nosotros después de que ella se vaya. Entonces a lo mejor podemos averiguar lo que ha pasado. No estará embarazada, ¿verdad?

—Jess, ya basta —le ordenó Abby—. Este no es momento para esa clase de especulaciones. Además, supongo que si estuviera embarazada ya la habrían enviado a casa.

Jess no parecía arrepentida de su comentario.

—Eh, yo solo he dicho que a lo mejor esa era la respuesta a tanta prisa. Hasta Kevin ha dicho que estaban altamente motivados. Es posible que fuera esa la razón.

—Pues yo creo que la razón es que están enamorados —repuso Bree. Había estado observando a su hermano y a Georgia desde el momento en el que Kevin había anunciado la boda—. Papá, sirve el champán y propón un brindis, que es lo que tiene que hacer el padrino.

Mick asintió.

—Buena idea.

Jess desapareció al mismo tiempo que su padre. Minutos después, cuando Mick estaba terminando ya de brindar por la llegada de Georgia a la familia, Bree miró a su alrededor buscando a su hermana, que seguía sin aparecer. Se volvió hacia Abby.

—¿Dónde está Jess?

—No tengo ni idea, pero es evidente que todo esto la ha afectado. No sé si está preocupada por Kevin o le molesta que no le haya dicho nada de la boda. Siempre ha tenido con Kevin una relación muy especial y desde que se fue a Irak, se ha volcado completamente con él. Le envía libros, galletas, DVDs y cualquier cosa que piense que les puede venir bien a él o a sus amigos. Y me temo que, sin darse cuenta, Kevin acaba de destrozar ese vínculo.

—Sí, me temo que estoy de acuerdo contigo —contestó Bree—.

Pero espero que Kevin se dé cuenta y sea capaz de enmendar su error. Sería terrible que todo esto abriera una brecha entre ellos.

—Yo me aseguraré de que no pase nada —dijo Abby, comenzando ya a cruzar el jardín.

Pero no había ido muy lejos cuando llegó Jess corriendo y alzó su copa de champán.

—Quiero hacer un brindis por mi hermano mayor y por su novia. Georgia, es posible que no hayas podido celebrar la boda de tus sueños, pero te prometo que tu luna de miel será más tradicional. Mientras estés aquí, podéis alojaros en la suite nupcial de la posada. Ese será mi regalo de boda para ti y para Kevin, además de todos mis buenos deseos. Espero que seáis muy felices juntos.

Abby regresó al lado de Bree.

—Casi ha parecido sincera.

Bree frunció el ceño.

—¿Cómo que casi? A mí me ha sonado muy convincente.

—Demasiado convincente —replicó Abby—. No me sorprendería que estuviera pensando en ir corriendo a la posada y llenar de pasta dentífrica la almohada o hacerle la petaca en la cama.

Bree la miró sobresaltada.

—No sería capaz —protestó. Y añadió, mucho menos convencida—. ¿O sí?

—Nuestra hermana es impredecible, sobre todo cuando está nerviosa —le recordó Abby.

—¿Crees que debería advertir a Kevin?

Abby sonrió de oreja a oreja.

—Por supuesto que no. De hecho, creo que deberíamos ayudarla a preparar alguna que otra broma.

—Eres peor que Jess —la regañó Bree.

—No me digas que no quieres vengarte de Kevin por habernos engañado a todos con lo de la boda —la acusó Abby.

—Yo soy mucho más madura —dijo Bree, y se echó a reír—. Pero quiero estar allí para ver las sorpresas que Jess le tiene preparadas.

Abby pareció de pronto vagamente culpable.

—A lo mejor deberíamos avisar a Georgia. Es nueva en la familia y, al fin y al cabo, las mujeres deberíamos hacer causa común.

—Mira, si una decide casarse con un hombre como Kevin, tiene que saber a qué atenerse —respondió Jess, que llegó a su lado a tiempo de oír lo que estaban diciendo.

—Eres terrible —la regañó Bree.

Jess esbozó una sonrisa traviesa.

—Sí, lo reconozco. He enviado a Connor a la posada y creo que ha convencido a Trace para que le ayude a organizar algo.

Las tres hermanas se echaron a reír y a la mente de Bree acudió la imagen de Jake. No podía evitar preguntarse cómo habrían reaccionado sus hermanos si Jake y ella hubieran decidido casarse seis años atrás. Todo el mundo en la familia conocía a Jake, le respetaba e incluso les gustaba, como había pasado con Trace.

De pronto, sintió una inmensa nostalgia al pensar en todo lo que podía haber sido. Y en todo lo que quería que volviera a ser. En cuanto aquel pensamiento la asaltó, esperó las dudas que casi siempre le seguían, pero no llegaron. En cambio, lo que sintió fue una absoluta certeza: se había vuelto a enamorar de Jake. Desgraciadamente, era muy posible que ya no tuviera ninguna oportunidad con él.

—Voy a dar un paseo —anunció.

Quería alejarse de allí antes de empezar a llorar y hacer el ridículo. A lo mejor nadie le daba ninguna importancia, porque eran muchas las personas que terminaban llorando en una boda, pero no quería arriesgarse.

Abby estaba ya mirándola preocupada.

—¿Estás bien? —le preguntó.

—Sí, claro que estoy bien —contestó Bree, forzando una sonrisa—. Solamente necesito tomar un poco el aire.

—Vamos a dar una vuelta —propuso Jess, claramente preocupada por su comentario.

—Voy a acercarme a la playa.

—Para alejarte de nosotros —añadió Abby.
—Exactamente.

Pero mientras se alejaba, sabía que tanto Jess como Abby tenían la mirada fija en ella y todavía estaban preguntándose a qué se debía aquel repentino cambio de humor. Y no estaba muy segura de qué les habría contestado en el caso de que le hubieran preguntado.

A Jake le llegó la noticia de la boda de Kevin O'Brien el domingo por la mañana en la iglesia. Todo el pueblo hablaba de que había regresado de Irak con una mujer. Eran muchos los que especulaban sobre los posibles motivos de una boda tan precipitada, y nada más y nada menos que en el aeropuerto. Todos aquellos chismes le hicieron agradecer, por primera vez, que Bree y él no se hubieran casado precipitadamente. ¿Qué pareja necesitaba empezar una nueva vida con todo un pueblo hablando de ellos? Y no podía por menos que compadecer a Kevin.

Se dijo a sí mismo que esa era la razón por la que el domingo por la tarde había decidido conducir a casa de los O'Brien. Durante mucho tiempo, había estado tan unido a Kevin y a Connor como si fueran sus propios hermanos. Mack y Will también tenían una relación muy estrecha con ellos. Jugaban al béisbol juntos y compartían muchas tardes entregados a la pereza en la playa. Los hermanos O'Brien le incluían en todas sus actividades por su relación con Bree. Jake quería demostrarle a Kevin que por lo menos había una persona en el pueblo a la que no le importaban los motivos por los que se había casado, siempre y cuando fuera feliz.

Tal como esperaba, encontró a Trace, a Kevin y a Connor jugando al fútbol frente a la casa. Jake interceptó un pase a Kevin antes de que su amigo se diera cuenta de que andaba por allí.

—Eh, ¿de dónde sales? —preguntó Kevin con una sonrisa de oreja a oreja. Le palmeó la espalda y le tiró el balón a Connor—. Me alegro de verte.

—Por lo que se cuenta en el pueblo, tengo que felicitarte —dijo Jake mientras se alejaban de Connor y de Trace—. He venido a ofrecerle mi compasión a la mujer que ha tenido la desgracia de casarse contigo. ¿Dónde está?

—Con Abby, Bree y Jess, en la playa —contestó Kevin—. Están explicándole cómo puede manejarme.

Jake le miró aparentemente consternado.

—¿Y tú lo permites?

Kevin sonrió, pero se puso serio casi inmediatamente.

—¿Cómo te van a ti las cosas con mi hermana, ahora que ha vuelto al pueblo?

—No van mal.

Kevin le miró con dureza.

—Algo me dice que no es tan fácil como dices.

—No voy a mentirte. A veces es un infierno —le confirmó Jake—, pero ya está bien de hablar de mí —señaló a Connor y a Trace y dijo en voz alta—. Creo que deberíamos acercarnos a la playa e interrumpir esa conversación, ¿qué os parece?

—Yo digo que sí —contestó Kevin.

—Porque no es capaz de aguantar más de diez minutos sin mirar a su mujer —se burló Connor mientras se acercaba a ellos.

Kevin ni siquiera intentó negarlo.

—Tú espera, hermanito. Cualquier día de estos aparecerá una mujer que te hará olvidarte de todos esos códigos que estudias. Jake ya sabe a lo que me refiero, ¿verdad, Jake? Y tú también, ¿no, Trace?

Trace suspiró pesadamente y asintió.

—Claro que lo sé.

—Yo también —afirmó Jake.

De hecho, la mujer que le había hecho perder la cabeza estaba en aquel momento con la esposa de Kevin. Y él era incapaz de evitar sentir una creciente anticipación al saber que iba a estar con ella.

***

Mick no había sentido una satisfacción como aquella desde hacía años. Era un maravilloso día de otoño, la brisa era fresca y el sol brillaba. Pero lo mejor de todo era que estaba rodeado de su familia al completo. Se volvió hacia Megan.

—¿Crees que hay algo en este mundo que pueda compararse a esto? —le preguntó, atento al partido de rugby que se había improvisado en el jardín. Hasta Carrie y Caitlyn correteaban entre los adultos. De hecho, con un poco de ayuda por parte de Kevin, Carrie incluso había marcado un tanto.

—No —contestó Megan con los ojos llenos de lágrimas.

—Eh, Meggie, ¿estás llorando?

Megan asintió.

—Creo que estoy a punto de llorar —dijo con voz atragantada—. Jamás pensé que podría volver a vivir un día como este —se volvió hacia él—. Gracias, Mick.

—¿Por qué me das las gracias?

—Por haberme convencido de que viniera. No sabes cuánto habría lamentado perderme todo esto. No sé cómo me hubiera sentido si hubiera perdido la oportunidad de ver a Kevin y de conocer a su esposa.

—Eso no habría podido ocurrir. Si mi capacidad de persuasión me hubiera fallado, te habría confesado la verdad. Y en cuanto hubieras sabido que Kevin iba a estar en casa, te habrías decidido a venir.

—Me encantaría haber estado en la boda —dijo con tristeza—. Sobre todo, me habría gustado que él hubiera querido verme allí.

Mick tomó su mano y se la estrechó con cariño.

—Lo sé, pero no me atreví a sugerírselo. Hacía mucho tiempo que no hablabas con él.

Megan suspiró.

—Sí, lo sé, y la culpa es mía.

—Sufrió un terrible desencanto con lo que pasó, Meggie. Estaba en una edad muy difícil cuando todo el pueblo comenzó a hablar de que te había visto con otro hombre. Y después te marchaste.

—Así que se puso de tu parte —dijo Megan—. No, no puedo culparle por ello. A lo mejor, si hubiera manejado las cosas de forma diferente, si hubiera continuado intentando salvar nuestra relación y me hubiera comportado como una verdadera madre...

Mick percibía el dolor que reflejaba su voz y deseaba poder hacer algo para ayudarla. La verdad era que los dos eran culpables de lo ocurrido. Megan tenía que intentar recuperar la relación perdida con cada uno de sus hijos, pero él podía ayudarla. Había sido un padre ausente, pero había tenido más tiempo que Megan de forjar una relación con sus hijos después de aquel doloroso divorcio. Después de todas las visitas de Megan, su madre le informaba de lo mal que habían ido las cosas. Y a pesar de lo enfadado que estaba entonces con ella, no podía por menos que compadecerla.

—Estoy seguro de que Kevin te ha perdonado —le aseguró—. ¿No viste cómo le cambió la cara al verte?

—Fue por la sorpresa —contestó—. Y no sé si has notado que hoy ha estado guardando en todo momento las distancias.

—Estas cosas llevan su tiempo, Meggie. No se puede borrar el pasado de un día para otro.

Megan le miró con ironía.

—Me alegro de que seas consciente de ello.

—Sé que los dos tenemos muchas cosas que perdonar y que olvidar —admitió Mick—, pero creo que estamos haciendo progresos, ¿no te parece?

Megan vaciló un instante y entrelazó después los dedos con los suyos.

—Eso espero, Mick.

—Eh, papá, te estás perdiendo la diversión —le llamó Connor—. ¿Eres demasiado viejo para jugar?

Megan sonrió.

—Oh, oh. Me parece que eso es un desafío.

Mick se levantó.

—Y yo no estoy dispuesto a permitir que un jovenzuelo se salga de rositas después de hacerme sentir como un anciano inútil.

—Intenta no romperte nada —le recomendó Megan, mientras

Mick bajaba los escalones fingiendo que cojeaba, en un intento de ganarse la compasión de sus hijos.

Hizo una gran actuación hasta llegar al jardín.

–Ven aquí, Caitlyn. ¿Quieres que seamos un equipo?

Su nieta le dirigió una sonrisa radiante. Una de las trenzas se le había soltado y tenía las mejillas sonrojadas. Alzó los brazos y Mick la levantó y le susurró algo al oído. La niña se echó a reír.

–De acuerdo, abuelo. Vamos a hacerlo –dijo con entusiasmo.

Chocó la mano con la de su abuelo antes de que la dejara de nuevo en el suelo. Cuando les pasaron el balón, lo agarró y se lo tendió a su nieta.

–Para ti, cariño –le dijo.

Caitlyn se hizo cargo del balón y miró a su abuelo desconcertada.

–¿Hacia dónde?

Pero antes de que Mick pudiera contestar, su hermana agarró el balón, salió corriendo y comenzó a dar saltos de alegría.

–¡Hemos ganado! ¡Hemos ganado!

Mick frunció exageradamente el ceño.

–¿Qué quieres decir con que habéis ganado? ¡Este era mi primer juego!

–Y has perdido, abuelo.

Mick miró a su alrededor con falsa indignación.

–¿Pero cómo sois capaces de hacerle una cosa así a vuestro propio padre?

Connor le palmeó la espalda.

–No te lo tomes tan a pecho. Ahora vamos a tomar una cerveza, así llevarás un poco mejor la derrota.

–Supongo que no te habrás olvidado de quién va a tener que empezar a preparar la carne de aquí a un rato. ¿De verdad quieres ofender al cocinero?

–En realidad, soy yo el que se va a hacer cargo de la barbacoa –le informó Connor–. La última vez que te acercaste a la barbacoa terminaste quemando las hamburguesas. Fue terrible.

–Qué manera de hablarle a un hombre en su propia casa –gruñó Mick, y regresó al porche–. ¿Has visto cómo me tratan esos desagradecidos? –le preguntó a Megan.

–Pero si te adoran –respondió Megan con un deje de tristeza–. Sin embargo, salvo Abby, conmigo continúan guardando cierta distancia. Daría cualquier cosa por que fueran capaces de bromear de esa forma conmigo.

–Dales tiempo –contestó Mick. Advirtió entonces que Bree se alejaba de sus hermanos y le dio un codazo a Megan–. ¿Has visto eso?

–¿El qué?

–Bree ha vuelto a apartarse del grupo.

–Lo que he visto es que parece incapaz de apartar la mirada de Jake –respondió Megan.

Mick frunció el ceño.

–¿Y qué está haciendo aquí Jake?

–Abby me ha dicho que ha venido a felicitar a Kevin y que Kevin le ha invitado a quedarse.

–Pues si se queda, le va a arruinar la comida a Bree. Voy a decirle que se vaya –dijo Mick, y comenzó a levantarse de la silla.

–¡No! –exclamó Megan inmediatamente–. Son adultos, Mick, son ellos los que tienen que solucionar sus problemas.

–Pero Bree está en su casa y no sé por qué va a tener que sentirse incómoda en su propia casa.

–Porque también es la casa de Kevin y Kevin ha invitado a su amigo a quedarse.

Mientras hablaban, Mick observó que Jake cruzaba el jardín para acercarse a Bree y se sentaba a su lado. La expresión apagada de Bree cambió y a sus labios asomó una sonrisa. Después de una larga conversación, Jake la agarró de la mano y la llevó a reunirse con los otros.

–¿Ves lo que quiero decir? –dijo Megan satisfecha–. Ya te he dicho yo que lo arreglarían.

–Por lo menos tengo que concederle el mérito de haber sido capaz de darse cuenta de que había un problema –reconoció Mick a regañadientes.

Megan se echó a reír.

—Algo me dice que, en lo que se refiere a Bree, a Jake no se le pasan muchas cosas por alto.

—Y si están tan enamorados, ¿por qué no siguen adelante? —preguntó Mick con impaciencia—. Ya son mayorcitos y tengo ganas de tener más nietos.

Megan suspiró ante aquella pregunta.

—Me encantaría saberlo, pero no creo que sea una buena idea sugerirles que quieres que estén juntos para que te den nietos.

—Sí, supongo que tienes razón —admitió Mick. La miró esperanzado—. ¿Y si dejo caer alguna insinuación?

Megan le miró con dureza.

—¡Ni se te ocurra! Tú tienes la sutilidad de una apisonadora.

—Entonces hazlo tú —sugirió.

—Ninguno de nosotros va a hacer nada —respondió Megan con firmeza—. Yo no tengo derecho a hacerlo y tú no tienes suficiente tacto.

—¡Cómo que no!

—Lo sigo en serio, Mick. Mantente al margen de esto.

Mick sabía que tenía razón, pero le dolía pensar que su hija estaba sufriendo cuando tenía la felicidad a su alcance.

Capítulo 17

Bree no imaginaba que Jake se acercaría a darle a Kevin la bienvenida y a felicitarle por su matrimonio, pero no le sorprendió que, una vez había aparecido por allí, Kevin insistiera en que se quedara. Y ver lo bien que encajaba Jake en su familia despertaba en ella demasiados anhelos. Así habría sido su vida si las cosas hubieran ido de forma diferente. Jake habría formado parte de la familia O'Brien. Su hijo, si hubiera vivido, habría sido el primer nieto; habría nacido antes que las gemelas de Abby. La nostalgia y el arrepentimiento del día anterior regresaron con todas sus fuerzas, junto al deseo de un futuro que parecía estar fuera de su alcance.

Durante la mayor parte del día, intentó mantenerse a una prudente distancia, consciente de que a ningún miembro de la familia le extrañaría que se mostrara reservada. Siempre se había sentido más a gusto observando que participando. Con lo que no había contado era con que Jake pudiera sentirse culpable de su actitud.

Cuando le vio cruzar el jardín en su dirección, tuvo que dominar las ganas de salir disparada hacia la playa. En cualquier caso, sabía que lo único que conseguiría sería que la siguiera.

—¿Qué estás haciendo aquí sola? —preguntó Jake mientras se sentaba a su lado, de cara al mar.

—Disfrutar del momento. Quién sabe cuándo podremos volver a estar juntos.

Jake la miró con el ceño fruncido.

–¿Estás preocupada por Kevin?

–Claro que estoy preocupada por Kevin. Está trabajando en un lugar peligroso.

–Está preparado para hacerlo –le recordó Jake–, y ahora que tiene una esposa de la que preocuparse seguro que tendrá más cuidado.

–Ya lo sé, pero eso no evita que me preocupe.

–Entonces, ¿no deberías pasar más tiempo con él? ¿Te mantienes al margen por mi culpa?

–No –contestó inmediatamente, pero después le miró y suspiró–. Sí.

–Si quieres que me vaya, me iré –le ofreció.

–Ese es precisamente el problema. Sé que te irías, pero no quiero que te vayas. Me gusta demasiado tenerte aquí, sobre todo teniendo en cuenta cómo están las cosas entre nosotros. No puedo dejar de pensar en cómo podrían haber sido nuestras vidas si yo hubiera tomado otras decisiones.

–Hiciste lo que pensabas que tenías que hacer –reconoció Jake a regañadientes–. Fue doloroso, por supuesto, pero yo habría podido superar tu marcha si hubieras querido hacerme partícipe de tu nueva vida. Sin embargo, cuando iba a verte, me sentía como un intruso –se encogió de hombros–. Y después, apareció Marty.

A Bree le devoraba la culpabilidad al recordar el día que Jake la había encontrado con él.

–Lo siento mucho. No quería que te enteraras de esa manera. De hecho, hasta que no vi tu expresión, creo que ni siquiera fui consciente de hasta qué punto me gustaba Marty –miró a Jake–. Pero todavía no había pasado nada entre nosotros.

Jake la miró con expresión escéptica.

–No era eso lo que parecía –respondió con amargura.

–¿No vas a ser capaz de olvidar nunca el pasado? –le preguntó Bree, intentando evitar la nostalgia en su voz.

Jake la miró con expresión distante.

–He estado pensando en ello, sobre todo hoy. Es posible que tengas razón.

Bree fingió una sorpresa infinita.

—¿De verdad crees que puedo tener razón en algo? —preguntó con fingida estupefacción.

—Muy graciosa. Lo único que quería decir era que quizá deberíamos intentar ser amigos, y la única forma de hacerlo es pasar un rato juntos de vez en cuando, como lo estamos haciendo hoy.

Bree se echó a reír al oírle.

—Tú y yo no estamos pasando un rato juntos, solo estamos compartiendo el mismo espacio. Esta es la primera vez que hablamos.

Jake se levantó y le tendió la mano.

—Entonces, siéntate conmigo durante la cena. Así tendremos una verdadera conversación. A lo mejor incluso somos capaces de compartir unas cuantas carcajadas. Será como en los viejos tiempos.

Aquella sugerencia bastó para hacerle reír.

—¿De verdad crees que vamos a poder tener una conversación íntima rodeados de toda mi familia?

—¿Por qué no? Antes lo hacíamos. De hecho, pasábamos así muchos domingos.

—En aquella época, no nos prestaban mucha atención porque estábamos juntos constantemente. Pero puedo asegurarte que si hoy intentamos hacer algo parecido, todos los adultos que están ahora mismo aquí reunidos encontrarán una excusa para venir con nosotros.

—En ese caso, nos fundiremos con la multitud. Vamos. Sea como sea, será un principio.

A pesar de sus reservas, Bree se levantó y aceptó su mano. Ella quería empezar de nuevo y Jake le estaba dando la oportunidad de hacerlo, ¿cómo iba a rechazarle?

—De acuerdo, pero no digas que no te lo he advertido.

Estaban a medio camino cuando Bree alzó la mirada hacia él y le preguntó en voz baja:

—¿Quieres que apostemos a ver quién es el primero en acercarse a ver lo que está pasando entre nosotros?

Jake sonrió de oreja a oreja.

–La respuesta es muy fácil. Apuesto a que será tu padre.

–Qué va –respondió ella–. Yo estoy segura de que será Abby.

–¿Y qué nos apostamos?

Bree le miró a los ojos.

–Una cena –contestó inmediatamente.

Aquella era la primera oportunidad que tenía de comenzar a reconstruir su relación con Jake y no iba a desaprovecharla.

Jake tomó aire, como si no fuera capaz de pensar.

–¿Una cena? –repitió–. ¿Tú y yo solos?

Bree asintió.

–¿Estás dispuesto?

–¿El que gane elige el día y el lugar y el que pierda paga?

–Exactamente.

Jake se lo pensó un instante y la miró al final a los ojos.

–De acuerdo, en ese caso, adelante.

Dos minutos después, cuando Abby se acercó a ellos, Bree le dirigió a Jake una mirada triunfal.

–En el Brady's el martes por la noche –dijo inmediatamente.

Jake parecía un poco asustado, pero al final asintió.

–Hecho –dijo–. Voy a por una cerveza, ¿quieres algo?

–Un refresco.

–¿Y tú, Abby? ¿Quieres que te traiga algo?

–No, gracias. Se supone que Trace tiene que traerme un trozo de tarta de coco, pero algo me dice que las gemelas están en la cocina peleándose por chupar el cucharón del helado.

En cuanto Jake se alejó de allí, Abby miró a Bree con curiosidad.

–Vamos, suéltalo, ¿de qué estabais hablando?

–Ya lo has oído. El martes por la noche tenemos una cita.

–Pero algo me dice que mi llegada ha tenido algo que ver con eso.

Bree asintió sonriente.

–Sí, y me gustaría agradecértelo.

–¿Por qué?

–Hemos hecho una apuesta para ver quién sería el primer entrometido que vendría a ver lo que está pasando entre nosotros. Él ha dicho que papá y yo he votado por ti.

Abby se la quedó mirando de hito en hito, pero al final soltó una carcajada.

–¿Pero no sabe que tú siempre apuestas sobre seguro?

–Por lo visto, no –respondió Bree–. ¿Has visto la mirada de puro terror que ha puesto cuando se ha dado cuenta de que le iba a tocar pagar a él?

Abby se echó a reír, pero después se interrumpió.

–Espera un momento, ¿qué habría pasado si se hubiera acercado papá?

–Lo mismo, pero me habría tocado pagar a mí.

–Mmm. Creo que Jake sabía exactamente lo que estaba haciendo. ¿No lo entiendes?

–¿A qué te refieres?

–Estaba buscando una excusa para salir contigo sin tener que ponerse en la posición de pedírtelo.

–¿Lo dices en serio?

–Sí, por lo menos, eso es lo que creo. Mira, ya vuelve. Será mejor que me vaya. Creo que está cambiando la marea, hermanita, así que prepárate para dejarte llevar.

Bree estaba más que dispuesta a hacerlo. Lo único que esperaba era no ahogarse en el proceso.

Jake había quedado con Bree en el Brady's. Aquel restaurante situado junto al mar tenía un ambiente más acogedor que cualquier otro de Chesapeake Shores y en otra época había sido el restaurante favorito de la pareja. De modo que Jake no podía evitar preguntarse si Bree lo habría elegido porque era el mejor restaurante del pueblo o por los recuerdos que aquel lugar evocaba en ella.

Estaba ya sentada a la mesa cuando Jake llegó. Se había puesto un jersey de color azul que realzaba el color de sus ojos, por no hablar de sus curvas. Jake estaba tan concentrado en su aspecto que no se fijó en el fajo de hojas que le había dejado encima de la mesa.

—¿Qué es eso?

—Mi manuscrito; dijiste que querías leerlo.

Jake tuvo que hacer un enorme esfuerzo para disimular una sonrisa.

—Así que lo has traído a nuestra cita. ¿Tenías miedo de que no supiéramos de qué hablar?

Bree también sonrió.

—Claro que no, pero uno nunca sabe cómo pueden ir las cosas. La primera cita siempre es difícil.

—No creo que podamos decir que esta sea nuestra primera cita.

—Pero yo me siento como si lo fuera.

Jake entendía perfectamente lo que quería decir. Él había estado nervioso durante todo el día, pensando en aquella noche. Intentando ganar tiempo, guardó el manuscrito en el sobre que Bree había dejado sobre la mesa y dejó el paquete en el suelo.

—Creo que seremos capaces de hablar durante un par de horas —dijo por fin—. Empezaremos con tu hermano, ¿qué te ha parecido la noticia de su boda? ¿Y te gusta Georgia?

—Sí, me gusta —contestó Bree—. Y mi hermano está loco por ella, que es lo único que realmente importa.

—¿Tú crees? —preguntó Jake.

No intentó siquiera disimular su escepticismo sobre una boda tan precipitada. Sabía mejor que nadie lo difícil que era llegar a conocer lo suficientemente bien a una persona como para que pudiera funcionar una relación.

—Solo se conocen desde hace unos meses.

—Pero están en un entorno en el que todo se vive con mucha intensidad —respondió Bree—. Supongo que allí se sobredimensiona cualquier sentimiento y que hay una gran necesidad de vivir el presente.

—Un motivo más para esperar a volver a tu hogar para ver si esos sentimientos son estables —contestó.

Bree le miró con atención.

—Dices todo esto por lo que pasó entre nosotros, ¿verdad? No crees que el amor pueda durar ni siquiera en las mejores condiciones.

—No, no lo creo —admitió Jake.

Bree le miró entonces con tristeza.

—Jake, no puedes pasarte la vida con esa actitud tan cínica. ¿Cómo vas a encontrar la felicidad si no estás abierto a la posibilidad de encontrarla?

—Soy un hombre suficientemente feliz. Mi negocio mejora día a día y me obliga a dedicarle gran parte de mi tiempo. Tengo una familia y unos buenos amigos, ¿qué más puedo necesitar?

—Amor —sugirió Bree con voz queda.

—Ya he pasado por eso, y no salió nada bien.

—Pero eso fue culpa mía, no tuya —le miró muy seria—. Échame todas las culpas que quieras, pero no rechaces al resto de las mujeres del mundo. Estoy segura de que en estos seis años has tenido que conocer a alguna mujer maravillosa.

—No pienso hablar de mi vida sentimental —replicó él, no queriendo admitir lo lamentable que había sido su vida sentimental desde que ella se había ido.

—Los amigos se cuentan ese tipo de cosas —le contradijo.

Jake consideró la posibilidad de mencionar a Marty para ver cuál era la reacción de Bree. El problema era que no quería saber absolutamente nada de ese hombre. Si querían iniciar una nueva relación, era preferible que dejaran a Martin Demming en el pasado.

De modo que optó por dirigirle una dura mirada, advirtiéndole así que dejara aquel tema, y tomó la carta.

—Creo que voy a cenar cangrejos con mayonesa al horno, ¿te apetecen a ti?

Por un momento, Jake pensó que Bree no estaba dispuesta a darse por vencida, pero al cabo de unos segundos, vio que también ella suspiraba y levantaba la carta.

—La lubina a la parrilla normalmente está muy buena —dijo sin mucho entusiasmo.

—¿Vino? ¿Cerveza?

—Prefiero cerveza.

—¿Y queso azul en la ensalada?

Bree le miró de una manera extraña.

—Tienes buena memoria.

—Para algunas cosas —respondió Jake.

Le hizo un gesto a la camarera, que llevaba trabajando en el Brady's más tiempo del que Jake podía recordar.

—¿Qué queréis que os traiga? —preguntó Kelly—. Espera, seguro que lo adivino. Cangrejos con mayonesa para Jake, y para Bree, lubina al horno. Dos ensaladas aliñadas con queso azul y un par de cervezas.

Bree soltó una carcajada.

—¿Siempre hemos sido tan predecibles?

Kelly asintió.

—Lo único que cambiabais era el entrante. ¿Qué queréis esta noche? Patatas fritas, asadas, ensalada de patatas, ensalada de repollo con zanahoria o judías verdes?

—Patatas asadas —dijo Jake.

—Y yo judías verdes —pidió Bree.

Kelly asintió.

—Ahora mismo os traigo las cervezas. Y me alegro de volver a veros juntos.

Bree esbozó una mueca mientras la camarera se alejaba.

—Me temo que eso es mala señal. Mañana por la mañana todo el mundo estará especulando sobre lo que significa esta cena. «¿Estarán juntos otra vez? ¿Habrá sido una cena de negocios? ¿O solo son un par de viejos amigos contándose su vida?». Debería haber pensado en ello antes de sugerir que viniéramos aquí.

—Hablarían aunque no hubiéramos cenado aquí —contestó Jake—. En Chesapeake Shores adoran los cotilleos.

—¿No te molesta?

—Puedo vivir con ellos —contestó, encogiéndose de hombros—. Tuve que soportar unos cuantos cuando te marchaste.

Bree le miró muy seria.

—Jake, ¿alguien sabe...? ¿Alguna vez se habló de... bueno, ya sabes, del bebé?

Jake se quedó helado al oírle mencionar a su hijo.

—No —contestó precipitadamente—. Y creo que tampoco deberíamos hablar sobre eso.

—¿Pero cómo vamos a poder olvidar el pasado si no hablamos de ello? —preguntó Bree, intentando ser razonable.

—A lo mejor no tenemos que olvidarlo —replicó él—. A lo mejor lo de esta cena no ha sido una buena idea. No hemos sido capaces de hablar ni durante media hora sin que alguno de nosotros saque a relucir el pasado.

—Porque lo que nos pasó es importante. Y es obvio que ignorándolo no hemos conseguido nada.

Jake frunció el ceño al oírla.

—No parecía importarte mucho en aquella época. De hecho, cuando abortaste, casi parecías sentirte aliviada. Estabas deseando marcharte en el primer avión que saliera hacia Chicago.

—Sí, soy consciente de que era eso lo que parecía —reconoció.

—No solo lo parecía, Bree —replicó Jake con calor—. Era así.

Cuando Bree estaba a punto de responder, Jake hizo un gesto con la mano para que cambiara de tema.

—Dejemos el tema antes de que terminemos enzarzándonos en una discusión que realmente dé motivos para hablar en el pueblo.

—¿Ni siquiera vas a darme la oportunidad de explicarme? —suplicó Bree.

—No hay nada que explicar. Perdiste a tu hijo e inmediatamente seguiste con tu vida. No hay manera de malinterpretar lo que pasó.

Para su sorpresa, Bree se levantó bruscamente.

—Si de verdad crees lo que estás diciendo, no hay nada más que hablar. Solo me gustaría que hicieras una cosa por mí: leer lo que he escrito hasta ahora. A lo mejor entonces eres capaz de entender lo que pasó desde mi punto de vista.

Asustado, Jake fijó la mirada en el paquete que había dejado en el suelo.

—Me dijiste que era una obra de ficción. ¿Habla de nosotros? ¿Habla de lo que pasó?

—Es una obra de ficción, pero yo también sentí muchas cosas entonces, Jake. Es posible que no lo creas, pero es así. Y no creo que pudiera escribir con tanta fuerza si no lo hubiera sentido. Hasta ahora no había sido capaz de plasmar todas esas emociones por escrito. Todavía estaban demasiado vivas.

Jake la miró entonces con incredulidad.

—¿Esperas que te compadezca? Conseguiste todo lo que querías. Perdiste a nuestro hijo y te fuiste a Chicago a perseguir tu sueño. Fui yo el que se quedó aquí sin nada.

Bree retrocedió ante la dureza de su tono.

—Lee lo que he escrito, Jake, y volveremos a hablar.

Antes de que Jake pudiera decirle que para él aquel tema estaba definitivamente cerrado, Kelly se acercó con la comida. Al ver que Bree se marchaba, frunció el ceño.

—¿Se va?

Jake asintió.

—Sí, claro que se va. Es lo que hace siempre —dijo con amargura. Le tendió a Kelly unos cuantos billetes—. Supongo que con esto bastará. Lo siento.

Kelly le miró con inmensa compasión.

—Oh, Jake, y yo también. Cuando os he visto juntos, he pensado que... —se le quebró la voz.

Jake se encogió de hombros.

—Las cosas no siempre son lo que parecen.

Y la gente no siempre era como uno necesitaba que fuera, por mucho que uno lo quisiera.

Después de aquella cena frustrada, Jake volvió a evitar el contacto con Bree. Incluso dejó de ir a la Cafetería de Sally al mediodía, aunque Will y Mack no tardaron en abordar el tema.

Estaban una tarde jugando al baloncesto en uno de los campos del instituto cuando Mack le preguntó con naturalidad:

—¿Bree y tú estáis saliendo otra vez?

—No.

—Evidentemente, un acercamiento sutil al tema es una pérdida de tiempo —dijo Will—. ¿Es verdad que estuvisteis juntos en el Brady's la otra noche?

—Sí, es verdad —contestó Jake, y encestó el balón.

No le resultó difícil, puesto que ni Mack ni Will parecían tener ganas de impedirlo. Al parecer, estaban más interesados en entrometerse en asuntos ajenos.

—Supongo que eso explica que no hayas venido a almorzar con nosotros durante toda la semana —concluyó Will—. ¿Solo estás evitando acercarte a la cafetería y a Bree o los límites están en toda la calle Principal?

Jake frunció el ceño ante su sarcasmo.

—Creo que es mejor que me mantenga a distancia, eso es todo.

—De acuerdo, en ese caso, podemos quedar para almorzar en el Brady's o en la pizzería —sugirió Mack.

—No creo que tengáis que cambiar vuestras costumbres por culpa de mis problemas con Bree —replicó él.

—Eh, somos un equipo —respondió Will—. Iremos donde tú vayas —cambió de expresión—. ¿Quieres que hablemos de lo que pasó?

Jake pasó por delante de él y encestó de nuevo. Estaba empezando a disfrutar. Normalmente, sus amigos eran mucho más competitivos. No le estaba viniendo nada mal que estuvieran tan distraídos. Intentaría distraerles siempre con algún tema, aunque preferiblemente, no con su vida amorosa.

—¿Jake? —insistió Will—. Sabes perfectamente que seremos capaces de escucharte sin juzgarte.

—Habla por ti —le dijo Mack—, porque yo pienso decir lo que pienso.

Jake se detuvo en seco y le miró con el ceño fruncido.

—No te metas en esto, Mack, y lo digo en serio.

—¿Pero no sufriste ya bastante cuando te dejó? Por favor, no me digas que vas a dejar que vuelva a marcharse y a dejarte destrozado.

—No estoy destrozado —mintió Jake—. De hecho, hasta hace unos minutos estaba perfectamente. Me estaba divirtiendo jugando al baloncesto con un par de amigos.

Will suspiró con cansancio.

—Muy bien, vamos a jugar —dijo.

Se movió rápidamente para bloquear el siguiente disparo de Jake. Y le dio un codazo en las costillas a su amigo que casi le dejó sin respiración.

—No sé por qué soy tan bocazas —gruñó Jake cuando consiguió respirar de nuevo—. Debería haber dejado que continuarais analizando mi vida amorosa.

Will sonrió de oreja a oreja.

—Tú decides. Siempre estoy dispuesto a indagar en tu psique La encuentro fascinante.

—Voto por que dejemos todo esto de una vez y vayamos a mi casa a tomar un par de cervezas —sugirió Mack—. Estoy agotado.

—¿Después de jugar media hora? —preguntó Jake sorprendido.

—Ayer salió hasta tarde —le explicó Will—. Susie O'Brien le pidió que la llevara a ver un concierto.

Jake sonrió.

—¿Así que ahora le haces de chófer?¿Y te gusta tu trabajo? Por cierto, ¿llevó a algún amigo?

—Vete al infierno —musitó Mack—. Y no, no llevó a ningún amigo.

—¿Tuviste que esperar afuera durante el concierto o te pagó la entrada? —bromeó Jake.

—Nos sentamos juntos, ¿contento?

Jake soltó una carcajada.

—No, pero aparentemente tú tampoco.

—Susie y yo somos amigos —dijo Mack.

—Sí, eso es lo que Bree y yo hemos intentado decirnos últimamente —replicó Jake—. Y no sé a ti, pero a mí no me ha ido muy bien.

Will le miró emocionado ante aquella revelación.

—Por fin estamos llegando a algo —dijo con entusiasmo—. Un par de cervezas y conseguiré haceros hablar a los dos.

—A mí no —respondió Jake—. Yo me voy a mi casa.

—Yo también —dijo Mack—, así que si quieres hacer de psiquiatra esta noche, tendrás que buscar a otros, Will.

—Aguafiestas.

—Eh, tienes un montón de pacientes que te pagan para que les atiendas. Preocúpate de sus problemas —le aconsejó Mack.

Will sonrió de oreja a oreja.

—Pero los vuestros son mucho más divertidos.

—Buenas noches, Will —dijo Jake, y se alejó, dejándole en medio del campo.

—¡Hasta mañana! —gritó Mack—. Nos veremos en la pizzería. ¿Os parece bien?

—Sí, a mí sí —dijo Jake.

Will suspiró pesadamente.

—Hasta mañana, entonces —de pronto, se iluminó su expresión y apareció un brillo peligroso en su mirada—. A lo mejor les comento lo del almuerzo a Bree y a Susie.

Mack y Jake se volvieron bruscamente hacia él.

—No tiene ninguna gracia —dijo Mack.

—Ni se te ocurra —añadió Jake para asegurarse.

Will no pareció dejarse impresionar.

—Enfrentaros a vuestros problemas es mucho más saludable que fingir que no existen.

—¿Y cómo se supone que vamos a fingir que no existen cuando estás sacándolos a relucir a cada momento? —preguntó Jake.

—Lo que es evidente es que sacar el tema de Bree y de Susie os afecta mucho a los dos —insistió Will.

—¡Te juro que si no cierras la boca, voy a empezar a prepararme sándwiches de mermelada y mantequilla de cacahuete para llevármelos a la oficina! —le amenazó Jake.

—Evitación —comentó Will, como si comprendiera perfectamente lo que le pasaba a su amigo—. Muy revelador.

Jake podría haberle dicho lo que podía hacer con su opinión, pero había unos adolescentes jugando en el campo de al lado y él siempre había creído que debía convertirse en un ejemplo para la siguiente generación.

De modo que se marchó, seguido muy de cerca por Mack.

—No se atreverá a invitar a Bree y a Susie, ¿verdad?

—Como se le ocurra hacer una cosa así, le mato. Así de sencillo —contestó Jake sombrío.

Y no estaba muy seguro de que no lo estuviera diciendo en serio.

Cuando Bree cerró la puerta al mediodía y se acercó a la pizzería de la esquina a pedir una porción de pizza y una ensalada, no esperaba encontrarse a Jake, a Will y a Mack allí. Will fue el primero en verla y se puso blanco como el papel cuando ella le saludó con la mano. Bree comenzó a caminar en su dirección, pero Will parecía estar indicándole con un gesto frenético que se alejara. Bree se encogió entonces de hombros y se acercó al mostrador. Gary Gentry, un adolescente de dieciocho años, ya tenía preparado su almuerzo para cuando llegó hasta él y se sonrojó violentamente al saludarla.

—Hola, señorita O'Brien —dijo.

—Hola, Gary —contestó ella, intentando no demostrar la gracia que le hacía la torpeza de aquel adolescente que parecía haberse enamorado de ella en solo unas semanas—. ¿Cómo estás?

Aquella pregunta le hizo sonrojarse todavía más.

—Bien, supongo —contestó sin mirarla a los ojos—. Son seis treinta, como siempre.

Justo en ese momento, Bree oyó arrastrarse una silla y se volvió a tiempo de ver a Jake cerniéndose sobre Will.

—Al final lo has hecho, ¿verdad? —señaló hacia Bree—. Le has dicho que íbamos a venir aquí a pesar de que te dejé muy claro que no quería que lo hicieras. ¡Menudo amigo!

Mack no se movió pero estaba casi tan pálido como Will.

—Supongo que la siguiente en aparecer será Susie —comentó, aunque menos furioso que Jake.

En el instante en el que Gary se dio cuenta de que Bree era

el motivo del enfado de Jake, pareció a punto de salir del mostrador para protegerla. Pero Jake no tenía ningún interés en Bree. Toda su furia iba dirigida a Will.

Will intentó decirle a Jake que se equivocaba, pero sus protestas cayeron en oídos sordos. Jake agarró su pizza y su refresco y se dirigió hacia la puerta teniendo mucho cuidado de no acercarse a Bree. A pesar de su enfado, se detuvo en la puerta para dejar entrar a dos mujeres de mediana edad.

Con expresión de inmensa culpabilidad, Will se levantó y cruzó la pizzería para acercarse a Bree, que todavía estaba paralizada frente al mostrador.

—Lo siento mucho. Ayer bromeé diciéndole que iba a invitarte a venir para que solucionarais vuestros problemas y cuando te ha visto, ha pensado que te había llamado.

La explicación no era en absoluto tranquilizadora. Bree suspiró.

—Esperaba que a estas alturas hubiera... —sacudió la cabeza—. Qué más da. Ahora tengo que volver a la tienda.

—Siento muchísimo haberte puesto en una situación tan violenta —se disculpó Will, caminando tras ella—. Si quieres, puedes sentarte conmigo y con Mack. Y, solo para que lo sepas, tampoco invité a Susie, así que no habrá más problemas.

—Si Jake me viera contigo, eso confirmaría sus peores sospechas, pero gracias de todas formas. No te preocupes, Will. Tú no tienes la culpa de los problemas que tenemos Jake y yo.

—Todavía te quiere, ¿sabes? Por eso se comporta contigo como un estúpido.

Bree agradeció aquel intento de quitar hierro a la situación, pero no le creyó. Estaba cada vez más segura de que todo el amor que en otro tiempo había habido entre ellos estaba muerto y enterrado, por lo menos por parte de Jake. Otro incidente como aquel y quizá también ella comenzaría a cuestionarse lo que últimamente estaba sintiendo por él.

Lo que no comprendía era que Jake siguiera tan enfadado después de haber leído el manuscrito que le había entregado. Bree había desnudado su alma en aquellas páginas, había vertido en ellas toda la tristeza que jamás se había permitido sentir y mucho menos compartir con él. Solo se le ocurría una explicación, y era que ni siquiera lo había leído.

Y eso le decía todo lo que necesitaba saber sobre el poco interés de Jake en darle una oportunidad a su relación.

Capítulo 18

Cuando Bree regresó a la tienda después de aquel terrible encuentro con Jake, encontró a Jess dentro, atendiendo a una clienta. En cuanto la mujer se marchó, Bree miró a su hermana con curiosidad.

–Gracias por abrir la tienda y hacer una venta, ¿pero qué te trae por aquí a esta hora del día? ¿No tienes que ocuparte de tu propio negocio?

–He estado pensando en Kevin y en Georgia –admitió Jess.

Sacó un refresco de la nevera que Mick había instalado detrás del mostrador y se sentó en el taburete que había junto a la caja registradora. Miró preocupada a su hermana.

–¿Crees que nos hemos portado mal con ella?

–No, a no ser que hayas hecho o dicho algo que yo no sepa. ¿Te sientes culpable?

–No, claro que no. Bueno, no desde que les pedí a los chicos que les hicieran la petaca el día de la noche de bodas. Pero he estado tan preocupada por el hecho de que Kevin se haya casado tan de repente que tengo miedo de no haber sido suficientemente amable con ella. A lo mejor deberíamos haberle organizado una fiesta para darle la bienvenida a la familia o algo así.

–¿Te ha dicho algo Kevin al respecto?

–No, pero apenas me habla, así que creo que le ha molestado que no le haya hecho sentirse a Georgia como parte de la familia.

—O a lo mejor se siente culpable por no habernos anunciado su boda —especuló Bree—. Además, ni siquiera nos pidió que fuéramos a la boda con papá. Ya sé que fue una ceremonia sencilla, pero aun así, deberían haber preguntado. Creo que ninguno de nosotros está muy seguro de cómo manejar la situación. En cuanto a lo de la fiesta, a estas alturas es imposible. Pero a lo mejor podemos regalarle algo.

—¿Lencería erótica? —sugirió Jess sin demasiado entusiasmo.

—No creo que sea lo más práctico en Irak —respondió Bree—. Creo que deberíamos aplazar la fiesta hasta que vuelvan definitivamente a los Estados Unidos. Entonces podremos organizar una gran fiesta para ayudarlos a instalarse.

A Jess se le iluminó el semblante.

—Me encanta la idea. Pero Abby, tú y yo deberíamos invitarla un día a comer. A lo mejor incluso podemos empezar a organizar la fiesta con ella.

—Tendrá que ser mañana. Georgia ha podido alargar el permiso un par de días, pero pasado mañana se va.

—¿Por qué no hacemos una comida especial en la posada? Invitaré también a la abuela. ¿Crees que podría sustituirte alguien aquí?

Bree no tenía ni idea. Había estado pensando en buscar a alguien que pudiera ayudarla a tiempo parcial, sobre todo desde que había recuperado las ganas de escribir, pero había estado tan ocupada que no había dado todavía ningún paso. Sin embargo, aquel almuerzo era demasiado importante como para no hacer el esfuerzo de estar allí.

—Ya buscaré la manera —le prometió—. A lo mejor Connie puede tomarse un descanso en el vivero y venir aquí.

Jess abrió los ojos como platos al oírla.

—¿Y cómo crees que se lo va a tomar Jake?

En aquel momento, a Bree le importaba un comino lo que pudiera pensar Jake sobre nada. Si le molestaba, mucho mejor. La escena que le había montado en la pizzería podía no haber tenido excesiva importancia, pero desde luego, había sido completamente innecesaria, de modo que hasta le hacía ilusión hacerle pagar por ella.

—Voy a llamar a Connie ahora mismo —dijo con decisión—, y que sea ella la que se las arregle con su hermano.

—Muy bien. En ese caso, yo me ocuparé de Abby y de la abuela. Si no nos vemos antes, hasta mañana. A las doce en la posada, ¿de acuerdo?

—Perfecto.

En cuanto su hermana salió, Bree marcó el número del vivero de memoria. Afortunadamente, contestó Connie.

—Hola, soy Bree —le dijo—. Tengo que pedirte un gran favor. Pero si no puedes o no quieres hacérmelo, por favor, dime que no sin ningún compromiso.

—Está empezando a intrigarme. ¿Es algo que puede molestar a mi hermano?

A Bree no le sorprendió que lo adivinara sin que ella hubiera dicho una sola palabra.

—Probablemente.

—Genial. Hoy está acabando con mi paciencia, ¿qué necesitas?

Bree le explicó que acababan de decidir organizarle una comida a Georgia.

—¿Crees que podrías sustituirme en la tienda durante la hora de la comida?

—Claro que sí —contestó Connie sin vacilar—. Y para cuando quieras una solución definitiva, puedo hacerte una sugerencia. Jenny está buscando un trabajo para los sábados y para las tardes. El año pasado estuvo trabajando en la tienda de Ethel, así que sabe cómo funciona una caja registradora y se puede confiar plenamente en ella. Y ayer mismo me comentó que si estuvieras buscando a alguien, le encantaría trabajar para ti. Siempre has sido su tía adoptiva favorita.

—¿Crees que es una buena idea que trabaje para mí? —preguntó Bree—. Estoy segura de que a Jake no va a hacerle ninguna gracia.

—Pues lo siento por él —respondió Connie sin vacilar—, porque ahora mismo no es nada fácil encontrar trabajo.

—Estoy segura de que Jake podría encontrarle algo.

—No creo que a Jenny le haga mucha ilusión trabajar para su tío y para mí. No le gusta que le demos órdenes.

—De acuerdo. En ese caso, dile a Jenny que se pase uno de estos días por la floristería al salir del instituto y ya hablaremos –dijo Bree. Aunque ella pretendía contratar a alguien de más edad, sabía que el entusiasmo de Jenny supliría su falta de experiencia–. Y hasta entonces, si mañana puedes ayudarme, te estaría infinitamente agradecida.

—¿A qué hora necesitas que esté allí?

—A las doce menos cuarto –contestó Bree–. Empezaremos a comer a las doce y para la una y media o las dos ya estaré otra vez en la floristería, ¿te parece bien?

—Por supuesto –contestó Connie–. Aquí no tengo que fichar, y aunque tuviera que hacerlo, he hecho tantas horas extras que podría tomarme un mes libre.

Bree vaciló, pero al final, no pudo resistirse a preguntar:

—¿Por qué estás tan enfadada con tu hermano?

—Está de un humor terrible desde que salió a cenar contigo la otra noche. Intenté averiguar lo que pasó y estuvo a punto de arrancarme la cabeza, así que lo único que sé es lo que se comenta por el pueblo.

Bree esbozó una mueca.

—¿Y qué se comenta por el pueblo?

—Que te levantaste de la mesa antes de que os hubieran llevado los platos siquiera. ¿Es verdad?

—Me temo que sí, y yo tampoco tengo muchas ganas de hablar del tema.

—¿Y hoy también os ha pasado algo? ¿Tienes algo que ver con lo enfadado que ha venido después del almuerzo?

—Indirectamente –admitió Bree, y le contó que Jake pensaba que Will la había invitado a almorzar para que pudieran hablar de sus problemas.

—¡No me digas! –exclamó Connie sin poder contener la risa–. Te juro que un día de estos os voy a meter a los dos en la misma habitación y no voy a dejaros salir hasta que entréis en razón.

—Es posible que antes termináramos matándonos —le advirtió Bree—, así que será mejor que lo olvides.

—Eso solo significa que tendré que afinar mi estrategia —dijo Connie, riendo todavía—. Hasta mañana.

Bree deseó poder quitarle importancia al último comentario de Connie, pero sabía que cuando a su amiga se le metía algo en la cabeza, era imposible frenarla. De modo que había muchas posibilidades de que Jake y ella estuvieran condenados a encontrarse.

Jake había estado a punto de rechazar la invitación de su hermana para que fuera a cenar a su casa, pero hacía casi una semana que no veía a su sobrina. Le gustaba que Jenny supiera que podía contar con él si le necesitaba y también quería echarle un vistazo a ese joven casanova con el que todavía salía. Desgraciadamente, tenía la impresión de que en la cena de aquella noche, además de la carne y el puré de patatas, también le iban a servir una buena ración de consejos que no había pedido a nadie. No se le había pasado por alto el brillo de los ojos de su hermana cuando había aceptado la invitación.

Intentó mantenerse fuera de la cocina el mayor tiempo posible, pero era evidente que Jenny tenía ganas de quedarse a solas con Dillon.

—Supongo que tendré que ir a ver qué se propone tu madre —dijo por fin, lo que le valió una mirada agradecida de su sobrina. Se volvió hacia el chico—. ¿Te quedas a cenar?

—No, señor, mi madre me espera en casa —contestó Dillon con el tono exquisitamente educado que empleaba para hablar con Jake desde el desafortunado encuentro que habían tenido en su oficina.

—¿Necesitas que te lleve?

—No, tengo el coche de mi madre. Me saqué el carné de conducir la semana pasada y de momento me deja usar el coche por el pueblo —le explicó con orgullo—. Supongo que un día de estos, si no tengo ningún problema, me dejará salir del pueblo.

—Buena idea —comentó Jake.

Les dejó decidido a no permitir que su sobrina se acercara a ese coche. Aquel muchacho apenas era capaz de concentrarse en los deberes del instituto cuando andaba Jenny cerca, de modo que le provocaba escalofríos pensar en lo que podría pasar si estuviera ella a su lado cuando se pusiera detrás del volante.

—¿Sabes que Dillon se ha sacado el carné de conducir? —le preguntó a su hermana cuando la encontró en la cocina, comprobando cómo estaba el asado.

—Sí, ya lo sé —cerró la puerta del horno—. Jenny no habla de otra cosa desde la semana pasada.

—Supongo que le habrás prohibido montarse en ese coche, ¿no?

—Todavía no he tenido que hacerlo —admitió—. Los padres de Dillon le han dicho que no puede montar a nadie en el coche a no ser que vaya con ellos, y si les desobedece, no volverán a dejarle usar el coche.

—¿Y crees que obedecerá? Porque supongo que también le dijeron que tuviera cuidado con lo que hacía con las chicas y es obvio que ha ignorado esa regla —contestó Jake secamente—. Tienes que vigilar a esos dos, Connie. Lo digo en serio.

—Lo sé, créeme —se lamentó su hermana—. Pero después de lo que pasó en tu oficina, procuro no perderlos de vista cuando sé que están juntos. Tú hablaste con Jenny y yo también, así que espero que hayamos conseguido hacerle entrar en razón.

—Y si no es así, por lo menos espero haber asustado a su chico —contestó Jake sombrío.

Connie sacó una cerveza de la nevera y se la tendió a su hermano.

—Tengo que hablar de otra cosa contigo.

Jake se tensó. Ya estaba. Iba a regañarle por la ridícula escena que le había montado a Bree en la pizzería. Esa misma tarde, Will le había sacado de su error y le había explicado que la aparición de Bree había sido una pura coincidencia.

Miró a su hermana con recelo.

—¿Ah, sí? ¿Y de qué quieres hablarme?

—Mañana necesito un par de horas libres a la hora del almuerzo —anunció.

—Muy bien —respondió lentamente—. Pero ya sabes que nunca me ha importado que te tomes todo el tiempo libre que necesites. ¿Por qué me lo cuentas ahora? —se mostró repentinamente alarmado—. ¿Estás enferma?¿Tienes que ir al médico?¿Quieres que vaya contigo?

Connie posó la mano en su brazo.

—Tranquilízate. Estoy bien. Solo voy a hacerle un favor a una amiga.

Jake la miró entonces con los ojos entrecerrados.

—¿A qué amiga? —preguntó con recelo.

—A Bree.

—¿Vas a dejar de trabajar durante un par de horas para hacerle un favor a Bree? —preguntó con frialdad—. ¿Lo he oído bien?

—Perfectamente —contestó Connie sonriendo—. Y antes de que empieces a despotricar, recuerda que hace dos segundos me has dicho que no te importaba.

—Esto es diferente —gruñó—. Estoy seguro de que Bree sabía que esto no iba a hacerme ninguna gracia. Y tú también, por cierto.

—Déjame ver si lo he entendido: no te molesta que me tome tiempo libre, sino que haya decidido ayudar a Bree.

—Exacto.

—¿Eres consciente de lo ridículo que suena lo que me estás diciendo?

Jake no podía negarlo.

—Traidora —farfulló.

Connie se le quedó mirando de hito en hito.

—¿Me estás acusando de estar siendo desleal?

—Exactamente —contestó Jake con expresión desafiante.

—Entonces, eso es que has vuelto a pelearte con Bree. ¿Se supone que tengo que elegir uno de los dos bandos?

—Sabes perfectamente que hemos vuelto a discutir. Desde

el día que salimos a cenar, no has dejado de hacerme preguntas, y estoy seguro de que Bree te ha contado lo que pasó.

Connie no negó la acusación, pero le preguntó con aire inocente:

—¿Y no me vas a dar ninguna pista sobre la razón por la que os habéis peleado esta vez?

—Siempre discutimos por lo mismo.

—Por la forma en la que ella te abandonó y bla, bla, bla...

Jake la miró con el ceño fruncido.

—¿Te estás burlando de mí?

—Sí, porque estás siendo ridículo. Sé que Bree te hizo daño. Todo el pueblo sabe que Bree te hizo daño. Pero han pasado seis años desde entonces, Jake. Tienes que superarlo. Todavía estás enamorado de ella, así que deja de revolcarte en los malos momentos del pasado e intenta conseguir lo que quieres antes de que vuelvas a perderla otra vez.

—¿Y qué crees que quiero? ¿Que vuelvan a romperme el corazón?

—¿Estás seguro de que fue eso lo que pasó? Porque, tal y como yo lo veo, si ni siquiera lo intentas, terminarás sintiéndote solo y deprimido de todas formas. Si yo estuviera en tu lugar, por lo menos lo intentaría.

—Eres una romántica —la acusó—. Incluso después de lo mal que te trató Sam, continúas creyendo en el amor.

—Sí —se mostró de acuerdo—. Y tú eres un cínico, pero no parece que eso te esté sirviendo de gran ayuda.

Justo en ese momento, entró Jenny en la cocina y les miró asustada.

—¿Por qué estáis discutiendo?

—No estamos discutiendo —respondió Jake.

—Es solo una conversación —confirmó Connie.

—Pues a mí me parecía que os estabais peleando. Dillon se ha marchado asustado, y él no tiene por qué verse envuelto en vuestros dramas.

—Esto no es ningún drama —le aclaró su madre—. Se trata solo de una diferencia de opinión, es algo normal entre hermanos.

—No lo sé —contestó Jenny enfadada—, puesto que no tengo hermanos, y tampoco es probable que vaya a tenerlos.

Jake vio la expresión estupefacta de Connie antes de que los ojos se le llenaron de lágrimas. Él sabía lo mucho que había deseado Connie tener más hijos. De hecho, aquel había sido uno de los motivos de su divorcio. Ella siempre había querido tener una familia numerosa. Sin embargo, Sam había reaccionado muy mal cuando se había quedado embarazada; de hecho, habían empezado a discutir casi desde el momento en el que le había dicho que estaba esperando un hijo. Poco después del nacimiento de Jenny, la había abandonado.

Connie salió de la cocina completamente pálida. Jenny la siguió con mirada asustada.

—¿Qué he dicho? —preguntó desconcertada, y sintiéndose también ligeramente culpable.

—Sabes que tu madre te adora, ¿verdad? —le preguntó Jake con delicadeza, a pesar de lo enfadado que estaba en aquel momento.

—Sí, supongo que sí.

—Y también que es una madre magnífica.

Jenny asintió.

—En ese caso, deberías haber sido capaz de darte cuenta de que ella habría querido tener más hijos, pero que las cosas no le salieron bien.

No iba a decir nada más. Aunque habría estado encantado de poder explicarle a su sobrina la clase de canalla que era su padre, Connie se negaba a decir nada en contra de Sam porque quería evitar que Jenny pensara que la ausencia de su padre podía tener algo que ver con ella. Jake dudaba de que hubiera tenido éxito, puesto que lo único que Sam hacía por su hija era enviarle los cheques a tiempo y felicitarla por su cumpleaños, pero no era a Jake a quien correspondía desilusionarla.

Jenny le miró abatida.

—Dios mío, yo no quería hacerle daño. Lo he dicho sin pensar...

Jake le pasó el brazo por los hombros.

—Lo sé. Pero a lo mejor ahora puedes ir a disculparte.

—¿Y tú? ¿Tú también vas a disculparte? No sé por qué estabais discutiendo, pero parecía una pelea seria.

Jake suspiró.

—Sí, yo también le pediré perdón.

A veces, tener que dar ejemplo era un auténtico fastidio.

—No me puedo creer que estéis haciendo todo esto por mí —dijo Georgia cuando se reunieron a comer en la posada—. La mesa está preciosa.

Bree había enviado flores frescas para la mesa y Jess había sacado su mejor vajilla, e incluso había colocado una tarjeta en cada uno de los platos.

—Tengo muchas ganas de sentirme parte de la familia porque sé lo mucho que eso significa para Kevin. Tenía muchas ganas de conoceros a todas y no sabéis cuánto me alegro de haber podido quedarme aquí unos cuantos días más.

—Nosotras también tenemos muchas ganas de conocerte —dijo Bree—. Sabemos lo mucho que significas para nuestro hermano.

—Me gustaría poder quedarme más tiempo —se lamentó Georgia—. Seguramente, cuando dejemos Irak, nos instalaremos aquí. Sé que eso es lo que quiere Kevin.

—¿Y tú estás de acuerdo? —preguntó Abby—. Tu familia está en Texas, ¿estás segura de que no te gustaría vivir cerca de ellos?

—Mi hogar estará allí donde esté Kevin —respondió Georgia—. Espero que todas sepáis que le adoro. Conocerle ha sido lo mejor que me ha pasado en la vida.

—Es un hombre muy especial —dijo Jess, y sonrió de oreja a oreja—. Pero, por supuesto, también tiene algunos defectos.

—Ni uno solo —le defendió Georgia con lealtad—. Por lo menos, yo no se lo he encontrado.

—¡Y no se os ocurra desilusionar a la chica! —les regañó la abuela.

—Jamás se me ocurriría —contestó Bree, dirigiéndole a Jess una mirada de advertencia.

—Cuando termine vuestra misión y os instaléis definitivamente aquí, os organizaremos una fiesta de bienvenida —dijo Abby—. ¿Cuánto tiempo tendréis que seguir en Irak? ¿Volveréis los dos al mismo tiempo?

—Mi misión... que no sé si sabéis es la segunda, termina dentro de seis meses, así que estoy segura de que volveré para quedarme aquí durante una temporada. Pero después, si todavía seguimos en Irak, quiero prolongar mi estancia durante otros cinco años.

Nell se estremeció al oírla y también Bree se sintió incómoda.

—Pero Kevin no se quedará tanto tiempo, ¿verdad? —preguntó Bree con el corazón en la garganta.

—No hemos hablado de ello, pero supongo que sí —contestó Georgia despreocupada—. Hacemos mucha falta en ese lugar.

Bree miró a sus hermanas y alargó después la mano para estrechar la de su abuela.

—Estoy segura de que lo pensaréis detenidamente antes de tomar la decisión final —dijo.

Y en ese mismo instante, se propuso tener una seria conversación con su hermano antes de que se fuera de Chesapeake Shores. Por supuesto, admiraba aquella dedicación al trabajo, pero pensaba que aceptar otra misión como aquella sería una locura, sobre todo cuando estaba empezando a formar una familia. Pero a lo mejor no estaba confiando suficientemente en él. A lo mejor Kevin conseguía hacerle cambiar de opinión a Georgia y la convencía de que se instalaran definitivamente allí.

A pesar del optimismo de Bree, la revelación de Georgia pareció planear durante toda la comida. Aunque todas intentaban mostrarse animadas, ninguna de ellas lo consiguió del todo. Al final, fue Abby la primera en levantarse.

—Abuela, ¿por qué no os llevo a Georgia y a ti a casa? Tengo que ir a buscar a las niñas.

Nell se levantó inmediatamente.

—Sí, creo que esa copa de champán se me ha subido a la cabeza. Necesito tumbarme un rato.

Georgia se levantó y abrazó a Bree y a Jess.

—Muchas gracias. Me ha encantado poder estar con vosotras.

—Y nosotras nos alegramos de que lo hayas hecho —añadió Bree.

Jess se mantuvo en todo momento en un obstinado silencio y en cuanto desaparecieron por la puerta, se volvió hacia Bree.

—¿No te parece increíble? ¡Quiere que Kevin siga en Irak!

—Kevin es un hombre adulto. Decidirá lo que considere mejor para él.

—¿Tú también quieres que se reenganche?

—Claro que no —respondió Bree con vehemencia—, y pienso decírselo en cuanto tenga oportunidad de hacerlo, pero creo que esperaré a que Georgia no esté aquí. Desde luego, lo último que quiero es sacar un tema que pueda suponer algún problema entre ellos.

Jess asintió con evidente alivio.

—Por un momento, he llegado a pensar que tú también habías perdido el juicio.

—No —contestó Bree sombría, y esperó a que su hermana la mirara a los ojos para añadir—: Pero no podemos forzarle a tomar una decisión, ¿de acuerdo?

—No, pero podemos montar un número si muestra el menor interés en volver a Irak —replicó Jess con fiereza—. Somos muchos más que él. Y estoy segura de que Mick y la abuela estarán de nuestro lado.

Bree arqueó una ceja.

—¿Y sabes lo que hará Kevin si nos confabulamos todos contra él?

Jess suspiró.

—Lo contrario de lo que queremos —admitió Jess.

—En ese caso, tenemos que ser más inteligentes —sugirió Bree—. Hablaré con él para ver lo que piensa y después decidiré —miró a su hermana con pesar—. A lo mejor tenemos que prepararnos para lo peor.

—Supongo que tienes razón. Ya te dije yo que no era una buena idea que Kevin se casara con esa chica.

—Él parece pensar otra cosa —contestó Bree—, no lo olvides.

—Cuando Georgia ha dicho que le gustaría quedarse otra temporada en Irak, me han entrado ganas de empezar a gritar —admitió Jess—. Te juro que he necesitado toda mi fuerza de voluntad para no montar una escena.

—Me alegro de que no lo hayas hecho —dijo Bree secamente.

—No sé, ahora me arrepiento de no haber dicho nada.

Bree le dio un abrazo.

—Creo que lo mejor será que de momento te mantengas lejos de Georgia, ¿de acuerdo? Por el bien de la armonía familiar.

—Pero esta noche hay una cena para despedirla —protestó Jess—, seguro que Kevin se enfada si no aparezco.

—Pero se enfadará más si terminas discutiendo con Georgia.

Jess sonrió.

—Tienes razón.

—Te quiero, Jess. Y ahora tengo que volver al trabajo.

—Espera un momento —le pidió Jess—. ¿Connie te ha contado cómo reaccionó Jake al enterarse de que iba a quedarse en la floristería?

—No hemos podido hablar, pero el hecho de que haya podido venir ya me parece una buena señal.

Y sería mejor señal todavía que Jake no apareciera antes de que cerrara la tienda para acusarla de haberse aprovechado de su hermana o sugerirle que se mantuviera alejada de sus empleados.

Mick sabía que a sus hijas les ocurría algo. Durante la cena, Abby y Bree estuvieron más calladas de lo habitual, Jess ni siquiera apareció y su madre apenas cruzó un par de frases con

Georgia durante toda la velada. Kevin estaba tan pendiente de su mujer que, al menos aparentemente, no se daba cuenta de que allí pasaba algo, pero Mick estaba cada vez más nervioso.

Cuando pensó que ya no era capaz de aguantar ni un minuto más, se las arregló para hablar con Bree a solas.

–¿Qué ha pasado en el almuerzo? Y no se te ocurra decirme que no ha pasado nada porque tengo ojos en la cara. Apenas habéis hablado con Georgia. Ni con nadie, por cierto.

–Lo siento, papá.

–No lo sientas, solo dime qué está pasando aquí.

–Georgia ha comentado que piensa quedarse otros cinco años en Irak si la necesitan allí y quiere que Kevin haga lo mismo.

Mick se la quedó mirando fijamente, como si estuviera intentando asimilar aquella información. Kevin no sentía la vida militar tanto como Georgia. Él solo era un médico que se había sentido obligado a alistarse al ejército para ir a Irak. Lo que en principio iba a ser un período de dos años, ya se había alargado lo suficiente como para demostrar la entrega de su hijo a su país.

–No creo que convenza a Kevin. Él es un hombre de opiniones propias y ya sabéis lo persuasivo que puede llegar a ser. Estoy seguro de que convencerá a Georgia de que vuelva a casa.

–Eso espero –dijo Bree–. Pero adora a su esposa. Si ella está decidida a volver, es muy probable que también lo esté él. Desde luego, no va a dejar que se quede allí sola.

–En ese caso, tendremos que hablar con él. Admiro lo que está haciendo. Está salvando las vidas de muchos hombres y mujeres, pero también tiene una vida aquí y quiero que tenga oportunidad de disfrutarla. Y lo mismo digo de Georgia.

–Eso es lo que todos creemos. Creo que a la abuela tampoco le ha hecho ninguna gracia enterarse de cuáles eran los planes de Georgia y Jess está tan enfadada que le he pedido que no viniera a la cena por miedo a lo que pudiera pasar.

Mick asintió.

–Para decirte la verdad, tampoco estoy seguro de lo que podría llegar a hacer yo si volviera ahí dentro, así que creo que voy a dar un paseo para tranquilizarme. Sabiendo lo cabezota que es tu hermano, no quiero arriesgarme a decir alguna inconveniencia que le haga mantenerse en sus trece solo para contradecirme.

—Me parece muy bien. Y, papá, no saques el tema mientras esté Georgia aquí, ¿de acuerdo? —le pidió, mirándole a los ojos—. Todavía no estamos seguros de lo que piensa Kevin. Cuando se vaya Georgia, hablaré con él y me enteraré de cuáles son sus intenciones.

Mick asintió casi a regañadientes.

—Supongo que tiene sentido. Haré lo que pueda para reservarme mi opinión hasta que sepamos algo —miró a su hija con atención—. ¿Eso es lo único que te preocupa?

—¿Qué quieres decir?

—Me han comentado que últimamente has tenido un par de escenas con Jake. Una en el Brady's. ¿Te encuentras bien?

Bree le miró con fastidio.

—Las noticias corren como la pólvora, ¿verdad? ¿Y no te ha informado nadie del motivo de esas escenas? Jake fue el responsable de una de ellas, y supongo que de la otra tuvimos la culpa los dos.

—Pero es evidente que no estás contenta —advirtió Mick al ver la tristeza que reflejaban sus ojos.

—¿Cómo voy a estar contenta? Le quiero, papá.

Mick pareció sorprendido por aquella admisión, algo lógico, teniendo en cuenta cómo se estaban comportando tanto Jake como ella.

—¿Estás segura? —le preguntó.

Bree asintió con certeza.

—El problema es que lo olvidé durante algún tiempo, cometí todo tipo de errores y ahora ya es demasiado tarde.

—Nunca es demasiado tarde —la consoló Mick—, siempre y cuando los dos estéis en la situación en la que estáis. Míranos a tu madre y a mí. A lo mejor no hemos superado todos los obstáculos todavía, pero por lo menos estamos los dos en el mismo camino y poco a poco, vamos avanzando –la agarró por la barbilla y le guiñó el ojo–. Intenta animarte, ¿de acuerdo?

Bree sintió que cedía parte de la presión que sentía en el pecho. Sí, a lo mejor Mick tenía razón. Quizá no estuviera todo perdido.

Capítulo 19

Jake había alcanzado ya el límite en lo que a Bree se refería. Se la encontraba cada vez que daba media vuelta. Tenía que tratar con ella por culpa de la tienda y, al parecer, también tenía que aceptar que de pronto hubiera retomado la amistad con su hermana. Y la tenía en la cabeza las veinticuatro horas del día. Tenía que hacer algo para que eso cambiara.

Haciendo acopio de valor, al final de la jornada se dirigió a la floristería, esperando encontrarla sola. Sin embargo, cuando cruzó la puerta descubrió a Jenny detrás del mostrador. Y no se veía a Bree por ninguna parte. Aquello le enfadó todavía más.

–¿Qué estás haciendo aquí? –preguntó enfadado.

Su sobrina sonrió radiante.

–Trabajo aquí. Vengo todos los días al salir del instituto y los sábados por la tarde. ¿No te parece increíble? Bree es la mejor jefa del mundo. Y mamá y ella siempre han sido amigas, así que cuando estoy aquí, no me siento como si estuviera trabajando. Bree me trata como si fuera parte de mi familia. Estoy ahorrando todo lo que gano para poder comprarme un coche cuando me saque el carné de conducir.

–Olvídalo, no vas a comprarte ningún coche. Solo tienes diecisiete años y no lo necesitas. En este pueblo puedes ir andando a todas partes.

–La abuela me dijo que tú te compraste un coche a los dieciocho.

—En verano tenía un trabajo que me obligaba a conducir una segadora y una camioneta. Tú puedes venir andando al trabajo.

—No creo que mamá piense lo mismo que tú —dijo confiadamente.

Jake la miró con el ceño fruncido.

—¿Quieres apostar? La cuestión es que no necesitas ahorrar para comprarte un coche ahora. Si te portas bien y sacas buenas notas, te compraré yo un coche cuando llegue el momento —contestó.

Estaba dispuesto a hacer cualquier cosa para que se alejara de Bree. Aquella relación representaba una nueva amenaza. Una a una, podían parecer frágiles, pero todas reunidas eran cada vez más fuertes. Y a pesar de que seguía enfadado con ella, no podía negar que continuaba estando enamorado. Y aquello le enfurecía todavía más.

—Quiero comprarme yo el coche —replicó Jenny, demostrando una madurez que él desconocía.

Como ni la intimidación ni el soborno habían funcionado, Jake decidió probar una nueva estrategia.

—¿Tu madre sabe que estás haciendo esto?

Los ojos de Jenny perdieron parte de su brillo ante la dureza de su tono.

—Por supuesto que sí. Fue ella la que concertó una entrevista con Bree porque yo le había dicho que me encantaría trabajar aquí.

—¿Y dónde está Bree ahora?

—Ha ido a la Cafetería de Sally para comprar un par de cruasanes. Tomamos el té cada tarde, ¿no te parece genial? Ahora mismo estaba preparando el té. ¿Quieres quedarte a tomarlo con nosotras? Compartiré mi cruasán contigo.

Lo último que le apetecía a Jake era quedarse a tomar el té con su sobrina y su ex novia, o lo que quiera que fuera Bree.

—Paso. Pero dile que he venido.

—Quédate a esperarla, no creo que tarde —respondió Jenny.

—No tengo tiempo para esperar.

Jenny le miró como si supiera exactamente lo que le pasaba.

—Así que lo que ha dicho mamá es verdad, ¿no es cierto?
—No sé qué te ha dicho tu madre.
—Que todavía estás enamorado de Bree, pero eres demasiado cabezota para admitirlo. Me acuerdo de cuando estabas loco por ella, ¿sabes? Parecías ablandarte cada vez que estaba ella en la misma habitación. Y todavía te pasa incluso cuando hablas de ella. Lo veo en tus ojos.

Jake maldijo a su hermana en silencio.

—Me temo que nada de eso es asunto tuyo, ni de Connie, por cierto.

—Pero es verdad. Se te ve en la cara.

—Pues yo te aseguro que no estoy enamorado de Bree —insistió—. Es una mujer irritante que, además, no deja de causarme problemas. Por culpa de ella nos hemos convertido en el blanco de los cotilleos del pueblo en más de una ocasión y he venido aquí para acabar con eso de una vez por todas.

Jenny no se mostró ni remotamente convencida. De hecho, le miraba con la misma expresión divertida que adoptaba Connie cuando hablaba de aquel tema.

—No dejes de decirle lo que te he dicho —dijo Jake.

Se volvió hacia la puerta justo en el momento en el que apareció Bree.

Estaba en la puerta, con la bolsa de cruasanes en la mano y una expresión de lo más elocuente. Evidentemente, no le hacía ninguna gracia encontrarle allí porque pensaba que iban a tener una discusión delante de su sobrina. Jake le abrió la puerta y se apartó para dejarle pasar, siendo en todo momento consciente de la embriagadora esencia de Bree cuando pasó por su lado.

—Estaba a punto de marcharme —musitó sin mirarla siquiera.

—Ha venido para hablar contigo —le contradijo Jenny—. Pero no me ha dicho de qué.

—De negocios —respondió Jake precipitadamente—, pero puedo esperar. Llego tarde a otra cita.

Bree le miró con expresión escéptica.

—Si ese asunto era suficientemente importante como para hacerte venir hasta aquí, será mejor que hablemos ahora. El té puede esperar y estoy segura de que sea quien sea la persona a la que tienes que ir a ver, podrá esperar cinco minutos más.

Jake imaginaba que marchándose en ese momento solo demostraría que había ido hasta allí con un objetivo muy diferente, de modo que decidió inventar una excusa.

—Quería hablarte de costes. La gasolina está subiendo tanto que vamos a tener que empezar a cobrar por la entrega de los pedidos. Pero también tienes la posibilidad de ir a buscarlos tú misma.

Sí, aquella opción le gustaba. Probablemente, Bree iría al vivero a las horas en las que él trabajaba fuera, de modo que tendrían menos contacto.

—¿Cuánto? —preguntó Bree.

Por un momento, Jake se la quedó mirando como si no se acordara de lo que había dicho.

—¿Qué?

—El precio, ¿cuánto pensáis subirlo?

Como en realidad se había inventado lo del incremento de los precios, no tenía la menor idea. Y si inventaba una cifra exageradamente alta, podía asustar a otros clientes.

—Diez dólares —dijo al final.

—¿Diez dólares? —repitió Bree con los ojos brillando de diversión—. ¿Y has venido hasta aquí para decirme que vas a sumar diez dólares a mi cuenta?

—Sí.

Bree le miró con absoluta incredulidad y asintió.

—Muy bien. Me parece muy razonable. De hecho, me sorprende que no lo hayas hecho antes.

—Bueno, ahora mismo eres una de nuestras mejores clientes, me preocupaba que eso pudiera significar algún problema.

Bree dejó la bolsa de cruasanes en el mostrador y le miró sin disimular su escepticismo.

—No creo que hayas venido hasta aquí para hablar de eso.

—Yo tampoco —intervino Jenny—. Creo que me voy a dar una vuelta —miró a Bree—. ¿Te parece bien?

Bree asintió.

Jenny pasó por delante de su tío y le dio un beso en la mejilla.

—Mientes fatal —le susurró al oído antes de salir.

Bree le miró entonces con atención.

—¿Qué te ha dicho tu sobrina para que pongas esa cara de culpabilidad?

—Que miento fatal —admitió, resignado a mantener la conversación que le había llevado hasta allí.

Y sería mejor que empezara cuanto antes, porque un segundo más y empezaría a olvidar lo enfadado que estaba con ella.

—Sí, no mientes nada bien —se mostró de acuerdo Bree—. Bueno, ¿qué haces por aquí?

Jake pasó a la trastienda.

—¿Vienes o no? —le preguntó irritado al ver que no le seguía.

—Podemos hablar aquí —dijo.

Se reflejaba un ligero nerviosismo en su voz, como si le asustara quedarse a solas con él en un espacio tan reducido.

—Sí, podemos, pero no sé si quiero arriesgarme a que todo el pueblo nos vea.

Bree pasó entonces a la trastienda, pero guardando las distancias entre ellos.

—No creo que ver a dos personas hablando, aunque seamos nosotros dos, dé lugar a murmuraciones.

Jake la miró a los ojos.

—No vamos a hablar.

Definitivamente, aquello la desconcertó. Y, si quería ser sincero consigo mismo, Jake tenía que reconocer que también él estaba bastante desconcertado por el rumbo que estaban tomando los acontecimientos.

—¿Entonces en qué estás pensando?

—Cuando he venido aquí, tenía muchas cosas que decirte —admitió—. Ahora, solo quiero hacer esto.

Se acercó lentamente a Bree y esta tuvo el valor de no moverse de donde estaba. En cuanto estuvo suficientemente cerca, Jake deslizó un dedo a lo largo de la curva de su cuello. Le temblaba la mano ante aquel contacto.

—Jake... —era en parte una protesta y en parte una súplica.
—¿Sí, Bree?
—¿Qué nos está pasando?
—Eso es lo que me gustaría saber a mí —respondió con voz ronca—. Solo sé que las cosas no pueden seguir como hasta ahora. Estoy hecho un desastre. El otro día, llegué a gritarle a la señora Finch cuando me llamó para que volviera por centésima vez a ver cómo estaba una de sus preciadas lilas.

—¿Le gritaste a la señora Finch? Eso es como darle una patada a un cachorro.

—Ya lo sé, y me sentí fatal. Le he plantado tres arbustos de lilas nuevos para compensarla.

Bree alzó la mano como si fuera a acariciarle y casi inmediatamente la bajó.

—Quiero que estés seguro, Jake —le suplicó—. No hagas... bueno, no hagas lo que estés planeando hacer en este momento a no ser que estés dispuesto a seguir adelante. Este ir y venir me está resultando muy difícil.

—En este momento solo puedo pensar en el ahora —contestó con sinceridad—. Y lo que quiero ahora es sentirte de nuevo entre mis brazos y tenerte otra vez en mi cama.

—¿Y quieres que vuelva a formar parte de tu vida? —preguntó Bree, buscando su mirada.

Jake estuvo a punto de decir que sí, pero solo porque sabía que era eso lo que Bree necesitaba oír.

—Eso creo —contestó, sabiendo que estaba dejando suficiente espacio a la duda como para poner fin a aquel momento antes de que hubiera empezado.

Para su inmenso arrepentimiento, que no para su sorpresa, Bree retrocedió.

—Tienes que marcharte. Intenta buscar la manera de perdonarme, Jake, o no habrá manera de que volvamos a estar juntos.

Jake ni siquiera estaba seguro de que aquello tuviera que ver con el perdón. Estaba más relacionado con el miedo, con un miedo paralizante que nacía de saber que si volvía junto a Bree y ella le abandonaba por segunda vez, no sería capaz de sobrevivir. Pero se negaba a mostrar aquella vulnerabilidad ante ella.

Aparentemente, Bree llegó a sus propias conclusiones a partir de su silencio.

—Jake, ¿has leído el manuscrito?

Jake negó con la cabeza. Lo había metido en un cajón, lo había apartado de su vista para no pensar en él. Tenía miedo de lo que aquellas páginas pudieran revelar.

La desilusión que apareció en los ojos de Bree fue más que evidente.

—Me gustaría que lo hicieras.

—¿Por qué? Son solo palabras, Bree —respondió Jake, quitándole importancia deliberadamente a su trabajo—. Las palabras no arreglan nada.

—No son solo palabras —replicó acaloradamente—. Hay verdaderos sentimientos en esas páginas. ¡Mis sentimientos!

Sí, Jake ya lo imaginaba. De hecho, era eso lo que más le asustaba. Porque al contemplar lo que había pasado desde la perspectiva de Bree, podría verse obligado a olvidar el enfado al que se había aferrado durante todos aquellos años. Y entonces no le quedaría manera de defenderse.

Cuando Jake se fue, Bree intentó recuperar rápidamente la compostura, pero Jenny llegó antes de que hubiera podido dominar por completo sus sentimientos.

—Mi tío puede ser un auténtico estúpido —dijo Jenny al ver sus ojos llenos de lágrimas—. ¿Qué te ha hecho? Esperaba que viniera con intención de arreglar las cosas. Me encantaba que estuvierais juntos porque era como si fueras parte de la familia.

Bree sonrió ante la vehemente defensa de aquella adolescente que parecía dispuesta a enfrentarse a su propio tío.

—Para mí sigues siendo como parte de mi familia —le dijo Bree—. Y eso no cambiará pase lo que pase entre tu tío y yo.

—¿Por qué no sois capaces de arreglar las cosas entre vosotros? Es evidente que todavía está loco por ti.

—Tenemos algunos asuntos pendientes —le explicó Bree.

Jenny la miró con justificada perplejidad.

—¿Y por qué no os sentáis a hablar sobre ellos? ¿No es eso lo que se supone que hacen los adultos? Cuando me enfado con mi madre, no me deja marcharme hasta que lo hemos hablado.

—En primer lugar, Connie es una madre. Y parte de su trabajo consiste en asegurarse de que resolváis vuestros conflictos. En segundo lugar, Jake es un hombre. A los hombres no les gusta hablar de nada. Ellos prefieren huir.

—Pero ha sido él el que ha venido a hablar contigo —protestó Jenny.

—Él pensaba que había venido aquí a hablar. Pero después se le ha ocurrido otra cosa.

Jenny abrió los ojos como platos.

—Eh, ¿ha intentado enrollarse contigo?

Bree se ruborizó y deseó haber sido más discreta.

—Yo no lo diría así.

—Pero ha sido eso lo que ha pasado, ¿verdad? —se le iluminó el rostro—. ¡Así se hace, tío Jake! —exclamó, e inmediatamente miró a Bree con expresión culpable—. Pero no te has enfadado, ¿verdad? No ha sido grosero ni nada parecido... Antes os besabais continuamente...

—No creo que deba hablar de mi vida privada con una empleada —dijo Bree, sonriendo para restar dureza a sus palabras—. Aunque a esa empleada la considere parte de mi familia.

—Pero es mi tío. A lo mejor yo puedo ayudaros...

—Algo me dice que está recibiendo más consejos de los que le gustaría. Será mejor que no te metas en esto.

Jenny acercó el taburete al mostrador, tomó un trozo de cruasán de chocolate y se lo metió en la boca con expresión pensativa.

—El amor es algo muy complicado, ¿verdad?

—No te imaginas cuánto.

—¿Crees que es necesario acostarse con un chico para demostrarle que le quieres? —preguntó Jenny, haciendo que Bree estuviera a punto de tirar el té.

—Por supuesto que no —contestó al instante—. Y si un chico

te dice algo así, es que no está pensando en absoluto en ti. Solo piensa en él.

—Eso es exactamente lo que habrían dicho tío Jake y mi madre.

Bree suspiró aliviada al ver que Jenny ya había tenido esa misma conversación con otros dos adultos. No creía que fuera la persona más indicada para dar consejos a una adolescente. Aun así, se sintió obligada a preguntar:

—¿El chico con el que sales te está presionando para que te acuestes con él?

Jenny asintió vacilante.

—Solo un poco. Supongo que porque tiene ganas... Bueno, yo también tengo, en cierto sentido, pero no sé si estoy preparada. ¿Qué pasaría si me quedara embarazada? Ningún método es completamente efectivo, por lo menos eso es lo que nos han enseñado en el instituto, y tener un hijo ahora me destrozaría la vida. Tengo planes, ¿sabes?

—Sí, lo sé —contestó Bree con voz queda.

Pensaba mientras hablaba en cómo un embarazo no planificado había estado a punto de desbaratarle la vida. Ironías del destino, de alguna manera, la frustración de aquel embarazo también se había cobrado peaje. Había perdido su relación con Jake por no saber manejar la pérdida del bebé. Había conseguido sacar adelante su carrera profesional, pero, incluso en los mejores momentos, su fracaso sentimental había empañado su éxito.

—¿Estás bien? —preguntó Jenny, mirándola preocupada—. ¿He dicho algo malo? Me pasa muchas veces. Mi madre dice que mi boca empieza a hablar antes de que mi cerebro se haya puesto a funcionar.

Bree le tomó la mano y se la estrechó con cariño.

—No, no has dicho nada malo. De hecho, todo lo que has dicho me ha parecido muy inteligente. Acostarte con alguien cuando no estás preparada para asumir las posibles complicaciones es un gran error.

Jenny suspiró.

—Lo sé.
—¿Estás segura de que serás capaz de soportar la presión a la que te está sometiendo ese chico? A lo mejor es preferible que te distancies de él durante una temporada.
—He estado pensando en ello —admitió la adolescente—, incluso he intentado explicarle cómo me siento, pero él dice que me quiere de verdad.
—Esas son palabras muy serias —dijo Bree, pensando con mucho cuidado lo que decía—. Es posible que todavía sea demasiado joven como para saber lo que significan. O lo que deberían significar.
Jenny sonrió como si comprendiera perfectamente lo que le estaba diciendo.
—Supongo que estaba intentando probar suerte. No tienes por qué preocuparte. Y tampoco mamá ni el tío Jake. Conozco a Dillon y puedo manejarle.
Algo que habían dicho todas, sospechaba Bree. Aquella podría ser una conversación privada que no podría repetir ni a Connie ni a Jake, pero tenía que asegurarse de que todos ellos vigilaran como halcones a la pareja.

Eran casi las siete de la tarde cuando Jake entró en la Cafetería de Sally para llevarse una hamburguesa. Las luces de la floristería estaban apagadas, lo que le daba cierta tranquilidad. Imaginaba que no volvería a encontrarse con Bree por segunda vez en un día. El encuentro anterior ya había sido suficientemente confuso.
Desgraciadamente, aquella sensación de seguridad resultó ser infundada. A los pocos segundos de entrar la vio sentada en una de las mesas más apartadas, con un libro abierto y una ensalada a medio comer. Tenía la mirada perdida, y era evidente que estaba pensando en otras cosas.
Como todavía no le había visto, Jake tenía dos opciones: salir antes de que advirtiera su presencia o reunirse con ella. Sentarse en otra mesa y decir en el caso de que fuera necesario que

no la había visto no era una opción, porque estaba seguro de que Sally señalaría su presencia antes de que se hubiera sentado.

Enfadado todavía consigo mismo por el efecto que Bree tenía en él, se preparó para otro encuentro y se acercó a su mesa. Se sentó enfrente de ella y, para su sorpresa, a Bree se le iluminó la mirada al verle.

—¿Qué te ha pasado? —preguntó Jake—. Casi pareces alegrarte de verme. Después de lo que ha pasado esta tarde, no me esperaba esa reacción.

—Sí, bueno, no te lo tomes como algo personal. En realidad, es solo que necesitaba hablarte de Jenny. Hemos tenido una conversación bastante seria cuando te has ido.

Jake se quedó paralizado al oírla.

—¿Sobre mí?

—No, sobre Dillon y ella.

Aquello le puso a Jake más nervioso todavía.

—¿Y...?

Bree esperó a que Sally le llevara a Jake el té y Jake pidiera unas chuletas de cerdo con puré de patata y ensalada para responder.

—No voy a decirte nada concreto, pero creo que Connie y tú deberíais vigilar de cerca a ese chico.

Jake comprendió inmediatamente lo que pretendía decirle. Le quitó el envoltorio a una pajita y la hundió en el té con tanta fuerza que la dobló.

—Es porque quiere acostarse con ella, ¿verdad? Maldita sea, sabía que ese chico no se proponía nada bueno. ¡Voy a prohibirle que salga con él y punto!

Bree le miró divertida.

—¿Y arrojarla directamente a sus brazos? Sí, una idea muy inteligente.

Jake suspiró pesadamente y se reclinó en su asiento.

—Supongo que tú tienes una idea mejor.

—Pues la verdad es que sí.

—¿Y te importaría compartirla conmigo?

—Creo que deberías pasar todo el tiempo que puedas con ella y con Connie. No estoy sugiriendo que estéis los cuatro metidos en casa todo el día. Lo que sugiero es que vayáis al fútbol, o a conciertos. Ellos pensarán que sois geniales por invitarles y vosotros no les perderéis de vista.

—A Jenny no le va a hacer ninguna gracia.

Bree negó con la cabeza.

—Pues yo creo que sí. Posiblemente proteste, pero si quieres que te diga la verdad, creo que en el fondo agradecerá vuestro apoyo, siempre y cuando scáis capaces de ser sutiles —le miró a los ojos—. ¿Crees que podrás?

—¿Yo sutil? Eso es imposible. Vamos, Bree, sabes que nunca he sido una persona sutil.

—Pero Connie lo es.

—Sí, pero no puede enfrentarse ella sola a todo esto. Normalmente, a mí se me da mejor que a ella abordar los problemas de Jenny. Supongo que es por lo complicadas que son a veces las relaciones entre madre e hija.

Mientras hablaba, recordó la plácida relación que tenía Bree con Megan muchos años atrás, pero entonces era más pequeña que Jenny. Además, Bree tampoco había sido nunca particularmente rebelde. Sin embargo, Abby y Megan habían tenido una relación muy tormentosa, por lo que casi resultaba más sorprendente que hubiera sido Abby la primera en perdonar a Megan e incorporarla nuevamente a su vida.

—¿Entonces quieres ocuparte tú solo de este asunto?

—En la medida que sea posible, sí. Sam no me va a servir de ayuda. Jenny y él apenas tienen ningún contacto. Yo soy lo más parecido a un padre que hay en la vida de Jenny. Y me tomo muy en serio esa responsabilidad.

Bree asintió.

—Imaginaba que dirías algo así.

Metió la mano en el bolso y sacó un recorte de periódico en el que anunciaban un concierto en Washington D.C. Se lo tendió a Jake.

—¿Por qué no saco unas entradas y vamos los cuatro? Sé que

a Jenny le gusta este grupo porque lleva toda la semana hablando del concierto.

Jake apartó el plato que Sally acababa de llevarle. Apenas miró el anuncio. Estaba demasiado sorprendido por lo que acababa de decir Bree.

–¿Te refieres a ti y a mí?

–¿Por qué no? Podría ser divertido. Y será menos intimidante si vamos los dos. Así no parecerás una carabina.

–¿Y crees que vamos a engañarles?

–Probablemente no, pero Jenny lo agradecerá, por no hablar de que le encantará vernos a los dos juntos. Está hecha una pequeña casamentera. Ya se ha ofrecido a interceder por mí.

Jake gimió.

–Eso es culpa de Connie. El cielo sabe con qué historias le estará llenando la cabeza a la pobre criatura.

–Si quieres, puedo resumírtelas –bromeó Bree–. Pero además, por lo visto nos vio besarnos en más de una ocasión cuando estábamos juntos.

Jake alzó la mano.

–Por favor, no me cuentes nada más.

–Muy bien, ¿pero qué te parece lo del concierto? ¿Compro mañana las entradas?

–¿De verdad quieres salir con mi sobrina y con ese tipo al que estoy a punto de amenazar?

–Claro que sí. Lo consideraré una misión de emergencia.

Jake se interrumpió, tomó el tenedor y lo colocó sobre su chuleta.

–¿Quieres proteger a ese punk?

–No, pero quiero evitar que arruines tu relación con tu sobrina y termines en la cárcel en el proceso.

–Compra las entradas –dijo Jake por fin, comprendiendo que tenía razón. Proteger a Jenny era más importante que preservar su paz mental en lo que a la relación con Bree concernía–. Mañana dime cuánto cuestan y te las pagaré.

–No hace falta. Al fin y al cabo, ha sido idea mía, así que invito yo.

—Dime lo que te cuestan —insistió.
—Muy bien, si eso te hace feliz...
En realidad, no le hacía en absoluto feliz. Todo lo estaba haciendo por el bien de Jenny, pensó. Era una obligación.

Al parecer, Bree confundió su expresión resignada con una expresión de tristeza y le palmeó la mano.

—No pasará nada, te lo prometo.

Jake renunció entonces a la cena. Aquella conversación le había hecho perder el apetito. Se reclinó en su asiento y miró a Bree con curiosidad.

—Hace un par de horas, no querías volver a verme a no ser que resolviéramos todos los asuntos pendientes del pasado. ¿Qué ha ocurrido?

Bree apartó la mano con expresión sombría.

—Esto no tiene nada que ver con nosotros, Jake, y me gustaría que quedara claro.

—Si vamos a salir juntos una noche, ¿cómo es posible que no tenga nada que ver con nosotros?

—Porque te lo acabo de decir.

Aunque Jake no era capaz de comprender aquella lógica, fue lo suficientemente inteligente como para no decirlo. Bree no parecía estar de humor para discutir en aquel momento. Así que se limitó a sacudir la cabeza, desconcertado por los cambios que daba la vida.

—¿Quién se lo habría imaginado? Tú y yo saliendo con mi sobrina en una doble cita.

—¡Lo nuestro no es una cita! —le recordó Bree—. Se supone que tú y yo vamos a ejercer de carabinas.

—Sí, sí —contestó, disfrutando al verla sonrojarse.

—No es una cita —repitió.

—Como tú digas.

Sí, Bree podía decir lo que quisiera, pero al final de aquella noche, él intentaría dar un paso como el que había dado aquella tarde en la floristería. Sabía que Bree había estado a punto de sucumbir y tenía la impresión de que con la luz de la luna y en las sombras del porche, no sería capaz de resistirse.

Capítulo 20

Megan no había vuelto a tener noticias de Mick desde que había estado en Chesapeake Shores en la fiesta de Kevin dos semanas atrás. Según sus cálculos, Kevin regresaba a Irak ese mismo día, en el caso de que no se hubiera ido ya. Aunque sabía que probablemente Mick estaba pasando cada minuto con su hijo, aquel silencio le dolía. Había comenzado a contar con sus llamadas telefónicas nocturnas, en las que hablaban de sus hijos y se ponían al corriente de sus vidas. Estaba pasando exactamente lo que tanto temía: Mick había vuelto a convertirse en el hombre negligente que era quince años atrás.

Megan estaba en una época de mucho trabajo, lo cual debería haber hecho más fácil aquel distanciamiento, pero echaba de menos a alguien con quien poder compartir las frustraciones del día. Últimamente, ni siquiera tenía noticias de Abby. Desde que había reiniciado su propia vida con Trace y con las gemelas, no podía contar con ella como lo hacía antes. Curiosamente, la soledad que le había hecho huir de Chesapeake Shores y refugiarse en el ambiente bullicioso y enérgico de Nueva York parecía haberla seguido hasta el corazón de la Gran Manzana.

Cuando sonó el teléfono estaba cenando unos huevos revueltos y una copa de vino, pero en aquel momento agradecía cualquier interrupción.

—¿Dónde te habías metido? —gruñó Mick, como si Megan debiera estar esperando sus llamadas.

—Estaba fuera —respondió ella en el mismo tono.

—Estaré en tu casa dentro de diez minutos —dijo Mick, dejándola estupefacta.

—¿Dentro de diez minutos? ¿Pero dónde estás?

—En esa cafetería que dices que es tu favorita —respondió—. He estado esperándote aquí y al ver que no aparecías, he empezado a llamarte.

Megan estaba estupefacta.

—¿Pero cuánto tiempo llevas allí?

—He llegado a las seis. Me han dicho que como muy tarde, solías aparecer a las siete. Creo que están empezando a compadecerme. Aquí me tienes, con las flores y el champán y sin ningún invitado a mi fiesta sorpresa.

—Oh, Mick —el enfado desapareció como por arte de magia—, no tenía ni idea.

—De eso se trataba precisamente. Quería darte una sorpresa.

—Bueno, pues si te sirve de consuelo, me la has dado. Te espero dentro de diez minutos.

Apenas tendría tiempo de retirar su lastimosa cena y de pintarse los labios.

—Dos minutos —la corrigió—. He empezado a andar en cuanto has contestado el teléfono.

—¡Oh, Dios mío! —exclamó Megan, y colgó sin decir adiós siquiera.

Apenas había retirado la mesa cuando llamó el portero.

—Está aquí su marido, señora O'Brien —dijo Don con justificada confusión.

—Ya no es mi marido, pero dile que suba.

Imaginaba que si no corregía la impresión que Mick estaba intentando dar, su exmarido se tomaría toda clase de libertades. Como Don era ya un abuelo con más de doce nietos, le gustaba estar pendiente de su vida social y solía preocuparle que no tuviera apenas citas.

—Una mujer tan atractiva como usted debería salir con algún hombre —le decía cada vez que la sabía sola el sábado por la noche.

Megan estaba segura de que la aparición de Mick supondría

un descanso para él y como no tuviera cuidado, podría terminar encontrándose a Mick en su apartamento cuando menos lo esperara.

Estaba ya en la puerta cuando Mick salió del ascensor llevando con él el olor del otoño neoyorquino, un olor a aire frío y a castañas asadas. Le tendió un ramo de crisantemos amarillos y le dio un largo y apasionado beso que resultó de lo más tórrido a pesar de su piel fría.

—Deberías haberme dicho que ibas a venir —le regañó Megan cuando recuperó la respiración.

—Creía que te gustaban las sorpresas.

—Y me gustan, pero como tú mismo has descubierto, no siempre salen bien.

Mick la miró a los ojos.

—¿Estabas con otro hombre, Meggie? —aunque consiguió mantener un tono divertido, los celos eran más que evidentes.

—Sí —respondió Megan.

Disfrutó del breve fogonazo de posesividad que oscureció su mirada. Pero como no quería que se llevara una idea equivocada, le explicó:

—Mi jefe y yo hemos estado preparando la próxima exposición de la galería.

—Estabas trabajando —dijo Mick con evidente alivio. La miró divertido—. Y ahora estabas intentando ponerme celoso, ¿eh?

Megan sonrió.

—Solo quería saber si todavía era capaz de hacerlo —admitió—. Y he tenido la satisfacción de ver que lo soy.

Colgó el abrigo de Mick en el armario y le observó después abrir la botella de champán con gestos seguros y precisos.

—¿Puedes traer unas copas? —preguntó Mick.

—Ahora mismo.

Sacó dos copas de vino del armario. Desde que le había pedido a Mick que dejara de pasarle la pensión varios años atrás, su presupuesto rara vez daba para champán, así que no tenía copas de champán.

Mick sirvió el espumoso y elevó su copa.

—¿Por qué brindamos? —preguntó Megan.

—Porque nuestro hijo regrese sano y salvo —contestó Mick inmediatamente.

Megan bebió un sorbo de champán con los ojos llenos de lágrimas.

—¿Kevin ya ha vuelto a Irak?

Aunque era consciente de que había llegado la fecha, en el fondo tenía la esperanza de que no se marchara sin despedirse de ella.

Mick asintió preocupado.

—Tengo que admitir que tengo miedo por él.

Megan le abrazó.

—Yo también.

—¿Te llamó? —preguntó Mick, acercándose con ella al sofá y sentándola a su lado—. Le pedí que te llamara.

Megan negó con la cabeza.

—No, no he vuelto a hablar con él desde el fin de semana que estuve allí. Le he enviado mensajes con Bree y con Nell, pero no me ha devuelto la llamada.

Mick la miró desconcertado.

—Lo siento. Pensaba que podríais llegar a hacer algún progreso en vuestra relación ese fin de semana.

—Ojalá. Pero después de la sorpresa inicial, evitó quedarse a solas conmigo en todo momento.

—Bueno, ha estado muy ocupado.

Megan le acarició la mejilla.

—No hace falta que le justifiques.

—Eres su madre y te mereces un respeto.

—Estoy segura de que para él no soy una verdadera madre.

—Seguro que la próxima vez todo irá mejor, cuando vuelva definitivamente a casa.

—¿Y tienes alguna idea de cuándo será eso?

Mick negó con la cabeza y fijó la mirada en el vacío.

—¿Qué te pasa? —le preguntó Megan—. Pareces preocupado.

—Y lo estoy.

—Dime por qué.

Mick entonces le explicó con verdadero enfado:

—Si Georgia se sale con la suya, se quedarán durante otros cinco años en Irak. Admiro la dedicación de esa mujer, de verdad, pero quiero que nuestro hijo vuelva a casa.

Megan intentó disimular su propio miedo.

—No le achaques toda la responsabilidad a Georgia —le advirtió—. Cuando llegue el momento, Kevin tomará la decisión que considere más oportuna. Tenemos que confiar en eso.

—¿Alguna vez has visto pensar racionalmente a un hombre enamorado? —la contradijo Mick.

—Kevin lo hará —replicó ella con absoluta certeza—. De todos nuestros hijos, es el más prudente y el más sensato. Estoy segura de que sopesará su decisión.

—¿Pero no crees que ese matrimonio tan precipitado demuestra que ya no es como antes? —preguntó Mick dubitativo.

—Espero que el hecho de estar casado le haga más prudente y reflexivo todavía —respondió Megan, intentando infundir convicción a su voz, no solo para tranquilizar a Mick, sino para tranquilizarse a sí misma. ¿Cómo iba a poder seguir viviendo si le pasaba algo a su hijo sin que la hubiera perdonado?

Mick debió de imaginar lo que estaba pensando porque la abrazó con fuerza.

—Pero no he venido aquí a asustarte.

Megan le miró a los ojos.

—¿A qué has venido, entonces?

—A esto —la besó y cuando por fin interrumpió el beso, los dos estaban sin respiración—. Creo que no me cansaría de ti aunque viviera más de mil años.

Megan quería creerle. Porque, por mucho miedo que tuviera, tenía que reconocer que por su parte, así era.

Lo mejor que podía decir Bree sobre el concierto era que había sido ruidoso. Jake parecía atónito ante la fuerza de aquel sonido que parecía estar a punto de hacer saltar por los aires el techo del estadio de béisbol en el que tocaba el grupo.

Jenny, sin embargo, estaba tan emocionada como si le hubieran regalado un cachorro por Navidad.

–Esto es lo más increíble que he hecho en toda mi vida –dijo mientras regresaban al coche–. ¡Es mi primer concierto en directo! Gracias, Bree.

Jake la miró con el ceño fruncido, fingiendo estar enfadado.

–Eh, que he sido yo el que ha pagado las entradas.

–Sí, pero sé que la idea ha sido de Bree –replicó Jenny–. A ti nunca se te ocurriría algo tan fantástico, sobre todo en un día de diario.

–Jenny, concédele algún mérito a tu tío –le pidió Bree–. La última vez que estuvo en un concierto fue hace diez años y fue en algún garaje de su barrio. Esta noche se ha estirado.

–Ha sido genial que me hayáis invitado –dijo Dillon–. Mis padres nunca habrían hecho algo así. Ellos viven en la Edad Media. Creo que debieron de caer en el túnel del tiempo cuando Garth Brooks todavía estaba actuando.

Jake parpadeó al oírle:

–¿Garth Brooks actuaba en la Edad Media? –le preguntó a Bree en voz baja mientras le sostenía la puerta.

–Musicalmente hablando, supongo que para un adolescente, sí.

–¿Tan viejos somos?

Bree le agarró del brazo.

–Sí, Jake, somos viejos.

–Pero si no tenemos ni treinta años. Eso no es ser viejo.

–No cuando los estás viviendo, pero para un niño, me temo que sí.

–Dios mío –gimió Jake.

–¿Podemos parar a comer algo? –les interrumpió Jenny.

–Ya hemos cenado antes de venir –le recordó Jake–. Y vosotros habéis vuelto a comer durante el concierto.

–Son adolescentes –terció Bree–. ¿Te acuerdas de cómo comíamos a su edad? Desde luego, tu estómago era un pozo sin fondo.

Jake se echó a reír.

—Muy bien, pararemos. ¿Os apetecen unas hamburguesas? ¿Comida mexicana? ¿Qué...?

—¡Tortitas! —exclamó Jenny inmediatamente—. Serán más de las doce para cuando lleguemos a casa. Tendremos la sensación de que hemos estado fuera toda la noche.

—Sí, una imagen que estoy deseando grabar en mi cabeza —musitó Jake, y en voz más alta, añadió—: De acuerdo, en ese caso, tortitas.

Bree le estrechó la mano.

—Eres un buen tío.

—Preferiría ser un buen acompañante en una cita.

—En ese caso, tendrías que pedirle a alguien que saliera contigo.

Jake se echó a reír.

—¿Continúas diciendo que esto no es una cita?

—Por mí, puedes llamarlo como quieras. Yo solo quería que nos acompañaras al concierto.

Jake la miró a los ojos.

—Ojalá fuera cierto.

—No empieces otra vez con tus cosas, Jake. Solo hay una forma de que vuelva contigo tal y como tú quieres y ya sabes cuál es.

—Tengo que leerme las cien primeras páginas de tu manuscrito —contestó Jake con aire de resignación.

—Dijiste que querías hacerlo —le recordó Bree—. Y ahora yo también quiero que lo hagas. A menos, por supuesto, que te dé miedo leerlo.

—¿Por qué me va a dar miedo? —preguntó Jake a la defensiva.

—Porque podrías darte cuenta de que en esta historia hay dos puntos de vista.

—¿Dos puntos de vista en qué historia? —preguntó Jenny con curiosidad desde el asiento de atrás, demostrando que había estado escuchándolos durante todo el tiempo.

Probablemente era preferible que estuviera escuchándoles a que hiciera otro tipo de cosas con Dillon, pero aun así, Bree se encogió por dentro.

—Nada –contestó Jake secamente.

—¿Has escrito un libro, Bree? –insistió Jenny.

—He empezado uno, sí –admitió Bree.

—¿Me dejarás leerlo?

—No –contestó Bree inmediatamente.

Y Jake hubiera contestado lo mismo.

—¿Por qué no? ¿Es sobre vosotros dos?

—Es una novela.

—Pero podría ser sobre vosotros. Por favor, déjame leerla. Cuando se publique, todo el mundo la leerá. Me gustaría ser la primera... o una de las primeras.

—Ni siquiera estoy segura de que se vaya a publicar –respondió Bree–. No es fácil publicar un libro.

—Pero ya han producido algunas de tus obras de teatro, así que debes de escribir bien –arguyó Jenny, que no parecía dispuesta a renunciar–. Estoy segura de que si la enviaras a una editorial, te la publicarían inmediatamente.

—Es posible que ni siquiera la envíe.

Jake la miró con incredulidad.

—¿Por qué no? –preguntó.

—Porque creo que es una novela demasiado íntima. Creo que necesitaba escribir para desahogarme –dijo–. Y para que tú lo leyeras.

Jenny comenzó a decir algo, pero Dillon debió de darle un codazo porque la adolescente resopló y le preguntó:

—¿A qué viene eso?

—Mira, Jenny, es evidente que Bree no quiere que nadie lea lo que ha escrito. Déjala en paz. Algunas cosas son demasiado personales para compartirlas. ¿Tú le has enseñado a alguien las canciones que escribes?

Jenny soltó una exclamación sorda.

—Se supone que nadie tiene por qué saber que compongo canciones.

Dillon la miró con calma.

—Exactamente, eso es lo que quería decir. Así que olvídalo y deja a tu tío y a Bree en paz.

—Un momento —dijo Jake—. ¿Escribes canciones, Jenny? ¿Lo sabe tu madre?

—Nadie lo sabía hasta que este bocazas ha abierto la boca —gruñó la adolescente.

—Dillon, ¿las has oído? —insistió Jake.

—Sí, y son buenas. Mucho mejores que lo que hemos oído esta noche.

Jenny se sonrojó de placer, pero le dio un codazo.

—Vamos, estás siendo parcial. No soy ni la mitad de buena que esos tipos. Al fin y al cabo, son profesionales.

—El hecho de que tengamos que pagar para ver a unos tipos no significa que tengan talento —insistió Dillon—. ¿Te has fijado en las letras de sus canciones? La mitad no tiene sentido. Me alegro de que hayamos ido y todo eso, pero esos tipos no reconocerían una buena canción aunque la tuvieran delante de sus narices.

—Estoy completamente de acuerdo contigo —dijo Jake en un raro momento de unión con Dillon—. ¿Y dices que esas canciones de Jenny son buenas?

—Son auténtico rock.

Jake y Bree intercambiaron una mirada.

—¿Quién iba a decirlo? —dijo Jake para sí.

Bree sonrió al ver su expresión.

—Es sorprendente lo que uno puede llegar a descubrir al salir con alguien.

Jake la miró con expresión irónica.

—¿Y no es eso lo que llevo días intentando decirte? Eres tú la que ha cerrado esa puerta.

Bree no se arredró ante aquel ataque.

—Y tú tienes la llave para abrirla —replicó—. ¿Dónde la has escondido, Jake? ¿O es que la has roto?

—Sé exactamente dónde está el manuscrito.

—En ese caso, la pelota está en tu tejado —miró por la ventanilla—. Y aquí tenemos las tortitas. No podíamos haber llegado en un momento mejor. Creo que deberíamos dejar esta conversación, por lo menos por esta noche.

—No estés tan segura —contestó Jake mientras aparcaba enfrente del restaurante. Esperó a que Dillon y su sobrina salieran del coche para añadir—. Faltan un par de horas para que volvamos a casa y estemos durmiendo salvos y seguros cada uno en nuestra cama, Bree. ¿Quién sabe adónde puede llevarnos la noche?

—Desde luego, no adónde estás pensando —contestó con fiereza.

Jake se limitó a sonreír.

—Ya veremos.

Bree frunció el ceño, salió del coche y cerró la puerta bruscamente. En el caso de que fuera necesario, daría la vuelta a la situación y se aseguraría de que Jenny hiciera de carabina durante el resto de la velada. Si había algo de lo que estaba segura, era de que Jake no diría una sola palabra sobre el pasado delante de su sobrina. Si Jenny se enteraba de que Bree se había quedado embarazada seis años atrás, ¿en qué clase de ejemplo se convertiría?

Satisfecha con su plan, se dirigía hacia la puerta de la cafetería cuando Jake la agarró del brazo.

—Ni se te ocurra intentar que te lleve a tu casa antes que a Jenny. No funcionará.

Bree vio la firme determinación de su mirada y suspiró. Tendría que buscar otra estrategia. Se preguntó si llamar a Jess para que fuera a rescatarla le haría parecer demasiado desesperada por evitar quedarse a solas con Jake. Probablemente, sí.

Pero eso no significaba que no pudiera intentarlo si no le gustaba el rumbo que tomaba la situación.

Jake imaginaba que tenía a Bree asustada, pero cuando llegó el momento final, no pudo seguir presionando. Por una parte, estaba demasiado cansado y por otra, Bree estaba en guardia. Tendría que dejarlo para otro día, cuando los dos estuvieran en óptimas condiciones.

Dejó a Dillon en su casa y llevó a Jenny a la suya antes de conducir hacia la casa de Bree.

—Buenas noches —dijo ella. Abrió la puerta y se preparó para salir a toda velocidad—. Gracias por la velada.

Jake sabía lo que Bree se proponía, pero no la detuvo. Salió de la furgoneta y la acompañó hasta la casa. Estando en el porche de los O'Brien y siendo como era un caballero, no iba a correr riesgos, pero a lo mejor podía robarle un beso del que pudiera acordarse durante el resto de la velada.

Una vez en la puerta, Bree le miró con recelo.

—¿Quieres pasar a tomar un café? —le preguntó sin mucho entusiasmo.

Obviamente, era un ofrecimiento nacido de la buena educación. Jake negó con la cabeza.

—En ese caso, buenas noches. Me he divertido mucho. Jenny es genial y Dillon me ha gustado más de lo que me esperaba.

—No dejes que ese chico te engañe. Es muy taimado.

—Solo es un adolescente con las hormonas revolucionadas. Todos son taimados.

Jake le acarició la mejilla.

—Yo también tengo las hormonas revolucionadas —se interrumpió y admitió—. Quiero besarte, Bree.

La oyó contener la respiración.

—¿Y qué te lo impide?

—Nos hemos enviado tantas señales equívocas que no quiero que esto complique todavía más nuestra relación.

—A lo mejor no la complica. A lo mejor nos ayuda a aclarar las cosas.

—¿Ves lo que quiero decir? —le preguntó exasperado—. Primero me dices que estás completamente fuera de mi alcance hasta que no acepte tus condiciones: leer el manuscrito, perdonarte y aclarar lo ocurrido. Y ahora quieres que te bese. ¿Te das cuenta de que no tiene sentido?

Para su más absoluto asombro, Bree le rodeó el cuello con los brazos.

—A lo mejor estoy cansada de querer que todo tenga sentido. O a lo mejor solo quiero esto.

Jake retrocedió.

—Mira, es precisamente ese «a lo mejor» lo que me preocupa.

Bree se echó a reír.

—Comprendo el dilema. ¿Qué te parece esto entonces?

Le besó, borrando de un plumazo cualquier conjetura. Jake esperó una décima de segundo antes de entregarse a la sensación. Aquello, estar junto a Bree, era lo único que años atrás daba sentido a su vida. Entonces veía su futuro con completa claridad, se imaginaba siendo propietario de su propia empresa de jardinería y veía a Bree escribiendo en la habitación que él mismo habría construido para ella. E incluso imaginaba a sus hijos columpiándose en el jardín. En aquella visión, jamás se cansaban de estar juntos.

Posó la mano en la mejilla de Bree, la miró a los ojos y tuvo la sensación de ver en ellos los mismos recuerdos. Seguramente, en aquel entonces, no estaba completamente equivocado. Era muy probable que Bree deseara lo mismo que él, que también ella hubiera sufrido al tener que abandonar sus sueños para ir a Chicago.

La levantó en brazos y se sentó con ella en el regazo en la mecedora. Era una tortura, pero allí, donde Mick o Nell podrían verlos en el caso de que se les ocurriera salir al porche, no tendría la tentación de llevar las cosas demasiado lejos. No le habría importado volver a besar aquellos labios de sabor de mora, o volver a revivir la suavidad de su piel, pero la prudencia le detenía. Algo en lo que, por cierto, Bree no parecía dispuesta a ayudarle.

De hecho, sus besos eran cada vez más ávidos, y sus caricias tan atrevidas que, en un raro momento de racionalidad, Jake le sujetó las manos.

—Ya está bien. No estamos solos, ¿sabes?

—Podríamos estarlo si fuéramos a tu casa.

Jake la miró pensativo.

—¿Lo dices en serio? —preguntó, incapaz de eliminar el tono esperanzado de su voz.

—Me has oído, ¿no?

—Sí, pero también recuerdo que hace muy poco has dejado muy claro que esto no era una cita y que no íbamos a estar juntos hasta que yo hubiera hecho un montón de cosas que ahora, contigo mordiéndome el cuello de esa manera, soy incapaz de recordar.

Bree soltó una carcajada.

—¿Te estás calentando demasiado, Jake?

—Sabes perfectamente que sí, y los dos sabemos que nuestros problemas nunca han tenido que ver con la atracción.

Se puso serio, pero Bree no se apartó de su regazo, como él esperaba que hiciera.

—Me gustaría que esto no fuera tan complicado —musitó en cambio.

—A mí también. Pero enfrentémonos a ello, Bree. Los dos tenemos motivos para ser prudentes. No hay nada que me apetezca más que llevarte a mi casa y pasarme una semana contigo en la cama.

—¿Solo una semana?

Entonces fue Jake el que se echó a reír.

—No sobre estimes mi resistencia —le dijo—. La cuestión es que si vamos a estar juntos otra vez, tiene que ser porque los dos lo queramos. Tenemos que dejar claro lo que queremos y los sacrificios que estamos dispuestos a hacer para estar juntos.

Bree frunció el ceño.

—Lo dices como si tuviéramos que ser capaces de predecir el futuro.

—No, por supuesto que no, nadie puede hacerlo, pero tú sabes lo que quiero. Siempre he sido muy claro en eso. Te quiero. Quiero que formemos una familia. Puedo imaginarme contigo en el porche de nuestra casa cuando tengamos ochenta años, y estando todavía locamente enamorados.

—Sí, yo también —dijo Bree, demostrándole que, por lo menos en aquel instante, los dos estaban en el mismo proceso.

—Pero, ¿y todo lo demás? ¿Cómo encajaría tu carrera en esa imagen? La última vez no supimos enfrentarnos a ello y mira lo que pasó.

—Ahora tengo la tienda. Esa es mi carrera.

—Si pensara que con la tienda vas a sentirte realizada, te propondría matrimonio ahora mismo —le dijo, mirándola a los ojos. Veía en ellos sombras que le indicaban que estaba engañándose a sí misma—. Eres una escritora, Bree.

—Y estoy escribiendo un libro.

—Un libro que no quieres enviar a una editorial. Una escritora necesita que la lean —declaró, y añadió—. O ver sus obras sobre un escenario. No es suficiente con plasmarlas en el papel. ¿No es eso lo que solías decirme? Ese fue el gran argumento para ir a Chicago. No solo querías aprender de alguien como Marty, sino también aprovechar la oportunidad de que produjeran tus obras.

—Y ya lo he hecho.

—¿Tres obras y ya has acabado? Tú no eres así, Bree. Tú luchas por lo que quieres. Jamás pensé que un par de críticas adversas podrían acabar contigo.

Bree se levantó y se sentó a su lado, poniendo toda la distancia posible entre ellos.

—¿Leíste las críticas? —preguntó débilmente.

Jake asintió.

—¿Y sabes cuál fue mi reacción? Me dije, ¿y qué? La siguiente será mejor, porque Bree es capaz de aprender de sus errores mejor que nadie. Si ha surgido algún problema, lo solucionará.

—Pero esa obra era la mejor que he escrito —protestó—. Estaba convencida de ello, por lo menos hasta que leí las críticas. Y si no soy lo suficientemente buena, ¿por qué seguir intentándolo?

Jake la miró con incredulidad.

—¿Por qué seguir intentándolo? Porque eres una dramaturga. Y si de verdad crees que es buena, entonces es que alguien se ha equivocado.

Bree le miró pensativa.

—Mi madre culpó al director de las críticas.

—Marty, supongo.

Bree asintió.

—¿Y es posible que tenga razón? —quiso saber Jake.

—En aquella época no lo pensaba, pero ahora que puedo ver las cosas en la distancia, creo que es posible. Decidió dirigir la obra en el último momento. Había dirigido en otras ocasiones, pero no ninguna de mis obras. Y surgieron algunos problemas.

—Explícate —le pidió Jake.

Bree vaciló un instante.

—Los otros directores no eran tan duros con los actores. Marty hizo cambios en la obra que no eran necesarios, que hacían el argumento más obvio y menos sutil. Hizo lo mismo con los actores y convirtió la obra en un melodrama. No dejó que fuera el propio texto el que explicara la historia. Eso es exactamente lo que señalaron los críticos, y ellos no tenían forma de saber que yo la había escrito de otra forma.

—¿Crees que Marty lo hizo deliberadamente? A lo mejor estaba celoso de tu éxito, de la atención que estabas recibiendo.

—No, él no sería capaz de hacer algo así. Es posible que tenga muchos defectos, pero no era un hombre mezquino.

—¿Estás segura? Los hombres pueden tener un ego muy frágil y todo lo que he leído sobre los temperamentos artísticos sugiere que sus egos son impredecibles.

Bree negó con la cabeza.

—De verdad, no lo creo posible. Si algo puedo decir es que estaba fuera de su elemento. No es tan buen director como dramaturgo.

—En ese caso, si eres capaz de darte cuenta de que la culpa no fue tuya, ¿por qué no empiezas a trabajar en una próxima obra? —preguntó Jake, siendo consciente de que estaba arriesgándolo todo al forzar aquella pregunta.

Bree le miró confundida, desconcertada incluso.

—¿Qué estás sugiriendo que haga? ¿Quieres que vuelva a Chicago?

—Si por mí fuera, por supuesto que no —respondió inmediatamente—. Pero a lo mejor es eso lo que deberías hacer. Si no a Chicago, a alguna otra ciudad que tenga teatros —de pronto se le ocurrió algo–. O podrías abrir un teatro aquí, en Chesapeake Shores. Podría construirlo tu padre. Seguro que le encantaría.

Cuanto más hablaba sobre ello, más convencido estaba de que podría ser una solución para ambos.

—Piensa en ello, Bree. Estoy seguro de que entre Washington y Baltimore también puedes encontrar muchos talentos. Fíjate en todas las series de televisión y en las películas que se ruedan en esta zona. Puedes invitar a directores de otras zonas o contratar a un solo director como responsable del teatro.

Bree se le quedó mirando como si acabara de sugerirle que emprendiera la campaña a la presidencia.

—Yo no sería capaz de hacer algo así —protestó.

—¿Por qué no?

—No puedes estar hablando en serio. No sabría ni cómo empezar. No sería capaz de dirigir un teatro. No tengo ninguna experiencia.

—¿De verdad? ¿No aprendiste nada en Chicago? ¿Y la floristería no te está proporcionando tampoco ninguna experiencia?

—No es lo mismo.

Jake se encogió de hombros.

—Es posible que tengas razón —admitió, y añadió entonces—: Pero también es posible que la tenga yo y creo que eres capaz de hacer todo lo que te propongas.

Bree le miró con aire soñador.

—Un teatro propio... Sí, sería increíble.

—Desde luego. Vamos, Bree. Tienes que tener una visión a largo plazo. Empieza desde algo más pequeño, si eso te hace sentirte más cómoda. Si no quieres construir un teatro, puedes utilizar el salón de actos del instituto. Haz un par de obras en verano, cuando el pueblo está lleno de veraneantes, y te encontrarás con un público numeroso y hambriento de cultura. Seguramente necesitarás ayuda en la tienda, más de la que Jenny puede proporcionarte, o, en el caso de que el teatro tenga éxito, a lo mejor tienes que vender la floristería y concentrarte en tu carrera.

—Sí, supongo que podría contratar a alguien para que llevara la tienda. Todavía no estoy preparada para renunciar del todo. La verdad es que me gusta mi trabajo.

—En ese caso, intenta buscar un equilibrio entre las dos cosas.

La emoción que reflejaban sus ojos cuando le miró era inconfundible.

—Gracias.

—¿Por qué?

—Por tener fe en mí.

—Siempre la he tenido —dijo Jake sin vacilar—. Pero procura recordar que esta sugerencia no es totalmente desinteresada. A pesar de que no me he portado bien contigo, me gusta tenerte aquí. Para quedarte en Chesapeake Shores tienes que ser feliz y, por mucho que odie decirlo, creo que a largo plazo, la floristería no será suficiente para ti. No olvides que te he visto concentrada en la escritura, tan absorta en tu trabajo que no eras consciente de nada de lo que pasaba a tu alrededor. Y he percibido la emoción en tu voz cuando hablabas de los proyectos en los que estabas trabajando.

Al parecer, consiguió convencerla, porque en vez de responder, Bree se levantó de un salto.

—No sé si estará despierto mi padre...

—¿A las tres de la madrugada?

—¡Dios mío! ¿Tan tarde es? Mañana por la mañana vamos a parecer zombis.

—Supongo que tendré que marcharme —dijo Jake. Se inclinó para darle un beso de buenas noches.

—Que duermas bien.

Bree sonrió.

—Creo que no voy a ser capaz de pegar ojo.

—En ese caso, a lo mejor debería venir a buscarte mañana por la mañana para llevarte al trabajo. No creo que debas ponerte tras el volante.

—Iré andando.

—Y yo me pasaré por la tienda antes de que abras con café y cruasanes. Seguiremos hablando de esto.

–De acuerdo –musitó Bree con aire distraído mientras cerraba la puerta.

Jake continuó con la mirada fija en la puerta preguntándose si acababa de darle la razón que necesitaba para quedarse en Chesapeake Shores o la excusa perfecta para volcarse de tal manera en el trabajo que en su vida no quedara lugar para él.

Capítulo 21

Por primera vez desde hacía semanas, Bree se despertó sintiéndose como la antigua Bree, la mujer capaz de luchar por sus sueños. Estaba cargada de energía, emocionada y contenta; experimentaba todos aquellos sentimientos que había echado de menos desde que había regresado a casa tras lo que había vivido como una amarga derrota. Después de haber recibido el apoyo y los ánimos de su familia, se sentía capaz de mirar de forma más objetiva lo que realmente había sucedido en Chicago.

–Estás muy animada esta mañana –comentó Nell mientras Bree se servía el café–. No está nada mal para ser una mujer que ha vuelto a casa de madrugada. ¿Tu estado de ánimo tiene algo que ver con Jake?

Mick entró en la cocina justo a tiempo de oír a Nell terminar la frase.

–¿Con qué tiene que ver Jake?

–La abuela quiere saber si Jake es el responsable de mi buen humor –contestó Bree, disfrutando al ver cómo se sonrojaba su padre.

Mick siempre había evitado hablar de la vida sentimental de Bree. Parecía tener miedo de enterarse de algo que no le gustaría saber y siempre dejaba las regañinas y las conversaciones íntimas a cargo de la abuela.

–No necesito ese tipo de información, jovencita.

Le quitó la taza de café de las manos, se sentó a la mesa y bebió un largo trago.

—Bueno, supongo que te alegrará saber que mi estado de ánimo no tiene nada que ver con lo que los dos estáis pensando, aunque sea Jake el responsable —respondió Bree.

Se sirvió una segunda taza de café y se sentó a la mesa. Les habló de la idea de Jake sobre abrir un teatro en el pueblo y esperó expectante su reacción.

—Bueno, ¿qué os parece? ¿Es una locura o lo veis factible?

Su abuela la miró emocionada.

—¡Eso es justo lo que este pueblo necesita! Apenas tenemos vida cultural y por mucho que los profesores lo intenten, las obras de teatro que ofrecen en el instituto no son de gran calidad. Y supongo que a la gente que viene de fuera le encantará tener algo que hacer, además de salir a cenar o ir de compras.

Mick tampoco vaciló.

—Creo que sé cuál sería el lugar ideal —dijo con expresión pensativa—. Hay un parque en la carretera de la playa que apenas se utiliza. Podríamos mantener los columpios que hay en la zona más próxima a la playa y construir un teatro detrás del aparcamiento.

—Pero papá, ese terreno es propiedad del pueblo. Nadie estará dispuesto a renunciar a un espacio público, y menos por mí.

—Como ya te he dicho, apenas se utiliza porque la playa está justo enfrente. Cualquier día de estos a cualquier estúpido del Ayuntamiento se le ocurrirá venderlo para construir otra urbanización.

—No creo que lo aprobara nadie —dijo Bree, impactada con aquella posibilidad.

—Una zona de viviendas en primera línea de playa —le recordó Mick—. Y aunque el plan urbanístico lo prohíba, eso se puede cambiar si hay políticos estrechos de miras que lo consideran una operación rentable.

—¿Y de verdad crees que la gente estaría dispuesta a aceptarlo?

—Por si lo has olvidado, tu padre tiene cierta influencia en el pueblo —dijo Mick—. Además, como te he dicho, si construimos un teatro comunitario que pueda utilizar todo el mundo, nadie se opondrá.

Sacó un papel del bolsillo y comenzó a tomar notas.

–¿Qué dimensiones debería tener?

A Bree no le sorprendió que su padre fuera directamente a las cuestiones más prácticas.

–Para albergar trescientas butacas como máximo. Por supuesto, tiene que ser más pequeño que un teatro de Chicago. Y que sea acogedor.

–¿Y estás de acuerdo con que sea de uso público?

–Por supuesto. Entre otras cosas, porque no voy a poder producir una obra todos los fines de semana. Habría que utilizarlo. En cualquier caso, estaría bien que tuviéramos un par de despachos permanentes y quizá también una sala de ensayos.

Mick la miró por encima del borde de las gafas.

–¿Estás convencida de que quieres sacar adelante este proyecto? Porque no quiero empezar algo y que mañana cambies de opinión.

Bree asintió lentamente.

–Creo que sí. Por lo menos me gustaría explorar las posibilidades –le miró con firmeza–. Y eso significa que todavía no tienes por qué empezar a poner los cimientos, ¿de acuerdo? Hay que estudiarlo todo detenidamente. Y conocer también la opinión del pueblo. La gente tendrá algo que decir sobre este proyecto. A lo mejor yo soy la única que quiere tener un teatro en Chesapeake Shores.

–Sí, estoy de acuerdo –dijo Mick–. Exploraremos las posibilidades y te prepararé un presupuesto. Tú averigua los costes de todo lo demás: el gerente del teatro, el director, lo que sea... Cuando tengamos todos los datos, volveremos a hablar –la miró con los ojos entrecerrados–. Yo averiguaré si el Ayuntamiento nos puede ayudar a financiar la construcción, además de donarnos el terreno. ¿Tú tienes dinero para invertir en esto?

–No demasiado –admitió–. Pero la floristería ya está empezando a dar beneficios, así que podría pedir un prestamo.

Su abuela la miró fijamente.

—¿Sabes cuál es la primera obra que quiero que se represente en ese teatro?
—¿Cuál?
—La que te hizo volver a casa.
Bree vaciló.
—No sé, abuela. Creo que deberíamos empezar con algo más seguro.
—No, tienes que empezar como siempre has querido hacerlo: ofreciendo obras nuevas de jóvenes talentos.
—Y esta vez, el director se asegurará de saber lo que hace —añadió Mick.
Bree le miró fijamente, sorprendida por la vehemencia de aquel comentario cuando su padre ni siquiera había ido a ver aquella obra.
—Has estado hablando con mamá sobre mí, ¿verdad?
—Por supuesto que sí. Hablamos de todos vosotros. La otra noche estuvimos hablando sobre la vuelta de Kevin de Irak y sobre los planes de Georgia. En cuanto a ti, nos preocupa que permitas que ese hombre con el que estuviste en Chicago te impida hacer lo que siempre has querido. Y si Jake ha sido capaz de hacerte entrar en razón, estoy en deuda con él.
Bree asintió muy seria.
—Creo que yo también.

—Llegas tarde —gruñó Jake mientras salía de la furgoneta y seguía a Bree al interior de la tienda.
—Traigo grandes noticias —respondió Bree con una sonrisa—. Al parecer, estoy a punto de formar una compañía teatral.
Jake se detuvo en seco, estupefacto ante la noticia y más todavía al darse cuenta de que aquella podía ser la respuesta a sus súplicas.
—¿De verdad? ¿Estás segura?
—Estoy empezando a pensar que sí. Tengo que reconocer que estoy muy asustada, pero la abuela cree que es una idea brillante y mi padre ya está haciendo bocetos y organizando una estra-

tegia para conseguir un terreno en el pueblo. Dice que está en deuda contigo, por cierto.

—¿Por qué?

—Por haberme devuelto la fe en mí misma y haberme encaminado en la dirección correcta.

—¿Yo he hecho todo eso? —preguntó Jake entre risas—. No sabía que podía ser tan útil y tan intuitivo.

Bree miró hacia la bolsa.

—¿Traes café?

Jake asintió.

—Sí, y cruasanes de chocolate.

—¡Dios mío, qué lujo! Pásamelos.

Jake le tendió la bolsa, le quitó la tapa a su vaso y bebió un sorbo. Necesitaba cafeína para mantenerse despierto aquella mañana, y no solo por el trabajo, sino para estar a la altura de Bree, cuya vida parecía estar cambiando a un ritmo vertiginoso.

—¿Y qué va a pasar ahora? —le preguntó.

—En primer lugar, tengo que hacer unas cuantas llamadas para calcular un presupuesto. Mi padre va a hablar con el alcalde sobre unos terrenos que hay en la carretera de la playa y quizá incluso se convierta en socio para la construcción. Él se encargará también de calcular los costes. Y espero que cuando haya terminado, a ninguno de los dos nos haya dado un infarto al ver que el presupuesto nos desborda.

—Yo tengo algo de dinero y no me importaría invertirlo en algo seguro.

—No.

La respuesta de Bree fue tan firme y vehemente que Jake la sintió como una bofetada.

—¿Por qué no? Me encantaría hacerlo.

—No quiero que arriesgues tu dinero. Me sentiría fatal si al final lo perdieras.

—Bueno, ya hablaremos cuando lo tengas todo calculado —insistió Jake con cabezonería—. Quiero participar en esto, Bree. Para mí, tus proyectos son muy importantes. Es algo normal entre gente que se quiere.

Bree se quedó paralizada un instante, como si estuviera asimilando sus palabras. Al final, asintió lentamente.

—De acuerdo, ya hablaremos.

—¿Tienes todos los contactos que necesitas para conseguir esa información?

—Creo que sí. Conocí a unos cuantos directores de teatro de la zona cuando estuve en Chicago. Les llamaré y, por supuesto, puedo contar también con el gerente del teatro.

A Jake se le cayó el alma a los pies.

—¿Vas a llamar a Marty?

—No, él no era el gerente del teatro. Dirigía algunas de las obras y era el dramaturgo del teatro. Hablaré con Rebecca.

Jake intentó no mostrarse demasiado preocupado.

—¿Crees que se lo contará a Marty?

Bree se encogió de hombros.

—¿Y eso qué más da? Marty ya no forma parte de mi vida, Jake, eso se lo he dejado muy claro. Por supuesto, no voy a invitarle a dirigir ninguna de mis obras, y hasta que no hayamos tenido un gran éxito, a él ni se le pasará por la cabeza producir una de las suyas en un teatro sin importancia.

Jake no estaba tan convencido. Por una parte, sabía cómo funcionaba el cerebro de un hombre, y, por otra, no era capaz de imaginar que ningún hombre pudiera superar el abandono de Bree sin intentar por lo menos recuperarla.

—Una sola llamada podría hacerle pensar que estás dispuesta a abrirle de nuevo las puertas —le advirtió.

—Pero no voy a llamarle —respondió Bree, obviamente frustrada por su negativa a creerle.

—Eso será lo de menos —insistió Jake con cabezonería—. Es posible que no le conozca, pero conozco a los hombres. Y sé que intentará ponerse en contacto contigo en cuanto tenga noticias tuyas, aunque sea a través de Rebecca.

—Yo creo que te equivocas, pero si tanto te preocupa, le diré a Rebecca que no le diga nada.

Jake sabía que probablemente estaba exagerando, pero no confiaba en aquel hombre. Aun así, era consciente de que Bree necesitaba contar con Rebecca para conseguir aquella información. Alzó la mano.

—De acuerdo, haz las cosas a tu manera.

—Es lo que pretendo hacer.

—¿Acabo de perder todo el terreno que había ganado al sugerirte la idea?

Bree le sonrió.

—En absoluto —contestó, y le dio un beso.

—Sabes a chocolate —musitó Jake, suspirando, no solo de satisfacción, sino también de alivio, porque la discusión no se le había ido de las manos—. Estaré pensando en ello durante el resto del día.

—Yo también —musitó Bree suavemente—. Y ahora, vamos a trabajar. Seguro que tienes un millón de cosas que hacer. Y yo también.

Jake no parecía tener ganas de marcharse.

—Podemos comer juntos —sugirió.

—No puedo dejar la floristería. Además, ¿qué sería de Will y de Mack?

—Son mucho más feos que tú, y no besan ni la mitad de bien.

Bree le miró divertida.

—¿Cómo lo sabes?

—Por los rumores, por supuesto —contestó Jake entre risas—. Ya sabes que en este pueblo no se pueden guardar secretos.

No quería marcharse sin estar seguro de que iba a volver a verla. Tenía la sensación de que estaban muy cerca de recuperar su relación.

—¿Y si cenamos juntos? Podríamos cenar en mi casa.

A Bree se le iluminó la mirada.

—De acuerdo.

—¿Quedamos a las siete?

—Allí estaré.

—¿Sabes dónde vivo?

—Claro que sé dónde vives. Me lo dijo Connie, y Jenny también me lo comentó. De hecho, me sorprende que a alguien no se le haya ocurrido dejarme tu dirección en la puerta.

—Supongo que pensaban que eso era cosa mía.
—No necesariamente. ¿Sabes qué estoy empezando a pensar?
—¿Qué?
—Que estaba destinada a volver contigo.

Jake se quedó clavado donde estaba. Quería creer a Bree porque necesitaba hacerlo, y porque incluso la más ligera posibilidad de estar equivocado le asustaba terriblemente, sobre todo cuando parecía que estaba a punto de tenerlo todo otra vez.

Rebecca Moore llevaba veinte años trabajando en el teatro de Lake Shore; formaba parte de aquel proyecto desde su inauguración. Su marido y ella estaban entre sus cinco fundadores. Cuando Bree la localizó aquella mañana, le hizo decenas de sugerencias sobre el futuro teatro.

—Te enviaré un fax con los presupuestos de los últimos dos años en cuanto cuelgue. Es información pública porque recibimos fondos del Ayuntamiento y del Estado, así que puedo compartirla contigo.

—Muchas gracias, me será de gran ayuda –le dijo Bree–. Te lo agradezco de verdad. No sé si podré sacar adelante el proyecto, pero ahora mismo estoy emocionada.

—Creía que habías abierto una floristería. Por lo menos, eso es lo que le ha contado Marty a todo el mundo. Dice que no supiste enfrentarte a las críticas.

—Aunque me molesta que lo haya dicho, probablemente tenga razón –admitió Bree–. Pero eso ha cambiado. Creo que se me ha endurecido la piel y que puedo ver las cosas con cierta perspectiva.

—Y te habrás dado cuenta también de que Marty no es tan buen tipo como pensabas, espero.

Bree se rio con cierta tristeza.

—Sí, eso también. No le digas que he llamado, ¿de acuerdo? Lo último que necesito es que me llame y empiece a hacerme dudar de todo.

—Te prometo que no sabrá nada por mí –le aseguró Rebecca–. Solo hablo con él cuando me veo obligada a hacerlo. No me gustaba cómo te trataba. Si no fuera porque es un activo de gran valor para la compañía, hace tiempo que hubiera presionado a mis socios para que se marchara.

–No sé cómo he podido estar tan ciega.

–Le idealizaste –concluyó Rebecca–. A todos nos ocurre en algún momento, pero antes o después, descubrimos que estamos idolatrando a gigantes con pies de barro. Vaya, me temo que se acerca el Lado Oscuro de la Fuerza. Será mejor que colguemos.

Bree se echó a reír al oír el apodo de Marty. Imaginaba que no era la única que le llamaba así. El Lado Oscuro de la Fuerza, sí, le pegaba. Y cada vez era más consciente de que había conseguido quitarse la venda de los ojos.

Cuando colgó el teléfono, vio que tenía dos clientes en la tienda. Estaba tan pendiente de sus planes que ni siquiera se había dado cuenta de que habían entrado.

–¿En qué puedo ayudarles? –preguntó, dirigiéndose a los dos.

Durante las dos horas siguientes, mientras hacía los pedidos y organizaba los centros de flores, estuvo esperando la llegada del fax, pero el aparato permanecía obstinadamente silencioso. Eran casi las seis cuando sonó el teléfono y por fin llegó el documento. En la primera página, Rebecca había garabateado:

Creo que Marty ha oído el final de la conversación y sabe lo que te propones. He esperado para enviarte el fax porque ha estado revoloteando por aquí todo el día. Si necesitas algo, llámame al móvil.

Bree se estremeció ante aquella advertencia. Afortunadamente, era posible que aunque Marty supiera que Rebecca había estado hablando con ella, no le importara. Si no fuera así, si al final terminaba llamándola o presentándose en su casa, Jake podría tener razón. Y, francamente, no necesitaba enfrentarse a una situación tan desagradable ni con Marty ni con Jake.

***

Jake fue desde la tienda de Bree directamente al trabajo. Y ya fuera porque estaba agotado o porque, sencillamente, las estrellas estaban alineadas de la peor de las maneras, todo le llevó mucho más tiempo del que había anticipado. La propietaria de una casa había cambiado de opinión sobre las plantas y los arbustos que tenía en el jardín. El terreno estaba lleno de piedras y raíces de la antigua cerca de arbustos y pasó la mayor parte del día intentando mejorar el terreno para comenzar a plantar. Al día siguiente tendría que volver para terminar el trabajo y aquello le obligaría a cambiar la agenda de toda la semana.

Para cuando llegó al vivero, estaba sucio y agotado y lo último que le apetecía era someterse a uno de los interrogatorios de su hermana. Tampoco tenía tiempo para ello, puesto que Bree estaría en su casa en menos de una hora y seguramente esperaría encontrar algo en la mesa.

A pesar de la mirada de advertencia que le dirigió a Connie, esta le siguió al interior de la oficina.

—A las dos de la mañana, Jake. ¡Dejaste a mi hija en casa cerca de las dos de la mañana y al día siguiente tenía que ir al instituto!

—Ya tuvimos esta conversación antes de que llevara a Jenny al concierto —le recordó—. Sabías que llegaría tarde.

—Pero pensaba que sería alrededor de las doce. Y dije que estaba dispuesta a hacer una excepción porque iba a salir contigo, con una persona responsable.

—El concierto terminó cerca de las once y tardamos casi dos horas en llegar a casa.

—Y además, parasteis a tomar algo, ¿en qué estabas pensando?

—Estaba pensando en que Dillon tenía hambre. Y también en que son suficientemente jóvenes como para recuperarse de una cosa así, sobre todo cuando estaban en compañía de dos adultos responsables.

–¿Quieres saber cómo pasé yo la noche? ¡Hablando con los padres de Dillon, que estaban histéricos porque no había vuelto a casa todavía!

–Pues no lo entiendo. También hablé con ellos antes de salir y sabían que llegaríamos tarde.

–Te repito que pensábamos que tarde era alrededor de las doce. Teníamos miedo de que hubierais tenido un accidente.

Jake se fijó entonces en que su hermana tenía los ojos llenos de lágrimas. Había estado verdaderamente asustada. De modo que dominó su indignación y la abrazó.

–Debería haberte llamado –le dijo–. ¿Por qué no me llamaste al móvil?

–Te llamé miles de veces.

Jake hizo entonces una mueca.

–Lo apagué antes de entrar al concierto y supongo que me olvidé de conectarlo otra vez. Lo siento.

Connie le dio un pellizco en el brazo.

–Y tienes por qué sentirlo. Deberías llamar a los padres de Dillon para pedirles disculpas. Están amenazando con no dejar que vuelva a ver a Jenny nunca más.

Jake la miró con una sonrisa.

–¿Y eso sería terrible porque...?

–Porque tu sobrina te odiaría. Y porque intentarían verse a escondidas.

–De acuerdo. En ese caso, intentaré ser amable con los Johnson. ¿Alguna cosa más?

Más tranquila ya, Connie se sentó en el escritorio.

–Cuéntame cómo te fue ayer con Bree.

–Digamos que fue una noche interesante –buscó una palabra mejor–. E inesperada.

Connie le miró intrigada.

–¿De verdad? ¿Por qué?

–Ahora no tengo tiempo de contártelo. He quedado con ella a las siete y tengo que ducharme y pasar a comprar algo.

–Yo me encargaré de comprarte lo que sea y dejártelo en casa si me cuentas por qué fue una noche tan interesante.

—Creo que Bree va a abrir un teatro en el pueblo —le dijo, le dio un beso en la frente y le tendió dos billetes de veinte dólares—. Filetes, vino y algo de chocolate de postre, ¿de acuerdo? Y tienes que desaparecer de mi casa antes de que llegue Bree.

—¡Pero quiero más detalles! —exigió Connie mientras Jake se alejaba.

—Mañana los tendrás —prometió él.

Al parecer, aquella promesa no fue suficiente para Connie, porque cuando Jake salió una hora después del cuarto de baño, tras haberse duchado y cambiado de ropa, la encontró en la cocina, hablando con Bree sobre aquella cita que en realidad no era una cita. Se callaron en cuanto Bree le vio.

—¿Le estás contando nuestros secretos a mi hermana? —preguntó Jake.

Bree le miró con descaro.

—No tenemos secretos, por lo menos no secretos jugosos.

—Y es una pena —respondió Jake mientras abría una cerveza. Se apoyó contra la encimera y miró a su hermana—. ¿No tienes que ir a ninguna parte?

Connie le sonrió.

—Bree me ha pedido que me quede.

Jake frunció el ceño.

—¿De verdad? —vio la expresión de culpabilidad de Bree—. Me pregunto por qué, ¿te has arrepentido, quizá?

—¿De qué te has arrepentido? —preguntó Connie, e inmediatamente le miró boquiabierta—. ¡Oh, Dios mío! Bueno, Bree, gracias por la invitación, pero creo que debería volver a casa. Probablemente Jenny me esté esperando para cenar.

Jake la miró satisfecho.

—Disfruta de la velada. Llamaré hoy mismo a los Johnson.

—Gracias —dijo Connie.

Le pellizcó a Bree la mejilla y le guiñó el ojo a su hermano.

En cuanto la puerta se cerró tras ella, Bree miró a Jake a los ojos.

—¿No me habrás invitado a tu casa con segundas intenciones, verdad?

Jake la miró sin pestañear.

—Claro que sí.

Bree asintió lentamente.

—En ese caso, será mejor que me des antes algo de cenar.

Vaya, vaya, pensó Jake. Definitivamente, sus planes iban a funcionar.

Desde el instante en el que Jake prácticamente había echado a su hermana de su casa, los sentidos de Bree se habían puesto en un estado de alta anticipación. Intentó ayudarle con los preparativos de la cena, puso la mesa, peló un par de patatas y las metió en el microondas y llevó después la ensalada a la mesa mientras Jake preparaba fuera la carne a la brasa. Cuando todo estuvo listo, se sentaron el uno enfrente del otro. Jake sirvió el vino y se miraron a los ojos.

—¿Puedo brindar por nosotros? —preguntó.

Incapaz de apartar los ojos de la intensidad de su mirada, Bree se limitó a asentir.

—Por lo que nos depare el futuro —dijo Jake, y acercó su copa a la de Bree.

—Por el futuro —musitó ella, preguntándose por qué de pronto el futuro le parecía tan prometedor después de meses de inseguridad.

Consiguieron hablar de temas intrascendentes durante los tres cuartos de hora que duró la cena, pero al final, Jake apartó su plato.

—En lo último que puedo pensar ahora es en comer —admitió.

Bree asintió.

—Sí, a mí también me cuesta concentrarme en la comida.

Jake le advirtió entonces con un intenso brillo en la mirada:

—Si nos levantamos ahora de la mesa, ya sabes lo que va a pasar, ¿verdad? Todavía estás a tiempo de decirme que no.

—No voy a decir que no —replicó ella, empujando su silla hacia atrás y levantándose para demostrárselo.

Aparentemente, aquello fue suficiente para él. En menos de

un segundo, Jake estaba a su lado, enmarcando su rostro con sus manos callosas y con tanta ternura que estuvo a punto de hacerle llorar.

—Te quiero —le dijo muy serio—. Siempre te he querido y siempre te querré.

—Jake, si no me besas pronto, creo que se me van a empezar a derretir las rodillas —le pidió Bree temblando.

Jake sonrió.

—Y ahora no podemos permitirnos una cosa así, ¿verdad? —dijo, levantándola en brazos y estrechándola contra su pecho—. Creo que deberíamos dejar lo del beso hasta que estemos en el dormitorio, si no queremos terminar tirando todos estos platos para hacer el amor en la cocina.

—Date prisa —susurró Bree, y posó la mano en su mejilla.

Aunque Jake se había duchado, quedaba todavía una ligera sombra de barba en sus mejillas. A Bree le encantó aquel contacto. Jake era uno de esos hombres que parecían incluso más atractivos al final del día que recién afeitados por la mañana. A Bree le encantaban aquellas texturas tan masculinas: sus manos, sus mejillas, el vello oscuro que cubría su pecho...

Estaba tan ensimismada en las sensaciones tan familiares y, al mismo tiempo, tan excitantemente novedosas que aquellas caricias despertaban en ella, que apenas se fijó en ningún detalle de la casa o del dormitorio ni mientras cruzaban el pasillo ni cuando Jake la dejó en aquella enorme cama con las sábanas limpias y con olor a sol.

—Las has tendido fuera, ¿verdad? —preguntó Bree, sorprendida y encantada.

—Sí, es más trabajoso, pero huelen mejor —admitió—. Mi madre lo hacía siempre.

Brilló una risa en su mirada.

—¿De verdad quieres que hablemos de mis sábanas?

—Solo hasta que surja una alternativa más fascinante —replicó Bree.

—No sé si vamos a ser capaces de hablar de nada en absoluto —susurró él, inclinando la cabeza para cubrir sus labios.

Bree se perdió completamente en aquel beso, en la mágica caricia que encendía su piel y en la marea de sensaciones que crecía dentro de ella.

Jake hizo el amor con ella como hacía todo lo demás; con absoluta concentración y total confianza. Bree había olvidado ya lo bien que se había sentido siempre con él; Jake la trataba como si hasta el último centímetro de su piel fuera fascinante, como si nunca fuera a cansarse de aprender todos sus secretos.

A pesar de su precipitación por llegar al dormitorio, parecía estar más que dispuesto a tomarse todo el tiempo que fuera necesario, a disfrutar de sus besos, a saborear su piel, a tentarla hasta hacerle suplicar.

Bree recordaba con absoluta claridad por qué había estado siempre tan segura de que tenían que estar juntos; era por la absoluta perfección de su intimidad, por la forma que tenía Jake de hacerlo todo, por cómo disfrutaba de cuanto ella le devolvía. Cuando estaban juntos, ardían.

Incluso cuando cedió la última oleada del clímax, Bree se descubrió deseando más. Quería disfrutar de momentos como aquel una y otra vez; quería disfrutar de Jake durante toda una vida.

Pero cuando al alzar la mirada, vio los primeros capítulos de su novela sobre la cómoda, prácticamente escondidos bajo un montón de ropa limpia, se preguntó si realmente podrían adentrarse en una relación sin haber superado el pasado. Y aquel manuscrito semienterrado le decía que Jake todavía no había sido capaz de enfrentarse a él.

Capítulo 22

Jake advirtió la expresión apagada de Bree y siguió el curso de su mirada para ver a qué se debía. Descubrió inmediatamente el manuscrito, justo en el momento en el que Bree se apartaba de él y se acurrucaba bajo la sábana.

—No lo has leído, ¿verdad? —le dijo en tono acusador.

Después del fuego que acababan de compartir, aquello fue como un jarro de agua fría.

—No —admitió.

Había sacado el manuscrito del cajón en el que lo había guardado, pero había sido incapaz de leerlo.

—¿Por qué? Tú fuiste el primero en decir que lo querías leer y creo que te he dicho muchas veces lo importante que es para mí.

—Te dije que quería leerlo antes de saber que tenía que ver con nuestro pasado —contestó irritado—. Lo viví, no necesito leerlo.

—Entonces deberías haber tenido el valor de decírmelo a la cara.

Jake suspiró.

—Sí, debería habértelo dicho, pero no puede decirse que hayamos tenido muchas oportunidades de hablar desde que regresaste.

—Entonces, ¿qué demonios estábamos haciendo hace unos minutos?

—Probablemente, lo que deberíamos haber hecho hace semanas –admitió–. A lo mejor de esa forma habría sido más sencillo todo lo demás.

–El sexo no resuelve ningún problema y tú lo sabes –respondió exasperada.

–No, pero por lo menos nos demuestra aquello por lo que merece la pena luchar, ¿no te parece?

–Supongo que sí –le miró directamente a los ojos–. Jake, comprendo que la idea de leer el manuscrito te inquiete, pero lo que te estoy diciendo es importante. Tú no viviste lo que pasó desde mi punto de vista. ¿No te importa ni siquiera un poco lo que sentí yo?

–Claro que me importa. Y también me importaba entonces, pero tú no parecías dispuesta a compartir lo que sentías conmigo. Te encerraste completamente en ti misma, me dejaste fuera y te marchaste.

A Bree le dolió aquella acusación, pero no la negó.

–Eso es cierto –admitió–. ¿Pero nunca te has parado a pensar que a lo mejor todo fue demasiado doloroso para mí? ¿Que la única manera que tuve de manejar lo ocurrido fue intentando olvidarlo y huyendo de aquí?

Jake vaciló un instante. Los sentimientos que reflejaban los ojos de Bree eran suficientemente intensos como para obligarle a creerla y aun así... aun así se había marchado; eso era algo que Jake todavía no había sido capaz de superar. Deberían haberse enfrentado juntos a aquella pérdida. ¿Qué tipo de relación tenían cuando Bree no había sido capaz de enfrentarse a ello junto a él? Había preferido la soledad, un patrón de conducta que había seguido desde la infancia. Aquello le había hecho sentirse como si él no le importara en absoluto. Como si no confiara en que Jake no iba a juzgarla por haber sentido alivio, además de otras muchas cosas.

Bree alargó la mano para acariciarle el brazo.

–Por favor, Jake, quiero que lo leas ahora. Necesito que comprendas lo que supuso todo aquello para mí. No vamos a poder seguir juntos si no lo comprendes.

–Hace cinco minutos nos estaba yendo bastante bien.

—El sexo nunca ha sido ningún problema para nosotros —le recordó Bree.

Jake la miró frustrado.

—No estás dispuesta a dejarlo pasar, ¿verdad?

Bree le sostuvo la mirada.

—No, porque creo que nuestro futuro depende de ello.

—De acuerdo entonces —dijo Jake con desgana.

Se levantó, cruzó la habitación y agarró el manuscrito.

—¿Esto es todo o has escrito algo más?

—Hay más, pero esta es la parte más relevante. Y recuerda que, aunque sea ficción, los sentimientos son reales. Los sentimientos son míos.

Jake encendió la lámpara de la mesilla, se tapó hasta la cintura y comenzó a leer. La historia comenzaba de manera sencilla, describiendo a los protagonistas y haciéndoles cobrar vida. Bree siempre había tenido un talento especial para ello, un talento que él admiraba. Las diferencias entre ellos y los personajes de la obra de Bree fueron suficientes como para permitirle continuar, de hecho, pronto se descubrió atrapado por la lectura de aquellas páginas.

A su lado, Bree apenas se movía, pero Jake podía oírla contener la respiración, como si estuviera anticipando ya su reacción. Él intentaba mantener una expresión neutral y concentrarse en lo que leía.

Aproximadamente una hora más tarde, quiso detenerse. A través de aquellos personajes de ficción, Bree le estaba haciendo revivir todo lo sufrido y él no quería estar allí. Pero Bree tenía razón. Debía enfrentarse a ello. Tenían que enfrentarse a ello. Continuó leyendo:

Lo peor de aquellos días era mirar a Jeremy a los ojos y ver en ellos la profundidad de su tristeza. ¿Cómo iba a soportarlo cuando yo estaba experimentando aquella sensación de libertad, sabiendo que podría vivir mi vida tal como la había imaginado? Para mí, aquel hijo nunca había sido real, a pesar de que estuviera dentro de mí. Creo que decidí dar la espalda a mis sentimientos porque si me hubiera enfrentado a ellos, si me hubiera permitido sentir algo por nuestro hijo, me habría visto atrapada en una vida para la que todavía no me consideraba preparada.

Aun así, el dolor escrito en cada una de las facciones de Jeremy me hacía sufrir por él, por lo que él había perdido. Me sentía como si le hubiera fallado. Como si hubiera fallado a nuestro hijo.

Así que me fui, me marché en busca de la vida que pensaba que quería, de la vida que creía necesitar, solo para descubrir que tampoco allí estaban las respuestas. Las respuestas estaban en mi lugar de origen, junto a aquel hombre que me amaba de forma incondicional, junto a un niño que ni siquiera tendría oportunidad de vivir. Aquel día perdí mucho más de lo que pensaba, pero tuve que crecer para descubrirlo. Tuve que dejarme sentir la angustia y el dolor de una madre ante la pérdida de un hijo.

Y cuando por fin lo hice, lloré por todo aquello que podría haber sido. Por todo aquello que debería haber sido.

Jake leyó la última página de aquel capítulo con los ojos llenos de lágrimas. Bree le había obligado a darse cuenta de que a ella le había costado más tiempo enfrentarse a lo ocurrido, sentir lo que él había sentido. Aquello no la convertía en alguien peor que él. ¿Cómo podía haberla juzgado por algo así? ¿De verdad quería que sufriera tanto como había sufrido él? De hecho, quizá el sufrimiento de Bree había sido más duro porque había tardado años en llegar a aquel punto; había pasado años batallando en contra del sentimiento de culpa y de todo lo demás.

Cuando por fin fue capaz de controlar la voz, se volvió hacia Bree.

—No debería haberte juzgado.

Bree sacudió la cabeza.

—Tenías derecho a hacerlo. Deberíamos habernos enfrentado juntos a lo ocurrido. Tú querías hacerlo. Yo lo intenté, pero me cerré, no solo después del aborto, sino incluso antes, desde el momento en el que me enteré de que estaba embarazada. Estaba muy enfadada contigo, a pesar de que sabía que los dos éramos responsables de lo ocurrido. Te culpaba de haberme hecho perder una oportunidad.

—Yo también me culpaba —admitió Jake por primera vez—. Sabía lo mucho que deseabas ir a Chicago, lo mucho que aquella beca significaba para ti. Pero cuando descubrimos lo del bebé, en lo único que podía pensar era en que tenías que quedarte aquí conmigo, en que la vida que deseaba tenía que hacerse realidad. Fui un egoísta, lo reconozco, pero creo que habríamos sido felices.

—Sí, a lo mejor habría sido perfecto, Jake, ¿pero no te das cuenta? Ahora es mucho mejor. Tú has cumplido gran parte de tus sueños. Tienes un negocio y un trabajo que te encanta. ¿Quién sabe lo que habría pasado si hubieras tenido que hacerte cargo de una mujer y un hijo? Y ahora estoy contigo porque quiero estarlo. Puedo entregarme a esta relación en un cien por cien, sin lamentos de ningún tipo, sin tener que preguntarme cómo podría haber sido mi vida.

Porque deseaba creerla desesperadamente, alargó la mano hacia ella y la estrechó en sus brazos. Y entonces, con Bree acurrucada contra él, por fin se durmieron.

Megan preparó la maleta el viernes por la mañana y fue en taxi al aeropuerto. Había decidido ser ella la que le diera una sorpresa a Mick aquella vez. La exposición en la galería en la que estaba trabajando había recibido grandes elogios por parte de la crítica. La presión había terminado y por fin podía permitirse el lujo de pasar unos días en Chesapeake Shores.

Se preguntó cómo reaccionaría Mick al verla aparecer. Ella estaba nerviosísima, pero había llegado a la conclusión de que merecía la pena correr el riesgo. Tenía la sensación de que les iría mejor si su vida se llenaba de sorpresas y giros imprevistos. Mick adoraba lo inesperado y aunque ella prefería la rutina, era consciente de hasta qué punto las sorpresas hacían que la vida resultara más interesante.

Cuando llegó a la casa, solo estaba Nell allí. Sus ojos brillaron en señal de bienvenida, como hacían siempre antes de que Megan hubiera dejado a su hijo.

—Pasa, pasa —la urgió—. ¿Sabía Mick que venías? No me ha comentado nada.

Megan negó con la cabeza.

—He decidido sorprenderle, ¿está por aquí?

—Está en el pueblo, aunque no sé dónde. Ha comentado algo sobre que iba a ver al alcalde y después quería pasarse por la tienda de Bree. Probablemente coma por allí.

—¿Crees que debería ir a buscarle o es mejor que le espere aquí?

—¿Por qué no te quedas a tomar un té conmigo? —sugirió Nell, alargando las manos hacia las tazas de porcelana que más le gustaban—. No hemos podido hablar de verdad desde que has comenzado a volver por aquí.

Megan escuchó con atención las palabras de su ex suegra. No percibía una abierta hostilidad en ellas, pero sí cierta reserva, quizá incluso cierta desaprobación.

—Me encantaría tomar un té contigo —dijo Megan con total sinceridad

Incluso en el caso de que Nell tuviera una agenda oculta, era importante que recuperaran su anterior relación.

—Bree trajo anoche cruasanes de Sally, ¿te apetece comer uno?

—No debería —protestó Megan, y sonrió—. Pero creo que me comeré uno.

Nell soltó una carcajada.

—Es difícil resistir la tentación, ¿verdad? Es una suerte que Bree nos los traiga cada día.

—¿Qué tal está?

—Al menos por lo que yo sé, bastante bien. Ayer no vino a dormir, lo que quiere decir que van bien las cosas entre Jake y ella.

Megan no era capaz de decidir qué debía pensar al respecto. No había estado allí cuando su relación había terminado y no sabía quién había sido el responsable de la ruptura.

—¿Y eso es bueno? —le preguntó a Nell.

—Esta vez, creo que sí. Antes eran demasiado jóvenes. Jake se enamoró de ella en cuanto entraron en el instituto y casi desde el primer momento estaba decidido a tener un futuro con ella. Bree tenía sus propios sueños. Afortunadamente, ha podido vivir la vida que necesitaba vivir. Creo que ahora está preparada para lo que Jake puede ofrecerle y lista para ayudarlo en todo cuanto necesite para ser feliz.

—¿Y qué crees que puede ofrecerle?

—El amor de un buen hombre, por supuesto. Jake es un hombre en el que se puede confiar —le guiñó el ojo a Megan—: Además, no está nada mal.

Megan soltó una carcajada.

—Desde luego —volvió a ponerse seria—. Te envidio, Nell, ¿no te lo he dicho nunca?

—Dios mío, no, ¿por qué?

—Porque siempre has estado aquí. Yo he echado de menos tantas cosas... Por culpa mía, lo sé, pero han sido muchas las cosas que han pasado mis hijos y de las que yo no sé nada. Me siento como si estuviera empezando desde cero con cada uno de ellos. Todos han crecido sin mi presencia, se han hecho adultos contigo...

—Tonterías, tú también has tenido una gran influencia. Excepto en el caso de Jess, pasaste mucho tiempo con ellos durante los años más importantes de su vida. Curiosamente, Jess es la que más se parece a ti. Es inquieta, y no me refiero a su hiperactividad. No se siente cómoda en su propia piel. Por supuesto, ahora adora su posada, pero más allá de eso, no estoy segura de que sepa siquiera lo que quiere.

—Yo siempre he sabido lo que quería —la contradijo Megan—. Quería estar con Mick y quería a mi familia.

—Pero te fuiste en busca de algo más.

—No, me fui porque había perdido a Mick y no sabía cómo recuperarlo.

—Dedicarle tu tiempo a otro hombre, por inocente que fuera la relación, no era la mejor manera de hacerlo —la regañó Nell.

Megan esbozó una mueca ante aquel golpe tan directo.

—Lo sé, ese fue el segundo error de mi vida.

—¿Y cuál fue el primero? —preguntó Nell con curiosidad.

—Dejar a Mick y a mis hijos. Estaba segura de que Mick vendría a buscarme —vio la expresión escéptica de Nell—. Lo sé, debería haberme dado cuenta de que su orgullo nunca se lo permitiría. En cualquier caso, al ver que no ocurría, pensé que por lo menos podría tener a los niños conmigo en Nueva York. Debería haber luchado por ellos, pero Kevin estaba enfadado y desilusionado, Connor quería continuar aquí con sus amigos, y las chicas... estaban locas con su padre. No fui capaz de arrancarles de aquí. Intentaba venir cuanto podía, pero ya sabes lo desagradables que terminaban siendo esas visitas. O bien me ignoraban o me expresaban su enfado de otra forma. Todo lo que hacía, e incluso lo que no hacía, era un error. Créeme, jamás dejaré de arrepentirme de lo que hice.

Nell la miró con atención.

—Sí, lo sé. Pero ahora te están dando una segunda oportunidad. Incluso Mick. No la desperdicies.

Megan sonrió ante la fiereza de su consejo.

—No pienso hacerlo —le dijo, y añadió—: Pero también Mick necesita poner de su parte.

—Creo que por fin se ha dado cuenta —le aseguró Nell. Le palmeó la mano—. Me alegro de que hayamos tenido oportunidad de hablar, Megan. He echado mucho de menos compartir esta mesa contigo.

—Yo también —contestó Megan sin vacilar—. Para mí no solo has sido mi suegra, sino también una amiga.

Nell pareció complacida por aquel comentario.

—En ese caso, como amiga, te sugiero que vayas a buscar a mi hijo. Podrías empezar por la tienda de Bree. Esos dos tienen grandes planes. Diles que te los cuenten.

Megan estaba intrigada.

—¿No vas a darme ninguna pista?

Nell negó con la cabeza.

—No me corresponde a mí contártelo. Vamos, Megan. Yo llevaré tu equipaje a la habitación.

—Puedo hacerlo yo.

Nell apretó la mandíbula con gesto obstinado.

—Y también yo.

—De acuerdo entonces, me voy. Hasta luego.

Estaba casi en la puerta, cuando Nell la llamó.

—Esta visita sorpresa...

—¿Sí?

—Me alegro de que nos la hayas hecho. Y creo que a Mick le va a gustar.

—Espero que tengas razón.

Y suponía que no iba a tardar en averiguarlo.

Mick había tenido una conversación exploratoria con el alcalde para intentar ganarse su apoyo al proyecto de creación de un teatro. Al principio, Bobby Clark no se había mostrado muy receptivo, de modo que había terminado hablando con algunos de sus patrocinadores con una mentalidad más abierta. Aquella mañana, Bobby había mostrado su voluntad de llevar la idea al consejo en la próxima reunión para comenzar a discutirla.

—En otras palabras, que le has presionado —concluyó Bree antes de que su padre terminara.

—He conseguido lo que buscaba —la contradijo su padre.

—¿Y no sería mejor persuadirle y convencerle de tu punto de vista? —le preguntó Bree exasperada.

—Lo que cuentan son los resultados —replicó Mick—. Nos va a apoyar en este proyecto.

—Pero sin mucho entusiasmo, sospecho.

—Tú ocúpate de tus asuntos y yo me encargaré de los míos —repuso Mick.

Le enfadaba que Bree no se mostrara más complacida por lo que había conseguido. Bobby Clark podía haber sido un obstáculo si Mick no hubiera hablado con los hombres que financiaban gran parte de sus campañas electorales.

Mick estaba a punto de decirle a su hija que no fuera tan ingenua cuando la puerta de la floristería se abrió y entró Megan.

—¡Megan! —exclamó, olvidándose por completo de la discusión con Bree—. No sabía que estabas aquí.

Megan sonrió, complacida con su reacción.

—De eso se trataba precisamente, ¿te alegras de verme?

—Claro que sí —contestó, y le plantó un beso en los labios.

Les interrumpió un carraspeo en absoluto sutil de Bree.

—Perdón, pero estamos en un lugar público y estáis delante de vuestra hija —les regañó divertida—. No me gustaría tener que sugerir que os vayáis a buscar una habitación.

Mick tomó la mano de Megan.

—Tienes cinco minutos para hablar con tu hija. Inmediatamente después, saldremos de aquí.

—¿Para ir adónde? —preguntó Megan desafiante.

—Personalmente, me encanta la idea de Bree, pero creo que te haría mucho más feliz llevándote a comer y a dar un paseo por la playa. Hace un día precioso. No creo que vayamos a disfrutar de muchos iguales estando ya el día de Acción de Gracias a la vuelta de la esquina —la miró con el ceño fruncido—. ¿Te has traído un jersey? La brisa será fresca.

A Megan le brillaban los ojos de anticipación.

—En Nueva York hacía bastante más frío que aquí, así que claro que traigo un jersey. Y si tienes tiempo, me encantaría ir a comer y a dar un paseo por la playa. Nell me ha comentado que estabas intentando utilizar tus influencias para algo, pero no ha querido decirme el qué.

—Prefiero que te informe Bree. Aunque si empieza a decirte todo lo que estoy haciendo mal, tendré que dar mi visión de los hechos.

—Claro que estás haciendo cosas mal —intervino Bree.

—Tácticas de apisonadora —aventuró Megan.

—Eh, no os pongáis las dos contra mí —protestó Mick, aunque estaba disfrutando de la conversación. Y estaba seguro de que nada podría arruinar el buen humor causado por la inesperada llegada de Megan.

Bree informó a su madre de sus planes. Cuando concluyó, Megan aplaudió.

—¡Es fantástico! No sabes cuánto me alegro por ti. Cariño, es absolutamente perfecto. Estoy segura de que llegarás a tener la mejor compañía de teatro del país.

—No soy tan ambiciosa. Tendré de sobra si conseguimos trabajar y no estar en números rojos.

—Claro que lo conseguiréis —dijo Megan—. Tú tienes mucha más intuición que ese hombre.

—Marty no fue el responsable de todas las decisiones artísticas que tomé en Chicago.

—No, pero sí fue el responsable de minar la creatividad de la mejor obra de teatro que ha dirigido en su vida —dijo Megan con calor.

Bree elevó los ojos al cielo.

—Jamás había oído a nadie con tan poca objetividad.

—Creo que ya va siendo hora de irnos —intervino Mick.

Pensaba que ya habían tocado suficientemente el tema. Si Megan insistía, probablemente Bree terminaría defendiendo a Marty y acabarían discutiendo los tres.

Bree se acercó al mostrador y abrazó a su madre.

—Me alegro de que hayas venido, ¿nos veremos después?

—A no ser que tu padre me eche...

—Cosa que soy incapaz de hacer —dijo Mick, tendiéndole la mano otra vez.

Le gustaba sentir la mano de Megan entre la suya, le gustaba saber que volvía a ser parte de su vida.

Estaba convencido de que volvería a recuperar todo cuanto había tenido y, por primera vez en su vida, no sentía la necesidad de acelerar las cosas. Había descubierto que, a veces, la paciencia también era recompensada.

***

Faltaban tres semanas para el día de Acción de Gracias y Bree y Jake parecían haberse ajustado a un patrón de relación que a los dos les convenía. Bree estaba comenzando a pensar que realmente podrían retomar su relación. Jake estaba empezando a confiar en ella y Bree estaba prácticamente segura de que la había perdonado.

Y estaba cien por cien segura de que estaba enamorada de él, de que en aquella ocasión, cuando le ofreciera un futuro, lo aceptaría sin ninguna clase de duda.

Por todo lo cual, sufrió un verdadero impacto cuando alzó la mirada de la comida que estaba compartiendo con Jake en la posada y vio a Marty cruzando el salón a grandes zancadas. Como no había dado señales de vida después de la conversación de Bree con Rebecca, la primera estaba convencida de que jamás podría ocurrir una cosa así. Pero era muy propio de Marty inspirar una falsa sensación de complacencia.

A medida que iba cruzando el salón, las cabezas se volvían hacia él. Era un hombre imponente, de facciones perfectamente cinceladas, de rasgos fuertes. Iba con vaqueros, pero no unos vaqueros viejos y gastados como los de Jake, sino con unos vaqueros de diseño. La camisa, de color crema, era de seda.

Como siempre, consiguió arreglárselas para ponerse al mando de la situación; llegó a su mesa y ocupó una de las sillas sin esperar a ser invitado. Frente a él, Jake se tensó. Bree no sabía qué hacer, excepto presentarles por segunda vez en su vida y, por supuesto, rezar para que aquella embarazosa situación no durara demasiado.

–Jake Collins, Marty Demming. Pero ya os conocisteis cuando Marty y yo trabajábamos juntos en Chicago.

La ceja arqueada de Marty fue más que elocuente. Jake advirtió aquel gesto y apretó el puño.

–Si tenemos que ser sinceros, no solo trabajábamos juntos –dijo Marty, ignorando la tensión.

Aunque su voz era jovial, su tono posesivo era inconfundible.

—¿Qué estás haciendo aquí? —preguntó Bree, perdiendo la paciencia.

No le apetecía continuar siendo educada ni un segundo más. Y tampoco iba a darle a Marty la oportunidad de volver a destrozarle la vida.

—El teatro quiere producir tu última obra, la que terminaste de escribir justo antes de marcharte —le dijo, sorprendiéndola por completo—. Nos gustaría que estuvieras presente durante los ensayos. Empiezan la semana que viene.

Bree le miró asombrada. Aquella era una posibilidad que no esperaba. Pero aunque la propuesta habría sido tentadora en otras circunstancias, en aquel momento no estaba ni remotamente interesada en regresar.

—Es imposible.

—La semana siguiente, entonces —sugirió Marty, malinterpretando deliberadamente sus palabras—. Aunque si queremos estrenar a mediados de enero, iremos mal de tiempo. ¿Eres consciente de los sacrificios que estamos dispuestos a hacer para que vuelvas?

—No voy a volver —respondió Bree.

—Claro que sí —la contradijo Marty completamente seguro—. Chicago es tu ciudad. He oído decir que quieres abrir un teatro en este pueblo, ¿pero por qué desperdiciar tu talento en un lugar como este cuando podrías tener éxito en una ciudad más grande? Estás destinada a grandes cosas, Bree. Tuviste un par de reveses, pero tienes talento y allí podrás aprovecharlo.

Aquel era el Marty que Bree recordaba de sus primeros días en Chicago: un hombre amable, encantador y siempre dispuesto a convencerla de que era la mejor escritora que jamás había conocido. Pero Bree ya no le creía. Afortunadamente, había sabido aprender de sus errores.

Mientras se felicitaba a sí misma por haber dejado de ser una ingenua, percibía la creciente tensión de Jake. Aquello se estaba poniendo feo y no sabía cómo resolverlo.

Estaba intentando encontrar una salida cuando Jake les miró alternativamente y se levantó.

—Es obvio que tenéis muchas cosas de las que hablar. Me voy para que podáis hacerlo a gusto.

Bree se levantó de un salto.

—¡Jake! —protestó mientras le veía alejarse a grandes zancadas sin mirar atrás.

Debería haber ido tras él, pero Marty la agarró por la muñeca.

—Deja que se marche. Esto es importante. No todo el mundo tiene una segunda oportunidad después de un fracaso como el de tu última obra.

Bree giró entonces sobre sus talones y frunció el ceño. ¿Cómo era posible que al principio no se hubiera dado cuenta de lo cruel que podía llegar a ser aquel hombre incluso cuando pretendía hacerse pasar por su principal apoyo?

—Tienes razón. No todo el mundo tiene una segunda oportunidad. Y esa es la razón por la que pienso irme ahora mismo de aquí. No se te ocurra seguirme.

Salió corriendo, rezando para encontrar a Jake antes de que fuera demasiado tarde. Sabía cómo funcionaba su mente y lo frágil que era su relación. Si no le veía pronto para asegurarle que aquella vez iba a ser diferente, que ya no sucumbiría a los cantos de sirena de Chicago, Jake cerraría la puerta a cualquier relación con ella. Y no lo haría para castigarla, sino para proteger su corazón de una desilusión más amarga.

Capítulo 23

Jake se preguntaba qué le habría dicho Bree a Marty después de que él se fuera. Aunque su negativa a aceptar el ofrecimiento de Marty había sido suficientemente clara, había visto el brillo de emoción que había iluminado sus ojos cuando se había enterado de que estaban dispuestos a representar otra de sus obras. En aquella ocasión, si era eso lo que Bree quería, él no iba a interponerse en su camino. Y aunque podría no estar preparada para admitirlo ni siquiera ante sí misma, el brillo de sus ojos era una prueba de que aquello era lo que realmente deseaba.

No quería hablar con ella, no estaba preparado para oírla intentando convencerle de que su vuelta a Chicago sería solo temporal, de modo que apagó el móvil. Sabiendo que podría presentarse en su casa, optó por no ir allí y acercarse al Brady's, donde encontró a Will y a Mack sentados en la barra con expresión taciturna:

—Vaya, lo siento —dijo Jake cuando se sentó junto a ellos y pidió una cerveza—. ¿Por qué estáis de tan mal humor?

—Mujeres —contestó Will sucinto—. ¿Y tú?

—Una mujer —respondió Jake, y añadió—: Y otro hombre.

Sus amigos le miraron entonces con atención.

—¿Bree está saliendo con otro? —preguntó Mack con incredulidad—. No me lo creo.

—Ahora mismo está con él —confirmó Jake.

Terminó su cerveza a toda velocidad y pidió otra.

Will que, evidentemente, había sobrepasado su límite de dos cervezas, pestañeó.

–Espera un momento, ¿no ibas a salir con ella esta noche?

–Sí, pero su novio de Chicago ha decidido venir a darle una sorpresa. Se ha sentado a nuestra mesa como si le hubiéramos invitado y ha empezado a seducirla.

–¿A seducirla? –preguntó Will sorprendido–. ¿Delante de ti?

–Sí.

Mack le miró con incredulidad.

–¿Y por qué les has dejado juntos? ¿En qué demonios estabas pensando?

–Me ha parecido lo más sensato –contestó Jake, aunque la reacción de Mack le hizo dudar.

–¿Sensato en qué universo? Le has dejado el campo libre a un competidor. No creo que sea muy inteligente –opinó Will.

–Estoy de acuerdo –dijo Mack.

–Él quiere que vuelva a Chicago.

–¿De verdad ha dicho eso?

–Sí. Y ha utilizado una potente arma de seducción. Quiere producir una de sus obras. Eso es como ofrecerle un caramelo a un niño. Bree no será capaz de resistirse.

–Sí, es preocupante. A una mujer que ha estado tan volcada en la escritura no debe de resultarle fácil –concedió Will.

–Exactamente. Y, por cierto, dejando la floristería a un lado, Bree continúa dedicándose a escribir, de modo que no pienso ser testigo de cómo vuelve a caer en los brazos de ese canalla. Es posible que no quiera volver con él, pero no rechazará la oportunidad de ver producida una de sus obras en un teatro de prestigio. ¿Cómo va a negarse a algo así? Hasta yo, que para Marty seguramente no soy más que un triste paleto, puedo darme cuenta de eso.

–Espera un momento –intervino Mack–, ¿ha dicho que sí?

Jake negó con la cabeza.

–No, le ha dicho que no, pero era evidente que estaba deseando hacerlo. Solo le ha dicho que no porque era lo que pensaba que yo quería oír.

Will sacudió la cabeza con pesar.

–Amigo, me temo que nunca se te ha dado especialmente bien leerle a Bree el pensamiento. A lo mejor deberías concederle el beneficio de la duda.

–No puedo. Es demasiado arriesgado.

–¿En qué sentido? –preguntó Mack.

Jake no quería contestar. No quería mostrar su vulnerabilidad ni siquiera ante sus amigos.

–Tiene miedo de que vuelva a romperle el corazón –dijo Will.

–Sí, tienes un problemón.

¿Un problemón? Jake miró a sus amigos en silencio y al cabo de unos segundos les preguntó:

–¿Cuánto tiempo lleváis aquí, ahogando vuestras penas?

–No estoy seguro –contestó Will–. ¿Qué hora es?

–Poco más de las diez.

–Desde las seis –musitó Will–. Así que llevamos... ¿cuánto tiempo?

–Cuatro horas y demasiadas cervezas –concluyó Jake–. Tendré que llamar a alguien para que os lleve a casa.

–No hay nadie a quien llamar –respondió Will con tristeza.

–¿A Susie, quizá? –le sugirió Jake a Mack.

–¡No! –respondió Mack con fiereza–. ¿Qué crees que estoy haciendo aquí? Esa mujer es imposible.

–Ya entiendo –dijo Jake, pero en realidad no entendía nada.

Se suponía que eran amigos, pero era obvio que algo había cambiado drásticamente, por lo menos para Mack. Jake había intentado advertirle que estaba más enamorado de lo que pretendía admitir, pero su amigo había intentado restar importancia a su relación con otra de las siempre impredecibles O'Brien.

–Llamaré a Connie –le dijo.

Llamó desde el teléfono de Will porque no quería arriesgarse a encender el suyo y encontrarse con un mensaje de Bree... Ni descubrir que no tenía ningún mensaje en absoluto. Las dos cosas le resultarían igualmente deprimentes.

Pero su hermana no había acabado de descolgar el teléfono cuando ya le estaba diciendo:

–¿Dónde demonios te has metido? Bree está llamándote cada cinco minutos.

–No estoy en casa –dijo Jake, declarando algo obvio.

–¡Eso ya lo sé! Y a juzgar por el sonido de tu voz, también sé que estás borracho. ¿Te importaría decirme por qué? Yo pensaba que esta noche ibas a salir con Bree.

–En realidad no tengo por qué hablar contigo de mi vida personal –respondió, orgulloso de sí mismo por haber resistido la embestida de su hermana–. Así que deja de hacer preguntas y ven a buscarnos. Ninguno de nosotros está en condiciones de conducir.

–¿Con quién estás?

–Con Mack y con Will. Y ellos me llevan bastante ventaja.

–Y no se te ha ocurrido otra cosa que pensar en mí. Vaya, me siento halagada.

–¿Vas a venir a buscarnos o no?

–¿Dónde estáis?

–En el Brady's.

–Dame diez minutos. Y procurad estar en la puerta cuando llegue allí si no queréis que me vaya sin vosotros.

–Hermanita, eres la mejor.

–Sí, ya te lo recordaré mañana, cuando hablemos de mi aumento de sueldo.

–¿Aumento? ¿Qué aumento? –pero estaba hablando solo, porque Connie ya le había colgado el teléfono.

–Tenemos que salir ya –les dijo a sus amigos–. Creo que le ha molestado un poco que la haya llamado.

–Típico de una mujer –dijo Mack–. Ninguna parece tener el menor sentido común.

Algo que, por supuesto, Jake no iba a discutir.

Bree no consiguió localizar a Jake. Al final vio su furgoneta aparcada cerca del Brady's, pero cuando entró, no le vio en el local. Lou Herrera, el camarero, le dijo que se había ido con Mack y con Will, y también que tenía la impresión de que estaban borrachos y deprimidos. Bree decidió entonces renunciar y regresó a casa. Si Jake había estado bebiendo, sería inútil intentar razonar con él.

A la mañana siguiente, estuvo llamándole al móvil a partir de las siete. A las ocho comenzó a llamar al vivero, y a las nueve contestó Connie.

—¿Dónde está tu hermano? —le preguntó sin preámbulos—. ¿No ha aparecido todavía?

—Está trabajando.

—¿No se ha llevado el móvil?

Connie vaciló un instante antes de contestar.

—A lo mejor no lo ha encendido.

—Muy bien, dime lo que sabes —le exigió Bree—. Lo detecto en tu voz. Estoy segura de que le has visto desde la última vez que hablé contigo.

—Sí —admitió Connie—. Me llamó para que fuera a buscarles a él, a Mack y a Will al Brady's.

—Sí, cuando vi que tenía la furgoneta aparcada cerca de allí y que no había señales de él por ninguna parte, imaginé que había pasado algo así. Gracias a Dios, por lo menos tuvo la sensatez de no ponerse detrás del volante.

—Si quieres saber mi opinión, eso es en lo único en lo que demostraron tener alguna sensatez —dijo Connie disgustada—. Algo que no es muy propio de mi hermano.

—Lo sé. No le gusta perder el control. Toma una cerveza de vez en cuando, pero jamás se emborracha.

—Anoche sí. Aunque tengo que reconocer que Will y Mack estaban mucho peor que él. No sé qué problemas tienen ellos, pero deduzco que entre tú y mi hermano surgió algún problema anoche.

No tenía ningún sentido negarlo. La velada había terminado en desastre y había suficientes clientes en la posada como para que no tardara en extenderse el rumor.

—Estábamos cenando cuando de pronto apareció Marty —confesó.

—¡Dios mío! No me extraña que mi hermano se hundiera.

—Pues, yo no lo entiendo. Es verdad que Marty y yo hemos tenido una historia, y bastante complicada, por cierto, pero Jake estaba delante cuando le dije a Marty que no tenía ningún interés en volver a Chicago. Me oyó rechazar la oferta de producir otra de mis obras. ¿Acaso creía que estaba mintiendo?

—Yo no estaba allí, así que no puedo estar segura, pero a lo mejor pensó que no querías reconocer lo mucho que te apetecía volver delante de él —sugirió Connie.

—¡Pero yo no quiero volver a Chicago! —protestó Bree—. A lo mejor, durante una décima de segundo, me sentí tentada, pero eso fue todo. Inmediatamente recordé lo manipulador y lo autoritario que puede llegar a ser Marty y yo no quiero volver a soportar a una persona así.

—Pues repíteselo una y otra vez a Jake hasta que te crea.

—Me encantaría hacerlo, pero para eso tengo que localizarlo —dijo Bree frustrada—. Me pasé toda la noche buscándole y no he parado de llamarle desde que se fue.

Connie continuaba en silencio.

—Por favor, ayúdame, Connie. Dime dónde está.

—Está ayudando a Jess en la posada —dijo por fin.

—¿Qué?

—En esta época del año parte del trabajo lo centramos en la decoración de exteriores y Jess le ha contratado para decorar la posada de cara a la Navidad. Me sorprende que no te lo haya comentado.

—La verdad es que hace casi una semana que no la veo —contestó Bree—. El fin de semana pasado tuve una boda y ahora estoy muy ocupada con los centros de flores para el día de Acción de Gracias.

—¿Vas a acercarte por allí? Supongo que no vas a tener otra oportunidad de verle cara a cara porque estoy segura de que continuará intentando evitarte. Después de lo que me has contado, probablemente estará convencido de que es lo mejor que puede hacer por ti.

—Y él me acusaba de ser una cobarde —musitó Bree exasperada.

—¿Qué has dicho?
—Nada, no importa. ¿Va a estar todo el día allí?
—Probablemente.
—En cuanto aparezca Jenny, voy para allá.
—Yo puedo hacerme cargo de la tienda —se ofreció Connie—. Ahora mismo no tengo mucho trabajo aquí, así que no me echarán de menos. Y quiero que tu relación con mi hermano funcione esta vez. Estoy dispuesta a hacer cualquier cosa para que os arregléis.
—¿Estás segura?
—Completamente.
—Gracias, Connie. Te lo agradezco.
—Voy a avisar de que no estaré aquí y ahora mismo salgo hacia la floristería.

Para cuando Connie llegó, Bree había conseguido terminar un ramo de flores para uno de sus clientes y un centro de flores.

—Vete —dijo Connie—. Yo me haré cargo de todo. Si alguien quiere otro centro de flores o algo especial, les diré que la florista llegará más tarde.

Bree asintió.

—Sí, a lo mejor no tardo en volver.

Al fin y al cabo, era posible que Jake no estuviera dispuesto a perder un solo segundo hablando con ella, y en ese caso, su ausencia duraría como mucho una media hora.

En cuanto llegó a la posada, vio a Jake en lo alto de una escalera, colocando las luces de Navidad en el alero del tejado. Cruzó el jardín y su hermana salió inmediatamente a recibirla.

—Estás fatal.

—Vaya, gracias —contestó Bree—. Eso me hace sentirme mucho mejor.

—¿Os ha pasado algo a Jake y a ti? Antes he mencionado tu nombre y ha estado a punto de arrancarme la cabeza.

—Hemos tenido un ligero malentendido. Para eso he venido, para intentar aclarar las cosas antes de que todo se dispare.

—Supongo que nada de eso tiene que ver con el hecho de que Martin Demming se aloje aquí, ¿verdad? —preguntó Jess.

—¿Marty se aloja en la posada?

—Sí —confirmó Jess—. Por supuesto, no fui yo la que hizo la reserva, porque en ese caso le habría rechazado. Pensé en meterle una serpiente en la cama, pero creo que a las fuerzas del orden no les haría ninguna gracia.

—Sí, eso me temo —se mostró de acuerdo Bree, aunque entendía perfectamente lo que sentía su hermana—. ¿Jake y Marty se han visto esta mañana?

Jess miró por encima del hombro.

—¿Te refieres a antes de ahora?

—Oh, Dios mío, no me digas que están a punto de encontrarse —le suplicó Bree.

—Lo siento, hermanita. Creo que deberías sacarle de aquí. El equilibrio de esa escalera ya es suficientemente precario sin contar con un arranque de genio de Jake. No quiero tener que pagar la hospitalización de ninguno de esos dos si al final decide lanzarse contra tu ex novio desde esa altura.

Bree miró con recelo hacia Marty, vio la determinación en su rostro y desvió la mirada hacia Jake, que se había quedado paralizado. Parecía imposible que la situación pudiera complicarse todavía más. Apretó los dientes y se volvió hacia Jess.

—Yo me ocuparé de Marty. Arréglatelas para impedir que Jake se acerque a nosotros mientras hablamos. Haz cualquier cosa para impedirlo, si es necesario, puedes atarle con las luces de Navidad.

Jess sonrió.

—Mmm, podría resultar interesante. Un poco perverso, pero me gusta.

—Esto no tiene ninguna gracia —la regañó Bree mientras se dirigía hacia Marty.

—¿Ese que está en la escalera no es tu amigo? —preguntó Marty, arrugando ligeramente la nariz—. Por favor, dime que no vas en serio con alguien que se dedica a... —vaciló un instante—, que se dedica a lo que quiera que se dedique ese tipo.

—Es propietario de un vivero y de una empresa de jardinería —respondió Bree muy seria—. ¿Por qué no te has ido todavía?

—Porque quiero persuadirte de que reconsideres tu decisión, por supuesto —la agarró del brazo y se dirigió con ella hacia la puerta de la posada—. Vamos a tomar un té y uno de esos deliciosos bizcochos de mantequilla de tu hermana. Estoy seguro de que puedo convencerte de que vuelvas a Chicago.

Bree se detuvo en seco. No iba a sucumbir al encanto de Marty por segunda vez en su vida y tampoco quería tener otra conversación con aquel hombre.

—Marty, no podrías convencerme de que cambiara de opinión aunque me ofrecieras el sol, la luna y las estrellas. No voy a volver a trabajar para ti.

—Conmigo —la corrigió—. Trabajarías conmigo, no para mí.

—Como si fuera posible. Tu ego no te permite trabajar con nadie. Tú siempre tienes que ser el jefe.

—Tengo más experiencia, algo que antes reconocías y apreciabas. De hecho, eras tú la que estaba pendiente de cada una de mis palabras.

—Pero he madurado —respondió Bree—, y ahora sé que nada de lo que sale de tu boca es inofensivo. Lo único que me gustaría es haberme dado cuenta mucho antes. De esa forma, a lo mejor no habría permitido que destrozaras mi última obra, ya sabes, esa que les gustó tan poco a los críticos.

Marty pareció sorprendido por aquella acusación.

—¿Me estás culpando de tu fracaso?

Bree permaneció en silencio, fingiendo estar pensando la respuesta, y al final, asintió.

—Sí, creo que sí.

—¿Y no te parece que estás siendo tremendamente desagradecida?

—Siempre te agradeceré la ayuda que me prestaste como dramaturga. Fuiste un verdadero mentor para mí y aprendí mucho a tu lado.

—¿Entonces por qué me atacas?

—Porque tú me atacas a mí.

–¿Que yo te ataco? Estoy ofreciéndote una oportunidad de oro de volver a trabajar conmigo.

–Sí, y te lo agradezco, pero los dos sabemos que no tardarías en empezar a minar mi autoestima. Ni siquiera creo que lo hagas deliberadamente. Es solo una forma de ser. La crítica constructiva es una cosa, pero tú eres capaz de machacarme hasta conseguir que dude de todas y cada una de mis palabras. He sido muy susceptible a tus comentarios y no voy a permitir que me hagas perder la confianza en mí misma otra vez. Sé que soy una buena dramaturga y así lo han reconocido los críticos.

–Digamos que lo reconocieron al principio –le recordó con sarcasmo.

De modo que, incluso cuando estaba intentando persuadirla, era incapaz de dominar las ganas de humillarla. Si todavía no hubiera madurado, aquello le habría dolido profundamente. Gracias a Dios, en aquel momento, la afirmación de Marty solo sirvió para demostrarle que estaba haciendo lo que debía.

–Marty, déjalo, ya he tomado una decisión.

Marty pareció sorprendido por su determinación.

–Muy bien, si quieres quedarte en medio de la nada, tú misma. No volverás a trabajar para mí, ni para nadie que conozca. De eso puedes estar segura.

Bree sabía que su amenaza debería haberle asustado. Y unas semanas atrás, así habría sido. Pero afortunadamente, tenía otros planes. Quizá abrir un teatro en un pueblo como aquel no fuera tan prestigioso como trabajar en Chicago, pero implicaba muchos otros beneficios.

Miró hacia el otro extremo del jardín y vio a uno de ellos; al hombre que estaba en aquel momento en el tejado de la posada. El gesto sombrío de Jake le indicaba que continuaba enfadado por lo que había ocurrido la noche anterior y que no le estaba haciendo ninguna gracia la escena de la que estaba siendo testigo, aunque estaba demasiado lejos como para oír gran parte de su conversación. Al parecer, no le importaba que hubiera rechazado a Marty por segunda vez en dos días. Seguramente, aunque hubiera oído toda la conversación, no la creería.

Al fin y al cabo, no la había creído el día anterior. Desgraciadamente, Bree ya no sabía qué podía hacer para convencerle.

Cuatro días después de la conversación entre Bree y Marty en la posada, Jake no era capaz de sacarse la voz de Bree de la cabeza. A pesar de que intentaba mantener la voz baja, al parecer había olvidado lo bien que llegaban de un extremo a otro las voces en la bahía. Jake había oído prácticamente todo lo que le había dicho a aquel canalla.

Aquella conversación debería haberle dado confianza en sí mismo, pero no había sido así. Por supuesto, las palabras de Bree habrían alimentado el orgullo de cualquier hombre de Chesapeake Shores, pero él estaba convencido de que a la larga terminaría arrepintiéndose.

Marty también debía de pensarlo, porque todavía no se había ido del pueblo. Parecía dispuesto a quedarse hasta el día de Acción de Gracias, quizá incluso hasta Navidad si de esa forma podía convencer a Bree de que se fuera con él. Era obvio que la última negativa de la joven no había hecho mella en él.

Jake imaginaba el inevitable resultado de todo aquello y sabía que no podía arriesgarse a perder a Bree otra vez. Había trabajado duramente para evitarlo, para mantener su corazón intacto. Pero continuaba doliéndole profundamente.

Nadie parecía entender por qué no estaba aprovechando la oportunidad de volver con ella. No había sido capaz de escapar a las miradas acusadoras de Connie. Hasta Will y Mack, los hombres más sensatos de la tierra, parecían pensar que estaba perdiendo el tiempo cuando debería estar luchando por la mujer a la que obviamente quería.

—No puedes dejarle el terreno libre a ese idiota —le dijo Mack disgustado.

—Pero si es eso lo que Bree quiere...

—El caso es que Bree no le quiere. Se lo ha dicho a todo el que quiera saberlo, pero tú eres demasiado estúpido como para entenderlo. Me decepcionas, Jake.

Jake no podía permitirse creer a ninguno de ellos. Marty no se había marchado a pesar de las ofensivas palabras de Bree y, por lo que él podía ver, esta no había hecho nada para obligarle a marcharse. Todavía estaba alojado en la posada y pasaba todo el tiempo que podía en la floristería, intentando convencer a Bree de que lo mejor que podía hacer era volver a Chicago. Y Jake estaba convencido de que uno de esos días, Bree terminaría diciendo que sí, aunque solo fuera para callarle la boca a ese tipo que le estaba espantando a los clientes.

Connie le había informado de que parte del pueblo hablaba ya de lo encantador, atractivo y sofisticado que era Marty, pero el resto, sobre todo aquellos leales a Jake, describían su presencia como irritante. Al parecer, Jenny había informado a su madre de los bandos que se estaban formando en el pueblo. Su sobrina también había tomado partido en aquel asunto. Directamente, no le hablaba. Bueno, no le hablaba después de haberle dejado claro que era un estúpido al abandonar a Bree cuando ella más le necesitaba.

Con el negocio del vivero en la decadencia propia del otoño, a pesar de que continuaba ocupándose de la decoración navideña de muchas casas, tenía demasiado tiempo para pensar en cómo había cambiado todo prácticamente de la noche a la mañana. De hecho, en más de una ocasión se pasaba el día encerrado en casa, lamentándose por lo ocurrido.

Tardó varios días en averiguar que de pronto su hermana estaba inventándose pedidos de urgencia que le obligaban a llevarlos personalmente a la floristería a última hora del día. No fue consciente de ello hasta que en una ocasión, pasó por la floristería durante una de las raras ausencias de Marty.

–Yo no he pedido esas flores –le dijo Bree, con la mirada fija en tres cajas de rosas amarillas de tallo largo, que al parecer eran sus favoritas.

–Pero Connie me ha dicho... –se interrumpió y se sonrojó de pronto–. ¿Y qué me dices de todos esos pedidos que he tenido que traerte en el último momento durante toda la semana? ¿Eran tuyos?

Bree negó con la cabeza.

—Eran flores que había pedido, pero que al final os habíais olvidado. Por lo menos, eso era lo que Connie me decía.

—Así que todo era cosa suya —musitó Jake—. Voy a matar a mi hermana.

—Está intentando mediar entre nosotros —concluyó ella.

—Eso parece. Lo siento, Bree.

—Pues yo no. Por lo menos de esa forma está consiguiendo que no puedas evitarme constantemente —le miró a los ojos—. ¿Tan terrible es? Me refiero a verme.

No era terrible en absoluto. Por lo menos cuando no andaba Marty por allí, mirándole con el ceño fruncido por lo mucho que duraba su visita. Jake quería estar allí, junto a Bree. Pero era demasiado cabezota para admitirlo. Su hermana lo sabía y le estaba empujando a estar con ella, como hacía cuando eran niños y él tenía miedo de elevar el columpio cuanto podía. Connie siempre tomaba la iniciativa para ayudarle a superar sus miedos. Cuando tenía cuatro o cinco años, Jake se lo agradecía, pero en aquel momento, le molestaba.

E incluso cuando solo era un niño, era consciente de que debería conseguir por sí mismo aquello que quería. Quizá ya iba siendo hora de creer en las palabras de Bree. Ella llevaba mucho tiempo pidiéndole que lo hiciera. Seguramente podía dar ese salto y darle la oportunidad de demostrar que le estaba diciendo la verdad.

—¿Tienes planes para esta noche? —le preguntó en un impulso—. ¿Crees que podrías deshacerte de tu sombra?

Bree le miró con el ceño fruncido.

—No dependo de él. Haré lo que me apetezca.

—¿Quieres que cenemos en el Brady's?

Bree contestó con la misma naturalidad con la que él se lo había pedido.

—Sí, estaría bien.

—Pasaré a buscarte dentro de una hora, ¿te parece bien que te recoja en casa?

Bree asintió.

De pronto, Jake se sintió tan torpe como la primera vez que le había pedido salir a Bree cuando estaban en el instituto. Había algo en aquella cita que la hacía igualmente desafiante y capaz de transformar su vida.

—Muy bien, nos vemos dentro de una hora —contestó, dirigiéndose hacia la puerta.

En su precipitación, estuvo a punto de chocar con una columna.

—Tranquilízate —musitó para sí mientras montaba en la furgoneta—. Estás hablando de Bree. Y está aquí, no se ha ido a Chicago. Seguro que eso significa algo. La conoces desde siempre y hace años que la quieres. Procura no olvidarlo.

Aunque ese era precisamente el problema. En aquel momento se encontraba en el punto más alto de la montaña rusa en la que se había convertido su relación, y no tenía la menor idea de qué peligro podía acecharle en la siguiente curva.

Capítulo 24

En cuanto llegaron al Brady's, Kelly les condujo a una mesa situada al lado de la ventana, desde la que podían contemplar el reflejo de las luces del restaurante en las tranquilas aguas de la bahía. El interior del restaurante estaba ya decorado para la Navidad, a pesar de que todavía faltaban dos días para el día de Acción de Gracias. La iluminación era tenue y las mesas estaban adornadas con velas y con centros de acebo. Un árbol de Navidad alegraba el vestíbulo. Bree no recordaba haber visto nunca el restaurante con un aspecto tan romántico.

También le asombró que el resto de las mesas estuvieran vacías. La única mesa ocupada, además de la suya, estaba en el otro extremo del salón.

—Ya sé que estamos casi en diciembre, ¿pero tenéis tan pocos clientes cada noche? —le preguntó a Kelly preocupada.

Kelly miró a Jake con expresión de culpabilidad y este se encogió de hombros.

—En realidad, esta noche hemos cerrado el restaurante para una celebración privada —contestó la camarera.

Kelly se volvió de nuevo hacia Jake con una mirada que despertó las sospechas de Bree.

—¿Tú sabes algo de esto? —le preguntó.

—La verdad es que sí —admitió Jake—. He reservado todo el restaurante. Quería estar seguro de que nadie pudiera interrumpirnos.

Bree le miró con incredulidad.

—¿Has reservado el restaurante entero para que Marty no pudiera venir?

Jake asintió.

—Me parecía sensato, teniendo en cuenta sus antecedentes.

Kelly sonrió encantada.

—Y a mí me ha parecido de lo más romántico —señaló a la otra pareja—. Son los únicos a los que no he podido avisar después de que me llamaras. Y como no son de aquí, he pensado que no te importaría. Reservaron la mesa hace días y no quería desilusionarlos.

—No importa —le aseguró Jake—. Pero no va a venir nadie más, ¿verdad?

—No, claro que no —le aseguró Kelly—. Además, ya he puesto en la puerta el cartel de «Fiesta Privada» y he conseguido el vino que me pediste.

Bree alzó la mirada hacia Jake.

—Así que esta noche va a estar llena de sorpresas, ¿verdad?

—Eso espero.

—¿Eso significa que por fin te crees que Marty no va a convencerme de que vaya con él a Chicago?

—Estoy intentándolo.

Bree ya no sabía qué más podía hacer para convencerle.

—Jake, he hecho todo lo posible para decirle, y para decirte a ti, por cierto, que no voy a cambiar de opinión.

—Y aun así, él no se ha movido de aquí.

—Sí, es muy cabezota, lo admito. Pero creo que tú también sabes algo de cabezonería.

—Lo que yo sé es que si creyera lo que dices, Marty se marcharía. Y es evidente que está recibiendo alguna señal de que al final te convencerá.

—Lo único que me queda ya por hacer para convencerle de que no voy a ir es llevarle directamente al aeropuerto.

—Entonces, llévale al aeropuerto. O si prefieres, lo haré yo.

Parecía dispuesto a hacerlo, para preocupación de Bree, que no confiaba en que la capacidad de persuasión de Jake implicara más diplomacia que fuerza.

—Al final se irá. No es ningún estúpido.
—¿Has hablado con tu amiga Rebecca últimamente?
—No, ¿por qué? —preguntó Bree sorprendida.
—Porque se me acaba de ocurrir que a lo mejor hay otra razón por la que te está presionando tanto. ¿Hay alguna posibilidad de que su carrera esté en peligro en el caso de que no vuelvas a Chicago? Aunque supongo que eso es algo que él jamás estaría dispuesto a admitir.

Era una idea absurda. Además, desde el punto de vista de Bree, lo de menos eran las motivaciones de Marty. Ella ya había tomado una decisión y el problema era que no conseguía convencer a Jake de que así era.

—Jake, no estoy segura de que ni siquiera me importe. No voy a volver a Chicago y no hay nada más que hablar.

Pero Jake se negaba a dejar el tema.

—Importa porque no va a aceptar un no por respuesta en el caso de que tenga algo que ganar si cambias de opinión —la miró pensativo—. O a lo mejor esto tiene algo que ver con otra cosa.

—¿Con cuál?

—Contigo —respondió con impaciencia, como si fuera evidente—. A lo mejor es algo tan simple como que quiere que vuelvas a formar parte de su vida a un nivel más personal.

Bree negó con la cabeza.

—Después de lo que le he dicho, estoy segura de que soy la última persona con la que quiere mantener una relación. Créeme, he dejado muy claro lo mucho que le desprecio.

—Es posible que todavía sientas algo por él que no quieres reconocer ni ante ti misma. A lo mejor te gusta tenerle cerca, siguiéndote a todas parte, siendo el centro de su atención. Supongo que es agradable saber que alguien de su posición está decidido a hacerte volver a Chicago.

Exasperada por la negativa de Jake a aceptar que Marty y ella habían terminado para siempre, Bree se inclinó sobre la mesa y le miró directamente a los ojos.

—Te lo digo por última vez, Jake. No estoy dispuesta a defenderme otra vez. Él y yo terminamos hace tiempo, no tenemos ningún tipo de relación, ni personal ni sentimental. Y el hecho de que todavía siga por aquí me molesta tanto como a ti.

–Me alegro de saberlo.

Bree frunció el ceño, consciente de que Jake todavía no estaba convencido del todo.

–Te lo he dicho miles de veces. He intentado decírtelo desde que Marty apareció en el pueblo.

–Lo sé. Y yo sigo intentando creerte, aunque su presencia me lo está poniendo un poco difícil.

Bree le miró con incredulidad.

–¿Y qué hace falta para convencerte de que eres el hombre al que quiero y de que es aquí donde quiero quedarme?

Jake suspiró con inmensa tristeza.

–Ojalá lo supiera.

–¿No confías en mí o no confías en Marty?

Jake tardó varios segundos en responder.

–El problema no es vuestro. El problema es que no confío en que no vaya a cometer el mismo error que cometí la última vez.

–¿Y cuál fue ese error? ¿Quererme? ¿Creer en mí? ¿Creer en nosotros?

Jake negó con la cabeza.

–El error fue no dejarte marchar cuando sabía que era eso lo que más querías. Esta vez quiero hacer las cosas bien. Creo que es la única manera de que tengamos una oportunidad.

Si Bree no hubiera visto los sentimientos encontrados que reflejaban sus ojos, habría gritado de frustración. Pero tal como estaba la situación, lo único que podía hacer era dejar que Jake se enfrentara a esos sentimientos y rezar para que al final llegara a la misma conclusión que había llegado ella; para que al final tuviera la certeza de que debían estar juntos.

Hasta entonces, quizá si los invitara a los dos el día de Acción de Gracias, podía hacerle ver a Jake hasta qué punto tenía una mala opinión de Marty. La idea de invitar a Marty a cenar con su familia le hacía estremecerse. Tendría que utilizar todas sus dotes de persuasión para convencerles, sobre todo a su padre, de que fueran amables con él, pero no veía otra alternativa. Tenía que intentar algo a la desesperada porque era evidente que las palabras no bastaban para convencer a Jake.

Mick, Megan y Nell estaban sentados a la mesa de la cocina el sábado por la mañana, después de la cena de Acción de Gracias y de una gran reunión familiar. Mick les sirvió a cada una de ellas una taza de té antes de abordar el asunto que le preocupaba:

—Muy bien, ¿qué es lo que está pasando con Bree? —quiso saber—. Tan pronto está saliendo con Jake como la veo llorando por los rincones o apareciendo de pronto con Marty. Ayer tuve problemas para tragar el pavo con ese tipo en la mesa.

—El caso es que no podía dejar de invitarle a pasar la fiesta con nosotros —dijo Megan—. Bree es incapaz de ser maleducada con nadie y Marty no conoce a nadie en el pueblo. Además, tenía otro motivo. Después de la cena lo admitió.

—¿Y qué motivo era ese? —preguntó Mick escéptico.

—Demostrarle a Jake que es al único al que quiere —aventuró Nell.

—Exactamente —confirmó Megan.

—Esto es una locura —dijo Mick—. En cuanto Jake vio a ese tipo, se marchó, y no le culpo. De modo que no sé qué ha conseguido Bree, aparte de provocarnos una indigestión.

Nell miró a su hijo con el ceño fruncido.

—Creo que todos sabemos lo que siente Bree, pero Jake y ella tienen que llegar a la misma conclusión por sí mismos. No necesitan que nadie se entrometa en sus asuntos.

—Estoy completamente de acuerdo —dijo Megan, mirando significativamente a Mick.

—De acuerdo, de acuerdo, no interferiré, pero no puedo prometer que cualquier día de estos no vaya a enfrentarme a ese tipo. Está tentando al destino al no marcharse de aquí.

—A lo mejor Megan y tú tenéis que dedicaros a trabajar en vuestra relación en vez de entrometeros en la de vuestra hija —sugiró Nell. Se levantó y añadió–: Y eso es lo único que pienso decir al respecto.

Para demostrar sus buenas intenciones, tomó su taza y los dejó a solas.

–Tiene razón –dijo Megan cuando Nell se fue–. A veces me preocupa estar despertando demasiadas expectativas sobre nosotros. A lo mejor no deberíamos pasar tanto tiempo juntos cuando todavía no hemos decidido nada.

Mick la miró con el ceño fruncido.

–¿Estás sugiriendo que dejemos de vernos?

–No, yo no he dicho eso –respondió Megan rápidamente–. Es solo que ya he venido varias veces aquí durante los últimos meses. Nos estamos comportando como si ya formara parte de la familia otra vez.

–Eres parte de la familia –dijo Mick–. El hecho de que estemos divorciados no cambia eso.

–Vamos, Mick, sabes perfectamente a qué me refiero. Uno de estos días nuestros hijos empezarán a dar por sentado que vamos a volver a estar juntos.

–¿Y eso qué tiene de malo?

–Que todavía no hay nada seguro.

–¿Pretendes decirme que todo esto es un juego para ti?

Megan se sonrojó violentamente.

–Sabes que no –contestó con cierta indignación–. Lo único que estoy diciendo es que todavía no hemos hablado del futuro. No hemos hecho planes. Estamos dejándonos llevar por la situación, viviendo las cosas día a día, y así es como tiene que ser. Lo único que pretendo decir es que quizá sea mejor que nos veamos en privado. Podemos continuar viéndonos en Nueva York, si a ti no te importa, y dejar de crear expectativas.

Mick perdió entonces la paciencia.

–Meggie, estás siendo ridícula. No estamos hablando de unos niños. Nuestros hijos son adultos. Saben lo que está pasando. Estamos tomándonos el tiempo que creemos necesitar, queremos estar seguros de que estamos haciendo lo que debemos y estoy seguro de que ellos lo agradecen.

—Supongo que racionalmente, tienes razón. Pero a nivel emocional, las cosas son diferentes.

Mick la miró muy serio.

—¿Estás segura de que no son tus propias expectativas las que te preocupan? A lo mejor tus preocupaciones no tienen nada que ver con nuestros hijos.

Megan pestañeó ante aquella sugerencia y después suspiró pesadamente.

—Es posible que tengas razón. A lo mejor estoy asustada, y no creo que puedas culparme por ello. Pensaba que nuestro matrimonio duraría toda la vida y no fue así. ¿Por qué voy a creer que esta vez sí va a ser para siempre?

—Porque los dos hemos madurado —contestó Mick inmediatamente—. Sé lo que te hice al pasar tanto tiempo fuera de casa. Incluso acepto mi parte de culpa en el hecho de que decidieras confiar en otro hombre, por inocente que fuera la relación. Y creo que tú también eres consciente de que elegiste la peor manera de recuperar mi atención. No volveremos a cometer esos errores. Por lo menos, por mi parte.

—Por la mía tampoco —dijo Megan con voz queda.

—En ese caso, todavía hay alguna oportunidad de que las cosas salgan bien esta vez.

—¿Y eso es lo que quieres, empezar desde cero?

Mick la miró como si no comprendiera lo que le estaba diciendo.

—Yo creía que era eso lo que estábamos haciendo, empezar desde cero, explorar el terreno, o como quiera que te apetezca decirlo. ¿De pronto te han entrado ganas de volver a casarte?

Megan le miró a los ojos.

—Es posible —admitió, quitándole la respiración—. Quiero recuperar todo esto, Mick. A ti, a mis hijos, estas mañanas tranquilas. Y veces me asusta pensar hasta qué punto lo deseo.

También Mick lo deseaba; había estado luchando por ello durante todos aquellos meses, pero, para su sorpresa, estaba menos impaciente que ella por alcanzar la meta. Necesitaba tiempo para confiar en lo que tenían, para corregir sus errores, para enmendar sus fallos. Quizá Megan creyera que ya había hecho ambas cosas, pero él no estaba tan seguro.

Alargó la mano para tomar la de Megan entre las suyas. Y la sintió tan suave y delicada como la primera vez que la había acariciado.

—Yo también quiero todas esas cosas —le dijo, mirándola a los ojos.

—Entonces, ¿por qué esperar?

—Porque quiero que estés completamente segura de que he cambiado —empezó a decir, pero Megan no le dejó terminar.

—No, no es eso —contestó con recelo, y apartó la mano—: Todavía no confías en mí, ¿verdad, Mick? No has sido capaz de olvidar que cuando sentí que nuestro matrimonio ya no funcionaba, busqué la compañía de otro hombre. Aunque jamás traicioné nuestro matrimonio y no tuve una aventura con él, no olvidas que disfruté de su compañía en un par de ocasiones.

—Sí, es cierto que todavía tengo que enfrentarme a ello. Es algo que he perdonado, pero no he olvidado.

Megan palideció al oírle.

—¿Y qué te hace pensar que alguna vez serás capaz de olvidar?

—Que te quiero. Tú no tienes que demostrarme nada, Megan. Soy yo el que tengo que demostrarte que jamás tendrás ningún motivo para necesitar a otro hombre en tu vida, que siempre estaré a tu lado. Créeme, no hay nadie que desee más que yo olvidar el pasado. Y la única forma que conozco de hacerlo es dejar que pase el tiempo.

—¿Y si aun así no es suficiente, Mick? —le preguntó con los ojos llenos de lágrimas.

Mick rodeó la mesa y la estrechó en sus brazos.

—Meggie, estoy seguro de que lo conseguiremos. Eso es lo único que sé.

Megan hundió el rostro en su pecho y dejó que fluyeran las lágrimas. Cuando se apartó, Mick tenía la camisa empapada.

—Te quiero, Mick O'Brien.

—Y yo te quiero a ti.

Y que el cielo les ayudara, porque quizá el amor no fuera suficiente.

El día de Acción de Gracias en casa de los O'Brien había sido una breve pesadilla. En cuanto había entrado, había descubierto a Marty en el comedor, aburriendo a todo el mundo con sus historias sobre sus éxitos teatrales. Ignorando las miradas compasivas de Mick, Connor y Trace, Jake se había dirigido a la cocina, donde había encontrado a Bree con sus hermanas, su madre y su abuela.

—¿Qué está haciendo aquí? —había preguntado tras hacerse con Bree a un lado.

—No podía dejarle solo en la posada.

—Claro que podías. Que te diviertas, Bree. Yo me voy a cenar con Connie y con Jenny.

—Jake, no te vayas —le suplicó Bree, extrañamente alterada—. Vamos, esta es una fiesta para ser generosos y compartir.

—Considérame un egoísta si quieres, pero no voy a sentarme a la misma mesa que un hombre que ha hecho todo lo posible por minar la confianza que tienes en ti misma y que quiere volver contigo —la besó en los labios—. Te llamaré más tarde.

Pero no lo hizo. Después de soportar una difícil cena en casa de su hermana, durante la que la tensión había ido elevándose porque Connie no había dejado que Jenny fuera a cenar a casa de los padres de Dillon, Jake no estaba de humor para soportar otra conversación absurda con Jenny sobre la presencia de Marty en sus vidas. Todavía le costaba creer que Bree esperara que compartieran mesa y mantel.

Sabía que estaba enfadada con él, pero no pensaba disculparse por desear que aquel tipo se fuera del pueblo. Al final, llegó a la conclusión de que una manera de poner fin a aquella absurda situación era averiguar qué esperaba ganar Marty exactamente quedándose por allí. A lo mejor no estaba preparado para entender a una mujer, pero sí sabía reconocer cuándo un hombre pretendía engañarle.

Como Jess le había llamado para comentarle que algunas de las luces de Navidad se habían fundido, imaginó que tendría oportunidad de mantener una conversación con aquel intruso en la posada. Y así fue. Le encontró delante de la chimenea del salón, sentado relajadamente, en una posición que sugería que se sentía tan cómodo como en su propia casa. Un grueso libro de tapas de cuero completaba su pose.

–Ya veo que te sientes como en casa –dijo Jake mientras se acercaba a él.

Marty le miró fingiendo no reconocerle.

–¿Puedo ayudarte en algo?

–Oh, tranquilízate. No voy a dejar que me intimides. Sé perfectamente quién eres y lo que estás haciendo aquí.

Los ojos de Marty resplandecieron con repentina anticipación. Se levantó con un brillo desafiante en la mirada.

–¿Quieres que salgamos fuera? ¿Que luchemos por el amor de la chica? Sí, sería el desenlace perfecto para el tercer acto.

Jake ignoró aquella referencia.

–No quiero pelearme contigo. Solo pretendo dejar algunas cosas claras.

–¿De verdad? –preguntó Marty con obvia diversión–. Qué curioso.

–¿Qué hace falta para que te vayas de aquí? Bree ha hecho todo lo posible para dejarte claro que no quiere tener nada que ver ni contigo ni con tu compañía de Chicago. ¿Por qué no entiendes lo que te dice? Ya es hora de que te marches.

–No lo creo. Pareces olvidar que fui yo el que hizo posible su sueño. Bree tuvo oportunidades con las que otros dramaturgos sueñan. Estoy en condiciones de darle eso otra vez. Será famosa. En cambio, ¿qué puedes ofrecerle tú?

–La oportunidad de tomar sus propias decisiones y conseguir sus sueños. La posibilidad de formar una familia. Para Bree la fama no es importante. Lo único que ella quiere es escribir.

–Eso solo demuestra lo poco que entiendes a un creador. Por supuesto que escribir es importante, pero lo es más la reacción del público, su aplauso.

—Bree tendrá aquí su propio público. Habrá muchos que aplaudirán su trabajo.

—¿Pero quiénes? ¿Unos paletos que el único espectáculo que han visto en su vida es el musical del instituto?

Jake se quedó mirándole de hito en hito, escandalizado por su falta de sensibilidad.

—¿Tiene Bree idea de la baja opinión que tienes de su mundo, de su familia y sus amigos? ¿Eres consciente de que su padre, el hombre que construyó este pueblo, es un arquitecto de fama internacional, de que su madre trabaja en una de las mejores galerías de arte de Nueva York y de que su hermana se ha labrado un nombre en Wall Street? Los fines de semana este pueblo se llena de abogados, médicos, políticos y otra mucha gente de Baltimore y Washington que busca paz y tranquilidad. A lo mejor tú y yo no entendemos lo mismo por sofisticación, pero creo que Bree tendrá un público que sabrá apreciar su trabajo —Jake miró a Marty a los ojos—. Lárgate, Demming. Bree no te quiere aquí. Todo el mundo está deseando que te largues.

Sus palabras no parecieron minar en absoluto la confianza de Marty. De hecho, dio un paso hacia Jake.

—Si estás tan seguro de eso, ¿qué estás haciendo aquí? Lo que te pasa es que sabes que Bree y yo estamos buscando la manera de volver a estar juntos, que el que vuelva a mi cama es solo cuestión de tiempo.

Jake estaba perdiendo la paciencia. A pesar de que se había prometido que aquella sería una conversación civilizada, las palabras de Marty le enfurecieron. Sin pensar siquiera en las consecuencias, le dio un puñetazo que le obligó a sentarse de nuevo en la butaca, en aquella ocasión, con una pose mucho menos estudiada.

—Ya puedes ir olvidándote de seducir a Bree porque eso no va a ocurrir nunca —le dijo con fiereza.

Pero como Marty había conseguido sembrar la semilla de la duda, se alejó de allí. Lo último que oyó al marcharse fue una carcajada burlona de su oponente.

***

Jake no podía quitarse de la cabeza las palabras de Marty ni era capaz de dejar de imaginárselo en la cama con Bree. Quizá fueran palabras nacidas de la arrogancia, pero habían conseguido llenarle de dudas. Iba a perderla otra vez. No era ningún estúpido y lo veía con claridad.

Incapaz de permanecer solo en casa, condujo hasta el vivero y una vez allí se dirigió al invernadero para ver cómo estaban las flores de Pascua. Se le ocurrió la absurda idea de pedirle a Bree que se casara con él el día de Navidad. Y la idea más absurda todavía de que ella dijera que sí. Pero la triste verdad era que probablemente, Bree no estaría allí en unas cuantas semanas.

Furioso, frustrado y enfadado por su propia estupidez, tomó una de las macetas y la estampó contra la pared. Agarró otra, pero una caricia sutil le hizo suspirar y dejarla de nuevo en el suelo. Pensó que era Connie, pero cuando se volvió, descubrió a Bree mirándole con atención.

—No puedo permitir que sigas asesinando plantas. No puedes arruinarme las vacaciones. Yo contaba con ganar un montón de dinero vendiendo flores de Pascua.

Jake hundió las manos en los bolsillos para evitar acariciarla.

—Imaginaba que ya te habrías ido para entonces.

Bree le miró con incredulidad.

—¿Y qué te ha hecho pensar una cosa así?

—Acabo de tener una conversación con Marty muy reveladora. Está convencido de que vas a volver con él a Chicago. Y su actuación ha sido de lo más convincente.

—Y por lo visto, la tuya también. Se comenta que cuando estás enfadado eres capaz de golpear con fuerza —parecía divertida, pero se puso rápidamente seria—. Por supuesto, no es que apruebe la violencia para poner fin a una discusión.

—Yo tampoco, pero se lo merecía.

—De eso estoy segura —le miró a los ojos—. Te lo diré por última vez, Jake. No voy a ir a ninguna parte con Marty. No pienso volver a dejarte y, menos aún por un hombre como él.

—¿Y tu obra?

—Pueden producirla sin mí si quieren. Y si no, no me importa.

—Vamos, Bree, conseguir que se represente una de tus obras en una ciudad como Chicago es algo muy importante.

—Sí, es cierto. Y también es muy emocionante. Pero creo que lo será todavía más empezar a construir aquí mi propio teatro e iniciar una vida contigo. Puedes seguir protegiéndote todo lo que quieras, Jake, pero no voy a marcharme. No puedo. Todo lo que quiero y necesito está aquí. Y eres tú, precisamente.

Jake necesitaba creerlo. Lo necesitaba desesperadamente.

—¿Por qué? —preguntó.

—Porque te quiero, idiota. Y siempre te querré.

—Ya te fuiste una vez.

—Necesitaba estar segura de quién era. Y en Chicago lo averigüé.

El alivio fluía por su cuerpo, pero Jake sabía que necesitaba saber algo más antes de decidir si su relación podría funcionar.

—No puedo decirte que renuncies a tus sueños. Y si tus sueños tienen que cumplirse en Chicago o en Nueva York, quizá podamos ir allí.

—Hace semanas que tomé una decisión y te lo dije. Ahora estoy diciéndote que tú eres mi sueño. El teatro, mis obras, la floristería, todo lo demás está en un segundo plano.

Jake la miraba intensamente, necesitaba estar seguro, pero era consciente de que la voz de Bree no expresaba la más ligera vacilación y de que en sus ojos no había ni una sombra de duda.

—Te quiero —le dijo Bree por si necesitaba oírlo otra vez.

Jake tomó aire y dio el que para él fue un paso de gigante. Suponía que aquel era un momento tan bueno como el de la mañana de Navidad para tomar una decisión tan trascendente.

—En ese caso, solo quiero hacerte una pregunta más.

–¿Cuál es?

–¿Quieres casarte conmigo?

Una enorme sonrisa cruzó el semblante de Bree mientras le abrazaba.

–¿Sabes? Para ser un hombre suficientemente inteligente como para conseguir enamorarme, has sido muy lento. Pensaba que no ibas a pedírmelo nunca.

–La verdad es que yo también. Pero ahora no entiendo cómo he sido capaz de perder tanto tiempo.

Y en cuanto besó sus labios, el único tiempo que importó fue el aquí y el ahora.

www.ingramcontent.com/pod-product-compliance
Lightning Source LLC
LaVergne TN
LVHW091610070526
838199LV00044B/745